Péter Nádas

SCHAUERGESCHICHTEN

Roman

Aus dem Ungarischen
von Heinrich Eisterer

ROWOHLT

Die Originalausgabe erschien 2022
unter dem Titel «Rémtörténetek»
bei Jelenkor Kiadó, Budapest.

Abweichungen der Übersetzung von der Originalausgabe
sind mit dem Autor abgestimmt.

Die Arbeit des Übersetzers am vorliegenden Text wurde
vom Deutschen Übersetzerfonds gefördert.

Deutsche Erstausgabe
Veröffentlicht im Rowohlt Verlag, Hamburg, November 2022

Lektorat Katharina Raabe
Satz aus der JansonText, InDesign
bei Pinkuin Satz und Datentechnik, Berlin
Druck und Bindung GGP Media GmbH, Pößneck, Germany
ISBN 978-3-498-00228-2

Die Rowohlt Verlage haben sich zu einer nachhaltigen Buchproduktion verpflichtet. Gemeinsam mit unseren Partnern und Lieferanten setzen wir uns für eine klimaneutrale Buchproduktion ein, die den Erwerb von Klimazertifikaten zur Kompensation des CO_2-Ausstoßes einschließt.
www.klimaneutralerverlag.de

FSC www.fsc.org
MIX
Papier aus verantwortungsvollen Quellen
FSC® C014496

Sie arbeiteten seit den frühen Morgenstunden, vertieft, ohne aufzusehen. Bei ihrem Aufbruch war es noch dunkel gewesen, als sie ankamen, glänzte bereits der Morgen.

Seitdem hatten sie keinen Moment Halt gemacht.

Sie wechselten kaum ein Wort.

Wenn doch, war es mehr ein Nörgeln und Jammern, ein grimmiges Gebrabbel. Dazu brauchten sie nicht mal aufzublicken.

Es reicht, wenn einer es hört oder sogar versteht. Als wären sie nicht aufeinander angewiesen, nur die Arbeit zählte.

Soll sie reden, was sie will, scheiß drauf.

Der Weinberg befand sich auf der mittleren Flur. Bei uns hieß das, sie mussten nicht den Trampelpfad, wo das Vieh getrieben wurde, nicht den oberen und auch nicht den unteren Weg nehmen, sondern den mittleren Feldweg, den Sechsklafterweg. Die äußeren Weinberge waren weit weg, etwa vierzig Minuten zu gehen. Da gab es Äcker, Heuwiesen, die Fichten der gottverdammten Kolchosbaumschule, viele Hektar Fenchelplantage von irgendeiner Versuchswirtschaft, was die duftete, aber niemand wusste, für was zum Verrecken die gut war und was die da herumexperimentierten.

Dann gab es auf diesem Weg auch eine riesige Auenweide, wohin die Herden nicht über den Trampelpfad, sondern über den Sechsklafterweg getrieben wurden.

Das Gras knirschte nur so zwischen den Zähnen der Tiere, so hoch war es gewachsen hier draußen.

Dort am Ende stand der gemeinsame Brunnen mit dem Wassertrog. Man holte dort in Fässern das Wasser für das Spritzmittel, die sogenannte Bordeauxbrühe.

Dazwischen der Wald. Auf beiden Seiten des Karrenwegs verlassene Lehmgruben der Zigeuner.

Sie kamen im Frühling, hoben den Lehm aus, Jahr für Jahr, den guten gelben oder den blauen für die Töpfer, sie machten Ziegel, trockneten sie an der Sonne.

Dann blieben sie irgendwann weg, für immer.

Aus Lehm baut heute niemand mehr, keinen Stall, kein Plumpsklo.

Dazu muss man wissen, dass sie, bevor sie den äußeren Weinberg erreichten, tiefgelegene Flächen ohne Namen querten, staatliche Ländereien, so hießen sie, dabei hatten sie früher nicht dem Staat gehört, auch Gestrüpp hatte es dort nicht gegeben, zum Ende des Winters wurden sie meist von eisigem Hochwasser überschwemmt oder von Eisschollen abgemäht. Was also will denn der Staat hier noch. Das Land wurde auf Gemeindegebiet umgeschrieben. Wenn die beiden Arme des Flusses über die Ufer treten, ergießen sie sich in diese Senke. Der Damm nutzte nichts. Gerade wegen der Dämme schwoll das Wasser weiter oben an und flutete herüber, wo es dann nicht mehr aufgehalten wurde und auch nicht schnell abfließen konnte.

Die glauben, wir sind zu blöde und verstehen das nicht.

Natürlich überlassen sie das uns, dieses unbrauchbare

Land. Wozu haben sie dann ihren verfickten staatlichen Damm gebaut.

Bis es im März, April zurückgeht und verebbt, langsam ins Bett zurückrinnt, mit Wind und Eis zum furchterregend donnernden Binnenmeer wird.

In harten Nächten fror es zu, drunten wärmte es die Erde, Risse krachten, dröhnten. Das war im Dorf zu hören. Wir spürten es bersten, platzen, dumpfe Bewegungen der Erde unter den Häusern. Hier war die heimatliche Erde nur Sand, Sand, Geröll und Ablagerungen vom Hochwasser. Das polterte, wie Gottvater poltert. Bei alledem war sie schön, diese langgestreckte, zerlöcherte, minderwertige, vor sich hin dümpelnde, schlammige, sandige, lehmige Senke, die das Volk trotzdem hartnäckig als staatlich bezeichnete und wo außer Moos und Flechten kaum eine Pflanze überdauerte. Höchstens das leuchtende Gelb der Ranunkel wogte im Frühling über sie hinweg oder das trockene Lila der Bartnelke färbte sie ein. Grillen paarten und vermehrten sich dort und im Sommer auch die Heuschrecken.

Der Blick verlor sich darin. Weiter dahinter erhoben sich die Hügel mit ihren nach Süden oder Westen ausgerichteten Weinbergen.

Wenn das Hochwasser kam, und es kam unweigerlich zweimal im Jahr, darauf zu wetten war überflüssig, dann kam man tagelang, manchmal eine Woche weder rein noch raus aus dem Dorf. Es flutete über die alte Pflasterstraße hinweg, so sicher wie das Amen in der Kirche. Wann war die denn gepflastert gewesen. Es floss über die Asphaltstraße, die bei den Leuten immer noch Pflasterstraße hieß. Der Bäcker und der Krämer, gottverfickt, mussten garantiert zweimal im Jahr einen Vorrat an Mehl und Gemischtwaren anlegen. Die Eisflut kam, die grüne Flut dann einige Monate später, sie blieb nur selten aus. Sie brauchten ein Lager für den Winter. So war das hier mit dem Wasser seit Anbeginn der Welt, es kam, da kannst du dich ärgern, wie du willst. Davon wusste schon der Großvater meines Großvaters ein Lied zu singen. Als Jungen hielten sie vom Turm Ausschau. Sie läuteten auch die Glocke. Doch nicht nur die Calvinisten, jeder schaute für sich, auch die Katholiken läuteten ihre Glocke. Jahrtausende hindurch hatte das Wasser die Hügel mit seinem Schlamm, seinem Sand geschoben, angeschüttet, aufgebürstet. Wir nannten sie Berge. Heute gehe ich auf den Berg. Wer auf den Berg ging, gelangte in ein irdisches Paradies. Der weite Himmel über ihm. Es herrschte Stille, Vögel sangen. Über dem Himmel schien es noch einen zu geben, man konnte erkennen, dass es darüber noch etwas gab, doch mit bloßem Auge war dieser andere Himmel nicht auszumachen, selbst wenn man von morgens bis abends danach gespäht hätte. In diesem Himmel über dem Himmel schienen die Luftschichten zu schwanken, ineinanderzugleiten.

Die Trauben wurden von Füchsen gestohlen. Fallenstellen nutzte nichts, die klugen Tiere wichen ihnen aus.

Das Tier, keine Angst, ist klüger als du.

Es bescheißt dich gründlich.

Oder das Wildschwein, das holte sich Fallobst. Es kam vor, dass wer Rattengift draufstreute. Das fraß das Wildschwein nicht. Im Mutterleib sollen allesamt verrecken, die so was anstellen. Der Geruch sagt dem Tier, dass es das nicht fressen darf. Aber wenn ich ein wenig Hundslattich für meine Hasen ausrupfe, dann krepieren die, der Hase ist so dumm, nicht mal vom Geruch her kapiert er's. Wer das ausstreut, den soll Gott vom Himmel runterscheißen.

Hier war das Geläut kaum mehr zu hören. Wegen dem sollen meine Hasen krepieren.

Dein Rufen wird vom diesseitigen Himmel zurückgeworfen, nicht vom drüberen. Dorthin reicht kein Laut, kein Fluch, kein Gebet. Gleich einem strahlenden Albtraum voller Seligkeit. Schöneres als das wird es ja doch niemals geben. Dort war das Blau schon kein Blau mehr, und darüber ist er ganz ohne Farbe, so ein Himmel ist das.

Ein Fasan flog auf mit großem Gekreisch. Äpfel gab es reichlich, Zwetschgen auch, von einer halbwilden Sorte, die von selbst, aus dem Kern wuchs oder vielleicht ein Stück weiter von der Wurzel austrieb.

Die hatte noch der Türke ins Land gebracht. Die Ungarn haben so einen Apfel im Leben nicht gehabt.

Seine Sprösslinge brauchte man nicht mal zu pfropfen.

Marillen wurden gerne auf wild gewachsene Zwetschgen gepfropft, fast immer sind sie angegangen, und dann ist die Marille unempfindlich gegen frühen Frost. Auf Zwetschgen wurden nicht nur Marillen, sondern auch die großen rosafarbenen Pfirsiche gepfropft, die auf der einen Seite grün blieben und bei uns französische Pfirsiche genannt wurden. Die halbwilden Zwetschgensprösslinge schnitt man nur, aber gründlich, damit sie kein Strauch wurden, sondern einen Stamm und eine ordentliche Krone bekamen. Diese wild gedeihende Zwetschge bringt Früchte, die sind leicht bitter.

Erst wenn es drei Tage im Kessel auf offenem Feuer gekocht wird, von nichtsnutzigen alten Weibern, gibt dieses Obst seine Süße her.

Wir hatten bereits Mitte Oktober.

Die haben Zeit dafür, wie soll denn ich, zum Scheißleben, Zeit haben, bei der vielen Arbeit, die ich in diesem verstunkenen Haus am Hals hab.

Wer sonst macht es, sag mir das, wenn ich es nicht mache.

Tagelang saßen sie im Hof beim rauchenden Kessel und rührten und rührten, die Nichtsnutzigen, die für keine Arbeit mehr taugen, weil sie beim nächsten Schritt hinfallen.

Lauter hässliche, stinkende Vogelscheuchen.

Die jungen Frauen gaben ihnen bei jeder Gelegenheit eins auf den Deckel.

So eine Baba kam ihnen besser nicht in die Quere.

Himmelarsch, wenn das bloß nicht ansetzt, hörst du. Zu was bist du gut, wenn nicht einmal dazu. Kannst du denn nicht aufpassen. Soll ich vielleicht selbst mit den Zwetschgen herumscheißern, wo ich den ganzen Tag nur arbeite.

Sitzen wirst du doch können, Himmeldonnerwetter, wehe dir, wenn ich sehe, dass du nicht umrührst.

Grad noch rechtzeitig hab ich es bemerkt. Sonst hätt es gleich angesetzt, glaub mir.

Zum Nachlegen durften diese vergreisten, verdorrten, garstigen Witwen, denn sie waren alle Witwen, das Rühren unterbrechen. Ihre Ehemänner waren längst hinüber, keine Angst, nicht für eine Nacht kehrten die wieder.

Wozu auch, so vertrocknet wie die Mösen von denen waren.

Die Burschen aber, Mutter hier, Mutter da, wie recht du hast, liebe Mutter, die haben auf sie geschissen.

Sie schafften es nicht immer, rechtzeitig umzurühren, nachzulegen.

Die Alte weiß selbst nicht mehr, wo sie ihre Gedanken hat, die lässt es anbrennen.

Hastig und ungeschickt greifen sie nach den Scheiten, die man ihnen hingelegt hat, nicht dass mir die Glut unter dem Kessel hervorkullert, nicht dass die junge Frau deshalb was sagen muss, willst du uns denn hier alles anzünden, soll das Haus abbrennen, die kostbare Ernte unter dem Dach Feuer fangen, hörst du, weil sonst werden die Zwetschgen gleich am Kesselboden ansetzen.

So wie die Alte da dauernd ins Träumen gerät, die wartet doch auf ihren Mann oder auf was zum Teufel, dass er zurückkommt und sie wieder gut durchrammelt.

Na, darauf kann sie lange warten.

Wenn er nur nicht nachts mit seinem großen Stock klopft und du das Bett vollpinkelst.

Abends deckten sie den Kessel ab, am Morgen begannen sie von neuem, machten das Feuer an, rührten, gib ihm. Sie rührten. Doch die Zwetschgen gaben nicht nur ihre Süße, sondern ihr Aroma erst dann so richtig her, wenn sie am Baum den ersten Raufrost überstanden hatten und ihr Fleisch beim Stängel schon schrumpelig war.

Der Mund von diesen Greisinnen sieht aus wie ein Hühnerarsch. Sie wissen nicht mehr, was sie reden, aber sie haben ihn immer offen.

Man konnte nicht einfach so rangehen, wie das Kalb an die Mutter, pflücken, schütteln, wenn es dir gerade passt. Das sind keine Nüsse, dass du den armen Baum so prügeln darfst. Oder der erste Reif hat sie hergenommen, und deshalb fallen sie jetzt.

Dafür hat es den langen, trockenen Herbst gebraucht, dass sie in der Tageswärme am Baum süß werden.

Zwei eiskalte Sternennächte, wenn der Wasserspiegel erstarrt.

Dann ist morgen, keine Angst, der Boden unter dem Baum übersät.

Im Kessel ist nach drei Tagen langsamem Kochen eine rauchige, klebrige, süße, leckere, lila glänzende Masse entstanden, die sich vom Boden trocken ablöst.

Unsere Zwetschgen hatten sogar etwas Fett, doch achtgeben auf sie, das musste man.

Die Alten füllten sie in glasierte Töpfe, die sie mit Ölpapier abdeckten und zuschnürten.

Auf dem Schrank im Zimmer hielten sich die Zwetschgen Jahre, ja Jahrzehnte. Ein bisschen Zucker aus dem Laden, nicht einmal das war nötig. Man musste sie mit dem Messer aus dem Topf rausschneiden. Oben das Weiß vom ausgeschlagenen Zucker.

Er schmeckte so süß, dass selbst das ungelüftete Zimmer dem Aroma nichts anhaben konnte.

Apfelbäume wurden gepflanzt, kernige frühe Kirschen, die prächtig trugen. Die jungen Frauen brachten sie mit dem Morgenschiff nach Buda auf den Markt. Die Himbeeren und Erdbeeren, die beiden wichtigsten Früchte der Gegend, wurden in Kisten, Körben und Schachteln, die hübsch mit Spitzen verziert waren, bei den größeren Häusern oder bei den Sammelplätzen unter heftigem Feilschen und Fluchen aufgekauft.

Die wurden auf großen Ackerflächen angebaut, aber keineswegs auf dem Kolchosengrund, sondern auf Feldern mit Goldkronenwert, wie bei uns die Leute sagten, was bessere, reichlich mit Flussschlamm überzogene Äcker bezeichnete.

Wenn die Aufkäufer unsere kostbaren Erdbeeren und Himbeeren für ein großes Nichts mitnahmen, ebbte die große Empörung tagelang nicht ab.

Das bisschen für so viel Arbeit.

Jeder wollte wissen, wie viel der andere für das Kilo bekommen hatte, das heißt, wie viel dieses bisschen war. Keiner hat es verraten. Doch in der Familie wurde es trotzdem bekannt. Man verbreitete höhere Preise als die tatsächlich gezahlten. Keiner hätte es dem anderen verzeihen können, hätte der mehr bekommen.

Und ich, verdammte Scheiße, schon wieder weniger. Ihre waren doch auch nicht schöner.

Dann hättest sie eben nicht hergegeben.

Keine Sorge, ich weiß schon, was ich tu.

Damit du schon wieder die Angeschmierte bist.

Siehst du, so bescheißt uns das Leben.

Mein Mann bringt es fertig, meine Erdbeeren für den Preis herzugeben.

Hättest einen anderen genommen.

Das Schicksal meint es immer nur mit den anderen gut.

Wen zum Teufel hätte ich nehmen sollen, wenn du mir das sagen kannst. Die daheimgeblieben sind, waren allesamt blöd oder sind ersoffen.

Alle wussten, er redete immer davon, wie viele Goldkronen sein Feld wert war, bis der Bandi Kóbor Farkas und seine Leute es ihm wegnahmen und in die verfickte Kolchose einbrachten. Mein Feld ist für dich unser gemeinsames, aber dein Feld soll nicht meins sein. Scheißbande, alles Abschaum. So haben sie uns zu Bettlern gemacht, was heißt gemeinsam, wo dein Feldarbeiter dir sagt, wo's langgeht und dass ich mein eigener Tagelöhner sein soll.

Niemand hat vergessen, darüber wurde noch lange geredet, wie die beiden Dreckskerle mit dem Polizisten daherkamen, dein Vater hätte besser in den Blumentopf gefickt, dann aber wurden sie rausgeschmissen aus diesem Amt, wie kein Häusler seinen nassen, stinkenden Fußlappen rausschmeißt, eine Freude war das mitanzusehen.

Sie haben es erledigt, sie waren fertig, konnten gehen.

Ihnen folgten die vielen dreckigen Juden, die nahmen ihren Platz ein.

Hör mal, beide hatten, als sie daherstolzierten, eine neue Pistole und einen neuen tschechischen Gummiknüppel, so gingen sie durch die Straßen und teilten aus, du brauchst einen Gummiknüppel, so redeten die mit den Bauern, da hast du, du Arschwarze, sie kamen in ihrer schmucken Uniform, das wurde ihnen damals alles aus dem Hut gezaubert, grau war sie, so ein schöner weicher Wollstoff, wo der wohl her sein mochte, sogar mit Bügelfalten, wenn die doch nur im Mutterleib verreckt wären.

Arbeiten konnte die Rosa, absolut, das sagte jeder, arbeiten, das kann die. Als ob man ihr das sonst nicht angesehen hätte. Sie grummelte ständig vor sich hin.

Arbeiten, das kann die Rosa, da gibt es nichts auszusetzen, auch wenn sie so brummig ist und ständig nörgelt. Das war die verbreitete Meinung bei den Frauen. Sie nahmen sie überallhin mit.

Stark ist die wie ein Tier.

Dass sie grummelt, ist egal. Wenn sie nur nicht so eine Hure wäre.

Gönn doch dem armen Wicht die Hure, lass doch.

Wer will schon keine Hure sein, wenn du nur nicht die große Ausnahme bist, Jocika, mein Kind.

Also Sie waren doch immer schon eine große Hure, das sagen alle.

Hure sein ist keine Schande.

Wir sind Menschen.

Sie lachten, was die Rosa für eine große Hure sei, sie ließ den Höss drüber, diesen großen Viechskerl, und den Gyula Blahó. Das ist vielleicht ein Lümmel. Kann sich den Hintern nicht selber abwischen, aber am Abend braucht er eine Frau. Alle wussten, was für ein Hurenbock sein Vater in seinen jungen Jahren war. Aber dass die Rosa nicht richtig im Kopf ist, dass sie einen Geburtsfehler hat, davon redete niemand.

Man urteilte eher aus der Sicht der Familie. Jeden kann so ein Unglück treffen. Ein Kind wird mit einem Makel geboren, aber es stirbt nicht gleich. Man kann es ja nicht totschlagen.

Besser schweigen, nicht darüber reden, damit das Schicksal nicht auch dich so heimsucht und bestraft, mein Kind.

Sie ließen es draußen in der Kälte, in der guten Winterluft. Wenn es sich nicht erkältete, hatte es Pech gehabt, dann lebte es weiter.

Die Rosa konnten sie nicht draußen lassen, erst als sie schon größer war und sich auf dem Boden wälzte, stellte sich heraus, dass etwas mit ihr nicht stimmte.

Dabei war sie doch so ein schönes kleines Mädchen gewesen.

Keine Angst, arbeiten kann die, lieber darüber reden. Sie ist gar nicht zu bremsen. Alle waren stolz, dass sie so eine arbeitsame Rosa hatten, die es manchmal überkam. Essen wollte sie auch nicht viel. Ich sage ihr, iss doch, Rosa, bleib mir nicht hungrig, umsonst. Niemand soll mir vorwerfen, ich gebe dir nicht genug zu essen.

Sie lässt es stehen.

Lass doch nicht das teure Essen stehen, sonst stopf ich's dir mit dem Löffelstiel rein, wie bei den Gänsen.

Dann isst sie es. Man muss mit dieser Rosa reden, sie ordentlich anleiten, dann versteht sie's.

Die Kraft von der, die kann nur vom Teufel kommen.

Ich nehme was mit für sie, in dem roten Töpfchen, denn ekeln tut man sich schon, wir essen nicht aus demselben Gefäß, aber dann lässt sie's stehen.

Wenn nicht, ist es auch egal. Sie steht vor dir wie ein Schaf und sieht dich nur mit ihren großen Augen an.

Dann zeig es ihr eben.

Wenn ich mit ihr esse, krieg ich Pickel am Mund.

Ich meine ja nur, ich will dich nicht triezen, versteh doch, mein Engel, Teufel hin oder her, so hab ich das erlebt mit ihr. Wenn du ihr was ordentlich zeigst, so macht man das, Rosa, mein Schatz, stell dich nicht so an, gib dir Mühe, so geht das, was für ein kluges Mädchen du bist, dann versteht sie gleich.

Nicht mal am Abend macht sie schlapp, so stark ist sie. Nimm sie in Dienst, dann siehst du es selbst.

Als damals so ein Kommen und Gehen war mit der Rosa auf dem staubigen Karrenweg, auf diesem berühmten Sechsklafterweg, denn so einen berühmten Weg hat es im ganzen heiligen Ungarn kein zweites Mal gegeben, man hat große Gelehrte geholt, damit sie ihn abmessen, auf ihrem knisternden Papier aufzeichnen und in die Erde hineingraben. Da und dort haben sie nach dem alten Weg gegraben, auf den sie so neugierig waren.

Diesen prächtigen Gemeindehirten haben sie fotografieren müssen, wie er morgens und abends mit seinen Hunden die Herde drübertreibt, kein Scheiß, was sie alles mit ihrem einzigen Sechsklafterweg aufgeführt haben.

Er kommt aus Rom, Leute, diesen Weg haben die Glocken genommen, damit sie den Segen bekommen, dort haben sie den Hirten mit seiner Herde hingeführt.

Der kommt nicht aus Rom, sondern aus Pócsmegyer. Was die für einen Blödsinn reden.

Ist das denn nicht egal, von wo der kommt, aus meiner Mutter ihrem Arsch, oder was. Hier treib ich meine Herde, nicht in Rom, hier begraben sie mich, samt meiner Knallpeitsche.

Die ließ er auch gleich knallen, klar, damit die sehen, wie das Volk hier lebt.

Oder die beiden nahmen den Trampelpfad, im tiefen Sand, schön war das, vor ihnen die gemächlich schwankenden Rinder, doch eilig hatten auch sie es nicht, Sakrament, was die für eine Staubwolke aufwirbeln, in der mögen sie nicht gehen, denn auch sie sind nur Menschen, atmen mit einer Lunge, da zog die Rosa immer ihre Latschen aus und hängte sie an die Hacke.

Sie betrachtete ihre Knöchel und Zehen, die im Staub versanken. Die spreizte sie, obwohl dann das Gehen schwerer wurde.

Der Staub war voller frischer Pflanzenreste und regenbogenartig schillernder, feiner Quarzkristalle, er stammte zum guten Teil vom schwarzen Hochwasserschlamm. So sah unsere teure Heimaterde aus, die uns nähren und aufnehmen sollte. Verspielt quoll sie unter Rosas Sohlen hervor, umschloss ihre Knöchel, schwappte über ihre Füße.

Rosa streichelte sie frühmorgens mit jedem ihrer Schritte. Gehen wurde ihr zu einem einzigen großen Streicheln.

Es tat wohl, all das Gute zu sehen, die Schlangenseide, die sich um ihre Füße wand.

Morgens war sie kühl und angenehm, in der Abenddämmerung heiß. Ihr Schritt wurde leichter, sie tanzte regelrecht, bis sie, begleitet von den kühlen Streicheleien, das irdische Paradies erreichten oder bei Sonnenuntergang schweißverklebt von dort zurückkehrten.

Dann fasste die Alte sie scharf ins Auge, selbst die Länge ihrer Schritte maß sie mit ihrem Blick, diese Rosa, was die macht und wie sie es macht und wohin sie nicht gehen soll.

Nicht dass ich dich aus den Augen verliere, mein Engel.

Die strolcht dauernd herum.

Den ganzen lieben Tag tanzt die vor mir rum. Anstatt dass sie ordentlich gehen würde, Himmelherrgott.

Man gibt ihr zu essen und zu trinken, bezahlt sie gehörig, gibt noch was drauf, aber dann soll sie auch vor ihr gehen, bis sie draußen sind.

Sie nicht bezahlen ging nicht, denn wenn die Rosa ihren Lohn nicht sofort bekam, erhob sie ein lautes Jammergeschrei.

Ach du, heute habe ich kein Geld, so was konnte man der Rosa nicht sagen. Rosa, komm morgen dein Geld holen. Keine Angst, ich vergesse es nicht. Auf solche Leute konnte die Rosa sehr böse werden. Ich habe nur große Scheine, damit kann ich dich nicht bezahlen. Morgen kriegt mein Mann seinen Lohn. Ach, Rosa, ich muss erst bei der Post-Rosi Geld wechseln. Auf so jemand hätte die

Rosa losgehen können. Geldwechseln, Zahltag, von so etwas verstand sie nichts. Sie arbeitet ihr Lebtag und dann soll sie den Tagelohn nicht kriegen. In ihrem schwachen Hirn war das so eingeschrieben, dass sie das Geld für die Arbeit auch jeden Tag fix zu bekommen hat. Mit Geld kannte sie sich einfach nicht aus, sie wusste nicht, was es mit Scheinen und Kleingeld auf sich hatte, was der Unterschied zwischen Hundertern und Zehnern war, man konnte ihr geben, was man wollte, nur Geld sollte es sein und möglichst viele Münzen, damit es schepperte.

Man bezahlte sie dürftig, denn gerade deshalb war sie gefragt, doch es kam nie vor, dass man sie betrog und mit alten Scheinen oder einer Handvoll Kreuzer abspeiste.

Ihre Mutter hat das immer kontrolliert, Himmelherrgott, diese belämmerte Panka, und ob sie das kontrolliert hat, keine Sorge.

Geh schon, Rosa, nicht so langsam, verfluchte Scheiße, ich zahl auch dafür, wie du vom Fleck kommst, tanz mir nicht so vor der Nase rum.

Ein andermal ging sie vor ihr her wie beduselt. Als würde sie gleich umfallen.

Schlaf nicht ein, Rosa, du Unglückswurm. Was war in der Nacht, wenn du nicht geschlafen hast. Schon wieder ist der Blahó zum Fenster bei dir rein, dass der sich nicht zurückhalten kann, ich seh es an deinem Gang.

Der ist sicher nach dem Höss eingestiegen.

Sie war kaum wachzukriegen gewesen.

Dein Vater hat dir Pálinka gegeben, oder was zum Teufel, ich sehe schon, deine Mutter hat dir ein Mohntuch in den Mund gesteckt.

Wenn du sie nicht zurechtweist, wenn du ihr nicht dauernd gut zuredest, mach dies, mach das, geh da nicht hin, dort nicht, wo gehst du schon wieder hin, wer weiß dann, was der Rosa im Kopf rumgeht, sagten dazu die Frauen.

Klar doch, Rosa, du träumst schon wieder von den Burschen, dass du einen für dich willst, der dich dann auch gleich heiratet.

Damit nicht alle immer nur in deinem Rock rummachen.

Na hör mal, ich würd sie nehmen, und die Frau Pásztor würd ihr die kleine Hacke und die beiden Feiertagsschlüpfer zur Mitgift geben.

Die Schlüpfer erwähnten die Frauen gerne. Sie lachten, weil die Rosa zwei ganz schön große Schlüpfer hatte. Sie schüttelten sich vor Lachen, einen hat sie für Ostern, hörst du, und den schön warmen, dicken für Weihnachten. Beide hat ihr die Mutter gekauft, die oberschlaue Panka, damit wird sie sie unter die Haube bringen, so sorgt sie mit den rosa Schlüpfern für sie. Sie lachten darüber, sie prusteten vor Lachen. Denn der rumänische Arzt hatte ihr die Schamröte ins Gesicht getrieben, hören Sie mal, Frau Pásztor, es geht nicht an, dass ein so großes Mädchen keinen Schlüpfer hat, nicht mal ein bisschen Watte können Sie ihr geben, sehen Sie denn nicht, zu aller Schande fließt ihr schon wieder das Blut am Bein hinunter.

Es half nichts, dass die Panka mit diesem Rumänen laut wurde, die hat doch einen Schlüpfer für den Sommer, was reden Sie da, und einen schönen wollenen für den Winter, was redet der Herr Doktor, die habe ich ihr gekauft, damit Sie es wissen, am Markt von Pomáz habe ich beide Schlüpfer gekauft, trotzdem trägt sie ihn nicht, nicht einmal im kältesten Winter.

Immer zieht sie den Schlüpfer aus. Ob sie blutet oder nicht. Ich zieh ihn ihr an, ich stecke ihr die teure Watte eigenhändig rein, es hilft alles nichts.

Sie drückt sie raus aus sich.

Die Frau Pásztor wurde ausgelacht, denn die hatte sich noch nie im Leben mit der Rosa abgegeben, ob sie blutete oder nicht, war ihr scheißegal, nur gut, dass es auf dem Plumpsklo Zeitungspapier gab und man es nicht von den Fingern schütteln musste. Wo hatten die denn Watte in diesem Haus, sag mir das.

Die hat noch nie Watte gekauft im Laden, das werde ich wohl wissen, was erzählt sie denn da dem Rumänen.

Nicht mal die eigene Mutter nimmt die Rosa so ins Gebet wie du.

Die hat sie in die kalte Kammer gesteckt, wenn es sie überkam, soll sie rumsabbern, den Schlüpfer zieht sie ihr sicher nicht an.

In der Kammer von denen gibt es nicht mal einen lausigen Kanonenofen.

Es gibt dort keinen Schornstein, deshalb gibt es auch keinen Ofen, die Frau Pásztor hat die Stirn gehabt, mir das zu sagen.

Na, dann macht eben einen, fauler Himmelherrgott noch mal. Ihr werdet doch noch einen verdammten Schornstein hochziehen können.

Gut, dass ihr euch einen Stofffetzen reinsteckt.

Das hätten wir uns angesehn, wozu die Watte braucht.

Das sage ich dir, ihr lebt wie die Zigeuner.

So viel wie ich hat ihr nicht mal die leibliche Mutter beigebracht.

Sie lachten, weil die Rosa ja doch was zum Wärmen

hatte. So eine pelzige Möse wie die hatte keine. Deshalb mochte sie ihre vielen schönen Schlüpfer auch nicht tragen.

Keine Angst, die Burschen wissen, was sie suchen. Die Möse von der Rosa ist so heiß, da kann sich keiner verirren.

Was für eine Glut da rausströmt.

Wenn man nicht auf sie achtgibt, geht sie ohne Kleider, glauben Sie mir, Herr Doktor. Schon als kleines Mädchen hat sie alles ausgezogen.

Sie lachten gemeinsam über Rosas Mutter, über Rosas Schlüpfer, über den närrischen rumänischen Arzt, der nie ein Blatt vor den Mund nahm, sie lachten, dass sie sich kaum auf den Beinen halten konnten.

Stolz waren sie schon, dass sie so einen rumänischen Arzt hatten.

Wer trinkt, soll sich nicht bei mir blicken lassen. Morgen platzt Ihnen die Leber, was soll ich dann mit Ihnen anfangen, sagen Sie mir das.

Was der nicht alles redet, lachten sie.

Wie soll ich bei Ihnen überall reinsehen, ohne dass etwas rausfließt, wenn Sie sich jahrelang nicht waschen.

Wenn Sie zu mir kommen, dann sauber.

Wenn Sie einen Ausschlag haben, dann ist es so, was soll ich mit Ihrem Ausschlag anfangen.

Das hab nicht ich aufgekratzt, das waren Sie selbst.

Sie kreideten es dem Rumänen an, dass er die Frau Pásztor, diese gute, brave Frau, diese Panka, vor aller Augen demütigte, obwohl die ihn immer respektvoll Herr Doktor nannte.

Er ist gemein zu ihr.

So weit ist es mit uns gekommen, wer hätte das gedacht,

nicht einmal für einen ungarischen Arzt reicht es mehr bei uns.

Mit einem rumänischen Arzt hätten sie nie warm werden können, auch wenn es ein Siebenbürger Ungar war, wie sie sagten. Er war herübergekommen, um mehr zu verdienen, hier würde es ihm besser gehen.

Er stammt doch aus Rumänien. Herr Pfarrer, Sie wissen besser als wir, wo Rumänien liegt.

Einmal Rumäne, immer Rumäne.

Dort ist es sicher keine Schande, Rumäne zu sein.

Der Pfarrer, der Tölösy hieß, kam gegen den exzessiven Aberglauben nicht an, da konnte er reden, was er wollte. Es half nichts, dass er ihnen erklärte, der ist genauso Ungar wie ihr. Es ist kein Unterschied zwischen euch. Ihr hört es mit euren beiden Ohren, denn er redet Ungarisch.

Er redet nur nicht so dreckig wie ihr.

Oder hört ihr das nicht.

Würde er Rumänisch reden, würdet ihr nichts verstehen.

Denn auch mit ihm konnten sie nicht warm werden, nicht einmal seine drei Presbyter haben ihm geglaubt. Sie misstrauten ihm, lästerten hinter seinem Rücken über ihn.

Es kann gar nicht anders sein.

Sie sagten, der ist schon oft in der Saat gewesen, der tut nur immer so, wie treu er seiner Frau doch immer ist.

Was soll das heißen, dass der Rumäne nicht dreckig redet. Der wird sich doch nicht vor dem Reden den Mund waschen.

Wir sind also weniger wert.

Wir sind also Drecksmäuler für ihn.

Dann sind sie für den Tölösy nichtswürdig. Wir sind

also nichtswürdige Menschen für dich, du berühmter, großer Tölösy.

Solche Schmach müssen sie Tag für Tag von ihm erdulden.

Er hält uns für verlaustes Gesindel.

Sie fürchteten, dass er sie nicht achtete und sie betrog. Sie bedauerten schon, dass sie ihn gewählt hatten, aber nach so vielen Jahren und mit so vielen Kindern konnten sie ihn ja doch nicht davonjagen. Wie der zu uns gekommen ist. Ihn durchfüttern, das durften wir. Einen Haufen Möbel hat er mitgebracht, aber zu essen hat der nichts gehabt. Ein Habenichts war er.

So viel Eingemachtes habe ich gar nicht, wie ich dem gebracht habe.

Der scheißt uns den Schädel voll.

Die Presbyter waren ständig dabei, die Ausgaben der Pfarrei gründlich zu überprüfen, um vielleicht einen Fehler zu finden.

Einen Fehler fanden sie nicht, denn die Aufstellungen machte die Frau Pfarrer, die hatte fürs Betrügen Hirn und Schule mehr als genug. Aber auch so vertraute man ihm nicht. Sicher zweigte er von ihrem bisschen Geld noch etwas ab.

Sie verstanden nicht, auf was du Arsch Gottes er immer hinauswollte, wenn er ihnen etwas erklärte. Als ob er ihr Lehrer wäre.

Als hätten sie mit dem Hamza nicht genug.

Dabei war die Mutter von dem die Gräfin Széchenyi, die Alice, Gräfin Alice Széchenyi, oder wie zum Teufel die geheißen hat, und seine Ahnin eine Zichy-Tochter, eine strenge, alte Dame, Himmelherrgottsakra, groß wie ein alter Rinderknochen, mit ihren schwarzen Spitzen und ihrem schwarzen Fächer.

Sie hat ewig um ihren Gatten getrauert, hörst du, darum war sie immer in Schwarz.

Keine Angst, die hatte was zum Trauern.

Was nicht uns gehört, hatten immer die, nicht nur hier, sondern auch auf den beiden anderen Seiten.

Das heißt, jenseits vom rechten Flusslauf, die großen Waldungen, und dann die bewaldeten Berge am linken Flusslauf, so meinten sie das.

Und dann hat Tölösy von ihnen nicht mal gelernt, wie man redet.

Pass nur auf, sie werden sich alles zurückholen.

Nirgends auf der Welt hat es einen größeren Ungarn gegeben als István Széchenyi.

Was dieser Pfarrer nicht alles hatte.

Man kam bei ihnen gar nicht zur Tür hinein, so vollgestopft war das Pfarrhaus mit alten Stühlen und Tischen. Hier Gold, da Gold, hier so ein Tisch, da so ein kleiner Tisch, doch wozu eure Tische mit Gold und Marmor, Frau Tölösy, wenn der Wurm drin ist und niemand sie abstaubt.

Überall die vielen Spiegel, aber ich sage dir, mein Engel, alle sind voll Fliegenscheiße.

Dass sich dieser Frau Pfarrer nicht der Magen umdreht, wenn sie hineinsieht.

Wie blass ich schon wieder bin.

Ich nehme einfach nicht zu, obwohl ich mit Butter koche und das ganze Fettige vom Fleisch esse, das die Kinder an den Tellerrand schieben.

Dabei ekelt es mich, glaub mir, mein Augenstern, ich kann Fett nicht ausstehen.

Nicht einmal in ihrer Küche kann man sich hinsetzen. Auch dort lauter Samt. Wie soll ich mich denn hinsetzen, Frau Pfarrer, am Ende versaue ich die teuren Stühle, so verdreckt wie wir von der Arbeit sind.

Ich habe gedacht, ich komm mal kurz rüber.

Ich bringe Ihnen was Leckeres.

Noch ganz frisch, gestern haben wir geschlachtet.

Gerade haben wir unsere ganzen Grammeln ausgelassen, sehen Sie, die sind noch warm. Gestern haben wir noch keine Zeit dafür gehabt. In der Nacht ist die Blutwurst in der Speis sofort eingefroren, du lieber Himmel, was für einen eiskalten Winter wir haben.

Früher ist in meiner Speis nie was eingefroren.

Ich dachte, ich nehm das Tuch und geh gleich rüber. Ich hab da nur ein bisschen Blutwurst, mit viel Leber, dazu ein Stück gekochten Speck, wie es sein soll, die Grammeln haben wir eben ausgelassen, wenn ich Sie mit so was nicht beleidige. Ich dachte mir, bring ich das schnell rüber und bleib gleich so.

Aber dieser Rumäne, Himmelherrgott noch mal, verfickter, wenn sie ihm die Blutwurst bringen, sagt er, wozu hast du mir Blutwurst gebracht, ich brauche keine, soll ich den ganzen Januar nur Blutwurst essen, alle bringt ihr mir Blutwurst, so viel Blutwurst kann die Familie nicht essen, warum hast du keine Bratwurst mitgebracht.

Warum ich keine mitgebracht habe, weil ich keine mitgebracht habe, darum.

Was fragen Sie, Bratwurst bringt keiner mit.

Wenn ihm dann doch wer Bratwurst bringt, in Ordnung, da hast du Bratwurst, verdammt noch mal, soll das rumänische Rabenaas Bratwurst haben, wir bringen dir

Bratwurst, brate sie, dann sagt der, was gebt ihr mir da zu essen, eine Unmenge Fett habt ihr reingetan in diese Bratwurst, das ganze Fett vom Fleisch.

Soll ich wegen euch eine Fettleber kriegen.

Es ist zu wenig Fleisch drin, hörst du, da kannst du noch so genau hinsehen.

Wo man doch bei der Bratwurst das Fleisch nicht weglassen darf, spart nicht auf meine Kosten, in die Bratwurst gehört Mageres hinein.

So was sollt ihr mir bringen, eurem Arzt, der sich um euch kümmert, und wenigstens eine Prise Pfefferkraut reintun, Majoran, was auch immer, dann würde man mit mehr Appetit essen.

Majoran, wie soll da Majoran drin sein. Pfeffer ist drin, Paprika ist drin.

Majoran geben wir in die Leberwurst.

Na dann, was redet ihr Pfarrer da, wer will schon Majoran in der Bratwurst, niemand.

Auch das Pfefferkraut fehlt ihm ewig.

Der Tölösy, unser Pfarrer, ist einer, der nicht mal weiß, was wir in die Bratwurst tun.

Er sieht uns nur groß an, was ist damit, Bratwurst, Blutwurst, Pfefferkraut, Majoran. Wovon redet ihr da, Leute.

Wenn nicht alle zugleich reden, würde ich ja verstehen, und was hat das Pfefferkraut mit den Rumänen zu tun.

Der weiß nicht mal, was ihm seine Frau zu Mittag zu essen gibt, dieser großartige Mátyás Tölösy Tóth.

Alle reden im Chor, wie soll ich sie da verstehen.

Denn sie hatten sich mit Absicht bei der abgemagerten Frau Pfarrer beschwert, dass ihr Mann sie überhaupt nicht anhört.

Wie soll er sie anhören, wenn fünf auf einmal reden. Sie fallen einander ins Wort, wer soll da was verstehen.

Das eben wollten die Presbyter, dass er zur Kenntnis nahm, was sie sagten, wenigstens auf dem Umweg über die Frau Pfarrer. Damit der Pfarrer hört, wie unzufrieden sie mit ihm waren. Sie waren es doch, die entschieden haben, wer Pfarrer sein soll.

Aber auch die Frau verstand nicht, was sie wollten, was sie redeten, was soll das viele Geschrei und was wollen sie mit dem Majoran.

Aber, aber, warum sind sie denn so fuchtig.

Sie sah sie mit ihren vergissmeinnichtblauen Augen nur groß an.

Die Männer sind alle gleich, mein Herz, glaub mir, auch wenn du mit Leib und Seele kochst.

Sie sehen nicht, sie hören nicht.

Die Alten haben es gewusst, so wie er isst, so fällt er über dich her.

Er ist Pfarrer, aber in der eigenen Küche sitzt er auf der Stuhlkante, ich hab es selbst gesehen, und schlingt nur so in sich hinein, was sie ihm hinstellt, das teure Essen. Du kannst dir denken, mein Engel, was er mit dem armen, dünnen Ding in der Nacht anstellt, dass sie wegen ihm noch magerer wird.

Ich will mir das lieber gar nicht vorstellen.

Du siehst, sie ist schon mehr tot als lebendig.

In ihren Spiegeln voller Fliegenschiss kann sie sich betrachten.

Der Tölösy frisst ihr das Fleisch vom Knochen, so strapaziert er sie.

Eine Wildsau, dieser Tölösy.

Wer will so einen mit Brille, die Borsten stehen ihm senkrecht auf dem Kopf.

Aber dafür reicht sein Verstand, dass er jeden Montag zu der alten Teres Holz hacken geht.

Wenn sie diese dumme Rosa beim Gehen auf einmal im Rücken hatte, weil die gerade unbeobachtet war, weil sie konnte sie ja nicht ununterbrochen im Auge behalten, Sakrament, warum auch, über alte Geschichten denk ja nicht nur ich nach, jeder hat was Eigenes zum Nachdenken, Himmelherrgott, dann blieb die Rosa arg weit zurück, weil sie so viel herumtanzte, ihre bloßen Füße anstarrte, wie der viele Staub von dieser alten Römerstraße zwischen den Zehen hervorpuffte, an den Knöcheln heraufdampfte.

Inzwischen wusste man bereits, dass es unterhalb des Sechsklafterwegs eine Straße gab, mit mächtig großen Steinen gepflastert. Sie hatten sie bei den Ausgrabungen mit eigenen Augen sehen können, bevor sie zugeschüttet wurde.

Oder ihr Blick erforschte, wie, auf was für einer Leiter, man aus dem ersten Himmel, dem unseren, in den zweiten hinaufgelangen könnte. Wo ließe sich eine so lange Leiter anlehnen. Darüber wusste man einfach nichts, über diesen ersten, zweiten oder wer weiß wievielten Himmel. Auf diese Himmel war die Rosa irgendwie gestoßen, oder jemand hatte vielleicht anderen in ihrem Beisein etwas erzählt, der Pfarrer Tölösy oder der Lehrer Hamza oder irgendwer, die redeten alle davon, dass sie in den siebenten Himmel hinaufgelangen müssten, das wäre das große Wunder, dann würden sie endlich diesen einzigen Gott finden, der sie nicht betrog, allerdings konnte die Rosa nur bis drei zählen.

Wo sie hinaufkommen musste, das wusste sie.

Aber vom Geheimnis der Zahl Sieben hatte sie vielleicht doch gehört, dass jemand, der im siebenten Himmel angekommen ist, dem Schöpfer der Welt begegnet, doch sehen kann ihn auch so niemand, da er kein körperliches Sein hat.

Als Kind hat man die Rosa ein paar Jahre in eine Hilfsschule in Pomáz gesteckt, damit die Arme ein bisschen Schule abbekommt, aber das hat sie dort sicher nicht gelernt.

In Rosas Blick segelten Lerchen herab und stiegen wieder auf.

Dort hatte sie ihren Vornamen schreiben gelernt. Mit schön geschlungenen großen Buchstaben schrieb sie bereitwillig jedem auf ein beliebiges Stück Papier, dass sie die Rosa war.

Das fanden die Leute zum Lachen.

Den Kopf im Nacken, so ist Rosas Blick mit den Vögeln in die Höhe gestiegen.

Aber immer hat sie dabei sehen können, dass auch die Lerchen es nicht in den drübigen Himmel hineinschaffen. Irgendwas schien sie mitzuziehen, ihren Blick mit hinaufzuziehen. Ganz schön schwindlig wurde der Rosa vom Herumfliegen der Vögel, von der vielen Helligkeit, wie sie sich mit viel Gesang bis zum Scheitel des Himmels hochschraubten und dann zurückfielen, denn, Herrgott noch mal, diese geheiligte Höhe hielt keiner von ihnen aus.

Hier unten auf der Erde musste man ihr nachschreien.

So komm schon, Rosa, zum Kuckuck!

Sie kann doch nicht ständig auf sie aufpassen.

Die Rosa jammerte, dass sie nichts mehr sieht.

Du darfst nicht so zurückbleiben, Rosa, hörst du. Ich werde dich anbinden und am Strick hinter mir herziehen.

Wie sollst du auch sehen, du Schafskopf, wenn du immer in die Sonne blickst.

Wenn dir das deine Mutter nicht beigebracht hat, dann bringe ich dir bei, dass du nicht in die Sonne sehen darfst.

Den ganzen lieben Tag auf die Rosa aufpassen, Himmelherrgottsakra.

Selbst das Rufen der Alten erstarb in dieser ungeheuren Menge Luft, die sie hier draußen erwartete, als sie zu zweit auf dem Sechsklafterweg zügig voranschritten.

Was heißt, sie soll warten. Dann siehst du eben nicht, gehen kannst du trotzdem.

Soll der Deibel auf dich warten. Und ob du gehen kannst.

Sehen Sie denn nicht, dass ich blind bin.

Sie allein lassen war trotzdem nicht anzuraten. Dass sie sich nichts antut, wenn es sie überkommt. Einen Dreck werde ich auf dich warten, hopp, beweg die Beine ein bisschen flotter, Himmeldonnerwetter.

Nie im Leben möchte ich wegen dir mit der Polizei zu tun kriegen.

Heute bin's ich, die dich bezahlt, sag, ob nicht ich dich bezahle. Siehst du, du kannst mich einholen. Geh vor mir, Rosa, ich will sehen, wie flink du bist mit deinen Entenfüßen.

Auch bei der Arbeit richtete sie es so ein, dass sie die Rosa immer vor Augen hatte. In der Zeile musste sie vor ihr gehen mit ihrer lumpigen kleinen Hacke.

Nicht viel, aber doch vor ihr.

Ein andermal ging sie zu schnell.

Renn doch nicht so, Rosa, Herrgottsakrament. Ich seh dich gar nicht mehr, so weit bist du voraus. Wenn dir am Ende was passiert, bin ich dran, hörst du.

Bleib stehen, dass ich dich einholen kann.

Damit sie gut in die andere Reihe hinübersehen konnte, was die Unglückselige wie machte und sie auf ihre alten Tage bei der Arbeit mithalten konnte. Auch das war ihr wichtig. Dass die großen Rebenblätter nichts verdeckten. Ich will dich sehen, Rosa, wie du mit deiner kleinen Hacke zugange bist, dass deine Zitzen gegen dein teures Baumwollkleid schlagen, ich will deine Zitzen schlackern sehen, Himmelherrgottsakra.

Dass dein Vater dir nicht schon eine neue Hacke gekauft hat. Dieses elende Ding hat ja nicht mal eine Schneide.

Mir scheint, deine Mutter gibt dir immer nur das Schlechtere.

Das Bessere behält sie für sich, ich seh's doch, glaubst du, ich habe nicht gesehen, wie sie mit deiner Hacke stramm ins Maisfeld marschiert ist. Diese jämmerliche kleine Hacke hat sie dir gelassen, sollst du dich damit abmühen. Die bessere behält sie für sich.

Dass jemand so eine Mutter hat, bei der immer sie selbst zuerst kommt, nie das eigene Kind.

He, renn nicht so, du hast schon wieder alles stehen lassen.

Denn die Rosa hatte es tatsächlich nicht ordentlich gemacht.

Doch die Wahrheit war, dass Rosas Vater, immer wenn sie gerufen wurde, am vorhergehenden Abend ihre armselige Hacke in Ordnung gebracht hatte. Er schliff sie, keilte sie anständig ein. Bei ihnen ging es nicht darum, dass die

Hacke jemand gehörte. Mit einer großen Glasscherbe, für gewöhnlich lag die im Stallfenster bereit, schabte er am nächsten Tag den Lehm und Dreck fein säuberlich vom Stiel runter. Auch darüber lachte man. Der Stiel tät sonst Rosas zartes Händchen wund scheuern. Alle ihre Werkzeuge richtete der Vater.

Deshalb lachten sie über ihn.

Sieh mal, den Stiel hat er ordentlich hineingetrieben.

Über die Nacht stellte er ihn ins Regenfass, damit er gut aufquoll.

So hat dann die armselige Hacke in Rosas Hand bis zum Abend gehalten.

Beim Stock hast du wieder alles mir übriggelassen mit deiner schlechten Hacke.

Was sie übriggelassen hatte, hätte sie um keinen Preis ausgesprochen. Unkraut nämlich, das heißt, beim Rebstock hatte sie es nicht weggehackt.

Himmelherrgott, soll ich vielleicht immer hinterhergehen. So kommen wir nicht weiter, Rosa. Die ganze lange Zeile hab jetzt ich statt dir gemacht. Wie sollen wir da zum Ende kommen, wenn du mir immer alles übriglässt.

Ich muss alles im Kopf behalten, hier hast du was gelassen, dort hast du was gelassen.

Womit sie meinte, dass es immer an ihr war, Rosas schlampige Arbeit nachträglich in Ordnung zu bringen, dass sie, weil so viel Unkraut stehengeblieben war, die Reihe noch mal durchgehen musste.

In Rosas Verstand war dieses Stehenlassen so fachgerecht und logisch wie die Schimpfe, die sie deshalb von der Alten bekam. Eben weil ihre kleine Hacke so scharf war. Solche alten Hacken, anständig geschärft, nutzen sich von der vielen Arbeit im Sand ab und werden, Himmelarsch, immer schärfer und blanker, je mehr du arbeitest. Die verfluchte Alte verstand Rosa und ihre Gründe sehr wohl, sie hatte selbst so eine gute alte Hacke, doch bei jeder Gelegenheit musste sie darüber lamentieren, schimpfen, zanken.

Was du immer herummurrst, da kann selbst die Rosa nicht mit.

Wer sonst hätte an ihrer Stelle murren sollen, wenn nun mal sie zahlte.

Wer zahlt, sagt an.

Rosa hat das Unkraut stehenlassen, weil sie den alten Stock mit ihrer Hacke nicht hat verletzen wollen. Recht hat sie damit gehabt. Das wussten alle Frauen.

Im Rebstock steckt die Seele des Weins.

Sie lachten über die Teres, nicht mal das verstand die Alte.

Sie versteht gar nichts.

Sie ist zu lange in der Fremde gewesen.

Taub ist sie auch schon.

Dort vergisst man alles.

Später ging sie durch die Zeile, man hätte der Rosa gar nicht so zusetzen brauchen, alles hatte sie gründlich mit der Hand ausgerissen, wo sie zuvor mit der Hacke vorbeigegangen war.

Sie verstand etwas davon.

Recht hatte sie, wenn sie was stehenließ, recht hatte sie, es mit der Hand auszureißen, es ging ihr um den Rebstock, nicht um Erdstachelnuss, Beinwurz oder Brennnessel. So eine vergreiste alte Schachtel soll sich nur das hässliche Maul zerreißen, sagten die Frauen, ihr Maul sieht schon aus wie ein Entenarsch, lachten sie, da gehört eine Pflaume rein.

Soll sie nur der Rosa die vielen Dummheiten erzählen, dass es bei den Herrschaften so oder so ist, sich bücken kann sie ohnehin nicht mehr.

Das macht dann die Rosa für sie.

Was braucht die Rosa ihre ganzen Lehren.

Ihr ist immer schwindlig geworden, wenn sie sich tief hinuntergebeugt hat.

Sie selbst würde mit der Hand nichts ausreißen können, wie viel sie auch der Rosa lauthals hinterherjammert.

Das Blut ist ihr in den Kopf, ganz rot ist sie immer geworden.

Das hat die Rosa gesehen.

Ihnen fehlt nichts, hat sie gesagt, wenn Sie nur beim Bücken nicht schwindlig werden.

Alle haben's gesehen, wie sie nach getaner Arbeit taumelt.

Und der rumänische Arzt hat sie ausgelacht, als sie daherkam und ihm erzählte, sie würde das nicht verstehen, gestern war noch alles in Ordnung, was ist das, Herr Doktor.

Und jetzt bin ich schwerkrank bei Ihnen, Herr Doktor, und gar nicht mehr gesund.

Ja, wieso denn nicht.

Mir ist fortwährend schwindlig, dabei fehlt mir sonst nichts.

Wenn das nun mal so ist, brauchen Sie nichts Schlimmes zu befürchten, aber dieses eine Leiden müssen Sie als das annehmen, was es ist.

Aber ich kann in meiner eigenen Küche nicht mehr von da nach da gehen.

Sie haben starken Bluthochdruck. Wie zum Teufel sollen Sie sich da auf den Beinen halten.

Wer gesund ist, ist nicht krank, was verstehen Sie daran nicht. Und wenn Sie krank sind, dann werden Sie wieder gesund, oder das war's dann für Sie.

Da habe ich ihm gesagt, und ob ich es ihm gesagt habe, auch wenn er Arzt ist, ins Gesicht lachen soll er mir nicht.

Aber Sie nehmen Ihre Medikamente nicht.

Wie weiß der Herr Doktor, was ich nehme, ich nehme sie doch pünktlich jeden Tag.

Würden Sie sie einnehmen, hätte ich Sie nicht dauernd am Hals. Da kann ich noch so oft allen sagen, die Medikamente sind so einzunehmen, wie ich sie verschreibe.

Nicht öfter und nicht weniger oft.

Dauernd kommen Sie zu mir mit Ihren vielen bösen Krankheiten.

So viele böse Seelen auf einen Haufen hab ich noch nie irgendwo gesehen.

Wo soll ich denn sonst hingehen, Herr Doktor.

Wenn Sie die Medikamente nicht einnehmen, sie nicht einmal in der Apotheke abholen, dann gehen Sie auf den Friedhof, kommen Sie nicht zu mir mit Ihren vielen bösen Leiden.

Den Rumänen konnten sie auch deshalb nicht ausstehen, weil er immer herausbekam, bloß wussten sie nicht von wem, wenn jemand seine teuren Medikamente nicht nahm, sondern sie einfach nur aufhob, weil man doch auch selber viele gute Medikamente in der Schublade unter dem Spiegel haben wollte.

Damit alle sie sehen.

Ihm soll niemand sagen, dass es ihm um das Geld für Medikamente schade ist.

Wenn Sie alles wegwerfen oder gar nicht aus der Apotheke holen, warum zum Teufel soll ich Ihnen was verschreiben. Ich bin nicht Jesus Christus, dass ich Wunder an Ihnen tun kann.

Die Reihen nannte man bei uns Zeilen, allein beim Wein nannte man sie Zeilen, bei sonst nichts.

Jemand hat zwölf Zeilen Wein, so sagte man. Zwanzig Zeilen Wein. Das Erste hieß, dass er seinen eigenen Wein hatte. Bei zwanzig Zeilen konnte er was davon verkaufen, mit so vielen Zeilen verdiente er Respekt. In Wahrheit war sie es, die auf dem äußeren Weinberg die längsten Zeilen hatte, diese hässliche, geizige Alte, so eine wäre bei uns nicht einmal als alte Jungfer durchgegangen, diese stinkende greise Krähe, die nicht nur der Rosa, auch sich selbst keinen Bissen gönnt.

Das war das Allererste, was sie von ihrem zusammengeknauserten Geld gekauft hatte, oder ich sag dir besser gar nicht, wo sie ihr Scheißgeld herhat. Auf einen Sitz hat sie zwölf lange Zeilen gekauft. Dazu hat sie dann den Acker gekauft, damit ihre Schweine Mais haben.

Auch kein Katzendreck, das kannst du mir glauben.

Meinen Respekt, dass sie so weit vorausgedacht hat.

Ein Gartengrundstück.

Das durfte sie behalten.

Du kannst dir denken, dass sie wegen euch nicht selber gekommen ist, sie hat ihren Sohn geschickt, das Bürschchen, damit sie nicht vor dem ganzen Dorf dasteht.

Der hat für sie das Geld hingebracht.

Er soll das zusammen mit dem Großvater erledigen.

Die Frauen waren zu Recht entgeistert, sie ist ja mit Schimpf und Schande von ihnen fortgegangen, was will sie jetzt unseren Wein.

Aber die beiden verschafften ihr bei der Gemeindeversteigerung die zwölf langen Zeilen, nur eines wollten die guten Frauen nicht verstehen, für wen zum Verrecken haben sie das gemacht, wenn nicht für den Elemér.

Dann würde der mehr Zeilen haben als meine zwanzig, mit meinem Mann zusammen.

Aber jäten wird die nicht mehr mit uns. Soll sie auch nicht. Besser, sie bleibt uns aus den Augen mit ihrer Schande.

Auch der Elemér kommt nicht, wo denkst du hin, er schont seine Hände, der Elemér hilft auch seinem Großvater nicht, der arbeitet für keinen. Eine Heugabel nimmt der nicht in die Hand.

Doch sie hat auch Glück gehabt, mein Engel, dass sie bei der Versteigerung gerade an diese langen Zeilen gekommen ist.

Was ihnen gleichfalls nicht in den Kopf ging, woher die zum Himmelherrgott wissen konnte, dass dieser Pitlik gar keine Erben hat, obwohl es doch diese vielen Pitlik gibt, und dass sein Weinberg im März zur Versteigerung kommt.

Aber das sind nicht diese Pitlik.

Na, sie haben die Versteigerung ja ausgetrommelt, es war ein Dienstag, wer hätte das nicht gewusst, es ist ja dieser Kerl gekommen, die Stromzähler ablesen, dieser Csákó oder wie zum Henker der heißt, jeden ersten Dienstag im Monat.

Von diesem Pitlik erben die gewöhnlichen Pitlik nichts.

Wie du sagst, mein Engel, der alte Mihály Csákó, der alte Schlaumeier, aber von wem hat sie es erfahren.

Aus Mitleid hat man ihn zum Ableser gemacht, soll er halt gchen und ablesen.

Zwischen Dienstag und Sonntag muss sie es von irgendwem erfahren haben.

Der Arme hatte die große Gasexplosion in Óbuda überlebt, mit Holzbein, aber wenigstens überlebt, ein Glück, dass nicht noch sein Pimmel aus Holz war.

Für was brauchte die so viele Zeilen.

Damit war ihr wenigstens der Wein sicher, wenn sie schon nicht alle Tassen im Schrank hatte.

Das verstehst du, du kennst das ja alles.

Keine Angst, dort in Buda fehlt der Teres nichts. Auch im Schädel hat sie alle beisammen.

In was für glitzernde Läden die geht, ich hab es selbst gesehen, da wirst du blind davon. Am helllichten Tag haben sie nicht eine, nicht zwei Lampen an, hundert Lampen brennen dort.

Aber manchmal sagte die alte Schachtel der Rosa nicht, dass sie was beim Stock hat stehenlassen, womit der Rebstock gemeint ist, sondern sie sagte, beim Weinstock.

Beim Weinstock, Rosa, beim Weinstock musst du es packen, wenn du dir das eine Mal was Gutes willst, mit der ganzen Hand, wie das Ding von den Burschen, aber du lässt es immer stehen.

Erst als man es ihr mehrmals erklärt hatte, verstand die Rosa, dass das ein Scherz war. Dass die Teres, die alte Schachtel, wie sie im Dorf von ihr redeten, die Beißzange, Schlampe, alte Hexe, Vogelscheuche, die mit ihrem eigenen Namen gar nicht vorkam, Teres Várnagy, die längst auf den Friedhof gehört hätte, sich einen üblen, verfickten Spaß mit ihr erlaubt hat.

Aber deine vielen Scherze helfen dir nichts.

Uns spielst du keine verfickten Streiche.

Wenn sie lachten, die Teres werde bald auf dem Friedhof ruhen, weil sie nun schon abkratzen müsse, dann musste die Rosa ihre Späße ernst nehmen.

Oder sie ließen sich über die Weinstöcke aus, über ihren angekackten Hintern, über den Friedhof, den kalten Sand, in dem sie längst hätte ruhen sollen.

Wir haben einen Liebling, den wir von früh bis spät verfluchen können, ihren Mund, ihren Arsch, wir nehmen uns der Reihe nach alles vor.

Bei dem Gedanken, dass diese verdorrt-vergreiste, geizige alte Schachtel in Wahrheit längst unter der Erde hätte liegen müssen, tief im nassen Sand, hätte Rosa beinah losgeheult.

Die Besseren gehen immer zuerst, wie die Frauen bei der Arbeit sagten.

Deshalb haben wir die alte Hexe ewig am Hals.

In Wahrheit sollt sie längst im eiskalten Sand liegen, wo man sie reintun wird, dort, wo im Frühling aus ihrem Grab das Wasser hochkommt, du wirst schon sehen.

Als sie das sagten und einfach nicht aufhörten, schluchzte Rosa auf.

Was weinst du denn, Rosa, einen Scheißdreck gibt es da zu weinen. Es weiß doch jeder, dass die Teres nicht ganz oben auf dem Friedhofshügel begraben werden kann, wo immer das Grab von diesen Várnagy war, auf ihre Eltern drauf, wie sie es sonst mit den Unverheirateten machen. Das lässt die Familie nicht zu.

Nur runter mit ihr an den Rand.

Uns passiert so etwas nicht. Dass man uns am unteren Ende des Friedhofs verscharren muss. Wo es im Frühling bei Hochwasser nur so aus der Erde sprudelt.

Glaubst du, wenn sie hinüber ist, wird das Wasser ausgerechnet um sie einen Bogen machen.

Keine Angst, Rosa, die Ärmste wird nass werden und frieren.

Tereschen, ich möchte Sie umarmen.

Geh und umarme den Türstock, Himmelherrgottsakra.

Aber wenn die Rosa in ihrer grenzenlosen Liebe zu Teres einmal in Fahrt geraten war oder ihr einfiel, was diese Irren alles über ihr liebes Tereschen redeten, war sie kaum zu bremsen.

Ich möchte Sie so gern umarmen.

Jäten sollst du, lass das ewige Umarmen, Himmelarsch, sonst kriegst du eins mit der Hacke.

Teres, die alte Hexe, Teres, die Vogelscheuche, was mit der Zeit zu Teres Vogelscheu wurde. Teres Vogelscheu, so redeten die Frauen von ihr, als hätte diese Teres keinen ordentlichen Familiennamen. In diesem Dorf, ihrem lieben Geburtsort, wo auch wir geboren sind, oder draußen in der Feldflur, auf den Äckern, im Wald, bei den Himbeerhecken, zwischen den Scheunen auf dem Dreschplatz am Fuß des Friedhofshügels, denn wegen der ewigen spätsommerlichen Feuergefahr standen die Scheunen, weiß der Teufel wie lange schon, draußen am Rand des Dorfes, und sobald Heu und Stroh eingebracht waren, passte der Flurhüter auf, dass bloß niemand Feuer machte, einen Schaden verursachte oder sich etwas von der Ernte unter den Nagel riss, doch auch anderswo, überall, in den Auwäldern, wo die Frauen Egerlinge suchten, alle gemeinsam, damit keine mehr finden konnte als die andere, sie wollten sehen, wie die anderen sammelten, wie viel sie fanden und wieso dann ich nichts finde, auf der Weide, bei den vielen Sumpflöchern und in den umliegenden Weingärten zwischen den Obstbäumen ließen sie ihren Familiennamen einfach beiseite, wenn sie von ihr sprachen, natürlich redeten und lachten sie über sie, doch während sie über sie tratschten, lästerten, herzogen, schienen sie gar nicht mehr zu wissen, dass sie den gleichen Namen trug wie eine hochberühmte Familie und dass sie sich schon in Acht nehmen sollten, was sie redeten. Die waren hierzulande die allererste große Familie gewesen, hörst du. Die größten Virilisten, was bedeutete, dass niemand so viele Steuern zahlte wie sie.

Doch wie lang ist das her.

Auch das erwähnten sie.

Die Várnagy waren immer schon Schiffsbauer gewesen.

Die Teres soundso.

Sie nahmen den Familiennamen nicht mehr in den Mund oder verpassten ihr Spottnamen, die Giftnudel, die Vogelscheuche, die Vogelscheu, die Schiffsbauerin, die Vornehme, die Schlampe, die Treska, die Tresi, was ihnen gerade über die Lippen kam.

Fest steht, dass die Teres ebenfalls ein Schandmaul hatte, Gott den Herrn rief sie bald als Zeuge an, bald lästerte sie ihn.

Weshalb Tölösy, der Pfarrer, sie tadelte, wenn er zum Holzhacken kam, umsonst rief er sie zum Gottesdienst. Jetzt am Sonntag müsse sie aber wirklich kommen.

Obwohl niemand ihren Namen in den Mund nahm, wusste jeder, von wem die Rede war, selbst wenn keiner ihrer Spottnamen fiel. Eine so verehrte, namenlose Unperson gab es unter ihnen tatsächlich nicht ein zweites Mal.

Einen gab es allerdings schon noch, nicht zu vergessen, dessen Name auch niemandem einfiel, das war ein junger Bursche, sogar die Mädchen schissen auf seinen Schwanz, geschweige denn die jungen Frauen.

Mit dem wollte keiner zu tun haben.

Auf diese Weise bestraften sie die Treska. Sie wurde ihnen wichtiger als alle Lebenden und Toten. Sie waren im Recht. Mit ihren Taten hatte sie ihren Angehörigen auf ewig Schande gemacht. Bei ihr musste man auf der Hut sein. Das durften sie ihr nicht vergessen. Dabei war sie die Kleinste gewesen, das blonde Dummerchen in dieser großen Familie. Ihr Vater mochte sie, er konnte das schöne Mädchen gar nicht genug drücken und herzen, in die Luft werfen, sieht sie nicht wie ein Weihnachtsengel aus.

Wie gut gepolstert sie ist.

Hör doch auf, sonst nimmt es noch ein böses Ende mit ihr.

In Budapest hat er für ihr kleines Ohr ein Vergissmeinnicht gekauft, ein türkisfarbenes, und in echtes Gold fassen lassen.

Bei der Redoute ist er ausgestiegen und zu Fuß in die Holló utca, um es abzuholen, bei dem Juden Tauber, der es gemacht hat.

Er musste es nicht einfassen lassen, er hat es schon so gekauft.

Aber ich weiß, dass er die Steine selbst ausgesucht und der Jude sie eingesetzt hat.

Erzähl mir nichts, aus diesen Schönheiten werden erst recht Huren.

Du wirst sie doch nicht beneiden. Hör mal, was redest du dauernd von dieser blöden Hure.

Ich würde ja gar nichts sagen, wenn sie nicht der eigenen Mutter ewigen Kummer gemacht und den Vater in den Suff getrieben hätte. Er hätte sonst niemals getrunken, dieser große, angesehene Schiffsbauer Antal Várnagy. So sprach man von ihm.

Der edle Anti Várnagy.

Auch so nannte man ihn.

Der Herr Tóni war ein anständiger Mensch, so einen wird es nicht mehr geben.

Ob sie es wollten oder nicht, sie mussten die Hure Teresia verstoßen.

Das Herz ist ihnen gebrochen, aber was hätte die Familie tun sollen.

Wenn sie auch die größten Virilisten waren, ihre Tochter ist trotzdem eine Hure geworden.

Halt mal, damals gab's doch die Werkstatt von dem Tóni Várnagy gar nicht mehr, was redest du da. Von was hätte er da noch Steuer zahlen können und Virilist sein, erinnere dich, wir waren alle in Schwierigkeiten, du redest dummes Zeug.

Der Vater von dem Tóni war Virilist.

Dieser Tóni halt.

Der hieß Anti, nicht Tóni.

Damals wollte niemand mehr ihre Schiffe, auch keine von wem anders. Man hat auf die Schiffsbauer geschissen.

So war das aber nicht, ich weiß es genau, denn die Fischerboote hat der Tóni gebaut, nicht der Anti.

Sie hat sich selbst ins Gerede gebracht. Sie ist so eine blonde Hure geworden, nicht wir.

Goldkronenäcker waren ihnen viele geblieben, Pferde, Kühe, Knechte, Gesinde, ihre alte Dienstmagd, nicht einmal die haben sie entlassen, dabei hätten sie es können, na hörst du, es ist genauso, wie ich sage, die hatten alles.

Nein wirklich, was sie mit diesem armen, schwächlichen Jüngelchen aufgeführt hat, Gott im Himmel, das möchte ich niemand erzählen.

Dort draußen zwischen den Scheunen haben sie es getrieben, alle haben es gewusst.

Es ist lange her, sehr lange, eigentlich hat bei uns keiner mehr gelebt, der sich hätte erinnern können, dass er es gesehen hat und wie es passiert ist, vielleicht stimmte es gar nicht, trotzdem haben sie es nicht vergessen. Die davon erzählten, waren mehr als die, die es gesehen hatten.

Sie sind hin, um es zu sehen.

Wo waren die alle, unter der Erde.

Trotzdem wurde dauernd davon erzählt, bei uns redeten alle darüber, was sie nicht alles mit ihm angestellt hat, lachten sie, neben der Scheune auf dem Dreschplatz, wann immer sie sich davonmachen konnten.

Verbote, sich zu treffen, brachten nichts, deshalb schlug man die beiden windelweich.

Wenn mal welche ineinanderpassen, kommen sie ohne einander nicht aus, da kann man sagen, was man will.

Da helfen auch keine Schläge.

Wenn nur ihr Vergehen nicht über uns kommt.

Wir wollen nicht für die Sünden von anderen büßen.

Jetzt pack deinen Kram und verschwinde, geh, wohin die Beine dich tragen. Wie können wir so mit dir in die Kirche. Du und dein Kind sollen uns nicht länger zur Last fallen.

Nach zweiundzwanzig Jahren, du kannst nachzählen,

kam sie eines schönen Tages dann doch zurück, das richtig gute Brot hat sie heimgetrieben.

Ihr Kind brauchte es nicht. Das kam von selbst auf seinen eigenen Beinen, um den Großvater zu besuchen und ihm das viele Obst aus Zucker zu bringen.

Das ist kein Zucker, sondern Marzipan.

Das isst er nicht, aber geben tut er davon auch niemandem.

Keine Angst, der Elemér macht es auch aus reinem Zucker, wenn es ihm ums Rosenwasser und um die Mandeln zu schade ist.

Er tut Aroma hinein, der Teufel soll ihn holen, der ist nicht besser als die Juden, deshalb verdient er so gut, die blöden Leute kaufen alles auf dem Markt.

Als die Teres nach all den Jahren zurückkehrte, taten sie so, als wäre sie eine Fremde, die hocherhobenen Hauptes von der Fähre die Straße heraufkam, als wüssten sie nicht, wo diese Fremde in den Damenschuhen her war.

Kein Brunnen hat besseres Wasser als unseres, das kannst du mir glauben, ich habe schon an vielen Orten Wasser getrunken.

Das gute Wasser war es, welches auch die Terka Vogelscheu nach so vielen Jahren zu uns heimgebracht hat. Dass bei uns ein Brunnen austrocknet, hat es im heißesten Sommer noch nicht gegeben.

Hör mal, Teres, wenn du mich nicht anredest, hätt dich gar nicht erkannt.

Du hast dich ja so verändert, Mädchen, abgenommen hast du dort in der großen Fremde.

Sie klagten, wie viel Zeit vergangen sei.

Aber sie sagten nicht, seit wann.

Seit du gefallen bist, Mädchen. Seit dich das unschuldige Jüngelchen erbarmungslos geschwängert hat.

Seit du so eine große Hure geworden bist und jetzt zu aller Schande wieder heimkommst zu uns. Seit dein Vater, deine Mutter vor Kummer gestorben sind, sodass alle über euch geredet haben.

Der ist gestorben, weil er krank geworden ist, der ist auch gestorben, und die ist ertrunken, aber du bist zu keinem Begräbnis gekommen, wenn du auch nur zu einem einzigen Begräbnis gekommen wärst, hörst du.

Seitdem sind noch einmal fünfundzwanzig Jahre vergangen, wo sie wieder hier gelebt und wenigstens die Gräber gepflegt hat. Einen schwarzen Stein hat sie ihnen draufmachen lassen. Ihre Schwestern haben nichts dazugegeben, natürlich nicht, für so einen teuren schwarzen Stein steuern die nichts bei, sie ist allein für den ganzen großen Stein aufgekommen. Sie hat immer Blumen draufgestellt.

Wo die so viele Blumen herhat, weiß ich nicht. Sogar im Hintergarten hat die Blumen zum Pflücken.

Bei ihr gedeiht alles, keine Angst, bei diesem Aas, ich hab das nie verstanden, bei mir vertrocknet alles.

Wie gut ich das kenne.

Vermaledeit, wir alle.

Kein Sonntag oder Feiertag, an dem sie nicht hinrennt und was mitten aufn Stein stellt.

Sie gießt in einem fort.

Denn bei uns hielt man das eher für einen Fluch als für Hochachtung, das viele Wasser, die vielen Blumen. Die verfluchen Vater, Mutter noch im Grab, die ganzen Blumen, das viele Schleierkraut oder was sie gebracht hat.

Lilien gehören auf den Altar, nicht aufs Grab.

Wenn die Rosa sie anredete, wenn sie es nicht vermeiden konnte, sie beim Namen zu nennen, sie hätte auch gar nichts vermeiden wollen, lieber ging die Rosa blind durchs Leben, dann redete sie sie nie so an, wie die anderen, diese tollen Hunde, he Teres, hör mal, sondern mit Respekt. Was ihr unleugbar wohltat, dieser greisen und zahnlosen Teres Várnagy, der kaum noch Haare geblieben waren auf dem Kopf, einen Knoten konnte sie damit gerade noch binden. Nicht allein wegen ihres beachtlichen Alters, auch wegen des guten Namens ihrer alten, berühmten Familie hätte ihr Respekt gebührt. Was auch immer sich zugetragen hatte, sie war eine Adelige.

Man erzählte sich, denn die Ahnen wussten das noch, dass irgendein früher Vorfahre von diesem Schiffsbauer Várnagy in der königlichen Burg von Visegrád, die konnten sie sehen, während sie den Berg hinaufgingen, dass dieser Vorfahre ein Várnagy, das heißt ein Burggraf gewesen war. Der König hatte ihn ernannt, und der Name blieb an ihnen hängen.

Bei ihrer Ernennung bekamen sie auch all die Besitztümer.

Siehst du, wie weit ein armer Mensch es mit Geschick bringen kann.

Also, wenn er den Knecht ernennt, dann ernennt er ihn, dem König kann er nicht sagen, dass er nicht will.

Die vielen lumpigen Häusler hast du auch heute noch überall am Hals, die kannst du dir in den Arsch schieben.

Versuch mal, denen was anzuschaffen.

Die haben nie eigenen Boden gehabt, die haben keine Ahnung davon, was Boden überhaupt ist.

Es ist lange her, wer weiß, was die waren, sie waren Burgsassen, die Várnagy.

Der Hamza weiß es, wenn du ihn fragst, sagt er es auch.

Die Felder am Ufer hat er dem Bücherjuden verkauft. Und dem Ritter Okolicsányi, den beiden berühmten Jägern, damit sie nicht das Großwild, sondern lieber einander triezen.

Was für Großwild es bei uns gegeben hat, das glaubt keiner.

Himmelherrgott, ohne dass wir was bemerken, hat auf einmal die ganze Feldflur ihnen gehört, damit sie dort jagen können.

Sogar die kleinen Rotznasen schrien ihr nach, he Teres, geben Sie mir einen von Ihren großen Äpfeln, den roten, nicht die grünen. Die Mädchen giggelten hinter vorgehaltener Hand.

Auch sie wussten es, alle wussten es. Wer denn nicht.

Und die arme Haut musste so tun, als würde sie nicht hören, nicht verstehen, worüber sie lachten.

Sie konnte froh sein, wenn die kleinen Hosenscheißer nur ihre Äpfel und nicht die Marillen wollten.

Teres, hören Sie mal, wie viel verlangen Sie für die Marillen.

Sie versuchte zu vergessen, sich nicht daran zu erinnern, was die Jungen ihr auf der Straße nachriefen, als sie zurückgekommen war und ihr Haus baute, damit sie auf ihre alten Tage ein Dach über dem Kopf hatte.

Wir zahlen für die Marillen, wenn wir reife bekommen, schön saftige.

Sie wusste nicht mal, welcher Lausebengel zu wem gehörte.

Erst als sie sich Kühe kaufte, war Ruhe. Da verstummten sie, Himmel, Arsch und Fotze, wie viel Geld mag dieses Aas haben, wenn sie sich in Kismaros an einem einzigen Sonntag zwei schöne Kühe kauft, und die Marillen erwähnten sie nicht mehr.

Sie gab ihnen Äpfel.

Zweimal in der Woche brachte sie ihre Sahne mit dem frühen Schiff nach Pest in den Donaupalast. Wie viel sie im Ritz dafür bekam und wo sie das Geld aufbewahrte, verriet sie ihnen natürlich nicht. Der Koch bezahlte sie in bar. Ihnen das zu sagen wäre sinnlos gewesen. Diese Durchgeknallten hätten nicht mal verstanden, dass im Ritz für einen Liter Sahne nicht weniger gezahlt wird. Das ist dort der Preis für so eine Sahne.

Sie gab ihnen die Marillen.

Die hätten nicht mal gewusst, durch welche Tür man das Ritz betreten muss.

Die brauchen die Sahne, verdammt noch mal, denn dort wird alles mit angedickter Sahne angerührt oder übergossen.

Da, nimm, friss den Apfel, dass du Würmer kriegst, hätte sie denen am liebsten gesagt.

Für einen Liter Sahne, wie sie im Ritz eine brauchen, musste man ganz schön werken. Weit vorausdenken. Sie sammelte und kühlte sie. Die Milch ihrer Kühe soll fett sein, sie müssen ausgiebig duftige Gräser, Feldblumen fressen, und im Futter muss welker Klee sein, die Sahne soll ordentlich stocken, ach, wenn sie nur süß bleibt, bloß nicht sauer wird, sie gehört rechtzeitig in den Keller, damit sie nicht bitter oder ranzig wird.

Sie muss sie richtig abschöpfen.

Am Sonntag muss sie die Kühe auf die Halbinsel treiben, dort können sie sich auf der Blumenwiese satt fressen.

Eine Freude, ihnen zuzusehen.

Dass es die Rosa nicht immer mit den tollen Hunden hielt, dabei hatte sie eindeutig mitbekommen, wie ihr Tereschen geschmäht wurde.

Vielleicht hat sie es nicht verstanden.

Bei jeder Gelegenheit wurde sie von der Bekloppten geplagt mit diesem ewigen Teres hin, Teres her.

Wenn mir die Frau Teres etwas Wasserwein zum Trinken geben tät.

Wenn es um Wasserwein ging, wurde Rosa dickköpfig. Sie warf den Kopf in den Nacken, ihr Kinn wurde hart.

Ausgerechnet Wasserwein möchtest du trinken, fragte sie immer zweimal, oder dreimal, um sie hinzuhalten und den Dummkopf für den Wasserwein ein wenig herzunehmen.

Wenn dieses Kind Gottes nun mal sie so hernahm.

Ich möchte trinken, Tereschen, wenn ich doch sage, trinken. Natürlich will ich in dieser Scheißhitze trinken.

Aber stehen geblieben ist sie nicht mit ihrer Hacke, die der Hurenbock von einem Vater schärft, sie ist immer forsch vorangeschritten.

Geben Sie mir schon zum Trinken.

Na klar willst du trinken, den Teufel in deinen Bauch, Rosa, ich hab schon verstanden. Du willst trinken, um mir dann unter die Nase zu furzen.

Ich muss trinken, geben Sie mir.

Schrei nicht so, ich bin nicht taub. Ich möchte auch trinken. Und ob.

So einen sakrischen Sommer hab ich mein Lebtag noch nicht erlebt.

Trotzdem arbeiteten sie, vom Durst ging ihnen das

Trinken immer im Kopf rum, ihre Münder trockneten aus, Teres bekam einen Ausschlag, bei allem Gegrummel kamen sie doch voran. Bevor sie nicht oben am Hügel waren, hätte keiner von ihnen zum Trinken Halt gemacht, solange der andere nicht Halt machte.

Sie behielten einander im Auge.

Dabei wäre es, verflucht, schon seit geraumer Zeit angebracht gewesen, stehen zu bleiben, sich im Schatten auszuruhen, damit der Mund nicht schorfig wurde, ein Nickerchen zu machen. Wie es andere tun, wenn sie auf den Berg in ihren Weingarten gehen, um dann den ganzen Tag im Kühlen zu liegen.

Um sich im schönen Schatten auf dem kühlen Sand zu räkeln, während das Mundwerk nicht stillsteht.

Wenn sie nur endlich am Ende der Zeile wären.

Tereschen versteht das doch, es ist ja nicht nur dem Tereschen so heiß. Wir haben Hochsommer, und was für einen.

So viel ist sicher, Rosa, bis Herbst kommen wir da nicht raus. Bis zum Herbst bleibt das so. Sicher würdest du bis dahin am liebsten in deinem kühlen Zimmer Wasserwein trinken. So eine Affenhitze, aber was du trinken willst, wie dich vergnügen, das weißt du genau, Himmelherrgottsrindvieh.

Dass dir im Sand der Hintern nicht zu warm wird, Rosa. Du brauchst das Wasser, damit du furzen kannst, aber wenn ich dich bezahle, sollst du für mich arbeiten, in der Nacht hast du dafür die Daunen in deiner Kammer. Da kannst du dann hineinfurzen.

Ich möchte trinken, Frau Teres, ganz bestimmt. Doch sie sagte nicht bestimmt, sondern betimmt.

Wenn es Ihnen nicht schad drum ist. Wenn Sie mir

zum Trinken geben, tät ich's nehmen, mich betimmt nicht schämen.

Alle lachten über die Rosa wegen der vielen betimmt.

Nicht einmal reden kann die Dusselige mehr, seit sie aus diesem Pomáz zurück ist.

Denn in Pomáz haben sie sie geprügelt, keine Angst, die Schwaben, denen diese Schwachsinnigen von der Schule zum Arbeiten überlassen worden sind.

Aber Wasser soll ich dir geben, zum Kuckuck, oder sogar Wasserwein. Das ist dir nicht egal. Mir ist auch nicht egal, was ich dir gebe, da frage ich schon.

Unterdessen kamen sie in bequemem Tempo ordentlich voran, jäteten ohne Pause, um möglichst bald das Ende der Zeile zu erreichen.

Auch wenn sie es nicht wahrhaben wollte, von dem dauernden Tereschen schien der Bekloppten schon die Stimme umzukippen.

Woher nahm sie den Mut, sie so anzureden, mit diesem Tereschen.

Das ließ ihr keine Ruhe. Und ganz plötzlich drang unter dem doppelten Himmel die Stimme der Rosa wie eine Attacke in ihr Hirn, oder wie ein Hilferuf an den siebenten Himmel, jedes einzelne Wort hallte wider in ihren Ohren wie ein richtiges Echo.

Da schrie sie selbst vor Entsetzen auf.

Mein Gott, Engel des Herrn, warum versündige ich mich in einem fort gegen dich. Für was war mein Leben.

Sie verstand nicht, was da auf einmal geschehen war. Denn etwas war im Bereich ihres Herzens und hinter ihrer Stirn passiert, zugleich schwindelte ihr nicht mehr, und auch die Stimme kam wieder.

Aber sie brachte die Seelenstärke nicht auf, es zu sagen, der Rosa wenigstens einmal zu verbieten, ihr zu aller Schande mit Kosenamen zu schmeicheln, denn daran geht sie auf der Stelle zugrunde, sie platzt vor Wut.

Sie sagte nicht, komm doch her, Rosa, und hilf mir.

Ihr soll niemand helfen.

Aber die Rosa sagte es, sie sagte es immer wieder. Obwohl sie sich vor ihnen fürchtete, vor den tollen Hunden.

Hör schon auf, Rosa, mit diesem ständigen Tereschen, Sakrament, du Schafskopf, ich bin doch nicht dein Kind, ich könnte deine Großmutter sein, mir sträuben sich die Haare, du bist ja kein Bursche, ich bin nicht deine Liebste, lass das Süßholzraspeln in dieser Gluthitze.

Das dachte sie, aber sie sagte es nicht, es schmorte nur in ihrem Hirn, sie fürchtete, die Rosa zu verlieren. Das Bewusstsein zu verlieren. Diese Rosa war ihre einzige Tagelöhnerin. Oder sie fürchtete eher, sich irgendwie diesen tollen Hunden, allen anderen zu verraten. Durch eine Schwäche ein wohlgehütetes Geheimnis zu verraten, die Arbeit nicht mehr zu schaffen, sehr krank zu werden, und dann wird sie hier von neuem fortgetrieben, halbtot.

Sie hetzen sie noch im Traum.

Ihre Stimme kommt von irgendwoher zurück, sie kann es hören.

Beschweren durfte sie sich nie, dann fuhren sie gleich auf sie los und rieben ihr ihr Vergehen unter die Nase.

Nicht einmal ihrem Bastard verrät sie, wo sie ihr Geld versteckt hat.

Der braucht dir nicht leidzutun, wenn es so weit ist, wird er es sicher finden, Elemér ist ein geschickter Kerl.

In dieser Hundshütte gibt's gar nicht so viel, wo sie es hinstecken kann.

Was hilft's, dass er geschickt ist, wenn er für überhaupt keine Arbeit taugt.

Wenn er Zuckerbäcker gelernt hat, muss er geschickt sein.

Er muss auf seine Hände aufpassen, damit er die viele Zuckerglasur glattstreichen kann, mit dem Messer, aus Marzipan muss er Rosen, Tulpen, die Braut und den Bräutigam formen, alles mit den eigenen Händen, den ganzen Tag.

Du wirst dir doch nicht wünschen, dass ihr Bastard dich mit den eigenen Händen streichelt.

Der muss weit fahren, dass er eine Frau findet.

Auch wenn die Teres noch so sehr diese tollen Hunde und alles Mögliche fürchtete, wenn es lange nicht regnete oder die Hitze selbst in der Nacht nicht nachließ und die Sonnenscheibe anderntags noch immer matt glühend über ihnen stand, sie umsonst betete und fluchte, ein einziges Wölkchen wenigstens, und nicht einmal das zeigte sich am Himmel, und sie umsonst die Donnerwolken herbeirief, dann riss sie sich die Tücher herunter, warf die Überkleider von sich, verlor fast den Verstand, wollte sich am liebsten die Haut runterkratzen, sie stand am Brunnen in der Kombinesch, ich werd wahnsinnig, Gott soll sie mit einem Blitz erschlagen, die ganzen Durchgedrehten, die tollen Hunde, einzeln, ihr Scheißgott soll ihren ganzen Scheiß in der Luft zerreißen.

Ich will keinen solchen Gott haben wie die, ich scheiß auf diesen Gott.

Oder es kam Südwind auf, der trockene Wüstenstaub

breitete all das Schlimme über sie aus, Siechtum und Gram, aber einen beschissenen Regen, auch nur einen Tropfen brachte er nicht, dann erschlafften alle ihre Pflanzen im Hintergarten, die Blüten und Blätter starben ab, da konnte sie morgens und abends so viel Wasser hintragen, wie sie wollte, er bog und zauste die armen Bäumchen, die sie alle selbst gepflanzt hatte, wer sonst, wer du beschissener Herrgott hätte sie an ihrer Stelle in diesen Sand gepflanzt, in dem immer alles, aber auch alles verbrannte, doch nicht ein Tropfen, kein einziges Tröpfchen fiel vom Himmel.

Und wenn es nicht regnete, schrie sie jeden an, der ihr in die Quere kam, und schlug auch noch nach ihm.

Dann nahmen sich auch die Nachbarn vor ihr in Acht, sie wussten, wenn der Südwind kam, drehte Teres durch, und auch wenn sie sagten, sie sei ihnen scheißegal, vor der Gewalt ihrer Stimme und ihres Zorns fürchteten sie sich. Oder sie stand draußen im Hof und riss an ihren Kleidern, wimmerte vor sich hin. Alle wussten, der kann nichts was anhaben, wenn sie nur schon abkratzen würde.

Wieder ist es mit der Teres Vogelscheu so weit, wieder tobt sie beim Brunnen, wenn sie uns nur keinen Schaden macht, jetzt verflucht uns die alte Hexe. Sollen sie nur horchen, die Nachbarn, sollen ihre Nachbarn sie durch den Zaun belauschen, das soll ihre Strafe sein.

Nur einen Nachbarn hatte sie, der nichts sagte, der Stumme. Für die anderen gab es was zu sehen und zu lachen, sie schlug um sich, hieb mit der Hacke in den Brunnen oder in den Stall, wenn sie nur keinen größeren Schaden anrichtet, ihre Schweine gaben keinen Laut von sich, auch die lauschten, und wenn sie die Stalltür zuschlug, drehten und schüttelten sie die Ohren.

Doch dieses eine Mal stöhnte sie nur in sich hinein, gefangen im eigenen Zorn.

Sie wurde eher sanft, so wie bei den Katholiken das Allerheiligste.

Keine Angst, ich gebe dir zu trinken, Rosa, ich gebe dir, was ich habe, so mir der Herr Jesus helfe in meiner großen Not, dass mir mein ganzes Leben nur Leiden und Kummer bleiben. Du bekommst Wasserwein, wie gewünscht, ich habe eine ganze Flasche mit, extra für dich. Soll das mein Schicksal sein. Nicht genug, dass ich meine eigene Flasche trage. Deine kann ich auch noch schleppen. Es wird schön kühl sein, ich habe deinen verfluchten Wasserwein unter dem Stock in die Erde gesteckt. Ich hab es im Rucksack hergetragen, damit du deinen heiligen Wasserwein bekommst.

Auch deinen Emailbecher hab ich dabei, den füll ich dir, denn eine Flasche kann ich dir nicht in die Hand geben. Du zerbrichst alles. Aber das sage ich dir gleich, furz mir nicht von dem sauren Wein, verfluchter Arsch Gottes.

Du hast mir den Becher zerbrochen, den mit den blauen Vergissmeinnicht. Ich habe dir einen Emailbecher gekauft, mit dem kannst du herumwerfen, wie du willst. Und dann nebelst du mich auch noch ein.

Hab ich denn nicht deinen Emailbecher im Rucksack mit, seit du den anderen zerbrochen hast, ja, hab ich, niemand soll sich über mich beklagen können. Dass diese hakennasige alte Hexe, die auch noch eine jüdische Schwiegertochter hat, dir nicht mal Wasserwein gibt.

Du wirst mir von meinem Wasserwein ja doch nur die Luft verpesten, hörst du.

Dass ich knauserig bin, darüber kannst du dich nicht beklagen.

Ich weiß, ich werf dir ja auch nichts vor, du furzt wegen dem Sauren, das geht dir gleich in die Gedärme, aber du ballerst wirklich anständig.

Wenn du es wenigstens heimlich machen würdest, nicht so protzig.

Ob sie nun gelobt oder getadelt wurde, dass niemand anderer so laut und anhaltend furzen könne, Rosa konnte darüber nicht lachen.

Mach deinem Wohltäter keinen Gestank, merk dir das, ich sag's ja nur. Das steht sogar in der Heiligen Schrift. Ich hab dich immer zum Guten angehalten.

Stink niemandem aus deinem Gedärm ins Gesicht.

Die Wahrheit ist, hier bei uns gibt es keine Menschenseele, die ein Furz von der Rosa nicht umhauen würde.

Selbst der Tölösy fiel vor Lachen fast um.

Bei uns reichte es, wenn wer sagte, der Furz von der Rosa, und schon prusteten wir los. Sie hat ausgefurzt. Sie hat sie angefurzt. Der Teres Vogelscheu stinkt der Einfaltspinsel die Nase voll. Sie soll reichlich furzen, wie der Herr es ihr gegeben hat, das wünschten sie sich für sie.

Nur nicht so furzen, mein liebes Kind, dass du ausgefurzt hast, das verdient die Teres Vogelscheu nun doch nicht, hörst du.

Jeder sah, jeder wusste, dass die Rosa nicht lacht.

Ihre Gedärme faulten still vor sich hin, dafür konnte sie nichts. Sie lachte nie, zum Verrecken nicht, da konntest du lange warten.

Wenn sie furzte, sie oder wer anders, das war ihr egal, kein Mensch brachte die Rosa zum Lachen, im Leben nicht.

Dabei hatten die Jungen sie als kleines Mädchen mehr als genug gekitzelt. Wo sie sie gerade erwischten, wo es nur ging, sie hielten sie fest, ordentlich zwischen den Beinen, machten Killekille, am Bauch, unter den Achseln, doch sie quietschte nicht, kicherte nicht, wie die anderen kleinen Mädchen, nicht doch, lass mich, ich tret dir in die Eier, geh zum Teufel, sondern sie begann zu zittern und bitterlich zu weinen.

Der Kleinen brach der kalte Schweiß aus.

Sie hatte gleich Schaum vor dem Mund.

Ihre Glieder wurden steif.

Die Rosa war für keinen Spaß zu haben. Am meisten wurden sie vom Schaum abgeschreckt, der ihr aus dem Maul quoll, denn sie probierten es ja immer wieder, und mussten dann doch ihre dreckigen Finger wegnehmen von ihrer kleinen Ritze. Wenn sie Schaum kotzte, machten sie sich vor Schreck aus dem Staub, soll sie allein weiterzucken.

Von der Fallsucht wird noch einmal der Herr der Finsternis in sie fahren. So redeten noch die Großmütter. Die rühr nicht an, mahnten sie, sonst ist es um dich geschehen.

Es half nichts, dass der Pfarrer ihnen nach dem Gottesdienst im Kirchhof erklärte, hört mal, Leute, Fallsucht ist keine ansteckende Krankheit. Sie ist ein Fluch für den, der sie ein Leben lang ertragen muss.

Achtet auf alle eure Worte.

Seid nicht so abergläubisch.

Versündigt euch nicht durch Fluchen und Verwünschen gegen den Herrn Jesus.

Die Fallsucht geht nicht auf euch über. Sie ist kein Virus, kein Bazillus, ihr müsst keine Angst vor ihr haben. Seid euch bewusst, was ihr redet.

Das Wort kann nicht nur Segen sein, sondern auch Schande.

Schärft euch das endlich ein.

Sie heißt Epilepsie auf Lateinisch, aber in Wirklichkeit ist es ein griechisches Wort, ihr braucht es euch nicht zu merken, niemand verlangt das, denn weder auf Ungarisch noch auf Lateinisch fährt das Wort in einen hinein, in niemanden und nichts.

Auch nicht auf Griechisch, lachte der Seelenhirte über seinen Witz, zufrieden, dass er ihnen diese vielen Kenntnisse so schön zu Füßen gelegt und in seiner Sprache tatsachengetreu erklärt hatte.

Das stürzte sie in die größte Verwirrung, sie verstanden schon wieder nicht, was der Pfarrer da redete, und vor allem, über was er lachte.

Denn die ganze Bosheit, Dummheit, Unwissenheit, die ihn und uns umgab und die er bei uns erst kennengelernt hatte, es war ja seine erste Stelle, bereitete ihm ein schadenfrohes Vergnügen. Doch wie sehr sie ihn auch jeden Sonntagmittag im Kirchhof löcherten, sagen konnte er ihnen trotzdem nicht, von wo zum Teufel das in sie hineinfuhr, in diese Rosa.

Unser Herr Jesus Christus vertrieb den stummen Geist aus dem Kind, als der Teufel es schüttelte.

Der Herr Pfarrer weiß besser als wir, wie es geschrieben steht. Es steht geschrieben, und ob es geschrieben steht, und der Herr Pfarrer sagte auch gleich die betreffenden Verse auf, die Gläubigen mögen keinen Zweifel haben, dass er sie kenne. Dass es genau an diesen Stellen geschrieben steht. Wärt ihr im Winter zur Bibelstunde gekommen, wüsstet ihr, wo es steht, doch daraus folgt keineswegs, dass alle Krankheiten vom Teufel kommen.

Das fragen wir ja gerade, Herr Pfarrer, von wem das

kommt. Wir haben uns den Vater angesehen, wir haben uns die Mutter angesehen, die Geschwister, auch der Herr Pfarrer kann sie sich mit seinen zwei Augen ansehen, aber die Rosa sieht ihnen nicht einmal ähnlich.

Was wiederum der Pfarrer nicht verstand. Wie hätte er auch verstehen sollen, was sie wollten.

Die berühmt-berüchtigte Antwort auf ihre Frage wäre gewesen, dass, wenn die Rosa nun mal keinem Verwandten ähnlich sieht, sie der Frau von ihrem Hirten ja dann doch vom Herrn der Unterwelt gemacht worden ist, von wem sonst. Was sie aber nicht laut auszusprechen wagten, damit der Fluch nicht verfing, oder um sich nicht der bösen Anschuldigung auszusetzen, sie würden nicht an den Herrn Jesus glauben, sondern einem schlimmen Aberglauben anhängen.

Wenn sie es aussprechen, verfängt es.

Oder dann hat man es uns doch von irgendwo geschickt, Herr Pfarrer. Wir würden nur gern wissen, wer es von wo geschickt hat.

Aber ihr Pfarrer sah sie nur durch seine große Brille an, er wusste nichts, verstand nichts. So einen unwissenden Pfarrer haben sie im Leben noch nicht gehabt. Die Presbyter berieten sich, wie sie den ehrwürdigen Bischof bei seinem nächsten Besuch dazu bringen könnten, ihren klugen Seelsorger von hier fort zum Teufel zu schicken und an seiner statt einen anderen zu holen.

Krank, krank, doch sie konnten sich nicht vorstellen, von wo dieses Dingsda, ihre nicht ansteckende Krankheit, ihr irgendwas, in diese Rosa hineingekommen ist und wo es sich in ihr eingenistet hat, wenn es sie überkommt und sie sich auf dem Boden herumwirft.

Wo sonst als in ihrer Möse, mutmaßten sie und lachten.

Denn so wie sich die Rosa aufführte, zweifelte niemand daran, dass es irgendwo in ihr drin sein muss. Alle sahen, dass diese Rosa sich nicht beherrschen konnte. Schon als ganz junges Mädchen ist sie gestandenen Mannsbildern hinterher gewesen.

Weil auf den armen Höss hatte sie es selbst abgesehen. Weil von sich aus wäre der Höss nicht auf die Idee gekommen, es mit einem so jungen Mädchen zu machen, er beschäftigt sich ja den lieben langen Tag nur mit seinen Bienen.

Um an ihren Honig zu kommen.

Seither müssen sich alle Familienväter in Acht nehmen. Sie würde es mit jedem treiben, und dann liegt das Problem nirgendwo sonst als in ihrer Ritze.

Das haben nicht wir gesagt, ich würde es auch nicht sagen, aber so sagen alle.

Sie werden es wissen.

Sie macht es nicht wie eine anständige Frau, auch dabei wirft sie sich unter ihnen hin und her und brüllt, was kommt ihnen da der Pfarrer mit irgendwelchen Fakten.

Sie schaffen es kaum, auf ihr drauf zu bleiben, alle sagen das.

Daraufhin senkte der Pfarrer seinen kahlen Kopf, denn plötzlich dämmerte ihm etwas, er verstand, woran seine Gläubigen dachten, und gerade deshalb antwortete er vor Schreck überhaupt nichts mehr.

Ein bisschen betete er still für sich, als wäre er nicht ihr Seelenhirte, sondern ein unwissender Laie.

Die werden diese arme Seele noch verbrennen.

Darüber grübelte er tagaus, tagein und selbst in der

Nacht, denn ihretwegen konnte er nächtelang nicht schlafen, wo und womit könnte er mit Gottes Hilfe so eine Erklärung versuchen und warum hatte er keine andere Laufbahn gewählt.

Denn dieser Priester ist einer, der glaubt, wir kapieren nichts.

Er scheint sich andauernd zu schämen, was wir alles daherreden.

Sie ist ihnen mitsamt ihrer Möse von irgendwoher geschickt worden, aber das wagten sie dem Geistlichen dann doch nicht laut zu sagen.

Er müsste es wissen.

Aber wenn er es nun mal nicht versteht.

Oder wo ist es, wenn sie es gerade nicht in sich hat.

Vielleicht in jemand anderem.

Aus dem springt es auf sie rüber.

Es nistet in der roten Möse der Teres Vogelscheu, wo sonst, alle sagen ja, dass sie dort rote Haare hat. Wie sollen sie ihrem Seelsorger von der rothaarigen Möse erzählen, wenn der von nichts wissen, nichts verstehen will.

Ist das denn ein Mann, fragten sie sich gegenseitig, aber es gab nicht einen, der darauf antwortete.

Bis dorthin wagten sie sich nicht vor.

Ihm fällt nicht einmal mehr ein, dass unser Herr Jesus die bösen Geister in den Schweinen ins Meer getrieben hat.

Dann müsste er selbst tätig werden.

Bis ihn sein Bischof dazu auffordert.

Denn es gab keinen, der nicht wusste, wo sich dieses Dingsda befand, doch laut sagten sie ihm nicht, dass das wahre Nest davon in der Teres Vogelscheu war.

Dass die Teres Vogelscheu immerzu an sie dachte, auch

das sagten sie nicht und wussten es doch, für wen sonst sollte sie sich interessieren, sie dachte an ihre Häuser, an ihre Tiere, ihre Scheunen, ihre Kinder, an die ewig schwangere Frau ihres Pfarrers, dass ihre Leibesfrucht blutig zur Welt kommen, die Nabelschnur sie erwürgen soll, dass Mehltau die frisch gepflanzten Erdbeeren befallen, alles weiß verfaulen soll, sie sagt es wieder und wieder, laut, alles Grün soll ihnen verrotten oder welk vom Pilz verdorren, wenn sie sich abends im Bett streichelt, weil von irgendwoher wussten alle, auch ihre Schwestern sagten das stets, dass sie die Nacht kaum erwarten konnte, um bis zum Morgen ihre rote Möse zu streicheln.

Alle wussten, wer eine rote Möse hatte.

Die Möse von der ist so schlüpfrig, dass dein Kopf da bequem hineinpasst.

Selbst ihr Kind ist nur so aus ihr herausgeplumpst, ihr Elemér.

Aber sie hätten niemals ausgesprochen, in welcher Möse jedermanns Kopf Platz hätte, und warum ihre geäderte Möse so rot war, und was der Fluch und das viele Streicheln mit der Röte zu tun hat, und wie sie bei Mondschein durch die geschlossene Tür aus dem Haus kommt, wenn ihre Möse schon so aufgeheizt ist, dass der rote Teufel aus ihr herausbrüllt.

Immer nach Mitternacht hören sie die Nachbarn, sie hören ihre Stimme, wie sie von überallher in der Dunkelheit widerhallt.

So sehr erhitzt sie sich mit ihrer Hand.

Bis zum Morgen, wenn sie wegen der Tiere aufstehen müssen, tun sie kein Auge zu.

Du weißt es, ich weiß es auch.

Ihre Nachbarn trauten sich nicht zu sagen, was sie mit eigenen Augen im Mondlicht gesehen hatten, als sie hinausspähten.

Dass sie durch ihre Worte bloß nichts Böses auf sich ziehen.

Reden ist Silber, Schweigen ist Gold.

Ich weiß, und ob ich weiß, was auch du weißt.

Es ist schon sehr traurig, mein Engel, dass man bei uns so was wissen muss.

Was würd ich dafür geben, dass mein Elternhaus nicht hier stehen tät.

Warum kommt immer Schande und Kummer über uns.

Wenn wir dasselbe denken, dann sage ich dir, besser ist, wir schweigen.

Soll dir kcin Kopfzerbrechen machen, an was wir denken.

Du weißt selbst, an was du denkst, du sagst, deine Sache, an was du denkst, ich wieder kann es nicht sagen, doch ich denke auch nicht anders, denn was anderes kann ich gar nicht denken, und auch ich habe Angst um mein schönes Familienleben.

Sie verstanden nicht, was der Pfarrer daran nicht verstand.

Die Rosa lachte nicht, darin unterschied sie sich auch von der verdorrt-vergreisten, bösen Teres Várnagy, die eine so und so große rote Möse im Schlüpfer hatte, von der fängt sogar der Strohsack Feuer, denn die konnte genauso heftig lachen wie alle anderen.

Auch mit ihrer roten Möse lebt sie nicht ewig, keine Angst. Diese eine Hoffnung ist mir geblieben.

Was sie sich auch untereinander nur leise zu sagen getrauten, sie flüsterten.

Aber verschwiegen hätten sie es doch nicht, denn so gaben sie einander ein wenig Hoffnung.

Allerdings grinste die Rosa jeden zuvorkommend an, bei jeder Gelegenheit.

Von Zeit zu Zeit überkam sie ihre Schwäche, als wüsste sie von einem mit der Vernunft nicht zu verstehenden Makel, einer Wunde. Sie musste zuvorkommend mit ihnen sein. Obwohl sie vom Begriff der Zuvorkommenheit noch nie gehört haben konnte. Ohne jede begriffliche Stütze praktizierte sie trotzdem die Sache an sich, diese Zuvorkommenheit. Etwas überkam sie, wie sie sagten, fuhr in sie hinein, doch auch das mochte sie nur von anderen gehört haben, wissen konnte sie es nicht. Sie glaubte es auch ein Stück weit. Allerdings fühlte oder dachte sie selbst nichts dergleichen, dass von irgendwoher etwas in sie hineinfahren und sie deshalb schon wieder mit ihrem Gebiss zu klappern anfangen würde.

Gott im Himmel, die Rosa klappert schon wieder mit den Zähnen.

Sie zeigten ihr, wie sie sich auf dem Boden herumwälzte, wie ihr die Zähne klapperten, sie selbst wusste das gar nicht.

Wer sieht schon sich selbst.

Aber sie hielt ihnen ihr zu allem bereites Grinsen entgegen. Sie gab es als Wiedergutmachung für ihren kleinen Makel, damit sie ihr verziehen.

Sie nannten sie die feixende Rosa.

Bei dieser Sache mit dem Furzen, dass sie vom Sauren der Frau Teres unter die Nase furzt, zeigte sich gleich ein verzerrtes Grinsen auf ihrem Gesicht, aber sie richtete sich nicht auf und hackte weiter.

Sie wusste, das sind die Witze von den andren, und dann muss man grinsen.

Die Rosa kann nichts dafür, wenn sie nur nicht so ballern würde.

Wenn nur ihr Arschloch nicht so viel Spaß dabei hätte.

Tu mir nicht so groß trompeten, du, kannst auch leise pupsen.

Zwar verstand die Rosa Witze nicht, aber sie wusste aus Erfahrung, was für die anderen lustig war.

Bei allen möglichen Scherzen zeigte sie ihr schwindendes Zahnfleisch.

Niemand sonst schaffte es, den Mund so weit aufzureißen.

Sie sah dann aus wie eine Kriegsleiche, der ein Rabe samt der Zunge alles Fleisch aus dem Mund gerissen hat.

Solche Leichen hatten sie genug gesehen, wie die zweite Eisflut sie im Spätwinter ausspuckte, wenn das Fleisch von ihnen abbröckelte. Ich habe sie selbst gesehen, keine Angst. Der Fluss behält die Leichen nicht für sich. Dann blieb es nicht bei den Raben, auch Füchse benagten die Unglücklichen.

Wo doch auch sie von einer Mutter geboren wurden, trotzdem werden sie im Tod derart geschändet.

Eine Mutter hat auf ihre Heimkehr gewartet.

Sie würde ihn nicht wiederkennen, wenn man ihn ihr zeigt, das ist der stattliche Bursche, den du geboren hast.

Sie wird ihr Lebtag nicht drüber wegkommen.

Selbst trauern kann sie nicht, bei uns sind alle namenlos am Friedhofsrand begraben.

Die Frauen kannten sich aus, sie nahmen die Rosa zu den

Himbeeren mit, Erdbeeren pflanzen, pflücken, jäten, im November Hagebutten sammeln, oder zu den Goldkronenäckern näher beim Wasser, Mais brechen, auf den Acker, Kartoffeln häufeln, Käfer absammeln, nach so einem Regen die beschissenen Kartoffeln aus dem Gemeindeacker ausbuddeln, verrecken soll, wer diesen Schlamm erfunden hat, von mir aus kann es der Herrgott im Himmel sein, wir versinken im Schlamm, dort draußen wussten sie nicht, wo hintreten, auf den blauen Lehm oder auf den Sand, aber sie wussten aus Erfahrung, dass sie zur Arbeit viel Wasser brauchte, diese Rosa.

Dass die Rosa Wasser trinkt wie ein Pferd. Wenn du ihr so viel gibst, mein Schatz, säuft sie einen Eimer aus.

Du kannst ihr den Eimer ruhig umhängen.

Dieser adelige alte Geizkragen Teres Várnagy gibt ihr nicht mal ordentlich zu trinken. Siehst du, die Rosa ist trotzdem verrückt nach ihr.

Wie ein Kalb rennt sie ihr nach.

Sie ist selbst eine Verrückte, keine Angst, Gleich und Gleich gesellt sich gern, ein Narr macht zehn Narren, auf einen Narren soll man nicht harren.

So ist das aber nicht, was redest du, der Himmel sei mein Zeuge, in Wahrheit ist die Rosa verrückt nach der Teres.

Die Frage ist nur, was die vorher mit ihr gemacht hat, dass sie so verrückt nach ihr ist, hörst du.

Da verstummten sie auch schon.

Jede von ihnen dachte ständig daran, dass es nichts hilft, wenn die steinalte, vergreiste Teres, die das gute Brot und das gute Wasser nach zweiundzwanzig Jahren heimgeführt hatte, eines schönen Tages stirbt und sie dann immer noch die Rosa am Hals haben.

Sie sprachen es nicht aus, aber sie wussten, was die andere dachte.

Die müsste als Erste ins Gras beißen, die Rosa, damit die andere mit ihr draufgeht.

Es wurde gemunkelt, dass sie das Wasser aus Geiz nicht hergab, an eine krankhafte Altersvergesslichkeit glaubte niemand.

Hoffentlich hast du nicht so viel im Kopf wie sie, meine Süße, wenn du je so alt wirst.

Auch für sie wäre es schon besser unter der Erde.

Ob du es glaubst oder nicht, ich sage das ja nur, weil mir die Arme leidtut. So viel kann man niemandem antun, was wir ihr antun.

Natürlich ist sie dann am Ende schon bösartig.

Du hast leicht reden, mein Engel, du wohnst weit weg.

Hör auf mit dem Blödsinn, wo hab ich denn leicht reden.

Du weißt es selbst.

Dein Mund ist schon so blau, als hättest du Schlehen gegessen.

Du weißt schon fast alles.

Ich vergesse es, na dann vergesse ich es eben, der Teufel soll das bisschen Restverstand holen von so einem alten Strunk, wie ich einer bin, so schimpfte, bestrafte sich Teres, nannte sich hundertmal Strunk, wenn sie in ihrer dunklen Küche saß und spürte, wie ihre alten, leeren Knochen schmerzten.

Kein Tropfen Mark mehr drin.

Trinken.

Sogar das vergesse ich.

Nicht einmal die eigenen Schwestern haben es geglaubt.

Nicht nur die Rosa hat nichts gekriegt, ich hab selber nichts getrunken, so ein Hurenscheiß.

Sie fielen ihr zur Last.

Nur ein paar Bohnen wollten sie ihr bringen.

Sie war erbost, dass ihr die schwer im Magen lagen.

Zum Teufel mit den Bohnen.

Dass ihr mir zu zweit die paar Bohnen gebracht habt, was für ein Glück ich mit euch habe, wie ihr auf meine alten Tage für mich sorgt.

Aber bringt mir keine Bohnen.

Sie werden ihr noch vorschreiben, ausgerechnet sie, was sie sich kochen soll.

Was wollt ihr mit euren Bohnen.

Ich hab schon in der Nacht Wachsbohnen gekocht.

Ich muss am Morgen zeitig mit der Rosa los.

Glaubt ihr vielleicht, bei mir wachsen keine Bohnen.

Sogar im Mais habe ich Bohnen. Auch hier im Garten habe ich Bohnen. Sie schämen sich nicht, ihre Gfrießer werden nicht rot, zwei solche schamlose Alte sind alles, was ich an Geschwistern habe.

Aber schöne Bohnen waren es, das muss man ihnen lassen, diesen Schlangen.

Immer verbündeten sie sich gegen sie.

Wir nehmen kein Blatt vor den Mund.

Doch wir bringen ihr auch ein paar Bohnen.

Sie soll mit eigenen Augen sehen, was wir für schöne Bohnen haben.

Denkt ihr, ich hab noch nie im Leben Bohnen gesehen.

Von diesen Bohnen brachte sie welche ins Ritz, in den Donaupalast. Jedes Jahr bin ich es, der die Samen von ihnen einsammelt, nicht ihr. Auch ihr bringt mir ja nur meine eigenen Bohnen. Alle mussten ganz genau gleich aussehen, keine Angst, ich habe sie ausgelesen, von den krummen Bohnen nehme ich den Samen nicht, nur von den geraden, weil mit diesen Bohnen haben sie den Rindsbraten garniert und dabei die Bohnen zuerst mit süßen Halmen zu kleinen Sträußen gebunden.

Die sahen aus wie Rutenbündel. Die taten sie neben das Fleisch, in die braune Soße, doch immer an den Rand.

Dass sie in dieser scheußlichen Welt zwei solche Schwestern gekriegt hat. Ich bin selbst schon ziemlich alt, ihr hättet vor mir ins Gras beißen müssen. Was braucht ihr denn noch, was wollt ihr noch, alles von mir habt ihr euch unter den Nagel gerissen, auch eure Männer habt ihr beizeiten unter die Erde gebracht, und jetzt wollt ihr mit Bohnen das Erbe abzahlen, um das ihr mich gebracht habt.

Hier ist alles, was ich habe, nehmt es mitsamt euren Bohnen, alles, was ihr hier seht, hab ich mir selbst erworben.

Meinem Elemérchen vermache ich nichts.

Euch vermache ich alles.

Keinen Nagel, kein rostiges Messer würdet ihr mir geben, dass ich mir die Kehle durchschneiden kann, auf meinem eigenen Hof traktiert ihr mich mit euren Bohnen.

Darauf kann ich lange warten, dass ihr auf meine alten Tage Mitleid mit mir kriegt.

Wenn ihr einmal sagen würdet, hör mal, Teres, was passiert ist, ist passiert.

Wir sind doch Geschwister, du bist unsere liebe Schwester, wir lieben dich mit der Liebe Christi, und so steht dir vom Nachlass unserer seligen Eltern etwas zu. Da ist dieses rostige Messer, verdammt noch mal, das würden wir sonst den Zigeunern geben, auf den Müll werfen. Dabei wisst ihr beide, dass ich im Elternhaus mit diesem Messer die Brennnesseln für die Gänse abgeschnitten habe. Sie geben es mir trotzdem nicht. Auch für die Schweine hat die Brennnesseln niemand anderer geschnitten als ich. Ihr habt nichts geschnitten. Von was sonst hättet ihr eure Hintern mästen können, ich allein habe die Schweine mit Brennnesseln gefüttert, damit es, ach, den Armen gutgeht, während ihr euch im schönen kühlen Zimmer herausputzen könnt. Es hat eine schöne, lange Klinge gehabt. Filetfleisch wollt ihr haben, fettes esst ihr nicht. Ihr wollt am Fenster sitzen und schnörkelig gemusterte Tischdecken sticken. Eine Aussteuer habt ihr ja auch gebraucht. Auf den Schnickschnack wart ihr angewiesen. Eure Visagen sind so hässlich geblieben, wie sie immer waren.

Hier tut mir die Etelka so fromm, als wenn sie Papistin wäre.

Du hast Eszti umgebracht, du niederträchtige Person.

Doch der Herrgott der Papisten hat nicht mich, sondern sich selbst mit euch bestraft.

Julischka brüllt den ganzen lieben Tag auf ihrem eigenen Hof, dass sie ihr Lebtag jeden, der ihr in den Weg kam, auf die Hörner genommen und niedergetrampelt hat. Sie ist sich selbst Strafe genug. Eine Brust ist ihr nicht gewachsen, mit der sie ihr Kind hätte nähren können. Aber es würde ihr nicht einfallen zu sagen, hör mir mal zu, Terka, ziehen wir einen Schlussstrich unter die Vergangenheit. Denn dann müsste sie etwas geben, verflucht, in der Stunde eures Todes, und wenn es ein rostiger Nagel ist.

Aber ihr gebt nichts, dass ihr was habt, mir damit ins Herz zu stoßen. Niemals gebt ihr irgendwem irgendwas. Und wenn es für den Sarg Christi bestimmt wäre.

Manchmal kommt mir die früh verstorbene Eszti in den Sinn, unsere Eszti, als wäre sie am Leben und hätte sich seitdem gar nicht verändert, als wäre damals jetzt, denn unsere Eszti war der Liebling von uns allen.

Diesem Anti Várnagy wurde kein einziger Sohn geboren. Nur ein Mädchen nach dem anderen.

Die allgemeine Meinung war, er konnte deshalb keinen Sohn zeugen, weil mit seinem Schwanz etwas nicht stimmte.

Sie lachten nicht über ihn, das hätten sie sich nicht getraut, sondern über seinen Schwanz.

Es werden alles Mädchen, weil sein langer Schwanz richtig krumm ist.

Über die Großmutter von Teres lachten sie wegen ihrer Lusterbse. Sie lachten nicht über den Várnagy, der von der Lusterbse der Großmutter den Schwanz geerbt hat, einen krummen.

Sie kamen gemeinsam, quälten sie gemeinsam, dass sie der Rosa nicht einmal Wasser gibt und sie schon wieder von allen ausgelacht werden.

Als würde sie etwas dafürkönnen, was andere tun oder lassen.

Wegen dir können wir ein Leben lang leiden.

Als hätten wir nicht auch ohne dich schon genug zu leiden.

So viel leidet ihr nicht, wie ich wegen euch, davon will ich gar nicht reden, was ich alles in der Nacht weine, was ihr alles über mich gebracht habt, wie viel Schimpf, wie viel Leid, all die Schmähungen, daran denkt ihr nicht.

Aber sie sprach es nicht aus, nicht dass diese Nichtsnutzigen sich über ihr vieles Leid auch noch freuten, das sie wegen ihnen erdulden musste.

Die Rosa, auch das wussten alle, ist erst dann wirklich zufrieden, wenn du ihr Wasserwein gibst.

Weil sie ist ja keine so lumpige Person, dass sie nicht wenigstens im Weinberg oder im Kartoffelfeld zu ihrem Lohn auch guten Wasserwein bekommen soll.

Und was sie nicht sonst noch alles will.

Die Anerkennung, nicht nur ihren Lohn, sondern auch was extra bekommen, das wollte sie jeden lieben Tag haben.

Über den Lohn hinaus noch was bekommen, wie den Wasserwein.

Am Sonntag vor dem Mittagsläuten schickte der Vater sie mit der Bügelflasche in die Kneipe, sie soll sie mit Wein füllen lassen, aber bloß nicht hinfallen, wenn die Rosa merkt, dass es über sie kommt, soll sie die verfickte Flasche auf den Boden stellen, bevor sie zerbricht, zum Henker, einen weißen bringen, keinen roten, Rosa, in den geben sie Zucker, den Roten mit dem Zucker will ich nicht. Dann gaben sie der Rosa eine Rotweinschorle. Gleich wenn sie durch die Glastür in die Kneipe trat. Denn sie mochte den Roten. Dann erst füllten sie die Bügelflasche mit Wein. In die Bügelflasche des Vaters ging ein Pint rein.

In der Theke gab es zwei eisgekühlte, weiße Porzellaneimer mit Blechdeckel, einen für den Roten, einen für den Weißen, daraus schöpften sie.

Das Besondere an diesen Eimern war die am Rand aufgemalte Fliege, die wurden in Vác in der Fabrik von Bischof Migazzi gemacht, oder sie werden, Himmelarsch, noch heute gemacht, denn sie malen eine lebendige Fliege drauf, die die schön sauren Tropfen von unserem guten Sandwein trinkt.

Hör mal, gib doch der Rosa ihre Schorle.

Aber scheuch vorher die Fliege vom Gefäß, Zwerglein.

Die Fliege soll doch nicht in die Schorle reinmachen.

Sie nahmen viel Soda, es wurde keine Schorle, sondern ein Sommerspritzer, damit die Rosa von den vielen Blasen gleich zu furzen anfängt. Die Kneipe war ein großer, hallender Raum. Das Soda für sich reichte nicht, es brauchte die Säure mit dem vielen Zucker, dass der Arsch von Rosa beflissen zum Sonntagsspaß beitragen konnte.

Es war ihnen nicht leid drum.

Wenn der Herr den Sonntag so gesegnet hat und alle Frauen in der jede Woche mit Blumen geschmückten Kirche waren.

Von Freitag an brachten sie Blumen hin. Die Katholiken nahmen mit ihren Blumen diesen Weg, die Calvinisten den anderen, diese schmückten den Altar, jene die Kanzel, die Tafel des Herrn und auch die Empore.

Rosa grinste zuvorkommend, während sie den Dingen ihren Lauf ließ.

Die Frauen, zum Spaß redeten sie sich gegenseitig mit Genossin an, sagten über Rosa, dass wegen ihrem faulenden Darm das Arschloch Trompete spielt. Sie hatten sogar ein gemeinsames Lied für sie. Sie standen mit ihrer Hacke im äußeren Weinberg, im Maisfeld oder auf der Halbinsel, wo sie sich im hohen Gras gar nicht sehen konnten, da war alles drin, Klatschmohn, Margeriten, Glockenblumen, oder egal wo auf der Straße, vor dem Laden, wenn sie im Hof der Bäckerei aufs frisch gebackene Brot warteten, wo sie zusammenkamen, sangen sie glücklich, was sie über die Rosa gedichtet hatten.

Das Lied ging so, die Rosa hackt im Garten, auf den

Furz braucht man nicht warten, essen, trinken tut sie gern, nur ihr Arsch, der macht viel Lärm.

Sie lachten.

Nicht einmal die durstige Fliege braucht sie schlucken.

Keine Angst, das Zwerglein verscheucht sie.

Dabei würde sie so gern eine schlucken, hörst du, wenn's nur ein ordentliches Ding ist.

Geh noch nicht, Rosa, trink, der Herr Wirt, der Tolvaj, gönnt es dir.

Gib ihr doch noch vom Roten, Zwerglein, rief der Wirt der Zwergin zu, die auf einem Küchenhocker an der Theke stand und abspülte. Tu ordentlich Soda rein. Der Wirt, der Tolvaj, war schon wegen dem Geschäft darauf aus, dass alle ihren Sonntagsspaß mit der Rosa haben.

Das Zwerglein konnte kaum vierzig Jahre alt sein, trotzdem war ihr Gesicht uralt, eine richtige Larve auf dem viel zu großen Kopf. Als hätte der Satan zuerst alle möglichen Gesichtszüge ordentlich zusammengemischt und dann zerkleinert und auch die Haare durcheinandergebracht. Das Zwerglein kämmte ihre Mähne fleißig, bürstete sie, viele Kämme hat sie schon dabei zerbrochen, doch es half nichts, die Haare standen ihr nie so am Kopf, wie irgend sonst wem.

Die Frauen sangen ihr Lied, keine Angst, wir beide haben's ordentlich getrieben, das Zwerglein wird ein schwarzer Neger, kriegt krause Haare. Den Mund hat sie von einem Mohren.

Denn es gibt nichts, was nicht irgendwann herauskommt. Bei uns gab es viele Donauschiffer, beinah in jeder Familie, die nahmen ihre Ehefrauen mit aufs Schiff, die Familien lebten auf den Schleppkähnen, nur die Schulkinder blieben zu Hause bei der Großmutter, damit sie bei ihr arbeiteten, von ihr geschlagen und erzogen wurden, damit die Großmutter für sie sorgte, Himmelarsch, solche alten Schachteln haben ohnehin nichts anderes mehr zu tun. Wenn das Wasser zu gefrieren begann, kamen sie langsam heim. Und wer weiß, was unterwegs mit ihnen passiert war. Mit dieser Amália Horgos, verflucht, nicht dass ich den Namen des Herrn wegen ihr in den Mund nehme, mit der ist ihr Mann, der Bolog, denn die ganze Familie von dem war so doof wie der Name, auf ihrem Schlepper bis zu den Türken gefahren, bis Konstantinopel oder der Teufel weiß wohin, da kamen sie dann in dem Jahr nicht im Winter nach Hause. Bei so viel Eis, wie hätten sie da kommen sollen, so einen Eisstoß wie wir in dem Jahr hatten.

So stand sie am Sonntagvormittag auf dem Küchenhocker der Wirtsleute, das Zwerglein, die Tochter von der längst verstorbenen Amália Horgos und vom Jani Bolog, während die Wirtin mit den anderen Frauen in der blumengeschmückten Kirche war, das heißt, dass sie mit Ausnahme von Montag jeden Abend dort stehen musste, so sah ihr Hilfsdienst auf dem Hocker aus.

Weil so kam sie gerade an den Bierhahn und konnte mit ihren kleinen fleischigen Händen ordentlich in die Spüle hineinlangen.

Sie arbeitete, als wäre sie gar keine Zwergin.

Kraft, die hatte die klein gebliebene Tochter der Amália.

Eine Flaschenbürste und eine Bürste mit Stiel hatte sie, unsere Zwergin, diese Amália Mária Bolog, weil so stand ihr Name im Taufschein, damit sie den Boden der Gläser und der Krügel ordentlich sauber kriegte.

Bürste nur, Zwerglein, mit deiner langen Bürste, hol's

der Teufel, riefen ihr die Männer zu, drück deine Bürste, fest, mach es, schrien sie im Chor, wenn sie die Bürste mit einem abwesenden Lächeln nur so in die Gläser tauchte.

Das Zwerglein lächelte unerschütterlich, zugleich vermied sie es, dem Blick von irgendwem zu begegnen.

In diesem ständigen Lächeln lag eine nicht greifbare Schönheit, obwohl die Arme ziemlich abstoßend aussah. Das war ihr einziger dauerhafter Gesichtszug, das blinde Lächeln.

Das war so, als würde dich jemand für sich selbst seit ewigen Zeiten anlächeln.

Die bürstet von selbst, keine Angst, du brauchst sie nicht drängen.

Du brauchst ihr nicht sagen, dass sie den Hengst vom Nachbarn bürsten und schrubben soll.

Die besorgt es dir, da kannst du beruhigt sein. Besser als das Zwerglein bläst und vögelt niemand.

Das Zwerglein kam jeden Wochentag nachmittags um halb drei und blieb bis Mitternacht, wenn laut Gesetz geschlossen werden musste. Sie hatte keinen Arbeitsvertrag, doch so war es in ihrem einzigen Leben gelaufen, sie wurde die ständige Hilfskraft des Wirts, nicht schwarz, nicht ungesetzlich, sondern als Familienmitglied, denn die Frau des Schwiegervaters von dem Bolog war eine geborene Tolvaj, und niemand soll mir vorschreiben, wen von der Familie ich anstelle.

Lächelnd geht das Zwerglein vor ihnen her hinter das Plumpsklo.

Nur Abend soll es sein.

Bei Tag, wenn man es sieht, geht sie nicht.

Am Abend mussten sie sie nur fest ansehen, na, geh

schon Zwerglein, dann wartete sie schon dort, wo kein Licht mehr hinfällt.

So war das bei uns schon immer, soweit die Erinnerung reicht.

Lange blieben sie nicht weg mit ihr, selbst den Wein ließen sie am Tisch stehen.

Wenn das Zwerglein nicht hinter der Theke auf dem gewachsten Küchenhocker stand, suchte sie niemand, sie fragten nicht, wo ist denn das Zwerglein, sie wussten es ja genau.

Es war nicht so, dass sie es bezahlten, sie hat es gern gemacht, der Lohn, den sie vom Wirt bekommen hat, war reichlich.

Das war beim Hilfsdienst mit drin, keine Angst, das hat einfach dazugehört. Der Wirt, dieser Lackó Tolvaj, hatte genug Verstand, das kannst du mir glauben.

Das Zwerglein kam nach kurzer Zeit zurück und lächelte in sich hinein wie zuvor, aber auch jetzt sah sie niemand an.

Es war ihr nichts anzumerken.

Als wäre ihr einziges Leben dem eigenen uralten Lächeln anvertraut.

Um Mitternacht wurden dann tatsächlich die Fensterläden zugemacht, die Türen geschlossen, alles wurde ordentlich von innen verriegelt, aber wenn es noch Gäste gab, und warum sollte es sie nicht geben, dann ging alles weiter, das Trinken, das Streiten, das Gejammer und das Grölen.

Auf der anderen Seite der Straße gab es nur die katholische Kirche und das alte Gemeindehaus, zu der Zeit leer und dunkel, niemand wurde gestört.

Hin und wieder musste der Wirt dann doch aus dem Schlafzimmer kommen, um die letzten steifbeinernen Gäste durch die Hintertür hinauszuwerfen und das Geld aus der Lade zu nehmen, wo das Zwerglein es ordentlich hineingetan hatte.

Sobald sie abgerechnet hatte, konnte sie nach Hause gehen. Sie ging wie auf Rollen, weit war es nicht, denn sie wohnte am Beginn der Uszályos utca, in Nummer sieben, mit ihrem großen Sohn, der Bäcker war in Vác und selbst beinah immer Nachtschicht hatte. Dort mussten sie wegen dem Gefängnis immer viel backen, das war nur mit Mühe zu schaffen, denn das Gefängnis war voll mit Verbrechern. Ihr Haus war klein, der Hof kaum vorhanden. In der Mitte stand ein Nussbaum, er überdachte alles mit seinem Laub, sonst gab es dort nichts.

Am frühen Nachmittag fuhr Amália Mária Bologs Sohn nach Vác in die Bäckerei, am Morgen kam er zurück.

Sie wussten nicht, genauer gesagt, sie taten, als wüssten sie es nicht, von wem das Zwerglein diesen großen, gutaussehenden Jungen hatte.

Schon als kleines Kind wehten seine blonden, ins Rot gehenden Locken.

Das Zwerglein kam mit dem Abscheren kaum nach, solche Haare soll ihr Junge nicht haben.

So hochgewachsen war keiner von ihnen. So rötliches Haar hatte auch keiner. Blonde gab es, donauschwäbische Familien. Sie lachten, dass er vielleicht von mehreren war.

Sie lachten, dass dieser Junge reichlich Samen haben wird, weil den Segen dazu haben sie ja gegeben.

Sie lachten über Rosa, wenn sie die zweite Schorle von dem kleinen Zwerglein bekam.

Rosas hässliches Grinsen verstanden sie so, dass die zwar ein wenig bekloppt war, aber trotzdem alles verstand.

Sie tut keiner Fliege etwas zuleide. Wenn ein Fremder da war, dann musste das Zwerglein die aufgemalte Fabrikfliege verjagen. Scheuch doch mal diese Aasfliege weg, Zwerglein, damit die den Wein von dem Herrn nicht versaut. Das Zwerglein nahm ihr Wischtuch und verjagte mit ihrem gewohnten Lächeln die gemalte Fliege.

Doch die Fliege wollte einfach nicht weg.

Das Zwerglein sagte selten etwas, und wenn, dann fluchte sie meistens. Verdammtes Scheißvieh, fliegt nicht weg.

Der Fremde machte nur große Augen, horchte, was die reden, was die Zwergin mit ihrem hässlichen Mund in sich hineinstotterte.

Er hatte wohl nicht recht gehört.

So eine riesige lebende Fliege konnte so ein verirrter Freizeitruderer noch nie gesehen haben. Das war keine Fliege, das war ein Fliegengigant. Hätte er gewusst, dass es eine Bremse ist, die sticht schmerzhaft, aber wer wusste schon, was das war, niemand.

Die Rosa wusste, dass sie ihn besser gleich angrinste, wenn die Männer mal gute Laune hatten und ihnen ihre Darmwinde so gefielen, sie war doch auf ihr Wohlwollen angewiesen.

Damit sie ihr nichts taten.

Sie guckte sie ja so an, als könnte sie gar keinen Unterschied zwischen ihnen machen, diesen Durchgedrehten, die einen Pimmel hatten, die Pimmelträger, wie Tereschen sie nannte.

Sie gab sich solche Mühe, dass sie dazu wieherte, es klang wie ein Pferd.

Ein andermal klangen ihre Lachversuche wie Hundegebell.

Sie konnte schön lange einen fahren lassen, das unschuldige Knattern hallte durch den Raum. Dabei sperrte sie den grinsenden Mund so weit auf, dass ihre gelben Hauer hervortraten. Das schien sie mit Absicht zu machen.

Um die Gedärme mit offenem Mund zur Arbeit anzuspornen.

Der Herr hatte den Sonntag geheiligt. Die Blumen wurden ihm schon am Freitag dargebracht, das wusste sie.

Was beim Mund reingeht, geht beim Arsch wieder raus.

Dabei feixte sie, damit sie ihren Spaß haben. Sonntags brauchen auch sie ein bisschen Vergnügen im Wirtshaus, Sakrament noch mal.

Nicht nur, dass die Zähne der Rosa gelb waren, unregelmäßige Lücken hatten, obwohl kein einziger fehlte, auch ihr rotes Zahnfleisch bot den Männern einen wirklich grausigen Anblick, wenn ihr bisschen Oberlippe es beim Reden sehen ließ.

Es sah aus, als hätte die Rosa rohe Fleischfetzen im Mund.

Manchmal mahnte einer leise, sie sollen den Quatsch lassen. Die Rosa wird sich noch einmal einkacken, und sie hat keinen Schlüpfer an.

Damit erschreckten sie kleine Kinder, mit dem Grinsen von der Rosa.

Sie hoben das Kind hoch, schrien, sie würden es der Rosa geben, keine Angst, wenn du böse bist, nimmt sie dich in ihre kalte Kammer mit, für immer. Da hast du, Rosa, nimm ihn mit in die kalte Kammer, zurückgeben musst du ihn nicht, diesen bösen Bengel braucht keiner.

Und die Rosa glaubte dann, dass das Kind tatsächlich für sie ist.

Sie drückten ihr das Gesicht von dem kleinen Nichtsnutz an den Mund.

Die Rosa schien jedes Mal zu vergessen, wie die Dinge zusammenhängen. Jetzt stießen sie ihr den Kopf von dem Kind beinah gegen die Zähne. Dann strampelte es in der Luft, trat mit seinen kleinen Füßen gegen ihre Brust, ihren Bauch, was ein Mann sich gerne ansieht.

Sollen sie den Bauch der Rosa, ihre stinkige Pflaume nur treten. Weil die Kleinen wollten die Rosa überhaupt nicht, sie rissen ihre verschmierten Gesichter weg und verdrehten krampfhaft die Augen.

Oder sie steckten der Rosa den Schädel von dem kleinen Halunken zwischen die Beine und brüllten, wenn du weiter so schlimm bist, dann stecken wir dich für immer da rein, dann kannst du dein Lebtag die stinkige Pflaume von der Rosa schnüffeln.

Deinen Pimmel scheiden wir vorher ab. Die Rosa beißt ihn dir sowieso ab, wenn wir ihn dranlassen.

Den kriegt der Hund.

Keine Angst, Zähne hat die Rosa auch an ihrer Möse.

Die Rosa grinste mit ihrem grausigen Zahnfleisch, als wollte sie gleich brüllen.

Und sie holten ihre Messer aus den tiefen Taschen ihrer Arbeitshosen, soll der Lausebengel vor Angst schreien, bevor sie seinen Pimmel den Hunden hinwerfen.

In Wirklichkeit hatte die Rosa ein gutes Gefühl dabei, dass sie ihnen den Willen tat, die Tritte aushielt, dann war sie ja doch zu etwas nutze.

Auch bei der Arbeit hatte sie im Sinn, dass sie Nutzen bringen sollte. Sie soll nicht nutzlos sein, so wie man über sie redete, diese Rosa ist zu nichts nutze. Sie kann eben nicht aufpassen, die zerbricht alles. Von dieser Rosa haben wir überhaupt keinen Nutzen. Nur Schaden haben wir von ihr, die bringt uns nur Elend und Kummer.

Lasst sie doch in Ruhe.

In ihren Augen war jedenfalls nichts von Freude oder Kummer zu sehen, wenn man ihr etwas antat oder nichts antat.

Von ihren Gefühlen, von ihren Gedanken, wenn sie solche überhaupt hatte, lebte sie sehr weit entfernt. Aber auch wenn es dafür keine Anzeichen gab, die Rosa freute sich doch, es blähte ihr die Brust, wenn sie zu etwas nutze war und die anderen nicht sagten, dass sie alles, aber auch alles zerbricht und nur Schaden verursacht.

Alles zu Boden werfen, das kann sie, der Nichtsnutz, meinen Becher mit den Vergissmeinnicht hat sie absichtlich auf die Steine geschmissen.

Ihre Stirn war vielleicht ein bisschen zu hoch, aber schön geformt, und geglänzt hat sie.

Die sonnenverbrannte Haut spannte über ihrer Stirn. So, als hätte jemand sie draufgezogen. Sie wussten nicht, wer sie so straff gemacht hatte. Auch vom Grinsen bildeten sich keine Falten auf ihrer Stirn, auch über der Nase nicht, wie bei jedem anderen, deshalb fanden sie das Aussehen von der Rosa seltsam.

Ihr Pfarrer sprach einmal mit Hamza darüber, dass die Götter der Rosa die Gabe der Mimesis vielleicht zur Gänze genommen hätten, und das sei ihre edelste Gabe gewesen. Er dachte an eine der Musen, an das teilnahmslose Antlitz der Melpomene, wenn sie sich angesichts der furchtbaren Tragödie zusammennehmen und trotz allem die Trauermusik akkurat vortragen musste.

In Ermangelung mimetischer Fähigkeiten hoben sich nur Rosas Schultern, wenn der panische Schrecken in sie fuhr.

Freude hatte nicht diese Wirkung, sie hatte keine, aber schon gar keine.

Wie bei Melpomene, oder einem Hund, der vor Angst den Schwanz einzieht und sich davonmacht.

Was der Aufmerksamkeit der Jungen keineswegs entging.

Im Grunde gehörte auch das zur Teufelsnatur von der Rosa, dadurch unterschied sie sich von ihnen. Die Rosa verwandelt sich in einen Hund. Wenn sie Lust dazu hat. Wenn die bösen Jungen irgendwo einen herrenlosen Hund mit eingezogenem Schwanz sahen, eine Hündin, dann war das für sie sicher die Rosa persönlich.

Sie riefen ihren Namen hinterher.

Der Pfarrer wieder sah es so, dass die Rosa mangels Ausdrucksmöglichkeiten von animalischer Angst übermannt wurde. Irgend so etwas, was wir mit der Mimik erfolgreich in Zaum halten oder auch unserem Willen entsprechend gestalten und umleiten.

Entsetzlich, was so ein Geschöpf durchmachen muss.

Zumindest dachte das der Seelsorger.

Sie wussten, dass es kein Reh oder Fuchs war, es war die Rosa, die in mondhellen Winternächten bellte, die dort heulte, am Dorfrand zwischen den Scheunen oder im staatlichen Überschwemmungsgebiet. Denn von Frühling an flüchtete sie sich mit ihren Liebhabern dorthin. Sie lachten, aber wenn sie gemeinsam lachten, wurde am Ende ein erschrecktes Gekicher daraus, denn diese behexten Jungen hatten große Angst vor ihr, vor dieser Hündin, dass sie einmal vor ihren Augen das schauerliche Versprechen der Verwandlung einlösen könnte und sie vor ihrer Nase canis rabiosus wird, die Hündin der Hölle, die ihre Pimmel mit sich nimmt.

Da konnten sie sie bewerfen mit was sie wollten.

Sie beißt dir den Kopf ab, du Depp, sagte man den Kleinen, in der Nacht hat die Rosa, die Hündin, so ein Hundemaul, dass sie Knochen durchbeißt.

Hör mal, wenn du groß bist und dein Schwanz ausgewachsen ist, dann rühr sie nicht an, verdammt, weil auch ihre Möse Zähne hat.

Feixende Rosa, jetzt kriegst du's, jetzt kannst du feixen mit deinen großen Zähnen. Ein furzender Hund bist du geworden. Im Chor schrien sie ihr nach, furzende Hündin, hau ab, renn was du kannst.

Und sie grinste nur voller Stolz und marschierte mit der vollen Bügelflasche heim. Sie freute sich, dass sie ihnen jeden Sonntagvormittag zu Willen war und ihrem Vater den Weißen aus dem Wirtshaus brachte.

Nicht den Roten, den nicht, sondern den teuren Weißen.

So wie man der Teres das Várnagy genommen hat, hat man der Rosa den Familiennamen Pásztor genommen, als sie noch ein kleines Mädchen war. Dabei waren ihr Vater und ihr Großvater tatsächlich Pastor, Hirte, sie hießen nicht nur so. Sie hatten das Amt des Gemeindehirten inne. Der Gemeindehirt hatte zwei kleine, struppige, schwarze Hunde, zwei so mickrige. Zwei knopfäugige Wutknäuel, wenn die dort draußen Schafe und Ziegen von den Kühen wegjagten, hörte man weithin ihr scharfes Kläffen. Der Hirt wohnte mit seinen wer weiß wie vielen Kindern in einem Haus, das der Gemeinde gehörte.

Ich kann gar nicht sagen, vielleicht weißt du es, wie viele lebende Kinder dieser Hirt hatte, weil die sicher immer mal eines im Mist verscharrten. Sie schämten sich, dass ihr Gemeindehirt so viele Kinder hatte.

So viele sollte er nicht haben. Wer kann denn die alle erhalten.

Sie fürchteten, der Unterhalt könnte vielleicht an ihnen hängenbleiben.

Wenn die Frau Mentes, die Hebamme, die Frau Pásztor fragte, die pockennarbige Panni, wo das Kind aus dem Bauch der Rosa hingekommen ist, dann zuckte die Frau Pásztor nur mit den Achseln, woher soll ich das wissen, ich kann's mir nicht am Arsch abfingern.

Denn die Frau Pásztor redete auch mit der Hebamme so.

Obwohl die Hebamme, die Frau Mentes, die Frauen immer mahnte, solche Ausdrücke ihr gegenüber bitte schön nicht zu gebrauchen.

Eine große, feine Dame war die Frau Mentes, sie ist die Hebamme bei uns, die Witwe des Vizegespans, man hatte sie einfach so ausgesiedelt, aus ihrem vornehmen Zuhause aus Győr, doch die Geburtshilfe hatte sie schon früher erlernt.

Bei jeder Gelegenheit nannten sie den Gemeindehirten großer Ficker. Der mit dem großen Schwanz, so redeten sie über ihn.

Er war hager und sehnig, ein hochgewachsener Mann, braun gebrannt vom vielen Kühehüten. Die Stirn hat die Rosa vielleicht von ihm. Er war flink wie ein Wiesel. Es hieß, nicht einmal die Bügelflasche gehöre ihm, sie stamme noch von seinem Vorgänger. Außer seinem großen

Schwanz hatte er nichts, rein gar nichts mitgebracht, als er als junger Bursche aus Pomáz kam, wo sein Vater Gemeindehirt war. Später besaß er dann eine schwere Umhängetasche aus Rindsleder. Seht mal, lachten die Frauen, die hat er selbst erworben. Dafür hat er sicher ordentlich gearbeitet, sagten sie und machten mit den Fäusten die eindeutige Geste. Sie lachten so laut, im Weinberg, im Maisfeld oder auf der Halbinsel, dass alle es hören und verstehen mussten. Wenn er zu den Tieren ging, packte der Hirte die Ein-Pint-Flasche mit dem Wasserwein in diese Umhängetasche, so groß war sie. Eigentlich war es eine Tasche für Militärkarten. Niemand hätte sich über ihn und die Tasche lustig gemacht, denn eines war sicher, dieser Mann verstand etwas von seiner Arbeit. Er sorgte für jedes einzelne Tier, wusste genau, wann er die Tiere wohin treiben, wann er sie trennen musste. Er sagte dem Besitzer, was mit einem Tier im Notfall zu geschehen hat. Das Kastrieren beherrschte er, die Wunde eiterte nie.

Der Gemeindehirt war ein strenger Mann.

Ein werfendes Tier war bei niemand besser aufgehoben. Man rief ihn oft, wenn es schwierig wurde, war er es, den man holte.

Wie gut ein Landwirt sich auch zu helfen weiß, mit Tieren kennt sich ja doch nicht jeder aus.

Der Pásztor sah mit einem Blick, wo das Problem lag. Er konnte auch schlachten und zerlegen, man bezahlte ihn gut.

Wegen der Umhängetasche wurde hinter seinem Rücken über ihn gelacht.

Seit der Scheißgemeindepolizist, der Kumpel von Bandi Kóbor Farkas, der andere Hungerleider, der Häusler, dieser Habenichts, der Bluthund-Jani, dieser Pächter, weil so nannten sie den Polizisten untereinander, der Varga, seit der eine neue Diensttasche bekommen hatte, blieb es kein Geheimnis mehr, woher die Umhängetasche kam.

Henker wollten sie ihn nicht laut nennen.

Irgendwie konnten sie sich damit nicht abfinden, dass ihnen jetzt überall das Gesindel von Pächtern und Tagelöhnern Anordnungen gab, was sie nun aussäen sollten und dass zum Eggen keine Zeit mehr sei.

Aber ohne Eggen sollen die sich das Ganze in ihren stinkigen Arsch stecken.

Teres dachte, alle dachten, dass die besser im Mutterleib verreckt wären. Alle fragten sich, von wem der Pásztor wohl die Rindsledertasche bekommen hat.

Was ihm mit der Tasche bezahlt worden ist.

Ich sage es nicht, mein Augenstern, wenn ich es nun mal nicht weiß.

Warum dieser bekloppte Polizist, der Jani Bluthund, oder mit richtigem Namen János Varga, es dabei belassen hat.

Dabei kenne ich ihn von Geburt an, er war bei uns in Dienst, keine zehn Jahre alt.

Ich verstehe es auch nicht, kein Mensch versteht es. Er hat doch eine Dienstpistole.

Er muss es doch selbst, mit eigenen Augen sehen, was alle sehen.

Doch niemand hätte es laut auszusprechen gewagt, was der Bluthund-Jani sehen müsste, wozu er seine Dienstpistole hatte und was er damit tun müsste.

Warum die Frau von dem Jani dem Pásztor nicht die alte Tasche gegeben hat, warum die neue.

Die Frau von dem Bluthund-Jani glaubt, wir sind so dumm und wissen nicht, dass die Polizisten neue Taschen bekommen haben und dass dieser Henker die alte gar nicht mehr hätte tragen dürfen.

Sie fürchteten, wenn ihm was passiert, werden sie nie wieder so einen guten Hirten bekommen.

Alle hätten sich schon auch ein bisschen gewünscht, dass es mit einem Blutbad endet, und von diesem Gedanken wurde ihnen sehr bange.

Ich spreche es nicht aus, weil du weißt selbst, an wen ich denke, was soll ich noch reden. Ich will meine Ruhe, keinen Wirbel.

Du hast recht, mein Engel, solange ich auch nichts weiß, ist alles gut.

Hier bei uns ist es so am besten, Reden ist Silber, Schweigen ist Gold.

Was du weißt, das weißt du.

Unsere ganze Schlauheit nutzt uns hier einen Dreck.

Was du weißt, kann dir niemand nehmen, aber wenn du deshalb eins aufs Maul kriegst, spürst du es.

Alle wussten, dass die Rosa sie, diese Terka, unentwegt umarmen wollte. Auch darüber redeten sie nicht. Man weiß ja nicht nur, was man sieht und hört. Wie verdammt noch mal sollten sie nicht wissen, dass die Rosa andere nie umarmen wollte. Wenn sie nicht gerade einen Schwanz erwischt hatte.

Ob sie es wollte oder nicht, die umarmten sie zur Genüge, keine Angst, sie brechen ihr fast die Knochen mit diesen vielen Umarmungen. Doch diese vergreiste, verdorrte Terka, diese böse Alte, die Teres Vogelscheu, redet ihr ein Loch in den Bauch, schleppt sie mit, den lieben langen Tag macht sie Späße mit ihr, wenn sie dort auf dem Berg nebeneinander jäten, aber sie lässt sie nicht an sich heran.

Sie wussten, und ob sie es wussten, wo sie doch mehr als genug gesehen hatten, was die in den langen Zeilen veranstalteten.

Dass du mich bloß nicht umarmst.

Umarmen tust du schon die Burschen genug. Das soll dir reichen, Rosa.

Lieber sterben, als von ihm umarmt zu werden.

Es tat der Teres gut, wenn der ganze Weinberg sah und hörte, was sie der Rosa vorsang, sie sollten sehen, wie sie ihr den Arm wegdrückte. Sie stieß sie sogar zurück. Aber nur sanft, damit sie nicht hinfiel. Sich nicht den Kopf anschlug. Weil dann kam wieder die Fallsucht über sie. Sie wollte nicht ihre Mörderin sein wie die Etel von der Eszti.

Man konnte nämlich nicht im Voraus wissen, wann es sie überkam. Deshalb war es ratsam aufzupassen.

Sie soll nicht hopsgehen bei dem ganzen Herumgestoße, solange sie für sie arbeitete. Bei wem anderen darf sie verrecken, bei ihr nicht.

Bei der vorsorglich sanften und strengen Zurückweisung begann Teres am ganzen Leib zu zittern, sie bekam Gänsehaut, wie von einem uralten Grauen.

Niemals sonst war es ihr so kalt über den Rücken gelaufen. Das ging ihr durch den Kopf, als sie in ihrer dunklen Küche saß und nachdachte, doch sie konnte damit nichts anfangen.

Die Frauen wussten Bescheid, sie schüttelten den Kopf, mit den beiden stimmt was nicht, sagten sie bei sich, auch wenn die Teres so abweisend ist.

Sie machte kein Licht. Was würden die Leute dazu sagen, wenn sie immer Licht machen würde.

Sie hatte ein altes Radio, einen Volksempfänger, ihr Elemér hatte ihr den gebracht, ihr Elemérchen, doch sie schaltete es nur sonntags mittags ein, bei den Volksliedern, wie die anderen es machten, wie es sich gehörte.

Eine große Schuld reicht für ihr ganzes langes Leben.

Die Rosa soll sie nicht drangsalieren.

Darüber dachte sie nach im Dunkeln, das wusste sie aus tiefster Seele, und da gab es tatsächlich kein Pardon, sie hätte nichts zu ihren Gunsten vorbringen können.

Sie arbeiteten sich in der Zeile voran, schnauften den lieben langen Tag, ratschten über den Durst, den Wasserwein und das Trinken, selbst den beschissenen Gott im Himmel verschonten sie nicht, da war ihr auf einmal, als hätte sie nicht recht gehört, was die Rosa sagte.

In der Mondnacht hat der Todesvogel gerufen.

Was für ein Todesvogel, einen Scheißdreck hat der.

Der Geist hat mich zwischen Himmel und Erde getragen.

Was du zusammenredest, Rosa, das Lied geht doch ganz anders. Deine bucklige Großmutter hat es dir gesagt, nicht der Todesvogel.

Und gleich sang sie der Rosa das Lied von der Manyi Kiss vor.

Auch damit wollte sie ihr was Gutes beibringen, was alle Städter kannten, sollte auch die Rosa kennen, und auch über die Manyi Kiss sollte sie Bescheid wissen.

In der Mondnacht aus dem Schloss. Kommt der Prinz auf weißem Ross. So märchenhaft ein Mädchentraum, am Morgen bleibt davon nur Schaum.

So laut hätte Teres gar nicht singen können, wie die Wut von der Rosa groß war, sie ging und ging immer weiter, denn sie sah schon das Ende der Zeile. Allerdings schrie die Rosa sie jetzt nicht so heftig an, nicht so schrill wie sonst.

Seine Flügel waren schwärzer, als Ihr samtenes Tuch.

Von was redest du, Rosa, was für ein samtenes Tuch.

Was Sie am Karfreitag gebügelt haben, bevor Sie zur Kirche gegangen sind.

Jener Karfreitag ließ Teres auf der Stelle mit ihrem Lied verstummen, dessen sämtliche Strophen sie der Rosa hätte vorsingen können. Die Manyi Kiss hatte sie oft genug gehört, sie kannte das Lied, seit sie die berühmte Hella Ortvay ins Orfeum am Budapester Ring begleitet hatte. In ungarischer Tracht, wie es geboten war, damit die Hella sich dort heimlich mit Ritter Okolicsányi treffen konnte. Die beiden betrogen den Fliesenfabrikanten Aladár Gunten Görög. Dieser Fettsack, dieser schwäbische Halunke ahnte damals noch nichts. Sie, Teres, wusste natürlich, was die beiden miteinander trieben. Wie sie ihnen mit geweiteten Augen nachsah, denn natürlich beobachtete sie die beiden, die konnten es ja kaum erwarten, hinter einem roten Vorhang zu verschwinden und übereinander herzufallen. Das war ihnen einfach so passiert, von einem Tag auf den anderen. Der alte Teufel fuhr in beide zugleich hinein. Teres, die sie belauerte, konnte nicht anders, als es gutheißen, weil sie selbst ständig das Gefühl hatte, den schwäbischen Halunken und Hella mit Okolicsányi zu betrügen, und das tat ihr äußerst wohl. Aber zugleich bedauerte sie natürlich ihren blöden, fetten Schwaben. Auch ihr gefiel der jüngere Okolicsányi. Und wie er ihr gefiel mit seinem schönen Lockenhaar und der schneeweißen Haut. Wie gut sie Hella verstehen konnte. Ein kalter Schauer lief ihr über den Rücken, als sie sich mit den beiden in diesem stinkenden Orfeum wiederfand. Während in Rákoshegy unter den großen Bäumen der fette Schwabe wartete, dass sie endlich mit dem letzten Zug ankamen. Aber sie kamen nicht. Die berühmten vornehmen Herrschaften sollten doch allesamt krepieren. Sie diente ihnen gegen die Vernunft, natürlich diente sie ihnen, sie kannte sie, auch jetzt wünschte sie ihnen innig den Tod. Die hatten ihnen all das Land am Flussufer genommen.

Aber es erschreckte sie sehr, was die Rosa ihr jetzt mit diesem Karfreitag in Erinnerung brachte. Diese Schande gehörte zu den wenigen Dingen, an die sie sich nicht mal zu denken getraute.

Sie hatte sich vorgenommen, an jenem Ostersonntag in die Kirche zu gehen, am Freitag hatte sie ihr schönes, altes, samtenes Tuch gebügelt, um es im Gottesdienst zu tragen, dann würde sie von dem Tölösy keinen Anschiss mehr kriegen, aber in ihrer Aufregung war sie über die Kirchenschwelle gestolpert.

Jetzt lief ihr eine Gänsehaut über den Rücken, als würde sie bei dieser Hitze frieren. Dass sie wegen der Rosa nun doch an diese Begebenheit denken musste. Wie sie das Tuch auf der linken Seite bügelte. Wo sonst auf Gottes Arsch hätte sie das Samt bügeln können.

Wie oft hatte sie die samtenen und seidenen Sachen von Hella gebügelt.

Die Männer brachten sie nach Hause, denn richtig gehen können würde sie nie mehr, die Schwelle hatte ihr die Kniescheibe zertrümmert.

Eine Zeit lang schwiegen sie lieber in ihrem gegenseitigen Zorn, arbeiteten weiter, verstockt, wie sie waren, den Blick gesenkt. Auch Wasser gab sie dem Elendsgeschöpf nicht, wegen diesem verfluchten Karfreitag. Schon wieder vergaß sie den Wasserwein. In ihrem Schrecken, ihrer Wut grub sie die beiden Bügelflaschen mit dem verdammten Wasserwein nicht aus dem kühlen Sand, um ihrer elendiglichen Tagelöhnerin wenigstens etwas zu trinken zu geben. Da hätte sie zwischen den Zeilen weit zurückgehen müssen.

Was war sie für eine Dienstherrin.

Wie viel Zeit müsste sie auf ihre Tagelöhnerin verschwenden.

Verrecken sollen sie alle.

Sie hätte jetzt auch keine Kraft mehr gehabt, sich auf ihre alten Tage in der Hitze ständig zu bücken und mit ihren neunundsiebzig Jahren womöglich noch selbst zum Anfang der Zeile zurückzugehen, um die beiden verfluchten Bügelflaschen aus dem kühlen Sand zu graben.

Der Todesvogel ist doch grau gefleckt, du dummes Ding, nicht schwarz, rief sie ihr etwas später zu, die Flügel von dem sind gesprenkelt, du Schaf.

Kommen Sie mir nicht damit, wie der Todesvogel aussieht, Tereschen, ich weiß, wie das ist, mit ihm erwachen. Ich weiß es besser als Sie. Wie soll ich es nicht wissen, wenn er einmal gegen mich gestoßen ist, er ist nicht gegen Sie gestoßen. Er hat gekrächzt, als er gegen mich gestoßen ist. Hätt ich gestanden, hätt er mich gleich aufs Bett geworfen, so groß war dieser Todesvogel. Größer als ein Seeadler.

Während sie gleichmäßig vorankamen, schien doch ganz friedlich hingesagt, was sie still in sich hineinbrummten oder einander laut zuriefen. Beide hatten ein Baumwolltuch auf dem Kopf, Rosa ein helles, sie trug es nach Mädchenart, Teres ein dunkles, ausgeblichenes, sie hatte es unterm Kinn geknüpft, wie alte Frauen es tun sollen.

In der irrwitzig brennenden Sonne mochte es sein, dass ihre Köpfe auch von den vielen ausgesprochenen und verschwiegenen Gedanken erhitzt waren.

Auf ihre alten Tage hatte Teres die Erfahrung gemacht, dass sie, wenn sie den Arbeitsrhythmus einmal unterbrochen hatte, ums Verrecken nicht wieder neu beginnen konnte.

Dann machte sich auch ein Brennen im Magen bemerkbar. War sie einmal am Arbeiten, durfte sie nicht innehalten.

Stoßen tun dich die Burschen, Rosa, glaubst du, ich weiß das nicht, mir kannst du nichts verheimlichen, sie können gar nicht erwarten, dass es Abend wird, sogar die ganz jungen legen dich um, nicht der Todesvogel. Du weißt genau, wer dich umlegt. Das ist für dich das Erwachen. Es gibt keinen, der das nicht weiß. Wo gab's da einen Mond in der Nacht, wenn du so ein Schlitzohr geworden bist, dass du mir noch das Schwarze vom Nachthimmel herunterlügst.

Da gab's keinen Mond. Es sei denn, auch er greift dir vor Schreck gleich unter den Rock.

Nun hielt Rosa aber doch mit ihrer glänzenden kleinen Hacke inne und fuchtelte stumm damit herum, als würde sie nach Atem ringen.

Schließlich bekam sie genügend Luft, um ihre Wut abzulassen. In Erregung sprach sie oft so, als wäre sie nicht die Närrin des Dorfes, sondern eine von den ganz gewöhnlichen jungen Frauen, die am Morgen einen Satz beginnen und in der Nacht damit fertig sind.

Ich lüge Sie nicht an.

Warum sollte ich lügen.

Bei den Reformierten hat es Mitternacht geschlagen, da ist der Mond hervorgekommen. Sie haben sicher schon geschlafen. Von Ihrem Schlafplatz in der Küche aus sehen Sie gar nicht hinaus, also was reden Sie.

Tereschen soll mir nichts vom Mond erzählen, ich weiß, wann er am Abend aufgeht, was denken Sie, was ich alles von meiner Kammer aus seh.

Dann hast du auch nicht gelogen, wie viel Himbeeren ihr verkauft habt und wie viel ihr dafür bekommen habt, der Herrgott soll dich mit einem Blitz erschlagen, wenn du mir widersprichst. Geh mir nicht auf die Nerven. Ich bin deine Brotgeberin. Ich soll euch Himbeeren geben. Himbeeren für eine Tagelöhnerin, hat man so was schon gehört. Dann kommt ihr noch dahergelaufen, ach du lieber Himmel, ihr habt keinen Zucker. Weil der Scheißkerl kein Geld rausrückt.

So redet deine Mutter von deinem Vater, Scheißkerl. Wie oft soll ich noch sagen, nehmt es ihm weg, lasst es ihm nicht, dann habt ihr auch Geld für Zucker.

Du und deine Mutter, ihr würdet mir die Seele aus dem Leib lügen, ich soll nur immer geben, geben.

Ihr habt nicht einmal Himbeeren.

Wenn ihr wenigstens für den Winter ein paar Paprika einlegen würdet.

Und dann, was für Himbeeren könntet ihr für soundso viel verkaufen. Wie könntet ihr welche verkaufen, wenn ihr nicht stehlen geht, dass ihr welche habt.

Ein Nichts kauft euch niemand ab, hörst du, Rosa. Ihr habt ja überhaupt nichts.

Euer Vater ist mit einem großen Nichts aus Pomáz gekommen.

Was soll ich euch noch alles geben.

Mehl habt ihr auch keins. Ich soll euch ein bisschen Mehl geben, ein bisschen Knoblauch, bisschen Petersilie.

Was soll ich euch noch alles geben.

Ihr könntet Himbeeren pflanzen. Aber ihr lungert nur rum, Nichtsnutze, alle wie ihr da seid, der Teufel soll euch holen.

Den letzten Fluch, den sie nebst anderen sehr oft gebrauchte, sagte sie leise vor sich hin, dabei ging sie mit der Hacke ruhig hinter der Rosa her, dass die bloß nicht stehen bleibt.

Als wäre ihr jeder Gedanke daran zu schade, ob es die andere verstand, scheiß drauf, es war ihr so egal, ob der Sinn der Worte sie erreichte oder nicht.

Die Rosa wischte sich müde mit dem Arm die Stirn ab.

Als hätte nicht die Arbeit, sondern die verfluchte Alte sie plötzlich ermüdet. Ihr Zorn war mit jedem Wort von Teres gewachsen. Aber auf ihrem Gesicht war davon nichts, rein gar nichts zu sehen. Nur das Tuch, das sie sich vom Kopf zog, wollte sie zu Boden schleudern, doch es blieb an einer Rebe hängen.

Immer bin ich sofort da, wenn Sie mich rufen.

Komm, Rosa, wir gehen jäten.

Wann bin ich einmal nicht mitgekommen, rief sie, nein, schmetterte sie in die sommerliche Stille hinein, sagen Sie mir das. Meine lumpige kleine Hacke lasse ich Ihnen, mein Tuch lasse ich Ihnen, alles lasse ich Ihnen. Wenn es Ihnen um Ihre Himbeeren leidtut, um Ihren Zucker, dann sollen Sie meine kleine Hacke haben.

Sogar um das bisschen Mehl tut es Ihnen leid, das man für die Einbrenn braucht, um das bisschen Petersilie, ich weiß es, alle sagen es.

Sie geben nichts, Sie tun nichts, für niemanden, also verfluchen Sie meine Familie nicht.

Ich lasse Sie jetzt hier stehen, für immer, Frau Teres.

Aber was hat denn dieser große Todesvogel in der Mondnacht gesagt, Rosa, das könntest du mir noch sagen, bevor du wütend davonläufst, antwortete in der anderen Zeile die greise, nichtsnutzige, schlaue, böse Alte, sanft und unschuldig, als wäre sie immer noch das kleine Blondchen. Mit honigsüßen Worten konnte sie Rosa einlullen und einseifen wie ihre Lehrerin in der Elementarschule. Denn es machte ihr einen beträchtlichen Genuss, dass die Rosa so in Wut geraten war, während sie, Teres, nun mit ihrer Hacke einfach hinter ihr herging, als hätte es keinen Streit gegeben inmitten der vor Trockenheit raschelnden und an den Rändern geröteten Rebenblätter.

Sie ging weiter und immer weiter, redete, fügte ein Wort an das andere, mit jedem der jämmerlichen Kreatur auf den Zahn fühlend, der soll ihre Wut noch mehr wehtun, die Wut, die trotz allem Genuss so schmerzlich für sie war.

Dass sie diese beschissenen Himbeeren so hartherzig erwähnt hatte. Und den Zucker, das Mehl, und alles andere, die Petersilie.

Deine Seele nehm ich mit.

Und die Rosa zeigte, wie der Todesvogel ihre Seele auf Engelsflügeln zwischen Himmel und Erde trug. Sie streckte ihre starken Arme aus. Die Hacke fiel ihr aus der Hand.

Die Rosa hatte breite Schultern wie ein Mann.

Sie war glücklich, wenn man sie etwas fragte und sie beflissen antworten konnte.

Die Schneide der Hacke fiel ihr auf den Knöchel und verletzte sie.

Du redest Unsinn.

Aber das hat er gesagt, glauben Sie mir, Tereschen. Was anderes hat er dann nicht mehr gesagt.

Rosa war so gerührt, so aufgeregt in ihrem großen Glück, dass der Engel mit den ausgebreiteten Schwingen ihre Seele mitgenommen hatte, dass ihr bei den eigenen Worten die Tränen kamen.

Deine Seele nehm ich mit.

Sie träumte weiter, wie er sie in die Nähe Gottes trug, davon versiegten ihre Tränen, wohin er sie wohl brachte in ihrem einzigen Baumwollkleid, mit ihren schweißverklebten, farblosen Haaren, in denen nichts mehr übrig war von der Dauerwelle aus Bogdány, sie sah vor sich hin, starrte die kahle Erde mit dem vielen toten Unkraut an, doch in Wirklichkeit sah sie den einzigen, wahren Engel, wie er ihre Seele hinauf in den zweiten Himmel hob, sie trug, bis sie oberhalb von dem blauen war. Nach einer Weile nahm sie dann wieder die Hacke und arbeitete weiter.

Das Blut an ihrem braunen Fuß schien sie nicht zu bemerken und das Brennen der Wunde nicht zu spüren.

In der großen Hitze war diese Seele dann doch zu viel für das von den vielen erbaulichen Lehren wirre Hirn der Alten.

Unter dem dunklen Baumwolltuch wusste sie nicht mehr, wohin in ihrem Verstand mit der Seele. Für Gutgläubigkeit hatte sie nun wirklich keine heilen Gehirnzellen mehr. Nicht, dass sie nicht gewusst hätte, was die Seele ist. Sie schwieg höchstens aus Pietät, gezwungenermaßen, wenn der Geistliche salbungsvoll von der Seele redete. Das wusste sie. Besser als er. Sie unterschied sich kaum mehr von einem der knorrigen Weinstöcke. Fleisch am Körper, Fleisch am Arm hatte sie nicht mehr. Was noch da war, hatte kein Fett. Von Seele keine Spur. Der Pfarrer kam jeden Montagvormittag, er brachte das Wort Gottes, wie er sagte. Oder wenn nicht er mit dem Wort Gottes kam, dann der Hamza, der Freund vom Tölösy. Er erzählte, was der Tölösy den anderen am Sonntag gepredigt hatte, was der Vers und was die Auslegung gewesen war.

Der Tölösy erwähnte nicht, dass sie dem sonntäglichen Gottesdienst fernblieb. Dass sie auf der Schwelle gestolpert war und wie alle gelacht hatten. Was hatte sie doch früher für feine Arme gehabt. Seit sie aus der Stadt zurück war, hatte sie nicht mehr in den Spiegel gesehen.

Wozu auch.

Sie suchte ihr Mädchengesicht oder ihre Mädchengestalt nicht mehr im Spiegel. Brüste, Hüften, einen Arsch hatte sie gehabt, gerade genug für ein halbes Leben.

Durch den Dampf löste sich die Rückseite von ihrem alten großen Spiegel in ihrer Küche langsam auf.

Woher sollte sie das Geld für eine Außenküche nehmen. Auch den alten Spiegel hatte sie von ihrer Großmutter, die noch am Leben gewesen war und ein Herz für sie hatte, als sie zu ihrer Schande zurückkam.

Den Drank musste sie auch sommers in der Küche kochen.

So arm war sie geblieben, sie kümmerte sich einen Scheißdreck um den Spiegel.

Sie rührte viel Kleie und Kartoffeln unter. Futter kaufte sie ihnen nicht, denn Himmelherrgottsakra, wer weiß was die in das Futter vom Laden hineingemengt hätten, Menschenknochen. Zeit ihres Lebens hatte sie an das geglaubt, was die Schweine mit gutem Appetit auffraßen. Anderen Lebewesen glaubte sie nicht, nur den Schweinen. Sie brauchte kein gekauftes Futter. Es war gut zu hören, wie sie den Drank mit den frischen Brennnesseln fraßen, schlangen, schlürften.

In der Stadt musste sie so tun, als würde sie alles glauben. Frau Hella forderte das streng von ihr. Sie erklärte ihr, was man wie machen musste. Sich mit angewinkeltem Knie anmutig verbeugen. Wie sie die Finger halten musste, den kleinen Finger nicht abspreizen, wenn sie Tee einschenkte. Was sie mit ihrer Hand tun durfte, was nicht. Sich niemals kratzen, nirgendwo, nicht gestikulieren. Wann sie was tragen musste. Wie auf jedes Wort achten. Niemandem in die Augen blicken, nicht provokant sein. Sie soll tun, als wäre sie gar nicht da. Wann sie schweigen, wann sie reden soll. Wie sie alle anlächeln soll, das Lächeln auf ihrem schönen Mund, in ihren schönen Augen soll niemals ersterben. Sie musste wissen, wovon sie schön war. Weswegen man in der Gegenwart von Herren empört oder traurig sein soll. Weder im Irrenhaus noch im Palais in der Úri utca, noch im Sommerhaus mit den uralten Bäumen in Rákoshegy war sie jemals einer Seele begegnet. Dennoch wusste sie, was man über Seelen wissen musste. Nachts in der Kammer konnte sie nach Belieben weinen, doch bei Tag hatte sie in ihrer Seele ohne Unterlass glücklich zu sein. Auch das gehörte zum Dienst, ihre eigene Familie war protestantisch, sie ließen nie den Kopf hängen, da konnte auch ihr der Dienst nicht schwerfallen. Alles, aber auch alles hatte sie selbst erworben, die Löffel, die zwölf langen Zeilen Wein, den Acker, ihre Möbel, ihren Brunnen, ihre Eimer, den Schweinestall, das Haus. Ihre eigenen Verwandten hatten sie um alles gebracht, nicht einmal die Aussteuer hatte sie bekommen, die viele bestickte Wäsche, die Decke, die Federn, die Daunen, die Kissenbezüge, obwohl sie die doch eigenhändig gesäumt und bestickt hatte. Ihre Schwestern hatten ihr alles geraubt. Aber wenigstens haben sie es nicht behalten können. Alles haben sie den beiden niederträchtigen Kulaken genommen. Wenn ich nichts habe, sollen sie auch nichts haben, die beiden Miststücke. Ganz allein war sie dagestanden mit dem Sohn von Lali Bokor, das wurde ihr eigener kleiner Sohn, weil der Vater ihm um keinen Preis seinen Namen geben wollte. Sie hatte ihn vergeblich darum gebeten. Dieser Bastard wird nicht mein Erbe sein. Aber dass er Elemér heißen soll, gestattete er schon. Wenigstens den Namen könntest du ihm geben. Du hättest ihm deinen Namen geben können, du Halunke. Dann hätte man sie vielleicht nicht aus dem Haus gejagt. Er hieße Elemér Bokor, er wäre nicht Elemérchen Várnagy, der durch seine Geburt das ganze Leben ein lediges Kind bleiben muss und den alle demütigen und als Fußabstreifer benutzen.

Was ihr Sohn wegen seinem Vater alles durchmachen musste.

Sie wurden aus dem Elternhaus verstoßen, du brauchst nie wieder zu kommen. Hier ist kein Bleiben mehr für dich. Ihre einzige, liebe Mutter schluchzte und jammerte laut. Die Nachbarn, die ganze Straße musste hören, dass Frau Várnagy schreit und jammert, weil sie es nicht ertragen kann, dass ihre jüngste Tochter ihr Leben zerstört hat und so eine große Hure geworden ist.

Da hatte sie schon gut drei Tage gespürt, etwas wird mit ihr und dem Säugling im Elternhaus passieren in dieser großen Schande, und es wäre vielleicht besser, sie würde nicht weiter auf ihr Glück warten, dass der Lali Bokor so viel Herz hat, dem Neugeborenen seinen Namen zu geben. Sogar Gesinde und Tagelöhner zeigten ihr schon die kalte Schulter.

Aber wohin soll sie gehen und was soll sie mit dem Kind machen, das der Vater, der es gezeugt hat, nicht anerkennt.

Nun sah sie auf, hielt mit der Hacke inne, denn der Geist, der es auf die Rosa abgesehen oder sie schon mit sich genommen hatte, machte ihr Kopfzerbrechen.

Doch sie stand einfach nur da, die andere soll nicht bemerken, was die Seele aufführte, nicht einmal sie selbst, sehr träge brachte sie sie mit ihrem Staunen zum Stillstand, und sie spürte, gleich wird sie vor Wut platzen.

Zum Teufel mit deiner bescheuerten Seele, Rosa.

Dabei lag noch so viel vor ihnen.

Sie stützte sich leicht auf den Hackenstiel und sah verstohlen zur Rosa hinüber, die ihr in der anderen Zeile ein Stück voraus war. Wie sie es gewohnt waren. Nur ein Stück. Wie sie es verlangte.

Auf der ganzen großen breiten Feldflur war sie mit der Rosa allein, allein im Weinberg unter dem blauen Himmel in der erstarrten Mittagshitze.

Die Zeit hatte sich hier so in den Raum hineinverstiegen, dass sie jeden Körper maßlos verkrümmte und entstellte.

Sie wusste nicht, was sie sah.

Und was anderes gab es nicht.

So weit das Auge reichte, nichts Lebendiges außer ihnen, nichts. Drinnen im Kühlen faulenzten die Hundsfötter, die Tagediebe. Sie trinken gezuckerten Himbeersaft mit kaltem Soda, sollen sie samt den Fliegen an den Bläschen ersticken. Aasfliegen ihre offenen Mäuler zernagen. Kein einziger Vogel. Soll die schwarze Hornisse sie anfallen samt ihrem Sodahimbeersaft. Und nicht nur eine. Denn auf dieser Insel zitterten sie alle seit Jahren vor der schwarzen afrikanischen Hornisse. Wem Schwiegersohn, Schwiegertochter und Tochter zur Seite stehen, der hat es leicht, fröhlich jäten sie gemeinsam, aber sie kann sich wieder nur einzig auf die Unterbelichtete stützen. Von der Hornisse genügen zwei Stiche zum schnellen Tod. Die sind so groß wie der Daumen von dem beschissenen Höss. Auch jetzt nahm sie sich nur so viel Zeit, schnell einen Blick auf den Hintern der Bekloppten zu werfen, auf ihren kleinen spitzen Bauch, wie sich der nach einer Fehlgeburt und zwei Geburten unter ihrem Kleid abzeichnete.

Mit den im Rhythmus der Hacke hüpfenden Brüsten sah sie in dem zerschlissenen Stoff alles von ihr.

Sie hatte darin Erfahrung. Ein Blick genügte, um zwischen den Rebenblättern die Rosa in dem schmutzigen ärmellosen, geblümten blauen Baumwollkleid wahrzunehmen.

Drunter trug sie nichts.

Zum Pinkeln hockte sie sich nicht mal hin.

Das war wirklich der Gipfel der Schamlosigkeit.

Am frühen Morgen, als sie die Rosa Wasser aus dem Hirtenbrunnen holen ließ, um den Wein in den Bügelflaschen aufzufüllen, weil sie so den halben Weg nur das halbe Gewicht tragen musste, hatte sie es ihr gesagt, verdammt, Rosa, du verkühlst dir noch deine Muschi, wo hast du Sakrament noch mal schon wieder deinen Sommerschlüpfer gelassen.

Bei wem hast du ihn gelassen.

Nächstes Mal kommst du mir nicht so daher, du Schamlose. Schon wieder hast du nichts an.

Zum Teufel mit dir.

Doch diesen Fluch brummte, knurrte sie nur lautlos in sich hinein. Sie sprach auch nicht aus, dass der Teufel sie mitsamt ihrem Uterus holen soll, wenn sie noch mal schwanger wird.

Sie hatte keinen anderen Tagelöhner als diese bekloppte Rosa.

Außer der Rosa kam niemand zu ihr.

Sie traute sich nicht, andere zu fragen. Den Fuhrmann musste sie aus Bogdány holen.

Warum sollen sie kommen, du gehst ja auch zu niemand. Du denkst nur an dich. Zu uns kommst du auch nicht.

Aber die Teres wurde auch auf sich selbst wütend, dass sie sich gerade erst auf den Weg gemacht hatten, und schon wurde sie wütend, wegen dem Baumwollkleid.

Wenn sie mit ihnen mitgekommen wäre, mit den beiden bösen Schwestern, hätte sie eingewilligt, wenn sie sie holen wollten, zum Maisbrechen, jäten, lesen, Nüsse runterschlagen, Schilf verbrennen, Heu einbringen, dann wäre sie allmählich auch von anderen geholt worden, denn sie hätten gesehen, dass ihre Familie ihr nun verziehen hatte und ihre Hilfe annahm. Aber das brachte sie nicht über sich. Die Schwestern luden sie ein, sie soll doch endlich mal jäten kommen mit ihnen.

Zu so einer Gottlosen hatte das Leben sie gemacht.

Sie wehrte sich dagegen, trotzdem drohte der Zorn sie

zu überwältigen, zu zerreißen. Außer der pockennarbigen Frau des Hirten trug niemand so ein Kleid. Die soll kein solches Baumwollkleid tragen. Die Frau des Hirten war pockennarbig, sie wurde ausgelacht, sie sangen, die Panka kauft sich teure Kleider, doch grindig bleibt sie ewig, leider.

Sie kauft den Stoff meterweise auf dem Markt von Pomáz.

Ihre Tochter, die Nutte, steckt sie in teure Baumwolle aus Pomáz, damit ihr Hintern und ihre Titten gut zu sehen sind, du Scheiße Gottes.

Bei denen war schon die Großmutter ein großes Schlitzohr, eine große Schlampe. Aber die hat sich wenigstens ordentlich angezogen.

Von der sind die alle so grindig geworden.

Das Schlimme, das noch viel Schlimmere war nur, dass sie sich selbst kaum mehr belügen konnte, so alt und hinfällig und wütend sie auch war. Der Gemeindehirt, der Vater von Rosa, hatte ihr immer gut gefallen. Das war nicht zu leugnen. Wie er mit seinem langen schlanken Rücken zackig aus dem Haus ging. Sogar wie er redete, war ihr so schmerzhaft, dass sie ein Schauer überlief. Was für eine samtige Stimme. Und seine Taille war wie eine Spule, zum Kuckuck mit diesem Hirten. Sie betrachtete ihn von hinten, damit er es nicht bemerkte, auch seinen Arsch, nicht nur seine Schultern, die ihr auch äußerst gut gefielen. Wie sollte sie ihn nicht betrachten. Schon damals hatte ihr der Arsch von dem Hirten gefallen, als er sich als junger Bursche mit seiner verflucht schmalen Taille hier verdingt hatte.

Dass die ihm nicht abbricht, Himmelherrgott. Wie gerne würde sie ihn da anfassen. Kein Mädchen hat so eine. Und wie er einen mit seinen blauen Augen ansah.

Er durchbohrte einen mit seinem Blick, im Zorn wurde man von dem Mistkerl mit seiner schönen glänzenden Stirn auf die Hörner genommen.

Ihre Kühe hatte man schon längst in die Scheißkolchose fortgebracht, so hatte sie mit dem Hirten nichts mehr zu bereden.

Bei ihr schlachtete er nicht.

Wer immer es macht, er soll es nicht sein.

Ich würde in Ohnmacht fallen, mir würde übel werden.

Die Rosa hat ihre Stirn von dem Mistkerl geerbt, auch wenn geredet wird, dass er nicht ihr Vater ist, sondern der behufte Teufel die pockennarbige Panka geschwängert hat, während ihr Mann draußen bei den Tieren war und zwischen den Bäumen mit anderen herumhurte.

Die Stille zwischen ihnen hielt eine Weile an.

Sonst redeten sie immer darüber, wie sie mit der Arbeit vorankamen.

Sie mussten heute noch fünf Zeilen jäten.

Sie wollte nicht nur ihre regelwidrigen Pausen vor der anderen verheimlichen, am liebsten hätte sie gar nicht angehalten. Die Zeilen waren lang, darauf war sie zeitlebens stolz gewesen. Sie hatte gute Kühe gehabt, auch darauf war sie stolz gewesen. Sie hatte sich lange gegrämt, als dieses Gesindel von Häuslern, Pächtern oder irgendwelchen Tagelöhnern die Kühe in die Kolchose fortgetrieben hatten und in dem Betrieb vom dritten oder von was auch immer für einem Scheißtypus eine Zeit lang der Hirt für sie zuständig war.

Wenn von den langen Zeilen am äußeren Berg die Rede

war, dann war ihr Weinberg gemeint. Rechnen konnte sie. Das Geld dafür hatte sie selbst verdient. Sie hatte die Hella bestohlen, nicht nur einmal. Sie hatte sie bestohlen. Ihr Schicksal hatte sie gelehrt zu stehlen.

Sie hatte es Elemér erzählt, sie wollte ihn darüber nicht im Zweifel lassen.

Das ledige Kind von dem Lali Bokor sollte bei seinen Zieheltern keinen Mangel leiden, das Elemérchen sollte alles haben, sollte nicht gezüchtigt, nicht geprügelt werden. Wenigstens er sollte eine schöne Kindheit haben. Die Hella hatte sie nicht verdächtigt. Fand sie etwas nicht, dann fand sie es eben nicht. Es wird schon irgendwo zum Vorschein kommen. Hella hatte aber auch Schmuck, den sie ihr doch lieber in die Schatulle zurücklegte. Die Verrückte steckte ihr noch extra Geld zu, deshalb schämte sie sich schon. Hätte sie das zugesteckte Geld nicht gern angenommen, hätte sie sich verraten. Sie bedankte sich, küsste ihr die Hand. Sie wird es zur Bank bringen, Hella könne ganz beruhigt sein, sie spare für das Alter. Sie müsse für die Zukunft von zwei Menschen vorsorgen.

Sie wollte auf niemanden angewiesen sein.

Wenn Elemérchen ihr in den Sinn kam, weinte sie.

Du trägst meinen Familiennamen, trotzdem hast du mich verlassen.

Nicht einmal Jesus Christus ist so von seinen Jüngern verlassen worden. Weil Elemér Várnagy in Wahrheit höchst selten von der Konditorei in Pest nach Hause kam, um seiner Mutter ein bisschen bei der vielen Arbeit zu helfen. Er sagte, dies sei nicht sein Zuhause. Bevor er noch denken konnte, hätten ihn die Verwandten von hier vertrieben, ihn ausgestoßen für alle Zeiten.

Wie einen Hund hätten sie seine Mutter davongejagt, was redet sie da, wohin soll er heimkommen.

Was nur richtig war, wenn er nicht seinen Großvater mit einrechnete, den Tóni.

Nachdem sein Großvater, der Tóni, Witwer geworden war, empfing er das Kind des gefallenen Mädchens immer gerne. Er hat ihn auch eingeladen. Komm heim, Junge, anstelle von deiner Mutter, du könntest mir ein wenig helfen.

Es war so, dass er seinen Enkel schon als kleines Kind liebgewonnen hatte.

Er sagte, dieses Kind hat geschickte Hände, es ist nach ihm geraten und will nur deshalb nicht heimkommen, weil es stur ist wie die Várnagy, auch ihn kann man nur einmal kränken.

Dabei konnte der Lali Bokor so schön singen. Zum Teufel mit ihm, auch wenn sie sich noch so anstrengen, bis zum Abend bleiben mindestens zwei lange Zeilen übrig.

Er hatte sie verlassen, so war das, lange hat er trotzdem nicht gelebt. So blieb sie allein in dem großen Elend zurück.

Dann muss sie wegen zwei Zeilen mit der Rosa zurückkommen. Sie kann ihr nochmals den Tagelohn zahlen, für einen halben Tag einen ganzen. Und dann frisst die ganze Familie ihre Himbeeren.

Das war kein Nichts, da kann die Rosa sagen, was sie will, auch zuletzt hat sie ihnen ein volles Körbchen gegeben.

Ihr ganzer Wein ist nicht so viel wert, was sie diese Rosa kostet. Nicht umsonst war sie die Beste beim Rechnen. Manchmal gibt sie ihr noch extra Geld dafür, dass sie sich in Bogdány eine Dauerwelle in die jämmerlichen Haare machen lässt.

Ein großer Jude bist du geworden, Teres Várnagy, du

rechnest wie der Teufel. Immer hatte sie der Herr Lehrer vor den anderen gelobt, sie schreibe hässlich, mit großen Krix-krax-Buchstaben, aber rechnen, das könne sie.

Der Herr Lehrer mit seinen weißen Haaren und dem großen Schnurrbart im einzigen Klassenraum der reformierten Schule war ihr in der großen Hitze einfach so eingefallen.

Vor ihnen liefen die langen Zeilen den Hügel hinauf, immerzu.

Und sie sollte ihnen hinterher in dieser Glut, und immer noch freute sie sich, jeden Morgen, wenn sie aus dem Haus trat und zu diesem erbarmungslosen Himmel aufsah. Wie wird dieser Tag werden, er soll werden, wie er will. Ihre Freude kannte keine Grenzen. Sie musste glücklich sein, konnte zu ihrem eigenen Grund und Boden gehen, darauf stehen. Sie konnte sich so sehr freuen, dass sie keine Luft bekam. Jeder einzelne Tag war so. Als hätte sie den Weinberg, das Hausgrundstück erst jetzt gekauft und würde sich über all das Neue freuen. Den Acker hatten ihr die Schufte genommen, ihr eigenes Gesinde. Jeden Tag soll das ihre einzige Sorge sein. Dass der verfluchte Himmel ihr nicht ein wenig Linderung bringt.

Nicht ohne Grund sagten die Frauen über Rosa, sie sei stark wie ein Ochse. Der kann die Hitze nichts anhaben. In dieser Hitze konnte Teres gerade noch mit ihr Schritt halten. Ihre Wunde hatte sie vergessen, Teres aber sah sie, man müsste dem Unglückskind sagen, dass sie blutete.

Sie trieb sich an, um das Mädchen in der anderen Zeile anzutreiben, vorwärts, immer nur aufwärts, hinauf auf den Berg, sie hetzte sie die Reihe hinauf, die sie Zeile nannten.

Himmelherrgottsakrament noch mal, so ein Bauerntrampel bin ich nicht geblieben, dass ich nicht weiß, wie die Budapester die Zeile nennen. Zum Henker mit ihren Reihen, sollen vielleicht auch noch sie selbst so reden, aber wer würde nicht auf die mit ihren Reihen scheißen.

Das ganze Leben hat man sie mit diesen Zeilen getriezt. Denn die Hella erzählte es ihren Freundinnen, und sie hörte, wie sie im Salon lachten.

Diese Hella ließ sie nicht in Frieden mit den Zeilen.

Aber das ist schon gar nicht mehr wahr.

Was soll das schon sein, eine Zeile, Zeile eben, verflucht, so nenne ich das, in meiner Muttersprache. Aber zur Hella hätte sie das doch nicht gesagt, sie hätte sich geschämt, dass sie so ein Bauerntrampel war.

Als machten ihr die Katholiken zu Hause nicht genug zu schaffen.

Es gibt keine größeren Ungarn als die Várnagy, da soll ihr die Hella Ortvay vom Hals bleiben.

Selbst die Hella Ortvay kann keine so große Ungarin sein, diese ach so fromme Katholikin. Der Ehemann von ihr, dieser große Ungar, der Fliesenfabrikant Gunten, ist ein schwäbischer Fettwanst. Den sie insgeheim auch nach so vielen Jahrzeiten hartnäckig beschimpfte. Beleibt war er. In ihrer Wut nannte sie ihn einen Juden. Obwohl der Gunten kein Donauschwabe war, kein Jude, sondern in Wirklichkeit ein sächsischer Katholik aus dem Erzgebirge, doch dieses Wissen verleugnete Teres beharrlich. Dabei wusste sie, sie wusste es von ihnen, was der Unterschied war, sie schien es nicht zu verstehen, oder jeder kleine feststellbare Unterschied schien ihr gegen den Strich zu gehen. Denn nun musste sie an diesen großen schwäbischen Kerl denken, an den blonden Höss, wegen dem Gunten.

Dass bei uns alle Schwaben sein müssen.

Juden.

Das Licht schien die Luft in Brand setzen zu wollen.

Doch nicht so sehr auf dem verfluchten Weinberg, denn hier gab es ausladende Obstbäume, die in der Mittagshitze Schatten spendeten. Auch die vom Kupfersulfat verfärbten Rebenblätter machten die erbarmungslose Hitze etwas erträglicher. Zumindest erweckten sie den Anschein einer Linderung. Sie zitterten nicht, raschelten nicht, wurden von keinem Windhauch mehr angerührt. Doch weiter entfernt, am Fuß der Hügelkette, wo der Hafer schon länger geschnitten war, stand die Luft über den Stoppelfeldern regelrecht in Flammen. Sie vibrierte Schicht für Schicht, es war sehenswert, wie die Hitze zitternd in die Höhe stieg. Bis es ihr vor den Augen flimmerte, versuchte sie zu sehen, was sie sah, nicht das, was nicht zu sehen war. Es gelang nicht, das weiße Lodern der Luft in ihrem Blick reichte bis zum Horizont. Damit auch das bisschen Dunst aus der Erde gebrannt wurde, das allmorgendlich darin hängen blieb. Und dann von dort bis zu den ersten Häusern, die sie von hier tatsächlich nicht sehen konnte. Ihr schauderte vor dem Feuer. Doch mehr noch als nach dem Wasserwein lechzte sie jetzt nach dem Toben der Feuersbrunst, damit das Entsetzen verbrannte. Am Abend übergoss sie das Feuer im Garten. Aufkommender Wind sollte da nicht reinfahren.

Sie beobachtete, was die Nachbarn mit ihrem verdammten Feuer taten, sie ließen es unbeaufsichtigt. Ihr durfte das Haus nicht abbrennen. Von jedem anderen darf es abbrennen, bis zu den Grundmauern, ihres nicht.

Das Geld reichte nicht mal, um auf dem Schweinestall die gebrochenen Dachschindeln auszutauschen.

Mit den Schindeln hatte man sie betrogen, mit diesen Scheißdachschindeln. Dabei war sie im Kopfrechnen so gut, dass keine fünf Juden sie betrügen konnten.

Diese Schindeln waren nicht richtig gebrannt oder waren zu früh aus dem Ofen genommen worden.

Klar hatte sie das nicht bemerkt. Dabei hätte sie es an der Farbe bemerken können.

Unter diesen Umständen genügte es, wenn Anteilsarbeiter auf dem Stoppelfeld eine Glasscherbe zurückließen. Aber wo gab es denn noch Anteilsarbeiter, zum Teufel mit den Häuslern, das machen die Combinen, damit sie keine Arbeiter brauchen.

Sie hat es mehr als einmal gesehen, wie Stoppelfelder brennen, im Nu brennt die ganze Feldflur.

Oder die stolzen herrschaftlichen Jäger, die werfen ihre Scheißzigaretten einfach nur so weg, treten sie nicht aus. Der Bücherjude, der Oszkár Schleckmann, und der Okolicsányi, der große gerechte Gott soll sie mit einem Scheißblitz erschlagen. Nicht mal im Grab sollen sie Ruhe finden. Wer weiß, wer den Schleckmann auf sie gehetzt hat, dass er auf den Feldern so viel Schaden anrichtet. Die ganze frische Saat zertrampeln sie mit ihren Pferden. Darauf aber hätte sie nicht einmal selbst eine Antwort gefunden, ob der Anblick der längst verloschenen Flammen so viel Schrecken in ihr hinterlassen hatte, oder ob sie es sich tatsächlich so sehr wünschte, dass der Besitz der anderen Feuer fangen, brennen soll, der Besitz aller in Flammen stehen, Dachschindeln zerknacken auf brennenden Balken, vom Brüllen der Tiere und von Flüchen begleitet, soll Haus und Hof von allen niederbrennen.

Von ihr nicht.

Alle sollen sie abkratzen.

Aber den Lali Bokor mochte sie immer noch, wenn sie an ihn dachte, hätte sie ihn gerne von oben bis unten liebkost.

Doch sie platzte beinahe vor Wut, dass ihr als alter Schachtel das noch immer nicht aus dem Sinn ging und sie den steifen Schwanz von dem Lali Bokor noch immer in den Mund nehmen wollte.

Das Mittagsläuten war schon mindestens eine halbe Stunde her.

Du machst keine Pause, solang ich keine mache, Himmelarsch, ich bezahle dich, wer sonst, du Aas.

Auch das sprach sie nicht aus, aber innerlich schrie sie es.

Diese Hitze irgendwie überstehen.

Diese gottverdammte Rosa soll endlich vor ihr gehen, dieses Miststück.

Geh schon, hörst du, das knurrte sie vor sich hin, damit die verfluchte Rosa es hörte, dass man wegen ihr knurren muss.

Im Schatten den Wasserwein trinken, den Mundvorrat verzehren, wer sonst hätte ihn hergerichtet. Die pockennarbige Panka gibt ihr keine Krume mit. Tagelöhner werden vom Dienstherrn versorgt. Ich versorge sie, keine Angst, am Abend. Ein wenig ausruhen, aber nicht so lange, dass sie einnicken. Sie sind nicht hier, um sich vollzufressen. Wie sollte ihr nicht übel sein bei der vielen Arbeit, die noch zu tun war. Wenn sie aus dem Schlaf gerissen wurde, konnte es ihr ganz schön hochkommen. Auch deshalb zog sie die verfickte Rast hinaus, nicht dass ihr Kopf nach vorne kippt und sie einschläft. Das wird ihr nur zum Verhängnis.

Sie hatte noch nichts im Magen, der Teufel soll ihren Magen holen, gleich kommt es ihr hoch. Gleich dreht er sich ihr um. Wenn sie aber isst, wie ein verhungerter Hund, sie kann sich nicht zurückhalten, muss alles in sich hineinschlingen, der Allmächtige soll meine Gier verfluchen, wenn er diese Scheißtodsünden erfunden hat. Und so war das auch mit dem Trinken, mit dem Durst. Wenn sie Durst hatte, dann war es eine Zeit lang gut für sie zu dursten, doch wenn es länger dauerte, dann kam es ihr hoch.

Wenn sie dann endlich trinkt, Wasser oder Wasserwein, kommt es ihr hoch, das saure Wasser, sodass sie beinah ihr Gedärm rauskotzt.

Vielleicht spürte die Rosa das, weil dumm war sie wie der Kürbis am Wegrand, sie hatte einen Schaden von den Epilepsieanfällen, aber nicht so, dass sie etwas nicht gespürt hätte.

Sie blieb in ihrer Zeile stehen, als wäre es ihr eigener Weinberg und sie keine Tagelöhnerin, und warf einen unbeholfenen Blick zurück.

Deine Seele nehme ich mit. Glauben Sie, Tereschen, Sie werden es mir nicht glauben, aber von dem bin ich aufgewacht.

Nicht von dem, was Sie gesagt haben.

Meine Seele wird fortgetragen.

Und ich glaube, Rosa, antwortete die Alte, ohne sich um das Mittagsglühen und den Brechreiz zu kümmern, dass dich schon wieder wer geschwängert hat.

Während sie die Hacke an den Weinstock lehnte, um in den Schatten zu gehen und die Bügelflasche für dieses Rabenaas nun doch aus dem verfluchten Sand auszugraben und dann auch selbst daraus zu trinken, setzte sie bei sich noch hinzu, der Teufel soll dich holen. Sie wollte es nicht, aber in dem Mittagslicht und der Gluthitze sprach sie es zur Hälfte laut aus.

Ich sehe es ja an deinem Bauch und deiner Brust.

Wo ich dich doch so viel ermahnt hab, Rosa, pass auf, dass dir die Männer nicht wieder drübersteigen.

Und wenn sie dir doch drübersteigen, das hab ich dir mehr als einmal gesagt, koste es nicht so aus, entzieh dich, reiß dich zurück, damit der Samen von diesen Schuften nicht in dich reinkommt.

Zwecklos, dir zuzureden.

Wenn du dich nicht rechtzeitig entziehst, Rosa, wirst du selbst mitgerissen und deine ganze Gebärmutter überschwemmt. Außer mir passt ja niemand auf dich auf, niemand bringt dir was bei.

Ach, mein Gott, dachte sie trotzdem, ich hätte das alles nicht sagen sollen, denn diese arme bekloppte Rosa wird jetzt gleich zu plärren anfangen.

Und es dauerte nicht lange, da weinte die Rosa auch schon, unermessliche Bitterkeit brach aus ihr heraus.

Dann gehe ich in die Donau, Tereschen.

Mitnichten gehst du in die Donau, du bringst es zur Welt.

Dann gehe ich mit ihm in die Donau.

Auf keinen Fall, sie nehmen es dir weg, wie die anderen beiden.

Bei dem lass ich es nicht zu.

Wein nicht, kreisch nicht so, rief sie ihr sanft hinüber, sie tröstete sie, aber dieser Satz hatte die Rosa ins Herz getroffen.

Du hättest weinen sollen, Rosa, als dich der Schuft so

gnadenlos geschwängert hat, dass du dich selbst nicht zurückhalten konntest.

Ich hab dir ja gesagt, du bist hilflos mitgerissen worden.

Sie sprach es nicht aus, du hättest den Schuft nicht ranlassen, dich entziehen sollen, da hättest du weinen sollen.

Sie wusste genau, wer der Schurke war, der sie so bös geschwängert hatte, dabei konnte sie es ja gar nicht wissen. Sie wollte es nur wissen, wollte die Rosa damit ins Gebet nehmen, dass sie es schon wusste, aber da klapperte der Rosa auch schon das Gebiss.

Teres konnte gar nicht so schnell bei ihr sein, da schlug sie schon hin, wie ein ohnmächtiger Baumstamm, wenn Holzfäller ihn umstürzen.

Zugleich musste sie triumphierend daran denken, dass dieses eine Mal nicht der Höss an ihr drangewesen war.

Es machte sie richtiggehend glücklich, dass dieses eine Mal nicht der große Viechskerl, der Höss.

Als sie am Abend heimkamen, dachte sie ständig an dieses eine. Wenn nicht der Höss, wer dann, von wem will die Rosa dann das Kind nicht hergeben, sondern lieber in die Donau gehen.

Ihre Überlegung war, dass man ihr schon zwei Kinder vom Höss weggenommen hatte. Sie hatte ein wenig bei ihr in der Küche geweint, wäre aber deshalb nie in die Donau gegangen.

Sie redete nicht von ihnen, als sie in der schön warmen Küche saßen und es draußen regnete.

Langsam vergaß sie die beiden schönen, gesunden Jungen, die von der staatlichen Fürsorge wer weiß wohin gebracht worden waren.

Eine Frühgeburt hatten sie im Mist verscharrt, von der

war vielleicht der Blahó der Vater, der Gyusi. Die Rosa konnten sie nicht verurteilen, denn der Gerichtssachverständige sagte, die Rosa habe aller Wahrscheinlichkeit nach neben ihrem schwachen Verstand auch Kindbettfieber gehabt. Wie soll sie Kindbettfieber gehabt haben, wenn sie im siebenten Monat geboren hat und die das Kind gleich auf den Mist getan haben. Dabei haben sie gesehen, dass bei dem alles dran war. Die Richterin ließ ihre Mutter anderthalb Jahre einsperren, weil sie es vergraben hatte und sie hundert Prozent zurechnungsfähig war. Zuerst wurde es vergraben, dann erfolgte das Ersticken, Nase, Mund von dem Kind waren voll von Mist, die Frau Pásztor hatte es umgekehrt ausgesagt.

Sie lügt, das Baby wurde nicht tot geboren.

In der Gefängnisnäherei schlugen ihr die Frauen mit Kleiderbügeln auf den Kopf. Sie duldeten die Kindesmörderin nicht. Soll sie verrecken. Jeder von ihnen fehlte das eigene so sehr.

Sie hätten das Miststück in Stücke gerissen, wenn die Frau Pitlik nicht das Geschrei in der Näherei gehört hätte, die schöne Wärterin befreite sie aus ihren Händen.

Die schöne Frau Pitlik, die Frau vom Nuki, prügelte mit dem Gummiknüppel auf sie ein, auf ihre Köpfe, ihre Rücken, weil die pockennarbige Panka war unter ihnen, sie schlugen sie, würgten sie auf ihrer Brust kniend.

Auf den großen Lärm hin eilten endlich die anderen Wärterinnen der Frau Pitlik zu Hilfe.

Die waren wie vom Teufel besessen, sie mussten sie von ihr runterzerren, die schlugen ihr die Fingernägel ins Fleisch. So ist der Mensch, wenn er Blut geleckt hat.

Mit den Fingernägeln krallten sie sich in ihre Narben.

Das wussten sie von einer Frau aus Nagymaros, die sich einen Zentner Kunstdünger aus der Scheißkolchose geholt hatte, das machten alle, warum auch nicht, und deshalb kam sie früher frei als die Frau Pásztor.

Weil die Frau Pitlik, die Frau vom Nuki, hätte um nichts in der Welt verraten, was sich dort drinnen mit der Frau Pásztor abgespielt hatte.

Sie nicht.

Dieses Miststück aus Nagymaros erzählte es überall herum.

Die Wärterinnen lachten, als sie im Wachzimmer zusammenkamen. Wie konnten denn die Genossinnen nur so dumm sein. Das nächste Mal werft dem Narbengesicht zwei Decken drüber. Sie erstickt, dann erstickt sie unter den Decken, aber am Körper bleiben keine Spuren zurück.

Immerzu dachte sie darüber nach, wer dieser Dreckskerl sein mochte, wenn nicht der Höss.

Sogar den Nuki, den Miklós Pitlik, nahm sie sich in Gedanken vor, denn das war einer, der gern lachte, auch noch nicht alt, er lief in seiner kleinen roten Hose der Jugend hinterher und blies in seine Pfeife, aber ihn verwarf sie gleich wieder.

Der brauchte keine Frau, der Nuki, der hat nur Augen für das runde Leder und dass die Knirpse auf dem Platz gewinnen.

So ein schönes Paar wie den Pitlik und seine Frau gab es nirgends, doch was hilft die Schönheit, wenn sie sich zuerst noch geliebt haben und dann nicht mehr.

Doch beim Höss blieben weder Mädchen noch Frauen auf den Beinen, der legte alle aufs Kreuz.

Niemand kann sagen, was bei Gott ihn treibt oder was

der für einen Samen hat. Davor haben alle Schiss, sie reißen ihn raus, darauf kannst du Gift nehmen. Sie wissen im Voraus, dass sie trotzdem schwanger werden, Himmelherrgott. Er hat dich noch nicht mal angesehen, so beklagte sich seine eigene Frau, die Frau Höss, die Schwester vom Tolvaj, die Scharolta Tolvaj, als die Frauen unten bei der Fähre die viele Schmutzwäsche vom Winter wuschen, und schon ist es passiert.

Aber niemand antwortete, als hätte bei dem vielen Bürsten und Reiben niemand gehört, was die Frau Höss gesagt hat.

Ein Schiff näherte sich auf der Donau, mit zwei vollbeladenen Schleppkähnen, und tutete.

Ein Hund auf dem Schlepper bellte sie an.

Sie verteidigt ihren Mann, oder was zum Teufel, warum kommt sie uns sonst damit, sagten die Frauen, als sie unter sich waren.

Ihre Sache, wenn es passiert ist, was sagt sie das uns.

Hätte sie die Beine nicht breit gemacht.

Uns braucht sie ihren Mann nicht vorstellen.

Aber wie soll sie denn die Beine nicht breit machen, was du wieder redest.

Wenn du den Mann nicht ranlässt, trifft dich seine Wut. Was er grad in der Hand hat, damit schlägt er zu, oder er geht woanders hin.

Der Männersamen steigt ins Hirn, oder was weiß ich wohin, wenn er sich staut.

Unten beim Wasser redeten sie davon, dass der Höss ihnen seinen Arm gegen die Gurgel stößt, oder sogar den Ellbogen.

Verdammt auch, der hat nie eine Unterhose an. Hör

mal, die Frau Höss braucht ihm nie die Scheißeflecken aus der Unterhose zu waschen.

Was kannst du da noch tun, der schlägt ja gleich zu.

Grad, dass er dich nicht umbringt.

Immer wenn der Höss ganz gemütlich die Straße entlangging, hinauf zu seinen Bienen, dann wussten alle, sahen alle, dass er keine Unterhose anhatte, kein Tag, an dem er nicht die Straße hinaufmarschierte, hinaus zu seiner berühmten Imkerei, weil er wegen der Hornissen Angst um die Brut hatte, dass die einmal von denen ausgeraubt werden könnte, und sein Gehänge hüpfte in der blauen Arbeitshose, als hätte er dort ein Eichhörnchen versteckt.

Davon reden wir ja, sagten die Frauen unter großem Gelächter, während sie die Kleider aus dem Wasser rissen.

Wenn ich die Beine breit mache, dann hat sich's damit an dem Tag.

Mehr als einmal besteigt auch er dich nicht.

Was beklagt sie sich dann bei uns über ihn.

Die Scharolta war immer so pimpelig, sie schmiert sich die Visage ein, von der Sonne wird ihr die Haut rot.

Rot wird sie, rot wird sie, hätt sie nicht als Schwäbin auf die Welt kommen sollen, dann würd sie ihr nicht rot werden.

Geh nicht in die Sonne, Scharolta, kauf dir einen Sonnenschirm, damit kannst du den ganzen Tag spazieren gehen.

Darüber dachte Teres ständig nach, während sie sich mühte, dass die Rosa vor ihr blieb. Dass es nicht der Pitlik war und nicht der große, blonde Höss. Man würde es ihm nicht ansehen. Weil er groß war, ein großes Trumm, aber so gekräuselte Haare hatte und so unschuldig dreinsah mit seinen blauen Augen, nicht anders als ein Mädchen.

Wer weiß, warum er das immer machte, wo er doch nur seine Bienen im Kopf hatte. Er kreuzte seine Bienen mit wilden Bienen. Es gab nichts, was er nicht über Bienen wusste.

Sie trieb sie vor sich her, geh schon, Rosa, beweg die Beine. Zugleich nahm sie sich diese Lumpenhunde der Reihe nach vor, prüfte sie gründlich.

Wer von ihnen konnte es gewesen sein.

Schneller, Rosa, bleib vor mir.

Ermahnen, antreiben musste man die Rosa nicht, denn nach dem Anfall wurde sie ganz ruhig, sie ging wie eine Schlafwandlerin. Teres lästerte nicht mehr über sie, sie ließ sie in Ruhe. Tagelang hätte man kein Wort aus ihr herausgekriegt. Irgendwie waren ihre Glieder still geworden. Sie schien gar nicht wirklich zu wissen, wo sie und bei wem sie sich befand.

Als sie an diesem Tag in der Mitte der Zeile einigermaßen zu sich gekommen war, arbeiteten sie noch eine Weile, um doch noch ans Ende zu kommen, wenigstens mit der einen sollen sie noch fertig werden, mit dieser einen Scheißzeile.

Bleib nicht zurück, Rosa, mach vorwärts.

Man sah ihr an, dass ihre Seele von irgendwoher zurückgekommen war, aber sie hätten nicht sagen können, woher, sie fragten umsonst, von wo zum Kuckuck bist du gekommen, Rosa. Sie glotzte sie bloß mit großen Kuhaugen an.

Als es dann möglich war, führte sie die Ärmste in den Schatten, wischte ihr den Schaum vom Mund. Sie ließ sie in Ruhe sitzen, gab ihr zu trinken, säuberte die hässliche Wunde am Fuß mit dem hellen Baumwolltuch, verband sie, damit keine Fliege sich draufsetzte und Dreck reinkam.

Sie ging los, um wenigstens die Reihe fertig zu machen, diese eine Zeile. Aber die Zeit verging, und die Rosa verstand immer noch nichts.

Das war die lange Zeit, wenn sie aus diesem Etwas zurückkam und noch immer nicht wusste, wo sie war, sie saß nur da und sah vor sich hin. Teres hatte Praxis. Sie hatte bei den Verrückten im großen Irrenhaus von Buda gearbeitet, zuerst in der Küche, weil sie der berühmte Professor, der Hörömpöly, zum Küchenmädchen gemacht hatte, da musste sie draußen im Gesindehaus schlafen, nicht weit von den Irren, nachdem sie mit dem vier Monate alten Baby aus dem Elternhaus verjagt worden war.

Die steckten das Baby sofort ins Heim, kaum dass sie in Pest bei ihnen anläutete.

Sie wusste, wo die Familie des Professors hauste, in der Harmincad utca. Damals hatte sie ihnen mit dem Morgenschiff oft genug Quark, Sauerrahm und Sahne gebracht. Professor Hörömpöly, gerade beim Frühstück im hofseitigen Wintergarten, gab seiner Sekretärin gleich die telefonische Anweisung, unbedingt die Säuglingsfürsorgeorganisation anzurufen, sie sollen es nicht in die Baross utca, sondern in die Vas utca stecken, dort kann die Mutter ihr Kind am Sonntag besuchen. Zuvor hatte sie sich bei ihnen kaum mehr auf den Beinen halten können. Die ganze Nacht war sie mit dem Baby draußen umhergestreift, auf den Feldern, auf der Straße, bei den Scheunen, auf dem Friedhof, bis ihr im Morgengrauen die Idee kam, das Schiff zu besteigen. Man lässt sie krepieren, hier in ihrem Geburtsort. Auf dem Damm näherten sich bereits die Frauen mit ihren Körben der Schiffsstation, und bei ihnen konnte sie mit dem Neugeborenen nicht stehen bleiben.

Teres, was trägst du an der Brust.

Wo gehst du mit ihm hin.

In die Baross utca stecken sie die Kinder von den Huren, die besuchen sie ohnehin nicht, oder es ist ihnen verboten, sie zu besuchen. Nicht ganz zwei Jahre später versetzte sie der Hörömpöly in die geschlossene Abteilung zu Professor Harz, sie hatte von früh bis spät die ganze Abteilung zu putzen. Dort sah sie, was der große Wissenschaftler Professor Gusztáv Harz mit den vielen Epileptikern durchmachen musste. Mit elektrischem Strom trieben sie ihnen ihr Leiden aus. Aber es ging nicht raus aus ihnen. Man musste dafür sorgen dass der elektrische Strom ihnen keinen Schaden zufügte. Ihr Fleisch nicht verbrannte. Dass sie sich die Zunge nicht abbissen. Dass die Wirbelsäule nicht brach. Hin und wieder musste sie helfen, den Geistesgestörten festzuhalten, bis die Schwester mit der Spritze zurückkam, damit er sich nichts antat.

Mehr als einmal rannte sie, wenn ihnen die Zähne aufeinanderschlugen, wenn sie zu knirschen begannen, bald sperrten sie den Mund weit auf, bald bissen sie zu.

Ihre Bisse ließen schwer heilende Wunden zurück.

Auf den Fliesen dürfen sie nicht hinschlagen. Die Schädel sollen nicht brechen.

Es kam vor, dass sich wer bei den Zuckungen einkackte. Oder sie spannten sich an und pinkelten in die Hose.

Es gab Männer, die hatten einen Samenerguss.

Wenn sich ihr Körper versteift, lässt sich auch die Rosa ihren Mund nicht mehr aufzwängen.

Dort muss man ihr was reinstecken, bevor sie sich anspannt.

Am besten einen stumpfen Gegenstand.

Wo zum Henker soll ich in der Zeile einen stumpfen Gegenstand herkriegen. Woher, Scheißherrgott noch mal, der mich mit dieser elenden Rosa geschlagen hat.

Ich kann ihr doch nicht den Sichelgriff oder die Gartenschere in den Mund stecken, zum Teufel.

Denn wer sich die Zunge abbeißt, mit dem ist es vorbei. Sein Blut strömt in die Mundhöhle. Es verklumpt, sodass er es nicht runterschlucken kann, mangels Zunge kann er es auch nicht ausspucken, er erstickt am eigenen Blut.

Klar war sie ein dummes Mädchen gewesen, sie wusste nichts, nicht einmal, wozu der Mensch eine Zunge im Mund hat, darunter die große knotige Ader, sie betrachtete sie staunend und hörte dem hochberühmten Professor Harz aufmerksam zu.

Der Herrgott hat es getan, oder der Mensch ist von dem heimtückischen, in seinem Körper eingebauten Übel so geschlagen.

Es war nicht angenehm, daran zu denken, an das viele Schreckliche, das sie mit all den Geisteskranken dort aushalten musste, für das viele Wissen, das diese Professoren ihr mitgaben, der Professor Hörömpöly, der Professor Harz. Dass aus der verstümmelten Zunge gerinnendes Blut fließt und dass dieses Blut ohne Zunge niemand hinunterschlucken kann.

Die Zunge ist sein Verhängnis.

Weil sie nicht daran denken wollte, konnte sie noch weniger verhindern, dass sie immerzu die verstümmelte Zunge von irgendwem in der bluttriefenden Mundhöhle sah.

Sie wusste nicht, wie ihr ganzes Leben aus ihrem Kopf herausbringen, mit allen Gedanken, dass der eigene Körper die größte Strafe fürs ganze Leben ist.

Auf dem langen Rückweg, auf dem es unter ihren Sohlen hervorstaubte, blieben sie mehrmals bei den Gräben stehen, um mit der Sichel einen ordentlichen Haufen Brennnesseln abzusäbeln, denn die Schweine freuten sich darauf.

Undenkbar, dass sie ihnen keine frischen Brennnesseln brachte.

Beide suchten sie schattige Stellen, wo die Brennnesseln trotz der Hitze noch im Wachstum geblieben waren oder gerade ihre Blüten verstreuten.

Denn das mochten die Schweine, dann hatten die Brennnesseln Kraft.

Wenn sie lange ausblieb, dann, Sakrament noch mal, wussten die Schweine, dass sie ihnen Brennnesseln brachte.

Sie waren noch nicht mal beim Gartenzaun, Himmelarsch, woher sie das wussten, und die Schweine brüllten schon hinten im Stall, traten gegen die Planken, dass sie ihnen endlich die Brennnesseln bringen soll.

Undenkbar, dass sie ihnen keine abschnitt, ihnen keine mitbrachte. Teres zog den Unterrock aus, sie machte immer ein Bündel daraus, das die Rosa dann auf den Rücken nahm. Das kannst du schon tragen, Rosa, so schlecht kann es dir nicht gehen. In der sommerlichen Dämmerung war die Stille bodenlos. Mit der einen Hand hielt die Rosa das Brennnesselbündel, mit der anderen drückte sie ihre Schuhe an den Hackenstiel. Teres trug ihre Sachen im Rückenkorb und in der freien Hand die eigene Hacke. In einem solchen Moment ging eine große Stille von der Rosa aus. Nur die leeren Bügelflaschen schepperten im Korb auf dem Rücken von Teres, obwohl sie auch dort Brennnesseln hineingestopft hatten, damit es nicht so schepperte. Die leeren Flaschen schlugen gegen alles Mögliche, gegen die Gartenschere, die Sichel, den Becher, gegen Topf und Löffel, das alles hatte sie auf dem Rücken getragen, als sie zum Berg hinausmarschierten. Die Grillen sprachen ihr eigenes Abendgebet in der breiten, großen Feldflur, und man konnte die trägen Glocken der Kühe hören, die weit vor ihnen ebenfalls heimtrotteten, Schmutzfink und Wuschel, die beiden kleinen Scheißhunde von dem großen, stolzen Hirten, trieben sie mit ihrem scharfen Kläffen vor sich her.

Inmitten der bekannten Laute, geblendet vom Brennrot der Dämmerung, dachte Teres immer noch darüber nach, wer es gewesen sein mochte, wenn nicht der Höss.

Während sie sich diese Mistkerle der Reihe nach vornahm, verdächtigte sie auch den Hirten, Pásztor, den Vater von Rosa.

Weil sie dann trotz ihrer unangenehmen Gefühle an ihn denken konnte, an seine schlanke Taille. Nur deshalb beschützt er die Rosa so. Die Anschuldigung befreite sie von der Selbstanklage. Die Taille von dem wird noch mal abbrechen, wenn er so schneidig marschiert mit seinem runden Arsch. Es half nichts, dass sie sich zuredete, was willst du alter Strunk denn von dem Menschen. Weil sie wusste ja, die Frauen erzählten es in einem fort, dass die Blutung von der Frau von dem Pásztor lange andauerte oder was sie sonst hatte, einen Ausfluss, oder sie sagte ihrem Mann nur, lass mal, irgendeinen Ausfluss hat sie, er soll es nicht fortwährend machen, weil sie kriegt immer einen Ausfluss davon, und der rumänische Arzt hat gesagt, dass sie dann ihren Mann nicht ranlassen soll, auf keinen Fall, wie sehr er auch will.

Wenn sie ihn nicht lässt, diese Panka, dann geht der Pásztor her und besorgt es Himmelherrgottsakra seinen eigenen größeren Töchtern.

Er will keinen Stunk im Dorf, deshalb nimmt er sich keine Geliebte von dort.

Sie lachten.

Die Frau von wem andern kann er ja doch nicht dick machen.

Das hat der Einfaltspinsel den Männern erzählt.

Seine Stellung erlaubt es nicht.

Auch die Männer lachten, nicht nur die Frauen.

Wie hätten sie auch nicht lachen sollen, auch sie wussten ja, was sie wussten. Er vögelt doch die Frau von ihrem Gemeindepolizisten. Das aber verstand niemand, warum der Polizist ihn nicht niederschoss.

Warum hat er sonst von ihr die Tasche bekommen.

Die Tasche wird der Polizist doch sehen.

Laut redeten sie darüber nie, damit sie den Polizisten nicht mit der Tasche beleidigten. Die Frauen sagten, klar sagten sie es, dass die Gebärmutter von der pockennarbigen Panka, von der Frau von dem Pásztor, sich wegen der vielen Geburten schon gesenkt hat. Sie hängt ihr schon fast bei der Möse raus. Deshalb muss die Panka so aufpassen, beim Waschen im Fluss, dass ihr keine Welle hinaufspritzt. Wenn das Schiff kommt, geht sie gleich raus. Es hatte ihnen ja gezeigt, damit sie es mit eigenen Augen sehen, ihr eigenes verdammtes Leben, was in dem alles mit ihnen passieren kann.

Die Frauen unten am Fluss redeten auch darüber, von

den vielen Geburten schließt es bei ihr nicht mehr. Die Drecksau lässt sie trotzdem nicht in Ruhe.

Ein wenig schmerzte es Teres doch, dass die Pockennarbige, die Panka, ihr das nicht zeigte.

Sie selbst ging nicht mit ihnen zur Donau mit den vielen Winterkleidern.

Aber dass der Pásztor es mit dieser einen erbärmlichen Tochter machen soll, niemand hätte das gesagt dort am Ufer oberhalb der Fährstation, wo es reichlich schön große Waschsteine gab. Von den anderen beiden erzählten sie es überall, sie lachten über sie, dass der eigene Vater es ihnen besorgt.

In der Ehe brauchen sie es dann nicht mehr zu lernen.

Die Rosa, die nicht.

Er liebt ja diesen Unglückswurm so sehr, wie schön er mit ihr redet, auch ihre kleine, beschissene Hacke repariert er, wenn sie am nächsten Tag damit arbeitet.

Wie auch immer der Verdacht in sie eingesickert war, so hielt sie den Pásztor doch für einen guten Menschen. Dieser Pásztor ist ein braver Mann. Deshalb verwarf sie den brennenden Verdacht lieber. Während sie gingen und immer weiter gingen und alles im Korb klapperte und schepperte, begann sie doch wieder von vorn, im schweren Rhythmus ihrer Schritte nahm sie sich den vielen Abschaum vor, die vielen Mistkerle, einzeln, alte, junge.

An einen dachte sie nicht, wer weiß, warum sie den mit ihren Gedanken mied.

Jetzt soll die Stunde eures Todes sein, Himmelsakrament, dachte sie über Schuldige, Unschuldigen, über alle.

Der Weg schimmert rot vom eigenen schwebenden Staub. Sie marschierten, geblendet, auf die sinkende, staubige Sonnenscheibe zu. Sie mussten noch lange gehen. Als sie ankamen, konnten sie sich kaum noch auf den Beinen halten. Aber am Tor fand Teres einen Brief. Ohne Brille konnte sie ihn nicht lesen. Verdammter Scheiß, wer schickt ihr einen Brief. Wer hat Zeit, den zu lesen. Ihr soll keiner Briefe schicken.

Die Rosa war da keine Hilfe, die konnte nicht mal lesen. Sie stopfte den Brief in die Bauchtasche von ihrer großen blauen Schürze.

Sie bekam selten Briefe, zum Teufel damit. Halbjährlich, dass ihr soundso viel Getreide zustand, aber Mais bekam sie nicht. Es fehlen Arbeitseinheiten. Für wen halten die sie, sie ist kein Häusler, kein Tagelöhner, sie braucht keine verdammten Einheiten. Sie scheißt auf diese Einheiten. Eine Antwort kriegen könnt ihr vom ewigen Juden. Dann bekommt sie eben keinen Mais. Ich scheiße auf euren Mais. Ich hab Mais ums Haus herum, für die beiden Schweine, die Hühner und die paar Gänse reicht das gerade. Ich halte so viele, wie mein Grund verkraftet. Einen stinkenden Scheißdreck werde ich mehr halten. Oder das Grundbuchamt schrieb ihr, wie hoch ihr Goldkronenwert in diesem Jahr ist. Ihr Goldkronenwert war für sie ein böser Zauber geworden. Ihr Land war nicht mehr ihr Eigentum, aber das, was sie ihr genommen hatten, um es in die Kolchose einzubringen, hatte noch einen Goldkronenwert. Soll dem Mesner ins Ohr scheißen, wer das versteht.

Diese Schurken betrogen sie bei jeder Gelegenheit, das verstand sie. Sie haben ihn abgezogen. Einen Scheißdreck könnt ihr abziehen, ihr überflüssiges Gesindel. Sie erwarten ihre geschätzte Antwort.

Gott im Himmel sollen sie abziehen, nicht ihren Goldkronenwert.

Der gehörnte Teufel soll euch aufspießen, wartet bloß auf meine geschätzte Antwort.

Die Rosa begleitete sie dann immer bis nach Hause.

An eurem Geburtstag sollt ihr verrecken mit euren ewigen Briefen.

Bevor die Rosa ihr Geld bekam, half sie ihr noch. Das war noch im Tagelohn inbegriffen, dass sie ihr noch im Haus half. Weil wenn sie ankamen, waren mehrere Dinge zugleich zu tun. Aber jetzt konnte die Rosa nicht helfen, sie wollte auch gar nicht, dass ihr die Jämmerliche half. Die Arme war so schlapp, dass sie nur auf ihrem Hintern sitzen bleiben soll, bis sie sie bezahlt hatte.

Bevor sie noch Schaden anrichtet.

Setz dich her, Rosa, du bist ordentlich durchgeschwitzt, ein bisschen niedersetzen schadet nicht.

Sie gab ihr immer zu essen.

Wenn sonst nichts, dann Rührei.

Dazu briet sie ein wenig Speck oder Wurst. Himmelherrgott, na brate ich ihr eben was dazu. Wenn nichts anderes da war, dann grüne Paprika. Niemand soll sagen, dass sie den Unglückswurm den ganzen Tag nur hetzt und dann hungrig heimschickt. Die Hühner mussten hineingetrieben, Wasser vom Brunnen geholt werden, damit sie den Drank schön mit der Kleie und den Kartoffeln mischen konnte. Er stand schon seit dem Morgen lauwarm auf dem Herd. Die Eier wird sie morgen suchen, wenn sie nicht in der Nacht der Fuchs geholt hat. Schon wieder legen ihr die dummen Hühner die Eier sonst wohin. Hühner erzog sie so, dass sie ihnen am erwünschten Ort mit der Hand im Stroh ein kleines Nest machte und ein Ei hineinlegte. Anderntags nahm sie es wieder heraus. Da verstanden sie mit ihrem kurzen Verstand, das ist ihr Platz, dort müssen sie legen, dort, und sie legten ihre Eier an die leere Stelle. So einen wunderbaren Verstand haben die Hühner, Sakrament noch mal, aber ein andermal legen sie wieder woanders. Dann begann sie wieder von vorn mit der Erziehung.

Auch ein Huhn ist kein so dummes Tier, dass es ein vernünftiges Wort nicht verstehen würde.

Nochmals machte sie ihnen ein schönes Plätzchen im Stroh, alle sollen sehen, wie sie das Ei hineinlegt.

Ein kleines Feuer machen, damit Wasser im Kessel warm wird. Die frischen Brennnesseln zerkleinern, um sie in den Drank zu mischen.

Deshalb dröhnte der Schweinekoben in einem fort. Ihr hört richtig, es ist für euch. Ich beeile mich, habt keine Angst. Ihr werdet mir noch den teuren Stall zertrümmern.

Der Zimmermann in Bogdány hatte ihn nicht aus Fichte, nicht aus Eiche, sondern aus Akazienholz gemacht, Himmelherrgottsakra, könnt ihr nicht ein bisschen warten. Den Pferch ausmisten, während sie am Trog fressen. Stroh darauf streuen, sie sollen nicht im eigenen Dreck schlafen. Was für brave Tiere, sie fütterte, tätschelte, kratzte sie, achtete sie für ihren Verstand, erzog sie, dass sie wirklich immer in die gleiche Ecke schissen und pissten.

Auch der Rosa gab sie zu essen.

Die Rosa soll zufrieden sein, wenn sie ihr Geld bekommt und stolzgeschwellt heimgeht, damit ihre Schwestern ihr nicht wieder mit irgendwelchem Zeug kommen, alle würden es sagen, und so sollen sie aufhören, sich über sie ihre Drecksmäuler zu zerreißen.

Als Rosa fort war, suchte sie doch noch schnell die Eier. Solange man noch etwas sieht. Die Wahrheit war, dass sie den Füchsen die Eier nicht gönnte. Sie, nicht der Fuchs, fütterte die Hühner mit eingeweichter Grütze. Sie hatte kaum noch Kraft, sich in der dunklen Küche zu waschen.

Heute wasche ich mich nicht, sagte sie bei sich, trotzdem wusch sie sich fast immer.

Ich kann mich doch nicht so hinlegen.

Jetzt stand sie da mit dem Brief in der Schürzentasche, sie hatte alles alleine machen müssen. Der Rosa hatte sie schnell einen lackierten Küchenhocker in den Laubengang gestellt, weil sonst wär sie umgefallen.

Das geht ja doch nicht, dass sie sich auf den Thonet-Stuhl setzt mit ihrem Kackearsch, den ihr noch nie jemand mit irgendwas abgewischt hat.

Ruh dich aus, Rosa, zuerst zünde ich dir Feuer an, ich lass die Hühner, ich treib sie später rein, damit wenigstens du dein warmes Abendessen kriegst.

Ich muss nichts essen, Tereschen, lassen Sie mich ruhig ein bisschen allein.

Und ob du essen musst, ich esse mit dir.

Ich bleib gern einfach hier sitzen, so wie ich bin.

Wir haben es uns verdient, erklärte sie ihr, wir sind hungrig. Essen muss man, Rosa.

Sie nahm die Eimer, legte aber den Brief im Vorbeigehen noch in die Lade unter dem Spiegel. Die Hühner wird sie später hineintreiben. Es tat ihr leid um die Eier, dass die für den Morgen blieben. Aber sie holte sie nie erst am Morgen. Wenn es inzwischen dunkel war, dann suchte sie trotzdem, mit dem Lichtchen, das ihr Elemérchen gebracht hatte.

Da musste man nur drücken, es leuchtete wie verflucht. Stolper mir nicht im dunklen Hof herum. Wenn du einmal hinfällst, wer kümmert sich um dich, niemand. Ich komme sicher nicht heim.

Sie wandte sich noch zu Rosa um, sie soll es nicht wagen zu verschwinden.

Ich habe einen guten Erbseneintopf für dich gemacht, Mädchen, und Frikadellen gebraten, gleich gebe ich dir, und tu dir auch zwei große Frikadellen rein.

Im Dunkeln kann sie die Hühner ja doch nicht hineintreiben, soll sie der Teufel holen. Während sie das Wasser hochzog, zählte sie die Hühner, sie hatten sich bereits vor dem Stall versammelt. Von selbst wären sie nicht hineingegangen, sie musste sie scheuchen. Ihr schien, als fehlten zwei, und der Fuchs wird es spitzkriegen, dass sie die Hühner allein gelassen hat.

Er wartet, irgendwo lauert dieses Mistvieh.

Sie spürte den Fuchs auf der Haut.

Jetzt holt er sich schon wieder zwei schöne Hühner.

Das Herz schien ihr stillzustehen, als die Zahl nicht stimmte, sie lockte die Hühner mit schrillen Rufen. Sie hatte die Nachbarn in Verdacht, dass sie zu ihnen hinübergelaufen waren. Wo könnten sie sonst sein.

Doch dann kamen sie zum Vorschein, die beiden Mistviecher, zu ihrer großen Freude, hinterm Stachelbeerbusch kamen sie hervor. Sie sah sie schon vom Brunnen aus, ihr werdet doch nicht unter dem Busch Eier gelegt haben. Dort hoben sich die beiden hellen Eier von der Dunkelheit ab. Weil ihre Eier waren immer so sauber wie der Schaum. Ihre Hühner hatten nie Dünnschiss. Wenn sie sah, dass ein Ei doch nicht sauber war, dann scheute sie keine Mühe, um die Hühner der Reihe nach zu untersuchen. Die mit Dünnschiss schlachte sie sofort. Aber auch nachdem sie sie hineingetrieben und die verstreuten Eier eingesammelt, dem herumschleichenden Fuchs vor der Nase weggeschnappt hatte, wurde sie in ihren Schultern das Vorgefühl eines Herzschlags nicht los.

Die Rosa saß stumm im Laubengang, während sie den Drank rührte und hinaustrug.

Als sie von den Hühnern und dann auch von den Schweinen zurückkam, saß die Rosa immer noch stumm an der weißgekalkten Hauswand und lehnte sich nicht mal an. Die Rosa saß wie ein Ölgötze da. Inzwischen war es vollständig dunkel. Sie hätte Licht machen sollen, doch lieber legte sie ins Feuer nach. Solange es loderte, gaben die Reisigflammen der Küche gerade ausreichend Licht, und etwas von dem Schein fiel durch die offene Tür. Strom verbrauchte sie nicht. Sie rechnete sich im Kopf aus, wie viel sie nicht verbraucht hatte, und freute sich über den kleinen Gewinn, wie viel der Stromableser, der Mihály Csákó ihr nicht verrechnen konnte. Die weiße Wand leuchtete gerade hell genug. Der Rosa schöpfte sie in ihren separaten Blechteller ein. Wenn es sie überkommt, fällt er ihr aus der Hand, und ein Porzellanteller würde zerbrechen. Der aus Blech war bei ihr Rosas Teller. Sie wusch ihn getrennt vom übrigen Geschirr. Sonst ließ sie die Katze das Übriggelassene von Rosa herausschlecken und spülte ihn dann mit dem letzten Wasser ab. Ein Messer konnte sie der Rosa nicht in die Hand geben. Die durfte nur mit dem Löffel essen. Sie schnitt ihr das Fleisch, wenn es das gab, oder drückte ihr die Frikadelle in die Hand, dass sie abbeißt.

Als sie ihr das Essen aus der Küche hinausreichen wollte, saß ihre alte Katze auf der Schwelle und riss das Maul weit auf. Zum Miauen fehlte ihr schon die Stimme.

Hier sind deine Frikadellen, iss deinen Eintopf, ich hab ordentlich Petersilie hineingeschnitten.

So wie es dir schmeckt, Rosa, wie du es magst.

Ihre Katze fing noch Mäuse, irgendwie tötete sie sie auch, aber ganz auffressen konnte sie sie nicht, sie nagte an ihnen rum, weil Zähne hatte sie keine mehr. Manchmal zerteilte sie ihr die Maus selbst mit ihrem kleinen, krummen Messer. Mager war sie geworden, die Katze, irgendwas hatte sie, eine Schwellung, ein Geschwür an ihren baumelnden Zitzen, die leckte sie immer unwillig, fast erbost, damit sie durch den Speichel heilen. Ihr Fell war am Rücken verfilzt.

Teres war jeden Tag überrascht, dass die Katze immer noch das Maul für sie aufriss. Sie hätte ihre Katze nicht gerne allein gelassen, wenn sie vor ihr starb.

Wenn die Katze eines schönen Tages nicht mehr bei Dämmerung zurückkommt, sie wartete darauf, sie wünschte sich, das kranke Tier loszuwerden, dann wird auch sie gehen, spurlos aus dem Leben verschwinden.

Zuerst warf sie der Katze eine Frikadelle hin, denn die war nicht warm, dann nahm sie sich vom Eintopf.

Wenn der Eintopf ausgekühlt ist, dann gibt sie ihr davon, weil mit dieser Katze war das so, dass sie Erbseneintopf für ihr Leben gern mochte.

Der Katze machte es nichts aus, wenn sie nicht nur Petersilie, sondern auch Pfeffer reintat.

In ihren jungen Jahren hatte die Katze gleich zu miauen angefangen, sobald sie grüne Erbsen in die Schüssel auslöste, gib mir, gib mir, sie fraß sie sogar roh, aber noch lieber gekocht.

Als die Rosa mit ihrem Geld gegangen war, fraß die alte Katze auch vom Eintopf, die Hühner waren verstummt, den Schweinetrog hatte sie verriegelt. Sie machte sich daran, sich zu waschen. Mittlerweile war es auch in den anderen Höfen still geworden. Eine Weile blieb sie noch neben dem Herd auf dem Thonet-Stuhl sitzen und tat nichts, absolut nichts, sie dachte auch nichts, lebte nur, ließ dem Leben in ihrem vergreisten Leib seinen Lauf, in dem Gefühl eines nahen Herzschlags, denn in Wahrheit hätte sie vor Erschöpfung eine ganze Weile nicht aufstehen können. Nachdem sie sich dann doch unter schwerem Ächzen aufgerafft hatte und es ihr gelungen war, die Küchentür zuzuziehen, zog sie sich aus und begann, sich mit einem Waschlappen zu waschen, in der Waschschüssel, die sie zuvor auf den Stuhl gestellt und dann in die Mitte der Küche geschoben hatte, und schimpfte dabei wegen so viel Faulheit laut über sich. Sie wusch sich immer in der Reihenfolge, wie die vornehme Hella Ortvay es sie seinerzeit gelehrt hatte, noch im Haus in der Úri utca, in der großen, gefliesten Küche, oben in Buda, in der Burg. Die sparsame Methode hatte ihr gleich gefallen, auch die Schamlosigkeit der Hella Ortvay, wie sie bei sich selbst vormachte, was Teres an sich reinigen und wie sie es mit dem Waschlappen reinigen solle.

So etwas hatte sie nie zuvor gesehen. Dass jemand im eigenen Badezimmer in der Wanne stand und sich mit dem Waschlappen in die Muschi fuhr. Auch von einem Waschlappen hatte sie nie gehört, geschweige denn, dass sie mit dem seifigen Ding Hand an sich gelegt hätte.

Gott im Himmel, womit soll sie dann das Seifenwasser rauswaschen.

Du sollst duften, meine Kleine, überall duften. Meine Gäste sollen nicht sagen, dass mein Dienstmädchen stinkt.

Der Brief fiel ihr erst am frühen Morgen wieder in die Hände, aber da hatte sie wieder keine Zeit zum Lesen, ihre Brille zu suchen, sie musste losgehen, der Rosa Bescheid sagen, die restlichen Zeilen im äußeren Weinberg sollen doch noch gejätet werden. Sie musste der Rosa gar nicht Bescheid geben. Die Rosa wusste mit ihrem kranken Verstand, was zu tun war. Sie wartete schon in der Tür von ihrer Kammer in ihrem verfluchten Baumwollkleid, die Schamlose. Es war, als hätte sie gar nichts an. Ihr spitzer kleiner Bauch zeichnete sich darin ab. Es wird ein Junge, Rosa, kein Mädchen. Sie musste nur die kleine Hacke aus dem Regenfass nehmen, und schon konnten sie gehen. Als sie dann am Abend wieder heimkamen, fiel ihr der Brief nicht ein. Der ganze Sonntag verging. Verfluchte Scheiße. Der Montag verging. Der Dienstag versprach ein Regentag zu werden, es regnete, Sakrament. Endlich ein ordentlicher Regen, und da setzte sie schließlich ihre Brille auf, um den Brief zu lesen, wenn die ihn schon geschrieben hatten und sie ohnehin nichts anderes tun konnte.

Der Brief lag seit Freitag in der Lade, das war ihr einfach entfallen.

Die verwitwete Frau Fabius hatte ihn geschrieben, in ihrer sachlichen Art und mit ihren ausgesprochen gefälligen, spitzen Buchstaben.

Auf ungefähr anderthalb Seiten, in sieben Absätzen, mit Datum, Anrede und Schluss, teilte sie mit, dass sie ihren gewohnten Urlaub, die freundliche Zustimmung von Teres vorausgesetzt, in diesem Jahr zwei Wochen früher antreten müssten.

Teres war entgeistert.

Was sollte sie jetzt machen.

Ende Juli, schrieb die verwitwete Frau Margit Fabius Bellamy, müssten sie nämlich in Buda sein, um den Besuch der Wiener und Prager Verwandtschaft gebührend vorzubereiten. Sie brauche Teres wohl nicht zu erklären, welche Bedeutung dieser besondere Anlass für ihre Familie habe und wie glücklich es sie mache, dass sie nun alle in Vorfreude auf dieses große Treffen zwischen Ost und West lebten.

Zwanzig Jahre hätten sie einander nicht gesehen.

Wie aus ihren früheren Berichten bekannt, habe die Verwandtschaft selbst zur Beerdigung von ihrem armen guten Kázmér keine Einreisegenehmigung erhalten.

Ein Fluch des Schicksals, anscheinend, der ihre Familie verfolge.

Nun aber sehe es so aus, als würde sich eine der dunklen Wolken über ihren Häuptern verziehen, dem Herrn sei es gedankt.

Sie hoffe aufrichtig, dass nichts dazwischenkommt.

Die Wiener Verwandtschaft messe dem Treffen so große Bedeutung bei, dass auch die betagte Gräfin sie begleiten werde.

Teres könne sich vorstellen, welche Verantwortung auf ihren Schultern ruhe.

Ihre Freude sei hingegen unermesslich.

Bevor sie endgültig Abschied nehme von dieser schönen Schattenwelt, wolle die Gräfin ihren Enkel Mischike noch mit eigenen Augen sehen. Das sei ihr einziger und letzter Wunsch und ein Trost des Schicksals, das sie so hart getroffen habe.

Dank ihrer Kontakte sei es gelungen, im Hotel Gellért mehrere Suiten einer Etage zu reservieren.

Ihre Wohnung am Margit-Kai wäre kaum mehr geeignet, Gäste zu empfangen, auch nicht in bescheidenerem Rahmen.

Bei diesem Satz hielt Teres inne.

Wie viel Erfahrung beim Empfang herrschaftlicher Gäste sie auch hatte, eine Wohnung wie die der Frau Fabius hätte sie sich nicht vorstellen können, mit den vielen straßenseitigen, großen Zimmern, wo dann drei fremde Familien einquartiert worden waren.

Frau Fabius hatte von dieser feinen Gesellschaft erzählt. Alle benutzten die Küche und das Badezimmer gemeinsam, die vielen Fremden, alle aus der Provinz.

Sie konnte sich noch gut erinnern, dass man aus jedem Zimmer einen Ausblick auf die Margit-Brücke hatte, aber die zwei hofseitigen Zimmer, das Schlafzimmer, das von Mischike, der Salon und das Speisezimmer wurde ihnen weggenommen.

An Schlaf war nicht mehr zu denken.

Mischike stöhnte die ganze Nacht vor sich hin.

Unten lärmte der Verkehr, in der Wohnung die vielen kleinen Kinder, die geradezu ermuntert wurden, im Vorzimmer auf und ab zu laufen, sie bekamen Pfeifen, Trommeln, machten ihnen ein Tohuwabohu, um sie aus der eigenen Wohnung zu vertreiben, die man ihnen ohnehin bereits weggenommen hatte, die nicht mehr ihr Eigentum war, wie Frau Margit Fabius Bellamy ihr Leben in allen Einzelheiten erzählte.

Sie wusste, welches Haus es war, sie erinnerte sich gut.

Wenn diese unerwartete Terminänderung Teres nicht

ungelegen komme, würden sie Donnerstagmittag mit dem Morgenschiff eintreffen. Sie hoffe aufrichtig auf Teres' Verständnis. Und in einem weiteren Absatz begann sie wieder von vorn. Wegen Mischike würde sie nicht gerne auf den diesjährigen Urlaub verzichten. Nach dem wirklich langen und matschigen Winter sehnten sie sich beide nach der einfachen ländlichen Kost, nach Ruhe, Sonnenschein und vor allem nach der guten Landluft.

Zum Teufel, Frau Fabius, mit deiner guten Landluft. Und dann rümpfst du die Nase.

Doch Frau Fabius rümpfte niemals die Nase, Teres bewunderte sie, dass sie nie die Nase rümpfte und nicht mal nach Fliegen oder Mücken schlug wie andere Damen.

Sie könnten es kaum erwarten, dass sie Frühstück und Nachtmahl bei Teres im schattigen Laubengang verzehren dürften.

Sie schrieb Nachtmahl, und Teres hielt sich lange bei dem Wort auf, was will sie damit, was zum Kuckuck soll das sein, oder hat sie sich etwa mit ihren schlechten Augen verlesen.

Sollte ihre plötzliche Ankunft Teres vielleicht nicht konvenieren, das schrieb sie, konvenieren, was sie selbstverständlich mit aufrichtigem Verständnis zur Kenntnis nehmen würde, dann ersuche sie Teres, sie telegrafisch zu verständigen, dass sie nicht kommen sollten.

In diesem Fall würde ihr Urlaub entfallen.

Er würde entfallen.

Unverwandt blickte Teres auf den Brief.

Und saß eine Weile reglos da mit dem Schreiben, dessen Tonfall ihr bekannt war.

Sie ließ den Brief sinken und starrte vor sich hin.

Sie hatte ja ganz vergessen, dass sie einen alljährlichen Urlaubsgast hatte, die Frau Fabius. Ihre Nachbarn waren grün vor Neid wegen ihrer Feriengäste. Was sollte sie nun tun, fragte sie sich. Sie sollen nicht mehr kommen. Als sie Frau Zielinszky zusagte, dass sie kommen können, sie sollen nur kommen, sie wird sie bekochen, weil ihr das Schicksal von Mischike so zu Herzen ging, von dem ihr die Frau Zielinszky, diese so berühmte, große Frau Emma, immerzu erzählte, wenn sie ihr Himbeeren brachte, damit die hinkende Frau Zielinszky für ihre Enkel einkochen konnte, damals brauchte sie das Geld dringend. Auch jetzt brauchte sie Geld, aber die Frau Fabius mit dem Krüppel brauchte sie nicht. Die Post hat noch offen, wenn sie bloß noch rechtzeitig hinkommt. Nicht, dass die Rosi schon zusperrt und ihre Tiere füttern geht. Lieber verzichtet sie auf das bisschen Geld. Die Frau Fabius könnte sich einmal ausrechnen, verdammt noch mal, wie viel sie diese gute ländliche Kost kostet, was sie wegen ihr sät und pflanzt, damit sie sich in Jesus Namen vollessen und zunehmen können, Himmeldonnerwetter, weil das war der Frau Fabius jeden Sommer immer sehr wichtig, dass sie zunahmen, ist es dir denn nicht egal, was du auf den Knochen hast. Dich fasst sowieso niemand mehr an, Himmelherrgott.

Wer zahlt ihr das Scheißtelegramm, dass sie immer was zum Kommandieren hat. Jetzt kann ich telegrafieren. Von wo, verfickt, soll sie das Geld für jedes Wort extra hernehmen.

Sie verköstigt sie schon so viele Sommer, und jetzt soll sie ihr auch noch Telegramme schicken. So ist das nämlich nicht, die Post-Rosi muss jedes Wort nach Buchstaben verrechnen, warte mal, Teres, jetzt sind das soundso viel

Buchstaben, weil wenn das Wort länger als fünf Buchstaben ist, dann muss sie das Wort doppelt zählen, zum Henker mit denen dort auf der Post.

Aber wie sehr sie auch wollte, sie schaffte es nicht, aufzustehen, um in den Regen hinauszugehen, bevor die Scheißpost zu Mittag zusperrte.

In Wahrheit war sie von jedem Satz in dem Brief der Frau Fabius gefesselt und gebannt, von jeder kleinen List und jedem Schlich, als hätte die Frau Fabius in ihrer erbarmungslos höflichen Art das alles hier mit ihrer quiekenden Stimme ausgesprochen.

Ein Schatten bewegte sich im Spiegel, du lieber Himmel, sie musste sich umwenden, ob sie nicht schon vor der Glastür der Küche standen.

Aber dort stand nicht sie.

Nicht der knochige, große Schatten der Margit Fabius Bellamy, wie eine Vogelscheuche siehst du aus, Frau Fabius, nicht sie, sondern die längst verstorbene Baronesse Hella Ortvay, Ehefrau von Aladár Gunten Görög, stand dort in einem läppischen Nichts von einem Kleid, das sie im Leben nicht an ihr gesehen hatte.

Wie kommt die hierher in so einem Kleidchen, sie ist ja gar nicht mehr am Leben.

Dieses Kleid hab ich nie gewaschen und gebügelt.

Es war aber die Hella Ortvay, die dort stand, die den Berichten zufolge, wie es ihr die Hebamme, die Frau Mentes im Hof der Bäckerei unverzüglich erzählte, während sie auf das Brot wartete, denn die hatte es am Vortag von der besten Freundin der Frau Fabius, der verwitweten Frau Zielinszky, gehört, dann hörte sie tags darauf alles noch mal von der älteren Witwe Mirák, die eine erzählte ihr Hellas traurige Geschichte am Dienstag, die andere an einem späteren Mittwoch, dass sie und der Ritter Okolicsányi in ihrer Hazienda, oder wo du Scheiße Gottes es sich ereignet hatte, im Schlaf ermordet worden waren, nachdem sie sich in Argentinien endlich hatten niederlassen können und diese Hazienda, dieses Anwesen oder was zum Kuckuck sie gekauft hatten, mit Hellas gerettetem Geld, mit ihrem Schmuck, mit dortigen Bankkonten, Erträgen oder womit auch immer.

Dann wären die doch nicht gestorben.

Unwillkürlich wandte sie den Kopf, um nicht eine lebendige Tote zu sehen.

Sie würden etwas von Pferden verstehen und dort auf ihrer Hazienda Pferde züchten.

Na, einen Scheißdreck züchtet ihr, ein Pferd muss mehrmals am Tag fressen, trinken, weiden. Einfangen, hinaustreiben. Wer baut das Futter für den Winter an, Hella, wer sät, wer erntet, wer mistet eure Ställe aus. Wer hält im Winter die Pferde in Bewegung, der Okolicsányi vielleicht. Der imposante Okolicsányi mit den gelben Hirschlederhandschuhen an seinen weißen Händen wird die zurechtgehämmerte Sense nehmen, Himmelherrgottsarsch, um den Hafer zu mähen, und du, Hella, wirst den ganzen Tag ein Liedchen trällernd die Garben binden, wie du es mit mir im Orfeum von der Manyi Kiss gesehen hast, wie sie sich mit ihren Garben im Rhythmus der Musik wiegt, bis ihr am Abend von der Spreu nicht mal mehr spucken könnt und dir das dreckige Wasser von der Möse trieft.

Dieser imposante Okolicsányi mit seinen empfindsamen Händen ist zur Maniküre gelaufen, die schönen Haare hat er sich vom Friseur wellen lassen, sieh mal, Teres, wie gut mir das steht.

Der Teufel soll sie holen, dass ich hier meine Zeit mit ihnen vergeude, über die Toten samt ihrer Pferde herziehe.

Sie hätte das Kopftuch nehmen sollen, aufstehen und losgehen, und das dicke Tuch gut über den Kopf ziehen in diesem gesegneten Regen.

Jetzt regnet es wenigstens, verdammt, es tut gut, das zu hören.

Ihr Boden trank den kostbaren Regen.

Wenigstens habt ihr euch ein wenig geliebt, hol euch der Teufel, ich gönne es euch.

Recht habt ihr damit gehabt, wenn das Leben nun mal so beschissen ist.

Es war ein warmer Regen, ein wirklich guter Regen.

Mögen sie in Frieden ruhen.

Die wussten nicht, was sie redeten, wo sie hingehen sollten.

Sie war froh darüber, dass die Hella mit diesem Okolicsányi fortgegangen war, Pferde oder was zum Zorn Gottes züchten.

Na klar, Pferde züchten, einen Pferdescheiß züchten sie.

Sie duzte Hella, wenn sie an sie dachte.

Beschälen lassen, das wirst du, Hella.

Du warst immer ein Riesenross. Wenn stimmt, was die Damen über dich zusammengeredet haben. Du hast nicht alle Tassen im Schrank, Hella.

Vielleicht haben sie den Mord auf dieser komischen Hazienda nur erfunden.

Dass diese beiden nicht mehr am Leben waren, schien ihr unwahrscheinlich, sie konnte es nicht glauben. Warum zum Teufel sind sie denn fortgegangen, um dann gemeinsam zu sterben. Was mochte sie hier gestört haben, der

Aladár Gunten Görög hatte nichts einzuwenden gehabt, als er erfuhr, dass seine Frau außer von ihm auch noch von Ritter Okolicsányi geliebt wurde.

Sie sah es im Geiste vor sich, dieses ganze unglaubliche Leben, ihres und das eigene, und ihr Körper schwebte mit ihnen davon.

Statt einen Entschluss zu fassen und aufzustehen.

Zu ihrem Schrecken merkte sie, dass ihre Beine sie jetzt nicht tragen würden und sie auch den Stuhl nicht mehr unter sich spürte. Lange saß sie nur da wie gelähmt.

Wenn das Mittagsläuten begann, zuerst vom Turm der nahen reformierten Kirche auf der anderen Seite der Gänseweide, bebte ihr ganzes feines Ziegelhaus. Die verfluchte große Glocke rüttelte am Fundament, soll sie der Teufel dort runterholen, der scharfe Ton der kleinen Glocke durchdrang die Wände, das Geschirr in der Kredenz begann zu klirren. Wegen dieser verfluchten Glocken hatte sie Angst um die dünnen Mauern, wegen der großen und der kleinen, aber seien sie von Jesus gesegnet.

Seien sie lieber gesegnet als verflucht, wenn sie nur meinem Haus nicht schaden.

Ihr Haus hatte der Maurer aus Bogdány erbaut, von ihrem eigenen Geld, von was sonst.

Jeden Bissen sollt ihr auskotzen müssen.

Klar, dass die tollen Hunde lachten, dass diese unnütze Teres den Maurer aus Bogdány haben will. Unser Maurer ist ihr nicht gut genug, hörst du.

Wer weiß, mein Engel, du kannst ja nicht wissen, was sie mit diesem armen Menschen aus Bogdány macht.

Sie hat nicht mal mehr Zähne zum Beißen, das Wrack.

So wird das Haus billiger für sie.

Sie lachten, dass die Teres immer auf ihre Rechnung kam.

Sie wollte rufen.

Wer weiß, mein Engel, wer mit was zahlt.

Um Hilfe rufen.

Es kam kein Laut aus ihrer Kehle. Sie hörte, dass es draußen in Strömen goss, zum großen Geläute trommelte der Regen auf das Dach des Laubengangs.

Niemand würde ihre Hilferufe hören.

Kurze Zeit später begann auch weiter entfernt eine Glocke zu schlagen, bei den Katholiken läuteten sie mit drei Glocken.

Sie traute sich nicht mehr, zur Glastür zu sehen.

Warum hatte sie nicht rechtzeitig aufstehen können, Herrgottsakrament, um der Frau Fabius das verfluchte Telegramm aufzugeben, das sie noch gar nicht geschrieben hatte, dass sie nicht kommen sollen. Jetzt läuteten die Katholiken ihr Verhängnis ein.

Sie sollen nicht kommen, denn sie kann ja die Hella nicht in den Regen hinausjagen. Sie muss sie hereinlassen. Ihr das durchnässte Georgetteseidenkleid ausziehen.

Sie hatte es noch nie gesehen, so ein Kleid hatte Hella nie besessen.

Ihr ein schönes, großes Handtuch aus dem Zimmer holen. So helle Farben, so große Muster trug die Hella nicht.

Zum Glück legte sie immer Lavendel zwischen die Handtücher.

So hatte sie ein Leben lang auf die Hella gewartet.

Sie sollen auch am Freitag nicht kommen.

Auch Montag nicht.

Einfach gar nicht.

Auch Donnerstag nicht.

Diese verfluchte Frau Fabius mit ihrem Mischike soll überhaupt nicht mehr kommen.

Ihr ganzes Leben hatte es sie gestört, dass sie ihnen nichts abschlagen konnte. Solchen Herrschaften. Auch wenn ihr die viele Liebenswürdigkeit zur Last fiel. Soll die Frau Fabius mit ihrem verkrüppelten Kind woanders Urlaub machen. Das Kind versaute ihr mit seinem Speichel alles, so wie es dauernd seinen kleinen Kopf schüttelte. Sie kann hinter ihm her putzen. Es ist ja gar kein Kind mehr, dem wächst schon der Schnurrbart. Was wird die Frau Fabius dann mit ihm anfangen. Nun schaffte sie es doch, sich ein wenig zum Licht zu drehen. Trotz all ihrer Schmähungen und Flüche schmerzte sie der kleine Krüppel mit seinen dünnen Ärmchen und verkümmerten Schenkeln sehr in ihrem Herzen.

Auch ihr Leben war kein Honigschlecken.

Das Kind verursachte ihr ein richtiges Stechen in der Brust. Es sprengte ihr noch das Brustbein entzwei. Der kalte Schweiß brach ihr aus.

Ach, mein Schöpfer, gleich kratze ich ab.

Die durchnässte Hella stand noch immer da, ganz allein vor der Glastür der Küche, und sah sie mit ihren großen Augen verzweifelt an, sie, die sich nicht rührte, nur hilflos auf dem Stuhl saß.

Es gab keinen Zweifel, sie irrte sich nicht.

Die Ärmste zitterte vor Kälte.

Sie sah herein.

Und Teres saß auf dem schönen Thonet-Stuhl, auf dem Stuhl vom Okolicsányi.

Du kannst zittern, so viel du willst, verdammt, wenn

mich meine Beine nicht zur Tür tragen und ich keine Luft kriege, Hella.

So kalt ist es auch wieder nicht, dass du mir so bibbern musst. Wenn ich dann aufstehen kann, komme ich zu dir hinaus und rubble dir deinen kleinen Körper ab.

Die Hella soll mir nicht so tun, als würde sie frieren.

Ich rubble dir dein volles Haar, deinen schönen Leib richtig gut ab, wie du es immer gemocht hast.

Hab dich ja schon so oft abgerubbelt in meinem Leben.

Keine Angst, dir wird gleich warm, es ist noch Feuer im Küchenofen.

Sie fror vor ihrem Tod, kein bisschen Pulsschlag hat sie, wie auch, so kann zum Teufel keine Wärme in ihren Körper kommen, da kann ich rubbeln, was ich will. Von wo kann sie zu ihr gekommen sein, wenn nicht aus dem Tod, um sie mit sich zu nehmen.

Ich werde dir auch dort noch dienen, Hella, kennst du mich denn nicht.

Niemand werd ich mehr dienen, auch dir und deinem verfluchten Okolicsányi nicht.

Aus Hellas üppigem Haar tropfte es, das Wasser rann ihr auf die Schulter. So viel Regen konnte gar nicht auf sie gefallen sein, wie aus ihren Haaren herausquoll.

Außer ihrem Haar und ihrem Kleid hatte sie nichts bei sich, absolut nichts. Eine kleine Tasche oder sonst was hätte sie von dort mitnehmen sollen.

Nach ihrem Tod war sie voll Blut gewesen, eimerweise hat man sie mit Wasser übergossen, um sie sauber zu machen, dieses Wasser rinnt jetzt an ihr herunter, hier bei mir. Wenn sie aber nichts bei sich hat, wie ist sie dann gottverdammt hergekommen. Sie wartet, dass sie eingelassen wird. Als könnte sie nicht selbst die Klinke hinunterdrücken mit ihrem zarten Händchen.

Drück sie doch runter, Hella.

Teure Kupferklinken hab ich gekauft für mein Haus, verdammt noch mal, sie sollen dir gefallen, wenn du mich besuchst.

Dieses eine Mal musst du mir helfen, Hella.

Mehr als in sie war ich nicht mal in den Lali Bokor vernarrt, dabei habe ich alles an ihm geliebt.

Alles habe ich so gemacht, dass es ein hübsches Häuschen wird, dass es dir gefällt.

Also, wenn du die Klinke nicht mehr alleine runterdrücken kannst, soll ich auch das für dich machen.

Die Hella liebt es, im Mittelpunkt zu stehen, sich von allen bedienen zu lassen. Ihr dies unter den großen Hintern schieben, ihr das zu trinken geben, wenn sie sich nur nicht ihre pelzige Muschi erkältet.

Auch jetzt hätte sie gerne ein bisschen Toast, den Rand, oh, lass ihn nicht anbrennen, mein Schätzchen. Schneide das Angebrannte ab, verflixt, kannst du es denn nicht abschneiden.

So stellst du mir das nicht auf den Tisch.

Hella drückte die durchweichte Seide mit beiden Händen zwischen ihre Schenkel, sodass der nasse Stoff spannte, am ganzen Körper zitternd stand sie vor der Glastür.

Aber Teres erhob sich nicht. Weil sie nicht konnte. Wer hatte sie gerufen, wär sie doch woanders hingegangen, wäre sie doch bloß zum Teufel gegangen. Ich habe dich nicht gerufen, nur dass du es weißt.

Sogar die Klinke soll sie noch für sie drücken. Den Schwanz vom Okolicsányi wird sie ja noch im Tod drücken können, da soll sie sich mit dieser beschissenen Klinke nicht so anstellen.

Obwohl sie so etwas noch nie gesehen hatte, wusste Teres, wie entrüstet sie auch war, dass niemand die Hella von dort würde wegscheuchen können. Gerne hätte sie sie bedient, hätte sie eingelassen, auf beide Wangen geküsst, denn sie hatte Hella ihr Leben lang gemocht und geliebt.

Zur Hölle hätte sie gehen sollen oder nach Rákoshegy zu Aladár Gunten Görög in die Fliesenfabrik, nicht zu mir, nicht mir auf den Pelz rücken.

Die Frau Fabius kommt ja, was soll sie jetzt mit denen machen.

Soll sie vielleicht eine Tote bekochen. Sie hatte genug am Hals, jetzt geisterten auch noch die bei ihr rum. Sicher liegt der Okolicsányi draußen auf der Lauer. Bald soll die Frau Fabius mit ihrem verkrüppelten Kind ankommen. Wo soll sie sie schlafen lassen. So viele Zimmer hat sie nicht. Auch nicht so viele Decken. Als sie aufstehen wollte, konnte sie wieder nicht, wie in einem Traum, in dem man aufstehen will, aber nicht kann.

Sie träumte nicht und war auch nicht wach und konnte nicht aufstehen.

Dieses Taggespenst wollte sie nun aber doch fortscheuchen, es würde noch Haus und Hof in Gefahr bringen.

Sie sah sich um, wo ihr Besen war, oder vielleicht war irgendein Pfahl in der Kammer, sie suchte das Nudelholz, um ordentlich auf sie hinzuhauen.

Wenn sie sie verscheuchte, dann tat es der Hella sicher nicht weh, es war ja nur der Schatten von Hellas Geist.

Gleich wird ihr treuer Hund auftauchen, der Okolicsányi. Dem hätte sie schon gerne eins übergebraten.

Oder sie besser doch einlassen, damit niemand sie von der Straße aus sieht.

Hellas Geist soll sich hier wärmen.

Mein Herzchen, was soll ich mit dir machen, wo ich doch nicht mal aufstehen kann.

Sie sollen nichts anrichten im Haus. Denn sie wusste, dass alle Wiedergänger rachedurstig sind. Wenn sie sie jetzt nicht mit einem Pfahl verscheuchte, ihnen nicht etwas entgegenschleuderte oder sie nicht einließ, würden sie immer wiederkommen.

Die Hella war ja noch nie hier gewesen.

Woher zum Kuckuck konnte sie wissen, wo sie wohnte. Den Geist interessiert nur seine Nahrung. Er lebt nicht von Brot allein.

Die scheißen immer auf alle. Warum sollen sie sonst kommen, sie suchen einen Diener.

Ich habe dir genug gedient. Immer hatte sie vorgehabt zu kommen, keine Angst, Teres, bald komme ich zu dir.

Und jetzt will sie sie mit sich nehmen.

Nie war sie gekommen.

Sie hatte immer Briefe geschrieben – was Teres alles für sie sei.

Wie soll ich bei meiner vielen Arbeit Zeit haben zum Antworten. Das neue Mädchen schaffe es immer noch nicht. Also werde ich noch gebraucht. Im Übrigen habe sie zwei linke Hände. Sie könne nicht zwischen Orangen und Zitronen unterscheiden. Zweimal habe sie sie die köstlichen Jams kosten lassen, die sie vom Kovács in der Andrássy út habe kommen lassen, doch sie, Teres, werde es nicht glauben, zweimal habe der Dummkopf sie ausgespuckt, weil sie bitter sei. Das habe sie schon sehr erheiternd gefunden. Was soll sie denn sonst sein, wenn nicht bitter, meine Kleine.

Vom Margit-Kai werde sie ein Schiff nehmen, Teres könne ganz beruhigt sein. Sie und der Okolicsányi hätten sich schon eins ausgesucht. Sie würden Margit und Mischike vom Schiff aus zuwinken.

Am Nachmittag wären sie da, Teres soll sich überhaupt keine Sorgen machen. Sie kommt, sieht sich ihr Häuschen an, das sie sich mit ihrem schön zusammengesparten Geld gebaut hat.

Sie würden auch bei ihr übernachten.

Aber in diesem Moment blieb Teres tatsächlich das Herz stehen.

Wenn die Hella wirklich tot war, musste sie wissen, dass sie sie bestohlen hatte.

Ohnehin habe sie schon seit geraumer Zeit die arme Emma Zielinszky besuchen wollen, auch wenn man bei ihnen nicht mehr jagen kann. Wenigstens das schöne, große Haus hätten sie ihr gelassen. Jetzt im Sommer kann sie ihr altes Versprechen nicht einlösen, in diesem Jahr auf keinen Fall, denn sie und Aladár würden nach Balatonföldvár fahren, und der Okolicsányi kommt nach.

Er hat den Tennisplatz von Földvár gekauft, vom Erben der verstorbenen Eigentümer.

Die Ärmsten sind nicht zurückgekommen.

Im Übrigen ist das Haus in Földvár unversehrt geblieben, obwohl doch über dem Balaton solche Luftkämpfe ausgetragen worden sind, auch weggekommen ist nichts, nur das teure Fahrrad von Aladár wurde requiriert.

Sobald der Aladár sie hingebracht hat, muss er in die Fliesenfabrik zurückfahren.

Fliesen sind jetzt sehr begehrt. Die Russkis würden ihm die Fabrik sicher wegnehmen, aber es soll nichts Schlimmeres passieren.

In Földvár hätten sie die Tennisanlage, von der könnten sie schon irgendwie leben.

Ohne den Aladár kämen sie mit der Produktionstechnik ohnehin nicht zurecht.

Das Haus in der Úri utca liegt immer noch in Schutt und Asche. Das Parterre, soweit es aus den Trümmern ragt, ist mit einigen Beschädigungen vielleicht erhalten geblieben. Teres könne es sich nicht vorstellen, solange sie es nicht mit eigenen Augen gesehen hat. Sie hätten gerade mal die Balken und die Trümmer von der Fahrbahn geräumt und nicht einmal in jeder Straße.

Es ist gefährlich dort, man wird am helllichten Tag ausgeraubt.

Einmal ist sie mit Okolicsányi dort gewesen, sonst verlässt sie Rákoshegy keine Minute.

Weil die waren ja doch gut zu ihr gewesen, als sie von Professor Harz wegmusste.

Sie gaben ihr Unterkunft, im Palais in der Úri utca, ein eigenes kleines Zimmer unten neben der Küche. Auf dem Sommersitz in Rákoshegy war das Dienstbotenzimmer im Souterrain, auch das bekam sie. Außer ihr durfte dort niemand hinein. Als sie von Professor Harz kam, wurde sie verwöhnt und gehätschelt, ihr sei gar nichts anzusehen, so sehr habe sie sich ihre dörfliche Frische bewahrt. Sie kauften ihr Kleider, Schuhe, in dem, meine Kleine, sollst du putzen, in dem servieren, graues Kleid mit weißer Schürze und weißem Häubchen. In Schwarz, wenn eine abendliche Gästeschar kam, die weiße Schürze und das weiße Häubchen blieb, aber frisch gestärkt und gebügelt.

Hierhin, dorthin, was anderes hatten die nicht zu tun. Um was anderes kümmerten sie sich nicht, sie kamen und gingen, mit Begeisterung, immer mit ihren Autos.

Hella ging in aller Heimlichkeit zu dem Okolicsányi. Manchmal musste Teres sie begleiten, dann wieder kam ihr Wagen, und sie fuhr mit ihrem Gemahl, dem Aladár Gunten Görög, in die Oper. Sie unterwiesen sie, das sind die Cognacschwenker, Teres, das sind die Wassergläser, aus diesen trinken sie Weißwein, aus diesen den Champagner, die sind für Whisky, Likör, und die für Cocktails, Himmelherrgott, was ihr nicht alles trinkt aus allen möglichen Gläsern. Alles, was sie bis dahin nicht gewusst hatte, musste sie auf einmal lernen. Woher zum Teufel hätte sie es wissen können. Also, das verstehe ich jetzt wirklich nicht. Wann Tea time ist, das weiß ich jetzt. Sie erklärten es ihr geduldig, davon zwölf, für Wochentage, davon vierundzwanzig, für Feiertage. Vergiss das bloß nicht, kleine Teri, mein Herz. Anfangs erklärte nur Hella, was sie am Morgen sagen musste, was sie ihr zum Tee servieren musste, wie sich am Abend verabschieden, wie ins Zimmer treten, was man auf dem Tablett und was in der Hand zu tragen hatte, wann Madeira auf das Tablett zu breiten war und wann gestärkte Spitzen. Womit gedünsteter Spargel zu fassen war, damit er nicht brach. Wie man dünstete. Wie sie Fisch zu dünsten hatte. Was sie alles vom Servierwagen auf den Tisch stellen sollte und wie das mit dem Menü und der Servierreihenfolge in Einklang zu bringen war. Wie beim Servieren die Sauciere halten. Wie und womit jeden Samstagnachmittag das Silber putzen, was auf einem Holztablett und was auf Silber hereintragen, wann die Köchin, die Berthe, zu ihnen kochen kam und wann sie außer ihr noch ein anderes Dienstmädchen in Anspruch nahmen, wenn sie eine Schar von Gästen erwarteten. Welche Gabel für das Dessert, welches Messer für den Fisch, welcher Löffel für das Eis, wohin zum Teufel gehörte beim Decken das Zitronenwasser, damit es niemand umwarf. Was war zu tun, wenn doch etwas ausfloss, zerbrach, umkippte, und was für solche kleinen Tischunfälle alles auf dem Servierwagen bereitzustehen hatte. Was auch passierte, nicht herumspringen, nicht aufschreien. Wohin musste sie sie in schöner Kleidung begleiten, wann musste sie vorausgehen. Einen halben Schritt, nicht mehr und nicht weniger, beständig hinter ihr. Nicht zurückbleiben. Auch nicht näher kommen. Auf der Straße nicht in die Auslagen starren. Sich mit keiner Menschenseele auf ein Gespräch einlassen. Auch mit dem Chauffeur nicht, mit dem hatte sie nie etwas zu tun. Sie waren füreinander stumm. Mit Männern besonders achtgeben. Je größer das Problem, umso schöner lächeln. Nicht lauthals lachen, nicht kichern, in ihrer Gesellschaft darf sie niemals lachen, auch über ihre Scherze nicht.

Sie soll sich nicht mit der Hand an den Mund fahren, was auch immer gesagt wurde.

Wie der Dichter sagt, Fröhlichkeit ins Leiden.

Ich halte es auch so, mein Kind, mein ganzes Leben bringe ich Fröhlichkeit ins Leiden.

Nicht nachfragen, wenn sie etwas nicht verstand.

Übrigens heißt der Dichter Hölderlin, aber auch das muss sie nicht wissen.

Wenn sie Bekannte treffen, dann soll sie einen halben Schritt hinter ihnen stehen bleiben, nicht mehr und nicht weniger, schön lächeln, nicht breit, deine Zähne will ich nie sehen, allen gegenüber mit uneingeschränkter, unaufdringlicher Zuneigung, doch um keinen Preis der Welt darf sie etwas sagen.

Man soll die Zugehörigkeit sehen, sie aber nicht für Freundinnen halten.

Nur beantworten, was gefragt wurde.

Nicht mit den Händen erklären.

Juden gestikulieren, du nicht.

Sei die lächelnde Atmosphäre, die mich umgibt, mein Kind, das soll die Grundregel sein. Du siehst ja auch, dass ich dich sehr liebhabe. Vom ersten Augenblick an habe ich dich liebgewonnen.

Viel Böses hat sie bei ihnen erlebt, sie hörte alles, sah alles, das tat ihr weh, sehr weh, weil sie in ihrer Nähe tatsächlich Luft war, trotzdem war es schön von ihnen, dass sie ihr so vieles beibrachten.

Trotzdem war sie ihnen ans Herz gewachsen, sie war schön, wie schön sie war, du lieber Himmel, sie wusste gar nicht, wie schön. Sie ließen von der Éva Szabó in der Bálvány utca ein ungarisches Trachtenkleid kommen, ihr Laufbursche brachte die große Schachtel, der Laufbursche von der Éva Szabó war so ein jüdisches Bürschchen. Dort in der Bálvány utca war die Werkstatt von dieser Éva, dort machte sie die schönen ungarischen Trachtenkleider, dazu Jungfernkränze für die hochwohlgeborenen Damen, sie webte die Seide, ließ sie von Frauen aus Mezőkövesd besticken und von ihrer Posamentiererin die Posamente spinnen, denn sie hatte eine eigene Posamentiererin, darin sollte sie die Hella immer am Sonntag zur Kirche begleiten.

Dass du reformiert bist, ist egal, jetzt bist du mit mir für alle Zeit Katholikin geworden.

Sie war so dumm gewesen, dass sie nicht einmal wusste, in was für eine Kirche die hier gingen.

Mit dem Aladár Gunten Görög ging sie in die Krönungskirche.

Du wirst doch wissen, wo der letzte ungarische König gekrönt worden ist. Durch Heirat ist der Habsburger unser letzter König geworden. Aber du bist gar nicht dumm, bei uns lernst du schön langsam. Du machst es gut, hast nichts vergessen.

In Wahrheit hätte Teres allmählich den rechten Ton wiederfinden müssen, irgendwie zurückfinden müssen in die Bálvány utca, in die Úri utca, in die Krönungskirche der ungarischen Könige, zum Sommersitz in Rákoshegy, aber der unerwartete Brief hatte sie so aufgewühlt, so aus dem Tritt gebracht, die verfluchte Frau Fabius hatte sie so durcheinandergebracht, dass sie in sich den alten Tonfall nicht mehr fand, wie sie mit ihnen in dieser anderen ungarischen Sprache hätte reden sollen.

Irgendwie war sie ihr entfallen, dabei hatte sie sie ordentlich erlernt und mit Frau Fabius jeden Sommer ordentlich geübt.

Nie hatte sie einen Fehler gemacht.

Hella lobte sie, wie gut sie alles machte. So schicklich, als wäre sie als Dienstmädchen geboren.

Insgeheim lachte Teres über sie.

Was sie für Gesichter machten, damit andere besser verstanden oder nicht verstanden.

Wer hat so etwas schon gehört.

Das ist wirklich nicht kommod.

Sag das bloß nicht, sonst ist er pikiert.

Ich verstehe, dass es dir nicht konveniert.

Sogar das Taschentuch musste man so zur Nase führen, dass es die Lippen nicht bedeckte und nicht berührte.

Damen und Mädchen haben Lippen, keine Münder.

Als wüsstet ihr nicht, verdammte Scheiße, dass ich mir überallhin greifen kann, weil ich ein gefallenes Mädchen bin und recht hatte, zu tun, was ich getan habe. Ich werde es niemals bereuen. So einen Gott gibt es im Himmel nicht, dass ich um seinetwillen meine Tat bereuen würde. Über mich hat der einzige Gott so verfügt, und mit mir hat der Lali Bokor alles gemacht, und von ihm habe ich alles über unsere schönen Körper gelernt, was ich mit dem Lali Bokor alles machen soll, und auch er hat nicht gewusst, woher auch, wie er mir wohltun kann.

Wer außer dem gütigen Gott hätte uns zwischen den Scheunen oder draußen auf den Staatsgründen angeleitet.

Wer sonst war unser Wohltäter, und was wollt ihr jetzt von mir.

Als das Glockenläuten, zuerst das reformierte, dann das katholische, im strömenden Regen zu Ende war und sie es unter vielem Stöhnen endlich schaffte aufzustehen, um die böse Hella nun doch in die schön warme Küche einzulassen, wo auf dem Herd ihr Mittagessen, das sie mit ihr teilen wollte, die ganze Zeit über in einem kleinen Topf leise gebrodelt hatte, ein Wunder, dass es nicht angebrannt war, nur der Okolicsányi soll nicht kommen, wenn bloß er nicht hereinkommen und essen will, so viel ist gar nicht da, wie dieser Mistkerl Okolicsányi vertilgen kann, ein Mann nicht, ein Mann soll ihr nie mehr hereinkommen, da war die Hella nicht mehr vor der Glastür.

Solange es in ihrem Hintergarten noch Erbsen gab, warum hätte sie da Himmeldonnerwetter was anderes für sich kochen sollen, fast jeden Tag fress ich Erbsen. Wenn sie von den vielen Erbsen furzt wie ein Waldesel, hört das niemand. Sie gab ein wenig Fett in den Topf, man musste achtgeben, dass das Fett bis zum Schlachten reichte, also bis Januar. Auch wenn sie Geld hätte, würde sie kein Fett im Laden kaufen. Fett vom Laden wollte sie nicht. Sie wusste, was sie den Schweinen gab. Gekauftes Fett konnte ihr gestohlen bleiben. Wer weiß, was die da reintaten. Das hatte es noch nicht gegeben, dass sie Fett im Laden kaufen musste. Ihr Fett sollte fürs Jahr reichen. Sie schneidet eine große Zwiebel samt dem Grünen dazu, ich pass verflucht auf, dass das Grüne vom Zwiebel nicht bitter wird, sie warf das Grüne nie weg, lieber es vorsichtig auf dem Topfboden im Fett welken lassen, sie röstete es nicht, ich bin mein eigener Herr, was zur Hölle soll ich mich beeilen, wenn ihr das Grüne vom Zwiebel wegwerft, dann werft es weg, ich werde es doch ordentlich dünsten können, dann die vielen Erbsen drauf, die von den Budapestern grüne Erbsen genannt werden, sie weiß das, Himmelherrgott, und wie sie es weiß, was bei denen wie heißt, wie sie es nennen, sie ist aus Schaden klug geworden, denn die lachten, lachten sie aus, wie denn die gute Teres redet, ein wenig Möhre, Suppengrün, weil sie das Überflüssige in der Mitte der Reihe immer ausriss, soll das andere gut wachsen, auch das warf sie nicht weg, rein in die Suppe, sie dünstete es auf kleinem Feuer, solange es Saft hatte, salzte und pfefferte sie es. Wenn es dann keinen Saft mehr abgab, tat sie ein wenig Mehl drauf, die Pester bestäubten es, umrühren, ein wenig Gewürzpaprika dazu, gemahlenen Pfeffer, nur einmal noch umrühren, schnell mit Wasser aufgießen, und wenn es aufkocht, dann zieht sie es an den Herdrand, spritzt ein wenig Milch drauf, dort am Rand kocht es von selbst noch ein wenig hoch, von der Milch soll es schön dick werden.

Sie hatte der Hella nichts von ihrem guten Erbseneintopf gegeben. Sie geizte damit, gönnte ihn dem Okolicsányi nicht, obwohl der doch schon so viel davon bekommen hatte, was der nicht alles bekommen hatte, gütiger Gott.

Das tat ihr so weh, ihre eigene Schlechtigkeit, ihr Geiz, dass sie sie wirklich bestohlen hatte, sie starrte in den dichten, leeren Regen hinaus und begann still zu weinen, weil ihr Brustbein vor Schmerz fast auseinanderbarst.

Die Hella war nicht mehr dort, wo sie zuvor noch gestanden hatte.

Sie hätte ihr hinterherlaufen sollen, statt hier zu flennen. Sie zurückholen. Sie hat sie ja mit Absicht fortgelassen, soll sie doch zum Teufel gehen, die beiden sollen ihr nicht alles wegessen.

Sie möchte sie und den Mistkerl Okolicsányi vom Hals haben.

Sie hatte Hellas schönen Leib nicht mit einem großen, trockenen Handtuch abgerieben.

Wegen ihr hat sie nass fortgehen müssen, sie hat es zugelassen, dass sie fortging.

Aber sie hätte ja gar nicht aufstehen können, ihre Beine erlaubten es nicht.

Dabei waren die beiden zusammen so schön gewesen. Sie brachte ihnen den Kaffee ans Bett, die heiße Schokolade im Silberkännchen, doch Himmelsakrament, sie schämten sich gar nicht, dass sie splitternackt waren, denn sie hatte natürlich nicht damit gerechnet, dass auch er hier war. Ihr seht aus wie Raupen. Sie war nur Dienerin, sie existierte nicht, sie war für sie Dienstbote, sie konnte keine schönen Regungen haben.

Den Schwanz von dem Okolicsányi hat nicht jeder sehen dürfen, insgeheim war sie noch im Alter stolz darauf. Wenn sie sie nur nicht so gedemütigt hätten.

Es tat wohl, darum zu weinen, was für Schönheiten sie gewesen waren, die Hella und sie in der ungarischen Tracht und dieser Okolicsányi, der Teufel soll den Mistkerl holen, wenn sie zu dritt unterwegs waren, was für Arme, Schenkel der Okolicsányi, dieses Aas, gehabt hatte, seine Hose platzte beinah, mit ihrer Schönheit werden sie ihr noch im Grab die Ruhe rauben.

Sie hätten sie sicher ausgelacht, wenn sie Hella einlässt, um Toten im eigenen Haus Unterschlupf zu gewähren.

Die ganze Straße hätte gelacht.

Recht hatte sie gehabt, dass sie die Elenden nicht bei sich eingelassen hatte, die tollen Hunde, die sie ihr ganzes Leben ausgenutzt hatten, um sie dann auf ihre alten Tage, hätte sie nicht vorgesorgt, auf den Mist zu werfen wie einen ausgedienten Stiefel.

Sie hätten gelacht, dass sie denen noch als Tote zu essen geben würde, diesen Ehebrechern, nicht genug, dass sie bei einer Gelegenheit sündig geworden sind, sie leben in der Sünde und genießen sie, wälzen sich geradezu darin. Man muss sie bedauern, nicht beneiden. Ihnen vergeben, nicht über sie reden. Es ist ihre Sache, nicht meine, dem Herrn darüber Rechenschaft zu geben. Hellas schönes Haar hatte sie nun doch nicht mit einem sauberen Handtuch getrocknet und ihr neues Seidenkleid, in dem sie von so weit her zu ihr gekommen war, nicht über dem Herd aufgehängt.

Auch den Okolicsányi hätte sie abtrocknen müssen, ging ihr durch den Kopf.

Sie wurde die Vorstellung nicht los, wie sie ihm das nasse Hemd von der milchweißen Haut zog und ihn mit dem schönen, sauberen Handtuch abtrocknete, aber dass sie es wirklich hätte tun sollen, es erschreckte sie.

Egal was sie tat. Der dreckige Okolicsányi bemerkt sie gar nicht.

Was passiert mit so einem Seidenkleid im Regen, es ist sofort ruiniert.

Die Hella zerschneidet es mit der Schere, sie wirft es weg. Kaum ist die Hella hier bei ihr, gibt es Probleme, ist was kaputt. Und sie hat die Arme nass und hungrig davongehen lassen.

Aber warum zum Teufel hat sie sonst nichts mitgenommen. Dass sie von so verflucht weit weg zu ihr kommt mit gar nichts zum Umziehen. So wie die Rosa in ihrem Baumwollkleid, ohne auch nur einen Schlüpfer anzuhaben.

Wenn der Wind es hochbläst, ist ihre Muschi draußen. Was soll ich ihr geben. Solche Sachen, so einen Schlüpfer, wie die tragen, hab ich nicht.

Hier Spitzen auf deiner krausen Möse, dort Spitzen, dass ihr euch nicht schämt.

Sie hätte sich nicht getraut, ihr hinterherzugehen, um sie zurückzuholen, so viel war sicher, sie fühlte nicht die geringste Kraft in den Beinen, um die Hella irgendwo zu suchen. Sie dachte, aufgewühlt wie sie war, dass auch ihr Herz es nicht aushalten würde, dass es dann mit ihr vorbei wäre, vielleicht wird sie gleich in Ohnmacht fallen oder vielleicht ist sie es schon, ist sie schon tot, so groß war die körperliche Schwäche, die sie ihretwegen empfand.

Wieder vergingen gut zwanzig Minuten, bis sie sich auf den Laubengang hinauswagte oder bis sie genügend Kraft hatte, sich so weit zusammenzureißen. Sie fürchtete, die Hella könnte irgendwo im Laubengang stehen, hinter ihr der Mistkerl Okolicsányi, schon an ihren Stachelbeeren dran. Obst war sein Ein und Alles gewesen. Er schlang es gierig in sich hinein. Die Äpfel krachten. Kirschen lutschte er vom Stiel runter. Der Saft der französischen Marillen rann ihm aus dem Mund. Und nun musste sie sie für alle Zeit bei sich aufnehmen.

Mit was können die denn sie oder das teure Obst bezahlen, wenn nicht mit nichts. Denen war nichts geblieben. Nur ihre große Würde, alle sollen sie bedienen. Heiliger Arsch Gottes, fahrt doch zur Hölle.

Wo sie auch hinblickte, im strömenden Regen war nur Hellas rohe Abwesenheit zu bemerken.

Sie folgte ihr, diese Richtung hatte sie genommen, zur Straße hin, denn sie hatte einen satten Geruch zurückgelassen, der aber doch nicht der altbekannte Parfumduft war.

Vielleicht noch stärker als der Körpergeruch.

Wann hatte sie sich zuletzt gewaschen, soll der grindige Teufel ihre zitronengelben Waschlappen holen.

An ihrem Todestag, Sakrament, wenn es in diesem Argentinien wen gab, der sie gewaschen hatte.

Als sie das Menschenblut aus der Luft herausroch, wankte sie, es war der starke Duft der Hella, was sie ins Wanken brachte.

Du hast mir das beigebracht, Hella, solange du bei mir dienst, Teres, musst du dir jeden Tag den Mund waschen, auch die Achselhöhlen und deine kleine Muschi, auch in die Pofalte sollst du rein und sie waschen.

Wo sollte sie sie im strömenden Regen jetzt suchen, um ihr das Blut abzuwaschen, aber sie roch es ja, wo sie mit ihrem Blut hingegangen war.

Wie sehr der Dummkopf sich von diesem Mistkerl ein Kind gewünscht hat.

Die menstruiert ja schon wieder. So wird niemals ein Kind daraus werden. Auch das weiß paspelierte, blassblaue Leinenkleid war auf ihrem Hintern blutig geworden, als sie vom Spaziergang auf der Basteimauer eilig heimgingen.

Aber wofür hat sie ein Kind haben wollen. Nur für das große Nichts, für das Leben in den Trümmern, die ihr hier geblieben waren, damit sie mit ihren beiden Händen nicht mal arbeiten kann.

Soll sie vielleicht das Blut abwaschen.

Für sie geht sie sicher nicht in den Regen hinaus.

Keinesfalls geht sie die Tote suchen, dass dann die Hunde noch lange über sie lachen.

Totenbleich blieb sie am Ende des Laubengangs stehen, damit es ihr nicht auf den Kopf regnete. Die Nachbarn werden noch bemerken, dass sie hier rumsteht und auf eine Tote wartet, um ihr zu dienen.

Ob tot oder nicht, durchs Tor hatte sie nicht hinausgehen können. Das war geschlossen. Aber sie ist durch dieses Scheißgartentor hinaus. Ihren Blutgeruch hat sie mitgenommen.

Das Gartentor war abgeschlossen, den Schlüssel hatte sie immer in ihrer Schürzentasche.

Damit ihre Schwestern nicht einfach so hinter das Tor nach dem Schlüssel greifen und in den Hof kommen, wie sie wollen, sich schnell umsehen, alles ausspionieren, ihre hässlichen Nasen überall reinstecken und ihr gespartes Geld finden.

Ihr Geld, das können sie suchen.

Wo sie ihr Geld versteckt hat, wenn wir wenigstens das wüssten in ihrer Todesstunde.

Darauf lauern sie, dass sie früher stirbt, und sie sich alles unter den Nagel reißen, bevor Elemérchen heimkommt.

Jetzt wusste die tote Hella schon, wie viel sie zu ihren Lebzeiten vom Küchengeld abgezweigt hatte, das sie jede Woche ohne Abrechnung bekam. Sie wusste, dass sie Schmuck gestohlen hatte, Bettwäsche, Tischtücher hatte sie gestohlen, sogar Geschirrtücher sammelten sich langsam an.

Sie ist hergekommen, um alles zurückzufordern, und jetzt wird sie nicht wieder fortgehen.

Aber dort lief irgendein Kind, die Jacke über den Kopf gezogen, durch den Regen.

Sie rief ihm nach, es soll der Rosa Bescheid geben, dass sie putzen kommt.

Sie merkte dem Kind nicht an, ob ein Laut aus ihrer Kehle gekommen war, ob sie ihm tatsächlich zugerufen hatte, oder ob sie auch das Kind nur träumte, weil auch das Kind schon tot war und sie wegen dem Brief von der Frau Fabius als Tote einem Toten nachruft.

Weil das Kind wandte sich nicht um, sah gar nicht unter der Jacke hervor, sondern lief weiter, als würde es auf seinen Beinen fliegen und nichts hören.

In ihrer großen Not hätte sie nicht sagen können, zu wem der Junge gehörte.

Bei so einem Wetter scheißt sie drauf, zu irgendwem reinzugehen.

Sie wusste nicht, was tun.

Vielleicht war auch das Kind ein Geist, der nur so vorbeigelaufen war.

Wenn nun mal niemand mehr ihre Stimme hören konnte.

Den vorderen Teil des Hauses, wo sie die Feriengäste unterbringen wollte, die Frau Fabius und den Krüppel Mischike, denn sie konnte ja nicht mehr telegrafieren, mussten Rosa und sie zuerst ausräumen, alles, aber auch alles musste raus, was sie unterm Jahr dort reingeworfen hatte, damit es im Laubengang nicht im Weg war oder die Hühner und Gänse nicht draufkackten.

Sie hätte es geschafft, aber sie wollte es nicht alleine machen.

Lieber sagte sie zu sich selbst, dass sie es nicht schaffte.

Dort gab es noch viele Maisstängel, mehrere Säcke Weizen, trockene Bohnen in Zehnkilosäcken, auf Haken gehängt, damit die Mäuse nicht rankamen, ihre vielen Nüsse, die sie verkaufen würde, wenn der Preis stimmte, sie musste alles in die Kammer tragen oder es woanders unterbringen.

Damit es die heiklige Frau Fabius nicht sieht.

Die trockenen Maisstängel müsste sie verbrennen.

Sie verbrennt sie nicht.

Wenn die Schweine viel pissen, zerhackt sie die Stängel und wirft sie in den Koben.

So spart sie ein wenig Stroh. Auch das Stroh musste sie kaufen.

Auch für die Schweine besser, sie mussten nicht im eigenen Urin herumpatschen.

Teres hatte seinerzeit das Haus mit fünf Dachbalkenlängen erbaut, auch darauf konnte sie stolz sein.

So rechnete man bei uns.

Die Dachbalken können nie länger als drei fünfzig oder vier Meter sein.

Der vordere Teil des Hauses, ein schönes, großes Zimmer mit Fußboden und eine geflieste Küche, sollten Elemér gehören, wenn er einmal hierher heiratete. Der etwas größere Teil blieb ihr, sie wirtschaftete ja, das bescheidene, kleine Zimmer, die Küche mit dem Herd, ihre Schlafstatt und die geräumige Speisekammer mit dem Keller darunter, wo sie die Pfeilkreuzlerburschen hatte verstecken müssen, die Freunde von Elemérchen, bis sie fünf Monate später von einem Schiffsführer im Bauch seines mit Schotter beladenen Schleppers nach Österreich gebracht wurden.

Nachdem sie fort waren, heiratete Elemér ein Mädchen aus Pest, irgendeine Erika, die er nicht mal vorstellte, auf die bin ich gar nicht neugierig.

Schön, du heiratest, wen du willst, aber wo in Teufels Namen wird dann die Hochzeit sein.

Mutter, ich wollte dir keine Umstände machen, wir haben es mit zwei Zeugen auf dem Standesamt vom achten Bezirk erledigt.

Das sagst du mir erst jetzt.

Jetzt kann ich mir die Augen ausweinen, weil ich es erst im Nachhinein erfahre.

Damit ich die Braut nicht sehen und die Brauteltern nicht kennenlernen kann.

Was ich dir auch angetan haben mag, das wird mir mein Leben lang wehtun.

Dass du so mit mir umgehst.

Sie wagte Elemér dann doch nicht zu fragen, aus was

für einer Familie das Mädchen stammte, das er auf dem Standesamt geheiratet hatte.

Die Wahrheit ist, dass sich Elemérchen vor dem Mädchen geschämt hätte, was für ein dreckiges Mundwerk seine Mutter hatte.

Du weißt ja nicht, dass ich ordentlich reden kann. Ist deine Erika vielleicht eine Baronesse.

Keine Angst, die Hella Ortvay hätte mich gefeuert, wenn ich hässlich rede.

Warum redest du dann mit mir immer so.

Professor Harz hätte in seiner Umgebung so eine Rede nicht eine Minute geduldet.

Deshalb blieb der vordere Teil des Hauses leer, weil Elemér musste auf seine Hände achtgeben und auch auf seine Erika, die aus Zucker war und im Regen zergehen würde, geschweige denn, dass sie jäten käme.

Wenn du etwas sagst, weint sie gleich.

Es passt ihr wohl nicht, wie bei uns geredet wird.

Es ist besser so, wer will schon eine Jüdin. Bei uns auf der Insel war nicht einmal der Handelsjude Jude.

Die sind klüger.

Die überlegen sich gut, welche Orte sie meiden.

Ringsum ist Wasser, wir könnten nirgendwohin fliehen, wenn unser Haus in der Nacht Feuer fängt.

Hier in meinem Haus habt ihr eure schöne Wohnung, und trotzdem willst du mit deiner Erika nicht heimkommen.

Wenn du sie wenigstens einmal mitbringen würdest, damit ich sie sehen kann.

Hier kann sie nicht wohnen.

Ich möchte einmal meinen Enkel sehen.

Hier ist alles dreckig, die Erika mag den vielen Dreck nicht sehen.

Wie kannst du so etwas zu deiner Mutter sagen.

Wie redest du mit mir, Mutter.

Wie soll ich reden, mit meinem Mund rede ich, mit meiner Zunge, ich rede so, wie bei uns alle reden.

So versteh doch endlich mal, mit Mist an den Händen kann ich nicht mit Marzipan arbeiten. Das geht so nicht, Mutter, in der Konditorei ist das nicht möglich, dass ich dir an einem Tag den frischen Mist aus dem Koben schaffe, ihn schön ausbreite, wie du es haben willst, damit er nicht fault, gut reift und im Herbst mit dem Schubkarren ausgebracht werden kann, und dann soll ich die Mandeln hier bei dir auf deinem dreckigen Küchentisch mahlen, mit Rosenwasser besprengen, das Marzipan kneten und die Figuren schön formen.

Er müsse in Pest mit seinen Händen den ganzen Tag Rosen auf Torten setzen, alle Miniaturen schön anmalen, die Veilchen lila, die Vergissmeinnicht blau, das Haar der Bräute vergolden, ihren Mund röten, den Frack der Bräutigame schwarz bemalen und sie gemäß Bestellung auf der Cremetorte aufpflanzen.

Ich werde dir helfen, ich hab bei Baronesse Hella jede Menge gebacken.

Zeig deine Hände her. Mit diesen Händen willst du kneten, Mehl mit geriebenen Nüssen mischen, die schaumige Buttercreme streichen. Deine Fingernägel sind ja alle dreckig.

Rede nie schlecht über die Hände deiner Mutter, Elemérchen, diese beiden Hände haben für dich gearbeitet und für alles, was du hier siehst.

Er habe das Gesundheitsamt am Hals, selbst Eier könne er nicht überall bestellen, in seinem Kuchen dürften keine Salmonellen sein.

Scheiße auf den Eiern findet bei mir niemand. Merk dir, mein lieber Sohn, auf meinen Eiern ist keine Scheiße.

Bei ihm würden die Fingernägel kontrolliert, die Hände, seinen Hals sähen sie sich an, sogar seinen Pimmel müsse er dem Arzt am Arbeitsgesundheitsamt zeigen, ob er ihn ordentlich wäscht, gerade, dass die Ärzte ihm nicht in den Hintern sehen. Streng jeden zweiten Tag muss er die Haare waschen und sie herzeigen, obwohl er einen gestärkten, weißen türkischen Turban aufhat.

Jederzeit kann es zu einer Kontrolle oder Revision kommen.

Aber dann kam die Rosa doch durch den Regen angelaufen, denn das Kind hatte ihr Bescheid gegeben und bis Donnerstag konnten sie alles erledigen.

Sie entfernten Spinnweben, schrubbten, bürsteten und scheuerten, wischten alles schön sauber, spülten ab, wuschen den Porzellanlampenschirm, den Elemérchen ihr mit großen Rebenblättern, Maiglöckchen und großen Tulpen bemalt hatte, damit man den Fliegendreck darauf nicht sah, wenigstens im Zimmer soll kein Fliegendreck zu sehen sein, jedes einzelne Fach wischten sie gründlich, schlugen es mit sauberem, weißem Packpapier aus, das sie von der Rosa aus dem Laden holen ließ.

Einfaches Papier, was das wieder kostet.

Frau Fabius war sehr empfindlich für Gerüche, nichts durfte muffig, schimmelig sein.

Gänse und Hühner sperrte sie nach hinten, nicht dass sie den Laubengang verschandelten.

Mit Rosas Hilfe stellte sie den großen Tisch mit den geschnitzten Beinen hinaus, auch bei dem fuhren sie mit dem weichen Tuch in jede Ritze hinein, damit sich Frau Fabius an keinem Staubkörnchen störte.

Sie bezogen die Betten und legten zwei frische Handtücher und unbenutzte Seife neben der blankgescheuerten Emailwaschschüssel bereit.

Ihre Gänse hatten für das Einsperren kein Verständnis, eine Weile besprachen sie den Fall untereinander, sagten deutlich ihre Meinung und erhoben hinter dem Zaun ein grässliches Geschnatter. Tag für Tag hatte sie sie hinaus auf die Gänseweide getrieben. Sie kannten den Weg, man brauchte sie nicht zu führen. Aber auch die Hühner konnten sich mit dem Eingesperrtsein nicht anfreunden, dass ihnen nun kaum mehr Platz blieb, sie ereiferten sich jedes Jahr. Es fehlte ihnen die Vogelmiere vor dem Laubengang, die Einfahrt mit den Kamillen und den hochgewachsenen Malven und die Weinstöcke. Zwischen den Stachelbeeren und den Ribiseln konnten sie reichlich Würmer und Raupen finden.

Es half nichts, dass sie ihnen zuredete, seid endlich still, es kommen Gäste, ihr Dummköpfe, vierzehn Tage könnt ihr aushalten, dann könnt ihr wieder raus und werdet noch mehr Körner und Würmer finden.

Solang sie sich nicht an die neue Ordnung gewöhnt hatten, rannten sie mit dem Kopf gegen den Drahtzaun. Sie wollten da durch. Der Hahn krähte ihnen umsonst hinterher, er schien zu verstehen, was diese Dummen nicht verstanden und deswegen gegen den Zaun rannten.

Aber es gefiel ihr doch, dass sie gegen ihre Gefangenschaft rebellierten, auch wenn sie schimpfte, was für dumme Hühner sie doch hatte.

Und wie klug ihr Hahn war, denn ihr Hahn verstand es, aber auch der konnte die vielen Dummköpfe nicht überzeugen.

Ihre Gänse fanden den Weg allein, sie wussten auch, wann sie heimkommen sollten.

Die machten um jedes Auto, um jeden Wagen und jeden Radfahrer einen großen Bogen.

Es tat schon wohl, am Nachmittag die Herumtreiber holen gehen, dafür zog sie nicht mal Schuhe an, sich ein wenig zu ihnen hinsetzen, sie dann mit dem Stock antreiben. Die besprachen es untereinander, watschelten in Reih und Glied vor ihr her, die brauchten keinen Stock.

Wenn sie nicht dazukam, weil sie zu viel zu tun hatte und sie nicht zurücktrieb, standen am Abend trotzdem alle da, die ganze Mannschaft schnatterte laut, dass es Zeit ist, das Tor zu öffnen, her mit der Grütze, und dann möchten sie in den Stall, um zu ruhen.

Durch die Rév utca marschierten sie hinunter zur Donau, der Erpel führte sie sehr ordentlich, er biss jeden, der sich der Gruppe zu nähern wagte. Manchmal ging sie ihnen nach und trieb sie zurück.

Sie zeigten ihr, wie gehorsam sie sich beeilten, heimzukommen, zur Grütze.

Keine vier Tage war es her, als sie, noch vor dem Regen, in der Rév utca zur Donau ging und mit eigenen Augen sah, wie der große starke Sohn von dem Zwerglein, der Bäcker, bis zu den Knien im Wasser stand und einen kleinen Hund wieder und wieder hineinschleuderte.

Denn dort am Ufer lag die Piroschka Mirák auf ihrem Handtuch.

Der will er zeigen, dass er auch auf der Welt ist und was

für ein großer Bursche er ist, in einem fort pfeffert er das Hündchen ins Wasser.

Es schwamm winselnd zu ihm zurück, und der Sohn von Amália Mária Bolog schleuderte es abermals richtig weit in den Fluss hinein.

Sie stand da und beobachtete, was die hier aufführten, du lieber Himmel, sie knurrte und brummte entsetzt in sich hinein.

Die Piroschka liegt auf dem Bauch, liest ein Buch und schlenkert mit den Beinen in der Luft.

Jesus.

Und der Sohn von dem Zwerglein schleudert immerzu den Hund ins Wasser.

Sie wollte gar nicht sehen, was die beiden vor aller Augen aufführten, lieber trieb sie schnell die Gänse zurück, aber nicht ohne sich umzusehen.

Sie traute ihren Augen nicht, dass die Piroschka so schamlos war, dass sie so mit den Beinen schlenkert für ihn.

Dann am Donnerstagvormittag deckte sie, wie der Anstand es gebot, im sauberen Laubengang den großen Tisch mit den geschnitzten Beinen. So wie die das mit den Tellern und dem Esswerkzeug haben wollten. Bis sie von der Schiffsstation zurückkamen, deckte sie alles mit einem sauberen Tischtuch ab, damit in der Zwischenzeit nicht die Fliegen draufscheißen konnten.

Auch die Thonet-Stühle hatte sie gereinigt, obwohl der Krüppel keinen Stuhl brauchte. Er wurde in seinem Rollstuhl zum Tisch geschoben, überallhin schoben sie ihn, trotzdem stellte sie vier Stühle um den Tisch herum.

Die vier Stühle sollten bereitstehen, wenn am Samstag die mäkeligen Gäste der Frau Fabius kamen.

Dass sie die Frau Mentes in ihrem eigenen Laubengang sehen musste.

Am Samstag wurde Frau Fabius von ihren Freundinnen besucht, an diesem oder am nächsten oder an beiden Samstagen.

Teres hatte das Haus von dem Maurer aus Bogdány so erbauen lassen, dass es bei ihr keine Stufen gab.

Alles sollte ebenerdig bleiben.

Stufen konnte sie nicht brauchen.

Sie war in Buda genug Treppen gelaufen.

Der Maurer hatte Teres sehr schlau geantwortet, dass er dann ein stärkeres Fundament machen und unter der Erde dämmen muss, das ergibt dann mehr Arbeitskosten und mehr Materialbedarf aus dem Steinbruch von Bogdány.

Machen Sie das Fundament, verdammt, mit so viel Material wie nötig, ich will kein feuchtes Haus haben, dass es dann stinkt und schimmelt.

Steine, die haben sie in Bogdány. Kein Vormittag, an dem sie nicht zweimal sprengen.

Auch deshalb machte die Frau Fabius mit ihrem Kind gerne bei ihr Urlaub, weil sie hier mit dem Rollstuhl überall hinkonnte.

Bei ihr ist die ungarische Erde heilig.

Für sie ist schon eine Stufe zu viel, sie will überhaupt keine.

Ihr Sohn lernt Bäcker, hier wird seine Arbeitsstätte sein.

Hier darf nichts schimmeln.

Die geschwungenen, braunen Stühle, die Thonet, insgesamt sechs, die aus dem Jagdhaus vom alten Okolicsányi, die hatte sie auf der Gemeindeversteigerung gekauft, als sie dem alten blöden Okolicsányi alles weggenommen hatten und er nur für die Einrichtungsgegenstände ein wenig Geld bekam.

Deshalb konnte der stramme Ritter Okolicsányi nichts erben, als sein Vater in der früheren Hausmeisterwohnung hinten in ihrem einstigen Park schließlich starb. In der wohnt jetzt der Hamza, der Lehrer. Dabei hatten er und Hella so darauf gewartet, sich dort ein Liebesnest zu bauen.

Außer seiner kleinen Entlohnung ist ihm nichts geblieben, dem dummen Okolicsányi.

Alles hatte sie so angeordnet, wie im letzten Sommer und in dem davor.

Am wichtigsten war der Frau Fabius, dass sie, wie bescheiden auch immer, im schönen Laubengang im Schatten der Reben mit ihrem verkrüppelten Kind in aller Ruhe speisen konnte.

In Buda konnte die Frau Fabius nicht in der eigenen Küche kochen, denn die Mitmieter waren nach einigen Wochen sehr dreist geworden und machten alles kaputt, ihr Sieb, ihre Töpfe, alles.

Niemand schützte die Frau Fabius vor ihnen.

Sie habe keine Verbindungen mehr, niemanden, an den sie sich wenden könne.

Teres könne sich die Zerstörungen gar nicht vorstellen, die diese Leute bei ihr anrichteten.

Gott verzeihe mir, wenn ich so von ihnen spreche, dieser bösen Brut.

Sie holten sich das Mittagessen immer aus der Margit utca, aus der Silbernen Braut, damit sie wenigstens einmal am Tag etwas Warmes zu sich nehmen könnten.

Das ganze Jahr hätten sie in ihrer alten großen Wohnung von ihren Mitmietern genug zu erdulden.

Noch ein Glück, dass die zu jedem großen Fest in ihre Dörfer oder wohin auch immer zurückführen, denn dann könnten sie ein wenig allein sein in der alten, großen Stille.

Teres könne es sich nicht vorstellen, wie viel sie zu Jesus Christus um Langmut beten müssten.

Sie kochte ihnen eine schöne dicke Suppe aus grünen Bohnen, färbte sie mit etwas Paprika, schnitt ein wenig milden Knoblauch hinein, tat etwas Möhre dazu, auch Petersilienwurzel, die es schon reichlich im Garten gab, und wirklich viel Petersilie, sodass sie oben auf dem roten Fett schwamm, schließlich zupfte sie ausgiebig Nockerln hinein. Am Vortag, ehe sie sich am Brunnen mit Duftseife die Haare wusch, fummelte sie noch ein paar Kartoffeln für die Suppe heraus, wie man bei uns sagt, wenn die Kartoffeln noch in der Erde bleiben sollen.

Jetzt im Frühsommer wurden die Kartoffeln noch nicht geerntet, sie sollen möglichst lang wachsen.

Wachsen sehen wollen wir sie aber schon, deshalb reißen sie am Rand die eine oder andere unter der Erde ab.

Kartoffeln brauchen wir den ganzen Winter, die Schweine fressen sie auch.

Dass wir Heurige essen, kommt bei uns nicht vor.

Die werden von Frauen aus Budakeszi auf dem Markt von Buda verkauft, die sind alle Donauschwaben, wie man weiß. Wenn für irgendwas doch Kartoffel gebraucht werden und von den alten tatsächlich keine einzige mehr da ist, dann greifen wir vorsichtig unter die Kartoffelpflanze, als würden wir das Ding von einem Burschen befummeln, und drehen schon etwas größere Knollen herunter.

Kartoffeln gehören schon auch hinein, damit sie satt macht.

Nicht, dass sie bald wieder hungrig werden und sie ihnen Schmalzbrote geben muss.

Zu der Jahreszeit gibt es kein bisschen Grammeln mehr, die sie auf den Berg mitnehmen könnte.

Frau Fabius hatte ihre Nockerln immer gelobt, Ihnen gelingen sie immer, Teres.

Das ist die wahre Kunst, dass sie immer gleich werden, nicht zu hart, nicht zu weich, nicht zu groß, nicht zu klein. Ihre Eier sind immer so schön gelb, wie machen Sie das nur.

Wie ich das mache, wie ich das mache, na ich gebe ihnen Grütze, verflucht, wie kann so eine Frau Fabius dermaßen dumm sein, so gelbe Eier legen meine Hühner von Maisgrütze, von was sonst, aber das sagte sie nicht laut.

Die Frau Fabius soll ihr nicht so schöntun.

Wer jätet den Mais, wer bricht ihn, wer löst die Körner ab, was glaubt die Frau Fabius denn, davon sind sie so gelb. Vom Gänseschiss nicht. Auch das Grüne von den Möhren bekommen sie, ihre Hühner, auch darauf achte ich, keine Angst, auch das macht meine Eier gelb.

Denn die Frau Fabius freute sich jedes Mal extra, dass von den guten Landeiern die Klöße in der roten Suppe so schön gelb sind, wie gerne sie so etwas zu beißen hat.

Teres dachte lange nach, was Himmelherrgottsakra die Frau Fabius da gesagt hatte.

Schluck sie runter verdammt, zerkau sie doch nicht, Margit, die rutschen von selbst hinunter, wozu die Nockerln beißen.

Und dann sagt sie auch noch Klöße dazu.

Irgendwas fand Frau Fabius immer, das sie loben konnte, damit Teres sich freute.

Das verstand sie, natürlich verstand sie es.

Die Frau Fabius wusste, die Teres war so empfänglich für Lob, dass sie dann alles für sie machen würde. Aber darüber ärgerte sich Teres nicht. Wegen dem verkrüppelten Kind machte sie ja ohnehin alles für sie.

Teres war auch nicht so blöd, dass sie nicht verstand, wie schwer man es mit so einem Kind hatte.

Warum verfluchte Scheiße freut sie sich dann von früh bis spät, als wäre ihr ganzes Leben reine Freude.

Die verstand gar nicht, über was Teres sich ärgerte und halblaut oder nur still in sich hinein grummelte.

Sie war fünfundzwanzig Jahre älter als Margit Fabius, geborene Bellamy, und bessere Nockerln als sie konnte kaum wer machen in diesem beschissenen Leben. Trotzdem war sie jedes Jahr so aufgeregt wie als kleines Mädchen, als ihre Mutter sie kochen lehrte und sie etwas alleine zubereiten sollte und doch kaum auf den Tisch hinaufreichte.

Wenn sie ankamen, packte sie regelrechtes Lampenfieber.

Wie werden die Nockerln gelingen, wird Frau Fabius sie wohl loben.

Bei niemand sonst, nicht einmal bei Hella Ortvay war sie so dünnhäutig gewesen. Wenn es ihr zu viel wurde, wie die Hella sie herumkommandierte, sagte sie ihr laut die Meinung.

Der Hella hatte immer gefallen, dass Teres abwartete, ihre Meinung nicht in der Konditorei, nicht auf der Promenade, nicht im Mietwagen sagte, nicht, wenn ihre dumme Schwiegermutter, die Frau des verstorbenen Aladár Gunten Görög, die geborene Viktória Sudár, es hören konnte, nicht vor ihren Freundinnen, nicht auf der Straße, doch sie sagte sie, diese unverschämte Teres.

Dann hörte die Hella eine Zeit lang auf, sie damit zu tyrannisieren, dass sie alles besser machen müsse, als sie es machte.

Sogar ihre Flüche taten der Hella wohl, denn sie vergötterte Teres auch, diese andere junge Frau, strenggenommen kamen sie beide aus dem Adelsstand, die unverblümt aussprach, was sie selbst nie im Leben auch nur in Gedanken auszusprechen gewagt hätte.

Ehrlich gesagt dachte sie es auch gar nicht.

Wiewohl sie es wirklich hätte denken können.

Manchmal versuchte sie es, doch es gelang nicht.

Durch Teres nahm der Gedanke in ihr Gestalt an, dass sie einen strengen Zensor im Kopf sitzen hatte.

In Wahrheit war Hella nur gemeinsam mit ihr frei, mit Teres.

Aber wenn Teres die Schliche dieser bösen vornehmen Leute auch durchschaute, so tat es ihr doch gut, dass sie bei all ihrer Verrücktheit wenigstens ihre Nockerln und ihre Salzgurken zu schätzen wussten. Sie schlagen sich den ganzen Tag den Bauch voll, essen ihr alles weg, ihre kostbaren Gurken, sie würde niemand sonst ihre frischen Gurken geben, bei ihnen wurde sie schwach, ach wenn sie bloß nicht bemerken, dass in diesem Jahr kaum Gurken wachsen, aber sie schauen ja gar nicht hin, wenn sie in den Garten geht und ihre schönsten Gurken für sie pflückt, die sie dann gedankenlos in sich hineinschlingen, gerade dass sie nicht fünf Gänge verlangen, wie das bei ihnen üblich ist, als Vorspeise Gänseleber mit Apfel auf Honigkuchen oder was zum Teufel.

Die Ahnungslosen wissen nicht mal, dass sonst Gänse und Hühner den Laubengang vollscheißen.

Sie wäscht es weg, scheuert es ab, so eine verfluchte Scheiße, dass sie wegen fremder Leute auf ihre alten Tage den Hühnerdreck von ihrem eigenen Laubengang kratzen musste.

Trotzdem bereitete es ihr Genugtuung, dass sie verdammt noch mal auch den Hühnerdreck mit der Schaufelkante herunterkratzte. Höchstens, dass ein Fleck zurückblieb, von dem wussten sie nicht, wo er herstammte.

Für Vogelmiere und Kamille war die viele Scheiße gut. Von wo sonst würde sie Kamille für den Winter herhaben, auch die konnte sie nur auf ihrem eigenen, von Hühnern vollgekackten Hof sammeln.

Sie buk ihnen zwei Dutzend Palatschinken, mit Milch und Soda, damit sie leicht und dünn wurden, wie die Frau Fabius es mochte, die ihr beigebracht hatte, wie die Franzosen sie machten. Nicht dick, sondern hauchdünn, nicht mit dunklen Flecken übersät, sondern gelb, damit sie keine Verstopfung bekamen. Weil die hatten auch dafür Zeit, auf ihre Gedärme achtzugeben.

Sie machte welche mit Topfen und mit Marillenmarmelade, Himmelherrgott, sollen sie mit Appetit essen, wenn sie schon herkommen, ihre Pfannkuchen zu schlemmen, Sakrament.

Der kleine Krüppel, der Mischike, mochte die Topfen- und Marillenmarmelade-Palatschinken ganz besonders gern. Andere hatte sie für heute nicht gemacht. Sollen sie zufrieden damit sein, wenn sie schon so überraschend kamen, gerade am Donnerstag.

Ein andermal hatte sie für Mischike Apfelstrudel

und Mohnstrudel gemacht, auch die mochte er wirklich gern.

Und wenn es nur mehr wenig alte Kartoffeln gab, dann für den zweiten Tag Zwetschgenknödel.

Die Zwetschgen nahm sie von den eingemachten Zwetschgen auf dem Schrank. Dazu Mohnnudeln, denn natürlich hatte sie eigenen Mohn, zu dem passte die süße Zwetschgenmarmelade prächtig.

Wenn sie nach der Suppe in der geblümten Schüssel die Palatschinken brachte, warf das Kind den Kopf hin und her und schlug mit der Gabel an den Teller.

Er gab kurze, kehlige Laute von sich, nur die Frau Fabius und die Piroschka Mirák verstanden, was er redete.

Auch wenn sie die Ohren spitzte, Worte konnte Teres nicht heraushören.

Die Piroschka lernte an der Hochschule Heilpädagogik und beschäftigte sich mit solchen Kindern.

Sie brachte ihnen Reden bei, den kleinen Bekloppten.

Wenn die Frau Fabius den Mischike zum Ufer hinuntergeschoben hatte, unterhielten er und Piroschka sich ganz ernsthaft. Falls die Piroschka gerade dort war, um ihren Bauch und ihren Hintern in der Sonne zu braten.

Und ich kann mir das Tuch gar nicht gut genug binden, dass ich keinen Sonnenbrand kriege.

Das Kind konnte sich so freuen, dass seine kleinen, knochigen Schultern vor Freude lachten. Dieser Mischike konnte vor Freude sogar noch mehr die Zähne fletschen als die Rosa. Beim Anblick von Mischike schickte Teres ein inniges Dankgebet zum Himmel, was sie für ein Glück im Leben hatte, dass an Elemérchen alles dran war und alles am richtigen Fleck.

Die Freude riss dem Kind die knochige Schulter hoch zum Hals, aber nur die eine, als würde man ihn unter der Achsel kitzeln, und seine Hand zuckte wie die von einer Fetzenpuppe.

Sie werden zu Mittag nicht so viel essen, wie sie am Morgen gebraten hat. Sie stellte eine volle Schüssel in den Ofen, damit sie warm blieb. Wie üblich fettete sie die Palatschinken mit einer Gänsefeder ein, damit sie nicht trocken wurden.

Die essen sie nachmittags oder am Abend.

Auch der Rosa gibt sie davon, damit der Unglücksrabe nicht immer nur die dicken und die zerfetzten Palatschinken kriegt.

In die Suppe kam eine ordentliche Portion Sauerrahm, obwohl sie Milch und Sauerrahm doch kaufen oder eintauschen musste.

Gib mir Sauerrahm, ich habe Eier.

Dadurch war besser zu sehen, wie viel Fett und Petersilie oben auf der paprikaroten Suppe schwamm, die Frau Fabius hatte so ein großes Verlangen nach dem guten, fetten Landessen.

Man müsse zugeben, dass sie in der Margit utca gut kochten, die Portionen seien ausgiebig, dennoch könne man das mit dem Essen von Teres nicht in einem Atemzug nennen.

Bei ihr musste alles schön fett und ausgiebig sein. Sie aßen die Klöße, die sie mit heißem Fett übergossen hatte, dann den Sauerrahm drauf, unzählige Eier hatte sie aufgeschlagen.

Sie servierte es mit frischem Salat.

Den Salat pflanzte sie so, dass sie immer welchen hatte.

Die Frau Fabius aß viel, trotzdem standen ihr alle Knochen heraus.

Sie tat auch ein wenig Essig in die Suppe, dass ihre Verdauung es leichter hatte, Himmelherrgott.

Denn zum Zwiebel schnitt sie ein wenig Speck, und wenn die Suppe dann am Herdrand kochte, köchelte, warf sie in dünne Scheiben geschnitten etwas Räucherwurst hinein, obwohl im Sommer nicht mehr viel da war.

Die Frau Fabius wollte die Haut von der Wurst abgezogen haben, denn sie hatte den Eindruck, dass sie davon Verstopfung bekam.

Einen Scheiß bekommst du Verstopfung. Sie hat den Eindruck, Himmelsakrament. Wenn du mitkommen würdest jäten, Margit, hättest du am Abend nicht den geringsten Eindruck.

Sie wusch die Schweinedärme ordentlich aus.

Da bleibt keine Scheiße drin.

Gekaufte Därme fülle ich nicht.

Die Frau Fabius soll die Därme ihrer Schweine nicht schlechtreden. Die sind von den vielen Brennnesseln so sauber und makellos, dass die ganze Straße voller Bewunderung ist.

Diese Därme bekommen kein Loch, wenn der Fleischer sie für sie auswäscht und füllt.

Sie hat die Haut nicht abgezogen, schon allein deshalb nicht, weil die Wurst sonst in der Suppe zerfällt.

Schön, der Geschmack bleibt auch ohne Haut, aber man sieht nicht, dass Wurst drinnen ist.

Sie musste aufpassen, dass sie ihr nicht ausging, aber wegen dem Geschmack, so viel ist sicher, musste was davon in der Suppe sein.

Zwar schälte sie die Wurst nicht, aber sie rieb sie gründlich ab, verdammt, damit die Frau Fabius die Haut nicht bemerkte, hol's der Teufel.

So machten sie ihr Arbeit.

Für jeden Tropfen Wasser soll ich für sie zum Brunnen gehen.

Dadurch bemerkte die Frau Fabius gar nicht, dass die Wurst eine Haut und sie trotzdem keine Verstopfung hatte.

Der Rosa gab sie die Fetzenpalatschinke zu essen und schickte sie dann mit ihrem Geld nach Hause.

Wie es sich gehörte, ging sie am Donnerstag ordentlich gekleidet zur Schiffsstation, sie abzuholen.

Sie zog Alltagskleidung an, saubere, keine Festtagskleidung. Damit sie nicht wieder über sie lachten, die Teres Vogelscheu putzt sich raus für die Herrschaften, als hätte unser Herr Jesus Christ Namenstag.

Sie nahm den Schubkarren mit, trotzdem war es so, als würde sie an dem sonnigen Sommervormittag zu einem Fest gehen.

Doch dass sie die Hella hinaus in den grauenhaften Regen hatte gehen lassen, damit konnte sie sich nicht abfinden.

Und heute strahlte der Himmel.

Sie hatte doch das Kleid mit beiden Händen zwischen die Schenkel gedrückt, weil ihr gerade unwohl war.

Lieber Himmel, deshalb der Blutgeruch. Oder wegen dem Mord, der dort in Argentinien mit ihnen passiert ist.

Wann sonst würde sie zur Schiffsstation gehen, warum sollte sie gehen.

Sie war genug zur Schiffsstation gegangen.

Als sie die Sahne und den Quark noch ins Ritz brachte, wie während der Frontkämpfe, im Kanonenfeuer, denn das Ritz konnte wegen der vielen Dauergäste nicht schließen. Auch früher war sie oft genug hier gegangen, noch als junges Mädchen, barhäuptig, barfuß, wenn sie dem Ehepaar Hörömpöly den Quark, die Eier und den Sauerrahm in ihre Wohnung in der Harmincad utca brachte.

Den Schubkarren brauchten sie auch, denn die Frau Fabius musste das Kind im Rollstuhl schieben und jemand musste ihre Koffer tragen. Der Schiffer brachte die Koffer auf den Steg, aber den Schubkarren konnte er ihr nicht heimschieben. Das Schiff fuhr von hier nach Visegrád, von dort weiter nach Dömös und noch weiter nach Pilismarót. Auch dort machte es nicht lange Halt, es wurde entladen, beladen und musste gleich wieder zurück. Natürlich packte die Frau Fabius jeden Sommer so, dass sie für jedes Wetter gerüstet war und nicht viel waschen musste. Trotzdem wusch Teres viel für sie.

Die Frau Fabius packte gar nicht so sehr für sich, es war ja nicht so, dass sie keine Kleider hatte, sondern eher für ihren Sohn.

Für sich nahm sie ein einziges schöneres Kleid mit, für wärmere Tage, eines für kühlere Tage, damit sie darin die ältere Frau Mirák und Frau Zielinszky besuchen oder die zwei betagten Damen im Laubengang von Teres empfangen konnte.

Die Kleider hatte sie von den Wiener Verwandten bekommen, und im Winter tauschten sie und ihre Budaer Freundinnen beim Nachmittagstee.

Der fehlte es an nichts.

Bei ihr konnte die Frau Fabius auch mit der Frau Mentes, der Hebamme, zusammentreffen, doch die kannte sie noch nicht so lange, die lud sie auch nicht zu sich ein wie die anderen, denn die Frau Mentes war nicht aus Budapest, sondern aus Győr ausgesiedelt worden.

Ob sie eingeladen wurde oder nicht, Frau Mentes ging überall hin.

Teres fiel aber schon auf, dass die Frau Fabius heimlich etwas in der Küche wusch und mit etwas in der Hand zum Plumpsklo hinausrannte, so, dass sie es nicht sehen sollte.

Sie wollte ihr verheimlichen, dass der Krüppel manchmal in die Hose kackte.

Dabei hatten sie einen Topf im Zimmer.

Teres machte sich sogar die Mühe, im Plumpsklo Sand auf die viele Scheiße zu streuen, die fast bis zum Holzaufbau hinaufreichte, damit es unter dem Hintern der Frau Fabius nicht so stank.

Sie streute Stroh und frisch geschnittenes Gras drüber.

Wegen ihrer Scheiße sollen die Herrschaften nicht die Nase rümpfen.

Aber der Mischike kackte sich doch manchmal voll, der Arme. Der Junge weinte bitterlich, was hatte er schon wieder gemacht, wie konnte er nur.

Die Frau Fabius kam mit dem Waschen nicht nach, sie bügelte die Hosen, obwohl sie ihr sagte, sie soll es ihr überlassen, sie kannte derlei von der Anstalt nur zu gut.

Nie überließ Frau Fabius ihr das Waschen der vollgeschissenen Unterhosen.

Der Weg zur Schiffsstation war gar nicht so kurz.

Sie schob den scheppernden und quietschenden Scheißkarren, Gelächter schien sie zu begleiten, von allen Seiten, sie redeten über sie, zweimal im Sommer lärmt die Teres mit ihrem Dreckskarren durch unsere ruhige Straße, da kannst du Gift drauf nehmen, wenn sie kommen und wenn sie abfahren, sie stört sogar unsere Mittagsruhe, die Teres, ums Verrecken ölt sie das verfluchte Radlager nicht, aber daherstolzieren mit den Koffern von den Herrschaften auf dem Schrotthaufen, das kann sie.

Alle sollen sehen und hören, was für großartige Feriengäste sie hat. Musik macht sie auch dazu, mit dem quietschenden Ding.

Ihre beiden Schwestern hatten sich nicht gescheut, ihr zu erzählen, was sich diese tollen Hunde wegen der Frau Fabius nicht alles ausdachten, sogar ein Lied hatten sie schon über sie, so wie von der Rosa und von dem Zwerglein.

Sie sangen es ihr nicht vor, den Knochenfraß sollen sie kriegen. Sie wurden rot, aber Terka, damit wollen wir dir keinen Verdruss machen, sollen sie sagen, was sie wollen, sollen sie nur singen, damit geben wir uns nicht ab.

Neugierig waren sie aber schon, wie viel die Frau Fabius für das Zimmer zahlte, denn für die Verpflegung zahlt sie sicher extra und wie viel das wohl ist.

Wie viel für sie zusammenkommt.

Sie lachten, natürlich lachten sie, weil sie neidisch waren, Himmeldonnerwetter noch mal, dieser bösen Alten reicht es wohl nicht, was sie mit den Erdbeeren und den Himbeeren verdient, wenigstens die Hälfte von dem Wein kann sie verkaufen, und dann will sie auch noch jeden Sommer einen Dauergast haben.

Umsonst wird sie nicht für sie kochen und waschen, mein Engel.

In der Stadt hat sie gelernt, wie man's macht, es gibt nichts, für was sie nicht Geld kriegen will.

Die wissen, wie der Hase läuft, das Grab Christi ist auch nicht umsonst bewacht worden.

Ich schulde dir, weil du mir schuldest, so denken die in der Stadt nicht.

Ich würd nicht ihre Sachen waschen, für kein Geld würd ich Fremden was waschen.

Na klar, sie wird ihnen jeden Tag die Kleider nur so hinhängen und nichts rechnen.

Wer weiß, was für eine Krankheit man sich holt von denen.

In Pest in der Dampfwäscherei wird nach Stück gewaschen, sie arbeiten nicht für Tagelohn.

Gratis gibt die nichts her.

Man sieht ja, wie viel sie in der großen Schüssel oder im Zuber zu waschen hat.

Ich würd auch nicht für die ganzen syphiliskranken Fremden im gleichen Zuber waschen wie unsere Wäsche.

Sie bringt nichts zum Ufer, wir sollen nicht sehen, wie viel Stück.

Wir zählen halt, wenn wir es nun mal gelernt haben.

Teres bog mit ihrem Schubkarren in die Rév utca ein, wo die Frauen soeben waschen gingen, in die schattige Straße, die zur Schiffsstation führte, genau beim alten schwäbischen Haus von Höss bog sie um die Ecke, weil das stand dort hinter einer langen, hohen Steinmauer, damit man nicht in ihren verfickten Hof hineinsehen konnte, deshalb hatten sie die Mauer so weit hochgezogen, dann musste sie in der berühmten Kastanienallee mit ihrem klappernden, quietschenden Schubkarren an herrschaftlichen Villen und Jagdhäusern vorbei.

In Wahrheit war dieses lärmende Vehikel gar kein richtiger Schubkarren, sondern ein aus Eisenrohren zusammengeschustertes Gestell mit einem großen Eisenrad, auf das man jedes Gepäck, alles mögliche Zeug drauftun konnte, Heuballen, Weinfässer, Maisstängel.

Über dem Rad gab es eine Stütze, aber an den Seiten gar nichts. Man musste achtgeben, dass die Ladung durch die Erschütterungen nicht herunterrutschte.

Auf so eine Karre konntest du die größten Dinge drauftun. Sogar den Küchenschrank, den der Tischler für deine Mitgift gemacht hat.

Wir haben eine eigene Bezeichnung dafür, um nichts in der Welt würden wir sie vor Fremden gebrauchen.

Genauso wenig würden wir vor ihnen sagen, dass wir die Kartoffeln herausfummeln.

Teres brauchte so ein Gefährt, das war klar, das quietschende Ding war ihr Ein und Alles, denn einen Fuhrmann konnte sie nicht finden, wenn sie nicht den aus Bogdány mit der teuren Fähre herüberholen wollte.

Es blieb ihr nichts anderes übrig, als das Zeug eigenhändig mit der Karre vom Fleck zu bewegen.

Die Einheimischen transportieren nichts für sie.

Fragen traute sie sich nicht mehr, weil alle sagten, komm nächsten Monat wieder, Teres, jetzt habe ich wegen der vielen Arbeit keine Zeit.

Sie haben andere Fuhren.

Wir kommen gar nicht nach, so viel ist zu tun.

Immer liegt uns die Teres in den Ohren, obwohl wir ihr sagen, dass wir mit unserem eigenen Kram zu tun haben, mehr als genug.

Dazu sagte der Mann aus Bogdány, er scheißt auf die alle, das sind keine Fuhrleute, er scheißt auf ganz Bogdány.

Wenn er auf Bogdány scheißt, warum scheißt er bei uns nicht darauf, was sie über ihn redeten.

Er hört es gar nicht.

Wenn die Nichtsnutze zahlen, dann hört er es.

Er lebt nicht von Himbeeren, sondern von Fuhren.

Dann musste die Teres auch noch die Fährleute bezahlen, dass sie ihren Fuhrmann mit seinen Pferden herüberbrachten.

So eine Karre machte immer der Schmied, auf Bestellung. Solange wir einen Schmied hatten, kauften wir sie nirgendwo sonst. Als noch große Schiffe gebaut wurden, hatten wir bis zu vier Schmiede gleichzeitig. Keiner von ihnen verhungerte. Ohne Schmied gibt es keine solche Karre. Die machten nicht nur Nägel, kleine und größere Tischlernägel, Zimmermannsnägel, sondern auch Pflüge, Sägen, Meißel, Mistgabeln, Hacken, Spaten, Schaufeln, große, lange Stemmeisen, die die Maurer Beißel nennen, Klammern für die Zimmerleute, von denen auch die Schiffszimmerer viele brauchten, dann Brunnendeckel, Brunnenketten, Haken für die Eimer, die Achse für die Trommel des Brunnenseils, ich kann dir gar nicht alles aufzählen, was die alles machten.

Hufeisen, Trensen, Steigbügel, Torscharniere, Fensterscharniere, Torschlösser, all das machten die Schmiede.

Die Werkstatt von dem letzten Schmied ist noch vorhanden, am Beginn der Uszályos utca, jeder, der dort vorbeigeht, kann sie sehen.

Am Donnerstag letzter Woche haben die Hrutkas sie dem Sohn vom Zwerglein übergeben, diesem Schrat von einem Bäcker, soll er dort schlafen, wenn er sich das so wünscht, er zahlt dafür, weil er immer Nachtschicht hat, seine Mutter, das Zwerglein, soll ihn nicht jeden Vormittag aufwecken, wenn sie Feuer macht, um zu kochen, und grässlich laut mit Töpfen und Wassereimer herumhantiert.

Die alte Werkstatt steht zwischen dem Haus vom Zwerglein und dem von den Hrutkas.

Wenn manchmal im Winter dieser Hamza zu ihr kam, der Lehrer zu der Teres, dann redete er mit ihr, bis es dunkel wurde.

Obwohl sie genau wusste, von wo der Wind wehte.

Der Hamza kam nicht, weil er sich langweilte oder etwas von den Nussbuchteln bekommen wollte. Die konnte sie so leicht und fluffig machen, dass sie ihr sogar selbst gefielen. Der Pfarrer, der Mátyás Tölösy Tóth, hatte den Hamza zu ihr geschickt. Nicht genug, dass er jeden Montagvormittag selbst kam, um ihr zu erzählen, was er am Sonntag alles gepredigt hatte, über welche Stelle der Heiligen Schrift, auch diesen Hamza halste er ihr auf mitsamt seinen berühmten Bibelworten, jetzt am Donnerstag würden sie in der Bibelstunde diesen und jenen Vers auslegen.

Wen interessiert verdammt noch mal, was der Mátyás Tölösy Tóth in seinen Predigten erklärt.

Man will sie irgendwie überzeugen, dass sie am Sonntag in den Gottesdienst gehen soll, jetzt aber wirklich.

Sie sah diesen Hamza groß an, was zum Kuckuck will der mit den Bibelstellen.

Soll er lieber heiraten.

Alle wissen ja, wer im Winter bei ihm war.

Also, den letzten Schmied, den alten Hrutka, haben sie unter Väterchen Rákosi nach Dunapentele gebracht.

Wenn Sie verstehen, was ich meine.

Sagen Sie nur, erzählen Sie, natürlich verstehe ich.

Gar nichts verstehen Sie. Damals waren Sie noch ein Kind, wie sollen Sie da verstehen. Wozu einem Lehrer was erzählen.

Aber was ich wusste, wusste ich, so ein kleiner Dummkopf war ich nicht, dass ich nicht verstanden hätte, was um mich herum geschah.

Aus was für einer Familie stammen Sie.

Weil sie wollte von dem Hamza wissen, ob er ein Jude ist.

Mein Name ist türkisch, doch ehrlich gesagt weiß ich nicht, aus was für einer Familie ich stamme.

Dann sind Sie sicher im Waisenhaus aufgewachsen.

Nicht ganz, ich bin als Säugling zu Pflegeeltern gekommen, auf ein Gehöft, aber reden wir nicht von mir, erzählen Sie vom Hrutka.

Im Morgengrauen kamen sie ihn holen, so war die Geschichte mit ihm, sie trommelten an der Tür, Hrutka, Hrutka, es passiert Ihnen nichts, machen Sie auf.

Weiter ist nichts passiert, glauben Sie mir, weder ist die Werkstatt eingestürzt, noch ist er lebend zurückgekommen. Er ist in Dunapentele an der vielen Arbeit gestorben.

Dort ist der alte Hrutka auch begraben.

Der Winter war schwer, die Hrutkas konnten nicht zur Beerdigung kommen.

Der jüngere Hrutka arbeitete da schon in der Fotochemiefabrik.

Die armen Teufel hätten aus dem Drecksnest Dunapentele die großartige Stadt Stalins machen sollen.

Ob er es wollte oder nicht, sie luden auch die ganzen Werkzeuge von dem Hrutka ein. Sie nahmen seinen Blasebalg mit. Sie hatten dort keinen Schmied, in diesem, Verzeihung, Scheißdunapentele, vielleicht einen.

Die brauchten eine Menge Schmiede für ihre Stalinstadt.

Sie nahmen auch den Schmied von Pócsmegyer mit.

Der Reihe nach sammelten sie alle Schmiede ein, so war es diesen Geheimdienstlern aufgetragen.

Sie luden auch den Schmied von Pomáz auf.

Zusammen mit ihren Ambossen wurden sie auf der Ladefläche nur so durcheinandergeworfen. Sie waren völlig erledigt, als sie mitten in dem vielen Eisen am nächsten Morgen in Dunapentele ankamen.

Selbst ihre Seelen hatten eine Erschütterung abbekommen.

So sehr sie auch um Wasser bettelten, halt, bitte anhalten, um wenigstens trinken und pinkeln können.

Bis Dunapentele gaben diese Kerle ihnen einfach nichts zu fressen.

Alle schrien ständig, anklammern, halt es fest.

Das schlägt mich gleich tot, verdammt, wenn du es nicht festhältst.

Immer weiter sind sie gefahren, es hat selbst die Scheiße aus ihnen rausgeschüttelt.

Dort in ihrem berühmten Dunapentele erwartete sie nicht Stalin, nicht die Stadt, sondern das große, stinkende Nichts. Daraus hätten sie eine Festung des Weltfriedens und das fortschrittliche Hüttenwesen oder was zum Teufel alles erbauen sollen, wie sie sagten.

Warum hatte sie die Hella nicht doch reingelassen, es hilft nicht, an den Hamza zu denken, wenn sie immer nur an die Hella denken musste.

Sie hatte sie wegen dem Aas Okolicsányi nicht reingelassen.

Damit die beiden nicht zusammen in ihrem Bett schlafen und ihr alles wegessen. Und sie kann dann vor Hunger verrecken.

Die ganze Nacht soll sie in der Küche hocken und zuhören, wie die in ihrem Bett rumvögeln.

Damals, in ihren jungen Jahren, als sie am frühen Morgen bei dem Schwaben um die Ecke bog, um rechtzeitig bei der Schiffsstation zu sein, damit die Köchin von Professor Hörömpöly ihre Eier und ihren Sauerrahm bekam, da war die Kastanienallee eine so neue Straße, dass sie noch gar keine Straße war.

Das war die Untere Straße, wir nannten sie Pflasterstraße, weil alle anderen ungepflastert waren.

Solche Sachen erzählte Teres dem Hungerleider Hamza über das Dorf, wie es früher war.

Aber er aß auch ihre Buchteln.

Sie buk ihm nicht nur Nussbuchteln, sondern auch welche mit Zwetschgenmarmelade. Keine großen, sondern schön viele kleine, um ihm den Rest mitzugeben, wenn er nach Hause ging.

Er hatte niemanden, der ihn bekochte.

Straßen waren bei uns damals das, was Wagen und Tiere breit getrampelt und festgestampft hatten.

Manchmal machte sie Nudeln für ihn, dazu ein bisschen Hühnergulasch, damit der Hamza was Anständiges zu essen bekam. Sie gab ihm Suppe.

Aber die eine war schon lange gepflastert.

Sie wusste, der Pfarrer hatte ihn geschickt. Es war bekannt, dass die beiden stundenlang im Pfarrhaus auf den

Samtstühlen zusammensaßen und unentwegt redeten und emsig in der Bibel blätterten, einander auf diese und jene Stelle aufmerksam machten, die ganze Zeit raschelt das feine Papier, sie sagen die Nummern und sprechen über die Apostel, die Kirchenväter oder über was zum Teufel, wer welchen wo findet, weil beide sind sehr gelehrt und verstehen sich verdammt auf die Textauslegung, was zum Henker Jesus Christus damals gedacht haben mochte.

Ob der Hamza sie wohl über seine Familie belogen hatte, auch darüber dachte sie viel nach, das musste er doch wissen.

Diese lausigen Zieheltern werden es ihm doch gesagt haben.

Das war die neue Poststraße, der Sechsklafterweg die alte. Der Vater des Bücherjuden, der alte Schleckmann, hatte die Rosskastanien zu beiden Seiten der Pflasterstraße eigenhändig gepflanzt.

Sie musterte den Hamza, was wird der über den Bücherjuden sagen, aber der sagte gar nichts.

Der Teufel soll den Scheißjuden holen.

Wenn der Hamza so geantwortet hätte, dann hätte sie sofort gewusst, wie er zu ihm stand.

Während der Hamza schon wusste, dass es sich gehörte, beim Dunkelwerden heimzugehen.

Wie gesagt, die Straße war so neu, dass es noch gar keine Straße war.

Aber das war nicht so, wie darüber geredet wird, glauben Sie denen kein Wort. Weil es war nicht mein Großvater, nicht der Vater vom Anti Várnagy, der Schiffsbauer Antal Várnagy, der die Äcker dem Bücherjuden und dem

Großvater vom Ritter Okolicsányi verkauft hat, dass sie dort ein Jagdhaus oder scheiß drauf was bauen und uns die ganze Saat zertrampeln.

So schneidig waren die Bücherjuden, als hätten sie die ganze Ernte persönlich ausgeschissen, Sie entschuldigen, dass ich mich immer so ausdrücken muss.

Die waren richtig dick miteinander, das kann ich Ihnen sagen.

Aber das Land ist dem Anti Várnagy schon vorher von der Wasserbehörde weggenommen worden.

Sein Sohn war der Tóni, mein Vater. Der Staat hat es sich angeeignet, bis zur Schiffsstation hat alles uns gehört, es wurde dann Staatsland.

Die schönen Obstgärten, die Äcker mit Goldkronenwert am Ufer, alles war weg.

Wir übernehmen das, damit Sie hier nicht zweimal im Jahr eine Überschwemmung haben. Sie müssten am Wasser entlang einen Damm errichten, sie würden sehen, nur Geduld, Widerspruch ist ausgeschlossen, denn die Ingenieure hätten das so ausgemessen.

Das ist königliches Land, eine königliche Schenkung, das kann uns der Staat nicht wegnehmen.

Es gibt keinen Staat, der es uns wegnehmen kann.

Sie können es mir glauben, wir sind einfache Arbeiter und kommen als Trupp. Wir machen das, was uns von der Leitung aufgetragen wird.

Ihr Gruppenführer hieß Marosi. Sie liefen immer dem Marosi hinterher, weil er ein Studierter war. Auch er war Lehrer, der Marosi, vielleicht haben Sie von ihm gehört, denn er war ein großer Kommunist, der Marosi, Kantor oder was zum Henker, trotzdem hatte er schließlich so eine

Stelle, denn er wurde Kommunist, und man warf ihn überall raus.

Wir arbeiten alle für das Wasseramt, königlich oder nicht königlich, wir wollen niemandem den Arsch aufreißen, glauben Sie mir.

So hat der Marosi mit meinem Großvater geredet.

Wo wir auch hinkommen, die Landwirte protestieren überall, sie mucken auf, wir sollen die Finger von ihren bestellten Äckern lassen, wir hätten kein Recht, dort herumzubuddeln, sie gehen mit der Heugabel auf uns los, aber wir müssen doch irgendwie Geld verdienen, um unsere Familie zu ernähren.

Sie haben doch sicher selbst Familie.

So schön redete der Marosi mit ihnen.

Er war ein so schön sanfter Mensch, Gott schenke ihm die ewige Ruhe, so habe ich ihn in Erinnerung, bestimmt ist er schon tot.

Wir sollen ihm glauben, es wird nicht anders sein, als es das Strombauamt von ihnen, den Proletariern verlangt.

Sie würden die Tricks, wie diese Ingenieure alles einfädeln, sehr gut kennen.

Zuerst enteignen sie unser Land, dann lassen sie es liegen, als hätten sie es vergessen. Später tragen sie es im Kataster als ungenutzt ein und verkaufen es für einen Pappenstiel an den, der ihnen passt.

Das ist nun mal so, seit die Welt diesen bösen Lauf genommen hat, da müssen Sie sich dreinfinden.

Damals schrieb mein Großvater seinen Brief an Horthy.

Daraufhin kam der Ingenieur in seinem Auto angefahren, schon im Hof ließ er lautstark Dampf ab, Várnagy, oder wie Sie heißen, gehen Sie uns nicht auf den Sack.

Wo gibt es hier einen König, Sie können sich einen backen, aber bis dahin gibt's keinen.

Seine Durchlaucht scheißt sozusagen auf Ihre Beschwerde. Seine Durchlaucht hat Ihren Beschwerdebrief direkt an die Gendarmerie weitergeleitet.

Sie können froh sein, dass ich gekommen bin, statt dass die Gendarmen Sie abholen.

Na, Sie werden uns erklären, wie man die Donau aufstaut.

Woher wollen Sie das wissen, Sie haben das nirgends gelernt.

Die Gendarmerie, seien Sie beruhigt, notiert sich alle Rebellen.

Mein Großvater ließ ihn nicht mal Platz nehmen, er kam gar nicht dazu, ihn aufzufordern, dieser Ingenieur brüllte immer nur.

Es wäre besser für Sie, sich mit dem Strombauamt zu einigen als auf die Gendarmerie zu gehen. Die, seien Sie beruhigt, die verprügeln Sie, ohne dass es Spuren hinterlässt, aber Ihren letzten Schnaufer haben Sie getan.

Sie werden ordentlich entschädigt für Ihr Land, reicht Ihnen das nicht, damit hat es sich dann mit Ihrem königlichen Land.

Er hieß Ómolnár, der Ómolnár aus Szekszárd.

Kaum war er hereingekommen, stellte er sich breitbeinig hin und brüllte uns an.

Hören Sie, Mann, brüllen Sie nicht herum, dies ist der Hof eines Adeligen.

Als hätten sie nicht gewusst, dass die Sache mit der Gendarmerie eine Erfindung war.

Sie wussten es.

Der Ómolnár hatte es aufgetischt, damit die Familie meines Großvaters einwilligt, in was der Ómolnár wollte.

Denn wenn Sie mir hier noch lange auf den Senkel gehen, dann kommen die Gendarmen, bei denen können Sie es machen.

Gibst du ihnen ein Amt, dann brüllen sie gleich mit dir, die Bauernlümmel.

So redete der Dahergelaufene mit einem Adeligen.

Es war so, wie ich sage, verflucht, dieser Ómolnár hat uns alles abgeknöpft.

Er wusste, was er tat. Einen Scheiß bauten sie den Damm.

Der Marosi hat es meinem Großvater vorhergesagt. Er hat uns nichts von der Wahrheit verschwiegen.

Deshalb hatte man ihn auch feuern müssen aus seinem Lehreramt.

Ums Künettegraben reißt sich niemand, da wird man nicht gefeuert.

Unser Land am Ufer gaben sie dem Bücherjuden für ein Nichts, diesem Ottokár Schleckmann oder wie der hieß, und dem Großvater von dem Okolicsányi, der noch gar kein Ritter war, erst aus seinem Enkel haben sie einen großen Ritter gemacht.

Womit er für den Horthy so ein großer Held geworden ist, dass der ihn in den Ritterstand versetzte, das versteht kein Mensch.

Während die armen Schlucker an die Front gehen.

Mein Elemérchen war noch keine sechzehn, als er eingezogen wurde. Sie brauchten Helden, Himmelarsch, wen holen sie sich da, wenn nicht die Bauern. Und der Okolicsányi darf im warmen Bett ein Held sein.

Der Lehrer Hamza, der den uferlosen Erzählungen der Teres Várnagy zuhörte, während es in der Küche langsam dunkel wurde, draußen aber noch blaue Helligkeit herrschte und sie einander nur deshalb sahen, weil der blinde Spiegel noch etwas von diesem Blau auf sie zurückwarf, der Lehrer Hamza hatte den deutlichen Eindruck, dass sie die geschichtlichen Epochen durcheinanderbrachte.

Sie mussten die guten Äcker doch selbst dem Bücherjuden verkauft haben, wenn auf den Stirnseiten der Jagdhäuser das Errichtungsdatum stand.

Und wo war damals der Ritter Miklós Horthy von Nagybánya, er diente irgendwo am Wiener Hof als Flügeladjutant, wenn er überhaupt schon dort war.

Später mochten irgendwelche anderen Ufergrundstücke enteignet worden sein.

Doch der Hamza disputierte nicht darüber, er bedankte sich für Suppe und Nudeln und ging, bevor es in der klirrenden Kälte vollständig dunkel geworden war.

Teres merkte sich immer, wann, an welchem Punkt er am Freitag gegangen war, und setzte dort beim nächsten Mal fort.

Höchstens im Bett der Baroness Ortvay hat der schneidige Okolicsányi Heldentaten vollbracht.

An der Front war der nicht, das tät ich wissen.

Sollen die Habenichtse an die Front, die dreckigen Bauernschädel.

Hamza dachte vor allem darüber nach, warum die Teres Várnagy die geschichtlichen Epochen durcheinanderbrachte.

Ich kenne die, ich weiß, was das für Leute sind, keine Angst.

Schließlich wurde der Damm nur von der Schiffsstation abwärts gebaut.

Der Marosi hat es gleich gesagt, wie die Ingenieure bei uns scheffeln.

Várnagy hätte dem Juden um keinen Preis Land verkauft. Auch dem Okolicsányi nicht, für das, was die geben wollten, bestimmt nicht.

Der ist auch nicht länger im Adelsstand als wir, hören Sie mal.

Die Hella Ortvay hat für mich in den Annalen nachgesehen, wo alle Familien drinnen sind. Kein Adeliger verkauft königliches Land. Wenn er es nicht braucht, gibt er es dem König zurück, das gebietet die Tugend.

Das vom König geschenkte Land gehört ihm, auch wenn er es dir gegeben hat und du es bestellst.

Da konntest du noch so viel reden, der Ómolnár aus Szekszárd hat es nicht verstanden mit seinem Bauernschädel.

Die Várnagy haben dieses Land direkt von König Béla erhalten und hätten es um keinen Preis verkauft.

Auch Kornél Mirák hat etwas von diesem Land bekommen, vom Land des Königs, als er Hofmaler wurde.

Ich kann das gar nicht glauben, ich habe es nie geglaubt.

Was zum Teufel braucht ein ungarischer König an seinem Hof einen Maler, der Wasserenten und vertrocknete Weiden malt.

Und alle möglichen Mädchen und Jungen, nur sollen sie alle nackt sein und ihre kleinen Titten und ihren kleinen Pimmel zeigen.

Dazu reichte der Verstand von dem Mirák.

Er hat bei uns die Obstbäume fällen lassen.

Seine Stellung bei Hof verlange es von ihm, seine hohen Gäste in würdiger Weise zu empfangen.

Dann können deine Gäste das Dingsbums von den nackten Mädchen betrachten, du berühmter großer Kornél Mirák.

Bei uns zu Hause haben alle geweint.

Der dreckige Mirák ließ den Marosi die Bäume fällen, obwohl diese Bäume von János Mathiász' Leuten gepflanzt worden waren, alle mit veredelten Setzlingen aus Kecskemét.

Nicht einmal das tote Holz interessierte den Mirák. In Pomáz hätte es sicher ein Tischler gekauft. Dort gab es so viele Schwaben wie Tischler, und alle zahlten gutes Geld für Nuss- und Kirschholz.

Soll man es verbrennen, obwohl es doch so wertvoll war, das viele Kirschholz.

Von ihm aus könne man es auch den Tischlern von Pomáz geben. Er sei kein Holzhändler, sondern Künstler.

Wäre es gutes Holz, dann würde er damit schnitzen. Er habe schon lange nicht mehr geschnitzt, er sehnt sich geradezu nach ein bisschen Holzschnitzerei.

Er habe es sich angesehen, alles morsch.

Deine Großmutter ist morsch, du Klugscheißer.

Wir haben dann gesehen, was er schnitzt, nackte kleine Mädchen aus schwarzem Holz, ihre Muschis schnitzt er.

Mit Holz von Obstbäumen heize er nicht, er wolle ja nicht jede Menge Pech in seinem neuen Schornstein und seinem neuen Kamin haben. Für seinen Kamin lasse er Eiche aus dem gräflichen Wald bringen.

Der war nur auf die Mädchen aus.

Und die Mädchen gingen zu ihm, keine Angst, sie hoben ihr Röckchen, streckten ihre kleinen Titten raus, und wenn sie es gut machten, bekamen sie zwanzig Kreuzer.

Wenn du fünfmal kommst, hast du eine Krone. Damit lockte er sie zu sich, die kleinen, rolligen Dinger.

Hör mal, sagten alle, mit zwanzig Kreuzern verführt er sie.

Hast du auch einen Schlüpfer an.

Der Mirák wusste, denk bloß nicht, dass er es nicht wusste, dass ihnen die Mütter sommers nie Schlüpfer anzogen.

Er berührte sie, ihre kleinen Kräuselmösen, der konnte seinen Trieb nicht zügeln.

Sie stritten es ab, zitterten und weinten zu Hause, er habe sie überhaupt nicht angefasst.

Sonst wären sie sofort weggelaufen.

Damit er ihnen nichts antut.

Der Mirák hat sie nirgends angefasst.

Nicht nur, dass er sie anfasst, wurde überall geredet, er steckt ihnen auch noch den Finger rein.

Die Mädchen heulten, der Vater soll sie nicht schlagen, der Mirák hat das auf dem Bild nur erfunden, sie haben nichts hochgezogen, sie hätten ihre Titten um keinen Preis hergezeigt, die Bluse nicht abgestreift, sie mussten nur ordentlich auf dem kleinen Stuhl sitzen, damit er sie sah und betrachten konnte, er hat ihnen nichts reingesteckt.

Setz dich hin, Kleine, so wie in der Schule. Tu das Ärmchen hierhin, das Füßchen stell dorthin. Er hat sehr lieb mit ihnen geredet, weiter hat er nichts gesagt.

Weil den Mirák konnte man gar nicht anreden, wenn der beim Malen oder Holzschnitzen war.

Da kannst du ihn noch so verteidigen, der hat es auf die jungen Mädchen abgesehen, ich weiß es.

Er steht am Ufer, hört nichts, sieht nichts, streckt den Arm aus, misst was weiß ich mit dem Bleistift, deinen Gruß bemerkte er nicht, tritt einen Schritt vor, einen zurück, als ob er taub wäre.

Auch die Mütter bekamen ihr Fett ab.

Dass du nicht genug Hirn hast, nach deiner Tochter zu sehen. Wie kannst du ihr das erlauben, du Schafsnase. Für zwanzig Kreuzer geht deine Tochter zum Mirák, und im Wirtshaus lachen alle über mich.

Ich ziehe eine Nutte mit Bockschein auf, und meine Frau ist auch so eine.

Das Reden half nichts, die Mädchen gingen trotzdem alle. Wenn auch heimlich, der Vater soll bloß nichts davon wissen, aber die Mütter erlaubten es, dass sie immer wieder hingingen.

Wenn er ihre kleine Muschi anfasste, dann fasste er sie eben an, er nahm sie ihnen ja nicht weg. Und die zwanzig Kreuzer versteckten sie gemeinsam an einem sicheren Ort.

Hin und wieder kam der Diener vom Mirák zu den Eltern. Er bat seinen Diener, er solle ihm schnell von irgendwo ein Mädchen bringen.

Er kann sie ruhig mitnehmen, sie hat sowieso nichts zu tun, das brummten meist auch die Väter, wenn der Diener sie holen kam.

Sie fürchteten, wenn sie die Tochter nicht hergeben, wird der Diener das gleich dem Mirák sagen, und der wird böse auf sie sein.

Was gewinnt man, was verliert man, das war immer die Frage.

Sie wussten es selbst, der Mirák steckt seinen Finger nirgendwohin, so ein Ehrenmann vom Scheitel bis zur Sohle.

Teres vergab ihm trotzdem nicht. Wenn er es nicht auf ihre Muschi abgesehen hatte, wozu malte er sie so oft. Während sie unter den ausladenden Kastanien die Karre schob, nörgelte und jammerte sie wie sonst auch unablässig vor sich hin, grantelte über alte Sachen, was der Mirák doch für ein Dreckskerl ist, ob er nun seinen Finger irgendwo reinsteckt oder nicht. Das war kein richtiger Ehrenmann. Er hat nicht nur ihre schönen Obstgärten vernichtet, er war auf junge Mädchen aus, um ihre gewölbten Muschis zu zeichnen. Immer wieder sagte sie sich das, obwohl es den Mirák schon längst nicht mehr gab. Nicht nur er, auch seine beiden stattlichen Söhne waren tot, und die Mädchen, wenn sie nicht schon auf dem Friedhof ruhten, waren uralte Frauen.

Der ältere Sohn von dem Mirák ist an einer Krankheit gestorben, der jüngere an der Front verschollen.

Nun regte sie sich über dieses Wort auf, verschollen.

Mir soll keiner sagen, dass er verschollen ist, mir nicht.

Der Magen schien sich ihr umzudrehen, die ganze Welt mit ihr Kopf zu stehen, so erbost war sie, wenn jemand das Wort verschollen auch nur aussprach.

Der Arme ist an der Front verschollen.

Sogar das Wasser gibt Ertrunkene wieder heraus.

Irgendwo ist er vor Schmerzen verreckt, unter einem Strauch, da seine Hand, dort sein Bein, ihr habt ihn nur nicht gesucht, ihr habt nicht die Seelenstärke zu sagen, vielleicht lebt er ja noch.

Sie zeterte ihrem Sohn was vor, dem Elemér, wenn wenigstens du nicht verschollen sagen würdest.

Er tröstete sie mit sanften Worten, sie solle ruhig sein, sie wisse es nicht, besser für sie, wenn sie es nicht wisse.

Ihr scheißt drauf, eure eigenen Kameraden zu suchen.

Was wird aus euch werden.

Gestern habt ihr noch gemeinsam getrunken und seid zu euren Huren gegangen. Und jetzt sagt ihr verschollen.

Es ging ihr nicht in den Kopf, warum sie das sagten.

Über den Vater von Elemérchen hieß es auch, der Lali Bokor ist verschollen. Den Teufel ist der Lali Bokor verschollen, seine großartigen Kameraden sind nicht nachsehen gegangen, wo der Arme verletzt liegt.

Ihr habt auf dem nassen Stroh herumgelungert.

Und er hat sich blutig im Schnee gewälzt.

Sag mir nie mehr, dass er verschollen ist.

Was hätten wir tun können, Mutter, wer hätte ihn suchen, wo hätte man ihn suchen sollen. Wo haben wir einen Kopf dafür in einem Sturmangriff, wir wissen nicht mal, wo wir sind. Woher zum Teufel wissen wir, wer getroffen ist und wer nicht.

Ihr habt euren Arsch im Warmen gehabt, ihr wisst überhaupt nicht, was geschehen ist. Besser, du hältst den Mund, Mutter.

Unterdessen quietschte der Karren, er rüttelte an ihrer Hand, lärmte unter dem Laub der Kastanien.

Ihr wart Kinder, ich weiß doch, sagte sie sich nach so vielen Jahren versöhnlich. Ihrem Sohn hätte sie das um keinen Preis gesagt, ihn tadelte sie und erzog ihn zum Guten ihr Leben lang.

Wenn niemand sonst es dir beigebracht hat, dann bringe ich dir bei, dass du mit deiner einzigen Mutter nicht so reden sollst.

Ich bin es, die dir Menschlichkeit beibringen muss.

Die alten Kastanien steckten über der Straße die Wipfel zusammen, sie geht wie durch einen grünen Tunnel.

Während sie an der anmaßend hohen Ziegelmauer vorbeizog, ach, wenn bloß niemand hineinsehen kann, schimpfte sie der Reihe nach auch auf die drei anderen dreckigen Miráks, wenn sie sich in ihren Gedanken schon so in Wut gebracht hatte, konnte keiner vor ihren Augen bestehen, erst nahm sie sich den Sohn des Hofmalers vor, einen Ingenieur, auch noch Ingenieur, gibt es denn nicht tausend andere Ingenieure, Gott soll euch Ingenieuren den Himmel auf den Kopf scheißen, erst unsern Besitz abmessen und ihn dann wegnehmen, dann war seine Witwe an der Reihe, die Marischka Mirák, die sie ganz besonders unausstehlich fand, in ihrem Zorn verfluchte sie sie mehrfach, weil ihr schon oft aufgefallen war, wie sie mit ihrem Korb am Arm in der Gegend herumstolzierte. Kaum dass sie im Frühling aus Pest gekommen ist, beginnt sie mit ihren Spaziergängen, sie bleibt an Teres' Gartenzaun stehen und reißt die herausstehenden Blumen ab, oder schnappt sich dreist ein paar reife Kirschen. Den Korb hat die Schamlose wohl deshalb dabei, um alles einzusammeln. Aber so, dass niemand es sehen soll, dabei haben es viele gesehen, ich auch. Wie hoch eine ach so fromme Katholikin ihre Nase tragen kann, aber die Hand soll ihr abfaulen, wenn sie sich nimmt, was ihr nicht gehört, meine Kirschen, die Äpfel. Auf der Straße unter fremden Bäumen Nüsse aufsammeln. Sie nahm sich Marillen bei irgendwem und hatte noch die Stirn, ihm zuzurufen, die paar Marillen wirst du mir wohl gönnen.

Das stimmt aber nicht, denn von überstehenden Ästen darf jedermann pflücken. Komm mir nicht mit diesen Vorwürfen. Ich kenne das Gesetz besser als ihr, da braucht ihr keine Angst zu haben.

An dieser Marischka Mirák verabscheute sie alles, ihre große, sonore Stimme, hier mein Liebling, da mein Augenstern, ihr Klang trug weit, sie brauchte ihre Stimme gar nicht zu heben, wenn sie am Graben trällernd Blümchen zu kleinen Sträußen band, um am Freitag den Altar damit zu schmücken.

Sie verabscheute Marischka Miráks weite, bunte Kleider, ihre blumengeschmückten, mit Plastikfrüchten und echten Weizenähren aufgeputzten Strohhüte, ihre wabbelnden Falten und ihr Doppelkinn, die im Mieder eingezwängten Brüste, von denen sie sich überraschend heftig abgestoßen fühlte, Himmelherrgott, was hat die Alte da herzuzeigen, die sind doch schon runzelig, was sie die noch in der Sonne brät, bis sie dann mit ausgesuchten Verwünschungen bei dem jüngeren Mirák angelangt war, dem kränklichen Enkel des Hofmalers, einem hässlichen, fettleibigen Junggesellen, der sich ebenfalls mit Malerei beschäftigte, doch ohne großen Erfolg, wie sein Großvater malte auch er Wasser, Uferweiden, Schilf, im Schlamm steckende Bootswracks, vom Wind zerzaustes Unkraut und Gestrüpp am Zaun, aber auch Margariten, Kornblumen und Klatschmohn oder sonst eine stinkende Scheiße, wer ist da neugierig drauf, wo das ohnehin jeder selber sehen kann, und dann wäre sie bei ihrer Schimpferei zu der schönen Nichte von dem Mirák übergegangen, zu der Piroschka, sie hätte gesagt, sagte es auch, dass die Piroschka von den nichtsnutzigen Weibspersonen in dieser Familie nichts anderes hat lernen können, als am Ufer auf dem Bauch zu liegen, Liebesromane zu lesen und mit den

Beinen zu schlenkern. Grade mal dieses Höschen hat sie an, auf der Brust ein zusammengeknüpftes Fetzchen, Gott im Himmel, so setzt sie sich den Männerblicken aus. Die Post-Rosi schafft es kaum, die ganzen Bücherpakete hinzutragen, so viele Liebesromane kriegt die zugeschickt. Sie lässt sich von dem Sohn vom Zwerglein den Hof machen, von dem Bäcker, als würden ihr die vielen geschniegelten Städter nicht reichen. Die kommen in Rudeln mit Autos, Booten, runter zum Ufer, rauf ins Haus, zum Teufel mit ihnen, Männer mit aufgetürmten Haaren, sie musizieren, singen, im heißesten Sommer am Lagerfeuer, wenn alles trocken ist und niemand sonst sich Feuer machen traut, ist ja ausgetrommelt worden, mit eigenen Augen hat sie gesehen, als sie die Gänse geholt hat, was die und der große Sohn vom Zwerglein am Ufer aufgeführt haben.

Vor aller Augen, Himmelherrgottsakra, doch in diesem Moment trat, den Korb am Arm, eine rote Geldbörse in der Hand, die Piroschka Mirák aus dem Tor.

Na du.

Sie war so verdattert, stand da doch tatsächlich die Piroschka Mirák vor ihr, über die sie so gewettert hatte, wie sie sich wieder hergerichtet hat, und muss denn der Geldbeutel aus rotem Leder sein, dass sie mit ihrer knirschenden und quietschenden Karre stehen blieb.

Wie vom Blitz getroffen.

Sie war ehrlich entsetzt, Herr Jesus, ob die Piroschka jetzt etwas gehört, etwas davon erfahren hatte, was sie dachte. Als hätte die Piroschka hinter der Ziegelmauer ihre Gedanken ausgehorcht – Gott im Himmel, was sie bei sich alles über die Leute redete.

Ob sie am Ende laut geredet hatte.

Sie begann an sich selbst zu zweifeln.

Ich bin so alt, dass ich laut heraussage, was ich denke.

Da stand dieses gut gewachsene, kräftige Mädchen in ihrem frisch gewaschenen, gestärkten und perfekt gebügelten Sommerkleid vor ihr, den berühmten Korb der Marischka Mirák am Arm, mit dem diese herrenlose Gewächse einsammelte und alles Mögliche zusammenklaute, und strahlte sie mit ihren dunklen Augen an.

In Gedanken hatte sie sie nicht so gesehen, sondern ganz anders.

Gib, o Herr, dass ich, solange ich nicht verreckt bin, bloß nichts laut sage.

Aber gleich war ihr klar, den Herrn bittet sie vergeblich um irgendetwas, sie hat ihre Seele schon verspielt.

Piroschka stand auf weißem Grund im grünen Dschungel der Blumenranken, mit dem strengen Haarknoten im Genick, und lachte Teres an wie ein unschuldiges Kind.

Sie hatte sich einen Knoten gemacht, der kein einziges Haar in Freiheit ließ.

Soll das dreckige Bürschchen verrückt werden nach ihr.

Ich habe dich gesehen, als du keine solche Altarheilige warst, Himmelherrgott.

Still floss die Galle aus ihr heraus, denn laut würde sie niemals so reden mit vornehmen Leuten.

So lammfromm und beflissen ist diese Piroschka, ewig läuft sie zur Messe, wie die ganze papistische Bagage.

Wie hätte sie es wagen können, sich beim Reden von ihrem Jähzorn mitreißen zu lassen.

Lieber stieß sie einen lauten Seufzer aus, mein Gott, Piroschka, Jesus verlass mich nicht, was in aller Welt hast du mit deinen schönen Haaren gemacht, Mädchen.

Sie ließ der Piroschka Mirák keine Zeit zu antworten.

Sie redete ohne Punkt und Komma, was hast du mich überrascht, Piroschka, ich komme aus dem Staunen nicht mehr heraus.

Piroschkas Heiterkeit tat das keinen Abbruch, Teres könne es ihr glauben, ihr Haar lässt sich nicht einfach ausbürsten, sie hat viel Arbeit damit gehabt, es nach dem Waschen so aufzustecken.

Sie hat nicht abgewartet, bis es trocken ist, so passt es besser unter die Badehaube, wenn sie in die Donau steigt.

Du bist doch keine alte Jungfer, du bist nicht die Hedvig Szálfa, wie die Lehrerin in der katholischen Schule geheißen hat, das weißt du doch oder auch nicht, wie kannst du deine schönen Haare nur so tragen.

Wie schön die Piroschka auch war, sie sah, dass sie reden konnte, was sie wollte, die verstand einfach nicht.

Ich kann sie ja nicht jeden Tag waschen, Teres, womit die Piroschka natürlich meinte, dass sie jeden Tag zur Donau schwimmen ging, oder sogar mehrmals täglich, morgens und abends sicher, wenn sie nicht den ganzen Nachmittag am Ufer mit Lernen zubrachte, nicht hier, sondern am großen Donauarm, und dann konnte sie sie nicht Tag für Tag mit Shampoo waschen, wenn sie nur so ein bisschen eintauchte oder bis zur Schiffsstation hinunterschwamm oder in der großen Donau bis zur Fähre, aber das alles konnte wiederum Teres nicht verstehen.

Teres stieg niemals in die Donau.

Höchstens bis zu den Knien, wenn sie wegen der Gänseküken hineinwatete. Wenn sie Küken hatte, damit sie in der Strömung nicht abtrieben.

Einmal hatte sie Hella in Wien in ein großes Waldbad

begleitet, doch auch dort war sie nicht ins Wasser gegangen.

Jemand könnte sehen, wenn sie sich auszog.

Wenn sie wegen der Küken doch ins Wasser musste, raffte sie den Saum von Rock und Unterrock. Sie konnte nicht wissen, dass langes Haar vom Donauschlamm auch nach einmaligem Eintauchen so verklebt, dass es sich nicht mehr kämmen lässt.

Warum muss so ein schönes Mädchen in der stinkenden Scheiße schwimmen.

Doch Piroschka befand sich in einem Lebensalter, in dem die Städterinnen die wildesten Experimente mit ihrem Äußeren anstellen. Als hätten sie nicht auch so vollauf zufrieden sein können.

Was sehen lassen, was verstecken. Das Detail auf Kosten des Gesamtbilds, oder ein Ganzes bilden aus welchen Details. Diese wichtigen philosophischen Fragen stellt und löst niemand für sie. Ihr kam gar nicht in den Sinn, dass jemand sich einmischen oder eine Meinung dazu äußern könnte. Nicht einmal der eigenen Mutter hätte sie einen Kommentar zugestanden. Die Mutter war natürlich klug genug, um den Mund zu halten. Die Welt, in der eine Mutter sich in irgendetwas hätte einmischen können, gab es nicht mehr. Öl ins Feuer. Mit ihren Bemerkungen wollte sie nicht provozieren, dass ihre Tochter in Sachen Kleidung und Frisur noch radikaler wurde. Von ihr hatte sie dieser Dinge mit Sicherheit nicht gelernt. Doch die maßgeschneiderte bürgerliche Welt gab es nicht mehr. Bestenfalls konnte sie ganz allgemein von der Tiefe des Dekolletés sprechen. Doch kein Wort darüber, bei welcher Gelegenheit Deux-Pièces und wann Une-Pièce angebrachter wäre. Über die Qualität des Büstenhalters und des Strumpfhalters konnten sie sich verständigen. Vorsicht bei der Grundfarbe des Puders, die Schminke gerade nur erwähnen, über die untadelige Beinlänge von Shorts maximal ein hingeworfenes Wort, hin und wieder dann doch ein unvorsichtiger Ausruf, nur nichts Durchsichtiges, *unerhört*, um Himmels willen, höchstens ein paar Worte über die Depilation von Waden und Achselhöhlen, wer hat schon von Bikinis gehört, ich nicht, noch vorsichtiger über die zum Anlass passende Rocklänge, über Plissees, Falten, Revers.

Und jetzt wollte ihr diese Teres, von der sie kaum etwas wusste und die sie respektvoll angeredet hatte, bei ihrer Frisur dreinreden, und sie musste auch noch höflich bleiben.

Als Kind, als Teres noch Kühe hatte, musste sie manchmal zu ihr hinüberlaufen, um Sauerrahm oder Sahne zu holen.

Über die Ungezwungenheit von Teres hatte sie sich immer ein wenig gewundert.

Die in ihren Kreisen mit eindeutig verurteilender Schärfe Direktheit genannt wurde.

So viel Ungezwungenheit kann sie sich wirklich nicht erlauben.

Es war wie der Blick in eine fremde Welt, wo die Vögel mit menschlichen Stimmen sprechen.

Vom Hörensagen wusste sie, es wurde ja seit ihrer frühesten Kindheit jeden Sommer wiederholt, dass diese von Arbeit und Sonne gezeichnete Teres, die kam und ging, von der man Sauerrahm holen musste, ein gefallenes Mädchen, du lieber Himmel, eine ledige Mutter war.

Eine schickliche Anrede für sie gab es nicht. Doch man musste sich auch vor ihrer Zunge hüten, in Wirklichkeit war sie eine böse alte Hexe.

Als Piroschka sie so ansah, fiel ihr auf, wie mager sie war, dass es nicht das Alter war oder von Natur aus, sie fragte sich, ob das nicht eine Krankheit war, ob man sie nicht zum Arzt schicken sollte.

Ich laufe, entschuldigen Sie, Teres, gerade haben wir Bescheid bekommen, das Fleisch ist da.

Was für Fleisch denn, meine Süße.

Piroschka wäre mit keinem Wort mehr aufzuhalten gewesen.

Das ist es, ich weiß nicht, was für ein Fleisch gekommen ist.

Rindfleisch, hoffe ich.

Wenn nicht, mache ich Karkassensuppe

Doch trotz der großen Eile schwieg Teres nicht, sie wollte Piroschka im Gespräch halten, wegen ihrer Schönheit wollte sie sie zurückhalten, wegen ihres Duftes, um sie noch ein wenig anzusehen, auch deshalb, weil sie fast vor Freude zersprang, dass die Frau Fabius mit ihrem verkrüppelten Kind kam und sie mit dem Putzen fertig geworden war. Sie redete noch weiter, als Piroschka sich schon im Laufschritt entfernte, sie rief ihr nach, als könnte sie aus fremdem Leben wieder Kraft schöpfen.

Da tut man ordentlich viele Nudeln rein. Die mache ich erst, wenn mein Sohn heimkommt, der Konditor.

Fast hätte sie ausgerufen, die Frau Fabius kommt, um ihre Freude zu teilen.

Aber dann tat sie es doch nicht, vielleicht weil Piroschka das verkrüppelte Kind sehr gerne mochte.

Wir tun viel Petersilienwurzel rein, Nudeln nicht, Piroschka rief es schon im Laufen. Als hätte sie Grund zur Freude, dass sie ganz gewiss keine Nudeln hineintaten. Doch sie wollte nicht den Anschein wecken, dass sie vor Teres flüchtete, deshalb rief sie zurück, obwohl sie wirklich vor ihr flüchtete.

Meine Mutter meint, Karkassensuppe muss weiß sein, Petersilienwurzel, Kohlrabi, Sellerie. Wir schneiden sie nicht, wir reiben sie.

Und damit lief sie endgültig davon in ihrem buntgeblümten Kleid.

Beim Umwenden wirbelte es nur so, einmal rief sie dann doch noch zurück, sie wollte unbedingt weiter freundlich zu Teres sein, wir reiben ein wenig Zitronenschale hinein, mit Eigelb und schön viel Sauerrahm verlängern.

Mit keinem Wort hätte sie Teres verraten, dass es einen bedeutsameren Grund für die Eile gab, denn vor dem Weg zum Fleischer musste sie noch den Sohn vom Zwerglein von der Uszályos utca zu Pater Jónás begleiten, in die Pfarrei, denn allein wäre er nicht dorthin gegangen.

Ein großes Geheimnis war das nicht. Der junge Mann bestand darauf, dass sie ihn nicht nur bei Pater Jónás anmeldete, sondern ihn auch hinbegleitete, dann erst würde sie zum Fleischer, zum netten Herrn Maracsek laufen.

Von wo zum Teufel soll ich eine Zitrone hernehmen, Mädchen. Einen Pferdeapfel tu ich dir rein in deine Scheißkarkassensuppe.

Zum Teufel mit der ihrer Karkassensuppe, brummte sie weiter vor sich hin, und schob die knirschende Karre weiter die Straße entlang.

Immer wieder vergaß sie, das Radlager zu schmieren.

Wo soll sie Maschinenöl herbekommen, wenn ihr Sohn es immer nur verspricht, aber nie welches bringt.

Bring mir Maschinenöl mit, Junge.

Schon wieder hast du das Maschinenöl vergessen.

Bis zur Schiffsstation nörgelte und jammerte sie vor sich hin, über die Zitrone und das Maschinenöl, das ihr Sohn immer nicht mitbrachte und von dem sie reichlich in die weiße Karkassensuppe von der Piroschka Mirák reintun würde.

Und weiß soll sie sein, weißer Herrgott noch mal. Wie wütend wäre sie erst gewesen, hätte sie gewusst, dass am Eingang der verlassenen Werkstatt des verstorbenen Hrutka der Sohn vom Zwerglein in der Mittagssonne auf die Piroschka wartete.

Piroschka musste gar nicht in die Uszályos utca einbiegen. Der junge Mann tat sogleich so, als hätte er bis dahin den Gehsteig vor der Werkstatt gefegt und gerade den Besen aus der Hand gelegt, weil er inmitten des eifrigen Fegens zufällig die Piroschka bemerkt hatte. Obwohl er schon gut eine Viertelstunde zwischen Unruhe und Hoffen schwankend auf nichts anderes als auf ihr Eintreffen gewartet hatte, dass sie endlich um die verdammte Ecke biegt, und als es plötzlich so weit war, musste sie gar nicht in die Straße einbiegen. Sie winkte unschuldig von der Ecke, komm, komm, beeil dich.

Der junge Mann fand die Geste äußerst verletzend. Ihn soll niemand zu sich winken. Nicht einmal sein Chef winkt ihn zu sich. Ihm soll niemand blöd kommen. Beeilen soll er sich, gottverdammter Scheiß. Zugleich schwamm er in unbeschreiblichem Glück, dass Piroschka ihn doch noch abholen kam.

Seit dem frühen Morgen hatte er nichts anderes getan

als dauernd zu wiederholen, sie wird sicher nicht kommen, er soll nicht so aufgeregt sein, ein so schönes Mädchen aus so einer Familie, warum soll die zu ihm kommen. Aber sie soll doch kommen, und so machte er sich in der verlassenen Werkstatt vom Hrutka, seinem neuen Quartier, in glücklicher Erwartung bereit.

Sie hatten ihm eine Liege hineingestellt, auf der kann er schlafen.

Allerdings ängstigte er sich, was soll er nur machen, falls sie doch kommt.

Sie hat es nur so gesagt, sie kommt ohnehin nicht.

Na, dann verfickt, sie kommt nicht, auf der Liege kann er sie sowieso nicht flachlegen.

Er wird ohnehin ausspionieren, wer diese Frau vögelt. Wenn ich es nur einmal sehe, weiß ich gleich, was tun.

Die Liege hatte ihm der Kneipenwirt gegeben, der Tolvaj, er sagte zum Zwerglein, kommt, nehmt sie mit, wenn ihr sie brauchen könnt, zu zweit ist sie leicht zu tragen, er braucht das Ding sowieso nicht, er gibt ihnen die Karre, wenn sie es nur fortschaffen.

Die verfickte Küchenliege, auf der die Großmutter vom Tolvaj gestorben war, wurde sein Bett. Sie hatte im Schuppen vom Tolvaj gestanden, sie hatten sie aus der Küche rausgebracht, damit sie nicht im Weg war. Im Morgengrauen war er auf der Liege hochgeschreckt, hatte sich gründlich rasiert, sich mehr oder weniger gewaschen. Zuerst spritzte er sich nur bis zur Hüfte nass, das Wasser in der Waschschüssel war gerade mal lauwarm, dann zog er die Hose aus und wusch alles.

Jeden Morgen nach der Schicht stellte er sich mit der Seife zu den anderen unter die Dusche. Er hielt sich wirklich sauber, der Meister soll da nichts zu klagen haben. Er soll nicht sagen, dass der Arsch von dem Bastard nach Scheiße vom Vorjahr stinkt. Im Sommer reichte es, wenn er ohnehin jeden Nachmittag beim Angeln in die Donau stieg, manchmal stand er bis zur Hüfte in der Strömung, auch der Sack soll in der Hitze nicht zu stinken anfangen.

Die anderen seiften einander den Rücken ein, in der Dusche wuschen Freunde sich gegenseitig gründlich ab. Er machte da nicht mit. Weshalb er das Gefühl hatte, sein Rücken sei nicht sauber, auch wenn er ihn mit Wasser abklatschte, seinen Rücken seifte keiner ein.

Er hätte gar nicht gewagt, wen zu fragen, wasch mir doch, verflucht noch mal, den Rücken.

Er hatte keinen Kameraden, er wollte auch keinen.

Er zog sich schön an, als wüsste er nicht, was ihn erwartete.

Als ginge er zu einem festlichen Ereignis.

Piroschka war überrascht von der jungenhaften Freude auf seinem Gesicht, als er auf sie zukam.

Dieses heutige Gesicht erinnerte sie nicht an sein früheres Gesicht, sie hatte dieses Gesicht noch nie gesehen.

Als sähe sie diesen ungehobelten und hinterhältigen, doch höchst ansehnlichen jungen Mann zum ersten Mal näher kommen, und es schien sie eine ungeheure Anstrengung zu kosten, seine verstockte Bösartigkeit und die Schönheit irgendwie in Einklang zu bringen, sie innerlich in irgendeine Beziehung zueinander zu setzen.

Sie hätte seine sichtliche Bewegtheit nicht mit irgendeiner Art von Freude erwidern können oder wollen. Schließlich ging es um seine seelische Gesundheit, um nichts sonst. Liebesempfindungen waren nicht angebracht. Und um ihm zu helfen, ihm möglichst nützlich zu sein, musste sie sich zuallererst vor ihm schützen. Von Júlia Sármány hatten sie gelernt, dass jegliche Art von Fraternisieren verboten war, schon aus beruflichen Gründen hatten sie in jeder Lage drei Schritte Abstand zu halten.

Sie konnten nicht wissen, was in der nächsten Stunde oder sogar im nächsten Moment passieren würde.

Besser die Kräfte der Finsternis nicht herausfordern.

Júlia Sármány blieb in jeder Situation unvoreingenommen, auch gegenüber ihren Lieblingsschülern. Auch ihr gegenüber, was Piroschka durchaus schmerzte.

Aus Júlias Blick sprach ein konstantes Maß an Empathie, professioneller Empathie, allenfalls daran, wie sie ihren Hals hielt, war abzulesen, dass sie das Bedürfnis nach emotionaler Beteiligung im Zaum hielt. Sie ließ nichts offen, auch bei ihren heikelsten Mitteilungen demonstrierte sie, dass sie sich niemals primären Emotionen überließ.

Die Technik, die gestische und mimische Zeichensprache zu deuten, hatten sie von ihr gelernt.

Genauso wie das Durchleuchten der Emotionen zusammen mit ihren Kontrapunkten und das Durchschauen und Sublimieren der eigenen Ambivalenz.

Irgendwelche Affekte und Emotionen zu zügeln würde nicht ausreichen, die Affekte müssen durch Reflexion im Zaum gehalten werden, nicht mit Gewalt, auch nicht mit dem Willen, nicht scheinheilig, nicht hinterhältig, sonst wird gleich eine Übertragung daraus, und dann entsteht eine gefährliche Konstellation. Aus der Perspektive des anderen eine Falle. Sie sagte nicht, dass es sich um eine tödliche Gefahr, eine Gefahr für das Leben oder eine Gefährdung handele, sie gestattete sich ostentativ keine Übertreibungen, sprach immer nur von großer Gefahr oder schwerer, erheblicher Gefahr. Malen wir nicht den Teufel an die Wand. Doch einige aus dem Jahrgang wussten, dass die waagrechte Narbe an ihrem Hals vom Taschenmesser eines tobenden Patienten stammte, und angeblich hatte sie auch eine auf der Brust.

An diesem Tag war der Sohn vom Zwerglein mit dem Gefühl erwacht, alles Frühere ist vergessen, ausgemistet.

Es mochte drei Tage her sein, da hatte er, während sie beide friedlich am großen Donauarm auf die Fähre warteten, Piroschka aufgewühlt von der dunkleren Seite seines Lebens erzählt, unaufgefordert, Piroschka hatte ihn nichts gefragt.

Seine unerwartete Offenheit fand sie eher erschreckend.

Wie komme ich dazu.

Inzwischen schien er seine schwerwiegenden Mitteilungen vergessen zu haben, was er alles geredet, ausgeplaudert hatte. Aber deshalb plagten ihn keine Gewissensbisse mehr. Von was sonst hätte er mit diesem Mädchen quatschen sollen.

Ich scheiß drauf, was ich geredet hab.

Was ihm nicht alles passiert ist.

Man muss sich auch mal ausquatschen. Und das war gleichsam die nachträgliche Erklärung dafür, was er mit dem elenden kleinen Hund angestellt hatte.

Und was er das nächste Mal machen wird, wenn er das verfluchte Vieh wieder in die Finger kriegt.

Was die Feriengäste den kleinen Köter alle verwöhnten.

Jemand ist in ihm.

Er hatte ihr vorgeprahlt, dass er nicht allein lebt.

Schallend ins Gesicht gelacht hatte er ihr.

Ich bin mir scheißegal.

In ihm ist der andere, der will es so.

Den soll die Piroschka kuranzen, den anderen.

Denn die Wahrheit war, dass niemand den Sohn vom Zwerglein bei seinem Namen rief, niemand erwähnte ihn, niemand begleitete ihn, und niemand hatte einmal wirklich mit ihm gesprochen. Es spielte keine Rolle, dass der andere in ihm war und andauernd mit ihm redete. Sie hätten gar nicht bemerkt, dass er kam und ging und den anderen mitnahm.

Auf der Straße grüßte er sie verhalten. Als wollte er sie gar nicht grüßen, aber in Ordnung, verflucht, grüßt er halt doch.

Von frühester Kindheit an hatte ihn das Zwerglein nachdrücklich ermahnt, dass man alle grüßen muss.

Seit seiner Geburt lebte er so, wir nahmen seine Existenz nicht zur Kenntnis, ob er grüßte oder nicht, das ist die Wahrheit.

Wohl deshalb fiel jedes Grüßen bei ihm so verhalten aus. So grüßte ihn von den Männern keiner zurück, was sollen sie so einen Scheißer grüßen. Er sagte guten Tag, als wolle er es sofort wieder zurücknehmen. Er hätte gar nicht vorhersagen können, wann eine Frau seinen Gruß erwiderte oder warum die Männer es nicht taten.

Doch beim Namen rief ihn niemand.

Bis heute kann bei uns niemand sagen, ob er seinen Namen früher gekannt hatte.

Es war ausgeschlossen, dass er auf der Straße, an der großen Fähre, auf dem Bahnhof von Kismaros oder sonst irgendwo jemand begegnete, mit dem er sich unterhalten konnte.

Komm mit, verdammt, heute Abend gibt es in Bogdány Tanz. Wer hätte das gesagt, er hatte keinen Freund unter den Burschen.

Selbst die eigene Mutter, die ihn mit ihrer Milch genährt hatte, das Zwerglein, sprach kaum mit ihm.

Warum hätte das Zwerglein auch so redselig sein sollen, in ihrem alten Haus, das ihr die Eltern vererbt hatten.

Nicht allein die Eindrücke im Säuglingsalter, sämtliche Bedingungen der pränatalen Entwicklung müssen uns klar vor Augen stehen, erklärte ihnen Júlia Sármány.

Das Konzept der pränatalen Phase beschäftigte Piroschka sehr, und sie hätte gern gewusst, warum das so war.

Das Bedürfnis nach Gesprächen war in dem jungen Mann einigermaßen wach geblieben und in jeder seiner Gesten spürbar, er sah ja, dass andere redeten und es Personen gab, die anderen zuhörten.

Weil es ihm an Gewissheiten fehlte, blieb seine Fähigkeit zu erzählen unentwickelt. Unter Ächzen und Stöhnen kamen die Sätze aus ihm heraus, sie stockten, blieben unvollständig, und er fing an einer anderen Stelle wieder von vorn an.

Piroschka nahm überrascht zur Kenntnis, dass sie einen körperlich gut entwickelten jungen Mann vor sich hatte, dessen Mimik und Gestik die eines Kindes waren, das viele Schläge hatte einstecken müssen und vielleicht auch heute noch geschlagen wurde.

Dabei hatte ihn seine Mutter nie geschlagen, Gleichaltrige fürchteten ihn, sie gingen ihm aus dem Weg, gebannt von seiner Ruhe und seinen Bärenkräften, machten sie einen großen Bogen um ihn. Lehrer, Meister, erwachsene Männer hatten ihn noch nie geschlagen.

Kaum war er ein bisschen größer, musste er schon auf seine Mutter hinuntersehen, hinuntersprechen. Und das Zwerglein hinaufsehen zu ihrem kleinen Sohn. Die physische Entfernung zwischen ihnen wuchs beständig.

Viel konnten sie nicht miteinander reden, so hinunter und hinauf, es lag etwas Lächerliches darin, dass es bei ihnen gerade umgekehrt war.

Zumindest kochte das Zwerglein jeden Tag für ihn, erbost, lärmend, mit ihrem ständigen kleinen Lächeln. Erbost wusch sie seine große Wäsche, aber nur, damit bei ihm alles ordentlich war und sie nicht verflucht noch mal ausgelacht wurden.

Sie sollen nicht sagen können, dass sie für ihren Sohn nicht kochte und wusch.

Das Zwerglein hätte nicht gedacht, wer hätte es ihr auch gesagt, dass man mit einem Säugling reden muss. Was zur Hölle gab es da zu reden. Auch mit ihr hatte die Mutter nicht geredet, die Mária Tolvaj, und sie hätte nicht gedacht, dass dieses Sprechen mit irgendwem für irgendwas gut war.

Nicht dass sie ihren Sohn nicht geliebt hätte.

Oder dass er die Mutter nicht geliebt hätte, wie zwergenhaft sie auch war.

Er folgte ihr mit seinem Lächeln, aber er wusste selbst nicht, dass er sich mit diesem in sich gekehrten Lächeln gegen das in sich gekehrte Lächeln seiner Mutter schützte.

Sie trugen dieses ewige Lächeln im Gesicht, es verschwand selbst dann nicht aus ihren Mundwinkeln, wenn sie etwas taten, das niemand von ihnen erwartet hätte oder das alle anderen erschrecken konnte.

Das abgrundtiefe Schweigen zwischen ihnen wurde zu einer eigenständigen Geschichte.

Solange das Zwerglein allein im ausgestorbenen Elternhaus lebte, hatte das Schweigen keine Bedeutung. Sowie das Kind aber größer wurde und von anderen irgendwie doch sprechen gelernt hatte, erhielt ihr beider Schweigen eine äußerst starke gefühlsmäßige und affektive Bedeutung, die nur sie beide in allen Einzelheiten verstehen konnten.

Das Zwerglein wusste, dass es ihren Sohn ungemein quälte, so eine Mutter zu haben. Sogar ihre Titten waren nicht normal groß, dabei hatte zum Kuckuck auch sie stillen müssen. Soll doch der Scheißgott den Himmel auf sie runterscheißen. Was soll das Gerede über meine Titten. Auch meine Mutter hatte kaum welche, trotzdem hat sie alle ihre Kinder gestillt, denn Milch hatte sie reichlich in ihren kaum vorhandenen Titten.

Du Kind Gottes, deines Gottes, weil meiner ist er nicht, was redest du, der Säugling trinkt nicht deine Titten, sondern die Milch. Große Titten hast du, Hirn aber nicht.

Aber in Wahrheit hatte das Zwerglein, die Mária Amália Bolog, wie klein ihre Titten auch waren, ihre eigene Mutter nicht ausstehen können. Darüber hatte sie mit ihm tatsächlich nichts zu reden. Es sprach für ihr untrügliches moralisches Empfinden, dass sie, verdammter Scheiß, sollen sie dem Kind sagen, was sie wollen, mit ihm auch dann nicht darüber reden durfte.

Das Zwerglein hätte ihrem Sohn nie gesagt, dass ihr jede Arbeit Schmerzen in den Gelenken bereitete, weil sie nun nicht nur zu den Fremden, sondern auch zu ihrem eigenen verdammten Sohn aufsehen musste.

Ständig musste sie auf irgendwas hinaufklettern, sich anklammern, um es zu erreichen, sie konnte nichts ordentlich machen. Sogar auf den Rand vom Plumpsklo musste man sie mit beiden Händen heben oder zum Blasen vor sich auf den Boden knallen.

Ihre Reizbarkeit, ihre ewige Wut stammte zum guten Teil daher, dass sie ständig zu ihnen aufsehen musste und körperlich nie zur Ruhe kam.

Es reichte ihr schon, aus dem großen Doppelbett aufzustehen, wo sie und ihr Sohn schliefen. Gleich war alles ringsum zu groß für sie.

Sie wollte nicht sehen, wie dieser Sohn jeden Nachmittag aus ihrem Bett kroch, sein Mittagessen stand schon auf dem Tisch, und dann zu seinem verfluchten Arbeitsplatz nach Vác fuhr.

Bei allem, was sie tat, musste sie sich ständig in die Höhe recken. Für sie existierte keine Welt, die nach ihren Gliedern bemessen wäre.

Dass sie einen Jungen geboren hatte, du Arsch Gottes, der für Häuser, Türen und Klinken die passende Größe hatte, erfüllte sie nicht nur mit Stolz, verdammt, so einen Jungen habe ich zur Welt gebracht, sondern auch mit mörderischer Wut.

Beides war so sehr ineinander verflochten, dass sie es nicht getrennt hätte empfinden können.

Morgens krabbelte sie so gut es ging aus dem Bett, manchmal nach nicht mehr als drei Stunden Schlaf, nur damit sie, wenn der Sohn von der Schicht kam, nicht aus der Nähe sehen musste, wie er sich die Kleider von seinem großen Körper zog und sich ins gemeinsame Bett legte, dazu stöhnte, ordentlich laut furzte, wie arschmüde er sei und dass die blöde Tochter von diesem Bandi Sudár eine ganze Ladung Butterkipferln verbrannt hat.

Beim Anblick des jungen Mannes, der im aufgekrempelten, weißen Hemd und dunkler Hose auf sie zukam, beschlich Piroschka das unangenehme Gefühl, sie habe sich vielleicht geirrt, sehr geirrt, als sie seinen psychischen Zustand überaus negativ beurteilt hatte.

Er ist ja ein zur Freude fähiger Mensch.

Sie schien nicht zur Kenntnis zu nehmen, worauf oder auf wen sich die Freude bezog.

Vielleicht stand es nicht so schlimm um ihn, wie sie vor einigen Tagen gedacht hatte.

Sie hätte zuerst Júlia Sármány konsultieren müssen, was zu tun sei. In ihre Abteilung hinaufgehen oder sie in der Juristischen Fakultät aufsuchen.

Wenn sie sich irrte, würde sie den jungen Mann in den Abgrund stürzen.

Nur keine Sorge.

Pater Jónás würde es ohnehin sehen, es ist ja alles in Ordnung, sie hat das nur aufgebauscht, weil sie nicht von der Anziehungskraft der Schönheit absehen oder sich davon befreien konnte. Wie Bösartigkeit sich mit Schönheit paart, würde sie nie verstehen.

Außer vom Pfarrer hatte sie seinen Vornamen tatsächlich von niemandem gehört, niemand verwendete ihn.

Das Zwerglein hin und wieder schon, aber eher nur im Zorn. Geh doch zum Teufel, Imre. Meistens sagte sie nur du. Dann war sie nicht wütend auf ihn. Hör mal, du. Verflucht, geh mir nicht auf den Sack, du.

Fick doch die Engel vom Himmel runter, du Bengel.

Als er noch in die Schule ging, sagte der Lehrer Bolog zu ihm. Denn so hieß das ledige Kind nach seiner Mutter Mária Amália Bolog.

Bolog – das sagte der Lehrer ausgesprochen gerne, doch

das Kind konnte er nicht ausstehen. Der Name erinnerte ihn an ähnlich klingende abschätzige Ausdrücke, im Klassenzimmer machte er Wortspiele daraus. Die Kinder lachten. Und dass so ein Zwerglein einen so großgewachsenen Dalk, so einen Lackel gekriegt hatte, darin lag in seinen Augen etwas Widersinniges, wenn nicht Ungesetzliches und Unnatürliches.

Schließlich hatte sich mit dieser Geburt etwas Unzulässiges ereignet, das auch er nicht unerwähnt lassen konnte.

In der Schule hatte der Bolog nie einen Freund gehabt, der ihn beim Vornamen genannt hätte. Niemand bei uns hat sich überlegt, wie das für so einen ist. Auch die, mit denen er angeln ging, waren nicht seine Freunde.

Obwohl er auch für sie nach Würmern grub, wenn er schon dabei war.

Auch sie redeten ihn eher mit dem Familiennamen an, wenn sie ihn überhaupt anredeten oder ihnen einfiel, über ihn zu reden.

Der Bolog gräbt eh Würmer aus, da brauch ich ja nicht.

Und weil er auch nach Vác in die Schicht nicht allein fuhr, wurde er sein Stigma nie los, nicht im Zug und nicht in der staatlichen Bäckerei.

Immer war es so gewesen, dass er auch den Mädchen nicht wie die anderen den Hof machen konnte. Schon als kleines Kind ließen sie ihn bei ihren Spielchen nicht mitmachen. Sie sagten, er kann jetzt nicht dabei sein, spiel allein, weil sie spielen jetzt Familie. Die wildfremden Mädchen, mit denen er an seinem Arbeitsplatz hätte flirten können, schienen von den anderen Mädchen oder von irgendwoher zu wissen, dass man sich in ihn nicht verlieben durfte.

Oder sie fürchteten sich einfach vor einem Geschöpf, das niemand beim Vornamen nennen konnte.

Sein Schicksal war schon im Voraus so festgeschrieben, mehr ist darüber nicht zu sagen. Bei uns machte das höchstens dem Gemeindepfarrer Kopfzerbrechen, dem Pater Jónás.

Wenn etwas Schweres auf den Wagen zu heben oder zur Seite zu rollen war, dann natürlich riefen ihn die Nachbarn, hilf uns, Junge, ich schaff das nicht allein. Verflucht schwer. Denn sie wussten, dass der, den sie sonst auf der Straße übersahen, wenn er daherkam wie ein Bär, sicher auch so stark war. Immer baten sie ihn um Hilfe, aber ihm etwas zu trinken anzubieten, wenn er ihnen geholfen hatte, eine Schorle, einen Himbeersaft, auf die Idee kamen sie nicht.

Oder sie richteten es so ein, dass er es sah oder hörte und ihnen ohne Aufforderung zu Hilfe kam.

Auch nach stundenlanger Arbeit fragten ihn die Frauen nicht, sag, bist du nicht durstig von der vielen Arbeit.

Sein Hunger oder Durst war ihnen scheißegal.

Als er ein bisschen älter war, schmeichelten sie ihm nicht, zeig doch mal deinen Arm, was für ein kräftiger Junge du geworden bist, lass mal anfassen. Bald brauchst du eine Frau.

Obwohl mehr als eine von ihm träumte.

Was zum Teufel träume ich da, der große Sohn vom Zwerglein steht an unserem Brunnen und hat sich sein Hemd runtergerissen, wer versteht das, wie ist er hergekommen, was zum Verrecken wäscht er sich hier bei uns am Brunnen, wie soll ich ihn nur wegjagen, da sagt er, kommen Sie doch mal her, schöne junge Frau, und dabei schwenkt er seinen Trumm von Arm, fühlen Sie mal, wie hart er geworden ist.

Ich verstehe das nicht, keiner kann mir sagen, warum ich so was träume.

Das Zwerglein hat ihm mehr als genug von den staatlichen Himbeeren gegeben, von denen ist er so groß geworden, deshalb träumst du das.

Sie platzt fast vor Stolz, wie groß er geworden ist.

Am Ende werden sie hier noch einen Riesen haben, lachten sie.

Es braucht dir nicht leidtun, dass du ihm nie Himbeeren gegeben hast.

Hör mal, von den vielen Himbeeren sollen sein Schwanz und seine Eier groß werden.

Damit das Zwerglein nicht woanders hingehen muss.

Sie lachten, dass sie es auch mit dem eigenen Sohn machte.

Weil für sie war der Sohn von dem Zwerglein Luft. Höchstens dass mal eine fragte, was ihr Traum bedeutete. Ob das Zwerglein es macht oder nicht macht, mit wem sie es macht, was interessiert mich das. Es kam auch vor, dass sie abwarteten, bis er aus dem Haus war, denn der Bärenkerl dachte nicht, dass ihm für die Hilfe eine Schorle, ein Himbeersaft oder sonst etwas zustand, und erst wenn der Büffel zum Teufel gegangen war, bewirteten sie die anderen.

Für die anderen hatten sie Gulasch mit Nockerln gekocht, dazu gab es saure Gurken, sie tischten den feinen Strudel auf, Mohn- und Weichselstrudel.

Wer arbeitet, muss auch essen.

Sein Bemühen, seine Eilfertigkeit, seine Anstrengungen bemerkten sie gar nicht.

Als das Zwerglein zu unserem Bäcker ging, dass er ihren Sohn zum Bäckerjungen nimmt, schüttelte der entgeistert den Kopf, als hätte ihn dieses Ersuchen wie ein Schlag getroffen.

Aber was soll denn das, Zwerglein.

So viel Brot wird hier ja gar nicht gebraucht, dass er außer dem Gehilfen noch einen Lehrling nehmen kann.

Denn damals hieß der Bäckerjunge bereits Lehrling, doch das arme, dumme Zwerglein hatte nicht mitbekommen, dass die Welt eine andere geworden war und im Sozialismus der Meister keinen Bäckerjungen mehr haben konnte, sondern nur einen Lehrling.

Die haben alles so scheiße auseinandergenommen. Die haben selbst Jesus Christus vom Scheißhimmel heruntergeholt.

Zum Glück sind die Frauen noch nicht Gemeinbesitz.

Er kriegt kaum genug Forint zusammen für das Mehl aus der Tiefebene.

Weil ein anderes Mehl soll man ihm, verfickt, auch nicht bringen.

Was glaubst du, was mich das Mehl kostet, dass ich für euch das gute Mehl aus Dorozsma holen lasse. Und ständig muss wegen dem Hochwasser eine Reserve da sein. Kommt mir nicht angemeckert, schon wieder gibt es kein Brot, wir haben doch gar keinen Krieg. Ich backe es nicht für mich, verdammt, ihr fresst mein ganzes Brot auf. Aber was interessiert euch, von wo zum Teufel ich mein Mehl hernehme.

Wirst du mir den Verlust zahlen, den mir das Mehl aus Dorozsma macht, was glaubst du, Zwerglein.

Auch bei unserm Rat kann ich mich nicht beschweren, die lassen mich gar nicht zum Vorsitzenden.

Mein ganzes Leben arbeite ich für sie, und dann krieg ich für mein tägliches gutes Brot nicht mal so viel Respekt, dass mich der Vorsitzende anhört. Seine Mutter holt es auch für ihn, sie stopfen sich mit meinem Brot voll.

Dass das Dorf auf mich scheißt, wo ich eine halbe Stunde nach Mitternacht aufstehe und nur für euch arbeite.

Lange wird er das nicht mehr so machen.

Er hält es nicht mehr aus, dass anständige Menschen, die arbeiten, ohne zu nörgeln, hier für nichts geachtet werden.

Hier müssen die tollen Hunde immer recht behalten, klar bellen die.

Dass seine Arbeit keinen Scheiß wert sein soll.

Aber jetzt hat er genug davon. Ewig wird er den Mund nicht halten.

Und da kommst du mir daher, hast die Dreistigkeit, dass ich deinen Balg ausbilden soll.

Soll ich vielleicht noch Unterhalt zahlen.

Ich hab ihn nicht gemacht, verdammt.

Wann habe ich Zeit, in eure Kneipe zu gehen, dass ich es dir dort hinten richtig besorge.

In Vác nahmen sie ihn dann, weil er selbst hinging, in der Vácer Bäckerei, der staatlichen, dort sollen sie seine Mutter nicht sehen müssen.

Sie sahen, was für ein schöner, großer Bursche er war und dass er ihnen die ganze Arbeit erledigte.

Das Kind von Mária Amália Bolog war zeitlebens überzeugt, dass an seinem Schicksal als uneheliches Kind nichts zu ändern war, so wenig wie an der Kleinheit seiner Mutter.

Der Unglückselige durfte nicht erfahren, dass er nicht

bei den Scheunen, nicht auf der Tenne, nicht im Schober, nicht im Doppelbett gemacht wurde, sondern hinten beim Plumpsklo im Geruch von Pisse und der ganzen vertrockneten Scheiße.

Die Piroschka wusste es aus irgendeinem Grund doch. Ihrer Erinnerung nach hatte sie es nicht von den Erwachsenen gehört, von denen erfuhr man solche Dinge nicht. Mit Erwachsenen, die untereinander von so etwas sprachen, wäre ihre Familie nie in Kontakt gekommen. Die kleinen Jungen und Mädchen hatten es erzählt. Sie erinnerte sich weder an ihre Namen noch an ihre Gesichter. Sie verstand kein Wort von dem, was die kleinen Dreckspatzen alles redeten. Aber sie verstand, sie spürte, dass von einem unbekannten Ereignis in der Unterwelt die Rede war. Sie machten unmissverständliche Gesten. Piroschka merkte sich genau, wo die geheime Unterwelt begann, wo es zum Eingang hinunterging, wo man dieses Ding mit dem Zwerglein anstellte.

Wenn sie mit der Mutter oder der Tante am Sonntag vor der heiligen Messe dort vorbeiging, warf sie einen langen Blick durch den hohen Lattenzaun auf das gelbe Plumpsklo hinter der Kneipe, um zu sehen, wo sie in die Unterwelt stiegen.

Sie wunderte sich immer, dass sie keinen Abgang entdeckte, höchstens die Treppe zum Eiskeller der Kneipe.

Sie hielt den Eiskeller und die Unterwelt für ein und dasselbe, was sie endgültig verwirrte, denn die Flammen der Hölle erzeugten sicherlich eine große Hitze, und wie konnte dann das Eis Bestand haben.

Aber auch um das Zwerglein muss man keine Angst haben, dass es sich nicht verteidigen könnte.

Sie fuhr den Bäcker mit ihrer ungewöhnlich tiefen, rauen Stimme so an, dass die ganze Straße es hörte.

Was willst denn du mir beibringen. Du hast keinen Schwanz und keine Eier. Wer weiß denn nicht, warum der Vígas ewig Junggeselle bleibt, sie lachte hässlich dazu, damit es dem Aas noch mehr wehtat. Warum reißt du mir dein dreckiges Maul auf, was willst du mir dort hinten beibringen.

Für kein Geld tät ich mit dir nach hinten gehen, nur damit ich dich in der himmelhohen Scheiße ersticke.

Außer ihm hätte das bei uns niemand gesagt, so ein großes Geheimnis war das für uns.

Der Bäcker brüllte sie an, sie soll sich wegscheren.

Sie soll nie wieder Brot holen kommen.

Sie soll sich zum Teufel scheren.

Als wäre nichts gewesen, kam am nächsten Tag das Zwerglein auf seinen krummen Beinen in den Hof des Bäckers, um Brot zu holen.

Natürlich kam sie.

Brot steht jedem zu.

Das steht in den Gesetzen der Menschen.

Ausgeschlossen, dass diese Lumpen jemandem kein Brot geben.

Piroschka und der Sohn vom Zwerglein saßen im Zug und redeten, bis sie in Vác ankamen.

Genauer gesagt redete vor allem der Sohn von Mária Amália Bolog, von dem jeder wusste, dass er vor zwanzig Jahren hinter der Kneipe im Gestank gezeugt worden war. Piroschka fragte höchstens dies oder jenes, sie riss übertrieben weit die Augen auf, als hätte sie sich auf einen fremden Planeten verirrt, doch sie war ihm mit ihren unschuldigen

Fragen eher eine Hilfe, gab ihm eine Richtung, schubste ihn, damit er sich nicht in seiner eigenen unerzählbaren Geschichte verhedderte, sondern zu einem Ende kommen, etwas abschließen und ein neues Kapitel beginnen konnte, und so redete und redete er, während sie den Takt vorgab und das Gespräch unter ihrer Kontrolle hatte.

Jedenfalls hatte ihr Gegenüber tatsächlich ein schönes Gesicht, wenn das überhaupt jemand bemerkte, er war gutaussehend, wie man so sagt, von ansehnlicher, ebenmäßiger Gestalt. Seine Haut hatte einen samtigen Glanz auf den Armen, am Hals und im Gesicht, wie bei einem schönen Mädchen.

Er lächelte auch schön, zugleich war sein Blick flach, als würde er niemand ansehen wollen.

Sein Blick huschte umher, ohne an einem Gesicht oder einem Augenpaar hängenzubleiben.

Nächstes Jahr muss er zur Armee.

Vielleicht bleibt er dort, die brauchen auch Bäcker. Auch als Koch kann er in der Armee arbeiten. Da macht er sich keine Sorgen.

Sein Blick schien sich nicht entscheiden zu können, worauf er sich richten sollte, er sah an Gegenständen oder Menschen vorbei, und so ließ sich nicht sagen, wem das vom Zwerglein geerbte Lächeln galt.

Piroschka fiel Leonardo ein, seltsamerweise war ihr zuvor weder der auffallend ähnliche, flache Blick des Zwergleins noch ihr ewiges Lächeln zu Bewusstsein gekommen, obwohl sie sie früher aufmerksam beobachtet hatte.

Nun aber hatte sie diese plötzliche Intuition, denn im Lächeln der Mona Lisa liegt tatsächlich ein hohes Maß an Einfalt.

In Wahrheit wollte der Bäcker einfach nicht, dass dieser ewig blinzelnde und in sich hineinlächelnde Sohn vom Zwerglein sein Brot anfasste.

Er konnte sich nicht vorstellen, dass ihr Kind die Hefe oder den Sauerteig gären lässt und ihn mit den Fingern oder sonst was glättet.

Es ekelte ihn vor ihm.

Oder ihm das Kneten überlassen, Gott bewahre.

Dabei waren auch seine Fingernägel niemals dreckig.

Das sah er, wenn er Brot holte.

Bei jedem sah er gleich auf die Fingernägel, ob der als Gehilfe brauchbar wäre.

Er war ein sauberer Bursche.

Keinen gab es, der das nicht gesehen hätte, am ganzen Körper war seine Haut milchweiß, wenn er in die Donau stieg.

Der geborene Bäcker.

Höchstens im Sommer bekam er Sommersprossen im Gesicht, rote, wie die Haare vom Höss, aber kein Mensch wäre auf die Idee gekommen, zwischen den beiden eine Ähnlichkeit festzustellen, geschweige denn, es auszusprechen. Weil sich mit dem Höss anlegen, trauten die Männer sich nicht, am Ende erzählte es ihm noch wer, es waren eher die Frauen, die über ihn lästerten.

Allerdings war die Behaarung auf Armen, Schenkeln und der Brust nicht so rot wie beim Höss. Es war eher nur ein Flaum. Aber das wird noch werden. Jeden Sommer bekommt er rote Sommersprossen in der Visage, weil er den ganzen Tag unten am Ufer angelt, was andres macht der nicht, das ist der Höss, der ihm dort aus der Haut rauskommt.

Auch da waren sie vorsichtig, wenn sie sich darüber ausließen, weil wie käme der Höss dazu, mit dem Zwerglein hinter das Plumpsklo zu gehen. Dort hatte der Kneipenwirt sein Winterholz schön in Reih und Glied gestapelt. Der Höss gehörte zu den größeren Bauern, außerdem verstand er von allem etwas. Über ihn trauten sie sich nicht so laut zu reden wie über die anderen. Sogar in der Kolchose sprangen die vefickten Häusler mit ihm nicht so um wie mit den anderen Bauern. Sie sagten nicht einmal, dass der Höss rot ist, sondern sie sprachen vom großen, blonden Höss.

Allein die Teres Vogelscheu riss groß ihr Maul auf, wegen der Rosa. Dass der Höss ein mieser Kerl ist und das Gesetz so was verbietet.

Dass er eine Schwerkranke dauernd fickt.

Er fickt eine Fliege im Flug, er fickt auch die Rosa, dann fickt er sie eben, aber so was machte der Höss nicht, dass er dort hinten das Zwerglein fickt wie die anderen, das Dorfgesindel, denn die gehen alle nach hinten mit dem Zwerglein, die erbärmlichen Pächter und die Tagelöhnerbrut.

Sie schienen es dem Zwerglein übel zu nehmen, dass ihr Kind so kräftig geworden war, dass sie sich seine Kraft gelegentlich zunutze machen konnten und er so ein prächtiger, blonder Bursche war mit den roten Sommersprossen im Gesicht und dem roten Flaum am Arm.

So viele Gaben, so viel Segen hatten das Zwerglein und ihr Kind nicht verdient, wirklich nicht.

Schon das Zwerglein war ihnen zu viel.

Und jetzt auch noch ihr Sohn.

Selbstbewusstsein hatte das Zwerglein, sie verstanden nicht, von wo verdammt, so eine soll sich doch lieber verkriechen.

Sie redete, als hätte die Welt sie ausgeschissen.

Als sie mit ihren krummen, kurzen Beinen dort in der Bäckerei stand, war das zu viel für den Bäcker. So viel Geld gab es nicht, für das er den Bastard zu irgendwas ausbilden würde. Ihn ekelte es ja schon, dass die beiden bei ihm Brot holten. Sie essen von dem, was er vom frühen Morgen an im Schweiße seines Angesichts erarbeitet hat.

Er hatte noch nie über diesen Bastard geredet, der unter ihnen lebte, mit niemand. Sie wussten, was sie über ihn wussten, aber was hatte er mit dem Höss zu tun. So wie sie auch darüber Stillschweigen bewahrten, mit wem das Zwerglein am Abend verschwand, obwohl es keinen gab, der es nicht wusste und nicht um den heißen Brei herumredete.

Schon am nächsten Morgen wusste es das ganze Dorf.

Wenn sie schon wegen der Sauferei nach hinten gingen und zum Pissen ohnehin den Schwanz rausholen mussten.

Bloß dass sie Platz machten auf diesem verdammten Holzstapel, der niemals aufgebraucht wurde, weil der Tolvaj immer fremdes Holz stahl oder vom staatlichen Holz für sich stehlen ließ und die Fährleute sich was dazuverdienten, indem sie es ihm mit Extrafahrten rüberbrachten.

Der Pálinka vom Tolvaj durfte ihnen nicht ausgehen.

Diese Fährleute tranken in einem fort und lungerten in ihrer Hütte rum.

Aufgeschichtetes Klafterholz, so weit das Auge in der Dunkelheit reichte.

Der Ferkó Tolvaj hatte das Jahr über mehr Holz als der Bäcker. Dabei braucht doch der Bäcker Holz, um jede Nacht den Ofen anzuheizen, aber Holz war die Leidenschaft von dem Tolvaj, er wollte es im Hof haben.

Wenn sie beim Bäcker trockenen Langosch verlangten,

denn auch den buk er auf der eingebuchteten Seite des alten Ziegelofens, dann sagte er dem Zwerglein oder seinem ledigen Kind, dass der Langosch aus sei.

Auch wenn dort der Langosch aufgetürmt oder aufgehäuft war, sagte er, dass er aus sei.

Wenn das Zwerglein keine Ruhe gab, das könne nicht sein, dass sie keinen abbekommt, dann sagte der Bäcker der zeternden Zwergin in seinem gleichmütigen Ton, die seien alle fürs Kindercamp an der Inselspitze.

Von denen gebe er nichts her, die sind auf staatliche Bestellung, der Staat ist ihm heilig, sie soll ihm hier keinen Krach schlagen.

Da kannst du kläffen, so viel du willst, es gibt kein Gesetz, dass man täglich Langosch kriegen muss.

Meine Mutter hat dir gestern welchen gegeben, ich hab es gesehen.

Dem Gehilfen musste er nicht extra sagen, dass er ihnen auf keinen Fall Langosch geben soll, wenn er das Brot ausgibt. Wenn Langosch übrigbleibt, gibt er ihn lieber den Schweinen als diesen garstigen Leuten. Schön, Brot muss jeder bekommen, aber Langosch steht ihnen nicht zu, und damit basta.

Auch den Juden hat er keinen Langosch gegeben, bevor man sie weggebracht hat.

Auch dem Lehrer Hamza gibt er keinen.

Über den redeten alle.

Und der Tölösy lässt Juden in ihre Kirche.

Auch der Gehilfe gab ihm keinen Langosch.

Dabei war der Gehilfe von auswärts, er kam jede Nacht mit dem Fahrrad, er konnte gar nicht alles über uns wissen, vieles wusste er aber schon.

Auch dass Hamza keinen bekommen soll, wusste er nicht, der Bäcker sah, dass er ihm welchen gab, sagte aber nichts.

Er sah ihm an, dass er es nicht wusste, das Rindvieh.

Er wird es erfahren, dann gibt er ihm keinen mehr.

Wenn die Mutter des Bäckers das Brot ausgab, die steinalte Frau Vígas, die Szidónia, die trotzdem den ganzen Tag auf den Beinen war, dann gab sie ihnen so viel Langosch, wie sie wollten.

Das mit diesem trockenen Langosch, den man bei uns einfach Langosch nannte, war ihr so wichtig, dass es keinen Sinn gehabt hätte, in der Familie darüber zu reden, ob der oder der Langosch bekommen soll.

Oder wer wem einen geben soll und wer wem nicht.

Mit der eigenen Mutter zankte der Bäcker nie, warum sie denen Langosch gegeben hat, wenn der Sohn vom Zwerglein damit wegging, und wenn er sich umdrehte, sah der Bäcker ja mit eigenen Augen, dass sie ihnen welchen gab. Gleich vier hat sie dem Sohn vom Zwerglein gegeben, Sakrament, auch die kapiert nicht, dass sie denen nichts geben soll. Da kann ich umsonst schuften. Wenn ich mich nicht umdrehe, kriege ich's nicht mit. Weil der Bäcker eher dem Zwerglein Langosch gab als ihrem Sohn.

Aber er überlegte es sich so, dass wenn er ihr welche gibt, dann wird sie sie am Ende mit ihrem Sohn teilen.

Dem nicht, dem keinen Bissen. Der soll lieber vor Hunger verrecken, so sehr verabscheute er den Sohn vom Zwerglein.

Das Zwerglein tat ihm schon ein wenig leid, dass sie von Geburt an so ein hartes Schicksal gehabt hatte, doch Langosch gab er ihr trotzdem keinen.

Auch sie hätte man besser in die Kälte hinausgetan. Weil der Bäcker wusste, dass seine uralte Mutter auch über ihn so dachte, die Frau Vígas, die Szidónia.

Warum habe ich den Zwitter nicht lieber in die Kälte gelegt, er ist ja im Januar geboren.

Sein Schwanz ist nicht mal fliegenpimmelgroß. Die steinalte Mutter des Bäckers gab dem Sohn vom Zwerglein manchmal Langosch, so viel er wollte, weil sie an ihren eigenen dachte und auch ihm gegeben hätte. Soll er welchen haben. Sie brachte es nicht über sich, ihm keinen zu geben, wenn reichlich da war und der eigene nicht ganz intakte Sohn es nicht sah, weil er nicht da war.

Sie wusste immer längst im Voraus, welche Meinung ihr Sohn über etwas hatte, es gab kein Thema, bei dem sie es nicht im Voraus gewusst hätte.

Sie wischte die Kirche auf, die schwere Eichentür stand offen, auch zur Sakristei hin war alles offen, damit der Steinboden rasch trocknete, weil bei uns wegen dem Fluss alles immer verflucht feucht ist. Alles schimmelt.

Wenn du es nicht hinausbringst, nicht abwischst und wieder hineinstellst. Immer das ständige Herumräumen.

Sie hörte das Geschrei, das vom eigenen Hof herübergellte, ihr Sohn war aus irgendeinem Grund wütend auf das Zwerglein. Sie wusste es, sie wusste alles und wischte weiter. Wenn sie nur aufhören würden, die ganze Straße weiß es schon.

In Wahrheit hätte auch sie es nicht gut gefunden, wenn der Bastard drei Jahre lang bei ihnen gewesen wäre. So eine Zwergin und so ein großer Sohn, das gibt böses Blut. Ihr Sohn tat recht daran, sie fortzuschicken. Vielleicht soll am Ende sie dem Riesenkerl alles beibringen. Auf ihre alten

Tage ließ ihr Sohn sie gerade genug in der Bäckerei arbeiten. Sie formte die Brote, tat sie in die Körbe, aus den Körben stülpte sie sie ihrem Sohn oder dem Gehilfen auf die Backschaufel, bevor das Brot dorthin gelegt wurde, wo vorher das Feuer gewesen war. Schnell wie der Blitz war die Alte, ein Wiesel.

Meistens war sie es, die das Brot den Kunden durch das Fenster der Bäckerei hinausreichte. Sobald sie die zwei Fensterflügel öffnete, strömte die heiße Luft und der Duft des Brotes hinaus. Sie sollen es spüren, nicht nur kaufen, nicht einfach auffressen, nicht immer nur stänkern, diese Unglücksmenschen sollen wissen, was für einen Schatz sie jeden Tag mitnehmen.

Ausgeben und sich nett mit den Kunden unterhalten, das macht eine Frau besser.

Aber das Reinigen der Bäckerei besorgte der Gehilfe, nicht sie.

Sie nun wirklich nicht.

In einem so engen Raum hätte der Sohn vom Zwerglein gar keinen Platz. Hör mal, wie soll der sauber machen.

Na, soll vielleicht sie die Bäckerei ihres Sohnes putzen. Der Gehilfe lungert ja genug im Hof rum. Zündet sich eine Zigarette nach der anderen an.

Sie stand am frühen Morgen auf, etwas später als ihr unverheirateter Sohn, und arbeitete unablässig bis zum Abend.

Anders würden sie es auch gar nicht schaffen.

Ihr erster Gedanke beim Aufstehen, ob sie heute rechtzeitig fertig werden.

Ihr reichte schon, die Kirche jede Woche einmal zu putzen.

Sie war eine blasse Frau, mit einem schmalen, säuerlichen Lächeln gab sie die Brote aus, mit einer Miene, als hätte sie ein großes Unglück getroffen, mein Herz, mein Augenstern, nannte sie die Frauen in süßlichem Ton, und die um Brot geschickten jungen Mädchen mein kleiner Schatz.

Viele hatten das als Kinder bei ihr gehört, mein kleiner Schatz, und waren nun selbst gestandene Frauen, nimm nur, mein kleiner Schatz, fall bloß nicht hin damit.

Man lachte deshalb über sie. Die Wahrheit war, dass sie selbst in diesem Alter noch Freude an dem frischen Brot hatte. Ihr Herz wurde ein wenig leichter, auch heute waren sie rechtzeitig fertig. Dass sie immer so ein gutes Brot machten. Sie konnte gar nicht begreifen, dass der Schöpfer ihnen so gnädig war. Sie freute sich, wenn Kunden vom eilig abgeholten Brot gleich ein bisschen abbrachen. Weil sie hatte alles, aber auch alles ihrem Sohn überschreiben lassen, den Hof, das Haus, die Bäckerei, das Grundstück, die acht Zeilen Wein, den alten Fischerkahn, aber den Nießbrauch gab sie niemandem, den nicht, den behielt sie sich. Nicht dass sie Angst gehabt hätte, dass der Zwitter sie bescheißt, sie hinauswirft, ins Altenheim steckt. Mich bescheißt der nicht. Ich hätte ihn ja hinaus in die Kälte legen können und hab es nicht getan. Kurz einmal schon, aber ich hab ihn gleich wieder reingeholt.

Das war die Freude ihres Lebens, das Brot, dass es ihr Hof war und ihr Brot und dass ihr der Nießbrauch bis zur Stunde ihres Todes blieb.

Sie hatte einen Bäcker geheiratet, ihr Sohn war Bäcker, in der Bäckerei wird sie sterben.

Sie sorgte sich um das Brot.

Was wird mit ihrem Brot ohne sie.

Sie brachte, wenn überhaupt, fünfundvierzig Kilo auf die Waage, mehr nicht. Wenn sie zu Mittag einen Teller Suppe mit einem Stück Brot essen konnte, war sie schon froh.

Ich hab dauernd so einen Stein im Magen, dass ich morgens nichts runterbringe.

Wenn sie spürte, dass sie wieder abnahm, immer nahm sie ab vom Essen, obwohl sie Fleisch und viel dicke Suppe aß, gekochte Nudeln, übergossen mit heißem Fett, was immer sie aß, auch wenn sie davor ein bisschen Wein trank, nichts setzte sich an, dann stellte sie sich auf die Waage, ob sie wohl abgenommen hatte.

Bei uns hatte nur Piroschka Mirák den Taufnamen vom Sohn des Zwergleins ohne weiteres zur Kenntnis genommen, genauer gesagt, sie war die Einzige, die von diesem Tabu nichts wusste, dabei hätte sie dieser vom kollektiven Unbewussten ausgeführte magische Vorgang sicher brennend interessiert. Auch Pfarrer Tölösy hätte sie außerordentlich interessiert, doch auch er wusste davon nichts. Es ist auch schwer, etwas zu wissen, worüber niemand sprach und wonach man niemand fragen konnte.

Sie kannte seinen Namen, doch seltsamerweise verwendete auch sie ihn nicht, die Piroschka, als sie sich am nächsten Tag zufällig bei der großen Donaufähre begegneten und gemeinsam mit dem Zug bis Vác fuhren. Lieber verwendete sie gar keine Anrede. Sie merkte nicht, dass sie damit instinktiv so handelte wie die anderen. Dieses Verdikt galt für ihn, es schien irgendwie in der Luft zu hängen oder wie auch immer.

Vielleicht gab es auch einen anderen Grund, nicht nur das stumme Verdikt oder die gemeinsame Ablehnung.

Keinerlei Intimität mit ihm war zulässig, sie durfte ihm nicht die geringste Hoffnung auf eine Liebesbeziehung machen. Deshalb formulierte sie jeden an ihn gerichteten Satz lieber, ohne ihn mit Namen zu nennen.

Doch indem sie seinen Namen vermied, begann sie den anderen ähnlich zu werden, auch denen, die sie nicht kannte.

Sie musste im Rahmen ihres Fachgebiets bleiben, so begründete sie es vor sich selbst, damit belegte auch sie seine Person mit einem Tabu.

Im Übrigen war sie es gewohnt, auf der Hut zu sein, was ihre Weiblichkeit betraf, denn die Männer versuchten auf Schritt und Tritt, mit ihr anzubändeln, ob auf der Straße, im Zug, auf dem Flughafen, in der U-Bahn, ob im In- oder im Ausland. Sie wusste, wie sie Abstand halten konnte, darin hatte sie große Übung, doch es entging ihr auch nicht, dass ihr sexuelles Flair in den Augen der Männer damit noch zunahm. Wenn die Notwendigkeit es diktierte, redete sie keineswegs um den heißen Brei herum, verteidigte sich nicht, sondern ging mit höchst überraschenden Sätzen zum Angriff über.

Vom Sehen kenne ich Sie schon lange, hatte sie gestern am Ufer zu ihm gesagt, doch Ihren geschätzten Vornamen weiß ich leider nicht.

Er sah sie leicht betroffen an, nun also doch, damit hatte er in Wahrheit nicht gerechnet.

Der Engel des Himmels war zu ihm herabgestiegen.

Erschrocken sagte er seinen Vornamen.

Er sagte dann auch seinen Familiennamen, Bolog, denn er wollte es nicht bei der unerwarteten Niederlage belassen, dass er für sie gleich zu einem namenlosen Niemand geworden war und sich ihr auf der Stelle ergeben hatte.

Das nun doch nicht.

Nicht Balog, wie die meisten sagen, sondern Bolog.

Um wieder die Oberhand zu gewinnen, sie niederzuwerfen, verflucht noch mal.

Und mit einem schauerlich missglückten Lächeln oder eher Zähnefletschen schleuderte er den jaulenden kleinen Hund weit hinaus in den Fluss.

Das Erschreckendste an diesem aus dem Nichts aufgetauchten Horror, der wie ihre gesamte Verantwortung auf sie einstürzte, war der Umstand, dass er den Hund seit mindestens zehn Minuten ihretwegen quälte.

Ihretwegen tat er das, sie irrte sich nicht.

Sobald der Hund zurückschwamm, packte er ihn erneut und warf ihn erneut hinein.

Er beging den Mordversuch ihretwegen, der Bösewicht.

Ihr stellte er die Liebesfalle, vor ihren Augen wird er ihn ihr aufopfern.

Er wird den Hund so lange in den Fluss werfen, bis sie sich auf ein Gespräch mit ihm einlässt.

Bitte, jetzt hatte sie mit ihm gesprochen.

Denn von dem Moment an, wo sie die Seite ordentlich markiert und das Buch auf die Ufersteine gelegt, das heißt, sich zum Handeln entschlossen hatte, mit dem klaren Plan, sich unendlich langsam zu erheben, denn sie konnte das ihretwegen begangene Attentat nicht länger ertragen, doch auch das durfte sie nicht zu erkennen geben, denn sie wollte die Herausforderung auch nicht annehmen, so stand sie eben auf, wie hätte eine solche Rüpelhaftigkeit sie betreffen können, sie konnte die Waffen nicht niederlegen, hatte bisher schon zu viel Geduld gehabt und ertragen, gemächlich schlüpfte sie in ihre Badeschlappen und ging in aller Ruhe das steinige Ufer hinauf, wo der junge Mann, von ihr keines Blickes gewürdigt, im Wasser stand. Ein großes Wort, doch so war es, so geschah es, dass von diesem Moment an das Leben jener beiden nicht mehr voneinander zu trennen war.

Ein Umstand, den sie trotz ihrer angeborenen Intelligenz, der für ihre Jugend außergewöhnlichen Bildung, ihrer Belesenheit und ihrer psychologischen Kenntnisse nicht einordnen und nicht begreifen konnte.

Sie wollte sich revanchieren.

Dem Tier das Leiden ersparen.

Schon zuvor waren sie nicht mehr voneinander zu trennen gewesen.

Doch Piroschka konnte von der einseitigen Tiefe und dem traurigen Wahnsinn der Beziehung nichts wissen. Sie hatte nicht bemerkt, dass so ein jämmerlicher Imre seit Wochen, in Wahrheit seit Monaten, seit Jahren nach ihr schmachtete. Er verfolgte sie auf seine verquere Art und beobachtete sie bei jeder sich bietenden Gelegenheit.

Wenn er in der Bäckerei frei hatte, ging er sie in der Nacht belauschen.

Er nahm nicht die leere Straße, sondern ging unten am dunklen Ufer. Nicht auf den Steinen, auf dem Schotter, sondern auf dem Schlamm, seine Schritte sollten nicht zu hören sein.

Nichts sollte verraten, was er trieb.

Oder er stand nur unter ihrem Fenster, und das war so, als stünde er in dem Duft, der aus dem offenen Fenster strömte. Und in diesem Duft schwelgte und seufzte er.

Weil die Städter lassen die Fenster ewig offen. So etwas macht bei uns niemand. Alle lassen ihre Fenster zu. Höchstens ein Fliegengitter war dort zwischen ihnen, das noch der Großvater von Piroschka hat machen lassen, und auch nicht auf jedem Fenster.

Mit dem, was er gesehen oder nicht gesehen, was er durch Riechen und Schmecken wahrgenommen hatte, eilte er heim und schwelgte in den erbeuteten Kostbarkeiten.

Manchmal schaffte er es nicht bis nach Hause und blieb zwischen den Uferweiden stehen. Er lehnte sich mit dem Rücken an einen Stamm und zitterte.

Er sehnte sich so nach Piroschka, dass sein Verlangen nicht gestillt wurde.

Er tat das, seit sie und andere Städterinnen einmal am helllichten Tag zwischen den Weiden nackt in die Donau gestiegen waren.

Schon in den beiden vergangenen Sommern kam er in der Nacht vom Fluss her, über das mit trockenen Schlingpflanzen bedeckte, schlammige Überschwemmungsgebiet, schlich sich zwischen den Weiden durch, wo er ihre Möse mit der schwarz sprießenden, zauberhaften Behaarung gesehen hatte, seine Schritte sollten bloß nicht auf den Steinen knirschen, er stieg zur hohen Steinmauer hinauf, die dem Schutz vor den großen Frühlingshochwassern diente, deren Eisentür war zwar immer abgesperrt, doch er hätte auch im Traum gewusst, wo er sich mit seinen Füßen abstützen musste, wo seine Hände auf den groben Steinquadern Halt fanden, und wenn er oben war, schwang er sich einfach über die breite Brüstung, um mit einem dumpfen Geräusch auf der anderen Seite aufzukommen.

Er wusste, wo er hinfallen musste, auf den Rasen, nicht in die Rosen.

Er musste tief in den Garten vordringen, denn das Ateliergebäude mit seinen nordseitigen, riesigen Fenstern stand zwischen den hohen Bäumen, viel weiter entfernt als das Wohnhaus.

Piroschka arbeitete und schlief bereits den dritten Sommer im Atelier ihres Urgroßvaters.

Sie bereitete sich nicht nur auf ihre Prüfungen vor, sondern arbeitete jeden Sommer daran, den vollständigen Catalogue raisonné des in Vergessenheit geratenen Lebenswerks ihres Urgroßvaters zu erstellen, das heißt ein Verzeichnis, das nicht nur das Entstehungsdatum eines Werks angab, sondern auch den Entstehungsort, die Umstände, mehr noch, eine kurze Geschichte der Quellen des Werks und seiner Rezeption lieferte. Sie systematisierte die am Ort verbliebenen Stücke des äußerst umfangreichen grafischen und malerischen Œuvres, suchte nach seinen Quellen, nach kunstgeschichtlichen Analogien und Schauplätzen, Letztere fotografierte sie auch, und im Winter machte sie daheim in der Hauptstadt und in den Sammlungen anderer Städte des Landes weiter, um in Museen und Privatsammlungen verwahrte Werke aufzuarbeiten.

Ihr Urgroßvater war Schüler und Anhänger eines in Bordeaux geborenen und in Paris verstorbenen Malers namens Odilon Redon gewesen, vielleicht auch sein Busenfreund, nach den Zeitangaben zu urteilen, konnte er auch sein Meister gewesen sein, all das hätte sie in Paris herausfinden müssen.

Den Antrag hatte sie bereits gestellt, doch den Pass noch nicht erhalten.

Sie schlief im Atelier oben auf der Galerie, auf dem mit einem Kelimteppich abgedeckten, ziemlich unbequemen Diwan, wo seinerzeit der Urgroßvater zuweilen in Arbeitspausen oder in den Nachmittagsstunden geruht hatte.

Die Galerie diente in erster Linie der Aufbewahrung größerer Ölbilder, thematisch geordnet standen dort die etikettierten großformatigen Leinwände sorgsam mit den Blendrahmen aneinandergelehnt, und so blieb gerade noch genügend Platz, um zum Diwan zu gelangen, der an das Geländer der Galerie geschoben war.

In der Nacht beschlich sie manchmal das Gefühl, das alte Geländer gebe nach und sie würde samt dem Diwan hinunterstürzen.

Doch in ihrem Traum stürzte sie nicht von der Galerie, sondern von einem Felsvorsprung, und sie spürte den Sturz nicht nur, sondern sah ihn von außen, den des Diwans und ihren eigenen.

Denn der Diwan war schwerer, ihr Körper löste sich von ihm, vergeblich versuchte sie, sich an ihn anzuklammern.

Davon schreckte sie aus dem Schlaf, manchmal von ihrem eigenen Entsetzensschrei, es war ein wiederkehrender Traum.

Der Abgrund war bodenlos, und dass sie an den Rand eines tatsächlichen Abgrunds geraten war, konnte ihr absolut nicht bewusst sein.

Daran, dass der Sohn des Zwergleins den Hund ihretwegen gequält hatte, konnte allerdings kein Zweifel bestehen.

Er wollte ihre Aufmerksamkeit, ein einziges Wort von ihr.

Der Engel sollte aus dem Himmel zu ihm sprechen.

Piroschka hielt es wirklich sehr lange aus, denn während des Lesens kam ihr erst verspätet zu Bewusstsein, dass irgendwo in der Nähe ein hilfloser kleiner Hund bereits seit längerer Zeit bellte und winselte, dem Ertrinken nahe um Hilfe bettelte.

Während sie die Position, das Grinsen, die Gestalt und die Kraft des jungen Mannes taxierte, blieb die Frage offen, was sie in diesem fremden Universum tun sollte und konnte.

Wie sollte sie das unglückliche Tier vor sich selbst schützen. Wie sollte sie es seinem Schicksal überlassen.

Soll das dumme Vieh mit der Strömung wegschwimmen, nicht immer zu diesem Halunken zurückstrampeln.

Im Freundeskreis galt sie in der Tat als heiterer Engel der Abwehr und der Ablenkung.

Wenn sie den Sohn des Zwergleins, mit dem sie noch nie ein Wort gewechselt hatte, auch nicht als Kind, durch unsichtbare Grenzen getrennt, lebten und atmeten sie in streng geschiedenen Welten, wenn sie ihn von hier aus, im Liegen anschreien, anherrschen oder um irgendetwas bitten würde, wäre klar, dass sie nicht allein auf die barbarische Herausforderung einging, sondern Öl ins Feuer goss und Gewalt heraufbeschwor.

Dann bliebe sie in der erotischen Mausefalle gefangen.

Im Kreis der anderen galt sie als lebende Legende. Seit sie sich einmal am Balaton im Bikini auf dem Rücken liegend gesonnt hatte und ein braun gebrannter, ölig glänzender, jüngerer Mann, der Dorfschönling, sich neben sie ins Gras hockte und der verdorbene Geruch des in der Sonnenmilch schwitzenden Körpers sie überströmte, als er ihr ins Ohr säuselte, wie gerne er sich mit ihr vergnügen würde. Abrupt setzte sich auf und schrie, ich bin ein anständiges Mädchen und ficke nicht.

Ein andermal wieder schrie sie, mal sehen, zieh deine Hose runter.

Oder im Gegenteil, sag wie viel, gratis ficke ich nicht.

Jetzt, nachdem sie mit einiger Verspätung die eigene Lage und die des Tieres erfasst hatte, wartete sie lieber ab.

Sie las noch, soll ich noch lesen, soll ich den Mund keinesfalls aufmachen. Soll ich meine Würde bewahren.

Während natürlich kein einziges der gelesenen Worte in ihr Bewusstsein drang.

Das war neu und unglaublich, kein einfacher Annäherungs- oder Paarungsversuch, ihretwegen wurde ein Tier gequält.

Eine Fallstudie über so etwas hatte sie noch nie gelesen.

Sie hätte nicht einmal sagen können, was sie las, an welcher Stelle des Buches sie war.

Wenn der andere ein Auge für sie hatte, und das hatte er wegen seines aufgeregten Zustands ganz sicher, dann konnte er sehen, dass sie das Lesen nur simulierte und ihr ganzer Körper sich vor Anstrengung straffte.

Sie könnte schwimmen gehen.

Auch im Wasser war sie nicht taub.

Sie könnte ihre Sachen zusammenpacken. Das Tier seinem Schicksal überlassen. Das einzige Hindernis war ihr Naturell, es kam für sie nicht in Frage aufzugeben, bei einer so primitiven, grundsätzlichen fachlichen Operation den Kürzeren zu ziehen. Sie bereitete sich auf die Staatsprüfung in heilpädagogischer Didaktik vor. Nicht dass ihr Kopf nicht mit frischer Wissenschaft voll gewesen wäre, doch sie konnte nichts damit anfangen. Seit Tagen musste sie Mitschriften von der Hochschule lesen und sich dabei Notizen machen, auf Zetteln, die sie mit Steinen beschwerte, damit sie nicht fortgeweht wurden.

Doch der Horror war noch nicht zu Ende.

Es gab keine Gnade.

Der Wildfremde, der Unbekannte war gekommen und hatte sie niedergeworfen.

Solange sie dem kein Ende machte, nährte sie mit ihrem Simulieren seinen Sadismus. Das war nicht weniger klar. Doch auch damit konnte sie nichts anfangen.

Wie lange würde das kleine Tier noch Puste haben, wie lange konnte es seine Körpertemperatur halten, das war in diesem Moment die große Frage an die Biologie.

Ungefähr zehn Meter von ihr entfernt stand dieses Wesen männlichen Geschlechts bis zu den Knien im Wasser. Es war klar, dass sie mit ihrem hochschießenden Affekt nichts ausrichtete. Wenn sie ihren Hass zum Ausdruck brachte, würde das Ungeheuer es genießen. Wenn es dem Hund fast gelungen war, das Ufer zu erreichen, packte er ihn bei den Vorderbeinen und schleuderte ihn weit in den Fluss hinaus. Das Tier drehte sich in der Luft, und sie konnte nur aufrichtig hoffen, sie zitterte darum, dass es ein Ende habe, beschwor das Ende, dass dies der letzte Wurf gewesen sein möge. Der Hund soll endlich ertrinken, damit ihn die Strömung mit sich nimmt.

Sie betete, beschwor ihn, aufzuhören, es soll vorbei sein, jetzt wirft er ihn nicht mehr hinein, das Schicksal sei ihr gnädig.

Doch auf die Vorderbeine des Tieres ebenfalls keine Rücksicht nehmend, schleuderte er es immer wieder hinein, sie hörte das Platschen, woraufhin das verstörend scharfe Gebell und das Winseln für einige Augenblicke abbrach.

Die momentane Ruhe konnte das Verenden des Tieres bedeuten, und so war es bei allem Schrecken doch eine Erleichterung, als sie wieder das Bellen und das Japsen aus dem Wasser hörte.

Sie schien nicht zu sehen, was sie sah, nicht zu beachten, was sie hörte, der Quelle des gemeinsamen Leidens keine Aufmerksamkeit zu schenken. Sie sah mehr, als zu sehen war. Ausgeschlossen, auch nur den Schatten irgendwelcher Gesten des Provokateurs zur Kenntnis zu nehmen. Je grausamer das Spiel wurde, das das Ungeheuer um ihre Aufmerksamkeit, mehr noch, um ihre bedingungslose Kapitulation spielte, umso weniger schenkte sie ihm Beachtung.

Selbst dem Opfern eines Lebens, einem Mordversuch, konnte sie keine Beachtung schenken.

Das ist jedoch nur ein Aspekt der Sache oder des Vorgangs, hätte Júlia Sármány dazu gesagt.

Als Haltung kann man es akzeptieren, das ist geradezu natürlich, doch es gibt niemanden, der sein peripheres Sehen und seine Empathie wirklich beschränken könnte.

Von Schicksalsschlägen schon bedenklich ermattet, trichterte Júlia Sármány ihnen mit diszipliniertem Blick ein, das heißt denjenigen, in denen genügend Verstand glomm, um Strenge und Aufmerksamkeit gegenüber sich selbst zu befürworten, unermüdlich zu beobachten, wie während des Sehvorgangs das periphere Sehen funktionierte, wie ihre bedingten Reflexe auf das Gesehene reagierten und was ihre Empathie mit alldem machte.

Im Gruppentherapieseminar, wo die Gruppentherapie ja das Thema war, das heißt, die Ähnlichkeiten und Unterschiede des Herdentriebs, des Gruppenbewusstseins und der Selbstreflexion von Gruppen, ihre individuellen Unterschiede und die Grenzen der Interpretation, mussten sie beobachten und den anderen davon berichten, was die beiden neben ihnen Sitzenden taten und wie sie es taten.

Nur wenn sie die Augen schlossen, konnten sie davon ablassen.

Wovon wiederum ihr Hören und Riechen schärfer wurde.

Bei Júlia Sármány lernten sie, was das schonungsvolle schlaue, berechnende oder feige Augenverschließen gegenüber Sachverhalten in was für Situationen bedeutet, wie wir daraus auf individuelle Eigenheiten schließen können, wie daraus ethische Entscheidungen, Ausflüchte, Vorwände und lächerliche Erklärungen hervorgehen.

Die Entscheidung ist immer primär, die Erklärung immer nachträglich. Der Entscheidung geht nicht unbedingt eine Analyse voraus, was das jeweilige Handicap des ethischen Urteils ist, die Erklärung wiederum nutzt immer nachträglich geschaffene Gründe und Auswege bietende Ideologien.

Sie konnte die Augen nicht verschließen, das hätte ihr Selbstwertgefühl verletzt, zudem wäre die Frage offengeblieben, ob sie die Verletzung emotional akzeptierte. Und es war immer noch nicht zu Ende.

Alles Hoffen und Beten erwies sich als Unehrlichkeit und Selbstbetrug, oder es wurde stumpfer Fatalismus, kränkender Zynismus.

Solange er nicht genug davon hatte, würde es nicht enden, und solange sie nicht handelt, würde niemand auf der Welt es für sie tun.

Verändern Sie nicht die Situation, wenn ich bitten darf, spekulieren Sie nicht, forderte Júlia Sármány von ihnen, sie sollen genau wissen, wovon sie redet. Von der kollektiven Psychologie der einander ablösenden Diktaturen und Regime. Sie sollen im engen Sinn des Wortes etwas an ihrer eigenen Situation verändern.

Die weite Landschaft würde so lange von dem flehentlichen, auf unbedingten Reflexen basierenden Gebell des Hundes widerhallen, bis sie brutal in das Leben des anderen Menschen eintrat. Vor dem es sie ekelte, den sie verachtete und den sie aus fachlichen Gründen nicht zu hassen wagte.

Außer ihnen beiden waren zu dieser Stunde auch mehrere andere Personen am Ufer.

Kleine Kinder spielten mit Kübeln, Sandförmchen und Schaufeln am Rand des Wassers und im Seichten. Sie wusste nicht, zu wem die Kinder gehörten, sicherlich zu den Feriengästen. Ein Stück weiter machten die Fährleute ihr Schiffchen behände an der Fähre fest. Irgendetwas stimmte da nicht. Die Fährleute waren auch bei Tag häufig betrunken und verpfuschten dann alles. Sie tranken nicht nur den schwarz gebrannten Pálinka vom Tolvaj, sondern auch Flaschenbier aus dem Laden, Marke Kőbányai. Am Ufer von Bogdány wartete ein Heuwagen auf eine Sonderfahrt. Der Motor des Schiffchens puffte schauerlich und rauchte vom vielen Öl. Noch weiter weg, in einer ruhigeren Bucht, trieb Teres Várnagy ihre Gänse zurück. Erwachsene in Badekleidern, wohl Hobbyruderer, unterhielten sich dort mit Einheimischen, sie versuchten, sich mit den drei Alten zu verständigen, die gerade zum Ufer hinunterwollten.

Die Fremden gestikulierten ungeduldig, als würden sie mit Tauben reden, aber trotzdem hoffen, von ihnen Auskunft zu erhalten. Sicherlich erkundigten sie sich in irgendeiner fremden Sprache und ergänzten mit ausladenden Gesten.

Die drei alten Schiffer spazierten jeden Tag zum Ufer, um den Wasserstand zu prüfen und die für andere nicht ersichtlichen Geschehnisse des Flusses zu verfolgen. Welche Schiffe kamen, was die Schlepper geladen haben, ob sie den Schiffsführer oder die Mannschaft kannten. Wer von wem was für ein Angehöriger aus Soundso ist. Wann und wo der und der unterwegs war, mit welchem Schiff er was transportierte, womöglich mit einem Baggerschiff, denn das macht einen großen Unterschied.

Alle drei trugen Schildkappen, mit Schnüren, jeder sollte sofort erkennen, wer sie einst gewesen waren.

Vor der Hütte der Fährleute nahmen sie nebeneinander auf der Bank Platz. Für einen Fährmann hatten sie nur Verachtung übrig. Ein Schiffer bleibt ein Schiffer. Sie unterhielten sich sehr selten länger mit den Fährleuten. Ein Fährmann ist kein Schiffer.

Die Schiffer hatten bei uns allen von alters her ein so hohes Ansehen, dass die Fährleute ihnen nicht sagen konnten, setzt euch nicht hier hin, verdammt, jeden Tag nehmen sie ihnen den Platz weg, das ist ihre Bank, die von den Fährleuten, die hatte ihnen das staatliche Kleinschifffahrtsunternehmen zugestanden, wegen dieser verfluchten Bank waren sie in die Gewerkschaft eingetreten, die ist für ihre Ruhezeiten, und ihr seid Scheißpensionisten, ihr könnt zu Hause rumhocken und euch unterhalten.

Aber so was hätten die Fährleute nicht einmal untereinander über die Schiffsleute gesagt. So geachtet waren die bei uns.

Nur wenn es regnete, blieben die drei Fährleute weg.

Mit dem ertrinkenden, zu Tode erschöpften kleinen Hund gab sich außer diesen beiden, diesem Imre und dieser Piroschka, keine Menschenseele ab.

Dabei verstärkten die Wassermassen die kleine, scharfe Stimme, und der hohe, wolkenlose Sommerhimmel warf sie zurück.

In der ganzen offenen Landschaft konnte man den angenehmen Duft der gestrigen Regenfälle spüren.

Der Fluss war etwas angeschwollen, der Wasserstand sichtlich höher als an den vergangenen Tagen, die ufernahe Strömung hatte sich verstärkt. Für Fremde wurde der Fluss dann am gefährlichsten, nach Trockenperioden, bei steigendem Wasserstand. Wenn das Wasser aus dem gebaggerten Bett heraustrat, genügten zwei Schritte am unbekannten Ufer, zuerst fühlt man noch feinen Flusskiesel unter den Sohlen, dann tappt der Fuß gleich in die Tiefe der stärksten Strömung und findet keinen festen Untergrund mehr.

Und dann gibt es die vielen Strudel, für den Ertrinkenden.

Die Hitze hatte nachgelassen, wenngleich die Temperatur und der Wind das Versprechen des Hochsommers und die Drohung dauerhafter Trockenheit keinesfalls zurückgenommen hatten.

Auf dem steinigen Ufer wurde ihr der Weg zu dem jungen Mann lang, zugleich drohend und bedrohlich.

Sie wusste, wie sie in dem gelben Bikini wirken musste. Das störte sie nicht. Sie zeigte dem Kerl, wozu das Objekt seines demonstrativen Selbstgenusses fähig war. Mit einer einzigen Bewegung wollte sie ihm das jaulende Tier entreißen, das war ihr heimtückischer Plan, doch bis dahin, bis sie bei ihm war, wollte sie seine Aufmerksamkeit mit ihrer körperlichen Präsenz fesseln, um ihm zuvorzukommen.

Sie gab ihm, ohne Schamlosigkeit, eine Lektion in Geschmeidigkeit und Eleganz der Bewegung.

Um bei ihm zu sein, bevor er den Hund wieder ins Wasser warf.

Ihre Aufmerksamkeit schien von etwas völlig anderem in Anspruch genommen. Ihr nahezu nackter Körper war nebensächlich, er sollte ihn gar nicht beachten, weil sie irgendwo hoch oben über Visegrád etwas Fesselndes entdeckt hatte.

Um dann mit einer Frage zuzuschlagen.

Worauf er mit weit aufgerissenen Augen antwortete, gleichmütig, als wäre es die natürlichste Sache der Welt, er sagte seinen Vor- und Zunamen, aber den Hund schleuderte er dennoch wieder ins Wasser.

Nun warf er ihn so, dass er über sie hinwegflog. Das konnte er, denn er war gut einen Kopf größer als sie.

Ohne zu überlegen, wandte sich Piroschka von ihm ab, von diesem ganz gewöhnlichen Verbrecher, sie stieß ihre Schlappen von sich und watete ins Wasser, dem Hund hinterher, um ihn zu retten. Weit kam sie nicht, am Rand des gebaggerten Flussbetts musste sie stehen bleiben und auf dem unsicheren Kiesuntergrund das Gleichgewicht halten.

Der Hund kämpfte mit derselben Strömung.

Bis dahin war es für die menschliche Vernunft unverständlich gewesen, warum er an den Ort zurückstrebte, wo er gequält wurde.

Warum ließ er sich nicht lieber von der Strömung forttragen, irgendwohin, nur nicht zurück zu dem Halunken.

Der Hund rang nicht mit theoretischen Erwägungen, er musste den kürzesten Weg suchen. Man konnte Einblick in seinen Selbsterhaltungstrieb nehmen.

Die Strömung im gebaggerten Flussbett war so stark und mächtig, dass sie sich nur schwer auf den von Algen und Schlingpflanzen rutschigen Steinen hielt. Trotzdem beschäftigte sie sich mit ethologischen Fragestellungen, bis es ihr gelang, den ihr zustrebenden Hund aus den Fluten zu fischen. Sein Blick war arglos und verängstigt, sein Vertrauen in die menschliche Rasse jedoch einigermaßen heil geblieben, sicherlich hatte ihn noch nie jemand gequält.

Mit seinem durchnässten Fell war er nicht größer als ein dicker Laib Brot.

Sie beruhigte ihn, schüttelte ihn, hob ihn an die Brust, er hustete Wasser aus der Lunge, würgte wegen des verstärkten Speichelflusses. Sie half ihm, hielt ihn ein wenig mit dem Kopf nach unten, klopfte ihm mit den Fingern auf die Brust, wandte sich mit ihm der Sonne zu und watete über den Schotter aus dem Wasser, wärmte ihn und streichelte ihn.

Sie ertastete seinen heftigen Herzschlag, nichts konnte schöner sein als das.

Dann wandte sie sich an den jungen Mann, doch sie ging nicht so nahe an ihn heran wie zuvor, als sie hinterlistig seinen Namen erfahren und ihm gleichzeitig das Tier entreißen wollte.

Sie fragte, wem der Hund gehöre.

Ich weiß es nicht.

Würde er Ihnen gehören, würde ich ihn jetzt beschlagnahmen.

Sie könnten ihn gerne von mir haben. Sie werden es nicht glauben, wie gerne Sie alles von mir haben können.

Jetzt reden Sie hier auch noch Dummheiten. Wie konnten Sie das tun, das sagen Sie mir jetzt noch.

Ich weiß nicht.

Mit welchem Recht, egal wem er gehört.

Er hat hier am Ufer herumgeschnüffelt. Ich hab ihn auch schon gestern hier gesehen.

Er ist sicher ein Herumstreuner.

Das ist mir egal, mich interessiert nicht, von wo er fortgelaufen ist. Niemand soll mir seinen Hund frei rumlaufen lassen. Hunde gehören an die Leine.

Eine wirklich geistreiche Rechtfertigung. Sie wissen nichts, Sie interessiert nichts, doch zu allem haben Sie ein Recht. Wie praktisch für Sie. Wie ich Sie beneide.

Um seinen Hund soll sich der scheren, rief der junge Mann wütend aus, der ihn hier rumstreunen lässt.

Sie selbst wollen ja nicht herumstreunen. Sie haben gesehen, dass der Hund zittert. Haben Sie sein Bellen und sein Winseln nicht gehört. Sie haben nicht bemerkt, dass Sie ein atmendes Lebewesen quälen. Ein Lebewesen wie ich oder Sie oder Ihre liebe Mutter, alle sind wir Geschöpfe Gottes.

Natürlich habe ich es bemerkt, keine Sorge, ich bin nicht blind und taub. Und meine Mutter lassen Sie aus dem Spiel, auch wenn Sie so großartig und berühmt sind.

Gottesfurcht kennen Sie nicht.

Zum Kuckuck damit, was ich kenne und was ich nicht kenne. Kümmern Sie sich nicht darum. Ich scheiß auf Gott.

Wenn ich dem Hund etwas beibringe, was geht Sie das an. Was geht Sie das an, was für Furcht ich kenne oder nicht kenne.

Sie sind ein unerschütterlicher Held, ich sehe schon, Sie respektieren weder Mensch noch Gott, alle schmähen Sie unablässig.

Ein Hund muss schwimmen lernen, verdammte Scheißhunde, Sie müssen schon entschuldigen, dass ich sage, was ich denke.

Der Schmerz von anderen berührt Sie nicht. Verletzen Sie nur Ihre eigene Mutter nicht. Sie halten ihren Namen nur in Ehren, um dahinter die eigene Mordlust zu verstecken.

Er soll ein guter Hund werden, da muss irgendwer diesem Scheißhund was beibringen.

Sie haben keine Angst, dass das Leiden anderer Sie einmal einholt. Sie fürchten nichts und niemanden. Was für ein großer Held Sie sind.

Sie können sich nicht vorstellen, für das sind Sie noch ein zu junges Mädchen, Piroschka, ein zu vornehmes Mädchen, um sich irgendwas vorzustellen, was ich mir vorstelle.

Was kann ich mir nicht vorstellen.

Ich hab vor meinem Schatten Angst. Ich hab Angst, dass er von der Wand verschwindet, dabei gehe ich dort mit ihm.

Ach, Sie reden schon wieder dummes Zeug.

Manchmal sehe ich meinen eigenen Schatten nicht vor mir.

Sie denken, ich kaufe Ihnen jeden Blödsinn ab. So wollen Sie mir den Hof machen.

Nennen Sie mich nicht blöd.

Ich nenne Sie gar nichts. Gerade haben Sie gesagt, dass ich Sie Imre nennen soll, nicht Balog, sondern Bolog.

Ich muss Angst vor der Angst haben, aber nicht vor Ihnen, kein bisschen, brüllte er, und es stand zu befürchten, dass er auf sie losging.

Wie konnten Sie das tun, sagen Sie mir das. Darauf haben Sie noch keine Antwort gegeben. Wenn Sie nun mal vor der Angst Angst haben, lieber Imre.

Mit dieser Frage ließ nun auch sie ihrer Erregung freien Lauf. Sie vergaß, dass der Hund an ihrer Brust von ihren rhythmischen Ausbrüchen erschreckt wurde.

Antworten Sie mir, antworten Sie.

Der Ausruf wurde von der Umgebung kräftig zurückgeworfen.

Er ließ seinen flachen Blick seltsam auf ihr umherwandern, über ihr Gesicht, über die unbedeckten Teile ihres Körpers, so, als wollte er ihrem Blick ausweichen. Als wollte er auf ihren Schultern, ihrem Bauch, ihren Schenkeln, ihren Brüsten die Antwort suchen, auf Körperbereichen, deren Nacktheit er noch nie so nahe gekommen war. Geistesabwesend schien er auf ihren Körperregionen die Antwort zu suchen und lange nicht zu finden. Wie jemand, der unter dem Schutz der Dunkelheit höchst bedachtsam stehlen geht. Doch er hält nicht nach etwas Ausschau, das man entwenden kann.

Eher versuchte er, an ihr die Körper wiederzuerkennen, die er in verschiedenen Positionen schon gründlich in Augenschein genommen hatte.

Es schien ihm schwerzufallen, mit dem Blick auf etwas anderem zu verharren.

Solche zögernden und unendlich verlangsamten, vielleicht sedierten Blicke hatte sie bei Júlia Sármány in der geschlossenen Abteilung beobachten können.

Zugleich hatte sie zum ersten Mal im Leben das Gefühl, in ihrem Bikini maßlos und ungerechtfertigt ausgeliefert zu sein.

Es war ein versprengtes Gefühl, Spreu zwischen Gedankentrümmern, die von anderswo herabstürzten.

Die vor Schreck ersterbende Frage ihrer Mutter, ist das nicht zu knapp, Kind, auch als Bikini.

In Wirklichkeit sah sie der junge Mann eine Weile lang gar nicht, sein Blick schweifte ab.

Er schien nichts und niemanden anzusehen, sondern träge nach jemandem Ausschau zu halten.

Warum schweigt er so lange.

Sagen Sie mir nicht noch mal, Sie wissen es nicht.

Sie wissen es, rief sie ihm ins Gesicht, das langsam und träge seinen Blick verlor.

Warum haben Sie es getan, wie konnten Sie, antworten Sie mir, mit einem einzigen Wort nur.

Mit dem ersten Wort, das Ihnen einfällt.

Also, ich kann Ihnen nichts anderes sagen, eröffnete Júlia Sármány ihren Schülern, als dass es Verbrecher gibt, die wir unter Verschluss halten müssen, weil sie zum zweiten Mal und zum hundertsten Mal straffällig werden. Viele von ihnen kommen davon, obwohl sie etwas begangen haben und wieder begehen werden. Sie kommen einmal davon, fünfmal, weil sie all die kleinen dunklen Geheimnisse der bürgerlichen Gutgläubigkeit durchschauen. Und dann gibt es natürlich noch die erschreckenden Irren, die toben und wüten, in Wirklichkeit aber völlig harmlos sind, laut, furchterregend und selbstgefährdend, doch

Kapitalverbrechen begehen sie nicht und werden es auch nie.

Ich bin Kriminologin, Forensikerin, mich interessiert nicht die Ethik des Verbrechens, sondern seine Substanz, denn ich verfüge über keinerlei Hinweise, dass es so etwas gibt, ich klassifiziere Fälle, suche in der nationalen und internationalen Fachliteratur nach Analogien, ob überhaupt jemandem schon einmal etwas Ähnliches oder Identisches begegnet ist, ich mache sozusagen eine Bestandsaufnahme der Fälle, und so traurig es sein mag, weiter reicht meine Kompetenz nicht.

Das müssen Sie zur Kenntnis nehmen.

Wir hinken ihren Handlungen hinterher.

Wir sind keine exakte Wissenschaft, das heißt, wir sind keine Wissenschaft.

Die Schüler verstanden richtig, dass sie durch die Verwendung des lateinischen Ausdrucks, wonach sie Forensikerin sei, die Gerichtspsychiatrie mit einer ironischen Aura umgab oder sie ihrer angreifbaren Wissenschaftlichkeit wegen für unvereinbar hielt mit den ärztlichen und juristischen Ritualen.

Inmitten ihrer Beobachtungen und Aufzeichnungen müssen sie sich auf ihre Herztöne verlassen.

Wegen ihrer rhythmischen Ausrufe krallte sich der kleine Hund an ihre Haut.

Trotz aller Wut und Erregung nahm Piroschka deutlich wahr, dass sämtliche Reflexe des Tieres mustergültig funktionierten.

Nicht nur das instinktive Anklammern, auch dessen Hemmung.

Er klammerte stumpf, seine Krallen drückte er ihr nicht

ins Fleisch, wenngleich er stumpf und hilflos davor zitterte, sie könnte ihn wieder in die Hände seines Peinigers geben.

Das wollte ich nicht, rief der junge Mann unerwartet, und die Berge am anderen Ufer und der Himmel warfen seine Stimme zurück. Ich nicht. Ich wollte Ihnen nicht wehtun. Wehtun. Auch dem Köter nicht. Nicht.

Glauben Sie mir.

Das schrie er nicht mehr.

Ich werde ihn nicht wegnehmen, Sie brauchen ihn nicht so an sich drücken.

Sie werden es nicht glauben, ich weiß, dass Sie es nicht glauben werden, aber glauben Sie mir.

Warum glauben Sie mir nicht.

Auch das erzeugte ein Echo, denn er schrie es wieder laut.

Mir nicht.

Piroschka sah ihn nur mit großen Augen an, was redete er jetzt, was war in ihn gefahren.

In diesem Moment empfand sie weder Hass noch Verachtung für das großgewachsene Wesen vor ihr, doch angesichts der schamlosen Kehrtwende brandete ihr Zorn gegen den Damm ihrer professionellen Toleranz, die ihre Reserven aufgebraucht hatte, und schwappte über ihn hinweg.

Als würden sich ihre Pupillen immer mehr erweitern, weil sie, Piroschka, am Rand der tiefsten Dunkelheit angekommen war und doch hinsehen und eintreten musste.

Es schien, als stünde gar kein lebender Mensch dort, sondern sie hätte es mit einem Toten zu tun, der von irgendwoher zurückgekommen war und daher noch Antworten gab.

Sie war ganz leise geworden, ihre Lautstärke nahm mit jedem Satz wieder zu.

Was Sie nicht sagen.

Warum soll ich irgendetwas glauben.

Wer wollte es dann, wenn Sie es nicht gewollt haben.

Wenn Sie es nicht wollten, dann vielleicht der Kaiser von China.

Er lachte hässlich auf, als hätte er einen ordinären Witz gehört, aber bremsen konnte er Piroschka damit nicht.

Vielleicht habe ich es ja doch gewollt.

Sagen Sie nicht, dass Sie es nicht wollten.

Ich habe gesehen, was Sie getrieben haben, es hat Ihnen Spaß gemacht. Es hat Ihnen Spaß gemacht zu quälen. Es hat Ihnen Spaß gemacht, dass das andere Tier Ihnen ausgeliefert war.

Sie haben sich gerächt.

Sie sind genauso ein Tier, merken Sie das nicht.

Wenn ich etwas nicht will, dann tue ich es nicht, vor allem macht es mir keinen Spaß, wenn ich es doch tue.

Dann schäme ich mich.

Vor Lachen und Zorn belebte sich sein totes Gesicht wieder, sein zögernder, flacher Blick verharrte flackernd auf Piroschkas Gesicht, und zwischen den Lidern erwachten die Augen zu neuen Grausamkeiten.

Es hat Ihnen sehr wohl großen Spaß gemacht zu quälen.

Piroschka, alle fachlichen Zügel fahren lassend, schrie ihn vor Wut an.

Quälen, antwortete der Berg.

Mit dem Hund im Arm trat sie an die nach Schweiß stinkende, vor ihr aufragende Gestalt heran. Ihr war nicht im Geringsten bange. Sie geriet in den feuchten Körpergeruch eines halbnackten Mannes, seine Arbeitshose war vom Fluss durchnässt. Sie schauderte zurück. Was sie ein wenig ernüchterte.

Sie konnte hören, wie ihre Stimme immer schriller und kindlicher nach oben rutschte, gleich würde sie weinen wie ein kleines Mädchen.

Sie schauderte vor ihrer eigenen Infantilität zurück. Davor, dass sie diesem Ungeheuer, diesem Rüpel etwas noch Gravierenderes, Beleidigenderes, Hysterischeres als alles Bisherige ins Gesicht schleudern wollte, doch sie konnte nicht schreien, schon wegen des Hundes nicht, der in ihrem Arm zitterte, nur ihre Stimme wurde wieder tief.

Sie glauben wohl, ich hätte es nicht gesehen, es hat Ihnen ja Spaß gemacht, Ihre Brutalität galt mir, nicht dem Hund.

Das haben Sie getan.

Deshalb haben Sie es getan.

Na, Ihre Brutalität ist wirklich imponierend.

Überhaupt nicht.

Darauf verzerrte sich sein erwachtes Gesicht, als würde es zwischen Pein und Genuss zerquetscht. Die eine Kraft riss seine Züge hierhin, die andere dahin.

Weshalb sie kein Mitleid erregten, sondern sein Gesicht in eine bedrohliche, absurde Fratze verwandelten.

In der Abteilung von Júlia Sármány wurden geisteskranke Verbrecher, Rückfalltäter unter strengen Vorkehrungen festgehalten, Patienten, die auch nach Verbüßung ihrer Strafe nicht auf freien Fuß gesetzt oder wegen ihres Geisteszustandes von vornherein rechtlich nicht zur Verantwortung gezogen werden konnten.

Und was, wenn es mir Spaß macht, schönes Fräulein.

Sie schönes, vornehmes Fräulein, das sich mit seinen knallroten Fingernägeln zu uns verirrt hat.

Ist doch schön, dass es mir Spaß macht, warum denn nicht.

Was wollen Sie hier überhaupt.

Sollen immer nur die anderen Spaß haben.

Immer nur Ihre Freunde, sollen sie alle aus der Stadt zu Ihnen kommen und hier am Ufer rumknutschen und rumtoben.

Passiert doch nichts, wenn ich meinen Spaß habe.

Es macht mir eben Spaß.

Das fehlte noch, dass Sie hier sagen, was ist und was nicht ist. Ihr kommt einfach her und sagt uns, was Sache ist.

Ich habe Sie nicht eingeladen, dass Sie den ganzen Sommer am Ufer in der Sonne liegen, während andere an Ihrer Stelle schuften.

Es macht mir Spaß, das ist alles.

Und jetzt geben Sie mir mal schön den Hund her, es ist mein Hund, ich werde ihn verdrücken.

Weil zum Frühstück brauche ich Hundefleisch.

Wenn Sie ihn nicht freiwillig hergeben, nehme ich ihn mit Gewalt.

Nun brüllte sie schon befreit, fast übermütig zurück, und das Echo folgte auf der Stelle.

Seien Sie nicht so ein Kindskopf, gerade haben Sie noch gesagt, Sie hätten ihn gefunden. Wenn Sie ihn hier gefunden haben, wie kann er dann Ihr Hund sein. Es ist nicht Ihr Hund. Er gehört Gott, nicht Ihnen, ob Sie es wollen oder nicht, und deshalb werden Sie ihn nicht zum Frühstück essen.

Essen.

Da veränderte sich das Gesicht von diesem Imre zum dritten Mal. Mit jeder Veränderung hatte er etwas Neues zu sagen. Er schien zu träumen, sich irgendwohin verirrt zu haben, nicht zu wissen, wo er sich befand.

Ich weiß selbst nicht, was ich rede.

Seien Sie mir nicht böse.

Glauben Sie mir, ich habe es nicht gewollt, ich will auch nicht mit Ihnen herumschreien.

Ich habe ihn gefunden, natürlich hab ich ihn gefunden, es ist mein Hund.

Ich wollte es.

Auch egal, wenn ich es nicht wollte.

Ich wollte es.

Ich tu es auch morgen wieder, jederzeit, wenn es mir doch Spaß macht.

Er schrie es in die laue Sommerluft hinein.

Und Piroschka musste sich eingestehen, dass das Rufen sogar der Sommerluft um sie herum guttat. Die Freude der Freiheit durchdrang sie, dass er die ganze in ihm wütende Anarchie endlich aussprach.

Sie können mich nicht abhalten, von nichts.

Von nichts, von nichts riefen die Visegráder Berge vom anderen Ufer zurück.

Ich mache, was ich will. Es macht mir Spaß. Niemand wird mir reinquatschen bei den vielen Dingen, die ich mache, merken Sie sich das. Bei dem, was ich mache. Auch Sie nicht, schöne Piroschka. Ich mache das, nicht Sie.

Meine Schönheit.

Doch darin lag nichts Schönes mehr, kein Hauch mehr von der Freude des Aussprechens, sein Gesicht verzerrte sich vor Pein zur Fratze.

Entschuldigen Sie, ich flehe Sie an bei allem, was Ihnen heilig ist. Ich muss so reden, mir ist nichts heilig, nichts, flüsterte er, als müsste er das, was er sagen wollte, vor jemandem geheim halten, vor wem auch immer, niemand hielt sich in ihrer Nähe auf.

Ich bin nicht ich.

Es macht mir auch Spaß, wenn ich es nicht wollte.

Es macht mir Spaß, dass ich es nicht wollte.

Ich hab es gewollt.

Und indem er dieses eine, es macht mir Spaß, es macht mir Spaß, ständig wiederholte, hervorstieß, mit Wonne und mit Pein, es der gemeinsamen Luft übergab, schnappte seine Zunge gleich wieder danach, fuhr seine Zungenspitze kurz auf die Oberlippe oder glitt über die Unterlippe, höhnisch, genüsslich, denn er konnte ja zweierlei gleichzeitig sagen, kalt, warm, das und das Gegenteil davon.

Anscheinend musste er nur mit der naiven Piroschka seinen Spott treiben, die ihm das abnahm, abkaufte, mit diesem unseligen vornehmen Fräulein, das sich hier den lieben langen Tag halbnackt von allen anstarren ließ.

Gleichzeitig bettelte er um Vergebung, hoffte auf Verständnis, und davon überkam ihn ein noch größerer, schadenfroher Genuss.

Nicht mal die Hälfte davon war Spaß.

Er schien eine gespaltene Seele mit allen Schmerzen und Affekten auszuatmen und auszuspeien und zugleich dagegen zu protestieren, würde alles Gesagte und alle Gesten zurücknehmen, heldenhaft dem widerstehen, was er wollte oder nicht wollte.

Sie standen auch zu nahe beieinander.

Sie erschauerte am ganzen Körper von dem Geruch

des süßen Speichels, der kurz zuvor gegessenen Zwiebeln, Speck und frischem Brot, der nicht faulig, aber markant und durchdringend war.

Júlia Sármány hatte sie gelehrt, Düfte, Gerüche und verschiedene Arten von Gestank zu bewerten und zu deuten.

Sie nannte und zitierte den englischen forensischen Pathologen Bernhard Spilsbury, dem sie in der hohen Bewertung des Geruchssinns nachfolgte.

Sie sagte durchdringend, reif, markant, scharf, aber sicher nicht stinkend.

In der Abteilung demonstrierte sie die verschiedenen Düfte der Geisteskranken, die durchdringenden, diverse Krankheiten verschiedenartig begleitenden Gerüche, markante Düfte, die verschiedenen Körperbereiche und ihre Ausdünstungen.

Piroschkas Zorn erwies sich als zu stark, um ihm mit ihrem Wissen etwas anhaben zu können, so wie sich ihr Geruchssinn, ihr Erinnerungsvermögen oder ihr Fluchtinstinkt gegenüber dem Zorn als zu schwach erwiesen.

Das Wissen, dass sie sich auf etwas einließ, auf das sie sich nicht einlassen durfte, das ganz und gar verboten war, half ihr nichts. Unter dem offenen, blauen Himmel betrat mit ihr die Hysterie die Bühne, sie wurde zu einer hemmungslos brüllenden Frau, einer schnatternden Gans, aus ihr sprach die beleidigte Städterin, sie verwandelte sich in eine Furie, benahm sich dilettantisch, sie war ein blutiger Laie, ihr ganzes Berufsethos, sämtliche Fachkenntnisse und ihr ganzes leidenschaftlich angeeignetes, vielseitiges Wissen war dahin, dahin die Liebe, die sie mit dem Wissen und der Person der betagten und stark angeschlagenen Frau Professor verband, doch sie hätte vergeblich versucht, sich aufgrund des Gelernten zurückzuhalten, sich zu durchschauen, und da war sie auch schon in sinnloses Gebrüll ausgebrochen.

Es war zu spät, sich zurückzuhalten, sich zu durchschauen.

Sie haben keine Seele, Sie sind eine Wüste, verstehen Sie, Sie reden da irgendwas zusammen, behaupten erst etwas und dann das Gegenteil davon. Nehmen Sie zur Kenntnis, dass Sie eine seelenlose Jammergestalt sind und immer bleiben werden.

Und was, wenn ich das nun mal bin, ein seelenloses armes Schwein, sagen Sie mir das, für Sie bin ich ein erbärmliches Nichts, eine Jammergestalt, ein seelischer Krüppel. Was denkt der sich – mir in die Nähe kommen. Das haben Sie sagen wollen, darauf wollte das schöne Fräulein hinaus mit seinen vielen Worten, dass ich ein schamloses Vieh bin.

Warum bin nur ich schamlos, Sie sind es auch, und alle diese Freunde, mit denen das schöne Fräulein am Ufer herumknutscht.

Wenn Sie mich noch einmal schönes Fräulein nennen, dann setzt es was, verstehen Sie. Und jetzt gehe ich und suche den Herrn von diesem Hund, brüllte Piroschka ihn an, völlig außer sich.

Und von mir bekommen Sie eins auf die Nase.

Lassen Sie das, Sie brauchen nicht suchen, Sie finden ohnehin niemand. Der Hund hat keinen Herrn außer mir. Es ist mein Hund.

Fasziniert bestaunte Piroschka seine neuerliche Verwandlung.

Schlagen Sie mir aufs Maul, bitte, bitte. Der Hund hat niemanden, niemanden.

Sie hätten ihn umgebracht.

Den Höllenhund kriegen Sie, nicht diese arme, kleine Kreatur.

In diesem heiligen Moment verschluckte sich die Lieblingsschülerin von Júlia Sármány, fast wäre sie in Tränen ausgebrochen, sie wünschte, sie könnte diesen Menschen mit der Faust schlagen, so sehr rührte sie der arme, zitternde Hund, den sie im Arm hielt und vor dem Ungeheuer beschützte.

Vielleicht hatte er wirklich niemanden.

Dann wäre sie sein rettender Engel.

So gut, wie es auf den Steinen ging, versuchte sie vor ihrem eigenen Weinen davonzulaufen in diesen wirklich blöden Badeschlappen.

Nehmen Sie ihn nur, den Köter, das Mistvieh, wenigstens muss ich die liebe Kreatur, wie Sie sagen, nicht mehr quälen. Umarmen Sie es nur, das Mistvieh. Aber dass ich ihm bloß nicht noch mal begegne, weil dann ersäufe ich es in der Donau. Sie will ich auch nicht mehr sehen, weil sonst reiße ich Ihnen die kleinen gelben Scheißfetzen runter.

Irgendwann erwische ich Sie, zusammen mit Ihrem kleinen Hund.

Er soll mir bloß nicht mehr unterkommen, weil sonst ist es aus mit ihm. Zusammen mit Ihnen, vergessen Sie das nicht, Sie, liebe schöne Piroschka.

Für Sie habe ich keine Minute, Sie Blödmann, brüllte Piroschka zurück, denn sie spürte, dass dieser Mensch schwach und hilflos war, zugleich musste sie achtgeben, nicht hinzufallen und nicht seinetwegen ihre Schlappen zu verlieren, was unendlich peinlich gewesen wäre.

Ich werde Ihnen trotzdem auflauern, keine Angst.

Und darüber lachte er noch schallend, über dieses Auflauern.

Ihre Dummheiten höre ich mir nicht länger an, brüllte Piroschka im Eilschritt zurück. Ich schieße Sie nieder. Mein Großvater hat ein Jagdgewehr. Auflauern willst du mir. Das kannst du haben, eins mit meinem Gewehr.

Doch das schrie sie nicht mehr, sondern murmelte es nur vor sich hin, wie es die hiesigen alten Frauen tun, die zu nichts mehr taugten. Sogar ihre Atmung setzte aus vor Bestürzung über das Auflauern. Und darüber, dass sie diesem Menschen am liebsten ins Herz schießen würde, ihm den Tod wünschte.

Dieses Schwein hat mir aufgelauert. Sie musste einen Moment stehen bleiben.

Wo hat mir das Schwein aufgelauert.

Jetzt bemerkte sie, dass sie in ihrer Wut nicht dorthin ging, wo sie hinwollte.

Blind, den völlig verängstigten und zitternden Hund an ihre Brust gedrückt, kehrte sie zum Ufer zurück. Sie schämte sich zu Tode, dass sie ihre Wut nicht unterdrücken konnte.

Sie musste zurückkehren, schmachvoll ihre Mitschriften, ihre Bücher und das große Badetuch einsammeln. Den Hund setzte sie so lange in den Korb.

Er wollte natürlich gleich wieder zitternd und winselnd herauskrabbeln.

Hinter ihr war das schallende Gelächter abgerissen. Er kam näher, hauchte und stöhnte flehend wie ein kleines Kind, sie soll nicht gehen, nur dieses eine Mal, er nannte sie beim Namen, sie soll nicht vor ihm weglaufen. Sie soll ihm glauben, er ist nicht seelenlos, ganz und gar nicht.

Er werde ihr folgen.

Er sei kein Tier.

Er helfe allen.

Egal was sie wolle, er macht es.

Auch seine Anstellung in Vác gibt er für sie auf. Auch im letzten Herbst sei er ihr gefolgt. Auch in ihrer Straße sei er gewesen, er fahre ihr nach Budapest nach.

Ihr drehte sich davon buchstäblich der Magen um, und während sie ihre Sachen hastig zusammenpackte und zugleich versuchte, den Hund im Korb zu halten, hatte sie das deutliche Gefühl, sich gleich übergeben zu müssen, weil all sein Geloben und Flehen vergeblich waren, es wird keine Gnade geben, es gibt keine Gnade.

Der hatte sie tatsächlich gesucht, er wollte sie begleiten.

Es sprach ja immer ein anderer aus ihm.

Schnell, raus aus dem Bild, weg von hier, nicht dass einer von den vielen sie einholt.

Während sie sich mit ihren Sachen abmühte, mal in die Hocke ging, mal wieder aufsprang, als wäre auch sie verrückt geworden.

Der Rücken tat ihr schon weh.

Allerdings sah sie deutlich, dass er kein Messer bei sich haben konnte. Die Arbeitshose klebte ihm am Leib, wo hätte das Messer sein sollen.

Der Rücken schmerzte sie vor böser Ahnung, als sie den feucht riechenden Hund aus dem Korb und wieder auf dem Arm nahm und ihre Sachen hineinwarf.

Sie fühlte sich schuldig und nackt mit ihrem gebräunten Körper, wie sie hier kauerte, aufsprang und davonlaufen wollte.

Wäre sie doch im Badeanzug hergekommen. Warum hatte sie nicht den angezogen.

Wie hatte sie in eine solche vollkommen unwirkliche Situation hineingeraten können, in einen Wortwechsel, der all ihrer bisherigen Erfahrung widersprach, und wie konnte sie da wieder herauskommen.

Wo sollte sie hin.

Sie hatte sich genug vorzuwerfen.

Einen Affekt, den sie bisher nicht kannte, hatte sie nicht im Zaum halten können. Was konnte die große Júlia Sármány von ihr erwarten, wenn sie beim ersten echten Einsatz versagte. Dabei fügte Júlia Sármány immer hinzu, es sei keine exakte Wissenschaft, die Erfahrung sei nicht messbar, sondern persönlich, alles verflüchtige sich, sie sollten nicht danach schnappen, sie könnten nicht zweimal in dieselbe Kriminologie einsteigen, da gebe es nichts zu messen oder miteinander zu vergleichen.

Sie konnte nicht anders, als sich vor diesem stinkenden Häuflein Unglück zu ekeln, diesem anderen Menschen, dessen Existenz sie bisher nur am Rande ihres Bewusstseins zur Kenntnis genommen hatte.

Warum hätte sie sie anders zur Kenntnis nehmen sollen, verflixt noch mal.

Wie kam sie dazu.

Und in demselben Moment sprach es der junge Mann hinter ihr aus.

Für Sie bin ich ein kleiner Hosenscheißer, das weiß ich. Ein großes Stück Scheiße. Ein Niemand.

Wieder schrie er in die Landschaft hinein, ein Niemand, Niemand.

Und aus dem Tal am anderen Ufer hallte das vervielfachte Niemand nur so zurück.

Doch da rannte sie schon los mit dem Hund im Korb, so

schnell sie nur konnte, ihre Tritte knirschten laut auf den trockenen Steinen.

An diesem furchtbaren sonnigen Tag, an dem sie um ihr Leben zu fürchten begann, dergleichen hatte sie noch nie zuvor empfunden, fragte sie in der Nachbarschaft herum, ob jemand den Besitzer des Hundes kenne, bis sie ihn zu ihrem großen Glück gefunden hatte. Mit diesem Erfolg hatte sie an so einem Tag gar nicht gerechnet, und sie brauchte ihn dringend. Zu ihrem noch größeren Glück war es kein Ortsansässiger, der hätte den herumstreunenden, nichtsnutzigen Hund gleich auf dem Hackklotz erschlagen, sondern ein kleines Kind von den Feriengästen, ein ziemlich hässlicher Junge. Sie suchten die Löcher unter dem Zaun, wo der Hund sich durchgezwängt hatte. Die verschlossen sie sorgfältig mit Weidenruten, die zum Korbflechten bestimmt gewesen und von Frau Höss gespendet worden waren. Der Hund sprang bellend um sie herum, als wäre nichts geschehen.

Doch am nächsten Tag nach dem Aufstehen übernahm der blanke Zufall die Regie.

Obwohl sie sich gegenübersaßen und vom ersten Wort an der größtmögliche Friede zwischen ihnen herrschte, während der Personenzug mit ihnen und anderen Reisenden in Richtung Vác zuckelte, gingen ihr die Morddrohung und das Auflauern als unangenehme Erinnerung im Kopf herum.

Ein unbehagliches Gefühl, allein schon deshalb, weil sie, um das Warten auf die großen Donaufähre zu verkürzen, zum steilen Uferabschnitt geschlendert waren, wo sie und ihre Freunde vor einigen Jahren nach einer Eisflut ein Massengrab aus der Römerzeit entdeckt hatten.

Die Knochen übereinandergeworfener Körper ragten aus der Erde. Im Jahrhundert nach Christi Geburt, als gerade Kaiser Trajan die Grenzen des Reichs absicherte, war das Fleisch von den Knochen gefault. Wahrscheinlich waren es Azaler gewesen, die, von Soldaten der in Aquincum stationierten Legion überrascht, niedergemetzelt und in der damals wesentlich weiter vom Fluss entfernten Erde verscharrt worden waren. Sie waren unbewaffnet gewesen, zumindest laut Erkenntnissen der Archäologen. Eingebettet in eine dicke Schlammschicht, standen Schädeldecken, Hände, Wadenknochen aus dem steilen Uferabbruch hervor. Dazwischen hatten sich Uferschwalben eingenistet. Es gab Kinder, Frauen und ältere Männer unter ihnen, aber kein einziger Mann im wehrfähigen Alter, von den Kindern waren nur die eingeschlagenen Schädel mit den Augenhöhlen erhalten.

Während sie dort auf dem bereits menschenleeren Ufer spazieren gingen, hing die Drohung über ihr und wollte nicht mehr weichen.

Sie dachte, sie würde gleich in Ohnmacht fallen, als sie anderntags die Jammergestalt dort warten sah, abseits der anderen und sie überragend.

Er wollte es nicht.

Gut, nicht er wollte es, doch wer dann. Wer wollte es. Wem hat es Spaß gemacht, wenn nicht er es wollte. Wer ist es, dem es Spaß gemacht hat.

Sie kam nicht dazu, noch auf etwas anderes zu achten als auf seine Worte und Gesten, so überrascht war sie, ihm hier unter freiem Himmel wieder zu begegnen.

Dennoch überlegte sie, was Júlia Sármány an ihrer Stelle tun würde. Was würde sie dazu sagen, dass sie trotz des gestrigen Vorfalls hier bei ihm saß. Sie würde sie hochkant aus ihrem Seminar werfen, dass sie den breiten neubarocken Korridor der juristischen Fakultät entlangschlitterte. Sie sah sich zwischen den Fenstergewölben über den blanken Steinboden des Korridors rutschen. In eine so peinliche Lage könnte Júlia Sármány niemals geraten. Doch was würde sie dazu sagen, und warum hat sie gesagt, dass sie das Fach wechseln solle.

Sie hat gar kein Gespür dafür, wie sehr sie sich auch konzentriert, sie versteht kein Wort.

Sie kann mit einem Geisteskranken nicht reden.

Es hat keinen Zweck, ihn zu beobachten, wenn sie sich selbst nicht versteht. Was will sie damit vermeiden.

So etwas wie eine Seele gibt es nicht, wozu sie dann suchen.

Mäßig heimtückisch, ja, sicher, möglicherweise bedingt durch Umwelt, Erziehung, Schläge, Demütigungen oder genetisch, angeboren. Man spürt den Geruch der Angst um ihn herum, aber psychisch krank ist er nicht. Irreversibel beschädigt, aber vermutlich nicht kriminell.

Und doch, alles, was sie sah, wahrnahm und roch, sagte ihr, dass dieser Mensch fähig war, einen Mord zu begehen, auch wenn er gerade nicht voller Hass gegen alles und jeden war.

Wenn vielleicht auch nicht sie, aber irgendjemanden wird er umbringen.

Ob sie ihm ständig Einhalt gebieten soll oder zulassen, dass er der eigenen Strategie folgend ins Blaue hinein redete.

Warum hat Júlia Sármány einem so blutigen Laien wie mir gesagt, sie würde mich zu sich holen, wenn ich das Fach wechsle. Sie hatte das Angebot nicht sofort angenommen und sich Bedenkzeit erbeten, weil die Psyche sie so sehr nun auch wieder nicht interessierte, um der Beschäftigung damit das ganze Leben zu widmen.

Was sollte sie bei einem zugegebenermaßen so unfasslichen Gegenstand lernen, wo sollte sie ihn packen.

Dieser Mensch wird töten, das ist offensichtlich.

Sie waren in einem gewöhnlichen Personenzug unterwegs. Zum Glück blieben sie nicht für sich. Es war ein Pendlerzug, er brachte die Nachmittagsschicht ins Zementwerk und in die Fotochemiefabrik. Dennoch befanden sich in dem Großraumwagen nicht viele Leute. Erst der nächste wird die Masse der Arbeiter zum Schichtwechsel befördern. Piroschka Mirák fuhr zum Sitz des Bistums Vác, um erstmals die dort aufbewahrten Gemälde ihres Urgroßvaters zu sehen und zu sichten. Der Sekretär des Bischofs hatte ihr vage versprochen, dass sie bei anderer Gelegenheit vielleicht auch im Archiv forschen dürfe, und falls die Schriftstücke auftauchten, hätte sie die Umstände der damalige Bildverkäufe oder Schenkungen untersuchen können.

Die Fenster waren heruntergelassen, anderswo ließen sie sich gar nicht mehr hochziehen.

Sie saß im Gegenwind, in Fahrtrichtung. Sie beobachtete, wie der Wind sich seinem wilden, rötlich blonden Haar anschmiegte, hineingriff, es kaum schaffte, die Ringel umzulegen. Sein Haar war nicht nur ungewaschen, es war dicht und fest wie eine Pferdemähne. Wie bei einem Tier, auch seine Statur, seine Arme und seine Beine. Mit ihrer Verachtung, ihrem Ekel konnte sie auch jetzt nichts anfangen. An jede noch so harmlose Beobachtung heftete sich sofort ihr Widerwille. Sie dachte vergebens darüber nach, ob sie Zeugin eines neurotischen Redeschwalls war, dessen innere Aufladung im Vergleich zu gestern deutlich abgenommen hatte, heute eindeutig um sein Ich strukturiert war, beziehungsweise infantilen narzisstischen Befriedigungen verhaftet blieb.

Unbehagen bereitete ihr höchstens, dass er damit bei ihr etwas erreichen wollte.

Was bedeutete, dass er ungeachtet seiner scheinbaren Gelassenheit heute noch durchgedrehter war, ein Rohling war er.

Seit gestern hatte auch sie sich einigermaßen beruhigt, für die verschiedenen Eindrücke bei seinem Anblick hatte sie dennoch keine Erklärung.

Sein Redeschwall war unmotiviert.

Auch wenn es offensichtlich war, dass er sie einwickeln, bezwingen wollte.

Nun nicht mehr mit Gewalt, sondern anscheinend mit friedlicheren Mitteln.

Während Piroschka ständig etwas für ihn tun musste, eine Geste, ein Nicken, sie verstehe, verstehe, sicher, natürlich verstehe sie, wobei sie kein Wort verstand. Weshalb sie schließlich das Gefühl hatte, jede Geste zögerlich auszuführen. Dem andern in die Augen sehen, damit sie sein Vertrauen nicht verliert, doch warum soll sie es nicht verlieren. Soll sie es doch verlieren. Seinen abgleitenden Blick festhalten, doch wozu soll sie ihn festhalten. Soll er abgleiten, soll er sich richten, auf was er will. Er soll mich in Ruhe lassen, was habe ich mit der ganzen Geschichte zu tun. Warum hängt er sich an mich. Oder soll sie das geheime Fieber seines ins Nichts gerichteten flachen und trägen, auf keinen Gegenstand fixierten Blicks zu lindern versuchen.

Was geht das mich an, wozu soll ich es lindern.

Es gibt keinen Halt auf der Strecke.

Sein Blick findet nirgends Halt.

Mein Gott, wie weit ist es noch bis zu diesem Vác.

Dieser Unglücksrabe hat keinen Ruhepunkt, von dem aus er irgendetwas aufarbeiten könnte. Ein blöder Bauer, was erwartet sie von dem. Vielleicht sollte sie ihn was fragen, ihn verblüffen, ablenken, bremsen, die Elendsgestalt, ihn wenigstens zu einem eigenen Gedanken zurückholen.

Schon allein damit es ihn selbst überrascht, was er alles zusammengeredet hat. Was alles er ihr freiwillig und unwillkürlich verriet. So ein Rindvieh.

Was will er von mir.

Warum lügt er nicht lieber, warum ist er so brutal.

Aber jetzt nicht stehen bleiben.

Bloß nicht.

Jetzt sind wir der Sache auf der Spur.

Welcher Sache.

Es gibt gar keine Sache.

Es änderte nichts, dass ihr die eigene Rolle widerstrebte, für die es in ihrem Sprachgebrauch ein Attribut gab, soll ich etwa sein seelischer Mülleimer sein.

Nie und nimmer.

Dass der mit seiner seelischen Schmutzwäsche bei mir antanzt. Auf der Wäschekiste sitzend, wird er mir seine flammende Liebe gestehen.

Kurzum, sie ekelte sich, vor seinem breiten Kiefer, seinen dreckigen Haaren, seiner bäuerlich schönen, sommersprossigen Visage.

Ein verschlagenes, hinterhältiges Tier. Wenn nicht heute, dann wird er es morgen tun. Bei allem profanen Zorn auf ihn sah sie in ihm einen reinen Menschen.

Was kann er denn dafür.

Mit meinem Zorn stoße ich ihn weiter den Abhang hinunter.

Es entsetzte sie, dass jemand eine so starke Wirkung auf sie ausüben konnte, dass sie mit ihm in das banale Labyrinth konträrer Emotionen eingesperrt wurde, in diese ganze verdammte Dualität und Dialektik. In diesem anderen Menschen lag etwas absolut Ungewöhnliches, sie hätte gesagt, Primitives und Regelwidriges, genau wie er gezeugt worden war.

In Destruktivität geboren.

Ein subversiver Mensch.

Was sie wiederum so faszinierte, dass sie ihn wider besseres Wissen mit ihren Fragen eher noch tiefer hineinlenkte.

Wohinein, war völlig unklar.

Sie selbst sehnte sich nach Subversivität, nach nie dagewesener Destruktivität.

Wodurch es mehr wurde, anders wurde, als das, was von einer eifrigen kleinen Studentin als Hilfeleistung zu erwarten war.

Die schiere Bereitschaft zu helfen half ihm über die Untiefen seines Erzählens hinweg. Zumindest für die Dauer ihrer kurzen Fahrt.

Mit ihren Fragen führte sie ihn sozusagen an der Hand, obwohl sie nicht hätte sagen können, wohin die Reise ging, denn seine Hand halten wollte sie wirklich nicht so gerne.

Sie betrachtete seine Arbeiterhand so ausdauernd und

angewidert, dass er es merkte, sie wollte das nicht, es passierte einfach, und so musste er selbst auf die riesige Hand auf seinem Knie hinuntersehen.

Er hielt den Drang und das glühende Verlangen zu töten nur durch seine Worte in Schach. Aus der Sicht der Psychologie konnte sie nur staunen, dass es mit gezielten Fragen tatsächlich kinderleicht war, einen anderen Menschen zu öffnen.

Was sie aus ihrer früheren Praxis wusste.

Es redete wie ein Wasserfall.

Nach einer Zeit dachte sie nicht mehr darüber nach, was Sármány für eine Diagnose gestellt hätte.

Kein Zweifel, das war heute ihre einzige Aufgabe, auf alle Diagnosen zu pfeifen.

Sonst nichts.

Sie muss keine Richtung vorgeben, nicht konsequent sein, auch keine Lehren daraus ziehen wollen.

Höchstens sich selbst sollte sie unter Kontrolle haben. Ständig vergaß sie, wo sie saßen, wie sehr sie ihn verachtete, wohin sie ratterten, was ist das, was so rhythmisch ruckelte. Ihrer eigenen Angst wich sie mit dem Gedanken aus, dass sie in absehbarer Zeit ohnehin in Vác ankommen musste, und dieser zweite Akt würde damit zu Ende gehen.

Na, jetzt hatte sie sich auf frischer Tat ertappt, denn anscheinend wünschte sie sich einen dritten und vierten Akt.

Aber nicht doch.

Sie sah deutlich, dass sie für dieses Fach ungeeignet war.

Es fehlte ihr die kühle Sachlichkeit, Lichtjahre Abstand zu ihm.

Sie würden sich am Bahnhof trennen, das stand noch bevor, es würde kompliziert werden, sie wollte diesen Kretin nie wiedersehen, der sie allerdings an den heikelsten Punkten ihres Seelenlebens inzwischen völlig in Besitz genommen hatte, auch wenn sie in Wirklichkeit nicht mal auf seine Wimpern neugierig war.

Sie wird ihm aus dem Weg gehen.

Aber was für Wimpern er hat.

Wegen der Bilder ihres Urgroßvaters musste sie ohnehin bald nach Kecskemét, im Anschluss an ihre Prüfungen erwarteten sie dort mindestens anderthalb Wochen Arbeit im Museum und in der Bibliothek.

Ich muss nach Paris, nicht mit dem hier sitzen.

Trotz all dieser inneren Stürme und Gelöbnisse saßen sie einander selbstvergessen gegenüber, es fehlte nicht viel, und ihre Knie hätten sich im Rhythmus des Ratterns und Ruckelns berührt.

Extra darauf achten, eine extra Anspannung, damit das auf keinen Fall passiert.

Mit ihren Fragen hatte sie ja das rechte Maß getroffen, und sie sprach aus jener segensreichen Indifferenz zu ihm, die Sármány unter allen Umständen von ihnen verlangte. Wir lassen den Patienten gewähren, aber wir lassen ihn nicht im Stich.

Wir fordern ihn nicht auf, vermeiden es, zu appellieren und auszufragen, wir wollen nicht mehr und nichts anderes als das, wozu er imstande ist, wir denken mit seinem Kopf, wir entscheiden nicht für ihn, legen ihm keine Worte in den Mund, wir formulieren keine Anforderungen und vor allem keine moralischen Lehren.

Sie musste das Staatsexamen in klinischer Psychologie ablegen. Schon aus diesem Grund brauchte sie die kleine Übung. Um sich selbst zu kontrollieren. Nur wir können uns für den Klienten verantwortlich fühlen, er nicht, null, es gibt keinen Dank, keine Belohnung, der Klient hat uns gegenüber keinerlei Verpflichtung.

In unserer Selbstaufopferung liegt für uns nichts Verletzendes. Sie ist auch nicht bewundernswert. Wir bedienen uns natürlicher menschlicher Eigenschaften. Mit allem anderen würden wir ihn verletzen.

Die Position ihrer Knie und das Rütteln des Zuges sprachen natürlich ungewollt gegen die Indifferenz.

Júlia Sármánys Forderung war, die eigenen Gefühle nicht zu verleugnen: Grundregel Numero zwei, wie sie sich ausdrückte. Ob sie nun positive oder negative Gefühle für den Klienten hegten, auf ihre eigene Autonomie durften sie nicht verzichten. Ihr Gefühlshaushalt müsse unter allen Umständen intakt und in allen Facetten reflektiert bleiben. Es blieben ohnehin immer Lücken, Grauzonen, Krater. Ihre eigene Subversivität schlummere in der Tiefe, stets aktionsbereit. Sie sollten nicht auf sich selbst hereinfallen. Nicht von sich selbst eingenommen oder gerührt sein. Empathie ist eine einfache menschliche Eigenschaft, die sie nun in den Dienst an einem anderen Menschen stellten.

Der Mensch ist ein Herdentier. Jederzeit bereit zu dienen, wem auch immer.

Ihre Arbeit soll von Dank und Demut geleitet sein. Im urchristlichen Sinn des Wortes, wenn sie so wollten, wie Origenes oder Irenäus ihn uns vermittelt haben.

Sie würden Geld nehmen, es muss einen Ausgleich geben, doch was sie tun, hat keinen Preis und keinen Lohn.

Sie sollten nicht emotional sein, nicht übertreiben, sich nicht verlieben, sich nicht rächen, sie mögen nicht beleidigt sein, und vor allem sollten sie die Wirkung nicht unterschätzen, die ihr Delinquent auf sie ausübe.

Wie sie auch ihren spontanen Affekten nicht freien Lauf lassen dürften, nicht einmal mit Absicht, der Wirkung auf den Klienten zuliebe.

Sie sollten auf der Hut sein, sie könnten eine psychiatrische Hölle entfesseln. Was an und für sich nicht schlimm wäre, bloß wäre ihr Gedächtnis angesichts des Chaos auf der Stelle gelähmt, es streikt, und in dem Gewirr der Drähte und Leitungen würden sie sich nicht mehr auskennen. Es bliebe ihnen keine Zeit, angemessen, ruhig und methodisch zu urteilen, zu ordnen und zu strukturieren, um die Betriebsstörung auf der großen Schalttafel nicht gemäß ihren Affekten, sondern in Übereinstimmung mit dem lokalen Wert des Phänomens zu registrieren.

Ob sie es wollte oder nicht, ihre Fragen an den jungen Mann hatten eine persönliche Richtung und eine persönliche Schärfe. Auch wenn ihre Ausdrucksweise trocken blieb und sie tatsächlich gemäß den Vorschriften und Regeln verfuhr. Sie stimulierte ihn, hielt ihn, bremste und hemmte ihn, doch sie konnte ihren Abscheu und Neid nicht zügeln, sie führte den anderen auf seinen eingeengten Wegen, die eigene Abscheu war ihr bewusst, sie kämpfte ja mit ihr, bald genoss sie, dass sie jemanden durch und durch verabscheute, bald verurteilte sie es, entzog sich das Recht dazu und genoss ihre eigene Subversion.

Sie sehnte sich nach umfassender Destruktion.

Wäre sie in Liebe zu ihm entbrannt, hätte sie wohl ebenso zu kämpfen gehabt. Der Abscheu, der Selbsthass, der Hass und die Weltverachtung, alles ein gefundenes Fressen.

Vor ihr schwitzte ein Mensch in seinem banalen Lebensmonolog. Lebensbeichte würde sie es nicht nennen.

Die ihm bisher unbekannte Form des Erzählens in der ersten Person Singular riss den jungen Mann mit sich.

Er war ins Zentrum des Universums gelangt, nur er, er allein. Sein Körper spannte sich, wie an einen nicht sichtbaren Gegenstand geheftet. Wie Christus ans Kreuz. Nicht zur Gänze, aber doch einigermaßen war er seine flachen Blicke, seine Sprachfehler los. Sein hässliches Ich öffnete sich. Und das war schön. Die ungewöhnliche Langsamkeit des Blicks und das physische Gewicht seiner schön geschwungenen Lider blieben, es wurde sichtbar, worin er sich aufhielt, wovon er stotterte und wie er sich verirrte.

Er blickte langsam, träge senkte er seine dicken Lider, und noch langsamer hob er sie wieder.

Auf seinem nunmehr offenen Gesicht war sichtbar geworden, wie erbärmlich und unbedeutend er ohne sein Elend sein mochte. Als Schauspieler mochte er durchgehen. Schauspieler haben so ein bewegliches Gesicht, so einen vorsichtigen und nachdrücklichen Blick.

Dennoch sagte Piroschka zu sich, um Gottes willen, das Ganze, so wie es ist, interessiert mich nicht wirklich.

Wie jemand, der sein Scheitern vorhersieht und lieber Verbotstafeln aufstellt. Was sie auch tut, er ist kaum Herr seiner selbst und wird es nie sein. Nicht er redet, seine in zwanzig Jahren erworbenen Sprachen reden für ihn. Er hat keine Sprache, um zu erzählen. Da kann sie, Piroschka, nicht helfen. Das kann niemand von ihr verlangen. Auch sie selbst nicht.

Sie hat wirklich keinen Grund, ihn zu hassen, zu permanenter Empathie kann sie sich jedoch auch nicht zwingen.

So erwachte die Urangst in ihr, von der er in Wirklichkeit sprach. Denn seine Nähe wird sie morgen nicht einfach ablegen können wie einen alten Wintermantel.

Sie starrte auf ihre eigene Beklommenheit wie Bileam auf seine Eselin.

Die Eselin sah bereits, was Bileam erst sehen würde. Auf ihrem Weg stand der Engel des Herrn mit gezücktem Schwert.

Den hübschen kleinen Bahnhof von Vác, wo an einem schönen Vormittag im Frühling inmitten großer Festlichkeiten der Kaiser mit Kaiserin Elisabeth angekommen war, hatte die ihm völlig entwachsene Stadt schon gründlich abgenutzt. Heute wartete dieser heruntergekommene Bahnhof, eine leere Kulisse der Monarchie, auf sie beide.

Warum hätte zu ihrer Erwartung nicht auch Grauen, Furcht und Zittern gehören sollen, ganz so, wie es bei Kierkegaard steht.

Aus noch größerer Distanz, aus strenger Psychologensicht, musste sie denken, sieh da, wie langsam und bedeutungsschwer die Körner in der Sanduhr herabrieseln.

Es war unvermeidlich, dass sie sich von ihrer Empathie hinreißen ließ. Ohne jede Selbstverliebtheit, ohne Furcht und Zittern lässt sie sich dazu verführen, diese Fähigkeit auszukosten, die sie besaß – die Empathie. So eine Fähigkeit existiert. Sie setzt sie ein in der Hoffnung, einen noch nie gesehenen kleinen Erfolg zu ertrotzen. Und dass jemand einen anderen von der Last seiner Sünden erlösen kann, das ist einfach zu schön, um wahr zu sein.

Was sie wiederum aus fachlichen Gründen mit entschiedener Antipathie gegen ihn erfüllt.

Das soll mich jetzt umhauen, das war alles, was sie zu

sich sagen konnte. Zwischen Empathie und Antipathie würde sie ewig hin- und hergeworfen sein, mit ihm und ohne ihn.

Was habe ich im Bewusstsein eines wildfremden, abstoßenden Menschen zu suchen.

Unsere Wahl ist nicht gegenseitig.

Der soziale Abstand zwischen uns ist zu groß, unüberbrückbar.

Er hat sich mich ausgesucht.

Ich habe ihn mir nicht ausgesucht.

Er ist mir unbeabsichtigt untergekommen, zufällig.

Herz, was willst du mehr.

Gestern war die Nacht sternenklar gewesen, der zunehmende Mond stieg erst sehr spät über dem Horizont auf.

Lange hatte sie draußen auf der Steinmauer den Mond betrachtet, der über dem anderen Flussufer erschien, obwohl sie nur zu gut wusste, dass der Kerl hier irgendwo herumschlich.

Sie war vorsichtig und zog sich auf der Galerie des Ateliers erst im Dunkeln aus.

In der mondhellen Sternennacht stand sie vor der großen Aufgabe, zwischen den beiden Pfeilern der Brooklyn Bridge mit einem Salto rückwärts von dem einen Brückenturm zum anderen zu springen.

Bis der Schlaf sie übermannte, sah sie durch das Fenster des Ateliers in die Nacht hinaus, auf das im Mondlicht säuselnde Laub.

Bei jedem süßen kleinen Geräusch sich gruselnd.

Sie konnte nicht genug bekommen.

In New York war sie noch nie gewesen, das kam nicht in Frage. In Paris schon, und in Prag, in Florenz, und gerade hatte sie wieder eine Reise nach Paris vor, doch in New York war sie noch nicht gewesen. Sie besaß keinen gültigen Reisepass, vor einigen Monaten hatte sie einen Antrag bei der Behörde eingereicht, aber bisher keine Antwort erhalten. Sie hätte nicht sagen können, warum ihr trotzdem diese Stadt in den Sinn kam.

Wie weit die beiden Pfeiler voneinander entfernt waren, wie oft sie sich beim Salto rückwärts in der Luft drehen musste, konnte sie nicht kalkulieren. Oft, sehr oft, das war alles, was ihr Traum vorhersah.

Eine weite Strecke in dieser samtig dunklen Nacht.

Das war um ein Vielfaches mehr, als es ihren Fähigkeiten entsprach.

Vor ihr lag der lange Weg zwischen Brooklyn und Manhattan.

Das ist zu viel für sie, das übersteigt ihre Kräfte. Ausreichend Energie für ein einziges Sich-Abstoßen konnte sie von nirgendwoher bekommen. So viel Energie hat sie nicht.

Übung auch nicht.

Die Unbekannten, die sich unten auf der Fahrbahn versammelt hatten und auf die Darbietung warteten, die weißen Gesichter ihr zugewandt, kamen ihr zu Hilfe, sie hatten Verständnis für ihre Lage und spannten zwischen den beiden Brückenpfeilern ein Drahtseil, für die ungeübte Ausländerin, die schmutzige Fremde, an deren Talent sie aus irgendeinem Grund glaubten. Unter dem Drahtseil wurde ein Sicherheitsnetz angebracht. Sie wollten keine Leiche, sondern eine Vorführung. Wie nur sie eine liefern kann. Sie riefen in die Nacht zwischen Brooklyn und Manhattan hinein, um sich zu verständigen, sie wollten, dass der Draht straff und elastisch sei. Überspannen wollten sie ihn nicht. Die Befestigungen sollten den möglichen Belastungen entsprechen.

Bald ließen sie etwas nach, bald zogen sie es straffer.

Sie stand bereits in ihrem anliegenden, schwarzen Trikot auf dem Sims des Pfeilerturms in Manhattan und wartete, dass sie fertig wurden. Vielleicht hätte sie kein so enges Trikot nehmen sollen. Sie sehen mich von ferne, dennoch stelle ich meinen Körper mit all seinen kleinen Fehlern zur Schau.

Sie konnte das Sicherheitsseil in der Dunkelheit kaum sehen, es war ja ihr einziger Schutz, für den Fall, dass ihr die Darbietung misslang. Doch sie war sich ihrer Sache sicher und dachte nicht an einen Absturz.

Sie hat eine gute räumliche Wahrnehmung und ein exzellentes Rhythmusgefühl, sie wird sich im Fallen an dem Sicherheitsseil festhalten. Was auf sie im Traum so wirkte, als sei ihr das von jemand suggeriert oder schon lange prophezeit worden. Warum sollte sie sich nicht festhalten können.

Der Sprung gelang, sie hatte die Entfernung trotz der Dunkelheit richtig eingeschätzt. Sie wunderte sich selbst, wie gut er gelungen war. Doch nachdem sie den Brückenpfeiler von Brooklyn erreicht hatte, ließ die feiernde Menge sie nicht ziehen, sondern forderte, sie solle von Brooklyn zurück auf die Spitze des Brückenpfeilers von Manhattan springen.

Erst dann sei die Darbietung perfekt.

Sie hätten dafür bezahlt, sie hörte es deutlich herauf, bezahlt, sie hätten gezahlt, deswegen schrien sie dort unten, für ihre verdammten Tickets stehe ihnen die verdammte Vorführung zu.

Sie haben bezahlt.

Sie soll sich nicht so bitten lassen, sie soll sich nicht so zieren, die Entfernung ist um nichts größer geworden.

Bezahlt oder nicht. Verarsch uns nicht, du bist einmal gesprungen, Puppe, dann kannst du auch noch mal springen. Sie sagte es nicht, doch sie haderte mit sich selbst, weil sie schon beim ersten Mal ungeheuer viel Energie und Geschmeidigkeit verbraucht hat und der Energieverlust in keinem Verhältnis zu den Ticketpreisen steht, egal was der Pöbel schreit. Die halten sie für einen Scharlatan. Speisen sie mit ein paar Groschen ab. Zuerst muss sie sich ausruhen. Doch so wie die lärmende, unzufriedene Menschenmenge da unten aussah, war es sonnenklar, fürs Ausruhen gaben die kein Geld aus.

Gut, dann sollt ihr es haben, sagte sie sich. Denn im Produktionsvertrag stand das tatsächlich so.

Die wollen Lebensgefahr für ihr Geld.

Wenn die Straße die Regeln diktiert, muss man es schon aus Selbstverteidigung tun.

Ich muss in Relation zur verlorenen Energie das Konzentrationsniveau erhöhen. Wenn ich kein Glück habe, lynchen sie mich.

An der Kante der Brooklyner Brückensäule stehend, studierte sie längere Zeit die Entfernung, auch die Beschaffenheit der Luft musste sie einschätzen. Indem sie sich darauf konzentrierte, verankerte sie die Entfernung in ihrem Bewusstsein. Dann drehte sie sich unvermittelt um. So viel Wissen musste genügen. Sie machte sich zum Salto rückwärts bereit, wippte leicht vor und zurück. Wegen des ersten erfolgreichen Sprungs fühlte sie sich ganz bei sich. Sie genoss es, ihre Glieder zu spüren. Sie stieß sich von dem grob bearbeiteten Stein ab, von da an gab es nur mehr die Rotation aus eigener Kraft. Weitere fachliche Kunstgriffe oder Zweifel konnte es nicht geben. Sie war der physischen Welt anvertraut und musste sich auf die gleichmäßige Rotation konzentrieren. Sie drehte sich auf der Bahn, die gemäß den physikalischen Gesetzen vom Verhältnis zwischen Schwerkraft, Geschwindigkeit und Energie bestimmt war.

Sie war sich sicher, dass der Start geglückt war, er garantierte den Bogen der Flugbahn und den nötigen Schwung.

Nun musste sie mit der Drehung die Schwerkraft überwinden.

Der Abstoß war so gelungen, die Überwindung der Schwerkraft so ökonomisch, dass sie weder auf dem Brückenpfeiler von Manhattan noch sonst wo wieder festen Boden erreichte.

Die fröhlich tosende Menge konnte von unten nur noch sehen, dass sie sich langsam am Nachthimmel entfernte, ihre nackten Fußsohlen blinkten gleichmäßig und leuchteten, als sie auf eine Himmelsbahn einschwenkte, mehr sahen sie nicht, nur die nackten Sohlen, und wie sie mit ihnen im schimmernden Dschungel der Sterne, der Planeten und der explodierenden Supernovas verschwand.

Auch sie sah nichts anderes über sich als die zunehmende Finsternis und die vielen in der Ferne funkelnden Sterne. Glücklicherweise entfernte sie sich auf ihrer Himmelsbahn von ihnen. Es gab auch kein Oben und Unten mehr. Nach einer Zeit stellte sie sich die Frage, wohin zum Kuckuck bin ich in der samtenen Dunkelheit, im gigantischen Raum der noch ferneren Sterne unterwegs, wenn es ganz einfach keine Entfernung mehr gab.

Sie fand ihren Traum amüsant und verstand ihn. Das

angenehme Gefühl des Sternenkosmos blieb auch am Morgen in ihr.

Ich soll emotionale Reserven mobilisieren, die mir nicht zur Verfügung stehen, das zeigt mir mein Traum, sagte sie sich, und die haben sicherlich mit allem Möglichen zu tun, mit Sehnsucht, Todessehnsucht, doch mit diesem elenden Fremden haben sie nichts zu tun. Sie können damit nichts zu tun haben. Für mich gibt es nur die Gestalt aus dem Pöbel dort unten.

Sie sah ihm an, dass nicht sie, nicht ihre Person, nicht ihre Weiblichkeit, sondern sein eigenes Reden ihn so entrückt hatte.

Wobei vielleicht ihr Äußeres, dass sie eine Frau war, in guter gesellschaftlicher Position, eine Rolle spielte, doch ihre Person hatte nichts damit zu tun, die war beliebig ersetzbar.

Diesem Menschen konnte sie nicht helfen und nicht schaden.

Andere hatten ihm schon genug getan.

Beide bewegten sie sich auf ihren eigenen kosmischen Bahnen.

Es war nicht ohne weiteres klar, zu wem er sprach, zu einer Frau oder zum Universum, so sehr war er von sich selbst überwältigt. Er gestand Dinge ein, über die er im Bewusstsein seiner strafrechtlichen Verantwortlichkeit besser geschwiegen hätte.

Ich will das nicht mehr, sagte sie zu sich selbst, zornig wie ein kleines Mädchen.

Ich will nicht mit ihm zur Polizei.

Ich will niemanden anzeigen.

Es war, als würde man einen verrosteten Wasserhahn in

einem verlassenen Haus öffnen, dessen Türen und Fenster seit Jahrzehnten offen stehen. Er spuckt Luft und Rost, die Leitung in der Wand erbebt, er redet ungereimtes Zeug, in einer stark verstümmelten, wirren Sprache, seine ganze Schönheit ist dahin, er kann sich nicht ausdrücken, hat keine Sprache dazu, es ist eine Heimsuchung, erschüttert das ganze Haus.

Es war bizarr, das Abstoßende seines Körpers, dessen Harmonie höchsten Ansprüchen genügte, mit bloßem Auge und in Aktion zu betrachten.

Sie sah, wie sich dieser Mensch mit seinem überschäumenden Redefluss in einer Sicherheit wiegte, für die es weder in ihr, seiner Adressatin, noch irgendwo im physischen Universum einen berechtigten Grund gab.

Das zeugte von einigem Mut.

Was auch wieder seine Schönheit hatte.

In einem Zug sitzen und in die große weite Welt hinausreden.

Es bezieht sich nicht auf mich, es geht mich nichts an. Seine Schönheit, sein Wirrwarr, das berührt mich nicht. Er könnte genauso gut einer Unbekannten sein angebliches oder tatsächliches Leben aufsagen, sein grimmiges, stotterndes, zerfahrenes Reden richtet sich an irgendwen, doch in Wirklichkeit gilt es seiner fixen Idee.

Wie hatte ihr das nur passieren können.

Wie zum Teufel war sie in die Nähe von so einem elenden Elendsgeschöpf geraten.

Was für Anziehungskräfte wirkten im Universum, welche Gottheit hatte das arrangiert.

Er war in einen luftleeren Raum gelangt, wohin ihm keine Menschenseele folgen konnte, sie schon gar nicht.

Mehr als ihm geduldig zuzuhören konnte sie nicht für ihn tun. Wenigstens bis Vác wird sie ihren Ekel und ihren Widerwillen zügeln.

Warum habe ich wohl schon vorher von dieser unmöglichen Aufgabe geträumt. Rational betrachtet ist es in der Therapie eine einfache Formel. Man müsste den anderen nicht nur ertragen, sondern die vorgeschriebene Asymmetrie nutzen, die sich aus der Natur der therapeutischen Beziehung ergibt. Soll er nur flunkern, fabulieren, toben, schluchzen, übertreiben, verzerren, nach Herzenslust lügen, bezirzen oder auch roh oder womöglich charmant die Wahrheit sagen können, denn sein frei gewählter seelischer Betreuer muss für alle seine Lebensäußerungen ein unvermindertes Interesse und konstante Anteilnahme an den Tag legen.

Sie hingegen müsste den anderen als Teil ihrer selbst annehmen, auch wenn er nicht ihr Verwandter und nicht ihr Freund war, ihr Geliebter konnte er schon gar nicht sein.

In der Tat gähnte unter ihnen das grandiose Sternenall, aller Elemente bar.

Was redet er, du lieber Himmel, wie soll sie der in ihr Bewusstsein einströmenden amorphen Textmasse folgen oder was soll sie mit ihr anfangen.

Die meisten seiner Mitteilungen konnte sie nicht einordnen.

Sie konnte sie rein symbolisch auffassen. Ihre Lebenserfahrung war lückenhaft, Liebeserfahrung hatte sie null, nichts, jedenfalls für die Epoche und für ihr Alter außergewöhnlich wenig.

Ihr Bewusstsein und ihre Psyche arbeiteten unvoreingenommen und auf Hochtouren.

Man kann die Ohren nicht schließen und den Verstand nicht ausschalten, auch wenn man lauter Dinge hört und sieht, die man nicht ganz versteht und die einen vor allem nichts angehen. Trotzdem schnüffelt man ihnen mit seinem bisschen Verstand hinterher wie ein hungriger kleiner Hund.

Er soll nichts mit mir zu tun haben, betete sie.

Die Anziehung der schönen Gestalt soll verstummen.

Jetzt rächt sich, dass ihr Interesse in erster Linie nicht impulsiv und auch nicht intellektuell war, sondern visuell, ästhetisch, die Proportion, die Physik des Goldenen Schnitts, die Harmonie der Formen fesselt sie, nicht die lautliche und kognitive Disharmonie.

Dieser Mann führt einen in die Irre, er will in die Irre führen, er will sie in etwas hineinziehen, hineintreiben, in etwas Abscheuliches, an dem sie nicht teilhaben möchte, und während sie lustvoll in seine Anziehung eintauchte, wünschte sie sich weg von seiner Epidermis.

Soll er endlich den Mund halten, er ist ein Schwein, eine Wildsau, ein Tier.

Mit jeder Faser, mit ihrem ganzen Wesen revoltierte sie gegen ihn, beschimpfte sich als blöd. Wie kann ich ein solches menschliches Monstrum mit Tieren vergleichen.

Doch auch sein Schweigen wäre nicht erträglicher gewesen.

Sie nahm seine Assoziationen restlos in sich auf und deutete sie, speicherte sie samt den sinnvollen Lauten und Betonungen in den Fächern und den passenden Arealen ihres Geistes, dasselbe mit seiner Erzähltechnik. Kein Detail war mehr fremd oder nebensächlich. Als eigenwilliges und bestens ausgebildetes Mädchen aus gutem Hause müsste sie sich in jeder Hinsicht das Gegenteil wünschen. Auch fehlerhafte Sprache, Versprecher, Täuschungen, Hirngespinste, dialektale Wendungen waren für sie nicht uninterpretierbar. Oder der aktuelle Slang, den er irgendwo in der Brotfabrik bei anderen Arbeitern aufgeschnappt hatte und den er nicht ganz richtig, besser gesagt, in seiner eigenen Auslegung gebrauchte.

Wie bei allen basierte sein Sprachgebrauch auf falsch Gehörtem und Missverstandenem.

Selbst die Muttersprache in sich zu ordnen war er nicht imstande. Er schien von etwas zu berichten, das er selbst nicht begriff, weil es mit nüchternem Verstand nicht zu begreifen war.

Diese Person namens Piroschka Mirák sah in Wirklichkeit viel mehr von dieser anderen menschlichen Person, als sie als faktisches Wissen vom anderen hätte verbuchen können.

Beide überforderten sie einander mit dieser zufälligen Begegnung.

Während sie auf der Nebenstrecke dahinzuckelten, wurde ihr das Funktionsprinzip seines Denkens und seiner fixen Ideen durchschaubar. Sie hatte den Schlüssel zu einem Schloss erbeutet. Seine vertrackte Anwendung fesselte ihr ganzes Wesen, nicht nur ihren Verstand. Sekundenlang musste sie über sich selbst entsetzt sein. Schändliche körperliche Dinge zogen sie zu ihm, sie hatte Verlangen nach ihm. Unverblümt gesagt, hatte sie Lust auf ihn bekommen, was für sie keine bekannte physische Erfahrung war und vor allem nicht mit einem solchen Klotz.

Letztendlich wirkte auch in ihr das eigene sinnliche und emotionale Potenzial. Was im Regelfall nichts mit den

Gefühlsmomenten in der Rede des anderen zu tun hat, ob diese nun voller extravaganter Formulierungen, elementar und überwältigend sind oder floskelhaft und deswegen tödlich langweilig.

Auch sie war nur durch die leere Fähigkeit zur als unbedingter Reflex funktionierenden Empathie mit ihm verbunden, durch nichts anderes.

Ihr Problem war, dass sie es nicht fertigbrachte, diesen Schurken nicht zu beobachten, wie sehr sie auch innerlich dagegen aufbegehrte.

Wiewohl es gutgetan hätte, ihn sich vom Leib zu halten, ihn Abschaum zu nennen. Aufzustehen, zu verschwinden. Oder noch besser, ihn aufzufordern, sich zu entfernen. Was habe ich mit Ihnen zu schaffen, Sie faules Ei. Das war ihr unwillkürlich eingefallen, dieses faule Ei, was soll ich mit dem faulen Ei machen.

Allerdings wusste sie nicht einmal im Traum, was Nähe ist und was es mit Ferne auf sich hat, geschweige denn an einem gewöhnlichen Vormittag.

Mit ihren Fragen schien sie Weichen zu stellen, nicht nur für ihn, auch für sich selbst. Das bringen wir hierhin, das dorthin. Zeit, einzuschätzen, ob es so richtig war, hatte sie nicht, während sie über Weichen rumpelten. Der andere rumpelte mit ihr mit. Auf anderen Geleisen ging es weiter. Wenn sie auch nicht wusste, wohin. Na schön, wir fahren nach Vác. Was für eine Katastrophe erwartet uns.

Das Gefühl selbst, die Fieberhaftigkeit des Erzählens und der elementare Zwang zuzuhören, waren aus beider Sicht nicht wechselseitig.

Sie hatte nicht den Wunsch, so einem Kerl ihr eigenes Leben zu erzählen.

Sie wollte nicht das Geringste mit ihm gemein haben.

In Wahrheit lag auf der jungen Frau namens Piroschka Mirák der Fluch oder Segen der Wechselseitigkeit. Den niemand kennt, der noch nie verliebt gewesen ist.

Es wäre ein großer Fehler von Sármány, sie zu ihrer Assistentin zu machen.

Sie ist tatsächlich ungeeignet für das Fach.

Alles, aber auch alles lernt sie erst jetzt.

Das Schicksal hatte sie mit dem irrwitzigen Bedürfnis nach Wechselseitigkeit überreichlich beschenkt, während sie dem anderen die Fähigkeit zu dauerhafter und wechselseitiger Gefühlsbindung absprach.

Die Erfahrung, dass ein in seiner Erscheinung harmonisches Wesen Bösartigkeit birgt und diese auch auslebt, kann junge Menschen zu Tode erschrecken.

Dieser andere barg nichts Gutes, das konnte sie an der Hülle immerhin erkennen.

Als müsse körperliche Schönheit unbedingt mit einem angenehmen Wesen einhergehen.

Einige Tage später, als Pater Jónás zum vereinbarten Zeitpunkt in dem halbdunklen Raum neben der sonnenhellen Sakristei stand und auf sie beide wartete, dachte Piroschka Mirák voller Freude daran, dass sie diesen sauschweren Wintermantel, die Last dieses hoffnungslos verirrten, in sich verschraubten Individuums einfach an der Garderobe abgeben würde.

Wiewohl der Fremde sich ihr so vertrauensvoll überließ, wie ein kleines Kind sich an seine liebe, warme Mutter schmiegt.

Für sie wäre er überallhin gegangen.

Nur um ein bisschen mit ihr zusammen zu sein.

Dabei konnte Piroschka mit bloßem Auge sehen, dass es nur Schein war, kein einziges Wort davon wahr. Alles Übertreibung. Theater. Und sie sollte das Requisit sein in diesem Stück.

Objekt und Instrument von Phantasien.

Als sie ihm hier gegenübersaß, in diesem trotz offener Fenster nach Kälte stinkenden Pendlerzug, sah sie, dass jede einzelne Zelle dieses Unglücklichen, seine ganze vollkommene körperliche Hülle, randvoll war mit kosmischer Gleichgültigkeit, mit Gewaltphantasien und kriminellen Impulsen.

Sicherlich gibt es auch in ihm die Neigung zum Guten.

Doch er wird sie verleugnen, und er wird es tun.

Du wirst keinen anderen Menschen aus ihm machen.

Entweder er hat schon getötet, vergewaltigt, es nur noch niemandem gestanden, man ist ihm noch nicht auf der Spur, oder er wird töten, und auch das wird eine Suche nach dem Guten sein, einem Mann oder einer Frau, einem Menschen oder einem Tier, er wird töten, und zwar so, dass ihn niemand überführen kann.

Ihn werden sie nicht verdächtigen.

Wenn ihm auch das nicht gelingt, weil ihm nichts gelingt, schließlich ist er eine Pfeife, dann bringt er sich um.

Keiner wird es merken. Er wird niemandem fehlen, kein bisschen.

Unter Höflichkeitsformeln übergab sie Pater Jónás den Mantel.

Mit den entschlossenen Worten, die sie sich am Vortag zurechtgelegt hatte.

Pater Jónás bedeutete ihr mit dem Segenszeichen, sie könne gehen, sie solle nur gehen, sie habe das Ihre getan.

Aus irgendeinem Grund nannte sie die seltsame Räumlichkeit zwischen Sakristei und Kirchenschiff Garderobe. Wo man vor der Aufführung die Mäntel abgeben kann.

Die große Vorstellung folgte ja erst jetzt. Die dichte Dunkelheit verschluckte das schwache Licht des Lüsters.

Wie es geschrieben steht.

Obwohl sie hier nie einen einzigen Haken gesehen hatte. Wozu wäre der in einer Kirche auch gut gewesen.

Der Eindruck einer Theatergarderobe, wo man etwas aufhängen konnte, mochte ein Überrest eines Bilds aus ihrer Kindheit sein, vielleicht hatte die lackierte Holzverkleidung die Assoziation ausgelöst.

Denn irgendein Kostüm legt man auf alle Fälle ab, wenn man in die Kirche tritt. Gedanken werden aus ihrer schalen weltlichen Struktur gehoben, ihre Substanz wird anderem anvertraut. Doch Piroschkas Verhältnis zu ihrer eigenen Kirche war noch vertrauter und vor allem sachlicher. Man könnte sagen, sie gebrauchte die Kirche als Alltagsgegenstand. Rationalität und Spiritualität bildeten für sie keinen Gegensatz.

Als sie aus der weiß gekalkten und sonnendurchfluteten Sakristei hinaustrat und sich, von der Aufgabe befreit, glücklich in dem von Kastanien beschatteten Hof der Pfarrei wiederfand, um mit dem Korb am Arm eilig und ohne jede Verpflichtung nun tatsächlich zu Herrn Maracsek zu eilen, zum Fleischer, der in seiner Jugend Ringer gewesen und selbst so ein festes Stück Fleisch war, wie er es mit dem Beil hackte und mit der Rückhand filetierte, ein regionaler Champion, was auch immer für ein Fleisch das am Morgen angekommene war, da fühlte sie sich ein für alle Mal befreit.

Nur der leichte Sommer interessierte sie, was sie am Sonntag kochen würde. Nur keine Bereitschaft zur Identifikation, nur keine Verantwortung.

Ihre Freunde holten sie in ihren alten Klapperkisten ab.

Sie könnten eine mehrtätige Radtour machen, einen Ausflug mit dem Schiff, irgendwohin.

Nach Leányfalu, zum Tanzen in der Nixe.

Sie sollen mit ihren Ruderbooten stromaufwärts kommen und sie mitnehmen, ans linke Ufer hinüber, nach Pilismarót.

Sie war zu nichts verpflichtet.

Sie ist keine Psychologin, und sie wäre nicht im Traum auf die Idee gekommen, Psychiaterin zu werden. Sármány redet ihr vergeblich zu, sie kann sagen, was sie will, zu so einem halbseidenen Fach lässt sie sich nicht verlocken. Doch ihrer Meinung nach ist es keine Psychose, keine Neurose, hatte sie Pater Jónás noch schnell gesagt. Ein psychisches Trauma in einem anscheinend gesunden Körper. Eine Reihe von schweren Traumata, mit denen er früher oder später unausweichlich im Zuchthaus landet.

Dass er sich umbringen wird, wenn er nicht töten kann, sagte sie Pater Jónás dann nicht mehr. Vielleicht tut er gut daran, sich umzubringen, damit verschont er andere.

Dass es etwas viel Schlimmeres sein könnte, wagte sie nicht laut auszusprechen. Pater Jónás würde es gleich selber sehen, deshalb hatte sie ihn ja zu ihm bringen wollen.

Pater Jónás hatte genickt, gut, Kind, in Ordnung, brav von dir, sehen wir ihn uns an, mal sehen, was wir für sein Seelenheil tun können, schick ihn morgen zur Benediktion zu mir.

Wir werden sehen, schaden werden wir ihm nicht.

Allein kommt er leider nicht, damit hat er mich wirklich erpresst, allein kommt er nicht, Pater.

Dann bring ihn doch zu mir, liebe Piroschka, gib dieser Erpressung nach, Kind, er hat sicher einen Grund. Wie du sagst, wir können ihn nicht sich selbst überlassen.

Der Pater möge ihr nicht böse sein, aber sie fürchte sich regelrecht vor diesem Erpresser, der auch sich selbst gefährlich werden könne. Sie begleite ihn ungern. Jeder Schritt schmerze sie. Jedes einzelne Wort. Ehrlich gesagt, sie will sich nicht in der Öffentlichkeit mit ihm zeigen. Sie will nicht in Verruf kommen. Was bisher geschehen ist, war bereits zu viel des Guten.

Eine peinliche Schwäche, sie weiß, peinlich, es auszusprechen, aber sie kann sich nicht davon freimachen. Der Pater kann doch wirklich Schwester Marischka zu ihm schicken.

Die würde ihm auf dem kurzen Weg die Leviten lesen.

Sie lachten ein wenig, über die Marischka.

Sie fanden beide, dass Marischka ein amüsantes Geschöpf war. Vor fremden Leuten nannte Pater Jónás sie Schwester Mária. Zum Ausgleich für ihre schlechten Eigenschaften verlieh ihr der Name eine gewisse klerikale Statur, sie wurde zur Schwester aller. Wer etwas auf das Wort von Pater Jónás gab, redete sie in der Öffentlichkeit mit Schwester Mária an.

Die wirklich jedem den Kopf schnell und grob zurechtrückte. Sie war eine unverträgliche Person. Gut zwei Köpfe größer als Pater Jónás, ein knochiges Wesen in ihren ewigen Schürzen und geblümten Hauskitteln. Hin und wieder bekam auch Pater Jónás sein Fett ab.

Ich verstehe nicht, warum du dich weigerst, seit Tagen

machst du nichts anderes, wie du sagst, du entreißt ihm das unglückliche Hündchen, du sitzt mit ihm im Zug, nimmst ihn unter deine Fittiche, deine Gefühle und Gedanken sind mit nichts anderem mehr beschäftigt, wenn ich das so sagen darf.

Auf die paar Meter kommt es dann auch nicht mehr an.

So war es, in der Tat, Piroschka verstummte, aber dann mussten sie beide lachen.

Sogar im Traum war sie mit ihm beschäftigt.

Gut, einmal werde sie ihn noch begleiten, morgen früh, doch Pater Jónás solle akzeptieren, dass sie nichts mehr von ihm hören will, und unter ihre Fittiche nimmt sie ihn auch nicht mehr.

Auch das kann ich nicht befürworten, mein Kind, weil es nicht an mir ist, eine Unmenschlichkeit zu befürworten. Vergiss das nicht, denn sonst vergisst du auch die Barmherzigkeit.

Und auch darüber lachten sie ein wenig, denn so war es tatsächlich, und Piroschka erschrak über ihr gemeinsames Lachen.

Pater Jónás konnte nichts versprechen. Er neigte nicht zu Spekulationen, machte keine überflüssigen Worte. Auch darüber, warum dieser Bäcker eine Benediktion nötig hatte, sprach er nicht. Er schwieg, wie dann auch alle anderen schwiegen. Doch unabhängig davon wussten beide, worüber sie nicht sprachen. Andererseits konnte man nicht so schweigen, dass nicht innerhalb von drei Tagen alle alles wussten, und dann war es kein gemeinsames Schweigen mehr. So gelangte jede kleine Neuigkeit zu den professionellen Spitzeln, die sie auf dem amtlichen Weg weitergaben, doch die Behörde tat im Zweifelsfall lieber so, als wüsste sie nicht, worauf das Spiel hinauslief, diese ganze verfickte Benediktion.

Auch wenn sie das wusste, Piroschka war für eine Weile von der lästigen Aufgabe befreit.

Ihrer Hausaufgabe, wie sie es bei sich nannte.

Gerade war sie sehr glücklich über den Sommer, den leichten Morgenduft der Petunien.

Der junge Mann und sein Schicksal interessierten sie nicht mehr, doch sie sah ein, dass Pater Jónás weiser war als sie.

Zur Polizei zu gehen kam nicht in Frage. Auch Pater Jónás konnte sie nicht jeden Hinweis und jedes Detail verraten.

Was er tut, das tut er eben.

Dass sie einen Kriminellen bei der eigenen Kirche ablieferte, nahm sie mit Betroffenheit zur Kenntnis.

Trotzdem wollte sie sich nicht mit der unerfüllbaren Aufgabe herumschlagen. Dieser hoffnungslose Fall hatte sich an sie gehängt, doch sie hatte sich losgerissen, dieser Blutegel soll sich nicht an ihr festsaugen, sie schüttelt ihn ab. Sie fand ihren Traum eher amüsant, die sommerliche Leichtigkeit, mit der sie die unlösbare Aufgabe gelöst hatte, und wie schonend der Traum mit ihr umgegangen war, indem er die bittere Pille so meisterhaft verpackt hatte.

Auch für Pater Jónás würden sich in der Kirchengarderobe knifflige Fragen stellen. Jedoch hätte sie sich dafür keinen besseren und tüchtigeren Mann vorstellen können als ihn. Schon bevor sie aus dem ummauerten Kirchhof auf die Straße trat, wurde ihr mit einem Mal klar, wozu bei der Psychoanalyse der Supervisor gut ist.

Damit der Visionär bei seiner Vision nicht fehlgeht,

dazu braucht man den Supervisor, denn er greift nach lebendiger Substanz und nicht nach den Sternen.

Sie hatte in lebendiger Substanz herumgestochert.

Da lag sie, dumm im Sonnenlicht, neben ihr die rote Börse auf dem dick aufgestreuten Donauschotter des Kirchhofs, und während sie sich ihre kaputte Sandale vom Fuß zerrte und sich aufrappelte, verstand sie gar nicht, wie es hatte geschehen können, doch sie sah gleich, dass sie ziemlich unglücklich gefallen war, der feine Donauschotter hatte ihr das Knie gründlich aufgeschürft, es würde bluten.

Der Absatz ihrer roten Sandale war abgebrochen.

Gut, akzeptiert, das ist meine Strafe, doch wer bestraft mich und warum.

Dabei ist offensichtlich, dass für sie die brennende Notwendigkeit bestand, die Geschehnisse mitsamt diesem baumelnden Schuhabsatz, der Strafe und Pater Jónás wenigstens nachträglich mit Júlia zu besprechen.

Sie klebte mit ihrem Denken und Fühlen an der Gestalt der betagten Professorin wie der jämmerliche junge Mann an ihr. Bei der Erörterung von Fallstudien hatten Júlia Sármány und sie oft lachen müssen. Dieses besondere Lachen unter Eingeweihten. Damit sie nicht weinen mussten, nicht vom Schicksal reden, damit sie nicht «zum Kuckuck» sagen oder irgendeinen Gott im Munde führen mussten.

Wenn sie einen Termin bei ihr bekommen könnte.

Sie konnte Sármány nicht einfach so überfallen wie Pater Jónás. Zuerst musste sie die Wunde auswaschen.

Der Absatz baumelte an der roten Sandale. Wie konnte ihr so ein Malheur passieren, alles seinetwegen.

Dann zog sie auch die andere Sandale aus.

Kaum dass sie den stinkigen Wintermantel los war,

bricht ihr der Absatz ab. Wie lächerlich. Der kaputte Absatz war nicht als Wink des Himmels zu sehen. Eine lächerliche Warnung. Bloß von wem und wovor. Sie hatte das Gefühl, dass ihre Verwirrung sie noch mehr verwirrte. Über Schotter kann man nicht mit solchem Schuhwerk trippeln.

Dann also barfuß, sie wird die Sandalen in die Hand nehmen und die Wunde mit Speichel säubern.

Wozu der fensterlose kleine Raum zwischen Sakristei und Kirche, in dem er ihn stehend zur Benediktion empfing, ursprünglich gedient hatte, wusste Pater Jónás nicht.

Nun war er mit diesem außerordentlich hilflos und enttäuscht wirkenden jungen Mann allein.

Der Ärmste ließ die langen Arme herabhängen, Pater Jónás betrachtete ihn stumm.

Jetzt hatte er es also mit dem Pater Jónás zu tun.

Es schien, als hätte er nicht damit gerechnet.

Pater Jónás und sein einziger Stuhl.

Es war ein sehr einfach gezimmerter, gefalzter Bauernstuhl.

Was bei uns bedeutete, dass kein einziger Nagel und keine einzige Schraube in dem Stuhl war, er war einfach nur zusammengefügt.

Pater Jónás sprach mit niemandem über seine Entdeckung. Es gehörte zum Mysterium des imposanten kleinen Raums, dass er ohne besonderes Werkzeug ausgestaltet war, auch in der dunklen Holzverkleidung steckte kein einziger Nagel.

Wenn jemandem plötzlich übel wird, sollte eine Sitzgelegenheit vorhanden sein. Bis ihm aus der Sakristei ein Glas gutes, kaltes Wasser gebracht wird. Allein dafür war der Stuhl da. Getreu dem Geist des Raumes wollte er keinen Nagel in dem Stuhl, es sollte ein gefalzter Stuhl sein.

Dem Betreffenden zu trinken geben, ihn stützen, damit er nicht umfiel, ihn niedersetzen, ihm mit einem Tuch den Hals, den Nacken, die Stirn befeuchten.

Sie waren auf jede Eventualität vorbereitet.

Allerdings durfte der Stuhl nicht bequem sein.

Er richtete es bei einer Benediktion so ein, dass in der Sakristei nach Möglichkeit jemand anwesend war und die Tür nicht ganz geschlossen wurde.

Sie ließen dem Licht und der Außenwelt einen sichtbaren Spalt.

Die Sakristei hatte oben, direkt unter der an den Glockenturm grenzenden Decke, ein in drei Segmente geteiltes, nach außen gewölbtes Fenster. Man sah in drei Himmelsrichtungen hinaus. Von Süden und Osten strömte Licht herein, ein kühler Dämmerschein von Norden. Aus der Sakristei konnten ruhig irgendwelche Geräusche hereindringen, doch Gespräche sollten außerhalb geführt werden.

Niemand sollte das Gefühl haben, im intimen Halbdunkel des kleinen Raums mit Pater Jónás eingesperrt zu sein.

Oder bei irgendetwas gestört zu werden.

Sie müssten nicht die ganze Zeit den Mund halten, lautete die Anordnung von Pater Jónás, doch solange die Benediktion andauerte, solle es kein Geschwätz geben, auch kein Ratschen zu zweit oder zu dritt.

Es war keine Ausnahmesituation, alles spielte sich in der allergrößten Ordnung ab, und so sollte es bis ans Ende aller Zeiten bleiben. Es gab keine Nägel und Schrauben, auch von Leim wurde nichts zusammengehalten, weder am

Stuhl noch an der Wandverkleidung. Damit die Prozedur nicht durch irgendetwas gestört wurde.

In der Sakristei machten sich Frauen zu schaffen, die zwei Türen des großen mehrteiligen Intarsienschranks knarrten in den Scharnieren, sie räumten die gebügelten Altardecken, die Messgewänder, die gestärkten Chorhemden aus und ein, eines nahmen sie mit, um noch mal drüberzubügeln, denn der Herr Pfarrer sitzt anscheinend viel auf seinem Hintern, statt dass er ab und zu spazieren gehen würde, darum ist es am Gesäß verdrückt. Es kam auch vor, dass Marischka mit frisch gestärkten Spitzensäumen oder mit steif gebügelten Altardecken durchgehen musste. Sie sollen keine Falten haben.

Die Welt nimmt bei uns ihren ordentlichen Lauf, die Frauen scheppern und klappern, sie planschen und reinigen die Devotionalien. Sie befüllen die kleinen Vasen mit dem emaillierten Eimer, das geht nicht lautlos vonstatten und hallt im großen, hellen Raum der Sakristei wider.

Mehr braucht es drinnen nicht für den klaren Verstand.

Auch die Blümchen werden in der Sakristei hübsch ordentlich arrangiert, bevor sie zum Altar getragen werden.

Wenn im Kabinett die Benediktion zu Ende ist.

Die Eintretenden wären nie auf die Idee gekommen, dass diese ganze Betriebsamkeit angeordnet worden war.

Wichtig war, dass die Stola auf den Schultern von Pater Jónás richtig lag und nicht frisch gewaschen war. Eine frisch gewaschene Seidenstola legte er zur Benediktion nicht an, er wusste selbst nicht warum. Er hätte es tun können, es gab eine liturgische Anordnung, doch sein soziales Empfinden ließ es nicht zu.

Seine Erscheinung sollte nicht zu feierlich sein, nicht zu

fremd für die zuweilen zerknittert, mit lehmigen Schuhen von weither Angereisten.

Die hohe, zweiflüglige Tür wurde gemäß der Anordnung des *Rituale Romanum* sorgfältig geschlossen.

Was Pater Jónás der Ausdrucksweise von Bischof Gáspár Hillarius folgend durchwegs Benediktion nannte, war im prozeduralen Sinn des Wortes keine Benediktion. Das wussten sie alle, jedenfalls wer in der Diözese von diesen vertraulich behandelten terminologischen Fragen überhaupt Kenntnis haben konnte.

Die Segnung, die Benediktion, konnte das mit unsicherem Ausgang behaftete Purgationsverfahren bestenfalls abschließen. Wenn die Purgation keinen Erfolg hatte, blieb der Abschluss logischerweise aus. Dann gab es keinen Segen. Diese allgemeine Bezeichnung hätte grundsätzlich nicht für etwas verwendet werden dürfen, auf das sie nicht passte. Weil dann das eklatante Ausbleiben des Segens im Raum stand. Was die Purgation für einen Ausgang nehmen würde, konnte niemand im Voraus sagen. Wann die Benediktion ihren Abschluss haben, ob sie einen haben würde. Doch bis dahin musste die ganze Eucharistie vor Entweihung behütet oder wenigstens die unreine Seele ferngehalten werden, damit nicht wegen des vielen ausgebreiteten und sich ausbreitenden Bösen die ganze Kirche neu geweiht werden musste.

Den Schlüssel der hohen Tür mit den zwei Flügeln zum Kirchenschiff ließ man stecken, nachdem man sehr sorgfältig abgeschlossen hatte.

Dort sollte es aus dem kleinen Raum keinen Zugang geben, auf keinen Fall sollte da jemand hineingehen, niemand sollte sich dorthin flüchten können. Höchstens wenn

Marischka die frisch gewaschene und gestärkte Decke auf den Altar breiten wollte, wurde die Tür für diese Zeit geöffnet, doch sie hatte reichlich Übung darin, aus den heraussickernden Lauten und Geräuschen die erwartbaren Gefahren zu beurteilen. Sie wusste, wann man ins Kirchenschiff durchgehen konnte oder wann es ratsam war.

Geschrei konnte gefährlich sein, dauerhaftes Schweigen noch gefährlicher.

Die Wände des für die Purgation genutzten Raumes, den der Herr Pfarrer Kabinett nannte, außer ihm wusste niemand warum, hatten vom Boden bis zur Decke eine schön strukturierte, dunkle und hochglänzend lackierte Holzverkleidung, und an einer Seite prangte ein mächtiges Kruzifix aus demselben edlen Holz, vielleicht aus Kastanie. Das Kreuz selbst stammte aller Wahrscheinlichkeit nach ebenfalls aus der Zeit der Erbauung der Kirche. Die Wandverkleidung sah aus, als sei sie für ein englisches Schloss angefertigt worden. Ein rötliches Dunkelbraun, meisterhaft poliert. Die Herstellung mochte mehrere hundert Stunden Arbeit erfordert haben. Die Zeit hatte dem Glanz nichts anhaben können. Das Kruzifix hatte keinen Corpus und war nicht an einem Haken aufgehängt, sondern an fünf Haltepunkten in der Verkleidung und wahrscheinlich durch sie hindurch in die Wand eingefügt.

Die Elemente der Holzverkleidung hatte man mit Holzdübeln, in die Holzkeile getrieben waren, an der Wand befestigt.

In den Augen von Pater Jónás war das Fehlen des Corpus sehr bedauerlich. Es war nicht so, dass der Körper Jesu später entfernt worden wäre, es gab keinerlei Anzeichen, dass er einmal vorhanden gewesen war. Keine Falze, keine

Spuren von Keilen oder angefügten Teilen, keine Löcher von Schrauben oder Haken verrieten, dass irgendwann einmal ein Corpus auf dem Kreuz gewesen wäre.

Den Corpus hätten ja die unförmigen Eisennägel halten müssen.

Darüber hatte er schon als kleines Kind oft nachgedacht. Vielleicht hatte er gerade deshalb die kirchliche Laufbahn gewählt, wegen dieser geschmiedeten Eisennägel. Als Novize war er von diesen Nägeln regelrecht besessen, richtige Schmerzen verursachten sie ihm in den Gliedern. Wenn er dem Schmied aus Bakonybél zusah, wie der mit dem Hammer aus glühendem Eisen Nägel formte, brach er in Tränen aus. Er war vom Leiden Christi und von jedem einzelnen seiner letzten Worte am Kreuz so durchdrungen, dass man fürchtete, er könnte wegen seiner Nervenschwäche gar nicht geweiht werden, weil die Wunden unseres Herrn Jesus Christus an seinen Händen und Füßen zu bluten beginnen würden. An diesen Stellen hatten sich rote Flecken gezeigt. Außer seinem Beichtvater wusste niemand davon. Das Ganze dauerte nicht länger als einige Wochen, so unerwartet es aufgetreten war, so schnell war es auch wieder vorbei, wenngleich die Entzündung Narben hinterließ.

Vielleicht hatte man hier auf den Corpus verzichtet, um nicht Nägel durch die Hände und die übereinandergelegten Füße ins Fleisch und ins Holz treiben zu müssen.

Das Leiden Jesu und sein Kreuzestod sollten das Holz und die Wand nicht erreichen, sie sollten unberührt von jedem körperlichen Leiden bleiben.

Vom Spitzbogengewölbe der Zimmerdecke hing an einer dicken, weinroten, mit Bourbonen-Lilien geschmückten, aus starken Strängen geflochtenen barocken Seidenschnur ein sechsarmiger Holzlüster in Form eines Davidsterns, der damit die ewige Zusammengehörigkeit von göttlicher und menschlicher Substanz symbolisierte. Auch das verstand Pater Jónás nicht. Was hatten die Bourbonen mit ihren Insignien hier zu suchen. Einst brannten Kerzen in dem Lüster, bis Strom in der Kirche gelegt wurde. Das elektrische Kabel wurde einfach in das Bündel der dicken Seidenschnur eingeflochten. Unsere Kirche wurde Mitte des neunzehnten Jahrhunderts errichtet, in klassizistischem Stil. Im Vergleich zu ihrer anspruchsvollen Bauweise wurde auf ihre Einrichtung keine besondere Sorgfalt verwandt. Wandbilder von minderer Qualität, plumpe Holzschnitzereien, wie in jeder der Elendssiedlungen der Umgebung. Ihr erster Pfarrer hat sie einfach nur erbaut, ins Nichts hinein. Es gibt mehrere Aufzeichnungen darüber, dass ihm ständig das Geld ausging und er mit seinen starken Händen selbst anpackte. Er mochte eine einfache Seele gewesen sein. Er begleitete die anderen, wenn es über den Sechsklafterweg oder den Trampelpfad zum Jäten in den kirchlichen Weinberg hinausging. Der umfasste nicht mehr als fünf Zeilen. Dieser brave Mann konnte nichts mit irgendwelchen Schlössern zu tun gehabt und das Kabinett nicht geplant haben.

Und wie hätte der Patronatsherr über die Donau kommen sollen, es gab hier noch keine Fähre. Der Pfarrer hatte die Kirchweihe gar nicht mehr erlebt.

Sein Nachfolger starb, bevor es in der Gegend Strom gab. Die Kirche wurde Mitte der Dreißigerjahre an die Versorgung angeschlossen, das Dorf nicht viel später. Zuvor hatte es nur im Haus des Gemeindesekretärs, dann in den Villen am Ufer und in den zwei wildromantischen Jagdschlösschen Strom gegeben.

Beim Stöbern in den Urkunden und Aufzeichnungen der Kirche hatte Pater Jónás keinerlei Hinweise oder Erklärungen gefunden, wozu dieses mit Edelholz verkleidete, unverhältnismäßig hohe, mit einem schönen Gewölbe versehene Kabinett gedient hatte. Warum man es zwischen die übergroße Sakristei und das bescheiden dimensionierte Kirchenschiff hineingebaut hatte.

Er hatte einen Verdacht, doch darüber hatte er sich auch mit Seiner Exzellenz, dem Herrn Bischof, nicht ausgetauscht. Still forschte er in den Archiven und zog bei den Pfarrern der Umgebung vorsichtig Erkundigungen ein. Er wäre nie auf die Idee gekommen, Tölösy Tóth zu fragen. Dabei hätte der calvinistische Pfarrer die Antwort darauf gewusst. Dicke Freunde waren sie nicht, doch beide legten sie Wert auf ein herzliches Verhältnis. Ihr Feind war ein gemeinsamer, die vielen irrwitzigen antiklerikalen Kämpfer, die vielen frisch aufgebotenen kommunistischen Kader.

Die Differenzen in ihrem Bekenntnis durften den Kommunisten kein Werkzeug in die Hand geben. Solange die hier waren, musste er sich mit dem Tölösy vertragen.

Bei der Benediktion, die man eigentlich Purgation oder Purifikation hätte nennen müssen, leistete ihm der Raum gute Dienste. Die eigentliche Bezeichnung für das Verfahren, Teufelsaustreibung, wurde auf bischöfliche Anordnung vermieden. Damit es sich nicht herumsprach und sie nicht in einen sinnlosen Konflikt mit den weltlichen Behörden gerieten.

Ihre Angst davor war so groß, dass sie die bloße Möglichkeit der körperlichen Anwesenheit böser Kräfte am liebsten aus ihrem Bewusstsein verbannt hätten. Was aber nun mal nicht ging.

Der Bischof von Vác, Seine Exzellenz Gáspár Hillarius, war intelligent genug, um das ziemlich außer Gebrauch gekommene Verfahren in aller Form wiederzubeleben, den Begriff jedoch für einige Zeit, für ungewisse Zeit, sicherlich für lange Zeit aus dem offiziellen Sprachgebrauch der Diözese zu verbannen.

Von Exorzismus, von Exorzieren sprach man schon gar nicht. Auch von Vexation und Besessenheit nicht. Weder mit lateinischen noch nicht-lateinischen Ausdrücken. Auch untereinander nicht.

Wenn sie den Satan in irgendeinem Zusammenhang erwähnten, dann mit denjenigen Namen, die in den Büchern des Alten Testaments Erwähnung finden, Lilith, Versucher, Belial, Fürst der Finsternis, Herr der verderbenbringenden Engel, Vater der Lügen, Fürst dieser Welt. Der Fürst des Jammertals, in dem uns in dieser rein physischen Diesseitigkeit ohne Ausweg zu leben gegeben ist.

Pater Jónás durfte keine Aufzeichnungen über die Fälle führen. Auch geheime kirchliche Statistiken gab es nicht, doch die Zahl der sich an sie wendenden Abgeirrten oder ihrer vorsichtig anfragenden Angehörigen stieg in diesen schweren Jahren exponentiell. Ein vernünftiger Mensch kann Hilfe nicht verweigern. Die schwer Leidenden, denen Medikamente, Psychotherapie und Elektroschocks nicht mehr halfen, wie hätten sie auch helfen können, krönten sie doch höchstens noch das Werk des Herrn der Finsternis, kamen meist in einem jämmerlichen Zustand zu ihnen.

Pater Jónás dachte nicht einen Moment, dass er eine illegale Tätigkeit ausübte, er tat seine Pflicht, obwohl die Behörden sie verboten hatten. Pater Jónás tat, was er tun musste.

Sein Bischof betrachtete die neue Sprachregelung als Sicherheitsmaßnahme.

Allerdings bemerkte er nicht, dass sich daraus eine Art Gaunersprache entwickelte, mit der der Satan irgendwann, irgendwie, sicher aber gründlich Missbrauch treiben und gegen sie zurückschlagen würde. Auch wenn der Bischof es vorhersehen konnte, so hatte er doch keine andere Wahl. Denn er musste nicht nur der feindlichen Außenwelt, dem ganzen Apparat des Regimes gegenüber leise und vorsichtig bleiben, sondern zuweilen noch nachsichtiger gegenüber den reformfreudigen Brüdern im Klerus handeln, die krankhaft zur Kooperation oder zum Spitzeln neigten. Wer konnte das schon vorhersehen, die Auswirkung des großen menschlichen Opportunismus. In den letzten sieben Jahrzehnten, kirchenhistorisch ein Nichts, kam das Ritual in der seelsorgerischen Praxis außer Gebrauch, was nicht ohne heftige theologische Diskussionen abging. Die Aversion der Kleriker war mindestens so groß wie die der Gläubigen. Sie würden noch in den Verdacht des Okkultismus und des Aberglaubens geraten.

Sie bemerkten gar nicht, woher diese neue Abneigung kam und was aus alldem folgte.

Eine Gutgläubigkeit ergriff Besitz von ihnen, die nicht nur mit der Theologie, sondern auch mit der weltlichen Wissenschaftlichkeit im Widerspruch stand.

Bischof Hillarius betrachtete die körperliche Anwesenheit des Bösen, seine emsige, mit Vorliebe versteckte Wege nutzende Betriebsamkeit nicht als dichterische Erfindung. Nicht als Gleichnis weltlicher Handlungen. Er erkannte den Satan als Sohn Gottes. Als das, was er war, der strahlendste unter den gefallenen Engel. Der bedeutendste Feind seines Schöpferwerks. Ihm haben wir die eklatantesten Sünden der Heiden zu verdanken. In seinen Zerstörungen ist er ewig. Ihm kann keine Menschenseele ausweichen.

Selbst unsern Herrn Jesus in Versuchung zu führen war er imstande, als er ihn ermutigte, vom Felsen in die Tiefe zu springen. Wie könnte er denn ihm aus dem Weg gehen, der das Reich Gottes absichtsvoll wider seinen Vernichtungswillen errichtet hat.

Wie auch die in der Diözese bekannt gewordenen Fälle oder seine eigenen persönlichen Erfahrungen nicht symbolisch zu interpretieren waren, sondern sich frappant überschnitten. Die Physis drückte ihnen den Stempel auf. Sie waren plump und körperlich. Immer unerwartet und verrückt. Man zerrte an ihm. Jemand ruft etwas. Er ist nicht allein. Er spürt ein Brennen. Jemand leidet augenscheinlich grauenhaft. Jemand ist bei ihm. Er überfällt ihn, reißt mit einem Windstoß die Tür auf. Er überrascht ihn ganz plötzlich. Antwortet aus dem Spiegel heraus. Nimmt ihm den Bissen aus dem Mund, schlägt ihm die Tasse aus der Hand. Irgendwas Klebriges ist an seinen Fingern, das er nicht abwischen oder abwaschen kann, dabei fasst er nichts an.

Bei der Lektüre des Breviariums im Park des Bischofspalastes scheint er aus dem Gesträuch zu sprechen, und wenn er sich näher hinneigt, um es zu verstehen, besser zu hören, ihn vielleicht zwischen den dunklen Efeublättern an der Mauer zu sehen, dann huscht er von anderer Seite hervor, wo seine Schritte das Gezweig der undurchdringlichen Vegetation erzittern lassen. Er schickt Verstorbene an sein Fenster, damit sie ihn durch die Scheibe ansehen. Und während er die Worte des Aurelius Augustinus aus Contra Academicos vor der Nase hat, deutet er die auf Büttenpapier gedruckten lateinischen Worte im Geiste zu unglaublichen Ungehörigkeiten um, die er höchstens als Grundschüler zum ersten und letzten Mal gehört hat. Oder er sucht seine völlig harmlosen, gerade eben verfassten Aufzeichnungen, um sie einige Stunden später klebrig und zerknüllt auf dem Teppich der bischöflichen Bibliothek vorzufinden, als hätte er die Worte der Heiligen Schrift mit dem eigenen Rotz verschmiert, obwohl er zwei Tage nicht dort gewesen ist.

Heute ist Donnerstag, zuletzt hat er sich hier am Montag aufgehalten.

Jemand folgt ihm, kein Ort, wo er ihn nicht hinbegleitet oder sich vor ihm hätte verstecken können.

Nicht nur Engel stehen hinter mir, sondern mit ihnen auch gefallene Engel.

Während andere nie jemanden sahen, weder hinter ihm noch vor ihm, weder kommen noch entschwinden.

Auch andere hörten auf den langen, nach altem Papier und Waschsoda riechenden Gängen des Kreisgerichts Geräusche von Schritten. Gingen sie in den ersten Stock hinauf, dann waren sie im Erdgeschoss. Er spielte mit ihnen. Wenn sie hinuntergingen, dann hörten sie ihn von oben. Nicht nur er, auch seine nüchternen Juristenkollegen. Doch wo auch immer sie eine Tür öffneten, um ihn zu ertappen, und sie rissen sie so vehement auf, als wollten sie einen Raubmörder oder den Teufel selbst zu fassen kriegen, fanden sie nur gähnende Leere.

Gewiss hielt er sich in anderer Gestalt dort auf.

Es war unmöglich, ihn nicht auf der Haut zu spüren, alle Haare standen zu Berge.

So ging das tagelang, monatelang.

Jede Nacht fällt im Haus irgendetwas zu Boden. Sie finden nichts, weder im Keller noch auf dem Dachboden, was herabfallen könnte.

Er ist es, der es zu Boden schmettert, darauf herumtrampelt.

Vor den Augen der ganzen Familie fällt heißes Essen aus dem Mund, ein andermal kippt es aus der Pfanne in den Schoß. Sie haben friedlich um den Tisch gesessen, niemand hat den Stiel der heißen Pfanne angerührt, sie wollten das Tischgebet sprechen.

Jemand wirft den Kopf hin und her, rhythmisch, während er schändliche, gotteslästerliche Worte ausstößt, brüllt, solche, die er niemals in den Mund nehmen würde, Hochwürden könne es sich nicht vorstellen, er brüllt durch mich.

Ich brülle an seiner Stelle.

Im Brüllen vereinigt sich alles von mir mit ihm.

Letzteres veranstaltet er mit einem hässlichen fetten Physik- und Chemielehrer im Klassenraum der neuen Schule von Nagybörzsöny, im Lehrerzimmer, zu Hause, auf den Ämtern, wo er wegen des Vorgefallenen zu einem Disziplinarverfahren vorgeladen ist, er vergewaltigt ihn in Fahrzeugen, die mit ihm in die Kreisstadt unterwegs sind.

Bei diesem Lehrer handelte es sich zwar nicht um einen Atheisten, doch um jemanden, der an solcherlei Treiben nicht nur nicht glaubte, schließlich war er ein heiterer, sinnenfroher Mensch, der gerne trank, sich den Bauch vollschlug und es mit den Frauen trieb, sondern auch nicht zur Kenntnis nehmen wollte, was mit ihm geschehen war und geschah, seinen entsetzlichen Erfahrungen zum Trotz.

Er konnte nicht sagen, dass er es nicht gewesen war, als er es tat. Dennoch behauptete er, nicht er habe es getan.

Am liebsten hätte er die dumme Behauptung zurückgezogen, denn es war ja er gewesen.

Doch auch auf der Polizei war sein größtes Problem, dass er nicht gestehen konnte, denn so etwas käme ihm gar nicht in den Sinn, er könne es gar nicht wollen. Er kann auch nicht wissen, wie soll er im Voraus wissen, was der von ihm will. Und dieses andere Ich verschwand auch nicht ohne ein Wort aus ihm. Doch darüber sprach er mit niemandem, denn er befürchtete, wegen seines anderen Ich für immer eingesperrt zu werden. So wurde er nur vom Dienst in der Mittelschule suspendiert, doch das verheimlichte er seiner Familie wochenlang, wie er auch niemandem erzählte, dass er unter polizeilicher Beobachtung stand. Jeden Morgen nahm er fröhlich seinen Aktenkoffer mit den korrigierten Arbeiten, tat seinen schön verpackten Imbiss hinein und ging. Er fuhr aus dem Städtchen hinaus, damit ihn niemand sah, obwohl er das wegen des polizeilichen Verfahrens nicht hätte tun dürfen.

Doch einmal wurde er auf einer Wiese angetroffen, der Aktenkoffer lag ein Stück entfernt, voll mit stinkenden, frischen Exkrementen, die vermutlich von einem Hund stammten.

Dazu stand allerdings im Widerspruch, dass sich in dem offenen Koffer auch noch sein verpackter Imbiss befand, und der Hund hatte auch darauf gekackt, nicht nur auf die Hefte, was die Sache noch unwahrscheinlicher machte.

Weder seine Angehörigen und seine Kollegen noch er selbst und auch nicht die mentalhygienische Medizin konnten ihm helfen.

Es gab eine junge Frau aus Vác, eine allein lebende Beamtin, geschieden und kinderlos, die seit geraumer Zeit keine Nahrung zu sich nahm, weil ihr das Essen im Hals stecken blieb, es brannte wie glühende Kohlen, die Verbrennung der Nahrung begann sozusagen schon in der Speiseröhre, dann brannte sie im Magen und schließlich im Dickdarm. Das Brennen strahlte bis in ihre Sohlen aus, sie wurden schwer und wölbten sich. Sie konnte nicht mehr stehen.

Man gab ihr zu trinken, um die Glut zu löschen.

Sagte man ihr.

Sie erbrach fontänenartig.

Dass sie sich das Erbrechen nur vorstellte, konnte man nicht sagen.

Die Glut hielt an, bis der Organismus das Essen verbrannt hatte.

Ihre Nachbarin rief einen Arzt. So etwas hat er noch nie gesehen.

Unglaublich, er zuckte mit den Schultern.

Als man ihr einen Rosenkranz in die Hand gab, schrie sie auf, wie von einem außergewöhnlichen Schmerz.

Während sie monatelang mit diesem Brennen im Bett lag, gestattete sie der Nachbarin höchstens, ihr mit einem Tuch die Lippen zu befeuchten.

Essen wollte sie nicht.

Flüssigkeiten erbrach sie.

Infolge des Durstens und Fastens hätte sie eigentlich schon Wochen zuvor zugrunde gehen müssen.

Sie ging nicht zugrunde, sondern begann sich mit verdrehten Augen in ihrem Bett aufzulösen.

Ballaststoffe konnten nicht aus ihr herauskommen. Es

war gar kein Stoff, sondern ein Sickern, sogar aus den Augen. Sie starb nicht, doch wegen ihrer Kreisch- und Schreianfälle und ihrer infernalischen Ausdünstungen flohen alle aus ihrer Nähe.

Kein Krankenhaus hätte sie aufgenommen, in ihrem stinkigen Bett warf sie sich hin und her, sie will nicht, will nicht dorthin.

Sie rief um Hilfe, wegen des Brennens, es hatte keinen Anfang und kein Ende, zumindest klagte sie mit glühenden Augen, dass das Feuer nun ihre inneren Organe verzehrte.

An dem Punkt wurde sie in die Psychiatrie nach Pomáz gebracht, zwangsweise, unter grauenhaftem Geschrei, denn jede Berührung, jede Bewegung fühlte sich an wie ein Messer, wie eine Rasierklinge, doch dort war man nicht auf den Fall vorbereitet.

Bischof Hillarius erwies sich als hartnäckig. Der auf ihm lastende Druck verstärkte sich noch dadurch, dass bekannte Psychiater und namhafte Neurologen sich in atypischen Fällen an das Bistum wandten, mit äußerster Vorsicht, umständlich, über Vermittler, keinesfalls telefonisch oder brieflich, Gott bewahre. Ausgezeichnete, verantwortungsvolle, gläubige Menschen, Ärzte und Ärztinnen vom alten Schlag, die regelmäßig ihre Visiten machten und für schwerkranke Patienten sorgten.

Sie waren mit ihrer Weisheit am Ende, über die Anamnese waren sie nicht hinausgekommen. Eine krankhafte Veränderung war mit Geräten, Abtasten, Röntgen oder Laboruntersuchungen nicht nachzuweisen. In der Literatur fanden sich keine vergleichbaren Fälle.

Sie sollen es versuchen, wer weiß.

Wie hätte der Bischof es ihnen abschlagen können.

Wenigstens an einem Ort in der Diözese musste es eine geweihte Person geben, die gegebenenfalls die Zeremonie gemäß der römischen Regula durchführen konnte.

Nicht nur der Form nach, weil er sich sonst des schrecklichen Vergehens der Unterlassung schuldig machen würde.

Weder mit den Behörden noch mit dem Klerus wollte er in Konflikt geraten. Für die Behörden des neuen Regimes war die Sache schnell erledigt. Den Teufel gab es nicht, genauso wenig, wie es Gott gab. Es hat ihn nicht gegeben, es wird ihn nicht geben, weder symbolisch noch tatsächlich. Die Welt war in keiner Weise mit irgendwem zu teilen.

So weit ist es mit unserer Welt gekommen.

Mit der einzigen Welt.

Weder über ihr noch unter ihr gibt es eine andere Welt oder eine jenseitige Welt. Uns passt das so.

Wenn etwas nun mal weder Existenz noch Essenz hat, nur eine obsolete kulturelle Vorstellung ist, dann lohnt es sich nicht, ein Wort darüber zu verlieren. Hillarius überließ Sentenzen über pro und kontra anderen. Besessene und Maniker mussten sich zuerst an Psychologen und Ärzte wenden, klar, gegebenenfalls waren sie in geschlossenen psychiatrischen Anstalten abzusondern. Damit konnte er in vollem Maße einverstanden sein, und auch dieser Anschauung war die logische Integrität nicht abzusprechen. Doch auch die eigene Anschauung konnte in seinen Augen nur als Meinung gelten. Eine Diskussion über die möglichen Gründe und die Natur psychischer Störungen war ihm schon deshalb nicht wünschenswert, weil die Leidenden ihn brauchten und er nicht abwarten konnte, bis die Zuständigen mit dem Austausch ihrer Meinungen zu Ende gekommen waren.

Zum anderen hätte jede weltliche Kontroverse seine Autorität untergraben.

Gáspár Hillarius gehörte nicht zu den konservativen Bischöfen, er war nicht hochmütig, hatte für Pomp nichts übrig. In seinen Lehren folgte er einem seiner bedeutenden Vorgänger, Graf Migazzi, der den Bischofspalast und den Dom erbaut hatte, ringsum die Stadt mit ihren Parks und Alleen. Migazzi war ein großer Antijansenist gewesen und hatte sein Amt in Vác auch dann nicht aufgegeben, als er vom Papst zum Erzbischof von Wien ernannt wurde. Bischof Hillarius pflegte zu sagen, doch nur bei sich, denn er hätte niemanden in seinem Selbstgefühl kränken wollen, dass nur die Lateiner, strenggenommen die Italiener fähig seien, sich so friedlich zwischen Ecclesia und Welt aufzuteilen.

Inmitten eines kommunistischen Regimes, das der Vatikan zwar nicht guthieß, demgegenüber er jedoch nicht nur tolerant, sondern bei der Ernennung von Amtsträgern weitgehend opportunistisch bleiben musste, wenn zumindest ein Bruchteil der kirchlichen Institutionen das Regime überleben wollte, konnte Hillarius keinen weiteren Autoritätsverlust zulassen. Hätte die Kirche ihr Ansehen verloren, hätte er die Leidenden im Stich lassen müssen.

Wenn es um Exorzismus, Purgation oder Purifikation geht, sprechen wir lieber von Benediktion. Wir werden nicht die Prozedur, sondern ihr Ziel benennen. Der Intention des Bischofs folgend sollten die Amtsträger den Gebrauch der Begriffe Besessenheit oder Dämonie, furibundus, flagellum daemonum, deamone correptus, sowie die ganze Begriffsfamilie des Diabolischen meiden. Die Proposition des Bischofs war, stattdessen von gewissen emotionalen Zuständen zu sprechen. So wie ich es sage. Es klingt ein wenig umständlich, ist aber präzise. Der Begriff der Manie oder des Manikers sollen euch gleichfalls nicht in den Mund kommen. Hysterie auch nicht. Wir planschen besser nicht in der wissenschaftlichen Suppe herum. Brechen bitte keine neue Diskussion über das Pneuma vom Zaun. Mich zumindest langweilt das seit Hunderten von Jahren, fangt nicht wieder damit an. Ob jemand von irgendetwas besessen ist oder irgendetwas ihn in seine Macht gebracht hat und ob der Okkupant eine körperliche Existenz hat oder ob er verschiedene physische Gestalten annimmt, darüber diskutieren wir mit niemandem. Bleiben wir bei der allgemeinen Aussage, dass der betreffende Gläubige von gewissen Emotionen gequält wird, zwar wissen wir nicht, von was für welchen, nur dass sie ihn nicht in die Nähe der Eucharistie lassen.

Nur weil sein Leiden laut und unangenehm ist, können wir ihn nicht ohne Beichte und Absolution sich selbst überlassen.

Wir können ihn nicht im Stich lassen, unsere Sendung und Berufung ist auch durch weltliches Gesetz anerkannt.

Von einer anderen Person wurde berichtet, dass sie ständig Düfte, gute und schlechte Gerüche um sich herum wahrnahm, blind ging sie ihnen nach, obwohl von den Pflanzen, Gegenständen oder Wesen, zu welchen der Geruch oder der Gestank gehört, in der Umgebung keine Spur zu finden war und gar nicht hätte zu finden sein können.

Wovon redet er, von was für Affen, sich häutenden Schlangen, von was für Löwen, niemand versteht es. Affen oder Pumas wurden in unserem Landkreis noch nie gesichtet.

Auf seinen langen Nachmittagsspaziergängen, die ihn nicht nur vom Park des Palastes, sondern auch von der schattigen Donaupromenade wegführten, fanden vertrauliche Gespräche mit Forensikern und Psychiatern statt, die der Kirche nahestanden. Die Säle und Büros des Bischofspalastes waren so gut wie alle verwanzt. Diese Abhöreinrichtungen mochten primitive Dinger gewesen sein, das Reinigungspersonal fand einige davon, doch es war verboten, sie anzurühren, damit das Schurkenstück, dass man sie gefunden hatte, nicht ans Tageslicht kam.

Die Entscheidung eilte, doch wegen der Vorsicht, die der Bischof walten lassen musste, nahm die Suche nach einer geeigneten Person anderthalb Jahre in Anspruch. Es sollte jemand sein, der gegebenenfalls in Kauf nehmen würde, wegen des Vergehens der Kurpfuscherei angeklagt und verurteilt zu werden.

Es sollte eine Person sein, die bis dato nicht die geringste Aufmerksamkeit auf sich gezogen hatte, weder innerhalb der Diözese seines Vorgängers noch bei den weltlichen Behörden. Es sollte zu erwarten sein, dass sie sich diese Unauffälligkeit auch im neuen Amt erhalten würde. Diese Person sollte nicht jung sein und über vertiefte Erfahrungen verfügen, jedoch nicht an Altersschwäche leiden. Wie es der römische Ritus, das *Rituale Romanum* formuliert, darf das Amt nur einem frommen, gelehrten, in anderen Wissenschaften bewanderten, vernunftbegabten, moralisch einwandfreien Priester mit untadeligem Lebenswandel übertragen werden.

Der Auserwählte des Bischofs war ein kleines, rundliches Männchen, ein bei seiner Versetzung neunundfünfzigjähriger Benediktinermönch mit Brille, der ursprünglich

Vince Tarab hieß, als Pfarrer in der Kirche des Fabrikviertels von Dunakeszi diente und von allen Pater Jónás genannt wurde. Glas und Rahmen seiner Brille waren so dick, dass sein Gegenüber kaum seine Augen und sein Gesicht sehen konnte.

Die Aufmerksamkeit wurde von der mächtigen Konstruktion völlig absorbiert, von diesen Linsen in dem großen, dunklen Rahmen.

Beziehungsweise wurden seine Augen durch das stark geschliffene Glas aus jedem Blickwinkel stark verzerrt wahrgenommen.

Höchstens konnte man ihren wachen Blick erkennen, ihre raschen Bewegungen und ihr Blitzen.

Wie Pater Jónás den trotz der zarten Beleuchtung allseits erglänzenden hohen Raum, den er Kabinett genannt hatte, trotz seines Argwohns hütete und pflegte, so brachte er auch seine hochgeschätzte, aus mehreren tausend Stücken bestehende Devotionaliensammlung mit Zustimmung Seiner Exzellenz nicht hier, sondern in der Sakristei unter. Dort wuchsen die mit Mariendarstellungen gefüllten Regale fast bis zur Decke. Er sammelte ausschließlich Devotionalien, die Maria abbildeten, Statuen, Holzschnitzereien, Drucke, Gemälde, Bildchen für Gebetbücher, Kunstgüsse und Reliefs. Zum größten Teil hatten Gläubige sie zusammengetragen, schon allein deshalb, weil sie es in den letzten zwei Jahrzehnten für besser hielten, dergleichen Dinge aus ihren Küchen und Wohnräumen verschwinden zu lassen.

Sie überraschten ihn mit immer neuen Gegenständen.

Pater Jónás freute sich von Herzen über jede verlassene Maria, die bei ihm Unterschlupf finden konnte.

Wertvollere Stücke befanden sich kaum darunter.

Hätte er sie nicht in Obhut genommen, wären sie früher oder später auf dem Müll gelandet.

Ganz im Sinne seines pragmatischen Bischofs rettete er, was zu retten war. Und Marischka hatte den Auftrag, achtzugeben, ob in der Masse der Marien nicht irgendein Apparat auftauchte. Sie wischte und staubte die Marien ab, räumte sie herunter, wusch sie, stellte sie zurück, jedes einzelne Stück nahm sie in die Hand, begutachtete es und meldete anlässlich jedes Großreinemachens, während sie ihre Schürze abwischte, dass sie zwar nichts gefunden habe, aber wenigstens alles strahle und glänze.

Sie verstand nicht recht, was die Kommunisten mit den Marien anfangen könnten.

In den Regalen wurde nichts montiert, weil Vince Tarab gar nicht aktenkundig war, selbst der mächtige Vorsitzende des Amtes, das sich mit Kirchenangelegenheiten befasste, hatte keine Kenntnis von seiner Person.

Außer seiner zu beträchtlicher Größe angewachsenen Sammlung verfügte Pater Jónás über keinerlei Besitz. Es war gut so, dass er nichts hatte. Doch das fiel ihm nicht auf, denn ihm mangelte es an nichts. Er besaß zwei gründlich glattgewetzte zivile Anzüge, schwarze, der eine aus Schafwolle, der andere aus feinerem Leinen, die musste seine Haushälterin jedes Mal gründlich dampfbügeln, damit Pater Jónás nach etwas aussah, wenn er Zivilkleidung anlegen musste. Dann gab es noch einige Socken, weiße Taschentücher, einige mit schwarzem Saum, damit er bei Begräbnissen im Sommer etwas hatte, um sich den Schweiß in schicklicher Form abzuwischen. Zwei hässlich gestreifte Flanellpyjamas, von denen er einen benutzte, während der andere gewaschen wurde, und einige abgetragene Garnituren weißer Unterwäsche, über die Marischka mehr murrte als über die Pyjamas, Sträflingskleidung, wie sie sagte.

Zeit, dass Hochwürden sich endlich anständige Unterwäsche kauft, wirklich höchste Zeit.

Wenn Sie nicht wollen, dass ich sie kaufe.

Warum sollte ich das nicht wollen, Marischka. Kaufen Sie welche, wenn Sie meinen, dann ist das erledigt. Ich gebe Ihnen Geld.

So eine Schande kann sich der Herr Pfarrer nicht leisten. Dass ich seine Unterwäsche kaufe. Sagen Sie mir so was nicht. Sehen Sie nur, vom vielen Pinkeln ist die schon ganz gelb. Ich kann es waschen, wie ich will, dann kann ich das Gelbe hineinbügeln.

Pater Jónás lachte herzlich darüber, während er am flussseitigen Fenster seines Arbeitszimmers weiter in seinen heiligen Büchern las und spintisierte. Denn lesen und spintisieren, wie Marischka sich in der ihr eigenen Sprache ausdrückte, das tat der Pater in einem fort, indem er sich mit der Brille auf der Stirn die Bücher und Schriftstücke dicht vors Gesicht hielt.

Marischka, wenn es wirklich so ist, und ich zweifle nie an Ihren Worten, dann bitte ich sie, bügeln Sie sie nicht.

Ungebügelt taugt sie genauso gut für mich. Auch eine ungebügelte Unterhose erfüllt ihren Zweck.

Womit er Marischka noch mehr in Harnisch brachte.

Doch das war bei ihnen ein Spiel.

Marischka plusterte sich immer gern ein wenig auf, auch wenn sie überhaupt nicht ärgerlich war, denn Pater Jónás amüsierte es sehr, wenn sie in Harnisch geriet.

Wie kann der Pater mir so was sagen, dass ich eine Unterhose nicht bügeln soll. So hab ich es gelernt, alles bügeln, und zwar nicht mit lauwarmem Eisen, sondern heiß, alles, was so ein feines Popelinleinen ist, wie die Unterhosen vom Herrn Pfarrer. Da sollen keine Keime drinbleiben.

Sie sollten lieber besser aufpassen, dass nichts danebengeht.

Pater Jónás lachte laut, er konnte kaum an sich halten.

Seien Sie ein bisschen nachsichtig, Marischka.

Auch ein Mann hat es nicht leicht, glauben Sie mir. So ist er geschaffen.

So müsse man ihn akzeptieren. Eine lebenslange Prüfung sei das, auch für ihn nicht weniger groß.

Da kann man machen, was man will, Marischka, der letzte Tropfen geht in die Hose, das ist die große Wahrheit.

Da brauchen Sie nicht lachen, Hochwürden, ich bin nicht so dumm, dass ich das nicht weiß und man mich auslachen muss. Sie sollten besser nicht so geizig mit sich sein. Es wäre für alle das Beste, wenn Sie die wegwerfen würden.

Pater Jónás sah ein, dass Marischka ihn immer in seinem ganzen Sein durchschaute, was ihn keineswegs in Verlegenheit brachte, sondern ihm richtiges Vergnügen bereitete.

Sein Lachen und ihr ständiges Gemurre und Zanken war zu ihrem lebenslangen Band geworden.

Sooft er auch nur flüchtig zum Deckengewölbe hinaufsah, fiel Pater Jónás ein, dass dieser Lüster gewiss feuergefährlich war.

Mit dem verhielt es sich wie mit seinen Unterhosen.

Er wusste nicht, wo er welche hätte kaufen können. Er

wusste nicht, wo es Geschäfte gab und was dort angeboten wurde, oder was gerade Mangelware war, und was wo unter der Theke verkauft wurde. Auch diese Unterhosen hatte er gewissermaßen nur geerbt. Samt den weißen Batisttaschentüchern und den Socken hatte sie ihm die Witwe eines Rechtsanwalts aus Dunakeszi aufgedrängt. Den Sommeranzug aus schwarzem Leinen hatte er ebenfalls von ihr. Lauter so feine Sachen, ihr Mann habe sie nie getragen. Auch seine weißen Hemden hatte sie ihm vermacht. Manchmal musste er nach Vác hinüber, wenn er ins Bistum, ins Gefängnis oder ins Gefängniskrankenhaus gerufen wurde, doch auf diesen dienstlichen Fahrten war ihm nie ein Geschäft aufgefallen. Obwohl er doch wirklich überall Ausschau hielt, keine Angst, Marischka, wiederholte er im Geiste immer wieder, ich bin auf der Suche, eines schönen Tages finde ich vielleicht zufällig diese berühmten Unterhosenläden.

Man müsste einen Elektronicus holen, Marischka, sagte er bei sich, wenn er zu der hohen Decke hinaufsah, einen Elektronicus.

Und wenn er gerade dabei war, sich selbst anzureden, wie er Marischka in dieser Angelegenheit anreden sollte, prustete er auch schon vor Lachen. Das ständige Lachen war zum Zeichen der schrankenlosen Zuneigung und Zusammengehörigkeit geworden, dass er Marischka sogar auslachen durfte. Wenn sich nun mal ihr Leben so gefügt hatte und er die knochige Frau in ihren auf dem Bauch spannenden, großen Schürzen und mit dem strengen Haarkränzchen auf dem Scheitel so mochte, wie sie war. Doch sooft er in die Höhe blickte, und man blickt höchst selten zu einer so unverhältnismäßig hohen Zimmerdecke empor, vergaß er, was er Marischka sagen sollte. Manchmal hätte er sie tatsächlich darauf ansprechen wollen, sie solle das doch erledigen, schnell einen Elektronicus oder irgendwen rufen, zum Kuckuck, Marischka, warum sind Sie so vergesslich.

Bei anderer Gelegenheit fiel ihm ein, dass das nicht stimmen konnte, mein Hirn kann doch nicht so erweicht sein, dass ich noch selbst Vorwürfe mache, meine Marischka der Vergesslichkeit beschuldige, und er erschrak sehr, denn das war ja wohl das Letzte, offenbar ist er schon ganz hinüber.

Ich mache sie für etwas verantwortlich, ohne es ihr zu sagen. Darüber musste er so lachen, dass es seinen großen Bauch durchschüttelte.

Ganz andere menschliche Vorkommnisse hielten seine Aufmerksamkeit gefangen. Einmal sagte er beiläufig zu seiner Haushälterin, falls er verblöden sollte, möge sie sich nicht grämen, sondern ihn in das kirchliche Pflegeheim in Visegrád geben. Doch in Wahrheit hatte er es vergessen, seit Bischof Gáspár Hillarius ihn hierher versetzt hatte, als Konsequenz ihres vertraulichen Gesprächs in der Pfarrei des Fabrikviertels, bei dem selbst der Sekretär des Herrn Bischof nicht zugegen sein durfte, sondern draußen in dessen Automobil warten musste.

Die feudale Wandverkleidung hätte bei einem Feuer gebrannt wie Zunder, hätte als Fackel aus der dürftigen kleinen Kirche gelodert, auch auf die Pfarrei hätten die Flammen übergegriffen.

Den Bolog-Burschen kannte er natürlich, er hatte ihn getauft, er hatte ihn gefirmt, kurze Zeit war er sein Ministrant gewesen. Ein stattlicher Bursche. Pater Jónás hätte nicht sagen können, warum er weggeblieben war. Das bedeutete aber auch, dass seine Vergesslichkeit sich inzwischen auf zwanzig Jahre erstreckte, Marischka hätte ihn längst zu den senilen Greisen strecken können.

Er haderte jedoch nicht mit dem Gang der Welt. Wenn es unterblieben war, dann war es unterblieben. Wenn Gehirnerweichung, dann eben Gehirnerweichung. Alles im Leben muss man nehmen, wie es ist, so wie es der Herr gibt oder einmal gegeben hat.

Wenn sie so richtig in die Pubertät kommen, bleiben die Jungen fort. Die Mädchen etwas später, doch sobald sie verheiratet sind, kommen sie in ihrem großen Unglück oder auch aus Verantwortungsbewusstsein ihren Kindern gegenüber still und leise zurück. Auf einmal sitzt sie an einem Wintermorgen in der gähnend leeren Kirche bei seiner Messe, dann redet und redet sie, sieht angegriffen aus, am Freitag möchte sie beichten kommen und mit dem Herrn Pfarrer besprechen, wann die Taufe sein soll.

Die Männer muss man ihren eigenen Weg gehen lassen. Wenn sie niemanden mehr haben, an den sie sich wenden können, außer der Flasche, wie sie das gern nennen, kommen sie im Geiste ohnehin zurück. Falls sie nicht daran zugrunde gehen. Wenn die Männer heiraten, verlieren sie jedes Maß oder ihre eigenen schwachen, kleinen Maßeinheiten, doch warum und wie, darüber dachte Pater Jónás nicht nach.

Er dachte über alles Mögliche sehr gründlich nach, doch kaum über die Geschlechter, die Instinkte, den Fortpflanzungstrieb, wenngleich man ihm wirklich nichts aus diesem weitverzweigten Themenkreis erzählen konnte, was er nicht gewusst hätte. Er wusste viel aus seiner Kindheit, und dieses Wissen hatte sich in den mit dem Hören der Beichte verbrachten, einsamen Jahren vertieft. Die weltlichen Erscheinungen nahm er zur Kenntnis, wie sie waren.

Im Übrigen mochte Pater Jónás der einzige Mensch in der ganzen Schöpfung sein, der diesen feschen Burschen, den Imre, beim Vornamen nannte.

Höchstens dachten oder sagten sie, der Bolog. Seinen Taufnamen hatten sie aller Wahrscheinlichkeit nach gar nicht zur Kenntnis genommen, deshalb nahmen sie ihn auch nicht in den Mund. Wer wäre schon zur Taufe des Kindes von Mária Amália Bolog gegangen.

Schon als Säugling war er nicht kleiner gewesen als die anderen. Pater Jónás und Marischka bestaunten sein Gesichtchen, wie gut entwickelt war das ledige Kind von dieser Zwergin.

Natürlich erinnerte er sich, dass nach der heiligen Messe außer der Kindsmutter und dem Säugling lediglich Taufpatin und Taufpate zur Taufe dablieben.

Es war auch so, dass die Kirche von niemandem sorgfältiger gemieden wurde als vom Zwerglein.

Gerade dass sie Imre ministrieren schickte.

Doch darin irrte sich Pater Jónás gründlich, weil nicht seine Mutter hatte Imre zum Ministrieren angehalten, die hätte ihn einzig am Sankt-Nimmerleins-Tag in die Kirche geschickt, sondern er war getrieben von irgendeiner besonderen Kraft oder Empfindung von selbst gekommen, er berief sich lediglich auf die Mutter, er log, damit der Pater ihn nahm, weil er sich damals im Stillen wünschte, dass seine Mutter eine Frau wie die anderen sein soll, die ihren Sohn in die Kirche schickt.

Ich freue mich wirklich, mein Kind, dass ich dich endlich wiedersehe, sagte er, als Piroschka eilig fortgelaufen war und sie miteinander allein blieben.

Warum hätte er sich nicht freuen sollen, nach so vielen Jahren, es waren mindestens sechs oder acht. Er betrachtete den großen Burschen, der in weißem Hemd und schwarzer, festlicher Hose linkisch und unbeholfen vor ihm stand und vielleicht vor Freude, vielleicht vor Scham oder Wut rot wurde.

Ebenso wie damals, als er zum ersten Mal gekommen war und log, die Mutter hätte ihn geschickt.

Weil ihn der Pater mit mein Kind anredete.

So wie er ihn auch früher immer mit mein Sohn oder mein Kind angesprochen hatte.

Auch mit dieser Gewohnheit stand er allein da.

Damals war ihm das gar nicht aufgefallen, andere Jungen hatte der Pater nicht mit mein Kind, sondern nur mit mein Sohn angeredet. Die Röte stieg dann aber doch von seinem starken, weißen Hals die breitknochigen, rasierten Wangen hinauf. Von der tiefen Scham, dass er das vergessen hatte, brach ihm an der Wurzel der dicken Nase und auf der Stirn der Schweiß aus.

Im Übrigen hatte Pater Jónás niemals mehr als das gesagt, aber auch nicht weniger.

Daraus wuchs eine stille, gemeinsame Freude im Haus, im Gotteshaus nämlich.

Bei allem Erröten freute sich sogar dieser arme Junge sichtlich, dass er wieder das Kind des Paters war.

Dass sie einander nach so vielen Jahren wiedersahen.

Dabei hatte er das nicht verdient.

Er hatte keine Verdienste.

In der Sakristei hinter der halb offenen Tür regte sich

nichts. Als der junge Mann, dieser gewisse Imre, den die anderen nicht mit Namen kannten, mit Piroschka durch die Sakristei gegangen war, hatte er gesehen, dass beide Türen des großen, bauchigen Schranks offen standen, die vom Hängeteil und die vom Regalteil. Was damals, als er Ministrant war, bedeutet hatte, dass die Haushälterin des Herrn Pfarrer oder eine ihrer Helferinnen, die Frau Vígas oder die Frau Höss, bald die gebügelte Wäsche einräumen kommen würde. Manchmal räumte Marischka den Schrank komplett aus, um alle Ecken auszuwischen, die Regale zu säubern und an ihren Rändern frisch gewaschenen und gestärkten Spitzensaum mit Reißnägeln zu befestigen, und zu dieser Jahreszeit, wenn Anfang Juli der Lavendel blühte, steckte sie auch an der Sonne getrocknete, in kleine, bunte Leinensäckchen eingenähte Blüten zwischen die Wäschestücke.

Die dufteten dann und nahmen den Kampf mit dem vielen blauen Schimmel auf, der sich hier bei uns und nahe beim Fluss überall in den Winkeln bildete.

Von dort fiel jetzt ein starker Lichtschein zwischen sie. Er sah aus, wie ein spitzer Keil, der den Raum durchschnitt, alles aufhellte und aus dem rötlichen Halbdunkel hob.

Er brachte die dunkle, rötliche Politur zum Glimmern und warf sein bisschen Glanz auf die gegenüberliegende Wand.

Hier ist in jedem Licht der Spiegel der Donau enthalten.

Dadurch wird der menschliche Geist rein mittelbar erhellt und gefärbt, er wird richtig geblendet, obwohl er nicht weiß, ob von der Kraft der Finsternis oder vom Licht.

Der Pater freute sich eigens darüber, dass der Junge gründlich über ihn hinausgewachsen war.

Er freute sich über jeden, der über ihn hinauswuchs.

Zum Glück war das bei jedem einzelnen Kind der Fall.

Auch bei seinen vier Brüdern und zwei Schwestern seinerzeit auf der äußeren Váci út. Mit ihnen traf er sich selten. Pater Jónás wurde mit zunehmendem Alter nicht nur immer rundlicher, auch seine Gestalt verkürzte sich dramatisch, Marischka hatte seine Hosen schon zweimal zum Schneider nach Visegrád gebracht, zum Einschlagen, weil sie an ihm schon wie Pluderhosen aussahen.

Hochgewachsene Menschen hatte er immer schon gerne angesehen.

Nicht nur wegen der Wanzen war es vorteilhafter, den Segen hier zu spenden.

In dem verkleideten Raum hallten gesprochene Worte nicht wider.

Gemäß seinem Amt musste er Spiegelbilder meiden, auch in der Pfarrei gab es keinen Spiegel, nur im Badezimmer zum Rasieren, auch schmeichelnde Düfte waren unerwünscht, wie alles Verfälschen und Verstellen und jegliche Parfums, auch im Äther verirrte Töne, Radio hörte er nicht, er war nicht neugierig, wenngleich Nachrichten ihn auf Umwegen schließlich doch erreichten, verzerrte Bilder und widerhallende Orte mied er ebenfalls, um die verschiedenen Schichten und Ebenen der Wirklichkeit voneinander trennen und anderen Menschen in ihren Trugbildern folgen zu können.

Es kam vor, dass Äußerungen hier sehr laut ausfielen.

Von unbekannten Mächten getriebenes Brüllen, Wehklagen oder schwere Flüche, krass heuchlerisches und verlassenes Flehen, falsches Gelächter oder schauerliche, endlose, aus dem Herzen aufbrodelnde Verwünschungen,

Lästerungen und Schmähungen, die mit größerer Kraft gegen den Betreffenden zurückschlugen, als sie aus ihm hervorgebrochen waren.

Oder ihm entringt sich ein Wunsch nach Befreiung.

Erleichterung bringt das nicht.

Seine Sklaverei wird nur größer.

In erwartungsgemäß kritischen Fällen, wenn viele Affektausbrüche zu befürchten waren, wurde die Tür der Sakristei verschlossen, während die in den Gang der Zeremonie halbwegs eingeweihten Frauen, die natürlich eifrig ihre Arbeit machten, draußen die Ohren offen hielten und bereitstanden, dem Pater notfalls zu Hilfe zu eilen.

Die Helferinnen von Marischka waren nicht irgendwer, sondern Frau Vígas und Frau Höss. Sie wechselten sich im Dienst ab.

Es gab Fälle, wo Pater Jónás neben Marischka zwei Personen beizog. Nach den Vorschriften des großen römischen Ritus sollte es ein Diakon sein, doch wo sollte er einen herbekommen. Hier bei uns gab es keinen einzigen Mann, der wenigstens ansatzweise zum Diakon getaugt hätte. Auch aus Esztergom schickte man ihm keinen Diakon, obwohl er darum gebeten hatte und sich dort im Umfeld des Priesterseminars sicher einer gefunden hätte. Doch in Esztergom wollte man sich wegen eines Diakons nicht in die Nesseln setzen.

Gott bewahre, Seine Eminenz, der Kardinal, befände sich in einer unangenehmen Lage, käme einmal ans Tageslicht, wozu der Diakon gebraucht wurde.

Diese Frauen, die Frau Vígas und die Frau Höss, brauchte man gar nicht zum Schweigen anzuhalten.

Sie schwiegen wie ein Grab.

Die Frau Höss bewahrte sogar darüber tiefes Schweigen, dass diesmal vielleicht gar nicht ihr Mann die Rosa geschwängert hatte, sondern dieser gewisse Bursche, der Sohn von Mária Amália Bolog, der jetzt wegen der Benediktion zum Pater hineingegangen war.

Sie musste mit der Frau Vígas oder der Marischka in der Sakristei sein, damit nicht irgendwer hineinging, die Ruhe des Kirchhofs störte oder etwas von den Lauten und Worten auf die Straße hinausdrang.

Wenn nötig, eilten sie herbei, schlossen die Türen, brachten Wasser, brachten Decken, das Kissen, damit sich der Unglückliche nichts tat, wenn er sich auf dem Steinboden herumwarf, sie schoben ihm weiche Sachen unter.

Sie rieben ihn ab, wenn er vom Schüttelfrost mit blauen Lippen auf dem Stuhl zitterte und bebte.

Indem er ihn betrachtete und musterte, fand er richtig Gefallen am Äußeren des strammen Burschen, sein dicker Schädel belustigte ihn, wie ein schläfrig niedersausendes Beil war der, das fiel ihm dazu ein, während er gemäß den Regeln seines Amtes natürlich eher abwog, statt sich behaglich zu erfreuen oder nachzudenken, genauer gesagt erwog er hinter der Fassade der Freude die Größe der Aufgabe.

Bloß nichts vortäuschen.

Er musste vermeiden, etwas vorzutäuschen, neben dem Echten durfte kein falscher Anschein bestehen.

Er prüfte, was er sah, registrierte es, ließ zu, dass alles seinen ordentlichen Lauf nahm.

Eigentlich hatte Pater Jónás immer außerhalb des Schauspiels der weltlichen Leiden und Leidenschaften gestanden.

Das konnte er sich selbst nicht erklären.

Er war nicht froh darüber, vom Standpunkt seines tiefen und hehren Glaubens aus hielt er es für eine gefährliche Eigenschaft.

Er behielt sie im Auge.

Das war sein ganzes Leben die bedeutendste intellektuelle Prüfung für ihn, sie im Auge zu behalten. Er war ja nicht empfindungslos, dennoch stand er außerhalb der eigenen sinnlichen Wahrnehmungen. Die eigenen Wahrnehmungen lösten keinen Handlungsimpuls in ihm aus, wenngleich er aus Erfahrung wusste, was andere infolge der Wirkung dieser oder jener Wahrnehmungen alles miteinander anstellten und welche Affekte bei ihren Handlungen den Anstoß gaben.

Auch der Aufmerksamkeit von Bischof Hillarius war diese gefährliche Eigenschaft oder eben das Fehlen, der leere Platz einer solchen Eigenschaft nicht entgangen, er brachte sie auch zur Sprache, beobachtete sie, mahnte.

Demgegenüber wählte er ihn sicherlich deshalb für das schwierige Amt. Der Satan, wie auch immer man ihn nannte, konnte aus der Prozedur nicht ausgeschlossen werden, im Gegenteil, man musste ihm Fenster und Türen weit öffnen, damit er in Begleitung seiner gefallenen Engel, mit seinen Gesandten und Helfern, seinem ganzen Apparat mit allem Pomp erscheinen möge. Sie konnten ihn nicht vorladen, doch wenn er in seiner leiblichen Wirklichkeit oder in seinen Erscheinungen und Truggebilden vor sie hintrat, durften sie gewiss nicht zurückschrecken.

Es brauchte einen Mann, der Gefühle hatte, doch nichts und niemandem gegenüber voreingenommen oder von Leidenschaft bewegt war.

Pater Jónás hatte ja die Erfahrung gemacht, dass er sich vor keinerlei gefährlicher Leidenschaft hüten, sich nicht zurückhalten musste, weil er nicht von ihr gepackt wurde.

Er schien sich ständig über die eigenen Wahrnehmungen hinwegzusetzen.

Vor wem hätte er sich deswegen schämen sollen.

Körper und Seele von Pater Jónás waren der jeweiligen Realität unterworfen und ausgesetzt, die er in jedem Augenblick erfassen musste, doch er selbst war nicht ein Teil von ihr, oder er war nur mit seiner physischen Existenz Teil dieser erfassten Realität.

Auch wegen seines Ausgeschlossenseins empfand er weder Freude noch Kummer.

In meinem Alter kann ich nicht mehr abstumpfen, dachte er über sich. Es ist von mir auch nicht zu erwarten, dass ich ein alter Zyniker werde, wenn ich bisher dieser peinlichen Falle der Gleichgültigkeit ausgewichen bin.

Auch als Kind warst du kein Schwächling, mein Sohn, und jetzt sehe ich, was für ein starker Mann aus dir geworden ist.

Als hätte dieser freudige, von einem Lächeln begleitete Satz einen heiklen Punkt berührt, schien der junge Mann gekränkt und sich zu rechtfertigen gedrängt zu sein.

Von vornherein durch sein Erröten und Schwitzen gedemütigt, antwortete er ziemlich heftig, dass er mit seiner Kraft noch nie jemand etwas getan habe.

Was Pater Jónás schon sehr zu denken gab. Es mochte ein Symptom sein, sicher ein Symptom, sofern nicht der Schöpfer dahinterstand.

Er musste wachsam sein.

Wirklich starke Menschen prahlen tatsächlich nicht mit

ihrer Kraft, sie prügeln sich nicht, rangeln höchstens ein wenig mit den Schwächeren. Wenn ihnen mal einer mit eingezogenem Schwanz und angelegten Ohren doch zu provokant das Maul aufreißt, dann verdreschen sie ihn.

Soll der Tölpel doch mal aufwachen, verdammt, ein bisschen muss ich ihm schon zeigen, wie das wäre, wenn ich mal ordentlich hinlange oder ihn tatsächlich durchwalke.

Sie demonstrieren ihre Kraft, doch sie missbrauchen sie nicht. Sie nehmen die Schwächeren in Schutz, wenngleich sie das nur aus Vernunft tun. Damit niemand die Welt aus den Angeln hebt.

Es ist auch überflüssig, sie für eine Eigenschaft zu loben, für die sie nichts können. Wenn man viel von ihrer Kraft redet, werden sie gereizt, winden sich innerlich ohnmächtig hin und her.

Dass so große Menschen so rot werden.

Natürlich gibt es niemanden, der nicht in der Tiefe seiner Seele wüsste, dass wir nicht deshalb in diese große Welt hineingeboren werden, um so oder so zu sein.

Das sind Nichtigkeiten, das sind nur unsere Veranlagungen.

Allerdings sind dem *Rituale Romanum* zufolge übermäßige Körperkräfte dennoch ein bedenkliches Zeichen, das gründlich zu untersuchen ist, was von den Erfahrungen Pater Jónás' durchwegs bestätigt wurde.

Schön von dir, dass du nicht mit deiner Kraft angibst. Der Wahrheit zuliebe muss ich dich trotzdem fragen, ob du, wenn auch keinen Fremden, so doch deine Mutter geschlagen hast.

Denn leider sehe ich dir an, mein lieber Sohn, dass du es mehr als einmal getan hast.

Doch er forschte vergeblich in dem Gesicht des Burschen.

Zwar war ihm seine ertappte kindliche Gekränktheit auf die Lippen und zwischen die oberhalb der Nasenwurzel zusammenwachsenden, starken und struppigen Augenbrauen geschrieben, doch sonst konnte der Pater nichts Auffälliges entdecken.

Klug von dir, das ist das richtige Maß an Bescheidenheit.

Gott hat dir deine Kraft gegeben und kann sie dir jederzeit wieder nehmen. Er hat sie dir geliehen, damit du gemäß seinem Gesetz Gebrauch davon machst.

Du tust gut daran, dich nicht mit etwas zu brüsten, das du von ihm bekommen hast und das nicht dein Verdienst ist. Ich habe dir immer großes Vertrauen entgegengebracht. Doch daran erinnerst du dich sicher. Ich weiß genau, was dir zusteht.

Auch darüber kann ich mich nur freuen, sagte er lachend, dass ich es dir im Namen unseres Herrn und der Jungfrau Maria geben kann.

Wieder schwiegen sie eine Runde.

Eigentlich hätte der junge Mann den Pater fragen wollen, woher er das wisse, wer es ihm gesagt habe. Weil er den totschlagen wird, wenn es wen gibt, der es weiß.

Seine Mutter kannte er ausreichend, die anderen in dem Fall nicht.

Niemals, niemals, kein Wort darüber, was in ihren vier Wänden geschieht.

Kein Laut drang nach draußen, wenn er sie schlug oder zu Boden schleuderte. Selbst wenn ihr Sohn sie einmal mit dem Messer niedersticht, würde sie es keinem sagen. Ich weiß es ja, sagte sie mehr als einmal bei sich, am liebsten würdest du mich um die Ecke bringen. Recht hättest du damit, verflucht, du hast mich lang genug ansehen müssen.

Doch mit dem Messer ging er nicht auf sie los, ihr Sohn, nein, dabei lag doch immer eins auf dem Küchentisch herum.

Soll er es nehmen, wenn er will.

Er packte die eigene leibliche Mutter manchmal ohne jedes heftigere Wort und stieß sie von sich.

Kein Laut kam aus seiner Kehle, vor Überraschung, dass Pater Jónás ihm das ansah.

Nachbarn sahen nicht bei ihnen herein, das Zimmer war immer verdunkelt.

Er hatte es Piroschka ja gesagt.

Dass er in die alte Werkstatt vom Hrutka übersiedelt ist, damit er es nicht irgendwann tut. Und Piroschka hat es dem Pater getratscht.

Nur dass es sich in Wirklichkeit nicht so abgespielt hatte, er beschuldigte sie ohne Grund.

Piroschka bewahrte über vieles Stillschweigen, sie hätte dem Pater mit keinem Wort gesagt, hätte es gar nicht zu sagen gewagt, was er mit seiner Mutter alles anstellte, sie dachte eher an die Polizei. Das Messer lag deshalb immer dort, damit sie vom Brot oder vom Schinken abschneiden konnten. Und das Zwerglein forderte ihn manchmal sogar auf, er soll nicht so faul sein und das verfickte Messer ein bisschen schärfen, sie kann kaum mehr damit schneiden.

Aber einen Vorwurf mache ich dir nicht, dass ich dich so lange nicht gesehen habe.

Ich kann mich nicht erinnern, dass wir uns je auf der Straße begegnet wären, seit du fortgeblieben bist.

Du hast mich damals einfach hängenlassen.

Auch deine Mutter sehe ich selten, zur Messe kommt sie nie.

Die Stille zwischen ihnen hielt an.

Wir haben dein Chorhemd lange aufbewahrt, auch Schwester Mária hat gesagt, das können wir keinem anderen Kind geben, so groß ist es.

Der Bursche sah den Pater mit seinen schönen, großen, geweiteten Augen nur immerzu an, mit seinem alten, für Kinder ungewöhnlichen Blick sah er ihn an, dieser alte Blick blieb unverwandt auf ihn gerichtet.

Das musste Pater Jónás schon deshalb auffallen, weil er nach dem Betreten des Kabinetts seinem Blick möglichst ausgewichen war, was das *Rituale Romanum* gleichfalls unter den schlechten Vorzeichen anführte.

Nun schweigst du, doch du könntest mir schon sagen, mein lieber, schöner Sohn, warum du denn bloß diese arme Kreatur gequält hast.

Er hatte langsamer gesprochen, zwischen den Worten immer größere Pausen gelassen, Imre sollte mit seinem verlangsamten Verstand Platz zwischen ihnen finden.

Er bot ihm leere Stellen zwischen den Worten an, jede für sich, doch auch darauf schwieg der junge Mann lieber.

Es nagte an ihm, dass die Piroschka, die süße, kleine, verfluchte Piroschka, die er mehr als sein Leben liebt, dem Pater alles, aber auch alles gesagt hat, der Teufel soll sie holen, weil diesem Scheißpaffen hätte er den größten Scheißdreck nicht sagen wollen.

Die Piroschka hat ihn in eine Falle gelockt, für seine großen Probleme soll er vom Pater den Segen bekommen, diesen Scheißsegen kann die Scheißpiroschka sich samt dem Pfaffen hinten reinschieben.

Aber er war schlau genug gewesen, ihr nicht alles zu sagen.

Dass er sie durch die Luft warf.

Er hob sie hoch und schleuderte sie zu Boden, sogar auf die Steine. Die Mutter lief ihm nicht davon. Tät sie laufen, wär er gleich bei ihr, würde sie am Genick packen, einmal wird er sie umbringen, weil er schleuderte sie, wohin es ihm passte.

Er verstand nicht, von was für einer Kreatur der Pater da redete.

Du bist ja viel stärker als die kleine Kreatur in deinen großen Händen, und dann kannst du auch nicht damit auftrumpfen, du würdest deine Kraft nicht gegen andere verwenden. Vielleicht sagst du das besser nicht, mein Kind.

Was für eine Kreatur.

Auch was du mit deiner Mutter machst, hast du nicht gesagt.

Während das Gekränktsein von seinen Lippen verschwand, breitete sich betroffene kindliche Dummheit auf seinem Gesicht aus.

Er schien sich wirklich nicht zu erinnern.

Oder vielleicht hat er tatsächlich nicht richtig gehört.

Sein Denken hing so sehr bei der Scheißpiroschka fest, die dem Pater gar nicht alles sagen konnte, er hatte ihr ja alles Mögliche verschwiegen, dass er spürte, gleich würde er in ein riesiges Gelächter ausbrechen.

Die Schadenfreude heizte in ihm das Feuer der Rache an.

Und zwar so, so heftig, dass ihm hier mitten in der Kirche noch der Schwanz steif wird, von dieser riesengroßen Schadenfreude.

Eine Unterhose hatte er heute früh nicht angezogen.

Vielleicht geht ja doch was mit der Piroschka.

Die, in der er geschlafen hatte, zog er nach dem Waschen lieber aus, in einer stinkenden Hose wird er mit der Piroschka nicht gehen.

Dass er seiner Mutter schon mal den Arm gebrochen hatte, so sehr hatte er sie gegen den Tischrand gedonnert, das hatte er dieser beschissenen Schlampe, das heißt der Piroschka, nun doch nicht verraten.

Unterdessen schien er nicht zu verstehen, was Pater Jónás mit was für einer Kreatur von ihm wollte.

Und während er nicht zu verstehen schien, war es, als würde er ganz langsam auf ihn zukommen und ihn mehr und mehr überragen, obwohl er das doch gar nicht wollte, und sich mit diesem heißen Gelächter über ihn neigen, als würde er im nächsten Moment mit seinem ganzen Gewicht auf den kleinen, rundlichen, alten Pater herabstürzen.

Oder mit seinem Gelächter über ihn hereinbrechen.

Pater Jónás schnupperte und horchte, er war auf der Hut, er hatte schon so vieles auf einmal und zugleich gesehen, dass ihn kaum noch etwas erschüttern konnte.

Auch an Unverständnis und Drohung oder Bedrohtheit in ihrer heiligen Gemeinsamkeit fand er nichts Verstörendes, höchstens schmerzten sie ihn.

Er sah, dass es keine Absicht war.

Jemand raubte diesem armen Burschen die Erinnerung, er sah, dass er ihn stattdessen in Erregung versetzte, er sah, dass er nicht mit dem eigenen Gelächter kämpfte, sondern mit dem Gelächter von diesem jemand, weil er nicht wollte, dass der andere aus ihm hervorbrach, diesen wütenden anderen hielt er mit seiner außergewöhnlichen Kraft in sich zurück.

Als die Piroschka Mirák gestern hier bei mir war, hat sie gesagt, dass sie dich im Übrigen für einen vernünftigen, arbeitsamen Menschen hält und noch nie von irgendwem gehört hat, du hättest ihm ein Unrecht angetan, oder er hätte etwas gegen dich vorzubringen.

Wer sich an dich wendet, dem eilst du zu Hilfe, und sie nehmen deine Hilfe auch immer in Anspruch.

Warum hast du es dann getan, sag mir das, mein liebes Kind.

Ich will dir nicht wegen irgendwelcher Taten Vorhaltungen machen oder dich zur Verantwortung ziehen, das liegt mir fern, das ist nicht meine Sache, der Allmächtige verfügt über uns. Du bist schon lange den Fittichen unserer einzigen Mutter Kirche entflogen, wo wir auf unser Heil hoffen können. Du wirst mir einmal sagen, warum du es getan hast, wo du abgeblieben bist, warum habe ich dich nie mehr in unserer geweihten Kirche gesehen, doch ich lege dir keine Buße auf, auch das musst du nicht fürchten.

Ich möchte es nur gerne wissen.

Sag es mir in deinen eigenen Worten.

Sag es mir, ich bete zu dem einen lebendigen Gott, dass du es mir sagst. Die Jungfrau Maria stehe dir bei und lege dir die richtigen Worte in den Mund.

An dieser Stelle brach der junge Mann sein Schweigen, er sagte zweimal nur, ich verstehe nicht.

Ich verstehe nicht.

Was ist in dich gefahren, das frage ich.

Warum hast du es getan, das war meine Frage. Du wirst

ja wissen, warum du es getan hast, warum hast du den kleinen Hund ins Wasser geworfen. Warum verstehst du nicht. Das frage ich dich. Das beantworte mir. Warum hast du dort am Ufer die unschuldige Kreatur gepeinigt.

Du wirst dich ja daran erinnern.

Dem Alter, wo man nur so herumspielt und sich nicht an seine Taten erinnert, bist du gründlich entwachsen.

Es war still, eine so dumpfe Stille, wie sie ihnen nur dieser besondere Raum gewähren konnte.

Die schöne Wandverkleidung gab ihrem eigenartigen Dialog die Anmutung eines in der Dunkelheit glimmenden Lichts hinzu. Nur hätte man nicht sagen können, ob die Stille im Angesicht der Welt zum Gott der Finsternis oder zum Gott des Lichts gehörte.

Auch sie selbst, die doch wegen des Segens hier waren, schienen nicht mehr ganz in ihren Körpern zugegen zu sein und sich vielleicht ein wenig miteinander vermischt zu haben.

Als wären sie mehr oder weniger aus sich herausgetreten.

Beide schienen mit ihren eigenen Seelen, nicht mit der Seele des anderen, mit ihrem eigenen Gewissen im Namen des anderen einen Dialog zu führen.

Ich warte auf deine Antwort, mein Kind.

Es gehörte zu den Anordnungen der Zeremonie, dass beide standen, einander gegenüber standen, sie sollten es nicht bequem haben. Der Pater folgte einzig und allein den Vorschriften des Ritus in allen seinen Teilen.

Höchstens seinen Verstand und seine persönliche Aufmerksamkeit durfte er dazugeben, was nicht wenig war.

Wenn du vielleicht meine Stimme nicht hörst, kannst du mir meine Worte sicher von den Lippen ablesen.

Und mit beiden Händen wies er auf seinen Mund, dass Imre sie ablesen solle.

Er sprach auf eine Weise, bei der er Worte und Töne einzeln artikulierte.

Gib mir ein Zeichen, dass du meine Worte auf meinem Mund siehst.

Ich frage dich als dein Seelenvater.

Vielleicht hast du noch nicht vergessen, dass auch ich dich immer für ein gutes Kind gehalten habe, nicht nur Piroschka hält dich für einen guten Menschen.

Ich hoffe, du erkennst mich noch.

Ich habe dich angenommen, damit wir gemeinsam beten und der Eucharistie dienen, so wie deine Mutter es gewünscht hat.

So hätte es auch sein können, doch in Wirklichkeit ging Pater Jónás in diesem Moment fehl. An diesem einzigen Punkt scheiterte er, stolperte über seine Gutgläubigkeit. Nein, nicht das Zwerglein hatte ihren Sohn zu ihm geschickt, sie hätte ihn nicht einmal taufen lassen, wenn die Frau Tolvaj ihr das nicht abgenötigt hätte. Eine Taufe muss es geben, verdammt noch mal. Sie brüllte das Zwerglein aus vollem Halse an. Eine Taufe muss sein. Alle bei uns wussten es, man hörte es bis auf die Straße, wie die Frau Tolvaj sie zur Sau machte, sie nach Strich und Faden beschimpfte.

Der Junge ist nur deshalb freiwillig gekommen, weil ihm bei uns die anderen so aus dem Weg gegangen sind, dass er wohl so eine Art Zuhause oder was zum Teufel er in der Kirche von Pater Jónás gesucht hat.

Ich habe dich nie bestraft, nie gerügt, aber du hast ja auch nie irgendetwas Böses gemacht, auch im Dienst bist du nicht nachlässig gewesen.

Wie kann Piroschka wissen, als sie mit ihren Beschuldigungen zu Ihnen gekommen ist, wie kann sie dem Pater erzählen, was ich denke oder was ich tue.

Das weiß niemand.

Ich denke überhaupt nichts, brüllte er außer sich und vollkommen verzweifelt.

Ganz egal, was sie Ihnen erzählt.

Was lügt Ihnen so eine Piroschka Mirák da zusammen, was schwärzt sie mich an, ich sage Ihnen ganz ehrlich hier in Ihrer Kirche, sie ist eine verdammte Hure.

So lass ich mich von niemandem mehr verarschen.

Gott soll sie in Scheiße ertränken.

Niemand hat sehen können, dass ich meine Mutter schlage.

Warum sagt sie Ihnen dann so was.

Brüllend brach er in Tränen aus, doch nicht vor Schmerz, sondern vor kaum bezähmbarem Zorn, es schüttelte ihn am ganzen Körper.

Ich gebe nicht zu, dass ich meine Mutter schlage, dass ich sie aufs Bett dresche, zu Boden dresche.

Einmal habe ich ihr den Arm gebrochen.

In der Nacht macht sie immer die Scheißfenster zu.

Dort sieht niemand rein. Unsere verfluchten Fensterläden, die haben keinen Spalt oder Riss, er lachte schallend dabei, nicht mal einen schlitzgroßen.

Der Pater kann es mir glauben, keine Chance.

Was bei uns geredet wird, für das kann ich nichts.

Ich sehe es in deinem Gesicht, mein Kind.

Er nickte, um zu bekräftigen, dass er es sieht.

Ich brauche Piroschka nicht, um zu sehen, um alles in deinem Gesicht, an deiner Haltung zu sehen.

Auch du siehst in meinem Gesicht, an meiner Haltung, dass ich dich nicht anflunkere.

Du sagst es mir selbst.

Es gibt nichts, was du nicht sagen würdest.

Allerdings hat mir die Piroschka davon berichtet, wenn du ihren Namen schon so hässlich und undankbar in den Mund genommen hast, dass du ihr im Zug von verschiedenen anderen, ganz und gar unpassenden Taten erzählt hast. Nicht nur, was du mit anderen getan hast und noch lieber tun würdest, hast du ihr unbedacht verraten. Was du mit der Rosa Pásztor alles gemacht hast, mit diesem unglücklichen Mädchen, um ihr den Kopf zu verdrehen, und dann erzählst du es auch noch der Piroschka.

Sogar dass du über die große Ufermauer in den Garten von Miráks steigst und sie in der Nacht belauschst, hast du ihr gestanden.

Wenn sie zu Bett geht und du gerade keine Schicht hast.

So unbedacht aufrichtig bist du mit der Piroschka Mirák.

Als dein Seelenvater sage ich dir, dass ein anständiger Mann so etwas nicht tun darf. Zuerst einmal belauscht ein Mann niemanden. Wenn er es dennoch tut, dann darf ein Mann dergleichen nicht einmal seinem Freund erzählen, geschweige denn dem Opfer selbst, wenn er es, getrieben von seinen großen, dunklen Motiven, schon mal getan hat.

Du fürchtest auch nicht, wie ich sehe, dass sie von nun an jede Nacht zittern wird, du könntest plötzlich wieder in ihrem Fenster erscheinen.

Wenn du es schon getan hast, hättest du das nicht ihr, sondern mir im Sakrament der Beichte bekennen und gleich um Sündenvergebung bitten sollen.

Was ist in dich gefahren, mein Kind, antworte.

So auf einmal jeden Maßstab zu verlieren, das ist wirklich staunenswert.

Mir scheint, du hast dich von unserer Heiligen Kirche schon so weit entfernt, dass du dich auch an die Beichtpflicht nicht mehr erinnerst.

Obwohl ich doch hier bin und dich mit offenen Armen zu jeder Tageszeit erwarte, ich bete heiß und innig für dich und hoffe inständig, dass es nichts geben kann, was ich mit der Hilfe unseres Herrn Jesus Christ nicht sehen, nicht hören und nicht verstehen würde von alledem, was jetzt in dir vor sich geht oder was du mir gar nicht einbekennst.

Ich weiß auch, dass das nicht du bist, was in dir geschieht. Jemand veranlasst dich dazu oder zwingt es aus dir heraus, er nötigt es dir sozusagen ab.

Ich jedenfalls habe dich nicht so in Erinnerung.

Was ich gesagt habe, habe ich gesagt, das ist richtig, rief oder heulte der junge Mann, ich erzähle es ihr, natürlich erzähle ich es ihr, wenn wir schon mal gemeinsam im Zug sitzen und miteinander reden.

Der Pater weiß gar nicht, was er alles nicht weiß, niemand weiß es von mir.

Auch die Piroschka Mirák versteht es nicht, obwohl ich ihr alles gesagt hab. Sie rennt zu Ihnen, Ihnen sagt sie, was sie von mir denkt.

Ich bin also ein Tier für sie.

So eine Verachtung hat sie für mich.

Es war nicht zu erklären, warum er, der doch aus tiefster Brust aufzuschluchzen schien, nun in Wirklichkeit abermals in lautes Gelächter ausbrach.

Im Gegensatz dazu blieb Pater Jónás ganz leise.

Sag ihr nichts, mein lieber Sohn, ich bitte dich inständig, erschrecke sie nicht mit dir selbst, sie versteht deine überaus bösen Absichten auch so. Es ist ihr künftiger Beruf, arme, verlassene Seelen zu verstehen.

Nicht ihr musst du deine Vergehen bekennen.

Auch damit versündigst du dich.

Du liebst sie gar nicht.

Stattdessen hast du schwere Schuld auf dich geladen.

Wie könnte sie dich in diesem Zustand lieben.

Du brauchst mir hier nicht so ein derbes Gelächter anzustimmen.

Du häufst Sünde auf Sünde, steckst bis über beide Ohren darin.

Ihr müsstest du nur dann etwas gestehen, wenn du ihr Ehepartner wärst. Doch ich kann mich nicht erinnern, dass ich euch getraut hätte.

Bei ihr hast du nichts zu suchen und nichts zu fordern.

Wieder wurde es still, und endlich gelang es dem Burschen, sein einsames Gelächter abzubrechen und nun als Seelensohn von Pater Jónás tatsächlich aufzuschluchzen.

Auch das *Rituale Romanum* ließ es nicht zu, Weinen, Zuckungen, Sich-Herumwälzen eines Rasenden körperlich zu beschwichtigen, ihn zu umarmen, zu küssen, zu streicheln oder sich irgendeiner anderen Form alltäglicher Zärtlichkeit zu befleißigen.

Es war nur dann zwingend erforderlich zuzugreifen, wenn er sich sonst Schaden zufügen würde.

Nicht mal eines von hundert kann ich dem Pater erzählen, sagte Imre leise.

Aber deshalb stehe ich hier, mein Kind, und deshalb stehst du hier mit mir, deine Glieder sind auch schon ganz schwach geworden, ich sehe ja, welche Schwäche dich ergriffen hat, doch du fällst nicht in Ohnmacht, du sollst es nicht, denn dann kann ich mit deinem großen Leib nichts anfangen. Die Piroschka Mirák war nicht böse auf dich, sie hat dich zu mir begleitet, weil sie weiß, dass ich in meinem Leib nicht schwach werde, stark stehe ich hier vor dir mit der vom Herrn geliehenen Seelenstärke, und ich bete nur darum, dass du mir alle hundert schön der Reihe nach vor dem Angesicht des Herrn aufzählen kannst, antwortete der Pater so leise, als würde er das alles wie ein Breviergebet nur so vor sich hinsagen.

Na gut, setzte er mit seinem schelmischen Lächeln hinzu und rieb sich zum Spaß seinen kahlen Schädel, hundert sind wohl zu viel, so auf einmal wäre es auch für mich zu viel des Guten. Dabei kannst du mir glauben, ich habe in meinem Leben schon viele Verfehlungen und Sünden hören müssen.

Machen wir es so, dass du zwei von den hundert weglassen kannst, die anderen aber erzählst du sogleich.

Die zwei schwersten kannst du weglassen.

Du weißt, an welche beiden ich denke.

Der Allmächtige kennt ja ohnehin alle deine Sünden und jede einzelne deiner Verfehlungen. Ihm gegenüber würde auch Verschweigen nicht helfen. Und im Haus deiner Mutter gibt es keine Läden an den Fenstern, die du vor ihm oder vor unserm Herrn Jesus verschließen könntest.

Es gibt keine Läden, die nicht einen kleinen Spalt ließen.

Auch jene beiden kennen sie, doch die übrigen achtundneunzig musst du im eigenen Interesse reumütig erzählen.

Wenn nicht jetzt gleich, dann gehe in Frieden und komm am Freitag wieder, nächsten Freitag oder wann du willst, wenn du keine Schicht hast, um vor dem Angesicht

Gottes alles der Reihe nach aufzuzählen und mir reumütig zu beichten.

Infolge dieser Provokation, dass er am Freitag oder irgendwann beichten müsste, breitete sich erneut Stille aus, eine starke und lange Stille, die Pater Jónás nicht stören wollte, weder mit Worten noch mit Gesten.

Dann musste er dennoch als Erster das Wort ergreifen.

Nicht dass ich neugierig wäre, mein Sohn, auf irgendwelche Scheußlichkeiten bin ich überhaupt nicht neugierig, sagte er leise. Auch auf dich, mein Sohn, bin ich nicht neugierig. Du kannst mir glauben, ich bin schon kaum mehr auf irgendetwas neugierig. Lieber wäre ich bei meinen Büchern, als dich anzuhören. Siehst du, so ein mürrischer Mensch ist aus mir geworden, aus deinem Pater Jónás, seit ich dich das letzte Mal gesehen habe. Ich würde niemandem erzählen, wozu sollte ich auch, was ich mir in meinem langen Leben schon alles angehört habe und worüber ich nur allein mit dem Allmächtigen und seinem einzigen Sohn, unserm Herrn, sprechen kann. Es wäre zu deiner Erleichterung, nicht zu meiner.

Auch deiner Mutter gegenüber schweige ich wie ein Grab, wenn ich sie auf der Straße sehe. Ich werde ihr nicht sagen, was ich alles über dich weiß.

Ich werde nicht mit ihr bereden, was du alles begangen hast.

Auch deswegen musst du dir keine Sorgen machen. Nicht ich muss deine Vergehen hören, du selbst musst sie hören. Wenn du sie nicht laut aussprichst, hörst du sie nicht. Der Mensch ist taub für sich selbst, stocktaub. Es bedarf der eigenen Stimme, damit er mit der Seele etwas von sich selbst hört. Deine Geheimnisse interessieren mich nicht, wenn du sie dennoch erzählst, bin ich für alle Zeit gebunden.

Du wirst sehen, ich vergesse alles gleich wieder, alt wie ich bin. Doch ich bete dafür, dass du dich aus eigenem Willen von der dunklen Macht befreist, die dich zu solchen lächerlichen Vergehen ermächtigt hat.

Das Versäumnis, deine Sünden zu bekennen, soll nicht länger auf deinen Schultern lasten.

Auf meinen Schultern lastet nichts.

Ich will nicht, dass mich etwas belastet.

Der Pater soll mir nicht sagen, niemand soll mir sagen, was mir auf den Schultern lastet.

Ich sehe, dass es dich belastet.

Mich belastet nichts.

Nun sah er Pater Jónás nicht mehr in die Augen, sondern blinzelte mal hierhin, mal dorthin, als wolle er mit seinem Blick der körperlichen Wirklichkeit des Paters ausweichen. Mit seinem Ausruf, ihn würde nichts belasten, denn es war ein Ausruf, ein unbändiger, abwehrender Ausruf, wollte er sich dem Pater in den Weg stellen. Ein sinnloser und kindlicher Ausruf. Dabei schien er den Blick noch mehr zu senken.

So sehr, dass er nur schräg auf die Welt blicken konnte.

Vor Pater Jónás stand das Kind, das einst bei ihm ministriert hatte.

Seine sonnengebleichten, an Schweineborsten erinnernden Wimpern verdeckten die großen, hellen Augen.

Den blondgelockten Kopf hielt er hartnäckig gesenkt, als würde er etwas Heimtückisches gegen Pater Jónás im Schilde führen.

Im Schutz der blonden Borsten ließ er den Blick schnell

und flach kreisen. Er machte sich mit seinem Blick gleichsam unter den Sohlen des Paters davon.

Der Pater kann ganz beruhigt sein, auf meinen Schultern lastet überhaupt nichts.

Es ist keine so fürchterliche Last.

Die Last sollen Sie mir nicht abnehmen.

Er schien dort unten in der reich aufblitzenden Dunkelheit etwas Unnennbares zu suchen, doch die Seelenstärke des Paters fürchtete er sehr, und er wagte nicht den Blick zu heben.

Der Zorn auf die Kraft und die Schwäche des Paters schüttelte ihn. Was heißt Zorn, es war zornerfüllter Hass. Dennoch schrie er nicht, fiel nicht über ihn her, aber seine Stimme wurde plötzlich leise und sehr drohend, sein Gesicht verzerrte sich.

Sie haben mir nicht zu sagen, zischte er, wer auf meinen Schultern lastet, Pater, Sie haben mit der Piroschka nichts über mich zu reden. Ich weiß genau, was Sie und die anderen machen. Klar weiß ich, was inzwischen mit der Piroschka alles über mich geredet wird. Die sollen alle ihr beschissenes, verdammtes Maul halten, weil ich sonst das Ganze hier entzweidresche.

Meiner Mutter, sagen Sie es ihr doch nur, wenn Sie die auf der Straße treffen.

Meine Mutter weiß, was ich alles mache. Ich scheiße auf sie, verstehen Sie, ich scheiße auf meine Mutter.

Der bunte Steinboden unter ihren Füßen war gleich dem Lüster aus einem Muster ineinander verflochtener Davidsterne zusammengesetzt.

Mein Gott, betete Pater Jónás bei sich, nun aber so, wie es auf der äußeren Váci út einst jedermann tun konnte.

Er betete mit seiner einstigen Laienstimme.

Warum hatte er nur das Elend nicht bemerkt, als dieser Mensch noch ein Kind war.

Unter dem Messgewand von Pater Jónás standen plumpe Schuhe hervor. Unter seinen Sohlen machte sich der Blick des Burschen aus dem Staub.

Und er war so mit seinen Ausweich- und Ablenkungsmanövern beschäftigt, dass er in Wirklichkeit gar nicht bemerkte, was und mit welchen Worten es aus seinem Mund kam.

Etwas Gefährliches, eine rohe Kraft, Gewalt war zu vermeiden zwischen den aus geschliffenen Kalksteinplatten zusammengesetzten Sternen, wo die Frauen nicht nur aufwuschen, das wusste Imre schon seit damals, sondern auch die Fußbodenpaste Tango auftrugen und mit Bürsten an den Füßen wenigstens einmal im Monat unerbittlich polierten.

Pater Jonas hoffte nicht mehr auf eine vernünftige Antwort.

Doch er hatte Geduld mit ihm, und es schmerzte ihn sehr, dass er diese ganze Seelennot nicht bemerkt und ihn auf seinem Weg alleingelassen hatte.

Soll er nur innerlich toben.

Er soll es sagen, soll er es nur einmal laut sagen.

Längst hatten die Frauen unbemerkt die Tür zur Sakristei geschlossen.

Kein Laut konnte mehr hinausdringen.

Seine Augäpfel hinter den fast geschlossenen Lidern in dem von den starken Wimpern gesäumten Spalt waren wie von einer Haspel getrieben, immerzu im Kreis gingen sie. Sein großer Kopf auf dem dicken, rötlichen Stiernacken strebt mit ihm vorwärts, wild geworden, um etwas auf die Hörner zu nehmen, doch den Blick immer flach, auf das bunte Muster der Steine gesenkt oder ihn noch tiefer kreisen lassend, gegen den Uhrzeigersinn, ihn niemals hebend.

Diese Eigentümlichkeit entging Pater Jónás ebenfalls nicht.

Er mied den Anblick des freundlichen Gesichts des Paters, des Blitzens seiner abgenutzten, schwarz gerahmten Brille, seines kahlen Kopfes, er schien den anderen gar nicht zu sehen, niemanden vor sich zu sehen, sondern huschte abermals lieber unter seine Sohlen, um ihn zu meiden, immer nur zu meiden.

Der Pater ließ ihm wirklich genug Zeit.

Er überdachte das bisher Gesehene und Gehörte. Es konnte auch infantile Verlegenheit, Zwanghaftigkeit sein, ein Komplex von krankhaften seelischen Fixierungen. Verletzungen über Verletzungen. Eine schwer verletzte Seele. Der innerste Kreis der Wirkungen einer anspornenden inneren Kraft, die sich nach außen wendet, ans Tageslicht tritt, seine Emotionen und seine enormen Bemühungen, Verbrechen zu vermeiden, werden sichtbar.

In seinem Entsetzen betete er mit der Laienstimme aus der äußeren Váci út still weiter, dass es doch lieber eine verirrte innere Kraft sein solle, ein primitiver, schmutziger Trieb, dieses eine Mal nur, gib es, Herr, mein Vater, so wäre es einfacher, erträglicher, sei es nicht der Eingriff äußerer Mächte unter der Führung des Fürsten der Finsternis, Horror, sondern nur die Verirrung einer verwaisten Seele, die nicht mehr weiterweiß.

Wegen des schönen Burschen blutete ihm das Herz.

Mit seinen Worten wollte er ihn an das große Vertrauen erinnern, dass er immer zu ihm gehabt hatte.

In seiner großen Not soll der Junge nicht so allein mit seiner großen Aufgabe bleiben.

Er ist ja hier bei ihm, hier steht er ihm gegenüber.

Er hat keine Angst vor ihm, er wird nicht von seiner Seite weichen, was auch immer er tut.

Pater Jónás hatte tatsächlich nichts mehr zu fürchten.

Mit der Hilfe unseres Herrn Jesus Christus befreie deine arme Seele von deiner bösen Last, sagte er mit der Stimme des Routiniers, den Satz ein wenig herunterschnurrend, bloß keine Überraschung, so wie jeder gewöhnliche Priester spricht, wenn er wieder das Wort ergreifen kann. Du weißt ja, ich habe es dich gelehrt, so leitet uns die Heilige Schrift zu barmherziger Liebe an.

Das Blut Jesu Christi reinigt uns, wenn wir ihm unsere Sünden reumütig bekennen.

Er ist treu und gerecht und vergibt sie, alles nimmt er gemäß seinem Wert entgegen und legt es vor dir nieder an seinen Platz.

Er reinigt dich von allem Bösen.

Wovon wir natürlich, da hast du recht, vollkommen recht, rief er zum zweiten Mal aus, nichts verstehen und gar nichts spüren können.

Nichts.

Eine solche Last können wir mit dir oder statt deiner nicht tragen.

Du spürst es nicht einmal als Last, du verwaiste Seele.

Wo sie doch hundertfach, tausendfach größer ist, im Vergleich dazu, was wir uns unter einer einzigen Bezeichnung vorstellen können.

Vielleicht kannst du es nicht sagen, vielleicht hast du auch darin recht. Ich soll dich nicht bitten, dich zu nichts zwingen, weil du nicht mehr du bist.

Du leidest Höllenqualen in unserer Mitte. Dafür bist du ausersehen. Für diesen kleinen Hund, ihn öffentlich zu quälen, um die Aufmerksamkeit von Piroschka Mirák auf dich zu lenken, damit sie dir hilft, die Aufmerksamkeit von jemandem, von irgendwem, von einer Stellvertreterin, hinter der in vollem Glanz unser aller Mutter steht, die Jungfrau Maria, du erinnerst dich gar nicht mehr an sie, deren Aufmerksamkeit du mit dem gepeinigten Hund wohl erregen wolltest.

In der Tiefe seiner Seele, in Übereinstimmung mit seinem tiefen Vertrauen in die Schöpfung und die Geschöpfe und mit seinem Gebet wusste er dennoch, dass es keine Verwirrtheit, keine Neurose war. Gleich bestärkte er sich darin, die nüchterne Erfahrung sprach es in ihm bereits aus, dass es sich um einen mittelschweren, keinesfalls hoffnungslosen Fall handelte.

Sage es gar nicht.

Lass es, mein Kind.

Ich weiß, jemand verbietet es.

Ich versteh das.

Er zwingt dich zu vergessen.

Du weißt gar nicht mehr, was du hättest sagen sollen.

Du kannst aber auch sagen, wer es verbietet. Es gibt keinen Grund, ihn zu fürchten. Wenn du schwätzt, wenn du mir seine kolossalen Taten ausplauderst, wird ihm das gefallen.

In seiner Herzlosigkeit wird er vor Freude kichern oder sogar schallend lachen.

Darauf hat er gewartet.

Nichts anderes, nichts Besseres kann er sich wünschen, als in unserer leiblichen Existenz hier mit uns auf der Erde zu sein. Wo doch sein Geist seine physische Existenz auf ewig verlassen hat.

Wenn er allein war, denn er wollte in seinen schweren Stunden allein sein, beschlich Pater Jónás in dem schalldämpfenden, im Schein des Lüsters aufglimmenden, trügerischen Halbdunkel auch sonst das Gefühl, das ihm die bis zur Decke reichende Wandverkleidung vermitteln mochte, er sei ein bisschen in die ein für alle Mal verbotene Gebärmutter zurückgekehrt.

Er war nicht draußen in der Welt, sondern am Anbeginn der Welt, in ihrem geschützten Herzen.

Wo die Seele in der Dunkelheit schwebt und der Kosmos bereitsteht zur Geburt.

Dieses unwirkliche Gefühl fesselte ihn sehr, der Anbeginn der Zeit in der Unendlichkeit der Zeit.

Es hatte ihn sein ganzes Leben begleitet. Im Interesse der momentanen Nüchternheit musste er es verscheuchen. Die eigentümliche Empfindung wurde von der ungewöhnlichen Räumlichkeit, von ihrer fremdartigen Schönheit und Eleganz gemeinsam mit den dort immer wieder stattfindenden und stets auf das Individuum zugeschnittenen diagnostischen Bemühungen verstärkt und vervielfacht.

Deswegen erlaubte er sich den Scherz, dass er und seine außergewöhnliche Haushälterin die außergewöhnliche kirchliche Räumlichkeit, wo das Meditieren ihm gelegentlich wohler tat als irgendwo sonst, auf den Spaziergängen am Fluss oder an einem Fenster der Pfarrei, dass sie die untereinander den Uterus nannten.

Im Uterus, ob der Herr Pfarrer will oder nicht, wische ich heute auf.

Weil ich morgen mit der Frau Höss die Steine poliere, sagte Marischka.

Also soll er morgen im Uterus niemanden empfangen.

Hin und wieder sagte Marischka ihm noch schlüpfrigere Sachen, die er auch aus Respekt vor ihr nicht verstehen durfte. Andererseits hatte er selbst den Anstoß zu dem Spiel gegeben, das er in lateinischer Sprache mit Marischka spielte.

In dieser allerheiligsten Gebärmutter, wo er gegebenenfalls die Gegenwart des Diabolischen friedfertig ertragen, mehr noch, mit ihm zusammenwirken musste, widmete Pater Jónás dem Problem, ob oberhalb oder unterhalb des großen Holzkreuzes oder irgendwo sonst auf der Wandverkleidung nicht doch irgendein Zeichen zu finden sei, eine gründliche Untersuchung.

Etwas, das später zum Verschwinden gebracht, ersetzt, ausgetauscht worden war. Tischler, Zimmerleute verstehen sich gut auf dergleichen. Oder ob vielleicht die Politur der Verkleidung Spuren aufwies, von irgendetwas, das man entfernt hatte.

Ohne eine Leiter konnte er das mit seinen halbblinden Augen natürlich nur von unten prüfen.

Die Frage, ob früher ein Corpus an dem Kreuz gehangen hatte, ging ihm nicht aus dem Kopf.

Das kahle, schmucklos, wiewohl äußerst gediegene Material nahm sich unsagbar seltsam aus.

Es war ein nach Menschengröße bemessenes, lebensgroßes Kreuz.

Man hätte es jederzeit für eine Hinrichtung in Gebrauch

nehmen können. Er soll es tragen, damit er gekreuzigt werde. Pater Jónás schauderte bei dem heidnischen Gedanken. Auf dessen Grund glühte Rachedurst. Eine Leiter konnte er jedoch nicht bringen lassen, dabei wusste er, welche der hiesigen Handwerker eine so lange Leiter besaßen, dass sie bis zur Decke hinaufreichen würde. Einen Laden für Unterhosen fand er nicht, doch die an Dachböden von Scheunen gelehnten oder an Hauswänden aufgehängten Leitern registrierte er alle und merkte sie sich.

Trotzdem riskierte er nicht, sich eine von ihnen auszuleihen, denn dann hätte er seiner Haushälterin verraten müssen, was er auf der langen Leiter zu suchen hatte, oder wäre gezwungen gewesen, schamlos irgendetwas zusammenzulügen.

Manchmal fiel es ihm schwer, Lügen zu erfinden, auch wenn es barmherzige waren. Er hatte die fixe Idee, er müsse Spuren der Freimaurer oder auch der mit ihnen in scharfem Widerspruch stehenden Illuminaten, die Insignien irgendeiner Freimaurerloge oder des ungarischen Illuminatenordens auf der Wandverkleidung entdecken. Gerne hätte er sich von dieser fixen Idee befreit, dazu wären aber gründlichere Untersuchungen nötig gewesen. Wenn es von etwas keine Spuren gibt, dann gibt es sie nicht. Dann muss man die Hypothese fallen lassen. Es war ihm auch durch den Kopf gegangen, ob die Kirche nicht vom Patronatsherrn der Gegend so geplant worden war, wenngleich dieser nirgendwo im Umkreis ein Schloss oder Jagdhaus besessen hatte. Denn er konnte nicht davon ablassen. Möglich, dass der Patronatsherr Mitglied des Illuminatenordens war. Warum auch nicht. Sie brauchten einen Ort für ihre geheimen Zusammenkünfte. Obwohl er alle erreichbaren historischen Quellen studierte, konnte er keine ausreichende Erklärung dafür finden, warum die Illuminaten gerade hier, fern von jeder anderen menschlichen Ansiedlung, in diesem durch Jahrhunderte hindurch schwer erreichbaren, bettelarmen und in jeder Hinsicht unbedeutenden Bauernnest hätten zusammenkommen sollen. Eine Brücke hatte die Sandinsel in der Donau damals noch nicht. Er spekulierte, dass es im Jahrzehnt der Errichtung der Kirche sehr gut möglich gewesen sein könnte, dass ja doch Freimaurer sich mit ihren Ritualen hier angesiedelt hatten oder im Gegenteil Illuminaten. Gerade so einen abgelegenen Ort haben sie gesucht. Warum sonst wären am Ufer die Lusthäuser mit ihren klassischen Elementen, kleinen Tympana und Säulenreihen, und die geräumigen Jagdhäuser mit ihren Spitzen und Türmen erbaut worden. Verschwörer, die einander gut kannten. Niemand durfte sie sehen. Sogar den Fährleuten konnten sie mit viel Geschick ausweichen. Sie setzten nachts mit Booten über den Fluss.

Am anderen Ufer stand noch das verfallende, große Uferwirtshaus, das ein Tympanon und einen Wagenunterstand mit Säulen aufwies.

Eine Laterne bezeichnete ihnen die Stelle, wo sie an Land gehen mussten.

Die Ordensgeneräle der Illuminaten mochten mit Schiffen oder Kähnen von Wien aus die Donau hinuntergedriftet sein. Er spann seine Gedanken immer weiter. Wegen der Schiffsbauer hatte es wohl viele Anlegeplätze gegeben. Es gab Trockendocks, und es gab auf Rädern transportierbare Pontons.

Die Kirche wurde die Fassade für ihren Versammlungsort.

Das konnte leicht so gewesen sein.

Das Kabinett war als Versammlungsort nicht groß genug. Darin hatten vielleicht fünfzehn Personen Platz.

In diesen Jahrzehnten hatten das Kirchliche und das Weltliche, das Bürgerliche und das Feudale, die Kirche und die Loge gerade in den Netzwerken der Freimaurer und der Illuminaten erwiesenermaßen Berührungspunkte. Weltliche Würdenträger und Kirchenfürsten konnten gleichermaßen Mitglieder der Geheimbünde und Logen werden. Der dörfliche Klerus nicht, niemals. Die auf ihren Besitztümern verschanzten Angehörigen des niederen Adels traten den Orden und den Logen selten bei, doch von den Magnaten nicht nur einer, sie scharten sich geradezu um die Götzen, der ungekrönte König Joseph II. in eigener Person wurde zum unbedingten Verfechter der persönlichen Freiheitsrechte und war unermüdlich am Werk, die ungarische ständische Ordnung zu beseitigen, er verabscheute sie.

Der mächtige, lackierte Wäscheschrank in der Sakristei mit den Elfenbeinintarsien, der blassgrünen, blassblauen und ockerfarbenen Musterung und der glänzenden Birkenholzfüllung stammte vielleicht aus etwas früherer Zeit, aus dem Domizil eines Magnaten oder vielleicht aus einem französischen Schloss.

Er hätte dafür eine akzeptable Erklärung finden müssen.

Wofür hätte so eine sehr bescheiden dimensionierte und sehr ärmlich eingerichtete Dorfkirche eine Sakristei und einen Renaissanceschrank von solcher Größe benötigt.

Warum waren unter dem hohen Deckengewölbe einer Dorfsakristei derartige nach drei Himmelsrichtungen halbkreisförmig angeordnete, typisch barocke Schlossfenster eingebaut worden.

Und was in aller Welt sollte das Gewölbe hier.

Wenn er und die Haushälterin nicht ganz so übertreiben wollten, dann nannten sie die aus der Sakristei zugängliche, fensterlose Räumlichkeit nicht Uterus, sondern Vorzimmer, das Vorzimmer der Kirche.

Schon wieder habe ich Ihnen zu sagen vergessen, Marischka, dass wir für den Uterus einen sachkundigen Elektronicus holen müssen, solange noch nichts passiert ist.

Doch dann vergaß er es wieder, obwohl er seinen Satz schon bereit hatte.

Dass das so gefährlich war.

Wenn Sie die drei großen Fenster in der Sakristei putzen und sich dafür ohnehin die lange Leiter von Pitliks ausleihen, vom Herrn Nuki, dann rufen Sie doch gleich auch einen Handwerker. Allerdings sprach Marischka nicht von einer Leiter, sie gebrauchte das Wort, das bei uns im Dorf üblich war.

Und nach einer Zeit bemerkte er, dass auch er es im Geiste lieber so sagte. Doch wo Marischka einen Handwerker herholen sollte, hätte er ihr nicht sagen können.

Was Marischka auch wieder auf ihre rustikale Art ausgedrückt hätte.

Jedes Mal wurde die drohende Gefahr von einem noch dringenderen Thema zur Seite geschoben.

Pater Jónás hätte in Gesellschaft von Personen, deren Bildung sich nicht auf die Kenntnis der lateinischen Sprache erstreckte, niemals Fremdwörter gebraucht.

Bei Marischka machte er eine Ausnahme.

Er war begeistert von ihr, nicht nur von ihrer Gelehrigkeit, obwohl er den entschiedenen Eindruck hatte, dass es sich nicht um Sprachtalent, nicht um sprachlichen Opportunismus handelte. In Marischka steckte kein Funke Wissensdurst. Sie lernte alles Neue unwillkürlich, passte sich an, zugleich hielt sie treu an ihrer eigenen Sprache fest und fügte das Hinzugelernte immer in sie ein.

Von daher kamen ihre Missverständnisse.

Sie hörte etwas anderes heraus, als was gesagt worden war.

Sie sprach in ihrem Dialekt, in dieser Sprache verstand und wusste sie absolut alles, was zur Deutung der Welt dienen konnte, auch wenn sie im Laufe der Jahrzehnte in mundartlich verschiedenen Gebieten gelebt hatte, wo die Leute, auch davon war sie aus tiefster Seele überzeugt, natürlich überhaupt nichts wussten und verstanden.

Das war vielleicht ein tieranischer Mann, das können Sie mir glauben, sagte sie zum Beispiel über den Kardinal, den Seppl, sie nannte den Kardinal Seppl.

Was Pater Jónás mit seiner eigenen plebejischen Herkunft in jeder Hinsicht verstand und nicht im Geringsten übelnahm. Allerdings hätte er selbst über den Kardinal dergleichen nicht einmal zu denken gewagt. Als Religionslehrer mochte er tatsächlich ein tyrannischer Mensch gewesen sein. In der Gegend, aus der seine Haushälterin stammte, wurden nicht nur Vokale anders gedehnt, sondern vieles hatte sich aus der lateinischen Schicht der ungarischen Sprache erhalten, auch wenn in dieser Gegend die Ordenstradition der katholischen Kirche nur schwach ausgeprägt war. Sogar Kirchen gab es dort nur wenige, geschweige denn Klöster. Kaum dass mit zweihundertjähriger Verspätung gelungen war, das Gebiet von heidnischen Zeremonien zu säubern, fiel auch schon der Türke ein, trug jeden Herbst die Ernte fort, und wo er nichts fand, brannte er die Siedlung nieder. Aus dem einzigen Kloster vertrieb er die Mönche, doch nicht, um damit die Religion der ungläubigen Hunde zu verfolgen, sondern weil der Aga es auf die hohe Steinmauer abgesehen hatte, die das Gebäude umgab. Hier war der sicherste Ort für sein seidengefüttertes Zelt.

Der Pater wieherte geradezu vor Freude, klatschte in seine kleinen, dicken Hände, als Marischka das Hirtentäschel einmal in ihrer eigenen Sprache benannte.

Für nichts habe sie Zeit, aber das Kapszvella zwischen den Blumen rupfe sie jetzt aus, auch wenn dann das Essen später fertig werde.

Kapsz vellát, rief Pater Jónás vor Freude aus, was im Ungarischen so viel bedeutet wie «du bekommst eine Gabel». Na klar bekommst du eine Gabel, Marischka!

Was er vor ihr nicht aussprach, solchen Spaß machte ihm das Wort mit der verdunkelten lateinischen Herkunft, dafür bekommst du, Marischka, zur Belohnung nicht nur eine Gabel, sondern einen Holzlöffel auf den Hintern.

Die in geschlossenen Gruppen geflohenen Mönche mussten dort gelebt haben, wo die *capsella bursa pastoris*, das Hirtentäschel, noch heute Kapszvella genannt wird.

Hinter der dicken, schwarzen Brille tränten ihm die Augen, immer wieder sagte er das Wort, was Marischka natürlich nicht verstand, diese große Heiterkeit, sie war auch ein klein wenig beleidigt.

Marischka hatte als Dienstmädchen in der Residenz Seiner Eminenz des Kardinals gedient, doch der Seppl hatte sie schon früher geschlagen, als er noch Religionslehrer war.

Schlagen, nicht ohrfeigen, das hat der Seppl gern gemacht.

Als junges Mädchen war sie schon am frühesten Morgen zu Fuß in die Stadt gegangen.

Wenn es nicht regnete und die Landschaft nicht von Schnee verweht war, dann gingen sie über unwegsames Gelände zu herrschaftlichen Häusern und Juden, gemeinsam mit den Marktgeherinnen, sie halfen ihnen, die Waren zu tragen, nahmen kaum kenntliche Pfade, einer hinter dem anderen im Nebel, im Halbdunkel, damit sie auf den sich schlängelnden asphaltierten Wegen auf die Hügel, wie sie sagten, nicht hatten serpentinisch raufmüssen.

Wie war das mit dem Raufmüssen, Marischka.

Lachen Sie nicht schon wieder.

Die Schuhe zogen sie erst an, als sie schon in die Stadt hineinkamen und ihre Füße vom Dreck gereinigt hatten.

Doch darauf habt ihr Frauenzimmer euch verstanden, wie ihr aus lateinischen Substantiven Verben oder Adjektive macht.

Marischka machte ein betroffenes Gesicht, was wollte dieser brüllend lachende und nach seiner Brille schnappende Pater Jónás ihr damit sagen.

Obwohl sie doch so achtgab, was sie sagte und was nicht.

So grob sie auch redete und dachte, auf die Empfindsamkeit von Pater Jónás nahm sie trotzdem Rücksicht. Zum Beispiel verkniff sie sich, dass der Seppl in seiner Zeit als Pfarrer nicht nur ein tieranischer Mensch war, dabei wohnte er schon damals gegenüber der Kirche in einem Riesending von einem Haus, einem regelrechten Palast, sie kann noch heute die Zimmer der Reihe nach aufsagen, beim Aufwischen ist sie genug auf den Knien gerutscht, sondern, und das meine ich auch so, der Pater kann es mir glauben, ein grauslicher Brutalinski war der Kardinal.

Denn sie sagte nichts von alldem laut, weder grauslich noch Brutalinski, das sagte sie dem Pater nun doch nicht, obwohl sie es jedes Mal dazu dachte, in der Umgebung redeten ja alle so von ihm.

Sakrament, stinkigs, zum Teufel mit dem grauslichen Brutalinski.

Wie er die kleinen Kinder schlug, Mädchen, Jungen. Er schlug auch die etwas Größeren.

Was immer ihm in die Finger kam, damit schlug er sie.

Er hat auch einen eigenen Rohrstock dafür gehabt, seinen Spazierstab, wenn er den nicht gefunden hat, hat er sie mitn Pantoffel, mitn Schuh, mitn Schuhleisten geschlagen, was er zu fassen kriegte, Rosenkranz, Gebetbuch, wenn er das dabeihatte, doch er hat nicht nur kleine Kinder geschlagen, auch uns, die Dienstboten, er hat das ganze Gesinde geschlagen, nur seinen Kutscher nicht, weil von dem hätt er's zurückgekriegt.

In der Küche hat sein Kutscher immer zu uns gesagt, einmal soll er nur herhauen, dann schlag ich ihn tot.

Gendarmen hat er ihnen an den Hals geschickt, weil sie am Sonntag zu keiner von den Messen gegangen sind.

Sie sind eben weggeblieben.

Bei so einem Morast, wie hätten sie da kommen können.

Es gab ohnehin rund ums Haus so viel zu tun, da haben sie auf dem seine Kirche geschissen. Sie konnten die Arbeit nicht liegenlassen. Und wenn sie kamen, schlug er sie deshalb, weil ihr mit euren dreckigen Füßen am Sonntag in die Kirche kommt.

Mit welchen Füßen hätten sie kommen sollen, wenn nicht mit den eigenen.

Hochwürden soll ihn bloß nicht in Schutz nehmen.

Ich kenne ihn nur zu gut.

Gott vergebe mir meine Sünde, wenn ich sage, dass auch der nur von jemand besessen war, wenn er andere geschlagen hat.

Aber, aber, Marischka.

Wenn ich's doch gesehen hab.

Sagen Sie so etwas nicht.

Wer sonst wär in ihm gewesen.

Er hat schlechte Laune gehabt.

Keine Angst, sein Kutscher hätte ihn aus ihm rausgeprügelt. Doch den einen rührte er nicht an.

Mit Rücksicht auf die Empfindsamkeit von Pater Jónás hätte Marischka nie ausgesprochen, von wem der Seppl besessen war.

Der ist allein nicht fertig worden mit dem, der in ihm dringesteckt ist.

Er war kein so ein kluger Mann wie Pater Jónás, dass er alles schon im Voraus weiß.

Wie meinen Sie das, fragte Pater Jónás betroffen.

Ich meine es so, wie ich es sage. Ein dummer Kerl war der Seppl, deswegen hat er Priester werden sollen, zum Wirtschaften taugt er nicht, so vor sich hin beten wird für ihn schon passen.

Es ist nicht schön von Ihnen, über andere zu urteilen.

Er kann nichts dafür, er ist eben als Dummkopf geboren. Die Frauen haben es gesagt, sieh mal, sein Hals, wie rot der geworden ist.

Wenn er uns bloß nicht hier in der Küche seinen Samen hinkleckert.

Wie hätten die Ärmsten kommen sollen, nicht mal Schuhe haben sie gehabt.

Der Herrgott soll ihm nicht verzeihen, was er mit uns gemacht hat.

In dem Moment ließ Imre Bolog unerwartet ein lautes Knurren hören.

Allmählich schien ihm bewusst geworden zu sein, dass jedermann ihm in den Weg treten konnte und dass Pater Jónás ihm nun in seinem Bewusstsein tatsächlich fast jeden Fluchtweg abgeschnitten hatte.

So ein Mensch ist noch nicht geboren, der ihm etwas vorschreiben oder verbieten kann, so einen Menschen gibt es nicht.

Er wird jetzt gehen und nie wiederkommen.

Pater Jónás verstand nicht gleich, wovon er redete, was er so heftig knurrte.

Das Seelenleben eines erwachsenen Menschen, den die Mutter nie beschränkt oder dem sie nie etwas verboten, nie auch nur widersprochen hatte, konnte sich der Pater nur schwer vorstellen.

Er ist jemand geworden, der in der verfluchten Gleichgültigkeit des Zwergleins wie eine Pflanze zu solcher Größe gewachsen ist.

Außer Pater Jónás hatte am ehesten noch der Herr Nuki Aufmerksamkeit für ihn gehabt, ihr Trainer und Turnlehrer, aber auch er nur für seine Rohkraft, was er aus seiner Sicht aus ihm herausholen könnte, in welche Richtung er ihn lenken sollte.

Nicht mal Kameraden, die ihn ständig blöd nannten oder ihn an irgendetwas hinderten, hatte er gehabt.

Sich mit ihm prügeln wagte niemand, lieber übersahen sie ihn.

So einen Gott gibt es nicht, Pater Jónás soll ihm bloß

nicht sagen, dass es so einen Gott gibt, so ein Gott ist noch nicht geboren.

Das Gewicht des Ausrufs, dass er nun den Namen Gottes in den Mund nahm und an diesem Ort seine Macht in Zweifel zu ziehen wagte, drückte seine Stimme nicht nur nach oben, sondern erstickte sie auch.

Jetzt nahm Pater Jónás erstmals zur Kenntnis, was er schon früher hätte bemerken müssen, denn er hatte es wahrgenommen.

Er hatte es auch bemerkt, nur nicht im Gedächtnis behalten, dass dieser junge Mann als Junge seinerzeit im Kirchenchor in tiefer Stimmlage gesungen hatte, aber seine Stimme beim Sprechen schon damals in viel höhere Regionen stieg, einen fistelnden, pfeifenden Klang bekam.

Bald glitt sie im Widerspruch zu seinem Affekt nach oben, bald im Einklang damit. Die Stimme von diesem Menschen war noch nie an ihrem richtigen Platz gewesen.

Hast du einen Freund, mein Sohn, ich meine, einen richtig guten Herzensfreund, fragte ihn nun Pater Jónás zu seiner eigenen Überraschung, er hatte sich noch nie überlegt, ob er einen habe oder nicht.

Zu dieser Frage geführt hatte ihn die Stimme.

Demgegenüber konnte er sicher sein, dass der Bursche keine Geliebte hatte. Das sah er ihm an. Vielleicht Gelegenheitsbekanntschaften. Auch daran zweifelte er stark.

Seinen Antrieb zur Gewalttätigkeit hatte er noch einigermaßen in der Hand, sodass er nicht die Nähe eines Lebewesens suchte, das er dann regelmäßig schlagen konnte.

Persönliche Erfahrungen dieser Art hatte Pater Jónás allerdings nie gemacht.

Sehr genau wusste er dagegen, dass die jungen Männer in den ersten Jahren ihrer Ehe noch ruhig waren, ihre Frauen dann aber zu schlagen begannen, da gab es kaum eine Ausnahme.

Wer so viele lebende Geschwister hat wie er und gemeinsam mit ihnen immerzu hungrig ist, in dem stirbt das Liebesverlangen ab. Ständig muss man nach Essbarem Ausschau halten. Zumindest erklärte er es sich so. Im Seminar sah er seine Kameraden mit großen Augen an, zu was für einer Leidenschaftlichkeit die fähig waren. Den einen Tag kleben Freunde zusammen wie die Kletten, teilen alles miteinander, am nächsten schäumen und glühen sie vor Hass und hetzen gegeneinander. Bis sie sich plötzlich wieder versöhnen oder auch den geliehenen Radiergummi oder den Federhalter zurückfordern, den sie vormals mit dem offensichtlichen Wunsch gegeben oder getauscht hatten, das Meine möge auch das Deine sein und umgekehrt.

Jetzt aber erzählen sie allen, der andere sei ein Dieb, ein Mistkäfer. Obwohl sie sich wegen des diebischen Mistkäfers die Augen ausweinen.

Und während sie an deiner Schulter weinen, wollen sie dir die Leidenschaft aufhalsen, die sie für den anderen fühlen.

Pater Jónás hatte diese großartige Gabe der Maßlosigkeit nicht, ihm fehlte der Zugang zur hohen Schule der Liebe. Er hatte keine Freunde. Er konnte auch nicht Rache nehmen. Weder in Győr noch in Pannonhalma oder Bakonybél, nirgends, wo die Benediktiner ihn großgezogen hatten, war es ihm möglich gewesen, auf dem Sportplatz jemanden vor Freude zu umarmen und zu herzen, wenngleich er sah, und ob er es sah, wie die anderen es taten und wie sie damit Unsinn trieben.

Einmal allerdings hatte ihn ein anderer Novize in einem kühlen, nach Laub riechenden, herbstlichen Park auf den Mund geküsst.

Hinter der efeubewachsenen, hohen Steinmauer, er hatte unbedingt sein Freund sein wollen, nicht einmal sein Name fiel ihm mehr ein. Der Kuss hatte sich ihm schmerzhaft eingeprägt.

Ob er ihn beichten solle, diese Frage beschäftigte ihn lange.

Letztlich hatte er es nicht getan.

Er hätte es sich nicht vorstellen können.

Es zu machen.

Oder dass es mit ihm gemacht wird.

Er hatte sich nicht zu rühren gewagt, bis der andere sich niedergeschlagen davonstahl.

Lange grübelte er darüber nach, was er anders hätte machen können, damit es nicht dazu kam oder nicht auf diese Art.

Er spürte, dass er mit seiner Stumpfheit und Steifheit nicht am rechten Platz war unter den Menschen. Er würde sich nicht behaupten können. Ob es nicht seine Schuld war, dass er es nicht erwidert hatte. Ob es nicht unendlich lieblos von ihm war, ob er unfähig war, es zu erwidern, dann müsste er die Lieblosigkeit beichten.

Den Mangel des Bedürfnisses zu erwidern, den er ebenfalls nicht spürte, von dem er jedoch wusste, er musste ja nur das Verhalten anderer beobachten.

Anscheinend fehlte ihm etwas.

Dennoch sah er, was er sah, während er die Menschen taxierte.

Die Anzahl ihrer Emotionen war begrenzt, sie hatten

nicht so viele Variationen, dass ihm die Bestandsaufnahme dessen, was sie miteinander anstellten und wie sie es anstellten, unmöglich gewesen wäre. Nicht für einen Moment konnten sie ihren geschäftsmäßigen Drang nach Gegenseitigkeit abstellen.

Mit kleiner Verspätung bekam er von diesem Imre eine Antwort auf seine kühne Frage.

Ich habe keinen Freund, überhaupt keinen. Wozu soll ich einen Freund haben. Ich brauche keinen.

Mit wem tauschst du dich dann aus, wenn dich etwas quält, wenn du Sorgen und Probleme hast. Der Beichte und der Kommunion bleibst du nicht nur bei mir fern, wenn ich mich nicht irre, soviel ich weiß, beichtest du auch anderswo nicht. Falls du nicht deiner Mutter erzählst, was alles mit dir passiert.

Mit mir passiert gar nichts. Ich will niemand was erzählen. Ich bin mir selbst genug, das können Sie mir glauben.

Ich glaube es.

Ich brauche niemand was erzählen. Ich habe nichts zu beichten oder zu besprechen. An meinem Arbeitsplatz schätzen mich die Vorgesetzten, weil ich in der Arbeitszeit mit niemand spreche. Arbeiten kann er, das ist ihre Meinung über mich. Das hat es noch nie gegeben, dass ich mit irgendwas nicht rechtzeitig fertig geworden bin.

Ich scheiße auf Vác, ich will dort nicht bleiben.

Ich habe keine Freunde, die mir mit ihren Vorschlägen auf die Nerven gehen, fahren wir mit dem Moped, hierhin oder dahin.

Ich glaube es dir, nickte Pater Jónás, dass du mit niemandem sprichst.

Doch er glaubte es nicht.

Schon allein deshalb nicht, weil sich dieser Imre bei Piroschka ja doch geöffnet hatte, im Übermaß, sein Redefluss war nicht zu stoppen gewesen.

Als sie endlich in Vác ankamen, konnte Piroschka kaum aussteigen. Auf dem Bahnhof hielt er sie an der Schulter fest, er wollte sie nicht fortlassen.

An diesem heiklen Punkt wollte Pater Jónás nicht weiter auf der Sache herumreiten, lieber schwiegen sie eine Weile.

Pater Jónás dachte vor allem darüber nach, wie interessant das Schuldbewusstsein im Menschen eingerichtet war.

Wo soll ich ein Moped herkriegen, damit ich mit ihnen mitfahren kann.

Pater Jónás muss schon entschuldigen, dass ich ausspreche, was ich denke, aber von was für einer Scheiße soll ich ein Moped kaufen. Lieber geh ich an den Fluss angeln, das Angeln bedeutet mir mehr als alles andere, wie viel Geld hab ich dafür ausgegeben, für die ganzen Leinen und Haken, ich gehe angeln, ob ich einen Fang mache oder nicht. Drei Ruten, mit Rollen, die habe ich mir selber angeschafft.

Na, aber was hast du dann da an deiner Halskette, mein Sohn.

Die dicke, doppelte Goldkette, die wegen Imres ausladenden Bewegungen unter seinem weißen Kragen hervorlugte, sprang Pater Jónás ins Auge.

Solche dicken Goldketten trugen nur reiche Händler auf Tiermärkten, Schmuggler, Rosstäuscher, betuchte Zigeuner, schwere Jungs und Schwarzhändler.

Doch der Bursche reagierte nicht, er wollte weiter über das Angeln reden, er schien das Thema abzuspulen wie die teure Angelschnur von der Rolle.

Er bringt die Fische nach Hause, manchmal einen ganzen Kübel voll, und macht sich gleich daran, sie zu putzen, zu salzen und mit Mehlpaprika zu braten.

Oder er lässt sie im Kübel, weil er am nächsten Tag, wo er frei hat, Raubfische fangen möchte.

Er gibt seiner Mutter davon ab, allein könnte er gar nicht alle essen, soll sie auch was zu essen haben, wenn die Arme aus der Kneipe voller Betrunkener heimkommt.

Es erboste ihn immer mehr, wie Pater Jónás etwas anderes von ihm denken konnte. Es war das einzige Vergnügen in seiner Freizeit, was gibt es da zu beichten.

Ich brauche keine Freundschaft.

Wozu.

Mir geht's gut mit mir allein.

Ich geh nicht zu einem Freund, dass er mir dies oder das gibt, ich hab das nicht nötig. Von mir soll niemand was wollen.

Erinnerst du dich noch an deine Firmung.

Keine Spur, das war seinem überraschten Gesicht anzusehen, wie auch, dazu hat er keine Zeit, daran erinnert sich nur Pater Jónás.

Ich gehe auch nirgends hin, bei mir soll auch keiner mit irgendwas ankommen. Keiner soll seinen dreckigen Fuß in den Hof meiner Mutter setzen, von wegen ein bisschen Kraut vom Fest hat er gebracht. Und das oder das will er.

Deine schöne Goldkette hast du sicher von deinen Firmeltern bekommen.

Wieso denkt Pater Jónás, dass ich das nötig hab.

Ich brauche keinen Freund.

Aber bevor Imre ihm auf diesem Nebengleis seiner aufgesetzten Wut hätte ausweichen können, unterbrach er ihn mit lauter Stimme.

Ich erinnere mich sehr wohl.

Der Herr Bischof Hillarius hat dir die Sakramente gereicht. An ihn erinnerst du dich, nicht wahr.

Auch das hast du seinerzeit von mir gelernt, dass die Firmung eines der wichtigsten Sakramente ist.

Weißt du noch, das wievielte, neben der heiligen Kommunion und den anderen.

Ich weiß es nicht.

Also, mein lieber Sohn, lass uns wiederholen, dass die Firmung das zweitgrößte Sakrament ist. Kannst du die anderen dann auch noch alle aufzählen.

Oder sollen wir sie wieder gemeinsam aufsagen, wie damals, als wir sie gelernt haben.

Ich kann mich gut erinnern, dass du sie alle gewusst hast.

Welches ist das erste, fragte er, und gab genau acht, ob der Bursche imstande und bereit war, die wichtigsten Sakramente in den Mund zu nehmen.

Verlegen tastete der junge Mann unter seinem Hemd nach der Kette mit dem unverhältnismäßig kleinen Medaillon und zog es hervor, antworten wollte und konnte er nicht, er war mit seinen Gedanken schon ganz woanders.

Pater Jónás ließ die Sakramente sein, trat in dem rotbraunen Halbdunkel etwas näher heran, besser schnell nachsehen, was für ein Medaillon der Riesenkerl an dieser doppelten Kette um den Hals trug. Denn sie war in der Tat aus Gold, aus großen, flachen, ovalen Gliedern zusammengeflochten.

Lange brauchte er das Medaillon nicht zu mustern.

Ein Blick genügte.

Er hatte geahnt, wie auch nicht, er wusste bereits, dass es ein Pentagramm war. Dennoch traf es ihn unvorbereitet.

Unglückseliges Kind, seufzte er im Geiste.

Trotzdem nahm er die Brille ab, um es aus der Nähe zu betrachten, er neigte sich vor, um es mit seinen halbblinden Augen ohne Brille zu lesen.

Doch er war einfach nicht groß genug.

Er musste sich recken, um das Medaillon vor seine Augen zu ziehen. Es war klein, aber nicht ganz leicht.

Auf der einen Seite des Medaillons sah er ein Reptil, das den eigenen Schwanz verschlang, ein Drache oder doch eher ein Salamander.

Standhaft bin ich in eurer Mitte.

Das war der zweitwichtigste lateinische Sinnspruch des feuerfesten Salamanders, doch auf dem kleinen Medaillon hätte er keinen Platz gehabt.

Es war nicht angenehm, sich in dieser Nähe in die Höhe zu recken, die doppelte Kette lag auch zu eng am Hals, um das Medaillon vor die Augen zu bekommen.

Die Kette war nicht für seinen Hals gemacht.

Du könntest die Kette abnehmen, um sie mir zu zeigen, ich würde sie mir gerne aus der Nähe ansehen.

In seiner Verlegenheit haftete sein Blick irgendwo auf dem Steinboden des Kabinetts, um dem prüfenden Blick von Pater Jónás und dessen körperlicher Nähe auszuweichen.

Ich sehe nicht richtig, du merkst ja, wie kurzsichtig ich geworden bin. Ich bin immer kurzsichtig gewesen, doch jetzt kann man mich leicht in die Irre führen.

In Wahrheit musste er nichts mehr sehen.

Jedoch hätte er die Kette unter irgendeinem Vorwand

vom Hals des Burschen wegzaubern oder sie von ihm erbitten müssen.

Das unselige Kind wird die Kette nicht für ihn abnehmen. Es ist von seiner Kette gefesselt.

Die andere Seite des Medaillons wurde vom der Unterwelt zugewandten Stern mit den fünf ineinander verhakten Zacken verunziert.

Das geschändete Pentagramm.

Ich sähe es lieber, wenn du deine äußerst wertvolle Kette mit dem ganz außergewöhnlichen Medaillon aus eigenem Entschluss abnehmen und mir übergeben würdest.

Vielleicht wird dir das unser guter Freund gestatten.

Oder im Gegenteil, er wird uns die Zähne zeigen, sich nicht länger vor uns verstecken und dir die Erfüllung meiner Bitte verweigern, abschlagen, verbieten.

Ich kann es dir nicht vorhersagen.

Seine Absichten kann ich nicht ergründen.

Doch der Bursche antwortete nicht, keine Regung verriet, dass er bereit wäre, die Bitte von Pater Jónás auch nur mit dem Verstand nachzuvollziehen.

Angesichts von so viel Arglosigkeit oder Harmlosigkeit ließ der Pater die Kette wieder auf das Hemd fallen, er trat zurück und setzte sich die Brille wieder sorgfältig auf die Nase.

Durch ihr beträchtliches Gewicht rutschte sie ihm sofort herunter, zur Nasenspitze.

Dieses Medaillon, mein Sohn, diese Kette hast du nicht von deinen Firmeltern bekommen. Das kann ich leider mit Sicherheit sagen, nachdem ich es mir angesehen habe. Tolvajs hätten dir so ein Medaillon niemals gegeben. Das sehe ich auch mit meinen schlechten Augen.

Vielleicht weißt du nicht, dass es ein großes Vergehen ist, dieses Medaillon zu tragen, egal von wem du es bekommen hast.

Das Pentagramm auf diesem Medaillon weist nicht zum Himmel, sondern unter die Erde.

Von wem hast du es bekommen, antworte mir.

Bei wem hast du es gekauft und was hast du dafür gezahlt.

Von einem Freund, aber er hat es mir nur geborgt und nichts dafür verlangt.

Freundschaft ist eine wirklich schöne Sache. Einen echten Freund, einen richtigen Herzensfreund hat nicht jeder. Eben hast du noch gesagt, dass du keinen Freund hast, zu dem du gehen kannst.

Dass du von niemandem etwas brauchst.

Was ist das dann für ein Freund, der dir so eine wertvolle Kette um den Hals legt.

Das sage ich Ihnen nicht.

Aber darauf warten wir doch, dass du seinen Namen endlich über die Lippen bringst.

Woher soll ich wissen, wie er heißt.

Woher kennst du ihn dann, wie kann er dein Freund sein, wenn du nicht einmal weißt, wie er heißt. Was ist das für ein Freund, der dir den eigenen Familiennamen verschweigt.

Seinen Vornamen wirst du ja wissen.

Also, ich kenne ihn nur vom Zug, alle kennen ihn vom Zug, nicht nur ich.

Dank sei dem allmächtigen Gott, allen seinen Heiligen und der Jungfrau Maria, dann sprichst du doch mit mir über ihn, und kannst ihn mir aufrichtig einbekennen.

Ich bekenne Ihnen gar nichts.

Das könntest du mir schon sagen, wenn ich dich nicht damit kränke.

Er hat jede zweite Woche Nachtschicht, nicht so wie ich, weil ich jeden Tag Nachtschicht habe und deshalb meine vielen freien Tagen bekomme, so muss ich nicht jeden Tag nach Vác, sondern kann zu Hause bleiben und ans Wasser gehen.

Ich bin den ganzen Tag unten am Ufer. Wenn es regnet, gehe ich zur Schiffsstation.

Dort ist es am besten, dort angeln wir Raubfische, weil das Flussbett dort jedes Jahr ausgebaggert wird.

Ich bleibe die ganze Zeit unten am Ufer.

Er hat keinen freien Tag in der Zementfabrik, dieser Mann, er fährt jeden Tag rein, dafür bezahlen sie ihn anständig, weil er dort der Meister ist, was weiß ich, der Brenner.

Kurzum, der Meister, sagst du.

Bis wir ankommen, unterhalten wir uns schön leise. Er erzählt, wie es im Zementwerk zugeht, vom Kalk und vom Mergel, ob ich nicht Lust habe, lieber dort zu arbeiten.

Er hält mir immer einen Platz frei.

Auf meinen Platz lässt er niemand.

Auch wenn es voll ist, schafft er es, dass sich niemand anderer dort hinsetzt, Himmelherrgottsakra, sollen sie sich sonst wo hinsetzen. Der Pater muss schon entschuldigen, dass ich so rede, aber er hat es so gesagt, so reden wir. Der Platz ist für seinen Freund. Das sagt er, sie sollen das respektieren. Er kommt aus Szob, das hat er gesagt, er ist dort geboren. Er arbeitet im Zementwerk, nicht in der Fotochemie, nicht in der Migazzi, da setzt er keinen Fuß hinein, er scheißt auf die Migazzi. Die meisten arbeiten im Zementwerk, er hat gleich dort angefangen. Aus ihm wird kein Wandervogel, er wechselt den Arbeitsplatz nicht wie andere ihre dreckigen Unterhosen.

Pater Jónás kann mich nicht verurteilen, nur weil ich mich mit ihm unterhalte.

Da kannst du beruhigt sein, ich verurteile dich nicht, sag mir doch, ob diese gewisse Person die ganze Zeit dort gesessen hat, als du mit der Piroschka gefahren bist.

Wo soll er gesessen haben, es waren nicht viele Leute im Zug, ich habe nicht auf dem Platz gesessen, den er mir freihält.

Sondern weiter weg.

Weiter weg.

Es war reichlich Platz.

Und von ihm hast du die Kette bekommen.

Richtig.

Und dann hat er alles gehört, was du mit Piroschka geredet hast.

Er hat nichts gehört, weil wir ein Stück entfernt gesessen haben, er konnte nichts hören.

Wozu hätte er es hören sollen.

Er ist verheiratet, so was interessiert ihn nicht.

Die ganze Zeit über blieb sein Blick an der gleichen Stelle des Steinbodens haften, um keinen Preis hätte er Pater Jónás angesehen.

Kaum hatte Pater Jónás die Kette zur Sprache gebracht, schien Imre ein anderer Mensch, nicht mehr ganz er selbst zu sein, vielmehr seinem eigenen Schicksal entrückt und in den Zustand der Unschuld versetzt.

Das ist nicht er.

Am ehesten noch ein Kind.

Warum soll ich sie nicht von ihm bekommen, er hat sie mir ja nicht für immer überlassen. Nicht für nichts.

Doch warum hätte er sie dir leihen sollen, du sagst, für nichts hätte er sie nicht gegeben. Dann besteht doch irgendein Geschäft oder eine Vereinbarung zwischen euch.

Pater Jónás musste sprechen, denn Imre zog es vor zu schweigen.

Wenn er sie dir für etwas gegeben hat.

So eine Goldkette auszuborgen ist nicht üblich. Die Kette bedeutet, dass der andere dich an sich gebunden hat und dich auf keinen Fall loslässt.

Es ist nicht üblich.

Das ist ein wertvolles Stück.

Er hat sie einfach vom Hals genommen und mir gegeben, erklärte er Pater Jónás einfältig, als würde nicht er selbst sprechen, als würde er nicht verstehen, was mit ihm geschah und was alles er zwischen diesen rotbraunen Wänden zu diesem Priester sagte.

Das wird mir helfen.

Warum hätte er dir helfen sollen, mein Kind, verrate mir das. Hat dich vielleicht etwas bedrückt, und du hast es ihm anvertraut, diesem Freund, obgleich du mit niemandem redest und auch gar keine Freunde hast.

Wobei sollte dir so eine dicke Goldkette oder dieses überaus ungehörige Medaillon helfen.

Hilf mir, mein Kind, ich verstehe nicht wirklich, was du mir da zusammenredest.

Lass mich doch nicht allein reden.

So hilf mir doch.

Wie soll so eine doppelte Kette oder irgendein Medaillon jemandem helfen. Dieser Mann aus Szob, du kennst nicht einmal seinen Namen, das Einzige, was du weißt, ist, dass er angeblich aus Szob stammt und angeblich als Brenner im Zementwerk arbeitet, woher will er wissen, was du für Hilfe brauchst.

Irgendetwas hast du ihm sicher gesagt, irgendein belastendes Geheimnis.

Das du mir nicht sagen willst.

Ich fasse mir an die Stirn, drücke sie, ich merke gar nicht, was ich mache oder was andere reden, das ist ihm aufgefallen.

Dir tut der Kopf weh.

Er hat gesehen, wie blass ich bin, hat er gesagt, das Blut schafft es nicht in den Kopf, deshalb tut er mir ständig weh.

Das hat er dir angesehen.

Er hat es gesehen.

Und über dein Blut geredet.

Nein, nur darüber, dass dort nicht viel Blut hinaufgeht.

Er redet immer so freundlich mit mir.

Du wärst nicht so blass, wenn dein Blut dort hinaufgehen würde.

Aber seit wann tut dir der Kopf weh, warum.

Ich weiß nicht.

Bist du schon mal beim Arzt gewesen.

Nein, noch nicht.

Ich weiß aber genau, dass die Bäcker in Vác zweimal im Jahr vom Betriebsarzt untersucht werden, ich weiß es von ihm, er ist ein guter Bekannter, sag nur, der Betriebsarzt hat dich gesehen und befragt, und du hast es ihm nicht gesagt.

Warum hätte ich sollen, da hab ich gerade kein Kopfweh gehabt, oder was weiß ich, wie hätte mir einfallen sollen, dass ich ihm etwas sagen soll.

Vielleicht hast du Kopfschmerzen, seit du diesem Menschen begegnet bist. Du kannst es kaum erwarten, mit ihm zu reden, wenn ihr zur Arbeit fahrt.

Ich hab auch schon früher Kopfschmerzen gehabt.

Aber warum hast du dem Betriebsarzt nichts davon erzählt, vielleicht brauchst du nur eine Brille, und dann vergehen auch die rasenden Kopfschmerzen. Mir kannst du es ruhig sagen, ich weiß wirklich gut, wie einem der Kopf schmerzen kann, bis sich herausstellt, dass man eine Brille braucht.

Tut er zum Beispiel jetzt gerade weh.

Manchmal kann ich nicht einschlafen, so weh tut er, die Stirn zerspringt mir.

Ich werde fast verrückt davon.

Ich habe dem Mann aus Szob erzählt, wie es ist, es ist ihm aufgefallen.

Dass ich nicht schlafen kann, er soll es mir glauben.

Da hat er einfach die Kette abgenommen. Ich soll sie nur nehmen. Er hängt sie mir um, sie ist so lang, er braucht sie gar nicht aufmachen.

Dann hat er sie doch aufmachen müssen, sonst wäre sie doppelt nicht drübergegangen.

Auch er hat sie bekommen, weil ihm der Kopf wehgetan hat, seine Nieren haben ihm wehgetan, er hat solche Nierenkrämpfe gehabt, dass es ihn vom Bett geschmissen hat, aber davon ist das Kopfweh vergangen, und auch die Nieren haben ihm nicht mehr wehgetan.

Man muss sie so lange tragen, bis sich wer andrer findet, dem sie die Schmerzen nehmen soll.

Reines Gold, hat er gesagt, vierundzwanzig Karat.

Er hat mir erklärt, dass jede Krankheit unter den Steinen und Metallen ein Heilmittel hat. Da muss man sich auskennen. Er kennt sich schon gut aus, er ist aus Schaden klug geworden. Dass mir bloß nicht die Zigeuner die Kette klauen, ich soll gut auf sie aufpassen. Ich soll sie niemals abnehmen, für niemanden, ich soll sie keiner Menschenseele zeigen. Zigeunern schon gar nicht. Sie wird mir gegen Kopfweh und jedes andere Übel helfen, dann kann ich sie jemand anders geben.

Ich soll sie ruhig weitergeben, ich brauche ihn nicht fragen.

Ich sage ihm, mir braucht man gegen gar nichts helfen, mir soll niemand helfen, auf der ganzen Welt gibt es niemand, der gesünder ist als ich, wenn nur mein Kopf nicht wehtun würde.

Wenn ich sie auch in der Nacht nicht abnehme, dann geht mir nicht nur reichlich Blut in den Kopf, sondern ich werde sehen, wie ich von allem Leiden verschont bleibe.

Seitdem tut dir der Kopf nicht mehr weh.

Doch.

Warum trägst du sie dann.

Als er sie mir gegeben hat, da hat der Kopf mir eine Zeit lang nicht wehgetan.

Du hast sie von ihm angenommen.

Ja, wer sonst.

Du hast sie aus freiem Entschluss genommen.

Jetzt kann ich nicht mal mehr am Vormittag schlafen, so bohrt es mir im Kopf. Oder ich kann nur schwer einschlafen, wenn ich heimkomme, und nach einer Stunde bin ich wieder wach.

Drinnen in der Bäckerei fehlt mir gar nichts, ich sage ja, mir fehlt nichts, aber ich komme heim, und mir zerspringt der Kopf.

Warum sagst du deinem hilfsbereiten Freund oder Bekannten nicht, diesem was weiß ich, was er ist, hör mal her, mein Bester, ich nehme dein Medaillon auch in der Nacht nicht ab, ich trage es so, wie du es mir vorgeschrieben hast, trotzdem zerspringt mir fast der Kopf vor Schmerz, sodass ich meine einzige Mutter in einem fort auf den Boden werfe und sie umbringen möchte.

Darauf brüllte der Bursche wie ein verwundetes Tier, mit einer aus der Tiefe kommenden, pfeifenden Stimme, was redet der Pater da, was wagt er ihm zu sagen, er hat es ja nicht gewollt.

Ich habe es nicht gewollt.

Was hast du nicht gewollt, der Pater hob die Stimme.

Ich wollte es nicht, schrie der Imre außer sich.

Ich will nicht, was ich mache.

Was wolltest du nicht, herrschte ihn Pater Jónás an, mit großer, gespielter Strenge.

Nicht ich, du hast es getan.

Es ist nicht Ihre Mutter, brüllte der Imre zurück, und nun fauchte er den Pater plötzlich nicht pfeifend und fistelnd, sondern mit Bassstimme an, was reden Sie da so dreckig von meiner Mutter. Es tut mir mehr weh als Ihnen.

Ihr habt mich in die Falle gelockt.

Das ist mir klar.

Aber Ihnen gehe ich nicht in die Falle.

Ich sage Ihnen nichts.

Was ich alles getan habe, das tut mir mein Leben lang

weh, ich werde fast verrückt, so tut es weh, Ihnen tut überhaupt nichts weh.

Lassen Sie mich fort, ich muss hier fort.

Er packte den Pater nur deshalb nicht bei der Schulter, weil er ihn sonst geschlagen hätte.

Denn er mochte den Pater, trotzdem hätte er ihn geschlagen.

Wenn es dir mehr wehtut, wer hat dir dann gesagt, dass du es dennoch tun sollst, mein liebes Kind, oder dass du mir schon wieder mit deiner entsetzlichen Fistelstimme etwas vorpfeifst. Du hast eine anständige Stimme, du bist ja kein Mädchen. Ich halte dich hier nicht fest.

Wer hat gesagt, dass du aus der geweihten Halle unserer heiligen Kirche fortgehen sollst.

Geh nur, geh, ich halte dich nicht zurück.

Nicht ich halte dich zurück, du bist es, der mich schlagen will.

Schlag mich, mein Sohn, du kannst alles tun.

Sag mir bloß nicht, was ich tun soll, sagen Sie mir nicht, was ich mit meiner Mutter mache und was nicht.

Woher weißt du, Pater, was ich im Dunkeln mache.

Vielleicht flüstert es Ihnen der Teufel zu, du kuttentragendes Nichts von Pfaffe in seiner lausigen Kirche, wo Sie mich mit einem falschen Weibsstück hereingelockt haben, was ich mit meiner gottverfluchten Winzmutter in ihrem dunklen Haus mache.

Es ist ihr Haus, nicht Ihres.

Sie werden ihr Haus nicht erben.

Sie werden dieses Haus nicht weihen, so viel ist sicher, das verfickte Haus gehört uns, nur keine Angst.

Warum hast du ihm nicht gesagt, mein Sohn, hier hast

du deine teure Kette, ich brauche das pure Gold nicht, dein Gold lindert mein Leiden nicht.

Mein Kopf tut mir weh, da hilft kein Gold.

Meine einzige Hilfe ist Jesus Christus.

Behalte es besser für dich und prahle nicht damit.

Ihr habt mich in die Falle gelockt, ihr stoßt mich in eine Grube, dass ich nie mehr herauskomme.

Mich stoßen alle rum, und alle locken mich in die Falle.

Wie hätte ich da tun sollen, zurückgeben und sagen, was ich über ihn denke.

Warum denn nicht, die Kette vermag nichts gegen dein Kopfweh, wie teuer sie auch ist.

Wenn seine Kette bei mir ist, die sie einander weitergeben, so wie er dieses Geheimnis erzählt hat, das ist eine geheime Freundschaftskette, von der bin jetzt auch ich Mitglied, weil ich die Kette getragen habe, und wir wissen deshalb voneinander, ohne aneinander zu denken, wir sind miteinander verflochten, wir schuften gemeinsam, ich bin dann nicht so ein Niemand, egal was irgendwer über mich sagt, dass sie mich nicht respektieren und dass ich nicht zu der großen doppelten Kette dazugehöre.

Weil es bekommt immer der die Kette und behält sie, der in seinem Leben einen großen Schmerz erleidet.

Aus Kranken werden Gesunde.

Warum soll ich sie ihm zurückgeben, wenn mir mal jemand so eine teure Kette borgt, wie soll ich da die Kette nicht bei mir behalten.

Für mich ist meine Mutter der Schmerz, jetzt habe ich es Pater Jónás gesagt.

Wenn ich mit der großen Fähre rüberkomme, wartet

auf dem Herd ihr Essen auf mich, was sie gekocht hat, mein Kopf zerspringt mir, sie sagt kein Wort zu mir, das macht mir den Schmerz.

Ich bin nicht der Erste in der Kette, dem er sie borgt.

Aber darüber soll ich mit niemand reden.

Will Pater Jónás mir vielleicht sagen, wie mein Leben ist. Das weiß ich selber.

Darüber habe ich mit niemand geredet.

Auch wenn sie mich damit aufziehen.

Nach der Schicht fragen mich alle in der Dusche, wo der Bolog die teure Kette herhat.

Wo zum Teufel hat er sie her, na, von seinem verfickten warmen Bruder, dem aus Szob.

Keine Angst, ich hab's selbst gesehen, dass er ihm die Kette in die Hand gedrückt hat, Herrgott, so ein verfluchter warmer Scheißer, mit so einer teuren Kette hat er ihm das Blasen bezahlt.

Na, hast du ihm schon einen geblasen, Bolog.

Natürlich höre ich die anderen Bäcker, was die reden.

Wo der aus Szob hinkommt, sich von mir einen blasen lassen.

Was alles aus ihren dreckigen Mäulern kommt.

Wenn ich mich umdrehe, könnte ich sie alle aus dem Fenster pfeffern. Weil sie das Fenster offen lassen, damit die Mädchen herübersehen und kreischen. Die waschen sich gegenseitig den Rücken, sie würden ihn aber lieber denen waschen.

Sie würden fragen, wo ist deine Kette hin, Bolog.

Wer bläst dir jetzt einen, wenn der warme Bruder, der aus Szob, es nicht mehr tut.

Doch wozu trägst du sie, wenn sie nun mal nichts nutzt,

mein Sohn, sondern dir schadet, fragte Pater Jónás, von Milde regelrecht verklärt, als würde die Orgie der Brutalität ihn gar nicht erreichen.

Du siehst es selbst, sie schadet eher, als sie nutzt.

So sanft sprach er zu ihm. Jetzt hatte er sehr viel auf einmal erfahren und verstanden. Denn nicht der Sinn oder die Kenntnis der Dinge war für ihn wichtig. Es war egal, wenn Imre ihm sonst was verschwieg.

Er sprach so, als würde er die sonderbaren Ausschmückungen, Flüche, Verwünschungen gar nicht hören.

Dieser Pater Jónás segelte ohne weiteres gegen den Wind, gegen den Sturm, mochten die Gewässer noch so schmutzig sein, seine körperliche Frische und Kraft kehrten auf der Stelle zurück, es machte ihm geradezu Freude, gegen den Strom zu schwimmen, hinein in den Sumpf.

Er schien nicht zu begreifen, dass das alles ihm galt, diese Schändlichkeiten, die mit Hass aufgeladene sprachliche Ornamentik, die in der menschlichen Sprache niemals andere verschont.

Ich wollte ihn nicht kränken, dass seine Kette bei mir nicht hilft.

Die Kette von dem warmen Bruder aus Szob.

Ich weiß ja, wie die reden.

Er weiß es auch, klar.

Der aus Szob weiß, was die reden.

Sein Mund verzog sich zum Weinen, dass er nach Meinung von Pater Jónás so ein Dreck war, dass ihm von nichts und niemand mehr geholfen wird, dabei trägt er die Kette von dem Warmen, nimmt sie gar nicht ab und ist besorgt, die Kette zu verlieren, warum soll er sie abnehmen, von was würde er ihm eine kaufen, wenn er sie verliert.

So schön hat mit ihm noch niemand geredet wie dieser Mann aus Szob.

Auch die Piroschka hat ihn dort am Ufer nur zusammengebrüllt, dass alle sehen, was er für ein Niemand ist.

Wer ihn zusammenbrüllt, über den lacht er. Ihn wird keine Frau verschaukeln. Je mehr du mich anbrüllst, du watschelnde Nutte, umso mehr lache ich dich aus. So einer bin ich.

Fick deine Mutter in den Mund.

So eine, die mich verschaukeln kann, so eine Frau ist noch nicht geboren.

Er lügt mich nicht an, wie soll der denn warm sein.

Glauben Sie mir, Pater Jónás, ich bin nicht so ein Dreck, dem man nicht helfen kann.

Wenn ich Sie gekränkt habe, tue ich Ihnen Abbitte.

Seine immer höher hinaufrutschende, wiederum pfeifende Stimme wollte in ein schauerliches Schluchzen umkippen, als hätte ihn irgendetwas berauscht, doch Pater Jónás versperrte dieser krankhaften Verstellung plötzlich den Weg, er erlaubte diesem Menschen, diesem Imre, sein Schluchzen nicht, denn es hätte ihn nicht weitergebracht, er schien Imres allerechteste Tränen nicht zu sehen, wie sie über seine von Migräne gezeichneten, wirklich bleichen Wangen flossen.

Das schmerzerfüllte Wimmern, mit dem Imre Mitleid erregen wollte, schien er gar nicht zu hören.

Diese echten Tränen waren wirklich schön. Dick und schwer rollten sie über sein Gesicht.

Na, hör mir jetzt mal gut zu, mein liebes, schönes Kind, pass jetzt gut auf, und er hob den Finger, wenn du sie nicht abnimmst, vergeblich bitte ich dich darum, als wärest du taub, wenn du deine geliehene Halskette nicht abnimmst, dann werde ich sie dort, wo sie ist, an deinem Hals, gehörig segnen.

Ich bin fest entschlossen, dich zu segnen, du musst die Kette von diesem gewissen Menschen aus Szob dafür gar nicht abnehmen. Mir genügt, wenn du mir das Medaillon zeigst, aus eigenem freiem Entschluss.

Mal sehen, wer stärker ist.

Und er wandte sich zur Sakristei, um den Frauen zu sagen, sie sollen das Weihrauchfass holen, die heilige Salbe und das Weihwasser.

Nein, das können Sie nicht machen.

Warum nicht, mein lieber Sohn.

Was soll ich nicht machen können.

Gott der Herr und sein einziger Sohn Jesus Christus hat mir völlige Handlungsfreiheit gegeben, und auch wenn du davor zitterst, ich tue es jetzt.

Tun Sie es nicht, ich flehe Sie an.

Mich, mein Sohn, sollst du nicht anflehen, nicht zu mir, mein Sohn, sollst du flehen.

Ich weiß nicht, warum, aber ich bitte Sie, ich flehe Sie an, meinem Kummer und meinem großen Schmerz einmal gnädig zu sein.

Wessen Kummer, was für ein Kummer, woher kommt denn dieser Kummer.

Auf diese Frage folgte Stille.

Mich bittest du um nichts, denn du weißt sehr wohl, mein lieber Sohn, ich habe es dich gelehrt, zu wem außer den Heiligen du beten und zu wem du flehen kannst. Zu mir nicht. Das weißt du, du hast es bei mir gelernt, ich komme in der Aufzählung der Heiligen nicht vor.

Zu einem Menschen nicht.

Du weißt es, du hast mir im Katechismus mehr als einmal aufgesagt, zu wem du flehen kannst.

Du musst dich erinnern, wir wenden uns an den Allmächtigen, an unseren Herrn Jesus, an die Jungfrau Maria, wir wenden uns an die Heiligen, damit wir nicht Menschen anflehen müssen.

Dann ist nämlich alles aus.

Sprich mir nach, Imre, zu wem wir flehen.

Er sprach es nicht aus, dabei hatte er das Wort auf den schönen, geöffneten Lippen, und hätte er es gesagt, die anderen Namen wären ihm der Reihe nach eingefallen.

Ich komme gleich, mein lieber Imre, mein Kind, hab keine Angst, ich lasse dich in der großen Dunkelheit nicht allein, sagte Pater Jónás mit dem schelmischen Lächeln, das kleinen Kindern gilt, doch ich muss gar nicht hinausgehen, ich rufe die Schwester Mária, hörst du.

Bringt doch die geweihte Kerze, Schwester Mária, bringt die Streichhölzer, damit wir die Myrrhe in unserem silbernen Räucherfass entzünden und gemeinsam den der Sakramentalie zukommenden Segen erbitten können, von unserem himmlischen Herrn, von seinem eingeborenen Sohn, von den Heiligen und unser aller hochheiligen Mutter, der Jungfrau Maria.

Gemeinsam vollenden wir sein Werk, mein Kind, gemeinsam bringen wir die Sünden in deinem Geist an den rechten Platz, mein Kind, die du gewiss auch noch gestern Nacht gegen deine Mutter begangen hast.

Gestern nicht, ich schlafe ja in der Werkstatt vom Hrutka, ich gehe auch zum Essen nicht heim.

Wie kann ich das dann tun.

Wir tun es so, mein liebes Kind, wie es in den heiligen Büchern geschrieben steht.

Inzwischen breite ich dir diese abgenutzte Stola über den Kopf, damit du nicht barhäuptig vor deinem Schöpfer stehst, siehst du, so, und er wollte, die eine Hälfte der Stola in die Höhe hebend, näher an ihn herantreten, denn die Frauen ließen immer noch auf sich warten, damit du in Christus, unserem Herrn endlich zur Ruhe kommen mögest und er deinen Kopfschmerz in Frieden von dir nehme, so, wie er auch bereit war, die Sünden der Welt auf sich zu nehmen.

Nein, das ist nicht möglich, lieber gehe ich weg.

Das geht mich nichts an.

Den Scheitel von diesem lieben Kind hätte er mit seiner Stola gar nicht erreichen können.

Dazu hätte er auf einen Schemel oder auf den einzigen Stuhl steigen müssen, er hätte sich nicht leisten können, den weisen römischen Ritus, mit dem Verirrte gegebenenfalls auf den rechten Weg zurückgeführt werden, der Lächerlichkeit preiszugeben. Es gab keinen Schemel. Nur den uralten, derb gefalzten Bauernstuhl, den sie noch von der alten Frau Pitlik bekommen hatten, der Großmutter vom Miklós Pitlik, den alle schon in seinen jungen Jahren den Herrn Nuki nannten, der Großvater von diesem Miklós soll den Stuhl gemacht haben, sie hätten ihn sonst nur zerhackt und verheizt.

Oder komm doch zur Vernunft und nimm brav dein Medaillon ab, lieber Imre, mein Sohn, du zeigst es mir, und wir tun alles gemeinsam gemäß den heiligen Vorschriften.

Nein, das geht nicht.

Warum geht es nicht.

Ich darf Ihnen nicht helfen.

Du sollst mir auch nicht helfen, mein Sohn, rief Pater Jónás laut, ich habe Hilfe, du musst nicht fürchten, dass ich keine Hilfe hätte im Himmel und auf der Erde, und nun rief er schon tatsächlich sehr laut, er rief Marischka, falls sie es bis jetzt nicht gehört hatte, was sie in der Sakristei hätte hören müssen, und wie immer vor anderen nannte er sie Schwester Mária, so rief er nach ihr.

Kommen Sie, liebe Schwester Mária, seien Sie so lieb, helfen Sie uns.

Pater Jónás kann das nicht mit mir machen.

Warum, wer bist du.

Was er ebenfalls höchst sanft fragte und plötzlich sehr leise, doch nicht auf Ungarisch, er stellte die vom Ritus für diesen dramatischen Moment vorgeschriebene Frage auf Latein.

Worauf der junge Mann so erstaunt war, als würde er im Traum vom obersten Richter befragt, und der eigene Name fiel ihm nicht ein, doch seine Lippen antworteten mit dem größten Verständnis und mit noch leiserer Stimme als Pater Jónás, auf Ungarisch und in natürlicher Tonlage, mit Bass- und nicht mit Fistelstimme.

Welchen von meinen Namen soll ich dir sagen, welchen von meinen Namen willst du wissen, Pater Jónás.

Woraus Pater Jónás, während Marischka vorsichtig mit dem Räucherfass und der großen geweihten Kerze in der Tür der Sakristei erschien, augenblicklich erkennen musste, dass er Opfer eines kapitalen Irrtums war, er hatte sich geirrt, erneut war er seiner eigenen Dünkelhaftigkeit zum Opfer gefallen, der nüchterne Verstand war ihm abhandengekommen, wegen seiner sündhaften Gutgläubigkeit war er so in die Irre gegangen, denn er hatte es nicht mit einem alltäglichen, sondern mit einem äußerst schweren Fall zu tun.

Piroschka nicht, sie hatte sich nicht geirrt, es stimmte, was sie gesagt hatte, eine gewöhnliche Neurose konnte es nicht sein.

Die war anders.

Damit hatte das hier nichts mehr zu tun.

Obwohl er etwas falsch eingeschätzt hatte, brachte er der lebenden Person, die in ihrem imposanten Körper und mit ihrer von Selbstmitleid völlig aufgeweichten Seele vor ihm stand, doch so viel Anteilnahme entgegen, dass er sie in diesem Moment nicht als einen hoffnungslosen Fall ansah, auch wenn er mit ihr vor das Angesicht der Finsternis gelangt war.

Im Gegenteil, ein starkes Licht schien ihn zu blenden.

Auch wenn ihm nichts anderes durch den Kopf ging als hoffnungslos, völlig hoffnungslos. Das ist ein hoffnungsloser Fall.

Er musste diesem Riesen über den hohen Damm hinüberhelfen, damit er das eigene Lebendgewicht spürt und wie er von seinem Gewicht in die Tiefe gezogen wird.

Vor sich im Licht sah er das offene kleine Gesicht des blinzelnden Babys, wie sein behaubtes Köpfchen über das Taufbecken gehalten wurde.

Wie Frau Tolvaj ihm das gestrickte Häubchen abnahm.

Es erfüllte ihn mit Dankbarkeit, dass er nach so vielen Jahren mit ihm hier sein konnte und einer übermenschlichen Aufgabe gegenüberstand.

Wie hätte er aufgeben können, Piroschka hatte ihn zu ihm gebracht, nicht zu jemand anderem.

Sie hat sehr recht damit gehabt.

Selbst wenn er keine Ahnung hatte, wo es jetzt hingehen soll und was zu tun ist. Was das richtige lateinische oder ungarische Wort war oder was der nächste Schritt.

So viel war sicher, während sie hier drinnen miteinander rangen, konnte Pater Jónás keinen Zweifel mehr daran haben, wer es war, der persönlich und wahrhaftig hier bei ihnen und überall draußen weilte.

Wie auch die steinalte Teres in Not geriet, zur gleichen Zeit.

Der Tölösy, der Pfarrer, hatte am Tisch vom Lehrer Hamza plötzlich und wahrhaftig im selben Moment das Gefühl zu verstehen, und das sagte er auch gleich zum Hamza, dass er endlich verstehe, doch den heiklen Fragen müsse er erst noch nachgehen.

Und Frau Pitlik, die ausnehmend schöne Frau vom Herrn Nuki war gerade zu dem Zeitpunkt aus Vác nach Hause gekommen, und sie hatte die vor einigen Stunden entlassene Frau mitgebracht, die nach Verbüßung ihrer Gefängnisstrafe bei ihnen wohnen würde, weil sie sich noch anderthalb Jahre nicht in Pest aufhalten durfte. Herr Nuki verstand nicht, was ihm seine schöne Frau da erzählte, er hatte diese Anita noch nie gesehen und auch nie etwas von ihr gehört, seine Frau hatte die Existenz dieses Weibsstücks niemals erwähnt, dass es da eine gewisse Person, eine Anita, gebe, die bald aus der Haft entlassen und die sie zu ihnen bringen würde und die er dann in seinem Haus dulden müsse.

Das klang für den Herrn Nuki unglaublich und verhängnisvoll, während er und die wildfremde Person sich zum ersten Mal im Leben groß ansahen.

Von der er nicht einmal wusste, was sie begangen hatte.

Der Herr Nuki wurde von seiner schönen Frau mit einer Unmöglichkeit konfrontiert, die er dennoch sofort und mit größtem Erschrecken verstand.

Die beiden Frauen, die schöne Wärterin, wie die Häftlinge sie nannten, und die Kindsmörderin, wie sie dort drinnen hieß, waren ein Paar geworden.

Drinnen und Draußen hatte anscheinend keine Bedeutung oder keine Grenze mehr.

Auch sie bringen die Scheiße nur mit Wasser zum Kochen.

Sie sagten nichts, wir redeten nicht darüber, doch es gab niemanden bei uns, der nicht wusste, damit nicht noch Schlimmeres auf der Welt passierte, durfte die Sache mit der Teres nicht bis in alle Ewigkeit so weitergehen, das war nicht länger zu ertragen und zu dulden.

Und wie ein Schlag des Schicksals ereilte sie vor dem Tor ihres Hauses das Jüngste Gericht.

Die ganze Zeit über, während die Teres mit der laut quietschenden Karre unter dem Gewicht der Koffer taumelte und schwankte und das um sich schlagende, durch seine Muskelkontraktionen, seine unkontrollierbaren Zuckungen in Anspruch genommene Kerlchen glücklich in seinem Rollstuhl herumrutschte, es wird lebenslang ein schmächtiges Kerlchen bleiben, auch wenn ihm schon der Bart sprießt, was auch immer er für wen auch immer empfindet, es wird keine Gnade geben, stöhnte und ächzte sie unter vielem unterdrücktem Schimpfen und Fluchen, bis sie endlich den Weg von der Schiffsstation zu ihrem Haus geschafft hatten.

Ein langer Weg war das.

Auf diesem langen Weg war bei uns schon alles Mögliche geschehen.

Jetzt stand es schlimm mit ihr, mit der armen Teres, weil egal wohin sie blickte, um sie herum lag das Unheil in der Luft, der Weg mit der kreischenden Karre war lang gewesen, es hatte endlos gedauert, bis sie vor dem Haustor standen, ihre Hand soll ihr abfaulen, verfluchte sie sich selbst, ihre Hand soll ihr abfaulen, wenn sie die Scheißkarre jetzt nicht endlich schmiert.

Das Unheil brach über sie herein, es kroch von allen Seiten hervor.

Immer vergisst sie alles.

Nicht einmal die lumpige Karre schmiert sie, immer vergisst sie, ein bisschen Maschinenöl auf die Achse von der Scheißkarre draufzutun, mit der Gänsefeder. Dabei hatte sie doch ihren Sohn Maschinenöl aus Budapest mitbringen lassen.

Frau Fabius hingegen konnte, mitgerissen von einer Flut von Superlativen, ihrer Freude gar nicht laut genug Ausdruck verleihen, was für ein Glück, was für ein Geschenk, wieder hier zu sein, Teres und diese wunderbaren Kastanien zu sehen.

Nichts hatte sich verändert, Teres hat sich überhaupt nicht verändert, wie prächtig sie aussieht, und die Kastanienallee ist noch genau die gleiche, sie wächst nur immerzu.

Was ihr diese Kastanienallee bedeutet, kann sie Teres gar nicht sagen.

Wie sehr sich alles in ihrem Leben verändert hat, kein Stein ist auf dem anderen geblieben, dennoch gibt es immer noch die Kastanienallee hier, niemand kann sie ihr nehmen, wundervoll, gigantisch, sie bleibt ihnen, jedes Jahr könne sie sich noch nachträglich freuen, und dann habe es der Herr der Finsternis doch nicht auf sie abgesehen.

Du lieber Himmel.

Als sie beim Haus von Etelka vorbeikamen, kreischte Teres im Geiste mit ihrer kreischenden Karre um die Wette, die Vogelscheuche Teres, die Teres Vogelscheu, dieses Aas, diese Hexe, wenn wenigstens du zu mir hinausschauen würdest, verfluchte Etelka, du Schlampe, sie hörte nicht hin, was die bekloppte Frau Fabius alles zusammenredete vom Herrn der Finsternis, der es auf sie abgesehen oder nicht auf sie abgesehen hatte.

Klar, dass Etelka wusste, dass sie gerade an ihrem Haus vorbeiging. Schlau genug war sie, um wenigstens hinauszuspähen.

Sie wartet ja nur darauf, dass Teres zu ihr hereinruft. Der beschissene Tod soll zu ihr hereinrufen. Na, ich werde zu dir hereinrufen, du.

Es hat ohnehin keinen Sinn, ihre Scheißschwestern um etwas zu bitten. Ihr könntet wenigstens manchmal bei mir hereinschauen. Ob unsere verfluchte Teres nicht in der Nacht verreckt ist.

Jetzt sind sie also wirklich hier, Frau Fabius traut ihren Augen nicht.

Ein Geschenk des Schicksals.

Jedes Jahr ist sie von dieser Schönheit hin und weg.

Schon während des ganzen langen, lauten Wegs musste sie achtgeben, damit Frau Fabius und ihr verkrüppelter Sohn in ihrer großen Freude nicht bemerkten, dass bei uns auf dem Heimweg etwas nicht in Ordnung war, wo Etelka, das Aas, nie von sich aus ihre Nase herausstecken täte, wenn Teres ein bisschen Hilfe braucht, sieh mal, verdammt, wer mir überall auf den Fersen ist, vor allem rund um ihr Haus, von all den großmäuligen Frauen Hundehütte genannt, von den schamlosen tollen Hunden, wohin sie jetzt mit diesen Unglücksraben unterwegs war.

Das Haus von der Teres Vogelscheu hatte ja nicht mal Stufen. Das war tatsächlich so, und aus irgendeinem Grund machte das Fehlen der Stufen sie uns allen verdächtig, dass es keine einzige Scheißstufe gab, nur der Teufel konnte uns ihr verdammtes Haus so auf die Mutter Erde hingeklotzt haben. Auf unsere Erde, auf die Heimaterde, die sie sich hier vom Pischti Matus gekauft hat, von wer weiß was für einem Verdienst, und warum hat sie gerade hier gebaut, warum nicht woanders, wenn sie schon mal so sehr von hier hat weggehen müssen, wo doch sogar die eigenen Eltern sie aus dem Haus gewiesen haben. Wir jagen dich davon, wenn du mit deinem Balg nicht von selber gehst.

Ich will nicht bös reden, sonst trifft mich noch ihr Zorn, aber so, wie die Scheißhundehütte von der auf die Erde hingeschissen ist, nicht dass da mal wer, ich sag's nicht, ich hab gar nichts gesagt, Reden ist Silber, Schweigen ist Gold, jeder redet, wie er's weiß, nicht dass da mal wer was abfackelt.

Sie sind nicht allein, sie sind auch nicht zu dritt wie in den Vorjahren, als sie die Karre und den Krüppel frischfröhlich nach Hause schoben, sie würde mit Frau Fabius und dem Kind nie mehr so zu dritt sein wie früher.

Jedes Jahr sahen sie alle auf die Straße hinaus, siehst du, die Teres Vogelscheu bringt schon wieder ihre noblen Feriengäste zu uns.

Die Scheiße Gottes über euch, klar bring ich meine Feriengäste her. Ihr würdet nicht mal das schaffen, ihr schüttelt nur den Kopf, wie man mit einem Feriengast reden muss.

Früher hatte sie sich sehr über sie gefreut.

Dass jemand aus vornehmer Familie immer wieder zu ihr kam wegen der guten ländlichen Kost und Luft.

Sie half ihnen, ein wenig von den vielen bösen Mitbewohnern wegzukommen.

Wie froh sie ist, sie wieder bei sich zu haben, rief sie laut aus, um ihr eigenes Gegrummel nicht mehr zu hören.

Sie hatte schon gekocht, wie sie es gern hatten.

Womit sie sich selbst aber auch nicht überzeugte, da konnte sie sich noch so oft sagen, sollen sie sich über ihre wahre Freude freuen, die sich diesmal einfach nicht einstellen wollte, wie sehr sie sich auch ins Zeug legte, der Frau Fabius und dem Krüppel Freude zu machen, wenn sie sich schon so freuten, während sie selbst sich überhaupt nicht über sie freute.

Vor Furcht, dass die bemerken könnten, was sich hier bei uns abspielte und wie sehr sie zur falschen Zeit zu uns gekommen waren, zitterten ihr die Beine.

Wären sie doch später gekommen.

Nicht mal mehr zum Schein konnte sie sich so freuen, wie sie es in Buda von ihnen gelernt hatte.

Weil sie konnte ihre Gewieftheit sehr wohl durchschauen, und ob, Himmelarsch, die wollen sich über alles freuen und dann freuen sie sich auch.

Bei alldem hätte sie nicht sagen können, wie sie sich aus diesem ganzen großen Kummer, der sie jetzt auf einmal überfallen hatte, wieder heraushauen wird.

Es ist aus mit mir, sagte sie sich, aber auch sie lachte unaufhörlich, für die Frau Fabius, soll sie ihre Freude haben.

Sie sollen nicht merken, dass sie aus ihrem Kummer nicht mehr herausfand.

Nicht nur, dass Hella und der Okolicsányi ihnen folgten, seit sie von der Schiffsstation zusammen durch die Kastanienallee gezogen waren, vom Dorfrand kommend folgten sie jedem ihrer Schritte, die Arschlöcher scherten sich nicht mal darum, dass sie Rosen und Lilien niedertrampelten, das wird man alles ihr in die Schuhe schieben, hast du gesehen, die Feriengäste von der Teres Vogelscheu haben im Vorgarten alle meine teuren Blumen zertrampelt, mindestens zwei andere waren noch bei ihnen oder hinter ihnen oder wo zum Teufel sonst noch überall zugleich.

Manchmal gingen sie vor ihnen, ein andermal prallten sie denen, die mit ihnen gekommen waren oder irgendwelche Begleiter sein mochten, schon fast hinten drauf.

Mehr als einmal hatte sie die Hella von Rákoshegy aus begleitet, wenn der Okolicsányi zum neuen Flughafen in Ferihegy fuhr oder dort ankam.

In diesem Moment war sie froh, keinen von ihnen zu sehen.

Jedes Mal hoffte sie, das war das letzte Mal, jetzt sind sie endgültig verschwunden, sie zertrampeln nicht länger Gärten und Blumen, Bohnen und Gurken, sie bildet sich nur ein, dass sie sie sieht, auch Etelka würde sagen, verdammt noch mal, Teres, was du alles siehst auf deine alten Tage, du siehst schon lauter Gespenster.

Ich sehe noch gut, dabei bin ich noch älter als du, wieso siehst du dann alle die Sachen.

Wenn sie bloß nicht zurückkommen.

Über diese Begleiter hätte sie nicht mal sagen können, ob es Frauen oder Männer waren.

So wie sie sich von hinten an sie hängten, konnten sie beides sein, am Ende werden sie einander noch besteigen.

Sie kann sie, auch wenn sie sie sieht, mit ihrem Blick nie einholen, so flink sind sie, dass sie vor ihren Augen davonflitzen, entwischen, sich aus dem Staub machen, davonhuschen, und schon sind sie weg.

Jesus steh mir bei.

Wenn sie wenigstens sehen würde, ob sie eine Hose anhaben, oder ihre Füße unter einem Rock hervorblitzen.

Aber irgendwer musste ihnen das Tor aufgemacht haben, hatte sie unterwegs überlegt.

Was heißt aufgemacht.

Sie selbst hatte den Schlüssel aus der Schürze gezogen, sie hatte ihn kaum ins Schloss gesteckt, da schwang das Tor auf, als hätte eine unsichtbare Hand beiden Flügeln einen Stoß versetzt.

Sie hatten ihr Tor vor ihr aufgestoßen.

Eine größere Beleidigung und Demütigung, dass nicht sie den Feriengästen das Tor öffnete, hatte sie nie zuvor erfahren, die stießen es ihr einfach so auf.

Am liebsten hätte sie geweint. Frau Fabius blickte im Tor um sich, du lieber Gott, was ist hier los, sie hielt den Rollstuhl an den gummierten Griffen fest und schrie erschrocken auf, was war das, was sie im Gesicht gespürt hat, vielleicht ein Windstoß, vielleicht ein Vogel, du lieber Gott, was für ein Vogel, ob Teres es denn nicht gehört hat.

Sie hatte nichts gehört.

Es könnte ein Vogel gewesen sein.

Was hat Frau Fabius denn da gehört, sie selbst hat nichts gesehen.

Ob sie im Gesicht verletzt sei.

Im Gesicht von Frau Fabius ist nichts zu sehen, was soll sie denn im Gesicht verletzt haben.

Die Selbstberuhigung war nicht echt, die Teres hatte den starken Flügelschlag nicht nur gehört, sondern auch gespürt, und ob sie ihn gespürt hatte.

Und gehört hatte sie ihn natürlich auch.

Im Gesicht der Frau Fabius war tatsächlich ein langer, sehr feiner Kratzer.

Gesehen hatte sie nichts, weil sie mit dem Torschlüssel herumhantiert hatte, wer hat hier an dem Tor rumgemacht, dass es so aufgeschwungen ist.

Es muss der Flügelschlag eines Vogels gewesen sein, was sonst, Himmelherrgott.

Beide hatten es gehört, gewiss ein Vogel oder ein Windstoß, aber wo zum Teufel kam der Windstoß her.

Sein Flügel hat ihr Tuch gestreift und ihr heftig ins Gesicht geschlagen.

Na klar hat sie das ganz genauso gespürt wie die Frau Fabius, nur über ihr eigenes Gesicht ist er nicht mit der Kralle drübergefahren.

Trotzdem schimpfte sie, fast schon hörbar, wie kann die verfluchte Frau Fabius ihr so etwas sagen, wenn es weit und breit keinen Wind gab.

Was für ein Vogel soll das gewesen sein zu der Jahreszeit, die Vögel kennt sie alle, die ziehen sich zu der Zeit zurück, kein Vogel fliegt beim Ohr von irgendwem vorbei.

Sie blickten um sich, wo ist dann der Windstoß hin.

Woher kann der Windstoß gekommen sein, der vor ihnen beide Torflügel aufgestoßen hatte.

Die Frau Fabius sah die arme Teres mit ihrem panischen Gesichtsausdruck nur groß an, denn trotz aller obligater Freude war sie nicht blind, sie sah, wie sehr sich das Gesicht von Teres verändert hatte, was wühlte sie so maßlos auf, warum ging sie so auf sie los, Frau Fabius verstand das nicht.

Sie hatte doch nichts Schlimmes getan.

Für diesen Windstoß oder was immer, dafür, dass es hier so einen plötzlichen Windstoß gab, konnte sie nichts.

Ihr Sohn warf sich in seinem Rollstuhl herum vor Freude und lachte sie aus. Was schreien sie da herum, über was für einen Windstoß diskutieren sie.

Er war so glücklich, er störte sich an nichts, ihm hätte gar nichts auffallen können.

Für ihn ging der Marathon in die Zielgerade.

Er wird Piroschka sehen, von der er das ganze Jahr über geträumt hatte, wie nach jedem der vergangenen Sommer, den ganzen Tag geträumt und über sie nachgedacht.

Die Piroschka wird wieder unten am Wasser sein.

In Gedanken riss die Verbindung mit ihr nie ab, davon konnte wirklich niemand etwas wissen.

Als Vorschuss lag bereits der sommerliche Duft des Flusses in der aufgeheizten Luft.

Sie werden zum Ufer gehen.

Als kleines Kind hatte er sich das geheime Denken angeeignet, sein eigentümlichstes Spezialwissen, das ihn vor allen anderen auszeichnete. Als er auf dem vornehmen Budapester Rosenhügel in der Eisernen Lunge hatte liegen müssen und nichts anderes mit ihm passierte als das Liegen und das pfeifende, klappernde Atemholen der Pumpe.

Wie er dennoch seinen roten Gummiball mit den weißen Punkten in den Himmel warf.

Der Himmel ist blau.

Der Himmel ist bedeckt.

Der Ball fliegt in die Höhe.

Piroschka kommt ans Ufer.

Gebannt sah er zu, wie der Ball in den Himmel über dem Himmel hinaufstieg. Er begleitete ihn mit dem Blick in das nicht mehr Sichtbare hinein.

Er warf ihn in die Höhe.

Möglichst weit.

Mit seinen fangbereiten Händen wartete er lange, gerade noch rechtzeitig schnappte er ihn.

Mit Wiederholungen hielt er seinen Geist wach dort oben an der Baba út, in der Járitz-Villa.

Nicht immer schaffte er es, den Ball zu fangen.

Wenn es bewölkt war oder dämmerte, ging es schief.

Die klugen Doktoren machten sich keine Hoffnungen, die Ärmsten am Leben erhalten zu können. Doch irgendetwas, was auch immer, mussten sie tun, damit sie noch ein wenig lebten und nicht so leicht dahingingen.

So hoch fliegt der Ball, höher und höher, von ihm geworfen, er kann nicht mehr zurückkommen.

Er wartete darauf, dass der Ball, den er hochgeworfen hatte, zurückkehrte.

Von dort kann er jedoch nicht mehr zurückkehren.

Der Duft des warmen Balls strömte ihm ins Gesicht, nahm ihm den Atem.

Und dann warf er ihn dennoch in die Höhe, er warf ihn, warf ihn mit seinen Armen noch kräftiger, noch höher.

Die Piroschka ist schon unten am Ufer.

Sie war es, die ihn in die Höhe geworfen hatte, über den sichtbaren Himmel hinaus.

Die Piroschka war ihm zuvorgekommen.

Sie wird am Ufer sein.

Und morgen in der Kirche.

Vor Freude zerrte er den verwachsenen, mageren kleinen Arm aus der dürren Schulter und schwenkte ihn so heftig, dass er gegen Armlehne und Kopf schlug. So viel schaffte er in seiner Freude allein. Mit seinem gesunden, schmächtigen Arm griff er unablässig nach dem anderen, unbändigen Arm, nicht doch, lass das, der Arm soll aufhören, etwas ohne sein Zutun zu machen, er soll ihm in seiner großen Freude keinen Schmerz verursachen, und zuweilen gelang es ihm, die haltlose Bewegung rechtzeitig abzufangen.

Doch das Gefühl des Schmerzes trug gleichfalls zu seiner Freude bei, er war davon fast ganz durchdrungen.

Ein andermal fing ihn seine Mutter ab, die Frau Fabius, denn das ewige Um-sich-Schlagen ihres Sohnes belastete sie vermutlich mehr, als der physische Schmerz ihren Sohn quälte.

Schon allein wegen der Mutter musste er sich zügeln. Wodurch er den Eindruck erweckte, er würde sich in seinem Rollstuhl festgebunden fortwährend und von undefinierbaren Lauten begleitet biegen und winden, als ob er, auch darin sich zügelnd, den anderen erklären wollte, wie viel geheim aufsprudelnde Freude ihm auch der Schmerz bereitet.

Die Piroschka würde zum Ufer kommen.

Den roten Ball würde er ganz weit hochwerfen, bis zu den Himmeln hinauf.

Der Schmerz der Mutter bekümmerte ihn nicht mehr, unbändig gab er allen zu verstehen, was für ein Glück er hatte, am Leben zu sein, und mit seiner entstellten Stimme drückte er aus, was für eine unersättlich gute Laune er hatte, sie sollen sich mit ihm freuen.

Weil er nicht weiß, wohin er sich winden kann, schmerzt diese Unbändigkeit, aber er genießt sogar den Schmerz, so groß ist seine Freude.

Ihn sticht der Hafer, wegen seiner Mutter, die an ihrem Ankunftstag immer zu müde war, um gleich ans Ufer zu gehen, sie wollte sich hinlegen, zumindest vermied sie es mit dieser Begründung, gleich dorthin aufzubrechen, ach, mein Söhnchen, machen wir lieber ein kleines Nickerchen, zum Ufer gehen wir morgen, denn wie sie sich gegenüber der Frau Mentes und der Frau Zielinszky ausdrückte, die magische Anziehungskraft des Wassers für Mischike sei schon legendär, wo könnte Piroschka anderswo sein, als unten am Ufer, sie würden auch hingehen, doch einmal noch müssten sie schlummern, ein einziges Mal, und dann wäre es so weit.

Die Piroschka kommt zum Ufer.

Die Piroschka ist dort unten am Ufer.

Die Burschen rennen mit ihr hinunter und bringen ihm Limonade, auch die Jungs aus Leányfalu kommen mit.

Vor Freude warf er sich hin und her.

Die Jungs würden ihn im Boot mitnehmen.

Es gab niemanden auf der Welt, der Piroschkas Duft besser als er schon im Voraus wahrnehmen konnte.

Gierig und neugierig atmete er den Duft ihrer Achseln ein, den süßeren Duft ihres Halses, den tieferen Duft ihres Haars, von der Donau mit ihrem Schlammduft durchdrungen, das ölige Shampoo, den zarten Heuduft ihres Parfums, die Senna.

Er hatte für den ganzen Winter Reserven angelegt, und

wie der kleine Hamster im Märchen hatte er beide Backen voll.

Auch die Wut von Teres und ihre abgerissenen Schreie bereiteten ihm unendliche Freude.

Wohin sie auch schauten, den Wind oder diesen gewissen Vogel konnten sie nirgends entdecken.

Der unglückselige Krüppel, der übrigens einen parodistischen Sinn und einen mit Selbstironie versetzten Humor hatte und der mit wachem Geist über Rhythmik und Systematik der Wiederholung nachdachte, sah die Verbindungen von grundverschiedenen Ereignissen und Phänomenen in einem holistischen Raum, wenn er über die Macht der Monotonie, über die Menge der Modulationen und über die luftigen Fiorituren nachdachte, der Lotse blieb dabei der Takt, und die Monotonie hatte ihn in der Hand wie ein Verkäufer die ans Handgelenk geschnürten Luftballons, er verband sein Denken und Sehen, um nur nicht wegzufliegen, so wie das Metronom den Taktschlag bestimmt. Monotonie und Takt stand für ihn über allem, bestimmte das innere Leben der Gravitation, nicht der Begriff, nicht das Bild, nicht der Klang, nicht der Eindruck, sein Gott lebte im Intervall und im Takt.

Grinsend, rau aus der Kehle lachend, sah er ihnen nach, wonach hielten die zwei Verrückten Ausschau, wohin lassen sie die Luftballone ihrer Worte steigen, was war in sie gefahren, von was für einem Vogel, von was für einem Windstoß reden sie, von was für einer Windrichtung, in seinen Augen hatten die gütige Hexe und seine Mutter einander in ihrer Liebe zu Dingen gefunden, die beiden können nichts anderes, als die Dinge zu benennen, dieser gewisse Windstoß, den Frau Fabius gespürt haben mochte, sei sicher von dort, vom stummen Nachbarn, aus dem Haus vom Banga gekommen oder über die Gänseweide, der Todesvogel konnte mit seinen heftigen Flügelschlägen nur dorthin, nach Norden, davongeflogen sein.

O weh, der Todesvogel, wie die Kraniche, auch die ziehen alle von Süden nach Norden, weil dann konnte es gewiss ganz allein der Todesvogel gewesen sein, wie hatte er ja auch die Rosa vor einigen Tagen niedergeworfen, sie konnten nicht aufhören, dort, dort, immer fliegt er dorthin, die Margit solle es doch glauben, auch die Rosa ist Zeuge, die Rosa mit der Epilepsie, sie wisse ja, für sie ist der Friedhof im Norden, denn beide waren so den Dingen verhaftet, dass er wirklich kein Verständnis dafür hatte, was in aller Welt sie redeten.

Nur ihr, der Frau Fabius, sagt sie es laut, niemandem sonst, weil das ist so, ich sagen Ihnen ja, immer sage ich Ihnen, reden Sie doch nicht mit dem Banga, grüßen Sie ihn nicht zurück, weil von diesem Banga kommt der Todesvogel herüber. Wer weiß, was der Banga auf seinem Dachboden hat. Was kann es sonst gewesen sein, was Frau Fabius gespürt hat, er hat sie gekratzt. Was auch die Rosa mehr als einmal erfahren hat, keine zwei Tage ist es her, dass der Todesvogel sie am Mund getroffen hat, die Rosa, in ihrem kleinen Winkel, in den ihre Mutter sie gesteckt hat, sie ist auf den Rücken gefallen und hat mit den Zähnen aufeinandergeschlagen, bis sie sie gefunden und der Mutter hinausgerufen hat, Frau Pásztor, so kommen Sie doch, Frau Pásztor, Ihre Tochter liegt hier ganz allein herum.

Mit geweiteten Augen hörte Frau Fabius zu, sie konnte es nicht glauben.

Frau Fabius kann ihr glauben, dass ihr stummer Nachbar zu allem fähig ist, in dem Zustand ist der Arme von der Front heimgekommen, er kann nichts dafür, der große Luftdruck hat ihn erwischt, seine Kameraden haben ihn zwischen zerbrochenen Ziegeln und Balken vom Dach runtergeholt.

Sie senkte sogar die Stimme, damit der Banga es nicht hörte.

Weil der Banga belauscht und beobachtet sie den ganzen Tag.

Ich weiß, der braucht nur ein Weib, sonst fehlt ihm nichts. Aber dafür würde er auch seine Seele verkaufen.

Was sollen wir machen, er braucht ein Weib.

So eine Manneskraft hat der, dass er sich nicht beherrschen kann, der Banga.

Er tut mir leid, glauben Sie mir, Frau Fabius, denn so, wie er ist, kriegt er kein Weib, nicht einmal die Rosa würde ihn wollen, aber aufpassen tu ich doch, wer weiß, man muss auf alles gefasst sein.

Sie sollen aufpassen, Frau Fabius soll auf sich selbst aufpassen, man muss immerzu aufpassen, weil man weiß nie, was der Banga alles anrichten kann.

Vielleicht verstehen Sie, was ich meine.

Man muss wirklich aufpassen, was man laut redet.

Reden ist Silber, Schweigen ist Gold.

Allerdings gab es im nachmittäglichen Sonnenschein tatsächlich nirgends einen Windstoß oder einen Todesvogel.

In dieser delikat duftenden sommerlichen Schattenwelt hätte kein größerer Friede, keine größere Ruhe herrschen können.

Selbst das rege Laub der Akazien und Pappeln rührte

sich nicht unter dem starken nicht existenten Windstoß und dem Klamauk, den die zwei verrückten Frauen unter den Bäumen machten.

Frau Fabius fragte ihren Sohn, ob ihm die Erscheinungen aufgefallen waren, ob er den Vogel oder den Windstoß gespürt habe.

Doch der schnitt nur Grimassen und zuckte, mit der einen Hand packte er die zuckende andere derart, dass sich sein Arm in dem erfrischend misstönenden und vollkommen zügellosen Gelächter ganz verrenkte.

Mit seinen verschränkten Händen schlug er sich gegen den Kopf, so sehr schien ihm dieser Begriff, Erscheinung, zu gefallen.

Die unendliche Einfalt der eigenen Mutter.

Dass nunmehr auch die Mutter sich aufs Flüstern verlegte, damit der stumme Nachbar es nicht hörte, weil er sonst den Todesvogel auf sie losließ.

Die Piroschka kommt zum Ufer.

Bereits morgen in der Frühmesse würde er die Piroschka sehen.

Wenn sie mit dem Rollstuhl hineinfuhren, am Ende der zweiten Reihe, die Piroschka.

Sie sitzt am Ende der Reihe, damit sie sich nur ein wenig umdrehen muss, und schon würden sie einander sehen, sie würden sehen, wie sie einander aus der Ferne in die Augen sehen.

Nur noch eine Nacht.

Wie der eine dem anderen in die Augen sieht.

All das durchlebte er im Voraus mit ganzer Seele.

In ihrer Wut fuhr Teres mit ihrer Karre durch das wer weiß wovon oder wer weiß von wem aufgestoßene Tor.

Sie schob das verdammte Gepäck hinein, man soll sie endlich mit diesem gottverdammten Windstoß oder was zum Teufel in Ruhe lassen. Es war kein Vogel, was soll das für ein Todesvogel gewesen sein, für sie war es sonnenklar, dass der Flügel von Hella so gerauscht hatte, bei ihrer Verwandlung. Deine Freundin ist hier, Frau Fabius, es ist deine tote Freundin, nicht meine.

Falls trotzdem etwas passiert, sollen sie ihre Verwandlungen gar nicht mitbekommen, Himmelherrgottsakra, dass Hella und die anderen gerade jetzt kommen müssen, nicht abwarten konnten, nicht irgendwo anders hingegangen sind so lange. Dabei war sie unendlich froh über ihren Zorn, durch den Windstoß oder durch den Teufel oder was auch immer hatte die Frau Fabius nicht bemerkt, dass sie das Tor gar nicht aufschließen musste, und nun werden diese Hellas und Okolicsányis mit ihren Begleitern hier um sie herumschleichen oder hinten im Garten zwischen den Blumen, auch das Tor haben sie aufgestoßen, die Zunge steht aus dem Schloss heraus, trotzdem ist es offen.

Es war jedenfalls gut versperrt gewesen. Die Frau Fabius kennt den Luftikus Hella ja wirklich gut, sie kennt den Mistkerl Okolicsányi, und wie, gleich wird sie ihn sehen, wenn sie nicht achtgibt und sich nicht mit irgendwas ablenkt.

Sie streitet mit ihnen.

Verfluchte Ziegenscheiße.

Vielleicht hatte der Okolicsányi ganz im Geheimen die Frau Fabius gebimst, wenn ihr Mann, möge er in Frieden ruhen, schon so ein großer Dämlackel war, wie das die Frau Fabius erzählt hat, dass er lange gar nicht wusste, was er zu tun hatte.

Also, die werden niemals mehr von hier fortgehen, wenn sie schon mal selbst umgebracht worden sind.

Wo sollten sie auch hin.

Außer mir gibt es niemand auf der Welt, der sie so bedient, wie sie bedient werden wollen.

Dann hat vielleicht ihr stummer Nachbar, dieses Aas Banga, sie auf sie gehetzt, das wird es sein, er hat sie bei sich einquartiert, dass sie von dort auf sie losgehen und sie und ihre Feriengäste nicht in Frieden lassen. Oder sie haben sich ungebeten in der dreckigen Scheune von dem Banga im Heu verkrochen. Dann beschuldigt sie den Banga ohne Grund, und Gott wird sie dafür strafen. Der Banga kann nichts dafür. Der Banga ist ein braver Mann. Von dort kommen sie durch die stachelige Hecke herüber, verfickt, sie selbst hat die Hecke gepflanzt, wer sonst, sie nimmt viel Platz auf ihrem Grundstück ein, um nicht diesen Banga samt seinem braunen Arsch Tag für Tag und Stunde für Stunde vor der Nase zu haben, und jetzt quälen die sie so.

Ratten und Wiesel haben sich bei ihm eingenistet. So wie der arme Banga im Dreck lebte.

Von dem dreckigen Banga kommen sie herüber, um am helllichten Tag ihre kleinen Küken zu schnappen, und dann hat sie wegen dem Dreckskerl schon wieder so viel umsonst gearbeitet.

Sie schimpfte auch über den Zaun mit ihm, über die Stachelhecke hinweg, richtig laut, die Nachbarn sollten es alle hören, auch auf der anderen Seite der Gänseweide wussten alle, was für einen Schaden dieser Banga ihr schon wieder macht, warum legst du nicht endlich dieses verdammte Gift oder die Falle aus, Banga, alles hast du letzten Oktober von mir bekommen, damit du es auslegst, zum Kuckuck, ist dir sogar das Gift zu schade für sie, oder soll ich dir auch noch den Speck bringen, schon das Gift hat sie umsonst gekauft.

Du hast versprochen, verflucht, dass du es endlich auslegst, das Gift, voriges Jahr habe ich es gekauft, jetzt bist du dran, für was zum Kuckuck kriegst du die staatliche Invalidenrente, dass ich alles zahlen soll, und du legst nicht mal das bisschen Gift aus.

Ihren Küken geht es an den Kragen.

Der Banga vermiest ihr das ganze Leben.

Du wartest darauf, dass ich dir auch noch den Speck dafür gebe.

Warum hat sie der Herr mit diesen miesen Gestalten gestraft.

Unterdessen schlug sich Mischike mit dem verwachsenen Arm auf den Kopf, mit verschränkten Händen schlug er sich, als würde er sich riesig freuen über die vielen Beschimpfungen, die Dinge, die Flüche, den Aberglauben, was hier jeden Sommer alles aufgezählt und ausgebreitet wird, über den Speck, das Gift, die Falle, die Wiesel, über den großen Schrecken, den Banga, das Durcheinander.

Er schien sich unter dem nach Fluss duftenden Frühsommerhimmel über die ganze Aufregung der Ankunft zu freuen.

Auch sonst schnappte Frau Fabius immer die Hand ihres Sohnes, schon gar nicht mehr bewusst, um seine Hypermotorik im Zaum zu halten, wie die Ärzte des Kindes das Symptom nannten, wenn er mit der einen Hand die andere nicht mehr bändigen konnte und sein Arm nicht nur in der Schulter, sondern auch im Ellbogen schmerzhaft verrenkt wurde, sie solle das nicht zulassen und seine Freude oder seinen Zorn bremsen.

Mehr als einmal musste ein Chirurg den Gelenkkopf der Schulter ertasten und an seinen anatomischen Ort zurückbefördern.

Beruhig dich, mein kleiner Verrückter.

Schlag dich doch nicht selbst.

Du wirst wieder voll blauer Flecken sein.

Freu dich, über die große Ruhe, mein Kleiner, dass wir endlich hier sind und die Vögel ansehen können und die Blumen, die so schön duften.

Jedes Jahr empfängt uns ihr honigsüßer Duft.

Danken wir dem Herrn, dass wir wieder hier sind.

Am Abend kommen sicher die Schwalben, um Mücken zu jagen.

Siehst du, wie üppig und leuchtend die Veilchen blühen. Ein wahres Wunder.

Was für eine Schönheit.

So ein Blühen, wie Teres hier jeden Sommer aufs Neue ins Leben ruft, habe sie nirgends sonst gesehen, nicht auf dem Gellértberg, nicht am ganzen Rosenhügel und auch nicht in Pasarét, obwohl dort Gärtner pflanzen, sogar bei den Kommunisten, und wie die Portulakröschen und die Petunien duften.

Die Kommunisten pflanzen nur Feuersalbei, nichts sonst, damit auch die Blumen rot sind, andere soll es nicht geben.

In was für eine bunte Blütenpracht Teres ihren Garten taucht, die vielen blauen und lila Blumen, die rosaroten, sie braucht keinen Gärtner dazu.

Wenn die sich nicht sofort davonscheren, wird die verfluchte Frau Fabius den Okolicsányi und die Hella noch erkennen.

Was ist geschehen, Gott im Himmel, also seid ihr doch heimgekommen.

Und geradewegs hierher.

Was für eine Riesenüberraschung, ein Geschrei, ein Freudenfest, weil sie sich wieder gefunden haben, wie lange haben sie sich nicht gesehen.

Ihr habt gar nicht angerufen.

Nicht mal einen einzigen Anruf, und abgehoben hast du auch nicht, Hella.

Ich habe dich ja eine Ewigkeit nicht gesehen.

Warum seid ihr nicht gekommen.

Wie hättest du sie sehen können, verdammt, wie sollen sie dich anrufen, wie sollten sie kommen, wenn sie schon weiß Gott wie lange auf ihrer Hazienda oder wo beim Teufel in der Erde ruhen.

Gott im Himmel, was werden sie in ihrer Freude mit ihrem Haus anstellen.

Die ruhen mitnichten.

Ihr rechtmäßiges Eigentum wollen sie haben, was sie zerbrechen, zerbrechen sie eben, sie soll ihnen dies und jenes zurückgeben, was heißt, sie gibt ihnen Quartier und Bettwäsche, das ganze Haus gehört ihnen.

Sie werden der Teres die Augen auskratzen.

Dafür seid ihr also hergekommen, Hella.

Nicht wegen mir, wegen meinem Haus seid ihr gekommen. Inzwischen kenne ich dich nur zu gut.

Dass du mich nach so vielen Jahren dermaßen enttäuschst.

Wie könnte man sie nur aufhalten, dass Frau Fabius sie nicht bemerkt.

Zurückgeben wird sie nichts, gar nichts.

Gut zehn Jahre hat sie für das alles gearbeitet.

Wie soll sie sie übernachten lassen, wenn sie Frau Fabius mit dem Krüppel nun mal im vorderen Hausteil unterbringen musste.

Sie konnte sie nicht woanders hintun.

Warum verstand die Hella nicht, dass es dieses eine Mal nicht möglich war, dass nicht sie an erster Stelle kam wie sonst, sondern dass ihre Feriengäste vorne ins Haus kamen, um sie musste sie sich kümmern. Sollen Hella und Okolicsányi zu den Ratten in die Scheune vom Banga gehen. Dort werden sie es gut haben, weil so große Ratten wie beim Banga gibt es nirgends sonst, riesig sind die, ein Hund ist auch nicht größer.

Euer Platz ist bei den Ratten, Okolicsányi, nicht bei mir.

Geht in den Arsch von der Hella, hierher kommt ihr nicht, das sage ich ihm ins Gesicht, ich habe keine Angst vor ihm.

Wenn sie nun mal Feriengäste dahat, jetzt können sie nicht zu ihr.

Jedes Jahr holen die Ratten ihre Küken, er ist schuld.

Das Schicksal schmerzt sie entsetzlich, wenn eine Ratte vor ihren Augen eines der Küken davonträgt.

Sie hatten noch nicht mal ihren gelben Flaum, als die Ratten der Reihe nach vier Küken holten.

Wie oft soll sie der Hella noch schreiben, dass sie jeden Sommer ihre Feriengäste zwei Wochen dahat und wie viel Arbeit ihr das macht.

Die Frau Fabius mit ihrem Krüppelkind ist nicht die Freundin von mir, sie ist die Freundin von dir. Deine Freundin hat gebeten, wenigstens ich soll sie aufnehmen, die Frau Zielinszky hat darum gebeten.

Die Frau Zielinszky ist nicht meine Freundin, sie ist deine Freundin.

Du hast in deinem Leben mehr Freundinnen gehabt, als es Sterne am Himmel gibt.

Warum hat die Hella nicht schon lange im Voraus geschrieben, hätte sie es wenigstens der Frau Zielinszky geschrieben, sie möge ihrem früheren Dienstmädchen, der närrischen Teres, sagen, sie soll nicht traurig sein, sie wird kommen, wie versprochen.

Dass sie immer der Narr von allen ist und alle sie immer zum Narren halten.

Sie könnte doch mit dem Okolicsányi kommen, wie sie dieser dummen Teres schon so lange versprochen hat.

Trotzdem sind sie nicht gekommen.

Sie verstand ja, wie soll ihr eine Tote von irgendwo schreiben. Wenn sie nun mal tot waren, sollen sie gar nicht kommen.

Schön, dann wird sie in der Küche schlafen, dass die sich inzwischen im großen Bett breitmachen können.

In dem nie ein Mann gelegen hat, ein stinkender Mann kam ihr nicht in ihr Bett. Sie ist nicht scharf auf einen Mann.

Was zum Teufel braucht sie so einen mitsamt seinem Schwanz, der säuft wie ein Loch, und dann kann sie ihn noch selbst ins Bett zerren und an seinem Federbett und seiner Kotze schnuppern.

Und sie blieb mit ihrer quietschenden Karre vor dem sauber geschrubbten Laubengang stehen, wollte schon die Koffer ins Haus bringen, als sie sah, dass ja dort alle vier gemütlich am schön gedeckten Tisch saßen, die saßen ja mit ihren eigenen Mördern da, das war schon erstaunlich, der Mund blieb ihr offen stehen, alle vier aßen ihre gute, nahrhafte Suppe, die sie nun nicht der Frau Fabius und dem Kind servieren konnte, damit sie sich nach der langen Reise stärkten.

Sie redeten nicht, aßen die schön fette Bohnensuppe, ihre Löffel klapperten in der großen sommerlichen Stille.

Die paprikarote Suppe plätscherte laut, kein Bach plätschert so sehr.

Teres stand verdattert da, die fürchteten weder Gott noch die Welt, sie stellte sich das also nicht nur vor, auch die Koffer musste sie schnell mal absetzen.

Hellas Haare waren zum Glück inzwischen getrocknet, das sah sie gleich, auch das unbekannte Seidengeorgettekleid, mit dem sie am Tisch sitzend nicht einmal ihre kleine Möse anständig bedecken konnte, so kurz war es von der Feuchtigkeit geworden, aber sie wollte auch gar nicht, weil so eine Georgetteseide geht von der Feuchtigkeit ein, so wie sie die Beine spreizte, damit diese Verfluchten, die ihr ganzes Essen auffraßen, alles von ihr sahen.

Das Blut war an ihrem Schenkel festgetrocknet. Du lieber Gott, bevor sie umgebracht wurden, hat sie sie bekommen, vor Schreck, aber sie war ja nicht deshalb immer noch blutig, die Dreckskerle haben sie vergewaltigt, alle, die dabei waren, vor den Augen von dem Okolicsányi.

Dass ich auch das erleben muss, dir dein getrocknetes Blut abwaschen, Hella.

Dass sie dich sogar während deiner Blutung vergewaltigt haben.

Wärst du klüger gewesen, hättest du auf dich aufgepasst.

Gott im Himmel, was hab ich an dir verbrochen. Immer noch soll ich euch zu Diensten sein, auch jetzt soll ich in meinem beschissenen Leben euer Fußlappen sein. Ich mache alles, was ihr von mir wünscht, und du zeigst mir auch noch deine Möse.

Ich soll dir das Blut abwaschen, wenn sie dich vergewaltigen.

Zu Mitternacht soll ich euch Krapfen backen, ihr wollt ja Krapfen zu Mitternacht.

Wer bin ich denn für euch.

Weißt du nicht, Hella, der Krapfen braucht Zeit, verflucht, er muss eine Stunde aufgehen.

Ich werde natürlich nicht vergewaltigt, weil ich nicht so provokant mit diesen Mistkerlen bin, wie du es dein ganzes Leben warst, du hast den Männern nur so den Hintern hingestreckt.

Ich war älter als du und trotzdem schöner, alles an mir war schöner. Ihr habt es nie bemerkt. Dass auch ich Lust auf einen Mann habe.

Wenn ihr so einen Lärm macht, wache ich eben auf.

Aber die Frau Fabius stand schon hinter ihr und rief vor Freude, wie nett von ihr, dass sie schon den Tisch gedeckt habe.

Wer außer ihr wäre so fürsorglich gewesen, heilige Jungfrau.

Und das alles Jahr für Jahr. Wir haben schon eine gemeinsame Geschichte, Teres. Und wie wunderbar für sie, dass sie darin den Segen des Herrn spüre.

Das werde immer so bleiben.

Wie sie die Teres bewundert.

Wie sie so schön ein Tuch über das Gedeck gelegt hat, damit keine Fliegen an die Teller gehen.

Wie wohl ihr das tut, die viele Aufmerksamkeit und Fürsorge.

Wenn es nur für immer so bliebe, ach Gott.

Denn sie hatten sich den ganzen langen Winter auf nichts anderes gefreut, als endlich wieder hierherzukommen und bei der Teres im Laubengang, im Schatten der Reben in der guten Luft zu speisen.

Von den vielen Erscheinungen fühlte sich Teres wie vor den Kopf geschlagen.

Weil die Frau Fabius sieht sie nicht an dem Tisch sitzen, den sie mit der Rosa in den Laubengang gestellt hat, sie sieht nicht die Hella, den Okolicsányi und auch nicht die beiden Mörder, wie sie friedlich ihr Mittagsmahl verspeisten, und dann wird das Beste sein, wenn auch sie nicht sieht, was sie sieht.

Dabei sieht sie es doch.

Oder sie soll sich wenigstens bemühen, es nicht zu sehen, Gott scheißt den Himmel vom Himmel runter.

Dann aber verstand sie nicht, wo die große Sinnestäuschung so plötzlich hin verschwunden war.

Sie werden doch nicht auf einmal in ihrer Küche sein, Himmelherrgott, sie sind alle vier in ihre Speisekammer verschwunden, um ihre restliche Räucherwurst aufzuessen.

Und wie Frau Fabius es gesagt hatte, bevor sie mit der Karre losging, hatte sie die Teller tatsächlich mit dem karierten Tischtuch abgedeckt.

Ihr kariertes Tischtuch hatte sie von Hella, sie hatte es ihr gegeben, vielleicht kannst du das bei dir daheim gut brauchen.

Wie haben sie hier essen können, wenn alles mit Hellas Tischtuch abgedeckt war.

Wie hätte sie es nicht abdecken sollen, wann hatte sie es nicht abgedeckt, sie deckt es immer ab, dass die Fliegen nicht alles vollscheißen, während sie sie abholen muss, damit sie mit der Karre das verfluchte Gepäck schleppt und alle über sie lachen.

Sie zog zwei Koffer von der Karre, um sie hineinzutragen, den dritten holt sie extra, aber es blieb ihr keine Zeit, sie ließen es nicht zu, sie warteten nicht, bis sie den Schlüssel aus dem Versteck nahm.

Weil bei uns legte jeder den Schlüssel an den gleichen Platz, um ihn nicht zu vergessen. Nicht dass ein Dieb ihn findet. Auf den oberen Rand des Türstocks, das war bei uns das geheime Versteck für den Schlüssel.

Nur der Banga, der tat ihn nicht dorthin, ihn soll niemand hereinlegen, diese tollen Hunde bei uns.

Er war vom Luftdruck für alle Zeit stumm geworden, das ist wahr, der hatte ihn auf ein hohes Dach geworfen, taub wie die Erde wurde er davon, so, wie ich es sage, zuerst hatte er geglaubt, er hat in beiden Ohren Splitter stecken und er wird sie mit den Fingern herausstochern, aber der Verstand war ihm geblieben, dass ihn andere nicht hereinlegten.

Der Banga, was für ein Schlaumeier der war, der Rüpel, ein ungehobelter Klotz, der Krumme, er ging mit seinem Schlüssel aufs Plumpsklo, alle sahen, dass er den Schlüssel in der Hand hatte, als ob er mit seinem Schlüssel nur kacken und pinkeln gehen würde, wen interessiert das, aber dann legte er den Schlüssel gleich auf den oberen Balken, Sakrament.

Alle wissen es.

Denn wenn er herauskommt, hat er den Schlüssel nicht mehr in der Hand.

So als würde er den Schlüssel nur zufällig hinauflegen,

um ihn dann wieder wegzunehmen, denn seine Hose oder seinen Schwanz muss er ja mit was anfassen.

Ein bisschen verheimlichte dieser Banga schon auch vor sich selber, wo er seinen verfickten Schlüssel hinlegte.

Auf den Balken über dem Plumpsklo.

Nicht dass die Tollwütigen hineingehen, wenn er nicht zu Hause ist.

Und alles durchwühlen.

Einmal wird er ihn in die Scheiße fallen lassen, wenn er ihn ständig mitnimmt, so redeten seine Nachbarn über ihn.

Wenn er sein Geschäft erledigt hat, nimmt er ihn runter.

Dann kann der Rüpel ihm hinterhersehen.

Aber er hat ihn nicht heruntergenommen.

Genauso wenig, wie du ihn von dort heruntergenommen hast.

Alle wussten, dass man bei uns den Schlüssel an einen geheimen Ort legte, also wusste man natürlich, wo im Plumpsklo vom Banga der geheime Ort war.

Ein Einbrecher soll ihn niemals dort suchen.

Teres Vogelscheu nahm ihren Schlüssel mit, die hängte ihn nicht auf den Haken innen am Türstock, so wie die anderen. Sie steckte nur den Schlüssel von ihrem Garten ein, die Vermaledeite, damit ihre zwei Schwestern in ihrer Abwesenheit nicht eigenmächtig hineingehen, ihr Geld finden und es auf die Seite schaffen konnten, während sie im Maisfeld, wo sie auch Bohnen pflanzte, oder draußen in ihren langen Zeilen mit der Rosa jätete. Auch draußen auf dem Berg hatte sie Bohnen, Bohnen pflanzte sie überall.

Ihre Schwestern würden beim Suchen alles auf den Kopf stellen.

Wie viel sie jetzt wieder für ihre Bohnen verlangt.

Weil für die beiden war Geld ihr Ein und Alles, das Geld, immer nur das Geld, ihr Gott. Sie liebten ihr Geld. Für sie hat Jesus Christus die Händler vergebens aus dem großen Judentempel vertrieben, vergebens hat er ihnen gesagt, du kannst nicht zwei Herren zugleich dienen, du Jude, du schändlicher.

Wenn die Leute den Mammon lieben, scheißen sie auf den Herrn.

Andere wollen sogar mit Bohnen ein großes Geschäft machen.

Denen kannst du lange erzählen, dass wir Calvinisten einzig und allein unsern Herrn und Schöpfer und seinen einzigen Sohn Jesus Christus anbeten, geschnitzte Bilder und Götzen beten wir nicht an.

Die haben sogar ihre eigenen Kinder gefickt, wie erst die Fremden, ihren Jesus, nur der Verdienst aus den Erdbeeren und Himbeeren, der ist ihnen wichtig, immer nur das Geld.

Diesen Würmchen haben sie Tücher mit milchgetränktem Mohn in den Mund gesteckt, damit sie nicht weinen, sondern schlafen.

So sind die dann auch geworden, sieh sie dir an, was die ihnen getan haben, ihre Schwestern den eigenen Kindern, du kannst es sehen, Teres, wie die Töchter deiner eigenen Schwestern geworden sind, sie haben sie kaum verheiraten können.

Die Nachbarn der Teres Vogelscheu sahen es, auch der Banga sah es, er stöhnte, gestikulierte, Nachbarin, pass mal auf, verdammt, er deutete auf die Straße hinaus, du glaubst es nicht, wer hier bei dir war, als du mit der Rosa draußen auf dem Berg deine langen Zeilen jäten warst, deine beiden Schwestern waren hier, mit ihrem eigenen Schlüssel wollten sie bei dir rein.

Die kannst du nicht überlisten.

Sie haben probiert, ob vielleicht der eigene passt.

Wenn er die Stimme dafür gehabt hätte, er hätte darüber gelacht.

Dabei haben sie sich ständig umgeblickt, ob sie jemand sieht.

Der Banga hat ihr Zeichen gemacht.

Aber sie hatten keinen passenden Schlüssel.

Obwohl sie kein Wort verstand, an seinem Gefuchtel sah Teres sofort, was der Banga meinte. Es war wie ein Bellen.

So heisere Hunde gibt es. Aus Bangas Kehle kam ein Bellen wie von einem stummen Hund.

Alles, was bei uns passierte, beschrieb er immer mit dem Arm, mit der Zunge, mit dem Stock, mit allem, was er hatte, er war ganz aufgeregt, dass die Nachbarin ihn auch richtig versteht.

Sie blickten sich dauernd um, niemand sollte sie sehen.

Na klar sah er sie durch den Spalt in der Scheune, wo er sich vor ihnen verborgen hatte.

Auch auf der anderen Seite der Gänseweide sagten sie der Teres Vogelscheu, alle Nachbarn von gegenüber machten Andeutungen, sie haben gesehen, klar haben sie es gesehen, Etelka und Juliska sind vor kurzem bei deinem Haus gewesen.

So redeten sie, die Arschlöcher, sie beobachteten sie, um die Geschwister gegeneinander aufzuhetzen.

Sie hatte ihren Schlüssel in der Hand.

Dabei hatte sie ihn noch gar nicht vom Türstock heruntemehmen können.

Sie durfte jetzt nicht ohnmächtig werden.

Was habe ich denn da in der Hand, Herr Jesus, mein Herrgott, oder hat sie vielleicht zwei Schlüssel. Wie kann ihr der verfluchte Schlüssel in die Hand geraten sein, wenn sie ihn noch gar nicht vom Platz genommen hat.

Hinter sich hörte sie die Frau Fabius, die etwas von einer Brise plapperte, die ihr erneut ins Haar gefahren sei und ihre Frisur durcheinandergebracht habe.

Zuerst der Windstoß mit dem Vogel, und jetzt kam ihr die Frau Fabius mit einer Brise und ihrer Frisur.

Von mir wirst du gleich getroffen, Frau Fabius, der Schlag wird dich treffen.

Es hat sich angefühlt, als ob ein scharfes Papier über ihre linke Gesichtshälfte gezogen wird.

Teres möge sie doch ansehen, ob sie nicht doch am Gesicht verletzt sei.

Es habe sie nur erschreckt, ein klein wenig erschreckt.

Der Schlag hat dich getroffen, du, wenn dich doch nur der Donnerblitz umgehauen hätte, Frau Fabius.

Spürbare Kälte in der Herzgegend.

Und kalter Schweiß auf dem Gesicht.

Sie platzte fast in ihrem ohnmächtigen Zorn, fluchte und schimpfte, dabei zügelte sie sich zugleich.

Sie wollte das nicht.

Sie wird sie nicht mehr loswerden.

Der Schlag soll die Frau Fabius mit ihrer ungeheuren Freude treffen, ihr wird sogar eiskalt wegen ihr.

Die Arme reißen ihr fast ab, ihr Rücken geht kaputt, aber sie trägt ihr die schweren Koffer ins Zimmer.

Wenn die Hella ihr den Zimmerschlüssel schon mal in die Hand gegeben hat.

Mitten im Zimmer knallt sie ihnen die beiden Koffer zack auf den Boden.

Sollen sie sich freuen, dass sie wieder hier sind, mit ihren Koffern in der Wohnung von ihrem einzigen Sohn.

Auf ihre alten Tage muss sie sich immer noch mit der Freude von diesen Scheißern herumschlagen.

An einem Winterabend hatte sie Hamza erzählt, dass die sich dauernd freuen mussten, den ganzen lieben Tag grinsten sie sich an, bis sie genug hatten.

Der Hamza sah sie mit großen Augen an, er freute sich über nichts.

Was die alles eingepackt haben. Was die alles mitbringen, dass sie sich dann krummlegen kann, und das viele Waschen, mit dem sie sich zwei Wochen lang abplagen muss.

Das wird euch nicht freuen, wenn ich dabei kaputtgehe.

Hinter ihr schob die Frau Fabius ihr Kind, dabei sang sie sich eins, weil der Hamza wird es nicht glauben, bei der ist das nicht so, bei dieser Frau Fabius, wie bei einer einfachen Frau, er soll es ihr glauben, er kann es ihr wirklich glauben, sie singt vor lauter Freude und Freundlichkeit.

Teres möge ein bisschen Geduld mit ihnen haben.

Nie sagt sie ihr was, nie hält sie ihr irgendwas vor, dieser Frau Fabius, warum zum Teufel ermahnt diese Katholikin sie dann jetzt.

Ob sie essen oder nicht essen, das ist ihr egal, sie serviert ihnen alles anständig, und scheiß drauf.

Sie macht alles für sie.

Wenn es kalt wird, ihr warmes Essen, dann wird es eben kalt.

Bevor sie sich zu Tisch setzen, so sehr hat die Schiffsreise sie mitgenommen, Teres kann sich gar nicht vorstellen, wie dieses Schiff heute gefaucht und gestampft hat, müssen sie sich vor dem Essen frisch machen.

Sie würde sich auch gern einen Moment hinlegen, Teres nimmt ihr das nicht übel, sie versteht sie.

Sie weiß nicht warum, aber die Wellen sind vom Ufer irgendwie immer zurückgerollt.

Das Wasser sei so auffällig unruhig gewesen, als hätte es in einem fort unter ihnen gebebt.

Dabei habe sich kein Lüftchen geregt, vor ihnen sei kein anderes Schiff gefahren, man habe gar nicht verstehen können, wenn man um sich blickte, wo in aller Welt der ganze Lärm hergekommen sei.

Alles sei so wunderschön und vollkommen, wie die Weiden am Ufer mit ihren langen Ästen über das Wasser streiften, dennoch habe die ganze schöne Donaulandschaft etwas Bedrohliches bekommen.

Ganz verschwitzt seien sie von der großen Hitze auf dem Schiff.

Kein Aus- und Einsteigen habe es gegeben, das sei noch nie vorgekommen, in Leányfalu habe das Schiff gar nicht Halt gemacht.

Dennoch sei da ständig dieses Stampfen gewesen.

Mit Mischike zusammen habe sie es beobachtet, die Schaufeln hätten irgendwie immer ins Leere gegriffen.

Der Matrose habe gesagt, sie müssten etwas am Schaufelrad einstellen.

Wenn Mischike sich bloß nicht erkältet.

Rücken und Stirn von dem Ärmsten waren schon ganz nass.

Wie anheimelnd vertraut ist dieses schöne, große Zimmer, in dieser wirklich prächtigen Umgebung, die Teres hier am Land gezaubert habe. Teres werde es nicht glauben. Als sei sie in diesem zauberhaften kleinen Badeort geboren, sie wäre gar nicht von hier weggegangen.

Als wäre das immer ihr Zuhause gewesen.

Sie sei stolz darauf, dass das ihre Heimat sei.

Denn sonst erkenne sie ihre Heimat gar nicht wieder.

Sie sei unendlich dankbar für den herzlichen Empfang, dass Teres sie abholen komme, für ihre Fürsorglichkeit, für die gepflegte, saubere Umgebung, die sie jeden Sommer für sie schaffe.

Teres flüchtete vor den von irrwitziger Freude glühenden Worten aus dem Zimmer und holte den dritten, den schwersten Koffer, ein Glück, dass sie Mischike samt seinem Rollstuhl nicht umwarf und die hingerissene Frau Fabius nicht über den Haufen rannte.

Dann pfefferte sie auch den verfluchten dritten Koffer mitten im Zimmer auf den Boden.

Packt aus, verdammt, wascht euch, nascht, vergnügt euch, wie es euch Spaß macht, sprüht euch mit euren teuren Duftwässern ein, denn seit der Mischike so ein großer Junge geworden war, sprühte die Frau Fabius manchmal auch ihn mit ein bisschen Parfum an, das hatten die Wiener Verwandten mit der Post geschickt, damit der Mischike nicht so stark roch.

Wenn ich nur ein bisschen Ruhe von euch haben würde.

Natürlich sprach sie nichts davon laut aus. Das große Unheil in der heißen Sommerluft um sie herum reichte ihr.

Einigermaßen hatte sie es noch verzögern können. Doch aufhalten ließ es sich nicht.

Sie stürmte aus dem schönsten und geräumigsten Zimmer ihres Hauses, das sie insgeheim noch immer für ihren Sohn bereithielt. Die drei großen Fenster gingen auf den Vorgarten hinaus. Sie hoffte, dass ihr Elemérchen im Alter vielleicht doch zu ihr ziehen würde.

Früher oder später wird er sich doch sicher von der Jüdin Erika scheiden lassen.

Dann wird sie der Jude nicht mehr in der Baross utca wohnen lassen, dabei gibt es dort bei dem Alten wirklich genügend Zimmer.

Was soll Elemérchen ohne Wohnung machen, wenn sie ihm nicht ein einziges Zimmer lassen. So viel verdient er mit der Zuckerbäckerei nicht, dass er in der Baross utca eine Wohnung kaufen könnte. Dann kommt er heim zu ihr. Mein lieber Elemér, er soll sich keine Sorgen machen, er wird auch zu Hause auf seine Kosten kommen. Dann bleiben ihre verfluchten Feriengäste fort, dann können sie nicht mehr kommen.

Ihr eigenes Bett wird sie ihnen nicht überlassen, so einem Krüppel von einem Kind, und sie schlug die Tür der Wohnung ihres Sohnes hinter sich zu.

Wenn sie auch bedauerte, dass sie es tat.

Das Glas klirrte nur so. Dass sie so was mit der teuren Tür von ihrem Sohn machte. Weil sie hatte vom Tischler aus Bogdány für das Zimmer mit den drei Fenstern eine Glastür machen lassen. Aber das Glas sollte nur unten geteilt sein, oben genügte eine einzige Scheibe. Es sollte ein schön helles Zimmer werden.

So sehr hatte sie auf sie gewartet, und auf die kleinen Enkel, die dann nacheinander kommen würden.

Wegen ihnen wird sie noch das Glas zerbrechen, wegen

ihrer Feriengäste, wo findet sie dann einen Glaser, der ihr ein neues Glas einsetzt.

Mit den brutal schweren Glasplatten auf dem Rücken kommen auch die Glaser nicht mehr so weit heraus.

In den Visegráder Bus lässt man sie damit nicht einsteigen, na, hören Sie mal, den Schleifer mit der Schleifmaschine auch nicht, auf dieser Linie haben wir so viele heikle Herrschaften oder was zum Henker für Genossen, hier bitte schön gehört ein Glaser mit seinem Glas nicht rein, weil mir das zu gemeingefährlich ist, auch Kesselflicker sind unerwünscht.

Frau Fabius sah ihr nach. Die aufbrodelnde, wahnwitzige Wut, die Teres versprühte, sie sprengte fast das Haus, konnte sie sich nicht erklären. Sie hatte ja nur den scharfen Windstoß erwähnt, den sie in ihrem ermüdeten Zustand im Gesicht und auf dem Arm gespürt hatte. Als hätte eine scharfe Papierkante sie geschnitten. Unverständlich bei so warmem Wetter. Wie hätte sie es nicht spüren sollen, es war ein regelrechter Schauder, dafür konnte sie nichts.

Für die vielen Brisen, die in dieser wunderbaren Welt zuweilen über die Landschaft strichen und sich über dem anderen Flussarm verliefen. Sie und Mischike hatten im Morgengrauen aufstehen müssen, um das Schiff zu erreichen.

Die Winde huschten zwischen den beiden Donauarmen hin und her, von drüben herüber und wieder zurück.

Sie war von der ganzen Aufregung todmüde, ob der Hausmeister die Koffer wohl rechtzeitig hinuntertragen wird, wie er es versprochen hat, werden die Matrosen so freundlich sein zu helfen, den Rollstuhl mit Mischike aufs Schiff zu schieben.

Das alles musste sie wegen Mischike durchstehen, jede Demütigung frohgemut ertragen und in einem fort auf Hilfe von Fremden hoffen.

Sie musste ein schauerliches Meer von Unannehmlichkeiten und Zurückweisung durchschiffen und durfte dabei ihren Humor und ihre Fröhlichkeit nicht verlieren.

Für sich selbst hätte sie das nicht getan, das eigene Leben hätte sie längst weggeworfen.

Im Haus von Teres und in der hohen Luft der Umgebung war es totenstill geworden.

Der erbarmungslose Sommerhimmel regte sich nicht mehr, weder mit einem Windstoß noch mit etwas anderem.

Und sogar darüber, im Himmel über dem Himmel, wo sich die Rosa immer so hingesehnt hatte, bebte die schüttere Luft nicht.

Im Herbst war der Himmel am höchsten. Wer weiß, wie weit man hineinsehen konnte.

Im schlechten Spiegel ihrer Küche sah Teres in dem vom Laubengang und den Weinreben stark gedämpften Licht dennoch nicht sich selbst näher kommen, als sie in ihrer heftigen Erregung aus der blendenden Helligkeit hereinkam, sondern es war Okolicsányi, der in dem abblätternden, matten Spiegel ihrer Großmutter auf sie zuging, er schüttelte sein schönes onduliertes Haar, Hella folgte ihm und danach diese gewissen Verbrecher. Beschattet von den Reben, strömten sie aus ihrem schäbigen Spiegel heraus, als großes Trugbild, und der kalte Schweiß machte sie schaudern.

Sie sind hier, und Frau Fabius sieht sie nicht. Sie sieht nicht, was jeder Mensch sieht. Die oberschlaue Frau Fabius will sie nicht sehen, denn sie essen ja ihr Mittagsmahl auf, Teres wird nichts servieren können.

Alles, aber auch alles fressen sie der Frau Fabius und ihrem verkrüppelten Kind weg, sie fressen ihr die Haare vom Kopf und bringen sie um alles.

Herr Jesus steh mir bei.

Sie wollten in ihrer großen Freude aus dem Spiegel heraus, um jetzt auch noch alles andere aufzuessen, doch es gelang ihnen nicht, der Herr Jesus hielt sie zurück, sie mühten sich vergeblich, den Spiegel zu verlassen.

Das Spiegelglas stoppte sie.

So konnte sie sie in voller Größe sehen, die zwei verfluchten Vagabunden, die Mörder mit ihrer mächtigen Statur, auch der Okolicsányi war kein Zwerg. Sie hätten die Hella von hinten hinausdrücken wollen.

Was sollte sie jetzt tun.

Keine Angst, ihr Mörder, bei uns werdet ihr von den Polizisten geschnappt, ich sage dem Bluthund-Jani wegen euch Bescheid, dem Varga, der wird Verstärkung holen, die werdet ihr nicht kaufen können.

Die machen euch zu Hackfleisch.

Der Kommunist schlägt auf der Stelle zu.

Sie wollte die ganze Bande gar nicht ansehen.

Die beiden gefielen ihr nämlich außerordentlich.

Wie der eine die Kappe nach Ganovenart schief auf dem Kopf trug, er grinste unablässig.

So tief war die Hella gesunken.

Von solchen Männern wurde sie begleitet. Beide klebten regelrecht an ihrem Hintern. So was hatte sie im Leben nicht gesehen, wie die sich mit ihren großen Leibern an ihren Hintern drängten.

In meiner Küche, wie die Fliegen, sie schnabulieren diese Hella geradezu, sie gehen sogar in meinem Spiegel auf sie drauf, wie auf den Zucker. Sie steigen dir ja schon auf den Rücken, pass doch auf, du.

Wie tief bist du gesunken, Hella.

Wie soll der fesche Okolicsányi sie neben sich dulden.

Dich dulden, so eine Hella mit ihren beiden Mördern. Du hast sie dazu aufgestachelt, klar.

Streit es mir nicht ab.

Was du nicht alles von ihm erwartest, er soll deine Liebhaber dulden, er liebt dich doch, du Dummkopf.

Dass du nicht mal so viel Hirn hast.

Dass du es nicht mit deinen beiden Augen siehst.

Wer sonst wird dich so lieben, wenn du eine Greisin ohne Zähne bist.

Du verspielst dein Glück, wenn du dir immer von deinen Verehrern den Hof machen lässt.

Für diese Irren hat sie keinen Augenblick Zeit.

Jetzt musste sie das Essen servieren, nicht dass die Frau Fabius dieses ganze Tohuwabohu hier bei ihr bemerkt.

Das Feuer anfachen, nachlegen, egal, was geschieht, den Topf aufs Feuer ziehen, die Tür vom Backrohr aufmachen, der Kuckuck soll sie holen, den Sauerrahm drauf auf die Palatschinken, bloß zart, dünn, die Palatschinke soll nicht anbrennen.

Vorsichtig hob sie den Deckel von dem roten Topf, ob sie alles aufgegessen haben, vielleicht haben sie der Frau Fabius und dem armen Krüppelchen etwas übriggelassen.

Die Suppe war unberührt und lauwarm, mit der vielen schön geschnittenen Petersilie oben auf dem roten Fett und mit den dünnen Wurstringen, damit es nach mehr aussah.

Du lässt es dir sogar bieten, Okolicsányi, dass sich deine Hella mit euren Mördern vergnügt.

Was würdest du nicht noch alles tun ihr zuliebe, hast du sie denn nicht innig genug geliebt.

Eine Frau braucht die innige Vertrautheit, ohne sie gibt es kein Verstehen.

Ich habe die ganze Arbeit, den Kummer, was alles zu tun ist, und dann kommt ihr mir hierher.

Die Stunde meines Todes wird kommen, Hella, aber ich werde nicht vergessen, wie du deinen nackten Fuß dem Okolicsányi in den Schoß gelegt hast, dass er dir die Sohle massiert, weil deine Füße in den verfluchten hohen Schuhen so müde geworden waren, und du dabei seinen Schwanz sehr geschickt massiert hast, damit er schön hart wird, und das habt ihr vor meinen Augen mit mir gemacht, jetzt sage ich dir, Himmeldonnerwetter, du Schamlose, du Dreckige, ich könnte kotzen.

Hinsetzen kann ich mich keinen Moment.

Was für Arbeit mir meine Feriengäste machen, so viel können sie mir gar nicht zahlen, was ich alles für sie arbeite. Wie viele Pfund und Schillinge sie auch aus Wien geschickt bekommen.

Was habe ich davon.

Pogatschen, Palatschinken soll ich ihnen backen.

Wenn ich dich hier noch einmal mit ihnen sehe, mit diesen Mördern, Hella, dann reiße ich dir die Gedärme raus, dann kriegst du mein großes Messer in den Hals.

Wie konntest du dem armen Okolicsányi nur so etwas antun.

Ich nehme diesen Okolicsányi vor dir in Schutz, sogar noch im Tod behandelst du ihn so.

Kannst du denn deinen dummen Okolicsányi nicht achten, wie oft soll ich dich das noch fragen.

Jetzt soll ich ihnen auch noch das Brot schneiden, ach, wenn ich bloß nicht vergesse, ihnen das Brot zu schneiden und hinzustellen.

Beim Bäcker kaufe ich das ganze Brot, das ihr verschlingt, ich komme gar nicht nach, es für den Mischike zu streichen, grünen Paprika drauf, damit das Schmalz ganz bedeckt ist.

Der Mischike soll mir nicht das ganze Haus fettig machen.

Jeden von meinen Paprika muss ich einzeln salzen, Frau Fabius, du verfluchte.

Aber nicht so, nicht von oben, weil das Salz dann vom Paprika abperlt, für Mischike salzte sie ihn auf der Rückseite, weil der Arzt gesagt hat, dass Mischike Salz braucht.

Auf der Rückseite soll ich salzen, das soll ich von ihr lernen, das Salzen auf der Rückseite.

Dass ich dir bloß nicht deinen Arsch auf der Rückseite salze, Frau Fabius, du hirnverbrannte. Der Herr Jesus möge mir all meine Sünden vergeben, aber scheiß ich denn das Brot aus meinem Hintern, glaubst du das, Frau Fabius, wie viel ich arbeite für deine Paprika, ach, wenn ich nur Paprika habe, wenn sie kommen. Das Brot kaufe ich beim Bäcker für Geld, es wird nicht gratis ausgeteilt.

Sieh dir meine Paprika an, wer sonst hat solche Paprika, jeden zweiten Tag gieße ich sie mit Gülle, wie ich es vom bulgarischen Gärtner im Irrenhaus gelernt habe.

Hörst du, Frau Fabius.

Die Schüssel mit den vielen kleinen Pogatschen, die habe ich noch am Abend gebacken, weil große backe ich nicht, die soll ich dir auf den Tisch stellen, damit der Mischike auch Pogatschen kriegt.

Was glaubst du, Frau Fabius, wer das Mehl für mich kauft. Du nicht, ich kaufe es, nicht die berühmte italienische oder französische oder weiß der Kuckuck was für eine Verwandtschaft kauft mein Mehl für mich.

Scher dich zum Teufel, Frau Fabius. Wer hebt im Januar die frisch ausgelassenen Grammeln in Fett auf, ich mache das, damit es im August in der größten Hitze kleine Grammelpogatschen gibt, wenn ich kein Mehl mehr habe, in dieser verfluchten Welt, in die ich geraten bin.

Ich soll euch vom Bäcker Langosch holen und dann auch noch den Sauerrahm hergeben.

Auch den Sauerrahm gibt es nur für Geld, Frau Fabius, wie oft soll ich das noch sagen, ich habe keine Kühe mehr, wie zum Teufel soll ich da Sauerrahm haben.

Ein Habenichts ist aus mir geworden, obwohl ich mein ganzes Leben gearbeitet hab.

Siehst du denn nicht, dass in meinem Stall alles leer ist, wo soll ich Sauerrahm herhaben.

Ich soll der Frau Fabius Sauerrahm für ihren Langosch geben, dass sie den lieben langen Tag mit der Frau Zielinszky in der großen Laube am Ufer Karten spielen können, sie gehen auf der Halbinsel spazieren, weil sie die gute Donaubrise brauchen, mit dem Sonnenschirm, damit sie keine Sommersprossen kriegen auf ihrer empfindlichen Haut, sie pflücken Blumen oder was zum Kuckuck sie ständig pflücken, jetzt kommt sie mit dem Okolicsányi her, zum Teufel sollen sie gehen, die kommen mit ihrem Automobil daher und fahren dann gemeinsam irgendwohin, dieses Herumfahren ist ihr Lebenszweck, oder die alte Frau Zielinszky kommt, am Stock, die Frau Mentes muss sie begleiten, ach, du Arme, fall mir nicht, die an jedem was zu mäkeln hat, dass so eine schwatzhafte Person aus Győr bei ihnen Hebamme ist, Gott soll ihr das ganzes Győr auf den Kopf scheißen, was soll ich nicht noch alles für euch machen in meinem langen Leben.

Zu wem zum Teufel soll ich euch noch begleiten auf der ganzen langen Úri utca.

Als sie die Backrohrtür öffnete, sah sie plötzlich aus den Augenwinkeln im Laubengang zwischen den Weinreben einen Schatten davonhuschen.

Und dann wollt ihr auch noch jedes Jahr einen Apfelstrudel von mir.

Die wurmigen werfe ich weg, klar, den mache ich aus angeschlagenen Äpfeln, das fällt dir gar nicht auf.

Sie macht ihn mit Nüssen, so wie im Vorjahr.

Das weißt du auch nicht, du damische Frau Fabius, dass ich nicht jedes Jahr Nüsse ernte.

Mit Nüssen vom Vorjahr mache ich ihn nicht, weil dann beschwerst du dich, dass die doch schon ranzig sind.

Sie wusste, mit was die Frau Fabius sich frisch machen wollte, sie ging ja jedes Jahr gleich zum Plumpsklo.

Ein wenig hatte sie sich beruhigt, wenigstens war es nicht die Hella mit dem Okolicsányi und den beiden Mördern, die vorbeirauschte.

Jeden einzelnen Sommer scheißt sie zu aller erst einmal in ihr Plumpsklo, das sie schön mit Stroh, duftendem Heu vorbereitet hat, dass ihre Feriengäste nicht jedes Jahr die viele verschrumpelte Scheiße sehen müssen.

Wenn ihnen mein Plumpsklo nicht gut genug ist, sollen sie woanders hingehen.

Warum ist die zimperliche Frau Fabius nicht auf dem Schiff scheißen gegangen.

Dort kann sie mit Flusswasser runterspülen. Vor dem Spiegel kann sie sich das Gesicht frisch machen.

Die brauchten das Frischmachen.

Und dann redete und redete das Kind Gottes, sie wurde nicht müde damit, Teres hin, Teres her, wie wunderschön sind Ihre Blumen, sie kann sie gar nicht genug bewundern, so duften sie, wenn sie sich im Garten umsieht.

Na klar siehst du die Blumen, du großartige Frau Fabius, du gehst ja gleich zu meinem Plumpsklo. Ich höre bis in die Küche, was du mir draußen veranstaltest.

Als hätte sie die Blumen nicht deshalb gepflanzt und eingesetzt, dass sie sich im hinteren Garten nach Herzenslust an ihnen erfreuen konnten und nicht die Hühnerscheiße riechen mussten, weil einen Hühnerstall kann man nicht so rein halten, dass er keinen Geruch hat, der Teufel soll solche vermaledeiten Menschen holen.

Dass sie sich nicht vielleicht ihre schönen, beringten Händchen schmutzig machen, mit der vielen Arbeit, die sie für sie erledigt.

Nicht nur die Damen, auch der Ritter Okolicsányi trägt seine Fingernägel wöchentlich zur Maniküre. Er fühlt sich nicht als ganzer Mensch, wenn er seine Maniküre und Pediküre nicht bekommt, richtig erneuert fühlt er sich durch sie, seine Schritte werden leichter.

Was der Okolicsányi alles redet, du liebe Scheiße. Bei uns schnipseln sich's die Männer mit dem Feitel weg, was denkst du, Ritter Okolicsányi. Oder die Nägel brechen von der vielen Arbeit ab, die sie in einem Jahr verrichten müssen, bauen, abreißen, sägen, Bäume fällen.

Aber an diesem Tag konnte Teres auch am Abend keine Ruhe finden.

Die Rosa kam, um ihr bereitwillig bei allem zu helfen, was Tereschen wegen der Feriengäste sonst allein hätte bewältigen müssen. Sie warf sie hinaus. Ich habe sie hinausgeworfen. Sie schien die Rosa, dieses Schlitzohr, gar nicht wirklich zu hören, sie soll sich davonscheren, auch dir, Rosa, fällt erst bei Sonnenuntergang ein, deinen Hintern zu bewegen.

Sie hätte auch früher kommen können.

Soll ihr die Rosa doch nicht immer lästig fallen.

Geh doch zum Teufel, Rosa, aber vorher iss noch den Rest von der Bohnensuppe auf.

Sie ist gut geworden und noch warm, ich geb sie dir gerne, ich hab auch was davon gegessen.

Den Herrschaften kann ich sie ja doch nicht noch mal servieren.

Dass sie jetzt auch noch diesen Taugenichts füttern soll, diese Rosa.

Sie hat ihr die Suppe in den Blechteller aufgetan.

Das war ihr noch lieber, als es den Schweinen in den Drank zu tun.

Auch der alten Katze musste sie was davon geben, falls sie noch nicht auf dem Dachboden krepiert war.

Dann kam die schreckliche Nacht, nachdem sie diesen Feriengästen zu Mittag und am Abend zu essen und zu trinken gegeben hatte, auch die Rosa hatte was bekommen, und auch der Katze war was geblieben, endlich konnte sie sich ausruhen und musste dann doch wieder wegen ihnen auf den Beinen sein, die ganze Nacht hatte sie alle Hände voll zu tun, wegen des Unwetters Fenster und Türen zu schließen, gerade war sie erst in dem großen Brausen eingeschlummert, als der Sturm schon wieder etwas aufriss, sie durfte aufspringen und laufen, einen Fensterladen hatte er losgerissen mit seiner Kraft, wer weiß, wo der viele Wind herkam, so etwas hatte sie noch nie erlebt, sogar die Tür vom Plumpsklo und vom Koben schlugen hin und her, vom Stall und vom Schuppen, als hätte sie die vielen Türen und Fenster von ihrem Haus gar nicht zugemacht.

Frau Fabius kreischte regelrecht vor Angst, während die Blitze zuckten, alle Türen, Läden und Fenster bebten, der Strom fiel aus, und ihr Sohn lachte nur, schlug im Bett um sich vor Vergnügen, man hörte im Dunkel, wie er auf die Decke eindrosch.

O weh, was wird das werden, was passiert jetzt mit uns, sie habe Angst vor dem Gewitter in dieser Dunkelheit, Teres soll doch etwas tun.

Himmelherrgott, ich habe auch Angst, trotzdem schrei ich nicht rum.

Teres möge eine Kerze bringen.

Aber in dieser Nacht schlug der Blitz bei uns immerzu in beide Donauarme ein, mitten in die große Donau hinein, knisternd in die kleine Donau, als wolle er nie mehr aufhören, als würde das viele Aufleuchten und Krachen nie mehr ein Ende finden.

Und aus der Dunkelheit schüttete es wie aus Eimern.

Niemand konnte sagen, wann es vorbei sein würde.

Wenn nur den Scheunen nichts passiert.

Soll es lieber ins Wasser einschlagen.

Wenn es doch endlich ein Ende hätte.

Schlussendlich wird dann doch der neue Tag still anbrechen.

Das Morgengrauen schien die Blitze auf dem Rücken des Donners nach Vác davonzutragen.

Da konnte auch Teres ein bisschen schlafen. Von der vielen Aufregung schlief sie so tief wie seit Tagen nicht.

Früh am Morgen schreckte sie gleich wieder aus ihrem tiefen Schlaf hoch, weil die Feriengäste im Laubengang mit dem Rollstuhl von dem Krüppel Krach machten, sie fuhren zur Frühmesse in ihre Kirche, und bis sie zurückkamen, musste sie das Frühstück bereiten, Milch holen, zum Bäcker gehen, die Milch aufkochen.

Den Morgen des ersten Tages hätte der Krüppel niemals versäumt, er trieb seine Mutter an, sie mögen doch endlich losgehen, damit sie bloß die Piroschka nicht verpassen.

Was natürlich niemand wissen konnte. Wie wichtig ihm war, die Piroschka nicht zu verpassen.

Sie beeilten sich, bloß nicht zu spät kommen, denn die Piroschka wartete das Ende der Messe oft nicht ab.

Sie kam fast immer zu spät, blieb dann aber sicher bis zum kleinen Läuten.

Wenn sie auf ihn gewartet hatte, streichelte sie ihn, küsste Mischikes hübsches Gesichtchen, sie beugte sich über seinen Rollstuhl, sodass er den Duft ihres Körpers wahrnahm und ihr in den Ausschnitt sah, was ihn entsetzlich verlegen machte, auch wenn es ihm äußerst gut gefiel, dass Piroschka solche Brüste hatte.

Er dachte häufig daran, wie sich ihre Brustwarzen unter der Bluse aufrichteten.

Aber Frau Fabius wäre nie auf die Idee gekommen, wie hätte sie auch an so etwas denken können.

Dass der Mischike auch im Winter fortwährend an Piroschkas Brüste dachte.

Niemand wäre auf die Idee gekommen, dass der Mischike derartige Geheimnisse hütete.

Darüber grübelte Teres gerade nach. Um was ging es da. Warum in aller Welt wollte der Krüppel mit seinem Klapperstuhl immer in die Frühmesse, sodass seine Mutter ihn in aller Eile hinschieben musste, die arme Frau Fabius, die alles für dieses Kind tat und vom vielen Abrackern kein Fleisch mehr auf den Rippen hatte.

Sie kam zu keinem Ergebnis.

Obwohl sie ganz vorsichtig nachfragte, aber sie wussten keine Antwort darauf oder wollten nicht antworten, so hinterfotzig, wie die Katholiken waren.

Warum sollen sie es so einer wie der Teres Vogelscheu sagen, selbst wenn sie es wüssten.

So viele Sterne stehen nicht am Himmel, wie es Nutten gibt.

Bei der heutigen Jugend ist es nicht mehr so wie zu unserer Zeit, damals hast du den Mund nicht aufgekriegt, der Bissen ist dir im Hals stecken geblieben, wenn du einen Burschen oder einen Mann erblickt hast.

Die Welt ist nicht mehr so, dass man sich das Maul zerreißen würde.

Dass eure Drecksmäuler von der Nutte nie genug haben.

Piroschka Mirák hätte ihre Jungfräulichkeit für kein Geld der Welt verloren, so einen Burschen gibt es gar nicht.

Von wo die Frauen es auch wussten, sie wussten es. Bei uns gibt es nichts, was wir nicht wüssten.

Es gibt keinen, auf den sie Lust hat. Dabei zieht sie sich so hübsch an.

Sie wunderten sich, was die Teres mit ihren Fragen will. Was sie immer alles wissen will.

Ausspionieren, was wir darüber denken.

Sie hat vier Morgenröcke, ob du es glaubst oder nicht, ich habe alle vier gesehen, wie sie sie angehabt hat, sie hat sie mir gezeigt, eine Kniehose hat sie, wie der Oberjäger von Visegrád, mit Hirschleder an den Knien, dazu ihre karierte Jacke, wo an den Ellbogen Hirschleder drangenäht ist, diese Schuhe, jene Leinenschuhe, rote Stöckelschuhe will sie anhaben, wenn die Burschen sie mit dem Auto in die Nixe nach Leányfalu mitnehmen, sie hat Reithosen, Fischerhosen, Sandalen, Reifröcke, Goiserer, Chevreauschuhe, nichts, was sie nicht hat.

Jetzt könnte sich aber wirklich schon mal wer ihr Dingsbums ansehen.

Diese Bürschchen kannst du vergessen, die haben kein Talent dafür.

Darauf kannst du lange warten, dass die es ihr besorgen.

Aber dann wurde es still, die Frauen redeten nicht mehr darüber. Sie wussten, warum sie schwiegen.

Frau Fabius sagte nur, Mischike würde keinen Sonntag in der Kirche versäumen.

Na gut, verdammt, aber jetzt ist Freitag und nicht Sonntag, Frau Fabius, wo zum Teufel geht ihr dann am Freitagmorgen hin.

Geht am Sonntag, nicht am Freitag.

Weil am Freitag frühmorgens ging sie die Milch für ihre Feriengäste holen, mit ihrer Kanne, die sie zuvor gründlich mit Soda ausgeschrubbt hatte, damit die Milch nicht sauer wurde, wenn sie mit der Kanne morgens über unsere Gänseweide ging, wo unser Hirte die Kühe drübertreibt, sie grummelte und fuchste sich, die alte Schachtel, diese Vogelscheuche, diese alte Hexe, die schon den ganzen Donnerstag in sich hineingekeift und gezürnt und alle mit ihren Flüchen überhäuft hatte.

Sie gehen ja auch jeden Sonntag auf dem Budapester Margaretenring zu den Franziskanern, aber sicher gehen sie.

Warum sollen sie auch nicht gehen.

Was will diese verfluchte Teres Vogelscheu schon wieder aus uns herauskriegen.

Sie hatten die Franziskaner noch nie ausstehen können, ihre Familie, die ganze große berühmte Familie Bellamy, die ungarische Verwandtschaft, die französische Verwandtschaft, die italienische Verwandtschaft, sie alle fühlten sich eher den Jesuiten zugehörig.

Sie konnte den Weg zu den Franziskanern auch abkürzen.

Wenigstens musste sie Mischike nicht den ganzen Margaretenring entlangschieben.

Kein Tag, an dem sie nicht mehrmals irgendwohin aufbrachen, die brachte Mischike in die Schule, in die Hilfsschule auf dem Margaretenring.

Sie mussten sogar im Regen gehen, denn Mischike wollte es so, an jedem Sonntag, auch im Schnee, Teres soll sich das mal vorstellen.

Manchmal räumen die faulen Hausmeister den Gehsteig nicht, und im tiefen Schnee ist das Schieben schwierig.

Dann gehen sie am Donaukai, diesen Weg können sie auch nehmen, denn dort räumt ihr eigener Hausmeister den Schnee ordentlich weg, Teres weiß es ja, sie ist mit Hella oft genug bei ihnen gewesen, über den ganzen großen Pálffy tér, die Kaserne entlang.

Warum es so war, wie es war, dazu konnte Frau Fabius nichts sagen. Warum nicht der heilige Franz von Assisi, warum lieber der heilige Ignatius von Loyola. Niemals hatte sie irgendwen darüber befragt. Wenn es nun mal in ihrer Familie so war, warum hätte sie fragen sollen.

Was in einer Familie einmal so ist, kann gar nicht mehr anders sein.

Wie auch Mischike für sie das kleine Kind geblieben ist, das die Jesuitenpadres wenigstens aus der Eisernen Lunge gerettet haben.

Denn seine selbständige Atmung hatte wieder eingesetzt.

Dank der jesuitischen Mönche hatte sich in der Baba út ein rechtes Wunder ereignet.

Mit ihren unermüdlichen Gebeten haben sie ein Wunder getan.

In ihrer Familie, sie weiß selbst nicht wieso, doch so erzählt man es sich bei ihnen, Teres kann es ihr glauben, die Jesuiten, niemand anderer, die Gesellschaft Jesu, das gefiel in ihrer Familie allen über die Maßen, sie unterhielten sich darüber, belächelten die Jesuiten deswegen, sie lachten, Compagnia di Gesù, Jesus soll eine ganze Kompanie haben, sie sind eine Gesellschaft, wie die Cosa Nostra, die Ndrangheta, die Sacra Corona Unita è per di più tutti gli altri mafiosi, und dann durften andere Orden sich in keiner Weise gegen sie auflehnen.

Sie haben an ihrem Sohn ein Wunder bewirkt.

Insgeheim schämte sie sich, dass sie trotzdem zu den Franziskanern auf dem Margaretenring ging und nicht in die Mária Magdaléna utca zu den Jesuiten, zu Exerzitien suchte sie die Jesuiten schon lange nicht mehr auf, sie ging nirgends mehr hin, wie soll sie ohne jede Hilfe Zeit finden, zum Exerzitienhaus zu fahren, wie könnte sie mit ihrem Kind dort hinkommen.

Wer würde den Rollstuhl in die Straßenbahn heben, wer würde bei der Baross utca beim Aussteigen helfen.

Es machte schon genügend Umstände und Mühe, wenn sie zur Kontrolle mit dem Rettungswagen in die Baba út auf den Berg hinauffahren mussten.

Was auch immer los war, bei Wind oder Regen, jeden lieben Tag musste sie ihr Kind zur Schule am Margaretenring schieben, die anno dazumal ebenfalls Teil des Franziskanerklosters gewesen war, bevor man ihnen sämtliche Schulen wegnahm.

Zu den Griechisch-Katholischen in die Fő utca konnte sie ja doch nicht gehen, so blieben nur die Franziskaner.

Ihre Familie ist eine französische, auch wenn es reichlich italienisches Blut bei ihnen gab, weil sie Savoyer und Piemonteser waren, doch Teres solle ihr glauben, alle, die von dort stammten, sind zu ungarischen Patrioten geworden.

In Wirklichkeit glaubte Teres gar nichts.

Sie glaubte kaum etwas.

Allerdings gab es schon Dinge, die sie glaubte.

Die Verwandten sagten, anscheinend gebe es keine stärkere Bindung auf der Welt als das Ungarntum.

Trotzdem eher nichts.

Obwohl die Frau Fabius alles immer ein wenig so erklärte, so zuvorkommend, als würde sie zu einem dümmlichen Kind sprechen und ihm lieber in einer dümmlichen Sprache zureden, nicht in der eigenen, bei weitem nicht so, wie sie mit ihren Freundinnen oder mit Mischike redete, als wolle sie Teres die überaus bedeutenden katholischen

Lehren schmackhaft machen, die sie in ihrem vollen Umfang selbst nicht verstand und die Teres schon gar nicht verstehen konnte.

Für unsere Dinge reicht ihr Verstand nicht.

Sie sprach mit ihrer kratzigen Stimme etwas lauter als nötig, so unterstrich sie ihre Worte, als wäre Teres für jeden grundlegenden ethischen Inhalt ein wenig taub.

Was Teres ohnehin von anderen Herrschaften gewohnt war, von Hella, die sich gleichfalls mit ihrer Einfachheit und Natürlichkeit hervortat, und davor von den beiden Professoren, dem Professor Hörömpöly und dem Professor Harz, bei ihren Verrückten.

Sie konnte sich fuchsen, dass sie bei Katholiken Dienst tun musste und ihre Feriengäste Katholiken waren, doch anscheinend hat es das Schicksal aus irgendeinem Grund so vorherbestimmt.

Obwohl doch die Várnagy größere Ungarn waren als Széchenyi.

Sie sah die betreffende Herrschaft nur mit großen, selbstbewussten Augen an, doch zu nicken wagte sie nicht.

Nicken wird sie keinesfalls.

Bei uns Calvinisten hätte das so ausgesehen, als würde sie annehmen, was die Papisten von ihr wollten, wenn du dich nur traust, zu dem, was sie sagen, zu nicken oder zu blinzeln.

Sie fragte sich niemals, warum es so gekommen war, dass die Katholiken alle so scheinheilig waren.

Wie konnten die Várnagy ihr scheinheiliges Getue gutheißen.

Mischike mit seinem gut gehüteten Geheimnis lachte nie in ihrer Kirche.

Auch die genüsslichen oder ärgerlichen kleinen Röchellaute, mit denen er seine Mutter den ganzen Tag dirigierte, kamen nicht aus seiner Kehle. Frau Fabius verstand jeden Muckser ihres Kindes, wie auch nicht. In der Kirche schlug er sich auch nicht so auf den Kopf wie sonst. Die Nähe von Jesus Christus beruhigte ihn.

Frau Fabius bemerkte, dass sie ihm in der Kirche den Speichel weniger oft vom schiefen Mund wischen musste, so ruhig saß er im Rollstuhl.

Dort lag immer eine alte Windel, die zog sie hervor, wischte Mischike damit ab und legte sie zurück. Dazu war die Windel da. Er schnitt nicht mehr seine Teufelsfratzen und machte keine Zwangsbewegungen. Selbst an seinen Augenbewegungen hätte niemand erkennen können, dass er Piroschka suchte oder sein Blick auf ihr verharrte, wenn er sie endlich gefunden hatte oder sie verspätet endlich eintraf und eilig nach vorne ging und er ihr mit dem Blick folgte und sich dabei fast den Hals verrenkte.

Er wusste im Voraus, dass er sie finden würde, er nahm wahr, spürte, wo sie war, wo sie herkam, selbst ihre Brüste spürte er durch die Kleidung hindurch, alles von ihr, ihren Schoß, er musste gar nicht hinsehen.

In der Kirche war es ihre unausgesprochene Abmachung, dass sie ihn entdecken musste.

An Sonntagmorgen im Winter kam Piroschka seinetwegen manchmal zum Margaretenring, zu den Franziskanern.

Sie kam selten dorthin, das ist wahr, seine Geduld wurde auf eine harte Probe gestellt, denn sie ging sonst in die Heiligen-Geist-Kirche der Theresienstadt, aber wenn sie dann doch einmal zu den Franziskanern kam, dann erkennbar seinetwegen, wegen Mischike.

An Mischike musste sie auch im Winter oft denken. Im Herbst nicht, da war sie zu sehr mit der Hochschule beschäftigt, mit ihrem Studium, dem Stundenplan, wann welches Seminar, welche Vorlesung stattfand, in welchem Lehrgang und ob die nötige Anzahl Stunden erreicht war, doch sobald sich die Unterrichtsroutine eingestellt hatte, fragte sie sich, wie es wohl Mischike ging.

Am frühen Morgen haben bei uns alle mit den vielen Tieren zu tun, melken, hinaustreiben, oder sie gehen noch vor Sonnenaufgang den Trampelpfad zur Kolchose hinaus, dass Gott sie mit dem Blitz erschlage, diese Pächter, dass wir mit denen kommunisieren müssen, auf dem Sechsklafterweg oder auf dem mittleren Feldweg wieseln die Frauen hinaus auf den Berg, manche bleiben auf den staatlichen Äckern zurück, wer mit dem Fenchel oder weiß der Teufel mit was rummachen muss, unsere Kirche ist auch gar nicht groß.

Dort war es für sie nicht schwer, einander zu finden.

Trotzdem blieb das unter allen Umständen ihre wichtigste geheime Spielregel.

Den anderen nicht sofort zu bemerken.

Eine Übertreibung, wenn ich sage, dass es bei uns ein halbes Dutzend von diesen alten, stinkigen Krähen gibt, die kaum mehr laufen können, grad noch mit dem Stock, sie halten sich aneinander fest, nennen sich beim Namen, he Erschi, he Rosi, weißt du denn, na klar weiß ich's, sie kommen mit ihren Klagen, wie es früher bei uns war, und wie die jungen Frauen auf sie hindreschen, nicht mal ein Frühstück bekommen sie von ihnen, keinen Bissen. Jeden Morgen sitzen sie zusammengekauert bei der Frühmesse von Pater Jónás, fernbleiben wollen sie auf keinen Fall.

Piroschka ging im Kirchenschiff immer weit nach vorne, nicht in die erste Reihe, das nicht, dort saßen die Krähen, aber in die zweite.

Warum hätte sie sich dort umdrehen sollen.

Zuerst schob Frau Fabius ihr Kind zu der gemeißelten Säule mit dem Weihwasserbecken, die viel älter war als die Kirche, dann blieb sie mit dem surrenden Rollstuhl neben der letzten Reihe stehen.

Die Geräusche des Rollstuhls waren so leise, dass selbst die vielen Gewölbe und die Kassettendecke sie kaum verstärkten.

Von dort konnte Mischike, wenn es still wurde und nur noch Pater Jónás zu hören war, die Piroschka ansehen, ihr Haar, ihre Kleidung, alles von ihr, im Winter bei den Franziskanern in Buda betrachtete er ihren schönen Pelzkragen, einen Silberfuchs, und wie wegen der Schneeflocken jedes einzelne Haar in die Höhe stand und glitzerte und das Glitzern die Piroschka ins Licht tauchte, im Sommer bei Pater Jónás betrachtete er ihren bloßen Nacken, wenn sie ihr üppiges Haar wegen des Schwimmens zu einem Knoten gebunden hatte.

An ihrem nackten Hals die einzelnen freien, sich kräuselnden Haare. Mischike schien ihren schlanken Hals wie mit der Seele zu umschweben und jedes einzelne Haar eigens zu registrieren, zu bewundern, seine Windungen bis zur Wurzel zu verfolgen.

Anscheinend konnte er von dort mit der Seele besser sehen als mit den Augen. Wenn dann alle vier Monate der Rettungswagen ihn und seine Mutter abholen kam, um sie zu Professor Béla Emil Berencsényi in die Baba út zu bringen, nahm der Professor bei dieser regelmäßigen Kontrolluntersuchung seit einiger Zeit das Geschlechtsorgan des nackt daliegenden Kindes erschreckt in Augenschein.

Vielleicht war es das einzige Organ seines Körpers, das die Poliomyelitis nicht angetastet und später auch in der hormonellen Entwicklung nicht behindert hatte.

Den Professor überkam ein heiliges Erschauern, das seinen Wissensdrang weder anstachelte noch bremste.

Was wird daraus noch werden.

Diesem Phänomen will er nicht nachgehen müssen.

Das war nicht seine Kompetenz, eine Frage für die Endokrinologie und die Urologie.

Dennoch erwies er Frau Fabius jedes Mal eine über das Übliche hinausgehende Anteilnahme und Aufmerksamkeit, wenn er die Fortschritte des Jungen lobte.

Aus Rücksicht sprach er von Fortschritten.

Erfahrungsgemäß ließ sich kaum mehr sagen, als dass sein Zustand sich eine Zeit lang, wir wissen nicht wie lange, nicht verschlechterte, auch wenn er sich aller Wahrscheinlichkeit nach nicht verbessern würde.

Der Muskelschwund war eindeutig progredient.

An jenem Morgen wandte sich Piroschka ein wenig um.

Wo ist er.

Sie blickte aus dem Licht ins Halbdunkel, sie tat nicht nur so, als würde sie Mischike nicht sehen, sondern sie sah ihn tatsächlich nicht, wie konnte sie dann annehmen, dass er hier war.

Was man nicht weiß, das bemerkt man auch nicht. Am Morgen um diese Zeit fällt das Licht bei uns in der Kirche auf den Altar und die beiden ersten Reihen, die hinteren Reihen bekommen kaum etwas davon ab.

Die unwirklichen Lichtstrahlen und das unwahrscheinlich tiefe Dunkel geben den Morgenmessen ihre Schönheit und ihre Erhabenheit.

Sie sah ihn wirklich nicht, das viele Licht schon am frühen Morgen hatte sie geblendet.

Gelegentlich spielten sie beide mit trügerischen Möglichkeiten, mit der Blindheit, dem Inkognito der Dunkelheit, mit dem Anschein der Zerstreutheit und Unaufmerksamkeit.

Damit die frühmorgendliche Aufregung sich noch steigerte.

Wieder ist Sommer, beide sind sie hier, sie gehen ihm entgegen, jonglieren mit ihm am Rand von Dunkelheit und Licht. Und die Spannung konnte sich so weit steigern, dass die Piroschka, als Mischike im Winter eines schönen Sonntags bei den Franziskanern das Gefühl hatte, das Warten nicht mehr auszuhalten, die Wiederholungen und die Monotonie nicht mehr zu ertragen, als die Phantasie ihm nicht mehr weiterhalf, es war nun doch zu viel, was er sich vorstellte, viel mehr als gut ist, es wäre allerhöchste Zeit, dass Piroschka kam, denn es konnte nicht sein, dass sie nicht kam, dass sie ihn im Stich ließ, ihn nicht liebte, ihn vernachlässigte, er musste ausbrechen, er musste aufstehen und gehen, vielleicht sogar über das Wasser gehen, es konnte nicht sein, dass dann die Piroschka aus der Hajós utca nicht in die Heiligen-Geist-Kirche ging, nicht in die Nagymező utca, wie sonst jeden Sonntag, sondern es sich unterwegs anders überlegte, beim Oktogon in die Straßenbahn stieg und im größten Regen oder Schneefall mit einiger Verspätung auf dem Margaretenring bei den Franziskanern ankam.

Heute Morgen jedoch, obwohl sie nichts wissen konnte,

gar nichts, musste sie sich dennoch umwenden und gleich noch einmal, denn sie spürte irgendwie, auch wenn das gar nicht möglich war, Mischike ist hier.

Aber warum soll man so etwas glauben, so einem versprengten Gefühl.

Seine Gegenwart traf sie trotzdem völlig unvorbereitet. Wie wenn jemand mit seinen sündigen Gedanken öffentlich ertappt wird und gezüchtigt werden soll.

Jetzt hast du dich verplappert, meine Beste. Wie in ihrer Familie die Frauen einander lautstark nannten, hör mal gut zu, junge Dame, was für eine junge Dame.

Eine gnädige Frau hackt der anderen kein Auge aus, so sehr verachtet sie sie.

Im günstigen Fall.

In der Familie Mirák hatten die gnädigen Frauen viel zu lachen.

Sie wusste nichts davon, dass Frau Fabius mit ihrem Kind dieses Jahr viel früher angekommen war.

Wie hätte sie an Mischike denken können. Sie war doch wegen Imre so früh hier. Imre nahm ihre ganze Phantasie in Anspruch.

Als sie eintrat, sah sie den Ministranten am Altar mit den Devotionalien hantieren.

Es gab kaum einen Sommermorgen, an dem sie nicht wegen Pater Jónás zur Frühmesse gekommen wäre. Es hätte sie geschmerzt, dass er die Messe fast allein lesen musste, während sie ihr widerspenstiges Haar kämmte.

Wie es Pater Jónás auch im Winter häufig passierte.

Wenn die alten stinkigen Krähen nicht kamen, weil der Schnee zu tief war.

Piroschka stand auch sonst früh auf. Vor allem um

schwimmen zu gehen. Sie schwamm bis zur Schiffsstation hinunter, oder sie ging auf dem feinen Schotter des Ufers ein gutes Stück stromaufwärts, von dort schwamm sie dann zum einstigen Familienbesitz zurück.

Der inzwischen gründlich beschnitten worden war, einen richtigen Besitz hatte niemand mehr, nur wurde er bei uns trotzdem so genannt. In Wahrheit hatte ihn die Familie selbst rechtzeitig zusammengestutzt, freiwillig. Sobald sie Wind davon bekommen hatten, was sich hier ereignen würde, hatten sie den Besitz unter den Familienmitgliedern aufgeteilt. Sie zerstückelten, parzellierten ihn, verkauften Teile. Sie stellten Zäune zwischen ihren Grundstücken auf. Alles nur, um den Familienbesitz nicht wegen seiner Größe zu verlieren. In Wirklichkeit war das Zerstückeln schmerzlich und schmachvoll. Doch der Kern des Besitzes hinter der massiven Steinmauer mit dem großen Fachwerkhaus und der teilweise offenen und geschlossenen Veranda, den Arkaden und der Terrasse, dem separaten Atelier und der mit Holzschindeln gedeckten, sechseckigen Laube hoch über dem Ufer blieb ihnen zum Glück erhalten.

Gelegentlich, wenn sie ein Bedürfnis nach kraftvollerer Bewegung hatte, ging sie nicht stromaufwärts, sondern schwamm mit schnellen Zügen zum anderen Ufer hinüber. Um ihre gegen die Strömung arbeitenden Muskeln zu spüren. Gleich am frühen Morgen ein wenig gruselige Aufregung zwischen, über den Strudeln. Nach einigem Keuchen ging sie dann am anderen Ufer flussaufwärts, nur ein Stück weit, denn auf dieser Seite wurde das Ufer bald steil und steinig, die Wasserbehörde hatte von der Landstraße nach Visegrád riesige Basaltsteine hinabgekippt, der Fluss soll die Fundamente der Straße nicht unterspülen, seinen

Schlamm und alles, was er mit sich führte, auf der Insel abladen, schließlich stieg sie zwischen den gefährlich scharfen Steinen wieder ins Wasser und schwamm zurück auf die andere Seite, auch jetzt in zügigem Tempo, um nicht abgetrieben zu werden.

Wegen der Strudel durfte sie das auch gar nicht. Sie musste der Strömung Widerstand leisten, auch wenn diese stärker war als sie, um das Ufer dann doch haargenau bei der Treppe der mächtigen Steinmauer zu erreichen.

Nicht jedes Mal gelang das auch.

Bei uns ist das Ufer unter den Weiden sehr schlammig, auch in Dürrezeiten, wie in diesem Jahr, blauer Schlamm trocknet nie ganz aus. Im Schatten der Weiden gediehen Algen und Schlingpflanzen, sie schaukelten, wiegten sich im seichten, schwappenden Wasser.

Die Kalkulation der Wasserbauingenieure hatte sich als richtig erwiesen, die Strömung schwemmte lockeres Material an.

Doch heute hatte sie wegen Imre keine Geduld, sie schwamm kürzer.

Sie konnte es kaum erwarten, bei Pater Jónás in seiner Kirche zu sein.

Ein Stück oberhalb der Fährstation am Ufer des großen Donauarms hatte sie ihre eigene Kirche.

Ihre Kirche war eine einzelnstehende, gewaltige Pappel.

Tief empfundene, zuweilen inbrünstige Gebete behielt sie dem Kirchenbaum vor.

Er stand auf dem Hügel, einer kleinen Erhebung über dem steil abfallenden Ufer.

Mit seinen sich ständig ausbreitenden Wurzeln musste er sich im lockeren Sediment festklammern, sodass sein runzeliges und wulstiges Wurzelwerk jedes Jahr ein wenig mehr aus dem Untergrund hervortrat.

Keine günstige Entwicklung, denn er war starken Winden ausgesetzt, doch eine andere Wahl hatte er nicht, ohne das Wachstum seiner Wurzeln wäre die Uferböschung mitsamt dem Hügel unter ihm weggebrochen.

Es war übermenschlich, was der Baum mit seinem Wurzelwerk und seinem nach Gleichgewicht trachtenden Selbstbewusstsein vollbrachte, doch seine Logik war nicht übernatürlich.

Hin und wieder besuchte sie ihn heimlich, sie bemühte sich ja selbst, ihre Besuche einzuschränken.

Mit der zärtlichen Verehrung und der heidnischen Bewunderung, die sie für ihren Kirchenbaum hegte, schien sie sich an eine längst versunkene Naturreligion zu erinnern, deren Anhängerin sie in Zeiten, die vor ihrer Erinnerung lagen, gewesen sein mochte.

Auch das blieb für alle Zeit geheim.

In der Terminologie ihres Fachs war sie eine Dendromanin.

Sie war über sich selbst amüsiert.

Pappeln haben wirklich kein langes Leben.

Dieser außergewöhnliche Baum war wohl ein Greis unter den Pappeln. Seine Blätter waren überdurchschnittlich groß und fleischig, was zu seinen schützenden Eigentümlichkeiten zählen mochte, sein Laub war weniger leicht und silbrig, irgendwie reicher an Chlorophyll, tiefer grün, wesentlich ausladender als normal, im Einklang mit seinem ausgedehnten Wurzelwerk.

Wenn meine Krone größer ist, brauche ich mehr Wurzeln, um mich im Nordwind auf dieser verflucht hohen Uferböschung zu halten.

Deshalb war die sanfte Musik seiner Blätter auch dann zu hören, wenn sich kein Windhauch regte. Also würden die langen, wendigen Zweige die Richtung und die Kraft der Luftbewegungen vermelden, er säuselte in sich hinein, damit die Wurzeln wussten, wohin sie im Interesse der gemeinsamen Sicherheit wachsen und sich ausdehnen sollen.

Sie wollte von Pater Jónás wissen, was am Vortag geschehen war.

Im Halbdunkel Mischikes kariertes Hemd zu sehen, traf sie wie ein Schlag in die Magengrube.

Als wäre sie an Mischikes Stelle wegen Imre brennend eifersüchtig auf sich selbst.

Das gibt es doch nicht.

In was für lächerliche Gefühlskomplikationen man sich hineintreibt, was für ein fachlicher Doppelsalto, den ich mal für andere, mal für mich selbst vollführe.

Ihretwegen musste sie sich vor sich selbst rechtfertigen.

Sie amüsierte sich über sich selbst, lachte vor sich hin, auch wenn sie gar nicht viel Grund zur Heiterkeit hatte.

Ich treibe ein riskantes Spiel mit hilflosen Menschen und hätte allen Grund gehabt, mich vor dem schönen Riesen vom Zwerglein in Acht zu nehmen.

Der Atem stockte ihr bei dem Gedanken, dass er ihr beim Entkleiden zugesehen hatte, und sie konnte keinen Zweifel daran haben, was für einen Anschlag er auf sie plante.

Schon vergangenen Sommer hatte sie Mischike ihrer eigenen überschäumenden Phantasie wegen noch mehr unter ihre Fittiche nehmen müssen.

Wie konnte sie in ein schwer behindertes Kind verliebt

sein und zugleich in einen potenziellen oder bereits aktiven Verbrecher. Was für eine Verliebtheit konnte das sein.

Wie kann sie denn verliebt sein, wo sie ja noch in jemanden verliebt war.

Ich bin kalt wie ein Eiszapfen.

Sie ist noch nie verliebt gewesen, wie kann sie dann von der Liebe wissen, auf diese Frage hatte sie natürlich keine Antwort. Wie auch der Kirchenbaum am Ufer keine Fragen stellen konnte, er konnte höchstens etwas an seinen Wurzeln korrigieren, um nicht zu viele Blätter zu kriegen und die Uferböschung zu sprengen. Dennoch zeugten alle seine Lebensäußerungen davon, dass er Dinge wusste, die dem Wissen eigentlich nicht zugänglich waren.

Was wäre, wenn.

In sich selbst verliebt war sie am allerwenigsten, aus fachlicher Perspektive musste sie natürlich auch diese heikle Frage prüfen.

Die narzisstische Selbstliebe, mit ihrer ganzen magischen, mythologischen und spirituellen Ökonomie.

Obwohl sie im Grunde genommen nicht den geringsten Zweifel daran hatte, dass diese Tragik sie einholen würde.

Sie versuchte lediglich aufzuhalten, wofür sie persönlich keine Verantwortung trug, auch wenn sie ein Teil davon geworden war.

Sie wusste weder wie noch wann sie würde ausweichen können. Sie fürchtete sich weder davor, noch freute sie sich über diese vorsorglich formulierte Rechtfertigung.

Sie bedauerte sich nicht, sie sah sich nicht als tragische Heldin oder als Opfer.

Doch sie wusste genau, sie würde sich niemals verlieben.

Sie wollte anscheinend von vornherein jeder Zeremonie

und jedem Ritual des Werbens aus dem Weg gehen, und sie nahm diese instinktive Ablehnung an sich selbst wahr. Diese Wahrnehmung wurde ihr Richtmaß. Jede echte oder vermeintliche Gelegenheit oder auch nur ein vielversprechender Blick scheiterte daran, verging und erlosch.

Sie wollte sich auf keinen rituellen Paarungstanz einlassen. Einerlei, ob er ihr sehr raffiniert oder aber viel zu direkt vorkam.

Die Dualität von Ja und Nein störte ihr der Spiritualität zugewandtes Denken.

So einfach war das mit ihr.

Bei diesem dummen Wechselspiel der Liebe macht sie nicht mit. Wenn ja, warum dann nein, und wenn nein, warum dann ja.

Für derlei Blödsinn fühlte sie sich dann doch nicht infantil genug. Besser sollte sie in einen richtigen Orden eintreten, in einen provenzalischen, den hatte sie sich schon ausgesucht. Gleichzeitig fühlte sie sich von der lächerlichen jungen Person, die in ihr waltete, ermuntert, sich doch auf irgendein Spiel einzulassen, egal wie und mit wem, doch es ging einfach nicht, ob lächerlich oder nicht, sie war mit bitterem Ernst auf den Einschlag der Wechselseitigkeit aus.

Es müsste schon ein *coup de foudre* sein.

Sie wünschte sich einen tobenden Sturm, der sie endlich mitreißen würde, weiter nichts, aber weniger bitte auch nicht.

In solchen Wünschen begegnen sich nur meine krankhafte Nüchternheit und mein ramponierter Narzissmus, dachte sie mit ermatteter Selbstironie, um sich vor den eigenen Augen über sich selbst lustig machen zu können.

Da schien sie es plötzlich mit einem ausgereiften suizidalen Trieb zu tun zu haben.

Gleich sah sie alle ihre Wünsche und Triebregungen in reflektierter Form, damit sie nicht tun konnte, was sie auch auf keinen Fall tun wollte.

Um wenigstens das letzte Restchen eines verbliebenen Narzissmus zu durchleuchten.

Woher hätte sie sonst wissen sollen, wie es um sie bestellt war, wenn sie nun mal so war oder wer weiß warum so geworden war.

Im Grunde blieb ihr nur noch eine einzige Frage übrig, was soll mit mir werden, was hast du mit mir vor, lieber Gott.

Auch wenn sie eine echte, tiefe, gefährliche Zuneigung zu dem Kind in sich nährte und sich von ihm angezogen fühlte.

Was nährte diese gefährliche Anziehung.

Bei ihr brauchte es keine Nahrung.

Im Gegenteil, mit ihren emphatischen Fähigkeiten, notabene mit purer Anteilnahme war sie gründlich versorgt, ihre Person ernährte sich reichlich davon, was durch ihren künftigen Beruf weder vertieft noch wie ein Knoten einfach gelöst werden konnte, ein Beruf, den sie weder von Júlia Sármány noch von sich selbst vollständig erlernt hatte und mit dem sie sicher auch niemals einig werden würde.

Wer konnte schon wissen, was das Ganze ausmachte.

Sie stand gänzlich außerhalb von dem, was sie dachte und tat. So war sie geboren, so und nicht anders. Nichts, um sich damit zu brüsten, nichts, um damit zu diskutieren. Es war nicht ihr Verdienst. Zugleich etwas mehr als man selbst zu sein und auch wesentlich weniger als das Mehr.

Das Optimum niemals erreichen. Wesentlich mehr investieren, als sich gemäß geschäftlicher Kalkulation bezahlt machen würde, und keine Gegenleistung oder Belohnung erwarten, dafür sicher nicht.

Mehr noch, jedes auf Gewinn ausgerichtete Angebot von vornherein ablehnen.

Sie durchschaute, wie die eine Hälfte ihrer Seele sich mit der größten Gemütsruhe von der anderen Hälfte nährte.

Wie ihr fachliches und ihr ziviles Selbstbewusstsein sich in ihrer streng kontrollierten und gezügelten Sinnlichkeit berührten und mit dieser gewissen Person eins wurden, die sich letzten Endes außerhalb ihrer Kontrolle befand.

Es vertiefte sie, wie die Strömung das Flussbett, beschädigte und formte sie. Vielleicht hatte sie gerade deshalb vor, Heilpädagogin zu werden, aus keinem anderen Grund. Sie hatte gar nichts vor. Deshalb hatte sie das schmeichelhafte Angebot von Sármány ohne Umschweife abgelehnt.

Obwohl ihre Entscheidung mitnichten endgültig war.

Sie lachte über sich, dass sie Sármány nein gesagt hatte, aber so verliebt, dass daraus jederzeit ein Ja werden könnte.

Sie wird das Fach nicht wechseln.

Vielleicht wird sie das Fach doch nicht wechseln.

Ich will nicht Forensikerin werden.

Sie interessierte sich weder für die Obduktion noch für den kriminellen Wahnsinn, obwohl sie zweifellos einen aufmerksamen Blick dafür hatte.

Doch nein, auf keinen Fall, denn über jeden diagnostischen Scharfblick hinaus war sie einzig darauf neugierig, wie sie bei den immer mehrfach traumatisierten Individuen mit den erworbenen oder erlernbaren Methoden ein optimales Ergebnis erzielen konnte. Wie die Traumata miteinander zusammenhängen. Nur die Neugier trieb sie an, die allerdings nicht der Inventarisierung, Klassifizierung und sicheren Archivierung von Fällen galt.

Bei Mischike funktionierte ihre fachliche und zivile Ökonomie umgekehrt wie bei Imre, wo sie eben nicht funktionierte.

Ihm gegenüber löste sich fast jeder fachliche Instinkt in Luft auf.

Bei Imre funktionierte einzig ihr ziviler Fluchtinstinkt, ihn zu ignorieren, abzuschieben, weiterzugeben, ihn sogar in Gedanken zu verdrängen.

Mischikes Gehirn, sein Verstand, sein Denken, sein Satzbau, sein immer zu Späßen, zu Skepsis und zu Zynismus bereiter Wortgebrauch erschien dagegen wie ein gut geschliffener Antwerpener Diamant, den noch nie jemand ins Schaufenster gelegt oder beim Wiener Opernball getragen hat.

Was sich kaum jemals ändern würde.

Wir wissen nicht, warum er so geworden ist.

Außer ihr hätte vielleicht niemand ihn je bemerkt.

Sie jubelte geradezu, wenn sie ihn sah.

Allein sein Duft erinnerte sie an andere Heine-Medin-Kranke.

In den Augen anderer war Mischike ein Fall, ohne Zweifel. Außer ihr konnte vielleicht nur noch seine Mutter von ihm als Fall abstrahieren. Mischike las enorm viel, wesentlich mehr noch als sie, vor allem las er irrsinnig schnell, er schien einen Blick auf die Seite zu werfen, und schon hatte er sie gelesen. Weniger Romane als Mathematik, Physik, vor allem Schachliteratur und Geometrie, mal

Schundromane, mal *Leben und Ansichten von Tristram Shandy, Gentleman* von Laurence Sterne. Aus Schachzeitschriften und Büchern, die aus Antiquariaten stammten, lernte er ganz nebenbei Englisch und Deutsch, zumindest hatte er einen deutlichen Begriff von diesen Sprachen. Voriges Jahr hatte er Piroschka am Ufer die Heisenbergsche Unschärferelation und Einsteins Relativitätstheorie erklärt, begleitet von glücklichem Kichern, Um-sich-Schlagen, entsetzlichen Zuckungen und ständigem Spucken, mit seiner kaum verständlichen, gepressten, kehligen Stimme, die Piroschka ohne Schwierigkeiten genauso gut verstand wie Frau Fabius.

Mischike fand beide Theorien außerordentlich amüsant. Amüsant, dass die Erforschbarkeit der Materie begrenzt ist. Erst dann können wir ihre Materialität zum Gegenstand der Forschung machen, wenn wir hinsichtlich ihrer Struktur einen anderen Weg einschlagen. Doch auch das hat seine Grenzen. Keine Materie, die keine Grenzen hätte. Nicht eine, zahllose Grenzen. Höchstwahrscheinlich ist nicht die Materie das Erste, sondern die Struktur der Materie, auf die jede Materie oder Art von Materie aufbaut. Auch darüber lachte er schallend, dass das Universum keinen stabilen Punkt haben soll, von dem aus wir die Bewegungsgeschwindigkeit und -richtung der Himmelskörper mit Sicherheit beurteilen könnten, denn dann wäre die erkannte Struktur ein Teil des unbekannten Ganzen. Tatsachen gibt es vermutlich gar nicht. Sie nehmen einen Raum ineinander ein. Im Universum existieren offensichtlich nur Relationen. Jeder ist eine Variante, doch gemeinsam mit seinen Eigenheiten in ein fremdes Ganzes eingebunden. Überschäumend war seine Freude über die Unendlichkeit der Relationen und Varianten. Niemals würden wir alle Relationen von allen Dingen verstehen und inventarisieren. Er schlug sich auf den Kopf, mit verschränkten Händen drückte er seinen vom Lachen schmerzenden Bauch, mit seinem Speichel, manchmal mit seinem Rotz spuckte er aus, dass es noch immer keinen ausreichenden Grund zu einer weltumfassenden Skepsis gebe.

Vor Lachen fiel er fast aus dem Rollstuhl.

Piroschka lachte ausgelassen mit, ob sie ihm folgen konnte oder nicht, gerade verstand sie ihn nicht mehr, dennoch machte sie vor Lachen fast in die Hose.

Bei alledem war klar, dass zwischen dem einander entlockten Übermut und dem Liebesakt nur ein gradueller Unterschied besteht.

Mischike studierte in einem fort Schachpartien.

Die Partien von Spasski, aufgrund deren er auch schon ein bisschen Russisch verstand, die Partien von Großmeister Szabó, vor allem aber die von Bobby Fischer, währenddessen er mit einem in jeder Hinsicht ungeeigneten Orion-Magnetophon und einem noch ungeeigneteren russischen Taschenplattenspieler, die seine Mutter von dem bisschen Geld gekauft hatte, das ihr die Wiener Verwandten schickten, Glenn Gould hörte. Denn es schien ihm, als wären die beiden Personen identisch.

Diese Person namens Gould schien über die gleiche unruhige, reizbare Substanz zu verfügen wie die Person, die den Namen Fischer trug, und beide vereinigen sich in dieser Substanz.

Obwohl ihm wegen seiner Hypermotorik sogar das selbständige Aufstellen der Figuren schwergefallen wäre. Er musste die Mutter bitten, die Nadel auf die Platte zu setzen. Zwar war das Brett in ihrem verbliebenen großen Zimmer immer irgendwo in Sichtweite, er musste mit dem Rollstuhl, den er von den Wiener Verwandten bekommen hatte, nur heranfahren, doch meistens spielte er blind.

Auch mit Piroschka spielte er unten am Ufer blind.

Sie musste sich mit dem Brett in den Schatten des Rollstuhls zurückziehen, auf ihr weißes Handtuch.

Damit sie einander nicht sahen.

Aus seinem dem Strom zugewandten Rollstuhl sagte Mischike die Züge an, während er zuckte, Späße machte, babbelte, sprühte und wegen Piroschkas Langsamkeit oder unendlicher Dummheit ständig schmollte, manchmal schrie er ins Nichts hinein, und die Berge antworteten vom anderen Ufer.

In einer anderen Stellung wieder, als Piroschka etwas wirklich Geistreiches und Gefährliches unternommen hatte, natürlich unwillentlich, denn in Wirklichkeit verstand sie dieses ganze Schachspiel nicht, befahl er in einer plötzlichen Gefühlsaufwallung, das Brett doch wieder vor den Rollstuhl zu platzieren, sich gefährlich hinauslehnend, ließ er Piroschka die Position von eben aufstellen, um nun die Figuren in ihrer physischen Wirklichkeit zu sehen und auch Piroschka zu sehen.

Sie siezend und schimpfend, putzte er sie herunter, nannte sie dumm.

Was er als Scherz meinte, war echte Wut. Es sah nur so aus wie eine plötzliche Aufregung.

In Wirklichkeit schaltete seine Konzentration auf eine höhere Stufe, wodurch seine Liebe an Tiefe gewann.

Seine unwillkürliche Aufmerksamkeit schmiegte sich so sehr an einen einzigen Gegenstand, dass höchstwahrscheinlich die kognitive Steuerung die Bewegungskoordination übernahm und die heftige Hypermotorik abbremste.

Dann konnte er die Figuren, ohne dabei gleich aus dem Rollstuhl zu fallen, mit zwei Fingern sachte und so schnell aufstellen wie ein professioneller Schachspieler, der sein ganzes Leben im Bannkreis des Schachbretts zubringt.

Bei solchen Gelegenheiten beobachtete Piroschka, während sie ihn mit geweiteten Augen unverwandt und einfach dumm ansah, das Phänomen des Aussetzens der Hypermotorik, sie konnte nicht übersehen, was für schöne Hände dieses Kind hatte oder gehabt hätte, und sie sinnierte ganz beiläufig über die erotische Rolle der Hand. Sie musste daran denken, dass gegenüber dem physiologischen Standpunkt von Sármány oder im Einklang mit oder im Widerspruch zu ihrer jungianischen Charakterologie, doch Pető recht hatte mit seiner fürchterlich dilettantischen, genialen Idee, mit seiner konduktiven bewegungspädagogischen Methode, und dann müsste sie nicht das Fach wechseln, sondern mit fliegenden Fahnen zu Pető überlaufen und bei ihm als konduktive Pädagogin mitarbeiten.

Solch ein ungeheuerlicher Verrat würde Sármány ins Herz treffen.

Allerdings hatte sie einen Widerwillen gegen Pető, sie hätte nicht bei ihm arbeiten können, die Deformation seines Körpers gehörte zu den seltenen Fällen, deren Anblick sie nicht ertragen konnte, oder wegen dieses Anblicks fiel es ihr äußerst schwer, ihn als Person anzuhören. An Sármány vergötterte sie alles. Ihren durch die Deportation geschundenen, erniedrigten Körper, ihr bis zur Erschöpfung ermüdetes Gemüt, die wirre Frisur, die von Beeinträchtigungen und verstiegenen gedanklichen Abenteuern gezeichneten Gesichtszüge.

Auch ihren zurückhaltenden Kleidungsstil, das stumpfe Grau, ihre demonstrative Schmucklosigkeit vergötterte sie, ihr ganzes fest unter Verschluss gehaltenes, wortkarges Sein.

Mischike fasste alles mit größter Schnelligkeit auf, er hatte nicht nur ein fotografisches Gedächtnis, was eher die Autisten auszeichnet, sondern löste auch jeden einzelnen Gegenstand und jedes Phänomen sofort in seine Farben auf, um nicht seine schillernde Oberfläche, sondern seinen Ursprung zu fassen zu kriegen, die Substanz an sich zu begreifen.

Er schien nicht nur zu sehen, es war, als würden die Gegenstände und seine Bewusstseinsinhalte mit ihren gedanklichen Strukturen in einem mehrdimensionalen Raum vor ihm erscheinen.

Piroschka wiederum konnte Krankheiten in ihren Entwicklungsstadien nicht allein mit ihrem Wissen, sondern auch mit ihrem Geruchssinn erfassen, darin war sie unschlagbar.

Sie nahm zugleich Substanz und Intensität wahr und nicht nur das Gefühlsleben, die physische Befindlichkeit und Verfassung der Personen, die sie beobachtete. Sie hatte auch ein Gedächtnis dafür, mit einer beträchtlichen Speicherkapazität.

Jederzeit konnte sie Wahrnehmungsdaten aus ihrem Gedächtnis abrufen, in beliebiger Menge und Tiefe. Gerüche allerdings konnte sie sich ähnlich wie andere Sterbliche nur in beschränktem Maße vorstellen, sie als Daten speichern schon.

Ständig stieß sie mit ihren im Gehirn gespeicherten Daten an eine seltsame Grenze.

Aber ja doch.

Fast hätte sie darauf zugreifen können.

Aber dann doch nicht.

Hingegen wusste sie, wie sie darüber urteilte, wo zum Teufel sie die auf das Identische, das Unterschiedliche oder das Ähnliche bezogenen Informationen zuvor hingetan hatte.

Den Inhalt ihres Bewusstseins sah sie in einem holistischen Raum in Zeitschichten vor sich, und das galt auch für Düfte. Wenn sie einen bekannten oder ähnlichen Duft wahrnahm, musste sie nicht länger zögern, sie wusste, wo er hingehörte, wo in ihrem Gehirn sie auf ihn zugreifen konnte, in welchem Fach ihres Bewusstseins, unter welchem Stichwort er aufbewahrt war, sie wusste, wann und unter welchen Umständen sie ihn erfasst hatte, wo sie ihn suchen musste und mit welchen Personen oder Gegenständen er verknüpft war.

In diesen ekstatischen Momenten erschien der Bewusstseinsinhalt in seiner eigenen realen räumlichen Struktur vor ihr, auch wenn sie vom virtuellen Raum wirklich gar nichts wusste.

Mit ihrem sensuellen Gedächtnis ordnete sie Personen und Situationen um das strukturelle Bild herum an.

Dadurch nahm sie in den psychiatrischen Praktika die progredienten Tendenzen oder die abnehmende Virulenz der Krankheiten korrekt wahr, nicht nur empirisch, nicht nur intuitiv, sondern auch strukturell.

Sie konnte die mit der Qualität und der Stärke des Duftes verbundene Symptomgruppe nennen.

Wie hätte Frau Professor Sármány nicht auf sie, auf ihre diagnostischen Fähigkeiten aufmerksam werden sollen.

Wie hätte sie sich nicht vor ihr fürchten sollen.

Sie merkte sich das runde und unschuldige Antlitz ihrer Studentin nicht nur, sie war verrückt danach. Die verstand ja fast alles, was sie noch gar nicht gelernt und auch nicht erlebt haben konnte, sie folgte den richtigen Fährten und war leidenschaftlich.

Mit einer gewissen Betroffenheit registrierten Außenstehende schon etwas früher und deutlicher, wie stark die Verbindung zwischen den beiden war.

Sie selbst blieben lange arglos, was die Komplikationen ihres Verhältnisses betraf. Es konnte ihnen kaum bewusst sein, wie sie auf andere wirkten.

Welch starke Affekte sie auslösten, nahmen sie so gut wie nicht wahr.

Die männlichen Studenten blieben gegenüber der starken intellektuellen Spannung zwischen den beiden Frauen gleichgültig, und hätten die Mädchen sie nicht provoziert, hätten sie es vielleicht gar nicht bemerkt.

Dass die Piroschka Mirák die Lieblingsstudentin von der Sármány ist.

Sie versinken geradezu darin, was sie einander sagen.

Eine verbale Kopulation.

Mein Gott, wie lächerlich sie sind.

Hör doch auf, sie ist eine blöde kleine Arschkriecherin, deshalb bevorzugt die Sármány sie.

Die kleben aneinander fest, wir können ruhig nach Hause gehen.

Uns erklärt die Sármány nie etwas mit so einer Vehemenz.

Was heißt erklärt, sie gibt ihr eine Privatstunde.

Hallo, Frau Professor, wir sind auch noch da.

Obwohl Piroschka einen starken Argwohn gegen sich selbst hegte, dass die Sache sich in Wirklichkeit umgekehrt verhielt, als Sármány dachte.

In letzter Zeit kämmte sie sich unerbittlich, um nicht so schlampig auszusehen wie die Professorin.

Die Wahrnehmung, die Bereitschaft, einzutauchen, ist keine außergewöhnliche Fähigkeit.

Jedes Säugetier hat sie.

In der humanen Version, dachte sich Piroschka, war sie allerdings eine vielleicht noch niemals benannte Eigenschaft von unbekanntem Umfang und unbekannter Substanz, sie musste der Kontrapunkt zu einem Daseinszustand sein.

Oder vielleicht eine von vielen unbekannten Eigenschaften und Kontrapunkten.

Wir wissen nicht, unter dem Einfluss welcher Kräfte sie steht.

Die Wahrnehmung der Proportionalität im Disproportionalen.

Die Sehnsucht nach Proportionalität, nach Wechselseitigkeit verkörpert sich auf diese Weise in der Empathie, und dann ist die sich in Übertreibungen ergehende humane Empathie, wie die ihre und die von Júlia Sármány, der Kontrapunkt zu dem zwanghaften Grauen des Menschen vor dem Chaotischen.

Es ist mir unmöglich, mich nicht nur vor dem Unbekannten, sondern auch genauso vor der Erkenntnis zu fürchten, und deshalb will ich den Wahrnehmungsvorrat, das Wissen, die Hoffnungen und die Ängste des anderen Menschen bis in alle Details erfühlen.

Die jedenfalls unreife, über ein ihr Wissen wesentlich übersteigendes Selbstbewusstsein verfügende Studentin der Heilpädagogik namens Piroschka Mirák, die ich bin, scheint davon auszugehen, wie sollte sie auch nicht, denn darin läge das ursprünglichste Wissen des Seins von sich selbst, dass die Welt in jeder Situation schön, vollständig, vollkommen, das heißt ideal zu sein habe.

Viele verschiedene Welten existieren ineinandergefügt, und allein für sich, inmitten der Katastrophen, kommt keine der Vollkommenheit nahe.

Dennoch bleibt das Ideale der Maßstab für die Vorstellung vom Realen.

Der Dummkopf vergnügt sich mit Platon.

Sie will nicht den Geliebten, nicht den Körper des Geliebten, nicht den schönen Alkibiades, o nein, sie nun wirklich nicht, sondern sie will, indem sie das seichte Meer der persönlichen Bindungen durchwatet, die Liebe selbst.

Den eigenen Wunsch nach Paarung und Vermehrung in jeder Situation und zu jeder Tageszeit und aus jedem Blickwinkel verstehen und berühren.

Was sie tatsächlich nicht verstand, diesen Paarungs- und Fortpflanzungstrieb. Erfahrungen hatte sie nicht damit. Höchstens Ahnungen und Intuitionen.

Die Eigenschaften von Mischikes Bewusstsein empfand sie vielleicht allein deshalb als so außergewöhnlich, weil sie sich trotz seiner körperlichen Veranlagungen zu ihm hingezogen fühlte, beziehungsweise war ihr angesichts seines heutigen Zustandes unklar, wie seine körperlichen Veranlagungen gewesen sein könnten.

Ich sehe, wie er sein könnte.

Wie er für mich sein könnte.

Was sie zutiefst überraschte und mit Unruhe erfüllte.

Das hätte sie wirklich nicht von sich erwartet.

Dass sie den Defekt der Neigung zum Krankhaften, zum Missgebildeten, zum Deformierten in sich entdecken würde. Die abschließende Liste der Perversionen war fett gedruckt in jedem gängigen Lehrbuch zu finden. Natürlich kannte sie die. So weit, sich der Perversion zu bezichtigen, ging sie dann doch nicht.

Wenn in der Schöpfung überhaupt als pervertiert zu bezeichnende Varianten existieren.

Wiewohl sie auch in ihrem eigenen Fall den Defekt der anthropologisch verfügten Anziehung in Betracht ziehen musste.

Oder die jeweiligen für die Behinderten geltenden Verbote und die sie treffenden biblischen Flüche.

Nicht einmal darüber konnte sie sich klar werden, wie das in der Natur oder in der tatsächlichen Geschichte der Schöpfung eingerichtet sein mochte, wenn nun mal eine solche Anziehung tatsächlich existierte. Oder das Gegenteil, der Ekel vor den Behinderten.

Wie halten wir es mit der Determination.

Wie sollen schwer behinderte Menschen ohne den Defekt der Anziehung sonst in den gelegentlichen Genuss der Liebe kommen. Schon allein wegen ihres Interesses an der Fortpflanzung müssen sie das akzeptieren, selbst wenn sie den Defekt der Neigung des anderen wahrnehmen.

Die Kinder von Blinden werden manchmal blind geboren.

In anderen Fällen werden sie als Sehende geboren und führen ihre blinden Eltern. Sie können sich gar nicht vorstellen, wie sich jemand in der ewigen Nacht fühlt, obwohl sie durch und durch eins mit ihm sind.

Hätte Mischike in ihrem Geist wohl so rein und transparent werden können, wenn sein Körper nicht dem Verfall preisgegeben wäre, sondern seine Muskulatur sich gemäß seinen Anlagen entwickelt hätte.

Wie sie auch zur Kenntnis nehmen musste, wie sehr sie jede einzelne Bewegung, jedes Wort, das Aroma des gut entwickelten, als plumper Scherz der Natur gezeugten Sohnes vom Zwerglein verabscheute, während sie auf der kurzen Zugfahrt Richtung Vác zuckelten und ratterten, dass sie dennoch nicht verhindern konnte, dass er sie anzog.

Es gibt nichts, zu dem es nicht auch ein Dennoch gäbe. Die Ekstase des eigenen Ekels hatte ihr den Boden weggezogen, hatte sie erniedrigt, erniedrigte sie immer noch. Wie hatte das passieren können. Während von einem entfernten Sitz des Großraumwagens ein seltsamer Typ, ein überaus sanft aussehender, doch überraschend ungewaschener und ungepflegter Kerl, ihn die ganze Zeit über mit seltsamer Aufmerksamkeit beobachtete, ihn quasi im Auge behielt.

Bei ihrer erregten Ablehnung dieses schrecklichen Geschöpfs spürte sie, der hat einen Kopf wie ein ungeschliffenes Beil, sodass sie ständig darauf achten musste, dass ihre Knie sich nicht berührten, ihr Rock auch nicht einen Millimeter hochrutschte.

Warum hatte sie keine Strumpfhose angezogen.

Wie kann das Böse schön sein, wenn man nichts anderes sagen kann als schön.

Wie war es möglich, dass jemand mit so einem unschuldigen Engelsgesicht so niederträchtig war.

Besonderen Widerwillen riefen seine mäandernden, nirgends, bei keinem Gegenstand verharrenden Satzkonstruktionen und die farblose Sprachmelodie in ihr hervor.

Als ob er trotz all seiner Erregung in einem fort sagen würde, ist mir egal.

Bei keinem seiner Sätze war abzusehen, welche Richtung er nehmen würde.

Na, ich habe deshalb keine Strumpfhose angezogen, weil das bei der Hitze nur Geistesgestörte tun.

Und meine Mutter.

Ich sicher nicht.

Wie viel leichter wäre es jetzt, wenn sie diesmal eine Strumpfhose angezogen hätte.

Woher zum Kuckuck hätte ich wissen sollen, dass ich heute diesem verfluchten Kerl begegne und deshalb eine Strumpfhose brauche.

So ein Verlangen hatte sie nach ihm.

Und damit überraschte sie sich selbst gewaltig.

Sicherlich fiele es ihr leichter, sich zurückzuhalten, wenn ihre Haut wenigstens am Knie bedeckt wäre.

Oder wenn sie ihn zufällig berühren würde, dann wüsste sie gleich mehr über ihn.

Ein Mädchen aus gutem Hause geht auch im Sommer nicht ohne Strumpfhose und auch nicht ohne Handschuhe auf die Straße, deshalb kaufen wir gehäkelte Spitzenhandschuhe, meine Kleine, und ich glaube das selbst der eigenen Mutter nicht.

Irgendwas sollte ich ihr schon glauben, was sie weiß und ich nicht weiß.

In diesem Anfall von Ekel und Widerwillen wurde ihr plötzlich klar, dass diesem begehrenswert schönen Menschen nicht die Mutter das Sprechen beigebracht hatte, nicht das schweigsame Zwerglein.

Wie auch meine mir nicht beigebracht hat, Handschuhe und Strumpfhosen zu tragen, wie es sich für eine Dame schickt.

An diesem Imre war jedes Wort zufällig hängengeblieben, und jedes seiner Worte setzte sich als öder Belag ab.

Woher hätte er wissen sollen, wohin die Reise geht.

In Ermangelung mütterlicher Anweisung gab keine Richtung, keine Spur, die man hätte verfolgen können.

Vielleicht war das ein Glück.

Das war ja wundervoll.

Das hatte sie sich noch von keinem Lebenden gewünscht.

Auf alles musste sie selbst kommen.

Wodurch sich sogleich herausstellte, dass ihr Liebesverlangen fähig war, um des Augenblicks willen sogar ihr Selbstbild und ihre Idee von der Zukunft zu verwüsten.

Ich bin zufällig jemand begegnet, und es ist aus mit mir.

Ihr fiel ein, dass auch verängstigte Hunde eine Erektion bekommen und pinkeln müssen.

Ihre unbedeckte Haut war mit dem Empfinden ihres organischen Lebens gesättigt, sie war unterwegs zur totalen Unkontrollierbarkeit.

Das ganze Reservoir ihres Bewusstseins hatte sich schon bereitwillig geöffnet.

Was im Ruhezustand niemandem passiert.

Meine Ruh ist hin.

So lösen sich Hemmungen, stellte Piroschkas fachliches Ich zufrieden fest.

Denn sie sah es sehr wohl, wenn auch nicht mit den Augen, sondern mit dem Blick der Seele, wer weiß etwas davon, was zum Kuckuck er ist, was mit ihm los ist.

Sie war mit dem eigenen organischen Leben konfrontiert.

Das heißt, in ihren vom Stoff berührten Brüsten, in ihrem Bauch, der Hitze und der Feuchtigkeit hätte sie freie Bahn für ihren Paarungstrieb gefordert. Mitten in diesem halbleeren Eisenbahnwaggon. Obwohl sie so etwas noch nie im Leben getan und ihrem moralischen Empfinden folgend nicht einmal gedacht hatte. Doch wie hätte sie dagegen protestieren können.

Nur das Verantwortungsbewusstsein gegenüber diesem anderen Menschen schien ihr diese absurde Verbindung abzuverlangen.

Lächerlich.

Wie lächerlich ich bin.

Ein lächerlicher Mensch.

Ihr Verantwortungsbewusstsein muss in direkter Verbindung mit ihren Geschlechtsorganen stehen.

Obwohl sie deutlich erkannte, dass ihr Ekel und ihr Entsetzen in machtvolle Akzeptanz umgeschlagen waren.

Sich auf diesem heiklen Terrain zu bewegen hätte in Ermangelung von Orientierungshilfen höchstens Einstein fertiggebracht, doch sie wird die Wirklichkeit, die Vorstellung, die Möglichkeit und den Schein nicht mehr voneinander trennen können, in diesem verfluchten Empfinden oder Drang oder was immer es war hatte sie keinen Orientierungspunkt, keinen Bezugspunkt mehr.

Dieses alles wendete sich nun gegen sie, gegen ihre früheren Erfahrungen, gegen jegliche Intuition.

Sie hätte auch die Übertreibung, die Überflutung, den gebieterischen Drang zu akzeptieren als Realität akzeptieren müssen, und dann hätte sie im eigenen Universum tatsächlich keinen stabilen Punkt mehr, den letzten, alle würde sie verlieren.

Gott behüte sie.

Sie hat eine ihr widerstrebende körperliche Empfindung und das animalische Entsetzen mit fachlicher Empathie gefördert.

Zuerst müsste sie die Situation entwirren, abklären, zuerst müsste sie sich selbst ins Freie bringen, sich von seiner Wirkung und vor allem von der eigenen Anteilnahme befreien.

Heraus aus der Blase.

Mit der Empathie eine Pause einlegen, um sie später zu beherrschen und im Interesse dieses Unglücklichen nutzen zu können.

Sie müsste ihn zur offenen Waggontür führen.

Spring.

Ihn bei der Hand nehmen, damit sie gemeinsam sprangen.

Sich aus der Blase hinauskatapultieren.

Oder ihn rausstoßen, soll er doch draufgehen.

Niemandem mehr zur Last fallen.

Wirklich ein Grenzbereich der Humanität.

Er würde höchstens Verletzungen haben, zu einem anständigen Mord reicht unsere Geschwindigkeit nicht.

Dort im Zug hätte sie in diesem Moment aufstehen müssen, wenn sie schon nicht mehr aussteigen konnte, und die einzige Lehre daraus war, dass die Existenz keine Pausen kennt.

Gut, in Ordnung, sagte sie jetzt zu sich, soll sie keine Pause kennen.

Für einen Moment wandte sie sich doch noch mal um, jetzt ist es nicht so, sie sitzt nicht im Zug, sinnlos, sich ständig dorthin zurückzuversetzen, sie musste niemanden nirgendwo hinausstoßen, sondern Mischike saß tatsächlich dort im Rollstuhl neben der Frau Fabius, und da war sie auch schon auf dem Weg zu ihm.

Mischike ist hier.

Sie wirbelte geradezu aus der Kirchenbank.

Als befände sie sich gar nicht mehr in der heiligen Messe und wäre nicht mehr eine der fügsamen Gläubigen.

Geblendet vom Licht, schritt sie zu Mischike in das Dunkel hinein, zu meinem süßen Mischike.

Dem der Speichel lief und der um sich schlug und keineswegs süß war.

Auch das ist so eine interessante Frage, dachte sie, während die Absätze ihrer Riemensandaletten wild und unangenehm über den Steinboden klapperten, auch diese Riemensandaletten gingen ihr auf die Nerven, die mit dem abgebrochenen Absatz, den sie wieder hatte festhämmern können, wen von den beiden sie zuerst begrüßen würde. Der Anstand verlangt Frau Fabius und erst danach das Kind.

Jedes Mal geschah es umgekehrt, und alle drei fanden das gut so.

Frau Margit Fabius Bellamy hatte sich selbst ihren wohlverdienten Platz zugewiesen.

Mit ihrem ganzen Sein diente sie ihrem Sohn.

Was hätte sie anderes tun können.

Ihr Sohn war ihr wichtiger als alles andere.

Wie sollte sie sich nicht freuen, wenn Piroschka sich nicht mit ihr, sondern vor allem mit ihrem Sohn beschäftigte.

Beinahe flüsternd quietschte sie vor Freude.

Wenn sich endlich mal wer mit ihm abgab, er war bald siebzehn Jahre alt.

Was soll aus ihm werden.

Sieh mal, wer dort kommt, Mischike, mein Schatz.

Sieh doch, was Piroschka heute für ein hübsches Deux-Pièces anhat, in dem habe ich dich noch nie gesehen, was für ein hübsches Deux-Pièces.

Meine liebe Piroschka, mein Herz, so lang ist es her.

Seit Januar habe ich dich nicht gesehen, ja, zuletzt im Januar.

Und darin bebte ein gewisser Vorwurf.

Das wird Mimi aus Paris dir geschickt haben.

Du hast eine neue Frisur.

Wie gut sie dir steht, mein Gott, dass du auf die Idee gekommen bist, wie gut sie zu so einem hübschen Deux-Pièces passt.

Siehst du, wir sind wieder hier.

Lass erst die Messe vorbei sein, damit ich niemanden mit meiner lauten Stimme störe. Ich werde alles rasch erzählen.

Du hast sicher keine Ahnung, warum, dieses Jahr sind wir früher gekommen, ich bin ja so glücklich.

Du kannst es dir nicht vorstellen, ich bin ganz außer mir.

Wenn der Plauderzwang von Frau Fabius in Schwung kam und ihre Anstandsreflexe mit atemberaubender Geschwindigkeit in Funktion traten, musste man wirklich nicht befürchten, dass ihr der Stoff zum Palavern ausging.

Stell dir vor, wir sind seit gestern wieder hier.

Was für ein Unwetter in der Nacht war, es hat nur so gekracht.

Mein Gott, wie ich gekreischt habe, Mischike hat mich nur ausgelacht, weil ich solche Angst hatte.

Mein Leben ist jetzt die reine Freude, meine Piroschka, damit habe ich wirklich nicht gerechnet, flüsterte sie äußerst laut, was im Kirchenschiff bedeutungsvoll widerhallte. Währenddessen hing und zerrte der sich aus dem Rollstuhl streckende Mischike schon an Piroschkas Hals, und ordentlich Spucke versprühend, sagte auch er, was er zu sagen hatte, röchelte es abgerissen aus der Kehle, doch das laute Flüstern von Margit Bellamy brach nicht für einen Augenblick ab.

Mischike traf mit seinen lauten Küssen ausgerechnet Piroschkas Ohr, was ihr fast Schmerzen bereitete.

Ich werde es erzählen, sicher, alles werde ich dir erzählen.

Du wirst überrascht sein, mein Herz, quietschte Frau Margit Fabius Bellamy mitten im allergrößten Jubel.

Dort hinten im Halbdunkel der Kirche gab es ein regelrechtes Terzett wie aus einer komischen Oper, während beim lichtüberfluteten Altar Pater Jónás und die beiden Ministranten still ihre rituellen Aufgaben erfüllten.

Als das Läuten erklang, kehrte Piroschka eilig an ihren Platz zurück, und als mit der Kommunion glücklich das Ende der Messe erreicht war, folgte sie dem Pater und den beiden Ministranten, als hätte selbst ihr Rücken Mischike und Margit Bellamy vergessen.

Der Pater hatte es eilig, sie konnte ihn erst im Kabinett einholen, wo nur die elektrischen Kerzen des Lüsters brannten, die Tür zur Sakristei wurde ihr von den schusseligen Ministranten beinahe vor der Nase zugeschlagen.

Anstatt eines Grußes nickten sie einander zu.

Piroschka angespannt und verlegen, wie eine verzagte Studentin vor der Prüfung.

Pater Jónás heiter und friedvoll, mit einem kleinen Lächeln in den Mundwinkeln, doch er sagte nichts.

Piroschka war gezwungen, ihr Anliegen dümmlich herauszustottern, sie störe den Pater nur deshalb, sie sehe, er sei in Eile, weil sie würde gerne wissen, was geschehen ist, nur deshalb halte sie ihn auf.

Wie ist es verlaufen, setzte sie hinzu.

Kaum hatte sie es gesagt, empfand sie es als ungehörig.

Hier war jede Frage fehl am Platz.

Dabei hätte sie nicht mal Imres Namen laut auszusprechen gewagt. Pater Jónás war durch sein Schweigegelübde gebunden, warum sollte sie ihn in Bedrängnis bringen.

Wie soll sie ihm begreiflich machen, dass sie aus rein fachlichem Interesse fragte.

Nicht aus persönlichem.

Obwohl Pater Jónás zu keiner Antwort ermächtigt war, weder auf fachliche noch auf persönliche Fragen oder Feststellungen.

Pater Jónás sah sie nur an, heiter und unverwandt, nicht ihr Gesicht, nicht ihre Stirn, nur ihre Augen, er sah ihr einzig in die Augen, um weder mit der Hand noch mit seinem gedrungenen kleinen Körper auf das zu antworten, was Piroschka wissen wollte.

Er rührte sich nicht vom Fleck.

Aus diesem Nichts konnte Piroschka tatsächlich nicht

erfahren, was sie interessierte, vor allem wusste sie nicht, was sie in ihrer Verlegenheit und Wut jetzt anfangen sollte.

Über ein Wort von Pater Jónás, einen winzigen Anhaltspunkt, wäre sie schon froh.

Das brachte sie irgendwie heraus.

Gibt es Hoffnung für ihn, denn sie würde sich freuen, wenn Pater Jónás ihrer Hoffnung ein klein wenig Nahrung geben könnte. Sie in der Hoffnung bestärken könnte, dass Imre bei all seinen Mängeln in Wirklichkeit ein guter Junge sei.

Oder ob sie auf das Schlimmste gefasst sein müsse.

Sie habe Imre zu ihm gebracht, deshalb habe sie einen Anspruch auf Information.

Noch nie sei sie in eine so peinliche Lage geraten.

Lass mich gehen, ich bitte dich, meine Tochter, antwortete Pater Jónás und schüttelte den großen, kahlen Kopf, mit einem kleinen, rücksichtsvollen Lachen, das die unmögliche Situation ein wenig überspielen sollte, weißt du, ich muss mich rasch umkleiden, die Pflicht ruft.

Ein wenig so, als würde er mit einem Idioten reden.

Ich muss die Fähre erreichen. Drüben fährt mein Bus. Damit ich nicht die Sonderfahrt zahlen muss. Nimm es mir nicht übel, meine liebe Tochter.

Ein Begräbnis in Szentendre.

Zart und voller Anteilnahme nahm er Piroschkas Arm und drückte ihn, möge sie endlich zur Vernunft kommen.

Bei einem Begräbnis, solange es nicht das eigene ist, darf man sich nicht verspäten.

Er lachte über seinen schlechten Witz. Mit dem Überspielen, mit seinen Süßlichkeiten schien er das Gegenteil zu meinen, du bist erwachsen, nimm dich zusammen, meine liebe Tochter, nimm dich doch zusammen, zum Kuckuck, dann verschwand er ohne Gruß in der Tür zur Sakristei, wo ihn die Marischka bereits mit seinen Straßenkleidern erwartete.

Pater Jónás schwindelte nicht, er ging tatsächlich zu einem Begräbnis, das stimmte, doch in Szentendre zelebrierte nicht er, deshalb musste er nicht in der Soutane gehen.

Gekränkt und wie betäubt stand Piroschka zwischen den glänzenden, rotbraunen Wänden in der Stille des Kabinetts, allein mit sich und der Verwunderung eines vom Schicksal verwöhnten schönen Mädchens.

Fast alle mochten Piroschka, als wäre sie der Liebling des Lebens, und dafür konnte sie nichts.

Unterdessen kleidete sich Pater Jónás vor den Augen von Marischka um.

Dass der Pater so gefühllos mit ihr umging.

Ein kleiner Stich in der Herzgegend, begleitet von einem beklemmenden Druck im Brustkorb, gab ihr zu verstehen, dass der Fehler nicht beim Pater, sondern bei ihr selbst lag.

Was für ein Fauxpas.

Ihre Wut kann sie sich sparen, böse sein kann sie höchstens auf sich selbst.

Pater Jónás darf ihr auf Fragen nach Imre nie mehr antworten.

In Ordnung war das trotzdem nicht, auch wenn sie es dem Pater nachsah.

Dass sie nichts wissen durfte, man schließt sie aus, was soll ich jetzt tun.

Sie setzte sich in dem rostbraun schimmernden Halbdunkel auf den einzigen Stuhl, hilflos saß sie da, betete ein wenig und bat um Vergebung.

Das heißt, sie bat sich selbst, sich zu vergeben, nicht die Heiligen oder den Herrgott.

Kurz gesagt, das hartnäckige Schweigen des Paters hatte sie infantilisiert, das verstand sie sofort, zurück ins Trotzalter, wenn die Kinder nicht verzeihen können, dass man ihnen etwas verweigert.

Eine ganze Weile blieb sie auf dem Stuhl sitzen.

Später sah Marischka herein, sie wollte abschließen.

Am Ufer mit Mischike wurde sie dennoch irrsinnig glücklich an dem glühend heißen Samstagnachmittag.

Was für ein Sommer.

Mischike hätte sich sein Hemd und seine Shorts nie ausgezogen, doch es kam vor, dass Piroschkas Freunde, wenn sie mit ihren zweisitzigen Ruderbooten aus Leányfalu gekommen waren, um sie für ein paar Stunden oder auch auf längere Touren mitzunehmen, ihn so, wie er war, angezogen, höchstens zogen sie ihm die Schuhe aus, samt seinem Rollstuhl unter großem Gelächter ins Wasser schoben, sodass er bis zur Hüfte eintauchte.

Mischike schlug glücklich ins Wasser und ließ sich von den anderen anspritzen.

Frau Fabius in ihrem großgeblümten Badeanzug und den unvermeidlichen weißen Badeschlappen blieb dann außen vor, sie wäre wegen der vielen lauten Burschen und Mädchen gar nicht an Mischikes Rollstuhl herangekommen, dabei hatte sie nicht nur Angst um Mischike, sondern auch um den Rollstuhl, was soll sie ohne Rollstuhl machen, sie rührte sich nicht vom Fleck, und während Mischike brüllte und um sich schlug, kreischte Frau Fabius, sie freute sich, betete, mein Gott, passt bloß auf, o nein, nicht so, was macht ihr, stoßt ihn nicht, kommt sofort heraus, das wird noch schlimm enden, er holt sich noch eine Lungenentzündung.

Jetzt aber raus aus dem Wasser.

An diesem Samstag vergaß Piroschka Imre wegen Mischike vollkommen.

Um das Programm perfekt zu machen, hoben sie Mischike aus dem Rollstuhl und ließen ihn auf ihren Armen ein wenig schwimmen.

Er machte fleißig Schwimmbewegungen.

Manchmal stockte ihm vor Vergnügen tatsächlich der Atem, er schluckte ordentlich Wasser.

Sie schlugen ihm auf den Rücken.

Jetzt schien ihr, als ob Mischike trotz der großen Hitze unter einem scharfen kühlen Luftzug erschauerte.

Doch sie irrte sich, oder konnte von sich selbst nicht glauben, dass ein anderer wegen der eigenen Nähe ständig Gänsehaut hat und ihm sogar die Haare zu Berge stehen.

Mischike wollte nichts anziehen.

Sie soll nicht weggehen, ihm keine wärmeren Sachen bringen.

Dann bringe ich dir Limonade.

Er brauche nichts, sie soll lieber den Verstand einschalten und aufpassen, wo sie hintritt.

Am frühen Nachmittag kehrte im Dorf immer eine große Stille ein. Alle am Ufer gingen Mittag essen. Die Gassen leerten sich, und auch auf der Gänseweide regte sich höchstens ein Lüftchen, das von hier oder dort über die Landschaft strich und ein wenig vom Duft des vergangenen Gewitters mit sich trug.

Am Nachmittag füllte sich das Ufer dann abermals mit den vielen Hobbyruderern, wie man sie bei uns nannte, mit den vielen Ferienkindern, so gegen drei kamen sie in Scharen.

Samstags und sonntags mehr als an Wochentagen. Am Sonntag kamen hin und wieder auch ein paar Einheimische.

Nur Handwerker kamen zum Wasser, und immer mit ihren Ehefrauen. Niemals allein. Sie schienen sich den Luxus des Badens und die eigene Nacktheit nur in Gegenwart ihrer Ehepartner leisten zu dürfen. Wer verwitwet war, blieb fort. Solange sie mit ihren schwarzen Turnhosen nicht unter großem Geplantsche eingetaucht waren, fühlten sie sich nicht wohl in ihrer weißen Haut. Die Frauen wateten in geblümtem Kattun, in ärmellosen Morgenkleidern in den Fluss, badeten ein wenig ihre Brüste, aber tiefer tauchten sie nicht ein, sie wollten sich die Haare nicht nass machen.

Nur dann, wenn sich im Hochsommer bei uns die Hitze erbarmungslos eingenistet hatte.

Am Sonntag war unbemerkt der Wasserstand gestiegen.

Die drei alten Schiffer beobachteten die deutliche Veränderung wie an jedem Nachmittag von der Bank der Fährleute aus. Die Dürre hatte wohl ein Ende, wenigstens die sommerliche, durch die der Fluss den Uferkies freigibt und sich immer mehr in sein ausgebaggertes Bett zurückzieht.

Die herbstliche Dürre stand uns noch bevor, der lange, trockene Herbst. Zur Zeit der Dürre wird das Wasser im gebaggerten Bett bedrohlich dunkel, so dunkel, dass sich auf seiner Oberfläche nicht mal mehr das Blau des Himmels niederlassen kann.

Am Sonntag war das Wasser aus seinem schwer verrosteten Bett auf den seit Mai verwaisten, breiten Schotterstreifen übergetreten.

Oben auf der steilen, mit Steinen befestigten Uferböschung beobachteten die drei alten Schiffsleute die Wasserstandsereignisse des Tages.

Wie der Fluss anschwoll und das gebaggerte Bett verließ. Wann werden wohl die Fährleute den mit freiem Auge kaum wahrnehmbaren Anstieg des Wassers bemerken.

Bei steigendem Wasserstand begann der weiß gestrichene Ponton, der bei uns die Anlegestelle des Fährkahns war, den Steg, der vom Ponton ans Ufer führte, landeinwärts, aufwärts zu drücken. Wie ein Kalb sich an die Mutter drängt, an das Ufer, in das Ufer hinein.

Sooft der Fährkahn anlegte, drückte und stieß er das Ende des Stegs in den Uferschotter.

Bei jedem kleinen Wellenschlag schob das eisenbeschlagene Ende des Stegs den Schotter mit lautem Knirschen vor sich her, es drückte, buddelte und grub auch dann, wenn der Fährkahn sich am anderen Ufer befand und nur die Wellen von anderen Schiffen und Schleppern heranrollten.

Es buddelte je nach Wellengang.

Es buddelte, bis das Wasser sich beruhigte.

Der Schotter knirschte, wenn ihn die Wassermassen drückten, doch Himmeldonnerwetter, die verfickten Fährleute hörten nicht, wie sie ihren verfickten Steg herumstießen.

Von den Fährleuten hatten sie keine besondere Meinung.

Ein Fährmann respektiert den Schiffer, weil der ihm gradheraus sagt, was Sache ist, aber umgekehrt ist es nicht so. Die Schiffer sind der Meinung, dass nur solche, die zum Schiffer nicht taugen, Fährleute werden, weil sie noch keinen von ihnen nüchtern gesehen haben.

Die Schiffer sagen dir das nicht laut, aber sie denken so.

Die Fährleute haben immer den Mund offen.

Die Eisenschnauze des Stegs bohrte sich in den feuchten Schotter hinein, jeder Stoß des Wassers warf einen kleinen Hügel auf, doch dieser Schotterhügel ließ nicht erkennen, wie tief sie schon drinsteckte.

Sie grub sich einen Gang.

Die Fährleute konnten das allein schon deshalb nicht bemerken, weil sie zweimal nacheinander, was zwei ganze Stunden in Anspruch nahm, nicht nur mit dem Fährkahn zum anderen Ufer übersetzen, sondern auch die Fähre anhängen und hinüberbringen und dann auch wieder mit ihr zurückkommen mussten.

Aber sie schafften es kaum einmal, nur mit dem Fährkahn zu fahren, irgendwas kam doch noch, ein Fuhrwerk oder ein Auto, und dann mussten sie die Fähre erneut am Fährkahn festmachen.

Wenn sie sehr besoffen waren, und das waren bei uns immer alle, dann wollte ihnen nicht einmal dieses kleine Manöver gelingen.

Kaum hatten sie ihren Fährkahn von der Fähre getrennt, jetzt wird sicher niemand mehr kommen, da können sie Gift drauf nehmen, sie würden hören, wenn wer kommt, jetzt warten sie keinen Moment mehr und müssen diese gottverdammte Fähre nicht mit dem Fährkahn rüberschleppen, da tauchte doch noch ein Pferdewagen oder ein Kleinlaster auf.

Gut, dass sie sonntags wenigstens keine Traktoren rüberbringen mussten. Wenigstens am Sonntag blieben die mit ihren Scheißtraktoren daheim.

Lies die Vorschriften, Mann, verdammt noch mal, dort sind sie angeschlagen, dann glaubst du es endlich.

Dass die Fuhrleute nicht mal so viel Verstand haben, dass sie zur Abfahrtszeit da sind, denn du musst auch dafür Zeit haben, verdammt noch mal, dass du an Bord kommst, dass dein Wagen gesichert wird, du sollst ja nicht mit deinen Pferden ins Wasser plumpsen, das ist ein gefährliches Geschäft, verdammt, doch keinem von ihnen fällt auf, dass die Passagiere wegen ihnen warten müssen.

Oben nörgelten die Schiffsleute vor sich hin, so wie unten die Fährleute wegen der vielen dreckigen Fuhrleute fluchten, die Pferde scheißen mir die Fähre voll, sie konnten das dann wegkehren, und wie sollten sie bei dem vielen Ärger dazu kommen, diesem lauten Knirschen nachzugehen, das am ganzen Ufer zu hören war.

Die Fähre samt dem Fährkahn, der sie schleppte, knirschte und krachte ohnehin lange und laut, wenn sie das Ufer erreichte und mit ihrer Nase auf den bloßen Kies hinaufrutschte.

Die nahen Visegráder Berge und weiter weg, die Hügelrücken von Nagymaros, warfen jedes Knirschen und Krachen vervielfacht zurück.

So konnten sie tatsächlich nicht hören, was die drei Alten oben auf der Bank hörten.

Sie hörten es nicht, ist recht, sie hörten es nicht, aber wissen hätten sie es schon können, was wann zu tun war.

Und es war auch so, dass sie ihre kleinen Taschenradios immer auf den Fährkahn mitnahmen, ohne das dreckige Sokol kamen sie gar nicht mehr aus.

Inzwischen hatte sich der Steg in den Schotter eingegraben, er knirschte, während der Ponton ihn, getrieben vom ungleichmäßigen Anrennen der Wellen, landeinwärts stieß, um gleich darauf mit der wogenden Wassermasse an ihm zu zerren.

Die drei alten Schiffer grummelten, wenn sie auch nicht laut sagten, was sie so ärgerte.

Sie wussten, was sie über das Wasser wussten, natürlich wussten es auch die anderen.

Darüber brauchten sie nicht miteinander reden, du Arsch Gottes noch mal.

Schon seit gut zwei Stunden hätten die Fährleute den Steg an seinem Geländer wenigstens zweieinhalb Meter landeinwärts ziehen müssen und dadurch auch den Scheißponton, damit das Ufer mit dem Steg beim nächsten Anlegen nicht gegen den Fährkahn zurückschlug.

Dieser verfickte Steg konnte so arg zurückschlagen, dass der Ponton erschüttert wurde, wodurch die auf das Aussteigen wartenden Passagiere auf dem Fährkahn durcheinandergeworfen wurden.

Sie lachten darüber.

Mein Lebtag hätte ich dir so um den Hals fallen wollen.

Darüber ärgerten sich nur die drei alten Schiffer, die anderen lachten alle.

Aber kein einziger Passagier stellte die Fährleute zur Rede, Himmelsakrament noch mal, ihr Fährleute, was führt ihr hier mit uns auf, ich schlage mir noch den Schädel auf eurem Scheißkahn entzwei.

Ich bin fast gestürzt.

Und ich hab mir das Knie angeschlagen, sieh dir mein Knie an.

Wozu was sagen, soll denn gerade er das Maul aufreißen, er hat keine Lust, sich mit den Säufern herumzustreiten.

Wenn auch nur ein Nüchterner unter ihnen wäre, würden wir's dem Herrn preisen.

In Wahrheit hätten die Fährleute damit rechnen müssen, dass in den nächsten Stunden das Wasser weiter steigen würde, und dann genügte es nicht, mit dem Steg rumzumachen, sondern sie mussten den Ponton selbst an den Drahtseilen, die ihn an der Stelle hielten, näher zum Ufer ziehen.

Die Drahtseile, die auf der mit Granitsteinen abgesicherten hohen Uferböschung verstellbar befestigt waren, wurden durch die Flut überspannt. Die Strömung hätte den Ponton mit sich nehmen können.

Na, deshalb seid ihr zu dritt. Da soll einer die Klammer lösen, das Scheißdrahtseil verschieben und am neuen Ort wieder festmachen.

Zwei halten es derweil, verdammt noch mal, und lassen es nicht los.

Aber wie sehr das ganze Ufer auch kreischte und das andere Ufer zurückwarf, macht doch endlich was damit, die Fährleute kamen nicht zur Besinnung.

Der blinde Wellengang schob und zerrte immerzu an dem Steg, stieß sein eisenbeschlagenes Ende ins Ufer hinein, hob und schubste den Ponton.

Hier hatte nichts mehr einen festen Halt.

In dem großen Wirbel am Ufer an diesem Sonntagnachmittag, wo die Fähre hin- und herfuhr und die aneinander vorbeifahrenden Schlepper mit ihren Sirenen tuteten und das laute Gebell der auf Deck herumlaufenden Hunde und die verschiedenen Melodien und Rhythmen versprengter Radiomusik mit sich nahmen, mahnte Piroschka die Frau Fabius vorsorglich, sie möge nicht lange fortbleiben, weil sie nicht wisse, wann sie aufbrechen würde, sie werde abgeholt und würde hier nicht mehr lange mit Mischike Schach spielen. In höchstens einer Stunde müssten sie hier sein, wie sie es letzte Woche besprochen hätten, sodass sie Pilismarót noch vor Dunkelheit erreichen könnten. Natürlich wagte sie Mischike gegenüber nicht zu erwähnen, dass sie nicht mehr lange hier sein würde.

Ob sie nun mit ihren zusammengeflickten Autos oder mit den Ruderbooten kamen, es geschah nie, dass Mischike sich nicht über ihr Kommen freute.

Es war eine mitreißende, fröhliche Gesellschaft, hübsche Mädchen und Burschen, sämtlich verwöhnte Geschöpfe des Lebens.

Prächtige menschliche Exemplare, die sich über die eigene Privilegiertheit erfolgreich hinwegsetzten. Einer war fertiger Ingenieur, ein anderer Architekt, zwei Hörer der Technischen Universität, Maschinenbauingenieure, beziehungsweise die Mädchen von der naturwissenschaftlichen Fakultät, Lehrer würden sie nicht werden, eine forschte in der Chemie, die anderen beiden waren eine medizinische Biologin und eine Physikerin, die überdies im Ruf eines Genies stand.

Die Traurigkeit und der Kummer, dass Mischike Piroschka so selten sah und sie gleich von ihren Freunden mitgenommen wurde, hätte heute größer sein können.

Mit den insgesamt fünf Doppelzweiern wollten sie vor Einbruch der Dunkelheit Pilismarót erreichen und bei der Tante von einem der Burschen übernachten, bei Mária

Apponyi, die dort ein großes Haus führte, die Zimmer und die Veranda vermietete sie jeden Sommer und lebte von dem bisschen verdienten Geld. Am nächsten Tag weiter nach Esztergom, Komárom, bis zum Stromkilometer 1845 hinauf, wo berühmte Wasserbauingenieure die Donau zu Beginn des zwanzigsten Jahrhunderts zwischen Betondämme gezwängt hatten. Die Strömung hat sich dort eine große Sandinsel geschaffen. Wo sie auch bei steigendem Wasserstand noch anlanden konnten. Von dort waten sie zu zweit durch das seichte Wasser hinüber, um ihre Erle aufzusuchen, einen richtigen Baumriesen, der sich über die gesamte Vegetation erhob, ihren Orientierungspunkt, und sie vergewissern sich, ob genügend Wasser in den schmalen und wildromantischen Donauarm strömte, in den man besser nur mit leichten Kajaks einfahren sollte.

Wenn genug Wasser den Katarakt hinunterstürzt, dann tragen sie ihre Boote von der Sandbank bis unterhalb des Wasserfalls, um in dem herrlichen Lärm ein bisschen zu verschnaufen, zu baden, einige von ihnen müssen in das nächste Dorf gehen, um für die beiden kommenden Tage einzukaufen, während die anderen das Zelt aufschlagen und das Abendessen kochen, sie übernachten und kehren schließlich über diesen schmalen und gewundenen Arm nach großen Abenteuern in den Hauptstrom zurück.

Von dort zurückzugondeln ist ein Kinderspiel.

Wenn sie nicht in dem schmalen Arm zwischen den Weiden auf Grund laufen. Wenn ihnen noch heile Ruder geblieben sind.

Doch am Samstag waren sie und Mischike so glücklich miteinander gewesen, dass sie es nicht über sich gebracht hatte, ihn auf den Abschied am Sonntag vorzubereiten.

Ein wenig freute sie sich sogar darüber, dass die Freunde sich verspäteten.

Ihre prall gefüllte Sporttasche stand bereit, bis es dann tatsächlich losging.

Frau Fabius eilte auch gleich davon, kein Problem, sagte sie, sie komme gleich zurück, bis die Freunde ankämen, werde auch sie hier sein, sie melde sich nur kurz bei der Quitty, wie sie die düstere und wortkarge Frau Zielinszky nannten, weil sie im Herbst immer den legendär leckeren Quittenkäse mit Nüssen machte.

Dort waren bereits Frau Mentes, Frau Tölösy, die Frau Mirák senior, die die Einheimischen untereinander die alte Mirák, ab und zu die greise Mirák nannten, so unterschieden sie sie von der Mutter Piroschkas, der jüngeren Frau Mirák, die einzige Mirák, die wir nie bei uns gesehen haben, weil sie immer nur in Pest in ihrem berühmten Zuhause hockte, höchstens, dass sie mal über die Straße in die Oper ging. Sie wohnte in der Hajós utca und hatte zwei Opernabonnements. Die Oper war ihr Ein und Alles. Wenn ich schon mal hier wohne, will ich jede Vorstellung sehen, wo der Székely und die Báthy singen. Auch den Palló, den Oszkár Maleczky und die Mária Gyurkovics schätzte sie sehr, mehr noch, sie verehrte sie.

In der großen Wohnung in der Hajós utca lebte sie ohnehin im Purgatorium einer Lärmkulisse, die aus dem Geklimper von Klavierstimmern, den aus Proberäumen dringenden Skalen, den ärgerlichen Ausrufen von Gesangslehrern und Dirigenten, aus Einsingen, Stimmproben und häufig jämmerlichem Probesingen bestand.

Von Gesang und Sängern konnte sie gar nicht genug bekommen, sie war entzückt, ihrer Seele wuchsen Flügel, wie sie sich ausdrückte, wenngleich sie selbst nicht singen konnte, sie spielte Klavier und ein wenig Geige. Doch mit ihrem Ohr und ihrer Seele verfolgte sie überaus fachkundig all die Stolpereien und Höhenflüge, während sie in ihrer großen Wohnung von Zimmer zu Zimmer ging, sie verstand, was drüben in der Oper geschah, oder was gerade alles nicht geschah.

Sie hatte sich immer gewünscht, auf der Budaer Seite der Donau zu leben.

Fast jeden Abend ging sie hinüber in die Oper, deshalb hatte sie gleich zwei Abonnements auf einmal erworben.

In Buda hatte sie ihre Kindheit verbracht, in Krisztinaváros.

Niemals wieder hatte Buda sie aufgenommen, ihr ganzes glückliches Eheleben über hatte sich das nicht ergeben.

Wenn sie doch nur in Buda leben würden, dann wäre sie noch glücklicher.

Als Witwe wollte sie nicht mehr, dann würde sie eben als ewig Verbannte in Pest bleiben.

Hier fehlte es an nichts, morgens ging sie zum Markt auf den Hunyady tér, in den Feinkostladen zum Kovács.

Schön, sie ging auch noch zu ihrer Schneiderin, zu ihrer Näherin, der kleinen Pirike, die ihr absolut alles machte, zum Schuster, zum Bereményi, denn sie konnte ja nicht irgendwelche Schuhe anziehen, dort war alles beisammen, in der Kecskeméti utca, der Régiposta utca, der Párizsi utca, alles nur einen Katzensprung entfernt.

Später hatte sie großes Glück, ein Riesenglück, denn sie durfte ihr schönes großes Heim behalten.

Weshalb der schwere, schmucke Block des Opernhauses ihnen auf der Straßenfront fast alles Sonnenlicht raubte.

Von der Hofseite fiel auch im Sommer kein Sonnenschein herein, nicht ein Fleckchen.

Jedes Wochenende kam aus Buda, aus der Karolina út, die etwas blasse Tochter der Frau Zielinszky, die Emmi, zum Damenkränzchen, eine vom Schicksal geprüfte Frau, auch die Enkelkinder der Frau Zielinszky waren da, die beiden kleinen Kinder der Emmi, die Tünde und der kleine Andris, die in der Saison, wie sie den Sommer nannten, bei der Frau Zielinszky Ferien machten, damit ihre blasse und zerbrechliche Tochter, die Emmi, die ähnlich wie ihre Mutter niemals lachte oder lächelte, endlich ein bisschen Ruhe von den Kindern hatte, wie sie das ausdrückten, wenigstens von ihren Kindern soll die Emmike ein bisschen Ruhe haben, wenn sie schon mit dem eigenen Mann nicht zurechtkommt.

Diesen speziellen Umstand jedoch besprachen die Damen nicht miteinander, mit keinem Wort, sie überlegten höchstens für sich, womit Emmi zurechtkommen musste und wovon sie keine Ruhe hatte.

Denn das wusste ja jede von ihnen.

Ihr Mann stank nach Alkohol und nach Tabak, unrasiert machte er sich über sie her, vergeblich hatte die Emmike ihn immer angefleht, wenn er doch nur einmal nüchtern heimkäme und sich nicht nur am Sonntag rasieren würde, in der Nacht, wenn er nach Hause gewankt war und läutete, musste sie ihn ins Bett schleppen, wenn sie ihn nur dazu bringen könnte, dass er nicht läutete, damit die Kinder nicht aufwachten und sahen, wie sie ihm die nach Kneipe stinkenden Kleider vom Leib zerrte, sonst würde er sich mit den Schuhen ins Bett legen, doch ihn konnte sie zu gar nichts bringen.

So eine Demut, mit der sich das ertragen ließe, gibt es nicht.

Sie würde gern eine gute Mutter und eine gute Ehefrau sein, sie will sich auch hingeben, doch sie kann sich nicht hingeben.

Wie konnte sie vor den Kindern verheimlichen, wenn sie es mit den eigenen Augen sahen, dass ihr Vater ein Wrack war, ein verkommenes Subjekt. Der eigene Vater.

Und dann kam der entsetzliche Sonntagnachmittag, obwohl sie doch gemeinsam zur Messe gegangen waren, wenn er manchmal sogar das Mädchen versohlte, weil er schon zitterte, weggehen und trinken wollte, den Jungen verdrosch er ohnehin fast immer, er verprügelte ihn nach Strich und Faden, wenn er ihn nur zufällig im Vorzimmer erblickte, nein, sie hatten kein schönes Eheleben, mit diesem Barbaren würde sie niemals mehr eins haben.

Früher hatte sie noch gehofft, dass er sich irgendwann ausgetobt haben würde.

Ich weiß nicht, warum Ehemänner gleich zu trinken anfangen.

Die eigene Gemahlin genügt ihnen nicht mehr.

Jetzt wisse sie schon, dass es keinen Sinn habe, diesem Menschen etwas recht zu machen.

Man hätte nicht sagen können, wen mehr vor dem anderen ekelte, denn er sprach nur in der Kneipe mit seinen zufälligen Zechkumpanen davon, was für eine verstockte Person die Emmike sei, in die er noch heute so unauslöschlich verliebt sei.

Obwohl es doch so eine Liebesheirat gewesen war, die von der Emmike, Gott im Himmel, was für eine alles und alle hinwegfegende Leidenschaft.

Er liebe sie immer noch, doch sie liebe ihn nicht.

Was für ein wunderschönes Paar die beiden gewesen waren, wie sie unschuldig dastanden ganz in Weiß und Schwarz, was für ein fescher junger Mann, wie elegant die Schleppe von Emmike war.

Jeden Sonntag kamen sie in der Laube zusammen.

Wenn es tagelang in Strömen goss, was bei uns häufig vorkommt, wir haben hier das viele Wasser rundherum, dann kamen die Mitglieder des Damenkränzchens im Salon von Frau Zielinszky zusammen. Gelegentlich mussten sie den alten, mit grünen Tellern verzierten Kachelofen anschüren, wie sie das schnelle Einheizen im Sommer nannten. So kühl war es zwar nicht, dass es ein Sweater oder ein Schultertuch aus Kaschmir nicht auch getan hätte, doch alles war vom schweren, nach Schlamm duftenden Dunst des Flussufers durchdrungen. Wir sind auf unsere alten Tage rheumatisch und podagrisch geworden, wie die Damen lachend über sich sagten. Sie wärmten sich an den grünen Kacheln den Rücken, die Hände und die schmerzenden Kniegelenke. Sie mochten die feine Wärme.

Sie plauschten und tratschten nach Lust und Laune, diskutierten, tranken Tee, erinnerten sich an dies und jenes, gerieten sich in die Haare, tauschten Nachrichten und Falschnachrichten aus und spielten Canasta.

Wenn aber Frau Zielinszky in der hitzedurchfluteten Laube ihrer immer um dieselben Themen kreisenden Freundinnen schon einigermaßen überdrüssig geworden war und keine von ihnen die Zeit fand, sich zum Canasta hinzusetzen, ihr Pourparler nahm sie in Beschlag, wie sie sagten, oder auch wenn sie den Ort gewechselt hätten, sie waren nicht imstande, sich von ihrem Thema loszureißen, was soll denn das heißen, warum sagst du das jetzt zum fünften Mal, mir sagst du das, mir, dann rief Frau Zielinszky einfach aus, ihr führt euch auf wie aufgeschreckte Hühner, und holte von drinnen ein extra Kartenset.

Oder sie nahm gleich zwei Päckchen aus der Silberdose mit dem Wappen und ging zu den anderen in die Laube zurück, oder sie blieb ohne ein weiteres Wort drinnen, sie hatte wirklich genug von dem Palaver und Geschnatter, und setzte sich an den etwas ramponierten Kartentisch. Mit den Karten von einem oder zwei Päckchen legte sie eine Patience.

Je nachdem ob sie den Admiral oder die kompliziertere Schwarze Witwe legte. Die anderen schienen ihren stillen Auszug nicht zu bemerken. Sie blieben bei ihrem leeren Geschwätz, wie Frau Zielinszky den Casus Belli bezeichnete. Sie konnten sich mit ihren schrillen Stimmen in Debatten vertiefen, in denen sie selbst nicht viel Sinn sahen. Und wenn die Diskussion dennoch kein Ende fand, folgten sie Frau Zielinszky lärmend, kichernd oder unter schallendem Gelächter, sie solle als Schiedsrichterin die Sache entscheiden.

Frau Zielinszky zog höchstens verächtlich die Schultern hoch, legte weiter Karten ab oder nahm welche weg. So, dass man es deutlich hören konnte.

Die Damen kreisten ausschließlich um die unbedeutenderen Angelegenheiten des Lebens. Wenn irgendeine gewichtigere Frage am Horizont auftauchte, machten sie sogleich kehrt.

Sie wurden von Affekten gepackt, die sie noch nie gegeneinander empfunden hatten, und konnten nicht vermeiden, dass sie verletzend wurden.

Sie hätten es sich nicht träumen lassen, dass sie einander so verachteten, so verabscheuten.

Dann baten sie unter Tränen um Verzeihung.

Sie nahmen sich bei der Hand und küssten einander auf ihre gewohnte Weise. Dennoch blieb etwas Peinliches in der Luft, die gegenseitigen Exkusationen lasteten auf ihren Nächten.

Mein Gott, was habe ich getan, wie konnte ich nur, was ist mir da über die Lippen gekommen.

Den Gemütszustand von Frau Zielinszky hatten sie alle im Blick.

Nicht eine, die nicht auf sie achtgegeben hätte.

So gewählt drückten sie sich aus, damit nicht vielleicht doch etwas Zweideutiges, etwas als unanständig Interpretierbares hineinrutschte.

Frau Zielinszky war eine wortkarge Person. Irgendwann in der Vergangenheit mochte auch ihr Gesicht verstummt sein. Vielleicht in ihren frühen Mädchenjahren. Wer weiß, wegen welchem Schicksalsschlag sie fast ihre ganze Mimik verloren hatte.

Ihre Anwesenheit hatte jedenfalls Gewicht, ein tragisches Gewicht, das übte auf alle eine starke Wirkung aus.

Dazu kam noch ein schwerer Reitunfall in jungen Jahren.

Mit ihrer großen seelischen Last und ihrer dauerhaften körperlichen Beeinträchtigung lebten sie nirgendwo länger als zwei Jahre, denn das Schicksal führte sie von einer Garnison des großen Reichs der ungarischen Krone in die nächste, in dem Rhythmus, wie ihr Mann von einer Kavalleriekaserne in eine andere abkommandiert wurde. Sommers reisten sie in Kurorte, um ihre Beschwerden zu heilen, angefangen von Marienbad bis zu Évian-les-Bains, überallhin. Als sie ein Jahr vor Zielinszkys Versetzung in den Ruhestand, bereits beim Generalstab im Budapest, endlich zur Ruhe hätten kommen können, sie waren auch in ihr selten benutztes Heim in Buda zurückgekehrt, da konfiszierte das Volksdemokratie genannte Regime ihre Wohnung und verwies den gerade erst beförderten General nicht nur aus der Hauptstadt, sondern nahm ihm in der gleichen Woche jeden Rang, jeden Titel und sein gesamtes Vermögen ab, auch seine Rente und jegliche Einkünfte.

In einem Punkt hatten sie Glück im Unglück, dass sie nicht in die Tiefebene ausgesiedelt wurden, wie die Mehrheit der Personen seines Ranges, sondern man bestimmte ihr Ferienhaus am Flussufer zu ihrem alleinigen Aufenthaltsort.

Was bedeutete, dass sie sich nirgendwo sonst hinbegeben durften.

Als sie sich mit ihren inzwischen überflüssigen Sachen gerade in dem Ferienhaus eingerichtet hatten, bekam Zielinszky einen Schlaganfall. Pater Jónás begrub den General. Bei uns hatten ihn alle respektiert, mit allen hatte er sich freundlich unterhalten, ein humorvoller Mensch. In seiner letzten Überraschtheit konnte er nicht einmal mehr die Gartenschere aus der Hand legen.

Pater Jónás hätte ihn in der Familiengruft in Farkasrét zur ewigen Ruhe betten sollen.

Doch die Witwe bekam von der Behörde weder schriftlich noch mündlich eine Genehmigung. Aus schierem Wohlwollen steckte man ihr, sie möge sie nicht weiter behelligen, auf keinerlei Kontakte oder Privilegien hoffen, wo er verstorben sei, dort müsse man ihn begraben.

An den zwei Samstagen im Sommer, wenn die verwitwete Frau Fabius mit ihrem verkrüppelten Kind hier Urlaub machte, traf sich das Damenkränzchen bei der verwitweten Frau Zielinszky, das gemeinsame Teetrinken fand am Sonntag statt. Samstag war der Tag für Spaziergänge. An diesen beiden Samstagen trafen sie sich deshalb in der Laube der Frau Zielinszky oder bei kühlerem Wetter in ihrem Wohnzimmer, das sie zuweilen living room nannten, um einen gemeinsamen Spaziergang zum Haus der Teres Várnagy zu machen und Frau Fabius zu besuchen.

Selbst bei strömendem Regen, dann eben mit Schirmen. Es gab kein Pardon.

Frau Zielinszky hatte ihnen ja die Teres Várnagy empfohlen, damit sie wo Urlaub machen konnten, woher hätte die Frau Fabius wissen können, was für ein Schandmaul die Terka Vogelscheu hatte.

Das weiß doch jeder.

Warum soll ich es ihr sagen.

An jedem dieser Samstage musste das Damenkränzchen die Frau Zielinszky bei ihrem rituellen Gang begleiten. Es gehörte zu ihren angenehmen Pflichten.

Sie mussten mitgehen, auch sie waren Freundinnen der Frau Fabius geworden, sie konnten über den Ort, wo ihre Freundin Urlaub machte, nicht die Nase rümpfen.

Frau Zielinszky tat sich beim Gehen schwer, selbst mit dem Stock, dennoch wahrte sie bei allem die Form, wie es sich gehörte.

Sie war damals so unglücklich gestürzt, dass, obwohl das Pferd im Nu wieder auf den Beinen war, zu spät, ihr Schenkelknochen an zwei Stellen gebrochen war. Auch die Hüfte war verletzt. Jedoch hatte sie immer die soldatische

Haltung, ich bitte dich, es hätte schlimmer kommen können.

Sie war vier Mal operiert worden, aufgrund verschiedener Muskelentzündungen und -versteifungen blieb das eine Bein dauerhaft verkürzt.

Der Sonntag wurde ihr Jour fixe, da fanden ihre ausführlicheren Treffen statt.

Wenngleich sie einander einzeln auch an anderen Tagen häufig besuchten.

Sie kamen und gingen mit den vielen blauen Umschlägen, die sie von ihren Kindern, die es in die Ferne verschlagen hatte, oder von sonstiger Verwandtschaft par avion bekommen hatten.

Sie hatten sich eine gewisse Unbeschwertheit bewahrt, als würden sie die langen Jahre nur so zum Vergnügen an einem netten Badeort verbringen.

An den beiden Samstagen saßen sie in dem geräumigen Laubengang von Teres Várnagy beim Tee beisammen. Er war größer, als der von anderen Leuten, Sakrament, woher hätten sie wissen sollen, warum sie ihn so groß hat machen lassen.

Auch bei ihr tranken sie immer englischen Tee.

Jede der Damen mochte ihn auf spezielle Art, auch dabei verstanden sie keinen Spaß. Bitter oder mit Zucker. Oder mit ein bisschen Milch, einem Tropfen.

Die Terka hatte von irgendwoher, sie wird sie doch nicht gestohlen haben, zwölf große, geblümte Porzellantassen. Die Blumen traten aus dem Porzellan hervor. Auch eine ebensolche Kanne, eine Schüssel und Kuchentellerchen hatte sie, wo sie das alles hergehabt hat, ich weiß es nicht.

Die Teres Várnagy buk für die Gäste der Frau Fabius aus den Falläpfeln jeden Samstag Apfelstrudel.

Weil die schön roten Äpfel vom Baum gab sie dafür nicht her, die nicht, die guten Sommeräpfel, warum sollte sie. Es reichte, wenn sie Nüsse reintat, in ihren Strudel. Etwas von den Nüssen rieb sie auch in den Teig. So ein Rindvieh war sie, dass sie alles Eigene immer mit anderen teilte, alles in ihrem Garten für sie abpflückte.

Die Äpfel waren nicht viel wert, aber sie waren ihrem Sohn vorbehalten. Sollen sie lieber am Baum verfaulen, die Vögel sie zerpicken, wenn Elemérchen sie nicht mitnimmt.

Vielleicht kommt er ja doch mal heim, dann soll er ein paar Sommeräpfel mitnehmen können.

Nimm ein paar davon mit, Elemérchen, bring deiner Erika gute heimische Äpfel mit.

Sie hielten sich nicht lange, aber es waren wirklich schöne Sommeräpfel.

Ihre Schwestern neideten ihr auch die Äpfel, denn sie hatte gute Winteräpfel, Pogatschenäpfel, solche hatte bei uns sonst niemand.

Auch bei Frost blieben sie heil am Baum. Sie konnte sie Anfang Dezember pflücken, wenn sie nirgendwo hinmusste, auch auf den Berg nicht, weil sie und die Rosa die Zeilen schon gut abgedeckt hatten, der Fuhrmann aus Bogdány hatte für sie den Mais eingefahren, der Dünger war ausgebracht. Was sie für einen Dünger hat, den sie aus dem Koben holt. Was der brennt, heiliger Arsch.

Zum Maisbrechen hatte sie den ganzen Winter. Von den Gänsen, wie viel Federn und Daunen hatte sie da, ein großes Nichts.

Dann musste sie untätig dasitzen.

Die Pogatschenäpfel lagerte sie in ihrem großen Tragekorb, nun konnte sie auf ihrem Arsch sitzen, bis zum Frühling musste sie damit ohnehin nirgends mehr hingehen.

So ist der Apfel, er schützt sich selbst.

Wenn er im Korb verfault, heißt das noch nicht, dass deshalb die anderen verfaulen.

Aber sie aß ihn nicht, keinen einzigen von den Äpfeln aß sie. Sie bekam Sodbrennen davon, dabei hatte sie solche Lust auf sie.

Oder Elemérchen nahm sie mit, wenn er sie mitnahm, weil den ganzen Winter kam der Gauner nicht ein einziges Mal, dann machten sich ihre Schweine darüber her. Sie konnte sich gar nicht sattsehen. So schön waren sie schon vor dem Schlachten, so rosig waren ihre Backen, wenn sie die Äpfel krachen ließen, sie lachten fast beim Fressen. Man sah ihnen an, dass sie die süßen Pogatschenäpfel noch lieber mochten als die Brennnesseln.

Das Herz brannte ihr, dass wenigstens die sie liebten.

Niemand liebte so, wie sie liebte.

So war das auch im Lied, Manyi Kiss hatte es im Orfeum oft genug gesungen.

Wegen einer einzigen großen Schuld wird sie das ganze Leben nicht geliebt.

Wie viel Unglück und Schande hat sie über sie gebracht, wir müssen leiden ohne Ende wegen dir.

Ihr hättet euch selbst welche pflanzen können, habt ihr nicht, ihr Luder, holt euch woanders schöne Pogatschenäpfel, nicht bei mir.

Weil sie hatten so sehr Lust auf ihre Pogatschenäpfel.

Auf einen Scheißdreck kannst du Lust haben.

Ihr habt ja einen großen Garten, bei euch wäre der Apfel gediehen. Ihr hättet Setzlinge aus Kecskemét kommen lassen können.

Ich hab welche kommen lassen.

Bei den Damen war es Gegenstand heftiger Diskussionen, was als Erstes in die Tasse gehörte, ob der Tee auf die Milch oder die Milch in den Tee gegossen werden solle.

Die beiden verschiedenen Vorgehensweisen, kein Zweifel, gaben dem Tee einen anderen Geschmack, eine andere Qualität, einen anderen Duft, und auch diese Debatte konnten sie zu keinem Abschluss bringen.

Eine Frage des Geschmacks.

Ganz so ist das aber nicht.

In welchen Schornstein ist das geschrieben, wenn du gestattest.

Es geht nicht darum, was ich dir gestatte.

Ich möchte bemerken, dass es in England kein herrschaftliches Haus gibt, wo im Schornstein des Kamins nichts geschrieben steht.

Ich fürchte, liebe Freundin, dass wir in dieser Hinsicht einen Unterschied zwischen Schottland und Wales machen müssen, und auch in Schloss Windsor müssten wir Erkundigungen einziehen.

Frau Mentes nahm es der leidenschaftlich anglophilen Frau Mirák übel, dass sie beim englischen Hof angeblich irgendwelche Erkundigungen einziehen musste.

Als ob sie das nicht ohnehin wüsste.

Nach Meinung von Frau Mirák habe sie dann keine gute Kinderstube genossen.

Dergleichen lasse sie sich auch von Frau Mirák nicht sagen.

Frau Fabius dagegen ließ sich von vornherein nicht darauf ein, dass sie Frau Mentes im Namen irgendeiner angeblichen oder tatsächlichen Wahrheit gegen Frau Mirák in Schutz nehmen müsse.

Da konnten sie sie noch so fordernd ansehen, damit sie Partei ergreife, für die eine oder für die andere, sie fixierten sie geradezu wegen solch einem Blödsinn. Sie schwenkte lieber ab. So nannten sie es in ihren Kreisen, wenn jemand einer heiklen Frage auswich.

Sich nicht auf sie einließ.

Sie begann ganz heiter darüber zu reden, dass es schon stimme, wenn man den Tee auf die Milch gieße, werde das Bittere des Tees von der Milch etwas gemildert, aufgelöst, wenn man es umgekehrt mache, werde der Tee cremiger und sein Aroma schärfer.

Wie großartig das sei.

Wunderbar, auch wenn nicht ganz verständlich.

Man habe ausschließlich Vorteile davon, fabelhaft, ob man es so mache oder so.

Sie kicherte dazu, als habe sie endlich den Gordischen Knoten durchschlagen oder eine epochale Entdeckung gemacht, doch alle fassten es so auf, dass Frau Fabius überaus hinterlistig ihren Spott mit ihnen treibe, und sagten es ihr auch gleich ins Gesicht.

Teres Várnagy hatte es beim Backen so eingerichtet, dass sie den Apfelstrudel noch warm zum Tee servieren konnte, wie sie es bei Hella in der Úri utca gelernt hatte. Denn dort hatte man ihr ja wirklich beigebracht, was kalt, was warm und was heiß aufzutischen ist.

Wenn sie nur die Frau Mentes hätte ausstehen können, am liebsten hätte sie sich gar nicht um sie gekümmert, sie übersehen.

Frau Tölösy wiederum konnte Frau Fabius nicht ausstehen, weil diese in einem fort übertrieb und ihre Nettigkeiten so schleimig waren, doch sie ließ sich ihre Abneigung nicht anmerken, schon allein wegen ihres Ehemanns.

Frau Mentes konnte Teres nicht ausstehen, jedes Mal hatten sie spitze Bemerkungen füreinander.

Denn die Frau Mentes hatte immer irgendein Problem mit ihrem Strudel und mit allem anderen auch.

Großartig, Teres, wie Sie, Teres, so einen gewöhnlichen Apfelstrudel auftragen, ich bin immer erstaunt, wie Sie sich auf das Servieren verstehen, Sie werden wohl in guten Häusern gewesen sein.

Wenn Sie gestatten, dass ich das sage.

Heute war er nicht mehr warm genug, natürlich ist es auch nicht günstig, wenn er zu heiß ist, denn dann kann der Apfel seinen Geschmack nicht richtig zur Geltung bringen.

Dem Strudel von Teres fehle nichts, rein gar nichts, doch Teres solle es ihr nicht übelnehmen, sie stelle nur fest, ein Jurist würde sagen, das ist der Sachverhalt, Zimt hätte noch dazugehört und der Strudel sei tragisch kalt, doch damit wolle sie Teres keineswegs kränken.

Nüsse gehörten unbedingt in die Apfelfüllung hinein, natürlich, mit Nüssen sei der Strudel fabelhaft, himmlisch, es sei denn, wenn von der Schale etwas hineingerate.

Denn manchmal geriet in der Tat etwas davon hinein, wenn sie an Winternachmittagen die Nüsse knackte und im dämmrigen Licht der Küche nicht mehr gut sah.

Wenn es viele Nüsse waren, dann spannte sie auch den Hamza zum Nüsseknacken ein, damit er nicht nur die Bibel erklärte, doch viel Nutzen hatte sie nicht von ihm.

Sie machte kein Licht, was würden die Nachbarn sagen, sogar der Ableser würde über sie lachen und überall herumerzählen, wie viel Strom die Teres verbraucht.

Jeden Monat wurde sie vom Ableser gelobt, wie sparsam sie mit dem Strom war. So eine sparsame Frau gebe es nicht noch einmal.

Der Zuckerstreuer ist immer ein heikles Ding, ich weiß, Teres, entweder ist er verklebt oder es kommt zu viel heraus. Unsere Teres hat diesmal wohl schwungvoll Gebrauch von ihm gemacht.

Der zu warme Teig saugt sich damit voll.

Ich zuckre den Strudel, wenn er schon ein wenig abgekühlt ist.

In solchen Fällen kam Frau Fabius der Teres Várnagy dann doch zu Hilfe, sie musste sie verteidigen, das war ihre Schwäche, niemanden nahm sie in Schutz, die Teres jedoch gegen jeden.

Zumindest machte sie eine sehr nachdenkliche Miene dazu, als würde sie die Berechtigung der Behauptung von Frau Mentes prüfen, dann sagte sie mit dem liebenswürdigsten Lächeln, dass sie das ganz und gar nicht finde.

Woran sich eine heiße Debatte hätte entzünden können, wie man mit dem vermaledeiten Zuckerstreuer umzugehen habe. Ob man den Strudel, die Palatschinken, die Mohnbeugel oder die Vanillekipferl auf verschiedene Weise zuckern müsse.

Manchmal nahmen sie aus reiner Höflichkeit ein Streitthema nicht zur Kenntnis. Sie schienen nicht zu hören, was die arme Teres wegen ihres Zuckerstreuers von der offensichtlich groben Frau Mentes alles erdulden musste.

Frau Mentes stach in dem Damenkränzchen doch etwas heraus, obwohl die anderen sie aus ganzem Herzen aufgenommen hatten. Schließlich war sie die Witwe des Vizegespans.

Voilà, so war ihr Naturell.

An diesem Sonntag im Juli vereinbarten sie, dass sie Frau Fabius dann am kommenden Samstag besuchen würden. Wenn Frau Fabius schon am Freitag angekommen war, sie aber erst am Samstag überhaupt erfahren hatten, dass sie hier war.

Margit hätte das wirklich schreiben können.

Ohne Ankündigung konnten sie nicht so einfach mit der Tür ins Haus fallen.

Oder ich gebe wenigstens ein Telegramm an die Quitty auf.

Es soll nichts Schlimmeres passieren, besänftigte Frau Zielinszky sie schon auf ihrem üblichen samstäglichen Spaziergang.

Jetzt hatte sich Frau Fabius aber wirklich gemeldet, sie empfingen sie mit überschwänglicher Begeisterung, als wären sie mächtig überrascht, als Frau Fabius im Eilschritt und lachend in der Laube erschien.

Sie konnten sich gar nicht mehr beruhigen, so freuten sie sich jedes Jahr übereinander.

Sie riefen ihre Namen und Kosenamen, lobten, wie gut sie sich gehalten hatten, bewunderten das von den Wiener Verwandten per Post gesendete kleingeblümte Sommerkostüm.

Wie gut ihr das steht mit der hohen Taille und dem kleinen Bolero.

Sie fragten, wie lang sie denn nun bleiben würden.

Was für eine Sensation, dass die Wiener und die Prager Verwandten kamen.

Alle küssten sie sich auf beide Wangen, symbolisch.

Mit gespitzten Lippen hauchten sie ihre Küsse in die Luft.

Doch an diesem Sonntag, auch Frau Fabius bemerkte es, war etwas nicht in Ordnung, Frau Zielinszky musste mit besonderer Rücksicht, mit gesteigerter Aufmerksamkeit behandelt werden.

Spontane Bemerkungen besser vermeiden.

Wenn der Föhn über die Hügel von Nagymaros fegte, hinunterstürzte und sich über dem Wasser ausbreitete, dann waren sie argwöhnisch, ich spüre es, doch es gab keinen Föhn. Frau Zielinszky war aus irgendeinem Grund gereizt. Sie machte Späße, fuhr die anderen an, schrie auf.

Jeden Sonntag brachte Frau Mentes zum Tee ihre unübertrefflichen Haselnussbusserln mit. Ein kleines, flockenleichtes und knuspriges Gebäck. Das Eiklar von fünf Eiern braucht man dazu. Mit Staubzucker schlägt sie es steif.

Wirklich keine große Kunst.

Den Staubzucker gibt sie erst dazu, wenn der Schnee schon steif zu werden beginnt.

Busserl, Haselnussbusserl war auch ein Wort, dass sie vor Frau Zielinszky nicht aussprechen durften.

Wichtig ist auch, dass du bitte die fein gemahlenen Haselnüsse vorsichtig hineinmischst. Damit der Eischnee um Gottes willen nicht zusammenfällt. Niemals darf man ihn verschrecken. Sie habe einen flachen Elfenbeinlöffel, mit dem könne sie die Nüsse regelrecht hineinstreicheln, bloß nicht rühren.

Alle wussten es, der uralte Cremelöffel, denn die Frau Mentes war äußerst stolz auf ihn, sie konnte das uralte Elfenbein gar nicht oft genug erwähnen, ihr Elfenbeincremelöffel sei ihr mehr wert als alles, was bedeutete, aus welch großartiger Familie sie doch stammte, wo es einen Elfenbeinlöffel gab.

Der einzige Trick dabei, du rührst nicht um, sondern tust so, als würdest du Achten in den Schnee schreiben.

Ein paar Tropfen Rum dazu, leicht benetzen, nicht besprengen, anspritzen auf keinen Fall.

Irgendwelche Schandtaten darf man an dem Schnee nicht verüben.

Den Spritzbeutel oben fassen, nicht den Schnee, die Luft drücken.

Ich lasse kleine Tupferchen auf das bemehlte Backblech flutschen.

Für Frau Zielinszky war das unachtsam hingeworfene Flutschen genug, um in Fahrt zu kommen, sie jaulte auf, lasst es nur flutschen, gegen das Flutschen habe sie keine Einwände.

Bravo, bravo, nur zu. Wenn es flutscht, kann das nur gut sein.

Frau Mentes sprach weiter, als hätte sie es nicht gehört.

Das Geheimnis sei die Vorsicht, die Geduld. Wenn nur der Schnee nicht zusammenfällt, um Himmels willen, bevor er im Rohr Hitze bekommt.

Sie ließen das Gebäck zwischen den Zähnen krachen.

Es war eine Kraftprobe von mythologischer Dimension, sie durften nicht mit der Wimper zucken.

Den englischen Tee bekamen sie per Post.

Sie konferierten ausgiebig über das Haselnussbusserl, ohne die Bezeichnung auszusprechen, jedes Mal lobten sie es im Chor, noch nie sei es so aromatisch und knusprig gewesen.

Das Nonplusultra.

Das Höchste, unvergleichlich, überwältigend, absolut unübertrefflich.

Kaffee konnten sie sich nicht schicken lassen. Sie wussten nicht, warum, sie fragen sich auch gar nicht, warum die Kommunisten das verboten hatten, wo doch gar keiner zu bekommen war, doch gegen den Tee hatte auch das Einfuhrgesetz nichts einzuwenden.

Frau Zielinszky erhielt ihn direkt aus Kanada, mit der Schiffspost, so war es für ihren Sohn günstiger, sagte sie mit tiefer Überzeugung, der Tee kann ruhig auf dem Meer reisen, denn András, ihr Sohn, war sechsundfünfzig, im Jahr des Volksaufstands emigriert, im November, als einer der Ersten, die noch einfach über die Grenze spazieren konnten, es reiche, mehr Erlebnisse brauche er nicht, vielen Dank, hier bleibe er nicht, es sei ihm zu zugig, später würde er die Mutter nachholen.

Er hätte nach Australien gehen wollen, genauer gesagt nicht nach Australien, sondern nach Tasmanien, um auch noch von Australien schön weit entfernt zu sein, doch schließlich war er in Halifax hängengeblieben, wo er mit dem ersten überfüllten Flüchtlingsschiff von Genua aus eingetroffen war.

Die eine Schiffsreise habe ihm gereicht, wie er schrieb.

Kanada bitte schön ist sicherlich nicht des Klimas wegen empfehlenswert.

Mehr erzählte Frau Zielinszky nicht von ihrem Sohn.

Sie erwähnte auch nicht, warum András sie dann doch nicht zu sich holte.

Über die in der Ferne lebenden Verwandten erzählten sie durchwegs, wer was par avion geschrieben hatte, habe ich dir das schon erzählt, fragten sie einander.

Doch dass András nicht heiratet, wussten sie schon.

Er hätte längst heiraten sollen.

Die älteste Schwester von Frau Tölösy war in Groningen verheiratet, doch sie war schon früher ausgewandert, noch in der kurzen Koalitionszeit, denn Frauen konnten Theologie damals nur dort studieren, und schon am ersten Tag waren sie und ein schlaksiger Pastor namens Rob van Hutton einander aufgefallen, ein ganz süßer Kerl, du kannst dir nicht vorstellen, was für lange Arme und Beine er hat, sie versorgten die ganze Familie Tölösy reichlich mit englischen Tees.

Gerne hätten sie Butter, Käse geschickt, alles, was sie brauchen, sie hatten immer gute Laune, der Kindersegen war groß, doch sie verstanden nicht, warum bei ihnen die Kommunisten ausgerechnet über diese Waren ein Einfuhrverbot verhängt hatten.

Was für eine Dummheit, rief Frau Zielinszky aus, schreibt, dass wir das auch nicht verstehen, sie sollen sich damit nicht abgeben, die Kommunisten muss man nicht verstehen. Eine inkonsequente und inkohärente Bande.

Der Sohn von Frau Mentes, ein Ingenieur, schickte den englischen Tee direkt aus England.

Was für ein Blödsinn, schrie Frau Zielinszky, wenn sie schon wieder die ewige Leier vom englischen Tee und vom Schloss Windsor anstimmten.

Wollt ihr den englischen Hof nicht mal beiseitelassen.

Woher zum Kuckuck soll England englischen Tee herhaben, wenn nicht aus Indien.

Noch ein Glück, dass sie den ganzen Kontinent erobert haben, Ceylon inbegriffen.

Das brachte für einen Moment sämtliche Damen zum Schweigen. Mit einem gewissen inneren Beben verfolgten sie, ob der unschuldige englische Tee noch Schlimmeres nach sich ziehen würde.

Die ältere Frau Mirák wusste von der Enkelin ihres Mannes, von Piroschka, dass die plötzlichen Stimmungsschwankungen, die hin und wieder ordinären Ausbrüche bei der Frau Zielinszky keine Eskapaden, sondern ein Syndrom waren. Die älteste Tochter der älteren Frau Mirák lebte in Paris. Mimi, wie Borischka in der Familie genannt wurde, hatte einen blinden französischen Katholiken geheiratet, niemand im Damenkränzchen sprach darüber, welcher Beschäftigung sie nachgingen. Sie schwiegen gemeinsam über diese ganze Ehestory, derzufolge Mimi es fertiggebracht hatte, in Lyon mit einem blinden Masseur, ob katholisch oder nicht, mindestens zwei Jahre zusammenzuleben.

Solange der Krieg noch andauerte.

Dann würde er sie heiraten.

In Wirklichkeit hätte sie in Lyon den Beruf der Seidenmalerin erlernen sollen, die Ausbildungsgebühr und die Unterhaltskosten zahlten sie ihr anständig. Das Geld mussten sie ihr auf wirklich abenteuerlichen Wegen zukommen lassen. Schließlich standen wir mit den Franzosen im Krieg. Später lernte sie wegen des blinden Franzosen in Lyon pediküren, um, wenn der Krieg vorbei war, mit ihm gemeinsam in Paris einen Salon zu eröffnen.

Sie fanden das einfach degoutant.

Vor Frau Zielinszky hätten sie gar nicht darüber sprechen können.

In der Rue de Bac eröffneten sie ihren Salon, er florierte, die viele Arbeit richtete Mimi körperlich zugrunde, doch der Blinde hatte recht behalten, sie kamen in der Rue de Bac sehr in Mode, eine richtige Erfolgsgeschichte, sie kauften alle Wohnungen im Haus, wo sie zu Beginn nur einen kleinen Geschäftsraum gemietet hatten.

Die Damen meinten, der blinde Franzose müsse ein hinterhältiger Mensch sein.

Sie glaubten es nicht ganz.

Sie schickte große Pakete, der Wildfang Mimike, doch Tee gerade nicht.

Sie schickte Kolonialwaren, diesen Sammelbegriff gebrauchten die Damen für dergleichen.

Außerdem schickte sie gebrauchte Kleider, die kamen Miráks sehr zupass, eventuell verkauften sie sie gleich für gutes Geld unter der Hand. Mimike schickte wundervolle Meterware vom Ausverkauf, diese exklusiven Stoffe bildeten die Grundlage für Piroschkas tadellose Garderobe.

Die beiden Kleinen, Andriska und Tünde, und andere verwandte und Nachbarskinder spielten in unmittelbarer Nähe der Laube mit dem verrückten kleinen Hund, vielleicht zu fünft, als sie auf einmal wie toll zu schreien und zwischen Laube und Ufer, wohin das scharfe Gebell des Hundes sie begleitete, hin und her zu laufen begannen.

Wenn Andriska und Tünde ein Schiff herankommen hörten oder sehen wollten, was die Fähre gerade vom anderen Ufer herüberbrachte, dann rannten sie. Quer durch den verwilderten Garten, die Treppe hinunter, durch die vergitterte Gartentür, das verrostende Eisentor hinaus, das man bei steigendem Wasserstand verschloss, damit der Garten hinter der hohen Steinmauer nicht überflutet wurde, sie jagten einander schreiend an den Uferweiden vorbei, hinaus auf den breiten, gewölbten, knirschenden Schotter, den zumindest zweimal jährlich eine dauerhafte Dürre oder der lange, trockene Herbst freilegte.

Sie wateten in die langsam anschwellende Donau, in die sie ohne Aufsicht von Erwachsenen nur bis zu den Knien hineingehen durften.

Bis dorthin begleitete der kleine Hund sie nicht. Er blieb unter den Uferweiden, zwischen den bis zum Boden herabreichenden Ästen und bellte voller Glück. Sogar dort mit eingezogenem Schwanz, jederzeit fluchtbereit.

Er schien aus der nordwestlichen Luftströmung herausgerochen zu haben, dass der Sohn vom Zwerglein irgendwo im Umkreis von fünfhundert Metern bis zu den Knien im Wasser stand.

Bei steigendem Wasserstand macht man einen besseren Fang.

Zu der Zeit geht man bei uns Silberfisch fangen. Ein Stöckchen, eine Schnur, einen kleinen Haken, mehr braucht es nicht. Die Silberfischchen werden schön in einem Eimer gesammelt. Mit den größeren Ruten, den besseren Rollen und den teuren bunten Schwimmern kann man dann nach ordentlichen Raubfischen angeln.

Der Sohn vom Zwerglein war nicht zu sehen.

Vom anderen Ufer allerdings hätten die Fährleute ihn sehen können, während sie sich mit dem Anlegen abmühten. Aber auch wenn sie ihn sahen, dem Sohn vom Zwerglein schenkte bei uns keiner Beachtung. Ich seh ihn, ich seh ihn, aber ich hab was anderes zu tun, als auf diesen verfickten Bastard zu achten. Gegen alle anderen Blicke war er mit Sicherheit von den Uferweiden verdeckt.

Im sonnendurchfluteten seichten Wasser, wo er stand, tummelten sich bei steigendem Wasserstand Schwärme von kleinen Fischen.

Hinter ihm, oben auf dem Damm kam der Höss, er war auf dem Weg zu seinen Bienen den Berg hinauf.

Von dort konnte er den Sohn vom Zwerglein sehen, wenn er vom Damm hinuntersah, aber dieser verfickte Bäcker, das Brot von dem könnte mir gestohlen bleiben, sah ihn sicher nicht.

Auch hören konnte er ihn nicht, weil wegen dem vielen großen Hochwasser von früher ist der Damm bei uns viel weiter weg und höher, und das Laub von den Weiden am Ufer säuselt auch immer ein wenig.

Dass sich die Luft kein bisschen bewegt, haben wir noch nie erlebt.

Die Blätter von der Weide sind scharf, sie kratzen aneinander.

Da blieb der Höss beim Stumpf einer längst abgestorbenen Weide stehen, Anfang der Woche hatte sich darin eine ganze Kompanie von schwarzen afrikanischen Hornissen angesiedelt.

Seit der Höss entdeckt hatte, dass diese verfickten schwarzen Hornissen in der Nähe seines Bienenvolks sesshaft werden, machte es ihm großes Kopfzerbrechen, was zum Henker er nun mit ihnen anfangen sollte. Am Vortag, die Glocken läuteten gerade, hatte er kurzentschlossen den Eingang und den Ausgang dieser Hornissen mit dicken Ästen eins, zwei, drei verstopft.

Damit die Mistviecher in ihrer eigenen Scheiße ersticken.

Das war schnell erledigt, die Bewegung meisterhaft

genau, doch dann schlich er sich ganz langsam davon, als würde er im Luftzug fortschweben.

Dabei hat er Arme, so dick wie deine Oberschenkel.

So kann er gehen, wenn es ihm passt. Der Höss macht nichts, von dem er keinen Vorteil hat. Die ausgesperrten oder gerade von irgendwo zurückkehrenden Hornissen sollten nicht auf seine Bewegungen aufmerksam werden. Er brachte sich sozusagen langsam in Sicherheit. Den Sohn vom Zwerglein konnte er von dort nicht sehen, auch wenn er neugierig auf ihn gewesen wäre.

Er hockte sich sogar eine Zeit lang hin, damit seine große, schwere Statur ihnen nicht auffiel.

Für das konnte er nichts, beim Hinhocken krachte ihm die Hose am Arsch, als würde er einen fahren lassen.

Er blieb so lange dort, bis die draußen gebliebenen Hornissen sich beruhigt hatten oder woanders hingeflogen waren. Was weiß ich, die Luft war wieder rein, da näherte er sich dem Stumpf noch langsamer mit einem anderen verfickten Pflock und verstopfte rasch den Eingang.

Weil Aus- und Eingang verwechseln diese schwarzen afrikanischen Hornissen niemals.

Wer weiß, warum das ums Verrecken so ist, aber es ist so.

Der Höss weiß immer, was er zu tun hat.

Der Flug der Hornisse ist interessant, das muss man ihr lassen, auch wenn das nicht zum Thema gehört.

Nämlich nicht so, wie die Wespen oder die Bienen, die schaukeln nicht hin und her, um ihre Richtung zu finden, die wissen, was sie wollen, grade drauf zu, sie treffen voll.

Der Höss lebte sich so in sie hinein, in diese beschissenen schwarzen afrikanischen Hornissen, dass er später die

Geschichte von diesem Sonntag in diesem Sinn erklären konnte.

Er hatte kein Gift dabei.

Was zum Henker sollte er Gift dabeihaben.

Auch auf der Polizei soll man ihm so was nicht sagen.

Er wird seine Bienen nicht mit Gift piesacken. Dass dann sein Honig voll mit Gift ist.

Er hat sie gesehen, als er mähen ging, klar hat er sie gesehen, allen hat er das gesagt.

Solange sie keinen neuen Platz gefunden hatten, hingen sie als Traube an einem Baum und berieten sich lautstark über ihre Lage und die neue Richtung.

Ihre gewaltigen Trauben sahen aus wie Rieseneier aus einem bösen Märchen.

Die Aufklärer lösten sich vorsichtig, fast zögerlich von der äußeren Schale des Rieseneis und kehrten mit den neuen Nachrichten in Windeseile zurück, um dann wieder bei den anderen auf der äußeren Schale zu landen.

Dann wurde es im Inneren des Rieseneis laut, es pulsierte richtig. Vielleicht brachten sie die Nachricht ihrer Königin und verkündeten deren Beschluss, so oder so solle es sein. Weiß der Teufel, ob die ihr Wissen untereinander teilen und zu einer Entscheidung kommen müssen.

Kein Lebender hätte sich getraut, sie einzufangen, nur behelmt sie mit Gift zu vernichten, mit einem langstieligen Spritzgerät, gib ihm. Die sind Fleischfresser, Aasfresser, man wird schon sehen, einmal kriegen die auch auf Menschenfleisch Appetit. Sie ernähren sich von Gliederfüßern, kleineren Wespen, Honigbienen, um ihre eigene Brut aufzuziehen.

Im Notfall werden sie Kannibalen, wenn sie sonst nichts

haben, fressen sie sich gegenseitig auf, die Schwachen, die Hinfälligen.

Auch alle anderen Insekten und Raupen fangen sie und töten sie mit einem einzigen Stich.

Den spitzen Stachel tragen sie an ihrem Hinterleib. Er ist voll mit starkem Nervengift, schnellt schräg aus dem Hinterleib nach vor, sie stechen zu und ziehen ihn ohne Verletzung zurück.

Sie dringen in deinen Bienenstock ein, stehlen deinen Honig, töten die Brut und tragen sie davon.

Sie verstümmeln beim Töten, mit ihren Kiefern zerreißen sie deine ganze Brut und fressen sie auf. Den Mittelleib nehmen sie mit. Die Arbeiterinnen schaffen es kaum, die vielen verstümmelten Leichen aus dem Bienenstock zu zerren.

Das müssen sie erledigen, es ist ihre Sache, dem Zerfall der organischen Substanz zuvorzukommen, Infektionen fernzuhalten.

Das hat der Höss berücksichtigt, als er sich am Samstag gleich zweimal zu dem riskanten Schritt entschloss.

Zuerst den Ausgang der Höhlung, wenn sie ihn nicht finden können, summen sie erregt, wo zum Henker ist unser Ausgang hin, dann den Eingang.

Mit aller Kraft knallte er das Holz ins Loch hinein.

Kraft, die hatte der Höss.

Dabei hatte er diese Holzstücke nur irgendwo dort gefunden. Die Schwaben sind so, die wissen sich immer zu helfen.

Sie krepieren nicht am Durst und nicht am Hunger. Wenn sie keinen Ausgang und keinen Eingang haben, gehen sie innerhalb von Stunden zugrunde, weil die Arbeiterinnen die Exkremente nicht hinaustragen können, die andern fressen nämlich ständig, sie fressen die Vorräte auf, um nicht zu krepieren.

Falls die Arbeiterinnen kein neues Loch finden, graben, bohren. Wenn sie das nicht schaffen, weil die Weide schnell verrottet, verfault, zerfällt, aber keine Risse bekommt, gehen sie binnen zwölf Stunden zugrunde, oder die Sepsis lähmt sie.

Als der Höss am Sonntag abermals dort vorbeikam, waren zwölf Stunden längst vergangen, sogar sechsundzwanzig Stunden.

Zuvor hatte er umsonst immer wieder davon geredet und die Gefahr gemeldet, die mit den schwarzen afrikanischen Hornissen auf uns lauerte. Schon im vergangenen Sommer hatte er es dem Kiskovács gemeldet, unserem Vorsitzenden, im Juni, zweimal forderte er ihn auf, er solle doch endlich kommen, der Genosse Vorsitzende, denn er zog ihn gerne auf.

Das zweite Mal sprach er ein ernstes Wort mit ihm, auf der Straße, vor dem Gemeindehaus.

Das weißt du ganz genau, verflucht, tu nicht so, als würdest du das nicht wissen.

Hab ich es dir nicht schon letzten Juni gesagt, aber ihr scheißt drauf in der Parteischule, was die Kulaken reden.

Jetzt sind sie oben auf dem Hügel, beim Kreuzweg.

Kümmere dich darum, verflucht, was zu tun ist. Dort am Feldrand beim Kreuzweg sind meine wertvollen Bienenstöcke, nicht nur die vielen nackten Budapester. Dort sind die Jungen mit dem Herrn Nuki auf dem Sportplatz, und das ganze verfickte Gelände mit den Campern.

Wer wird die Suppe auslöffeln, überleg dir das, Kiskovács.

Ich werde dir nicht sagen, was du zu tun hast, du bist unser Vorsitzender mit deinen vielen Parteikursen, aber denk doch mal nach, Kiskovács.

Vielleicht irre ich mich, aber der Visegráder Abdecker müsste sie mit Gift erledigen.

Du wirst es wissen.

Nicht ich, der Abdecker wird dafür bezahlt, verdammt noch mal, dass er sie um die Ecke bringt. Und dann soll ich es machen, ich soll statt ihm Gift haben. Dafür wird er nicht bezahlt, verdammt, dass er mit seiner Schwiegermutter in der Arbeitszeit den verfickten Fenchel auf dem Staatsland mit dem giftigen Scheißpestizid besprüht.

Das ist seine Sache, nicht nur die streunenden Hunde einfangen und in die Aasgrube werfen. Er schlägt sie nicht mal tot.

Ich bin nicht so blöd, wie du denkst, dass ich nicht weiß, was über den Abdecker im Gesetz steht.

Der Höss weiß genau, warum der Kiskovács, der Pächter, dieser Häusler, dieser Knecht, der hier mit seiner Familie immer ein großer Niemand gewesen war, nicht mal seinen Gruß haben sie erwidert, wozu soll man einen Pächter grüßen, warum der sich nicht mit dem Abdecker in die Haare kriegen will.

Auch ihnen machte ihre Überbevölkerung eine Menge Arbeit und Probleme, den Hornissen, das hatte der Höss schon verstanden.

Wir sind alle Geschöpfe Gottes, wir können nicht anders, als uns zu vermehren, zu wachsen, auch wenn uns die Schöpfung nicht gefällt.

Er jedenfalls wird ihnen nicht mit Gift zu Leibe rücken, das soll der machen, der dafür zuständig ist.

Diese schwarzen afrikanischen Hornissen konnten phantastisch lange Wege zurücklegen, um für ihre Brut einen neuen Ort zu finden. Sie sehen sich an, wo es viele Insekten und viele Würmer in der Umgebung gibt, als Futter nicht nur für sie, sondern auch für ihre Brut.

Es gab ja hier seine Bienen für sie.

Wenn der Abdecker mit seinem Gift kam, konnte er auch mit seinen Bienenstöcken zum Teufel gehen. In zwei Jahren vielleicht konnte er sie dann zurücksiedeln.

Sein ganzes Leben lang hatte er Erfahrung mit den Bienen gesammelt, er kannte sich aus.

Über Bienen und Wespen wusste er fast alles. Er wusste, wer die Königin beherrschte, der hatte das ganze fleißige Bienenvolk in der Hand. Sollen ihn jetzt vielleicht die Hornissen ausrauben und seine Bienenzucht kaputt machen, wo er sein ganzes Leben so viel Arbeit mit ihnen gehabt hatte.

Was er nicht alles für die Bienen machte. Nicht nur, dass er seine eigenen Bienen mit wilden Bienen verschiedener Rassen kreuzte, Himmelherrgottsakrament, ihren Stamm widerstandsfähig gegen Infektionen machte, sondern er züchtete Königinnen. Von hier nahm er sie heraus, dort steckte er sie hinein. Keine Menschenseele wusste, was dieser Scheiß-Höss aufführte, dieses Vieh von einem Mann. Er hatte sich in den Kopf gesetzt, dass er mehrere Königinnen auf einmal in einem einzigen Bienenvolk haben wollte. Mit diesem verschlagenen Gedanken kam er nur langsam voran, aber stehen blieb er nicht. Anfangs waren es nur zwei, dann gab er drei in den Stock zurück.

Aber dann wollte er vier, wenn sie es aushielten.

Bei zwanzig musste er Halt machen, bei zwanzig, weil mehr konnten die Arbeiterinnen nicht versorgen.

Wegen der vielen Anstrengung wurden sie viel zahmer. Was den Nutzen für den Höss um ein Vielfaches erhöhte. Dank seiner zahmen Bienen gewann er mehr Honig als jeder andere in der Umgebung.

Andere Imker verstanden nicht, mit was der Höss seine Bienen behext hat.

Kannenweise holen sie den Honig bei ihm ab.

Dieser Dreckskerl hat ein Geheimnis.

Du kriegst es nicht aus ihm heraus, aber die Frau Höss gibt den Pestern von früh bis spät den Honig aus, nehmt, bringt die Kanne und die Tiegel zurück, und der Höss zentrifugiert die ganze Nacht, ich höre es ja, wie er seinen Scheißmotor in der Nacht brummen lässt.

Alles andere soll die Frau Höss machen, er ist für die fachliche Arbeit zuständig.

Dass bei dem immer irgendein Motor laufen muss.

Die Frau Höss kommt auch damit zurecht.

Nicht nur die Hände von der Frau Höss, auch ihr Mund steht keinen Moment still, die muss viel essen.

Sie isst auch ihren Mürbeteig.

Sie knetet ihn, kocht ihn, Schüssel für Schüssel. Die verbrauchen zwei Tiegel Fett im Jahr.

Was die verdienen, du glaubst es nicht.

Mein Gott, wie viel die arme Frau Höss Kannen, Tücher, du hast gar nicht so viele Geschirrtücher, mein Engel, wie die an einem Tag waschen muss, die Aufkäufer verlangen Sauberkeit, wenn sie den Honig abnehmen sollen.

Die verkaufen, keine Sorge, auch ohne Genehmigung,

die brauchen keinen staatlichen Aufkäufer dazu, würdest du dort wohnen, würdest du es sehen und hören, die scheißen auf Genehmigungen.

Die spicken ihre Aufkäufer, diese Frau Höss scheißt auf Ordnung und Sauberkeit, solang sie nur das Geld kriegt.

Die Frau Höss soll sich nicht bei mir beklagen, nie hab ich sie einen Moment lang bedauert, nein, die Frau Höss hab ich nicht bedauert, ich hab die ganzen Sachen über den Höss gar nicht geglaubt, die ist nicht so arm, sag bloß nicht, dass sie so arm ist, die knausert mit ihrer Möse.

Tüchtiger als der Höss ist bei uns niemand.

Sie beklagt sich, damit du sie wegen dem Höss beneidest, nicht, damit du sie bedauerst, du Dummkopf.

Er hat nicht nur genug Erfahrung und Wissen, der Höss, es gehört auch Mut dazu, es mit bloßen Händen mit ihnen aufzunehmen, mit diesen schwarzen afrikanischen Hornissen.

Wenn du dir ansiehst, was der für Daumen hat, von dem ist auch sein Schwanz nicht klein.

Oder es war so, bei uns sagen das viele, dass der Höss am Sonntag die Pfropfen absichtlich geöffnet hat, als er gesehen hat, dass dort der Sohn vom Zwerglein bis zu den Knien im Wasser steht.

Die konnten sich nicht ausstehen.

Alle wissen, wie der Höss mit dem Zwerglein nach hinten gegangen ist, niemand braucht da noch irgendwas wissen, es reicht, die Haare und die Statur von den beiden mit eigenen Augen zu sehen.

Oder es war so, dass er das Resultat beruhigt zur Kenntnis genommen hat, hier ist nichts mehr zu tun. Alle sind in den Exkrementen verreckt, ich will mir das ansehen.

Wie es auch war, wie auch darüber geredet wurde, ob er es gesehen hat oder nicht, es ging nicht so aus, wie wir es gerne gehabt hätten. Wer hätte gedacht, dass bei uns solche Unfälle passieren.

Während Mischike blind Schach spielte und wilde Kehllaute von sich gab, bald freudige, bald wütende, behielt Piroschka neben dem Schachbrett auch die im Wasser herumtobenden Kinder im Auge.

Wie hätte sie ahnen können, was der Höss in der Nähe tat. Und als er zufrieden auf dem Damm weiterging, was hinter seinem Rücken geschah oder nicht geschah.

Die Kinder sollten sich nicht in das steigende Wasser hineinwagen, darauf achtete sie, so weit reichte Piroschkas Aufmerksamkeit.

Wären sie bis zu den Knien hineingewatet, hätten sie gleich das gebaggerte Flussbett erreicht. Wo Kiesel unter dem Fuß wegrutschen.

Die Tiefe verschlingt dich.

Aus dem seichten Wasser beobachteten die Kinder, wie die Fähre mit viel Lärm am Ufer aufschrammte.

Sie wollten das immer sehen, bekamen nicht genug davon, deshalb stürmten sie aus dem Garten, vorbei an den Weiden.

Sie wollten sehen, wie die Wellen den Ponton anhoben, den knirschenden und knarrenden Landesteg stießen und zogen.

Unter Geschrei zählten sie um die Wette die ans Ufer schwappenden Wellen.

Er hat schon die sechste.

Wie die Fährleute die Fähre geschickt auf das Ufer aufgleiten ließen, wenn der viele Alkohol das zuließ, den die an einem Tag trinken können, und dann hatten sie auch noch die Ration für die Nachtschicht auf dem Ponton versteckt, und wie die Autos sogleich über die ächzenden Planken rollten, dieses Spektakel bewunderten sie immer.

An diesem Sonntagnachmittag kamen zwei alte Personenwagen an, mit erneuerter und hochglänzender Karosserie, ein schwarzer und ein gelber, doch niemand hätte sagen können, woher sie kamen, was für Autos und was für Leute das waren.

Wer ist die Frau mit dem Tuch und der großen Sonnenbrille in dem gelben Auto mit dem offenen Dach, wer sind die Männer in den dunklen Anzügen, die in dem kleinen, glitzernden, schwarzen Wagen sitzen.

Sowie die Kinder die beiden uralten Autos in Augenschein genommen hatten, solche glänzenden, blitzenden kleinen Autowunder hatten sie im Leben noch nicht gesehen, rannten sie mit dem übergeschnappten kleinen Hund auf den Fersen zurück, zwischen den Weiden hindurch, die Treppe hinauf, um zu melden, was für Autos zu uns gekommen waren, wo die wohl hinfuhren, wer sie sein mochten.

Auch Piroschka achtete nicht darauf, wo die kleinen Verrückten hinliefen, weil sie mit ihrem Zug beschäftigt war, was sie mit ihrem Pferd, das in tödliche Gefahr geraten war, machen sollte.

Im Rhythmus des Grübelns wiegte sie den Kopf, grummelte, stöhnte, brummte wie die hoffnungslosesten Amateure, als sie auf einmal ganz leise zu Mischike sagte, sie würden die Partie heute nicht mehr beenden, sie könnten ein andermal weiterspielen oder sie gebe auf, denn wie es aussehe, kämen ihre Freunde aus Leányfalu sie abholen.

Auf einmal hatte sie jedes Interesse am Schach verloren.

Sie solle nicht aufgeben, antwortete Mischike aus dem Rollstuhl, sie würden später fortsetzen.

Als er nach einigen zögernden Momenten hinsah, tauchten in großer Ferne die bekannten Doppelzweier auf, als würde die Tiefe sie langsam an die Oberfläche heben. Dann kamen sie gleichmäßig näher und näher, huschten über das dunkle Wasser auf sie zu.

Mischike schrie auf, dort vorne war Máté.

Das war der junge Mann, der vor allem wegen Piroschka mitkam. Man musste sich Piroschka wirklich ganz vorsichtig nähern.

Eine unvorsichtige Bewegung durfte er nicht machen, ein unbedachtes Wort durfte nicht fallen, doch er hatte die Fähigkeit, nicht unbedacht zu sein, es über längere Zeit nicht zu verderben.

Mischikes Aufmerksamkeit konnte das stumme Geschehen dennoch nicht entgehen.

Sie jagten voran, mit regelmäßigen Atemzügen.

Wasserspinnen laufen so über das Wasser, mit den langen Beinen die Oberfläche gerade noch berührend. Sie bekommt eine Delle, bricht jedoch nicht ein.

Dann konnten sie die sich rhythmisch nähernden Rudermannschaften nicht nur sehen, sondern auch hören, das gleichmäßige Gleiten der Ruder und Sitze, vorwärts, rückwärts, das Knacken der Gabeln, vorwärts, rückwärts, und das von den Ruderblättern abtropfende Wasser, wie die Freunde in ihren grazilen Booten sich auffächernd bereits zum Endspurt ansetzten, um das Ufer in gleichen Abständen voneinander und parallel zueinander, entsprechend ihrem universitären Status, zu erreichen.

Gelegentlich hoben sie Mischike aus dem Rollstuhl und

nahmen ihn zu einer Bootsfahrt mit, nur in der Umgebung, sie blieben im Seichten mit ihm, Frau Fabius sollte keinen Schreck bekommen.

Das Problem war nur, dass sie mindestens eine Woche fortbleiben würde.

Das sagte sie, denn woher hätte sie im Vorhinein wissen können, dass sie unterhalb des Wasserfalls im toten Donauarm dank der sich lautstark wichtigmachenden Burschen mehrmals stecken bleiben würden, sie mussten die Boote herausheben und durch unwegsames, sumpfiges Gelände voller Brennnesseln tragen, bis das Flussbett wieder breit genug war, um ihre Boote ins Wasser zu lassen, beziehungsweise die ganze Unternehmung sich in der Dämmerung als hoffnungslos erwies, und sie erneut irgendwo im Dickicht voller Mückenschwärme die Nacht verbringen mussten, wodurch sich ihre Abwesenheit dann auf neun lange Tage erstreckte und auch die Polizei sie nicht erreichen konnte, obwohl diese sie mit nicht geringen Kräften suchte.

Mischike lachte glücklich darüber, über die Abwesenheit, als würde er die zwischen ihnen stehende ganze Woche begeistert begrüßen.

Er sah sehr wohl, dass Máté sich allein in seinem Boot befand, während sie in allen anderen Booten zu zweien saßen.

Vergiss bloß die Partie nicht.

Worüber auch Piroschka lachen musste, wie sollte sie die in einer Woche vergessen.

Das sagte sie in genau dem Moment zu Mischike, als im offenen Fenster von Pater Jónás zehn Finger erschienen, die sich wie unterschiedlich lange Würmer krampfhaft ans

Fensterbrett klammerten, dann der große Kopf mit dem wirren Haar, Pater Jónás sah die feuerroten Lippen, und dann tauchte der in purpurnem Schweiß oder fleckiger Röte schwimmende, halbnackte, sich festklammernde Körper auf, sie hätten ihn zerstochen, totgestochen, und Pater Jónás erstarrte zum ersten Mal in seinem Leben zur Salzsäule, er geriet in einen Schockzustand und wusste nicht mehr, was wozu gehörte oder was woraus folgte und wozu er sich entschließen müsste.

Er erkannte ihn nicht.

Die Gestalt sackte zurück, dann klammerten sich die vielen Würmer erneut an den Rahmen des offenen Fensters.

Er riss den Mund auf, als wollte er etwas äußern oder trinken.

Pater Jónás verstand das Schauspiel nicht und auch nicht, was er sah, was er hörte, wer wen sah.

Er zeigte seine Zunge, oder etwas, was an eine Zunge erinnerte.

Vom eigenen Schockzustand kann man kein Bewusstsein haben. Auch der Blick auf andere ist durch ihn verstellt.

Sie kamen wie eine Wolke.

Er glaubt, er wird ohnmächtig oder was jetzt mit ihm passiert, der Pater möge ihm helfen.

Dank der Anrede erkannte er ihn. Und in der Tat stürzte Imre vom offenen Fenster des Arbeitszimmers von Pater Jónás wieder zu Boden.

Mit einem Plumps wie ein Sack.

Und schon waren sie da.

Ohne ein hörbares Kommando schwenkten sie gemeinsam auf sie zu und ließen unter lautem Knirschen den Bug der Boote auf dem Ufer auflaufen.

Jesus steh mir bei.

Nun verstand er.

Höchstens die Ruder zogen sie unkoordiniert ein und brachten sie in Ruhestellung.

Es lief ab wie am Schnürchen.

Da sprangen sie auch schon heraus, Rufe, Burschen, Mädchen in bunter Badebekleidung, wir glänzen und funkeln und strahlen und wir sind da.

Pater Jónás gab zwei langgezogene, dumpfe Rufe von sich, er rief nach Marischka.

Sie waren noch von weiter weg, hinter der Kneipe zu hören.

Ihr habt euch gründlich verspätet, ihr Strolche, wie habt ihr euch so verspäten können.

Ruhig Blut, jetzt sind wir da.

Ivánka und Verácska sind bei der Brücke von Tahi umgekippt.

Ihr ganzes Zeug ist abgesoffen.

Na klar haben sie gestritten, sie streiten dauernd.

Wir haben zuerst ihre Sachen rausfischen müssen.

Wer ist jetzt schuld daran.

Sie haben sich noch im Wasser regelrecht geprügelt.

Dann auch noch ihr Boot umdrehen.

Die Luder haben verdammtes Glück gehabt, alles haben sie wiederbekommen.

Dort trocknen ihre Ausweise.

All das begleitet von triumphierendem Lachen.

Daraufhin zogen sie natürlich unter der Brücke durch und machten oberhalb bei den Fischerbooten fest.

Damit die beiden Geistesgestörten sich endlich beruhigten.

Doch auch bei ihnen stand Mischike an erster Stelle.

Sie nannten ihn einen Burschen.

Den Burschen werden sie jetzt schnell mal baden.

Mischike, wir baden.

Da schoben sie ihn auch schon mit dem Rollstuhl ins Wasser, als einer von ihnen unvermutet sagte, oh, hier stinkt es aber, bin ich vielleicht in die Scheiße getreten.

Worauf Máté ausrief, Mischike, du hast in die Hose gekackt.

Da brach die fröhliche Hölle los.

So begrüßt du uns also, mit Kackegeruch.

Mischike nickte quietschend, genau.

Wir sind in Kakanien.

Garstiger Junge, anderen die Luft verpesten, das ist nicht erlaubt.

Bei dieser Szene stand Piroschka eher beiseite, sie lachte gelöst mit, denn Mischikes Bedürfnis nach Zügellosigkeit war unendlich, er wünschte sich das Baden, er sehnte sich danach, es befreite ihn, er liebte und genoss es, und sie hatte keinen Grund, an ihrer Geschicklichkeit, Rücksichtnahme und Kraft zu zweifeln.

Sie stand jedenfalls bereit, falls sie doch über die Stränge schlugen.

Gleich knöpften sie Mischikes Hemd auf, zerrten es herunter, auch seine Shorts, allein schon wegen der Exkremente mussten sie ihn aus dem Rollstuhl heben.

Neun weibliche und männliche Athleten hoben ihn in seiner hässlichen weißen Unterhose in die Luft.

Er wirkte jetzt dünner, in diesem Moment zuckte sein

langer Körper nicht, er wand sich nicht in ihren Händen, eigentlich wirkte er unversehrter, als man von einem an den Rollstuhl gefesselten Körper erwartet hätte.

In ihrer Freude hätten sie ihn am liebsten in die Luft geworfen, dabei stank er wirklich.

Schnell, Marischka, einen Arzt, einen Arzt, es gibt keine Zeit zu verlieren. Der Imre liegt besinnungslos unter dem Fenster.

Er selbst hätte etwas tun sollen, doch seine Bestürzung lähmte ihn.

Er sah es deutlich, ein allergischer Schock, deshalb hatte Imre seine Zunge gezeigt, sie füllte fast schon die gesamte Mundhöhle aus, er rang nach Atem.

Er lag stöhnend zwischen den Rosen, wälzte sich in seiner Atemnot hin und her, reckte seine Glieder. An einem der letzten Tage hatte Marischka die Erde rund um die Rosen fein und bröselig gehackt.

Mischike ließ mit aus der Tiefe gurgelnden, heiseren Kehllauten und stockendem Atem ein ständiges Wiehern hören, die Situation entsprach vollkommen seinen anarchischen Bedürfnissen, er wurde hemmungslos, er zuckte bereits vor Lachen, wovon der Spasmus sich in der verwachsenen Muskulatur seiner Arme und Beine wieder verstärkte.

Piroschka wollte rufen, nicht, macht das nicht. Nicht in die Luft werfen, bitte nicht.

Doch allein schon der Ansatz der Bewegung, dass sie ihn nun werfen würden, führte dazu, dass zwei beachtliche Stücke Kacke aus seiner Unterhose auf den Schotter fielen.

Bei solch einem Gelächter mussten sie alle auch noch aufpassen, dass sie ihn nicht fallen ließen und nicht hineintraten.

Wer ist voller Kacke, das ist hier die Frage.

Du Ochse, tritt nicht rein.

Krüppel oder nicht, am liebsten hätten sie Mischike auf den Boden geworfen, na schön, sie hätten ihn vorsichtig hingelegt, um sich jetzt in ihrer eigenen perfekten Muskulatur auf dem Uferkies zu winden und zu krümmen, sich ganz dem Lachen hinzugeben, sich den Bauch zu halten, mit der ganzen Kraft ihrer Jugend einfach nur hineinzubrüllen in diese wunderbar große Landschaft, die ihnen gehörte.

Doch auch so war ihr Gelächter schaurig, die Burschen bekamen richtig Seitenstechen, und die Mädchen hatten das Gefühl, gleich in ihre Bikinihöschen zu pinkeln, so schüttelten sie eben das Kind in ihren Händen und auf ihren Schultern mit ihrem Lachen.

Mädchen, umdrehen, rief Máté in die allgemeine Ausgelassenheit hinein.

Piroschka schien es, als sei das Gesicht des Jungen von den Lachanfällen voller Tränen, Schmutz und Rotz, wie sein Kopf auf der nackten Schulter von Máté hin und her rutschte.

Die Mädchen wussten nicht warum, doch sie drehten sich tatsächlich um.

Es war bei ihnen ein wohlbekanntes Kommando.

Die lachenden, ausgelassenen, voll konzentrierten Burschen und die anatomiekundigen Mädchen, die Mischike an Schenkeln, Armen und Beinen mit all seinen Zuckungen sicher in die Höhe gehoben hatten, ließen trotz ihres Gelächters und ihres Kreischens präzise locker und hielten ihn mit festem Griff, als hätte irgendwer ihre Bewegungen synchronisiert, nun begannen sie Zentimeter für Zentimeter die vom vielen Waschen ausgeleierte Hose von ihm abzuschälen.

Was für die vielen Hände nicht einfach war.

Unterdessen sang einer der Technikstudenten, vielleicht Balázs, wer weiß, in das ganze widerhallende Donauuniversum hinein, Herr Soldat hat beim Habtacht sich die Hose vollgemacht, Frau Soldat sie waschen soll, hat davon die Nase voll.

So lange sang, schmetterte er das, bis das ungeschickte kleine weiße Ding heruntergezerrt war und ins Wasser platschte.

Piroschka schnappte es, bevor es unterging.

Da wurde es plötzlich still unter den lachenden Burschen, Piroschka sah sich um, der singende Balázs verstummte, das Lachen der Mädchen stieß in die Stille hinein.

Marischka kam außer sich zurück, es gebe keinen Arzt, beim rumänischen Arzt sei niemand zu Hause, laut den Nachbarn seien sie nach Rumänien gefahren.

Sie besahen den Mann auf der Erde, der mit der eigenen Zunge um Atem kämpfte.

Ich bringe einen Eimer schön kaltes Wasser.

Pater Jónás wartete das schön kalte Wasser von Marischka nicht ab, er rannte auf die Straße hinaus, denn er hatte die Geräusche von Autos gehört, woher sie auch kamen, wohin sie auch fuhren.

Marischkas Eimer kalten Wassers tat für einige Sekunden, vielleicht einige Atemzüge Wirkung, sie übergoss ihn, so wie er war, und lief, um den nächsten Eimer zu holen.

Mehrere Personen, man wusste nicht, wer sie waren, hoben den schweren Körper aus den Rosen heraus.

Er wand sich in ihren Händen, er schrie vor Schmerz oder protestierte, man wusste es nicht, es war nicht zu verstehen.

Doch die Mädchen lachten weiter, umdrehen durften sie sich natürlich nicht.

Auch die überraschte Piroschka sah es, während sie mit der Hose im Wasser hockte, zudem sah sie so etwas zum ersten Mal, Mischike hatte eine starke Erektion.

Jetzt lassen wir Mischike schön langsam ins Wasser hinein.

Es wird kalt sein, Mischike.

Das Wasser wird sehr kalt für dich sein.

Mischike zitterte schon im Voraus, seine Angst und sein Glück wurden grenzenlos.

Gleich wird er ihm kleiner werden.

So viel brauchte es, damit die Burschen von neuem ungestüm lachen konnten. Unterdessen schienen die Fährleute irgendetwas in der Art zu rufen, es sei etwas geschehen, eine Sonderfahrt, eine Sonderfahrt, sie müssten mit einer Sonderfahrt übersetzen.

Übersetzen.

Sie hörten, dass die Fährleute etwas schrien, jeder etwas anderes, doch sie verstanden es nicht, und es interessierte sie nicht, warum die Fährleute so herumhasteten und welche Autos über den Uferschotter knirschten.

Gelegentlich ertönte bei uns mitten in der Nacht vom anderen Ufer der Ruf, Fährleute, Sonderfahrt, Fährleute, Sonderfahrt.

Wenn wir in der Nacht von drüben über den Fluss wollten, beugten wir uns weit über das Wasser, damit die übereinanderliegenden Fährleute in ihrer Hütte aufwachten, damit das Wasser den Ton verstärkte und hinübertrug und die Berge ihn zurückwarfen.

Sie tauchten Mischike ein, vorsichtig, dann stärker, dafür mussten aber auch die Mädchen sehen, was sie sahen, und Máté griff mit der einen Hand behutsam nach unten, zum Hintern, um ihn einigermaßen zu säubern, sie tauchten ihn noch ein drittes Mal ein.

Keine kleine Aufregung.

Sie wendeten seinen federleichten Körper um und ließen ihn schwimmen.

Er konnte an Mátés Arm schwimmen.

Die anderen umstanden ihn, zu allem bereit, sie hielten seine Hand, sein Bein, auch ein wenig den Kopf, damit er nicht so viel schluckte.

Mischike konnte auf ihren Armen selbständige, beinah einwandfreie Schwimmbewegungen ausführen.

Im Wasser war er leicht geworden.

Piroschka breitete die gut ausgewrungene Unterhose auf einen flachen Stein. Alle Steine am Ufer waren heiß an diesem Julisonntag.

Während die anderen den prustenden Mischike schwimmen ließen, beförderte sie die verstreute Kacke mit Kieselsteinen Stück für Stück ins Wasser.

Umdrehen, Mädchen.

Und während die Mädchen sich abermals umdrehten, weil sie sich nach Meinung der Burschen umdrehen mussten, hoben sie ihn aus dem Wasser und setzten ihn wieder in den Rollstuhl, rieben ihn mit dem großen, weißen Handtuch von Frau Fabius ab, und während sie ihm artistisch Hose und Hemd anzogen, hatte er am ganzen dünnen kleinen Körper Gänsehaut, er zitterte und schlug um sich.

Das kam nicht unbedingt von der Temperatur des Wassers, sondern von der Freude und der Todesangst.

Erschöpft und zufrieden ließ er zu, mit halb geschlossenen Augen, dass sie taten, was sie wollten.

Indem die Sonne, das Abreiben und die Wärme der starken Hände ihn aufwärmten, hörten auch das Verdrehen der Arme und das Schlagen beinahe auf, und auch sonstige Zuckungen seines Körpers machten ihnen keine Mühe mehr.

Schließlich schoben sie den Rollstuhl an seinen ursprünglichen Platz, sicherten ihn nach allen Regeln der Kunst, blockierten auch die Räder mit zwei Stöckchen zwischen den Speichen, damit er nicht durch sein eigenes Gewicht den leichten Abhang zum Wasser hinunterrollen konnte.

Piroschka wollte zum Haus von Frau Zielinszky hinauflaufen, in die Laube, um Frau Fabius zu entführen, damit sie losfahren konnten, alle wollten schon los, sie verlangten, sie solle es sein lassen, weil es wirklich schon spät war.

Wenn sie jetzt nicht aufbrachen, würden sie nicht vor Dunkelheit in Pilismarót sein.

Auf dem Visegráder Abschnitt war das Flussufer wild, steil, die Strömung stark, zum Anlegen und zum Zelten ungeeigneter als irgendwo sonst.

Nicht dass Frau Fabius leichtfertig gewesen wäre, sie konnte sich von ihren Freundinnen nicht losreißen, weil der Zustand von Frau Zielinszky sich verschlimmert hatte.

Trotzdem wollte sie gehen.

Frau Zielinszky hielt sie zurück.

Als die Quitty ihre Absicht bemerkte, machte sie eine hässliche Bemerkung, welche die anderen gleichfalls nicht übelnehmen durften, sonst wäre die Hölle los gewesen.

Margit, anscheinend hast du Hummeln im Hintern.

An dem Tag war das beileibe nicht die Erste, sie schien selbst gar nicht wahrzunehmen, was sie alles redete.

Einen schönen Abend, ihr liebsten Husaren! Kommt mit euren Säbeln prächtig bei uns schnäbeln!

An diesem ungewöhnlichen Samstagnachmittag hatte sie die Freundinnen, den Text eines populären Liedes zitierend, mit diesem fröhlichen und unpassenden Ausruf empfangen. Dadurch wussten sie, dass etwas im Anzug war. Sie taten so, als hätten sie es nicht gehört. Emmi deutete hinter dem Rücken ihrer Mutter offenbar, dass ihre Freundin wieder ihre fünf Minuten habe und sie das wieder irgendwie erdulden müssten.

Würden sie auch nur ganz ruhig bemerken, aber, aber, Quitty, was redest du denn, sie hätten Öl ins Feuer gegossen.

Im Übrigen konnte man Mischike ohne weiteres überall ruhig allein lassen, das war die allgemeine Erfahrung, wenngleich Frau Fabius ihn nicht alleine lassen wollte. Keine Minute.

Sie brachte es nicht über sich, ihn allein zu lassen.

Auch Einkaufen ging sie nicht gerne, wenn sie gerade mal etwas aus dem Laden brauchte.

Und wenn doch, dann legte sie Mischike absolut alles in Reichweite bereit.

Einmal hätte sie fast ein Lastwagen erwischt, der auf die Brücke einbog. Sie wollte in den Laden, in das Geschäft gegenüber. Daraus entstand ein riesiges Theater. Sie lag mit ihrer Einkaufstüte an der Bordsteinkante, ihr Hut lag auf der Fahrbahn, doch sie wusste nicht, wie er dorthin gekommen war, ob es ihr Hut war, der Fahrer brüllte außer sich. Vulgäre Sachen. Fast hätte er sie geschlagen.

Ein Polizist kam gelaufen.

Ob sie verletzt sei.

Der Polizist schimpfte und fluchte.

Sie sei nicht verletzt, ihr fehle nichts, er möge sie nicht so anschreien.

Das Ganze hätte sie Mischike nie erzählt.

Es dauerte mindestens eine halbe Stunde, sie wusste nicht wie lange, bis sie sich wieder einigermaßen in der Gewalt hatte.

Sie saß auf einer Bank vor dem Denkmal mit dem Löwen.

Später konnte sie sich nicht mehr daran erinnern, wie sie auf die Bank vor dem Denkmal gekommen war und warum sie so einen Brechreiz hatte.

Seitdem war sie bei diesen Wegen noch bedachter und vorsichtiger, sie ermahnte sich ständig dazu. Sie durfte nicht mehr so leichtfertig sein. So leichtfertig wie ich bin. Sie müsste bedenken, was aus Mischike werden würde.

Auch was gewesen wäre, hätte sie der Lastwagen nicht gleich ganz totgefahren.

Jesus steh mir bei.

Sie schleppte sich mit der leeren Einkaufstasche nach Hause, im Treppenhaus versuchte sie zu lächeln, um Mischike anlächeln zu können.

Er soll sich vorstellen, heute habe sie im Laden nichts bekommen, er habe vor ihrer Nase zugemacht.

Vielleicht wäre es dann doch genehmigt worden, dass die Wiener Verwandten kommen und Mischike mitnehmen können, während die Ärzte im Krankenhaus um ihr Leben kämpfen.

Piroschka nahm ihre Sporttasche, sie flüsterte Mischike

zu, ich vergesse keinen einzigen Zug, mein Mischike, nur rühr dich nicht vom Fleck, und weil ihr Gewissen nicht ganz rein war, fragte sie ihn, ob sie ihm kalten Tee mit Zitrone aus der Thermosflasche einschenken und die im allgemeinen Tumult umgeworfenen Schachfiguren aufstellen solle, doch beglückt und matt vor Erschöpfung rief Mischike mit seiner sich ständig festreibenden und wieder frei werdenden kehligen Stimme, die außer ihr und seiner Mutter kaum jemand verstand, sie solle nur fahren, sie sollten ruhig aufbrechen, er sei nicht durstig und nicht hungrig, heute würde er nicht mehr spielen, er denke an etwas ganz anderes, und da küsste ihn Piroschka ganz einfach auf den Mund.

Dann küsste sie ihn noch zweimal auf seinen frisch nach Flussschlamm duftenden, starken Hals.

Sie sahen auch, wie das gelbe und schwarze Auto unter schauerlichem Geknirsche und Gedonner von dem inzwischen vollkommen entvölkerten Ufer auf die Fähre hinaufpreschten und die Fährleute mit Getute und lauten Rufen den mit der Fähre verbundenen Fährkahn in Bewegung setzten.

Mischike sah zu, wie sie sich auf dem Wasser immer langsamer entfernten, und schließlich mit ihren Booten in eine Entfernung entschwanden, wo das eine vom andern durch nichts mehr getrennt war, zurück blieb in dieser Weite das dunkle Wasser mit seinen heiteren Reflexionen, als hätte nur die Dämmrung das Bild der Boote verschluckt oder es sei als Dunst zum Himmel gestiegen.

Er war allein. Er löste die Bremsen beider Räder und zerrte die Zweige, mit denen die Burschen den Rollstuhl angepflockt hatten, aus den Speichen, dazu musste er sich rechts und links stark aus dem Rollstuhl neigen und hinuntergreifen, wegen seiner unkontrollierten Bewegungen dauerte es eine Weile, bis er ohne besondere Unfälle damit fertig war.

Wie er es sich schon seit Jahren unzählige Male vorgestellt hatte, es geplant, auch aus dem Blickwinkel seiner Mutter gründlich überdacht und in verschiedenen Varianten ausgearbeitet hatte, kein Zweifel, das war die Gelegenheit, setzte er den Rollstuhl langsam in Bewegung.

Über den Schotter ging es schwer, als dann die Räder endlich den feuchten Sand erreichten, hätte man ihn nicht mehr aufhalten können.

Die Sirenen der beiden unbekannten Luxusautos waren noch lange aus der Ferne zu hören.

Reglos stand Pater Jónás da, während die Geräusche sich entfernten. Er konnte sich nicht von den Worten ihres allerletzten Gesprächs befreien.

Das Interessante war, dass die Beschaffenheit der Luft, die Silhouette der Visegráder Berge, die Farbe der Waldflecken und das Blau des Himmels über dem Wasser keinerlei Veränderung zeigten.

Irgendwie waren sie zurück in sein Bewusstsein gedrungen, die Sätze klapperten, während im Nebenzimmer Marischka für ihn verdattert und mit Nachdruck zum frühen Abendessen deckte.

Als hätte das irgendeine Bedeutung.

Nach mehreren Tagen Arbeit war es ihm gelungen, ihn zu einem gemeinsamen Gebet zu bewegen, und wenn er nicht überlebte, und er würde nicht überleben, kein Zweifel, eine innere Gewissheit sagte es ihm, er kann nicht überleben, dann musste er nicht ohne Gebet hinscheiden.

Verdammt werden.

Er versuchte es, doch er war nicht fähig zu beten.

Er bereute, noch nie hatte er etwas zu bereuen gehabt, dass er ihn diesen seltsamen Gestalten in die Hände gegeben hatte. Warum habe ich auf die Straße rennen müssen, ich weiß es nicht.

Was hätte ich tun können.

Wenn ihm ein einziges Wort eines einzigen Gebets einfallen würde.

Ich bin ausgetrocknet, sagte er zu sich, jemand wiederholte es in ihm, dass sein Lebensstrom vertrocknet sei.

Sein Lebensstrom.

Was für ein Lebensstrom.

Ich verstehe nicht, was ich denke.

Er dachte, er müsse um Barmherzigkeit, um Erbarmen beten. Das brauchte sein Kind jetzt brennend. Na gut, sein großer Sohn, der Riesenkerl, sein so lieber Sohn. Trotz allem schlug ihn dieses Gefühl in Bann.

Von seinen Gedanken an diese Fremden hätte er sich nicht losreißen können, er dachte auch gar nicht, dass er sich von irgendetwas losreißen müsste.

Er dachte nur, oder vielleicht war es mehr ein Gefühl, dass das Erbarmen ganz woanders war als dort, wo er es suchte.

Jeder einzelne Gedanke greift sofort in den nächsten, es gibt keinen Moment Pause.

Er hätte ihn nicht wildfremden Menschen anvertrauen dürfen.

Was waren das für Fremde.

Er hätte mitfahren müssen.

Schön, du bist ausgezogen, mein lieber Sohn, es war

richtig, sehr richtig, es kommt der Moment, wenn die Kinder die Eltern verlassen, aber wer wäscht deine Sachen.

Sachen.

Warum habe ich meinen lieben Sohn mit ihnen allein gelassen.

In der gestreiften Unterhose hätte er ja doch nicht mitfahren können.

Als würden die Gänge seiner Gehirnmasse jeden einzelnen Satz der gesamten vorangegangenen Zeit in seinem Kopf widerhallen lassen, egal, woran er dachte.

Meine Mutter wäscht sie.

Also ist es doch deine Mutter, die sie wäscht.

Wäscht.

Dann wirst du sie von diesem Moment an selbst waschen.

Waschen.

Waschen kann ich nicht.

Nicht.

Dann nimm alle deine Schmutzwäsche, mein Sohn, nimm alles, wie es ist, all deine schmutzigen Sachen, verstehst du, ich verstehe, fasse das jetzt so auf, mein lieber Sohn, dass ich es dir streng anempfohlen habe.

Habe.

Schwester Mária bringt dir bei, wie man schmutzige Kleider wäscht.

Wäscht.

Er dachte an nichts anderes als an diese paar widerhallenden Sätze, diesen dummen Dialog mit seinem lieben Sohn, der dem gemeinsamen Gebet folgte, an die Schmutzwäsche, wie die ausgesprochenen Sätze herumkollern und in dem Labyrinth der Windungen verschwinden, es gelang ihm nicht, sie festzuhalten, auch den Text oder den Titel des dem römischen Ritus entsprechenden gemeinsamen Gebets konnte er sich nicht in Erinnerung rufen, er fehlte, war nicht zu finden, vor ihm auf dem Haufen der Schmutzwäsche stand das Nichts, denn er hätte nicht sagen können, ob er sich jetzt einem ganz einfachen und alltäglichen Zustand oder dem physischen Universum gegenübersah.

Oder ein Teil der Massa Damnata geworden war.

Davon war er ein Teil geworden.

Jetzt vermischt er sich.

Vergeblich strampelt er mit letzter Kraft.

Wovor er sich sein ganzes bisheriges Leben gehütet hatte, inmitten der Geschwister hatte er sich davor geschützt, im Priesterseminar hatte er sich davor bewahrt, bis zum heutigen Tag hatte er es erfolgreich vermieden, und jetzt ereignete es sich.

Nach einigen Tagen erhielt Rosa die Nachricht von ihrer eigenen Mutter, der Frau Pásztor, die sie, wenn überhaupt, einfach Mutter nannte, von der narbengesichtigen Panka erfuhr sie es, die ihre Bälge reihenweise nur so aus sich rausplumpsen ließ, die erzählte es lang und breit, wie ich komme, sehe ich, dass sie ihn auf den katholischen Friedhof bringen, geradewegs in die Leichenhalle, dort haben sie den armen Sohn von dem Zwerglein abgeladen. Dass das arme Zwerglein das erleben muss. Sie sagte zu Rosa, wenn sich jetzt bloß einer findet, der dem das Grab gräbt. Da ging die Rosa schnurstracks, so wie sie war, in dem einen Baumwollkleid, sie sah weder nach links noch nach rechts, wie sie es ihrem Tereschen, der Teres Vogelscheu, der Vogelscheuche, der adeligen Teres Várnagy schon längst vorhergesagt hatte, da ging die Rosa in die Donau.

Wenn ihre Mutter das gewusst hätte, aber woher hätte sie wissen sollen, was ihre Tochter im Sinn hatte, dass die jetzt in die Donau gehen wird.

Aber die Mutter verstand nicht, wohin zum Kuckuck die Rosa so davonsauste, gerade, dass sie noch ihre Schürze abnahm.

Ich habe ihr noch nachgerufen, so erzählte es die narbengesichtige Panka allen, wo zur Hölle rennst du hin, Rosa.

Die Rosa hatte sehr zornig geantwortet, es geht dich nichts an, wo ich hinrenn oder nicht hinrenn.

So redest du mit mir, Rosa, mit deiner eigenen Mutter, rief ihr die narbige Panka noch hinterher.

Ihre Leiche wurde nicht gefunden, dabei wurde sie von Tauchern gesucht, aber das Wasser gab sie nicht heraus.

Teres redete tagelang davon, wieder und wieder, aber es war umsonst, dass sie ihren beiden Schwestern sagte, als sie ihr wieder Bohnen oder was sie ihr Sakrament, verfluchtes, schon wieder brachten, dass sie nicht gehen kann, sie sollen doch dem Bluthund-Jani Bescheid sagen, weil sie will nicht auf ihre Kappe nehmen, dass niemand Bescheid sagt, dass niemand die Rosa sucht, wenn es nun mal das Schicksal von der Frau Fabius ist, dass ihr Kind so spurlos verschwindet, warum wird nur das gesucht, sollen sie doch die Rosa suchen, denn die Rosa ist in die Donau gegangen.

Immer ist sie es, die von Gott geschlagen wird.

Was wird sie ohne ihren einzigen Tagelöhner anfangen.

Allein kommt sie nach so vielen Schlägen nicht mehr auf die Beine.

Rosa, Rosika, warum hast du mich verlassen.

Und keine zwei Tage waren vergangen, seit sie mit den

letzten Worten unseres Herrn Jesus Christus so gebetet hatte, wie als wäre die Rosa geradezu ihr Christus, als sie eines Morgens bei ihrem Brunnen zwischen den Scherben von ihrem zerbrochenen Gurkenglas gefunden wurde, mit dem Gesicht nach unten.

Aber schon vorher, ganz zeitig am Morgen, hatte uns der Banga überall in der Straße angebrüllt und herumgefuchtelt.

Jeden, der dort vorbeikam. Er hat es doch gesehen, sie werden es ihm nicht glauben, er hat es mit eigenen Augen gesehen. Was der Banga brüllte, verstand außer der Teres Várnagy niemand. Allerdings sprach sich gleich herum, dass der Banga irgendwas groß deutet. Er brüllte wie ein Stier, auf der Straße, auf seinem Hof, jeden versuchte er zu packen und mitzuziehen. Daraufhin eilten ihre Schwestern, die Juliska und die Etelka, zu Teres' Haus, soweit sie in ihrem Alter noch eilen konnten, jedenfalls beeilten sie sich.

Es war ein großes Fünfliterglas gewesen. Die sorgfältig eingeschnittenen, schön großen, reifen Salzgurken lagen verstreut am Boden.

Ihre Feriengäste liebten ja Gurken.

Sie hatte sie hineintragen wollen, um das Brot herauszunehmen, sie wie gewohnt schön abzuseihen und sie dann im Kellerabgang zu verwahren, wenn sie die Gurken für ihre Feriengäste schon mal eingelegt hat, sollen sie auch ohne sie nicht verderben.

Die arme Frau Fabius hatten sie fortgebracht, ohne ihr Kind hatte man sie fortbringen müssen.

Hier beim Brunnen war die Bank, auf die sie ihr größtes Glas gestellt hat. In der Sonne sollte es sein, aber nicht zu warm werden. Sie ließ ihre Gurken immer auf dieser Bank reifen, nirgendwo sonst.

Sie hat das große Glas genommen, weil sie für ihre Feriengäste immer alles getan hat. Sie hat aufgeblühtes Dillkraut hineingegeben, frische Dillblüten. Der Hintergarten von der war voller Dillkraut.

Sie pflanzte es nicht, so wie das seinen Samen verstreut.

Der Elemér kam dann mit der Erika, um alles für den Leichenschmaus vorzubereiten und das Haus dichtzumachen. Es war erbarmungslos heiß. Der Tölösy beerdigte sie rasch. Doch nicht, wie er es wollte, der große, schwarze Stein, den sie für ihre Eltern aufgestellt hatte, wurde wegen ihr nicht weggenommen. Sondern am Rand des Friedhofs, dort bekam sie eine Ruhestätte, wie die Juliska und die Etelka es allen schon immer versprochen hatten, dort nicht, auf unseren Eltern drauf nicht, gleich waren wir mit dem Tölösy aus dem reformierten Friedhof wieder draußen, aber der Nachbar von der Teres, der Banga, fuchtelte immer noch herum, er versuchte jedem etwas zu sagen.

Auch Elemér verstand es nicht, auch nicht seine Erika, dabei hörte sie aufmerksam zu.

Am Begräbnistag kam auch die alte Katze von Teres ständig hervorgehinkt, sie strich um ihre Beine und miaute stumm zu ihnen hinauf. Erika grauste sich vor ihr. Sie war auch schon blind, krank, eine völlig verluderte Katze war das.

Jag sie doch fort, bat die Erika ihren Elemér.

Das mache ich nicht, sie war die Katze von meiner Mutter.

Auch der Banga kam zum Leichenschmaus herüber, obwohl ihn niemand eingeladen hatte, er aß eine Suppe, zerrte an Elemér, deutete ihm etwas, er wollte seinen Arm gar nicht loslassen. Er zog ihn zum Brunnen, wo man die Teres am frühen Morgen gefunden hatte. Wie ein heiserer Hund brüllte er außer sich zum wer weiß wievielten Mal, dass von dort, sieh doch, von außerhalb des Dorfes Leute gekommen seien, zu viert, sie seien wirklich gekommen, drei Männer, eine Frau, er habe sie mit eigenen Augen gesehen, es sei wahr, bei seinem Leben.

Sie haben Teres beim Brunnen geschlagen, sie niedergestoßen, als sie die Gurken holen wollte.

Man solle damit aufhören, dass er betrunken sei.

Weil der Elemér sagte, hör doch auf, Banga, du bist betrunken wie ein Sack.

Sie verstanden kein Wort.

Deine Mutter hat noch über den Zaun gerufen, als sie die Frau Fabius weggebracht und ihre Sachen eingepackt haben, du lieber Gott, wer wird jetzt meine Gurken essen.

Das war der letzte Satz von deiner einzigen Mutter, Elemérchen.

Die haben die Seele von der Teres mitgenommen, deshalb haben sie sie gestoßen, mit der Faust haben sie sie niedergeschlagen, als sie am nächsten Tag die Gurken auf der Bank hat holen wollen.

Aber sie verstanden nicht, wie oft es der Banga auch erzählte und noch nach Wochen brüllte und herumfuchtelte.

Schon in Ordnung, Banga, brüll doch nicht so. Wen interessiert das.

Elemér nahm das Beil, schnappte sich die alte Katze und erschlug sie auf dem Hackklotz von Teres, sie kämpfte vergeblich um ihr Leben, sie zappelte, beißen und kratzen konnte sie ohnehin nicht mehr.

Seine Erika soll ihm nicht den Kopf vollquatschen.

In der Woche vor Weihnachten stellte sich heraus, dass es doch Augenzeugen gab.

Anfangs hatten die Nachforschungen der Polizei keinen Erfolg gehabt, obwohl sie in Pilismarót Mária Apponyi befragten, nein, sie habe sie nicht gesehen, bei ihr hätten sie nicht übernachtet, und dann mit ihren Sturmbooten den Strom bis nach Esztergom hinauffuhren.

Als sie die Leiche in der Woche vor Weihnachten schließlich bei der Insel von Óbuda bargen und aufgrund der Liste der abgängigen Person identifizierten, das wird dieser gewisse spurlos verschwundene Mihály Fabius sein, mussten sie wohl oder übel die unterbrochene Ermittlungsarbeit wieder aufnehmen. Die Mutter des Kindes wurde aus der Klinik von Professor Szinetár in der Völgy utca herbeigeholt, zwei Pflegerinnen hielten, begleiteten und stützten sie, damit die Identifizierung des Kindes erledigt werden konnte.

Dann rückte die Polizei doch wieder bei uns an und fragte abermals alle aus.

Die drei alten Schiffsleute hatten den Krüppel von dort oben gesehen, klar hatten sie ihn gesehen, was der mit seinem Rollstuhl anstellte.

Wozu hätten sie sich melden sollen.

Sie wurden einzeln in ihren Häusern verhört. Im Dezember kamen sie nur, wenn die Sonne schien, zu ihrer Bank, auch dann blieben sie nicht lange.

Alle sagten sie nur das eine.

Wozu hätten sie es melden sollen.

Wer hat sie gefragt, niemand hat sie gefragt.

Sie wussten, was sollst du bei so einem Wasserstand erwarten, wozu sollen sie es jemand sagen. Dieses Kind war in die Tiefe des gebaggerten Flussbetts gekippt, gleich nachdem es ihm gelungen war, mit dem Rollstuhl loszufahren.

Ein bisschen nach vorn, und der Rollstuhl auf es drauf.

Das soll ihnen niemand erklären.

Dieses Kind wusste, was es tat. Und sie, was hätten sie tun können. Was kann die Piroschka dafür. Das Wasser hat es so schnell verschluckt, dass es nicht mal platschte, und schon war es in der Tiefe.

Es war niemand da, an wen hätte ich mich wenden sollen, Himmeldonnerwetter.

Man kann ihnen nichts vorwerfen.

Bis sie mit ihren schlechten Beinen dort gewesen wären.

Dieses Kind war auf dem Grund des Flussbetts, tot.

Und dann, wie war das Wasser angestiegen.

Was hätten sie Himmeldonnerwetter miteinander darüber reden können, wem hätten sie erzählen sollen, dass es mit dem verkrüppelten Kind vorbei war.

Auch Weihnachten war schon vorüber, die großen Feiertage, Schnee war gefallen, es war Januar geworden, als am Dienstagnachmittag der Tölösy abermals zu dem Hamza ging, damit sie dort, wo sie aufgehört hatten, ihre Arbeit fortsetzten, denn ehrlich gesagt, egal was passiert, dem Tölösy fehlt ihr Dienstag.

Und ehrlich gesagt wusste der Tölösy gar nicht, wo sie aufgehört hatten.

Vielleicht weiß es der Hamza.

Daran erinnerte er sich schon, dass er einen Vorschlag gemacht hatte, wie sie fortsetzen sollten.

Er musste gar nicht anklopfen, denn an diesem Dienstag fand er das eingeschneite Haus vom Lehrer Hamza sperrangelweit offen.

Vorsichtig trat er ein. Zuerst musste man die Küche von Hamza betreten, von dort ging es in sein ziemlich geräumiges Zimmer und weiter in eine Art Schlafkammer. Der Hamza hatte ein hübsches Häuschen. Aus allen Fenstern sah man auf den Fluss hinunter. Soweit die Weiden das zuließen. Im Winter eher, und man konnte das Poltern der Eisschollen hören. Unser Lehrerhaus hat einen hübschen Garten, vorne Blumen, hinten der Gemüsegarten, das steht bei uns dem calvinistischen Lehrer von Amts wegen zu, auch wenn es gar keine calvinistische Lehrerschaft mehr gibt.

Hier war auch gar nichts Calvinistisches und auch keine Lehrerschaft gewesen, sondern die Hausmeisterwohnung im Jagdhaus von Ritter Okolicsányi.

Ich meine, ursprünglich.

Aber woher, als sie ihnen das Haus wegnahmen, haben sie es den Calvinisten gegeben, und der ältere Okolicsányi war gar kein Ritter, sondern Baron.

Keineswegs haben sie es den Calvinisten gegeben, die Gemeinde hat es bekommen.

Ich kann mich aber genau daran erinnern, dass es noch zwei Jahre eine calvinistische Schule gegeben hat und auch eine katholische. Dort hat doch der alte Lehrer von den Calvinisten gewohnt, der, der, ich weiß nicht mehr, wie der geheißen hat.

In der Küche war niemand, doch mitten im Zimmer stand der Hamza in der Militärjacke, die er für den Winter hatte, aufgewühlt, als wüsste er nicht, was er tat oder tun sollte.

Wer weiß, wie lange er dort schon so gestanden hatte, in seinem großen Zorn, dass er so ein schwachsinniger Kerl war.

Auf dem Tisch in dem Zimmer türmten sich seine Bücher, Lexika, Hefte und Notizzettel und noch alles Mögliche andere, mit dem sie arbeiteten, wenn man das überhaupt Arbeit nennen konnte, dass sie hier herumblätterten und Schriftstücke hin und her schoben. Vielleicht waren die Schriftstücke auch ein wenig verstaubt, denn der Hamza hatte seit diesem Sonntag im Juli nichts davon angerührt.

Wie er sich freue, dass Tölösy gekommen sei, er habe ganz vergessen, dass Dienstag sei, denn er müsse das Geschehene sofort jemandem erzählen.

Sonst werde er verrückt, oder vielleicht sei er schon verrückt geworden.

Er sei fassungslos.

Als Tölösy diesen durch und durch aufgewühlten und verwirrten Menschen betrachtete, seinen großen Forscherkollegen, seinen etwas jüngeren Freund, hatte er das Gefühl, es reicht ihm, es soll ihm nichts mehr passieren, der Gang der Welt möge stillstehen und niemand mehr soll ihm Geständnisse machen.

Niemanden mehr begraben müssen.

Er will es nicht hören.

Doch Hamza war nicht zu bremsen.

Tölösy soll sich das vorstellen, so etwas kann er nicht erfinden. Soeben ist eine Schülerin bei ihm erschienen, von Bogdány ist sie zu ihm gekommen, sagt sie, zu Fuß, er, der Hamza, soll nur keine Angst haben, sie ist zu Fuß gekommen, weil sie nicht wollte, dass jemand sie sieht.

Deshalb ist sie zu Fuß gekommen, dass die Fährleute nicht fragen, wo willst du hin, Mädchen, du solltest in der Schule sein, zu wem willst du, was hast du bei uns zu suchen.

Sie ist nur zu ihm gekommen, zum Hamza, zu niemand sonst.

Niemand soll sie sehen.

Niemand fragen, wo sie denn hingeht.

Völlig durchfroren war das Kind Gottes, sie hatte gerade mal eine Jacke an.

Keinen Schal, keine Mütze, Handschuhe, nichts.

Er hat dieses Mädchen noch nie gesehen.

Bei dem vielen Schnee.

Sie sei in der Siebten, sie gehe in die siebte Klasse Grundschule.

Dann bist du in der Pause aus der Schule davongelaufen, bis Tahi gegangen, dort über die Brücke und von dort die ganze Strecke durch den Schnee gelaufen.

Nein, nein, sie sei heute gar nicht in der Schule gewesen, zu Mittag sei in den Bus gestiegen, in Tahi habe sie Glück gehabt und den anderen Bus erwischt, der sie nach Tótfalu hinübergebracht habe.

Und dann bist du von Tótfalu hierher marschiert.

Das Mädchen zitterte am ganzen Leib, hier in meiner Küche.

Sie sei so verliebt.

Aber in wen bist du denn verliebt, und warum erzählst du das mir.

Na, in Sie.

Mach keine Witze.

Deswegen bin ich zu Ihnen gekommen, zu wem sonst.

Aber ich habe dich doch noch nie gesehen.

Ich aber habe den Herrn Lehrer schon oft genug gesehen.

Wo hast du mich gesehen, ich habe noch nie in Bogdány unterrichtet, nicht einmal als Vertretung.

Was wisse denn er, sie habe ihn oft gesehen, sie sei nur in mich verliebt, was frage ich sie solche Blödheiten.

Sie habe mich gesehen, als ich im Sommer fast jeden Abend ans Ufer von Bogdány hinübergeschwommen bin.

Ich habe nicht gesehen, dass mich irgendjemand sieht.

Und ob sie ihn in seiner knappen Badehose gesehen habe.

Das sagt sie hier zu mir, in meiner knappen Badehose.

Tölösy stand hilflos mitten in der kalten Küche von Hamza mit dieser knappen Badehose und schüttelte nur immer seinen großen, borstigen Schweineschädel, jetzt muss aber Schluss sein, nein, nein, er soll ihm das nicht erzählen, und was soll er jetzt mit dem verrückten Hamza anfangen.

Das Mädchen hat ihn regelrecht ausgelacht.

Der Tölösy hatte nicht mal die Tür hinter sich schließen können, von draußen strömte die kalte Schneeluft des anbrechenden Abends über ihn hinweg. Ein kalter Ofen, auf dem Tisch seit langem nicht abgewaschenes Geschirr. Und Hamza stand in seinem ungeheizten Zimmer, und seine Lippen bebten.

Noch nie ist er so ausgelacht worden.

Langsam wird in dieser kalten dunstigen Dämmerung nichts mehr zu sehen sein.

Was hast du mit ihr gemacht, fragte Tölösy plötzlich düster.

Ich habe nichts gemacht, das ist es ja, wie hätte ich etwas machen können.

Sie zittert, wie soll ich nicht sehen, wie mir dieses unselige Kind hier zittert.

In die Siebte geht sie, das heißt, stell dir das vor, sie ist dreizehn.

Wie hätte ich sie wärmen sollen.

Denk dich in meine Lage hinein, ich komme gerade aus der Schule, da erscheint dieses durchgefrorene Kind und ich müsste sie aufwärmen.

Es ist nicht eingeheizt, ich habe heute noch keinen Bissen gegessen, ich müsste zum Bäcker laufen, damit ich wenigstens ein Stück Brot im Haus habe, um erst mal was zu essen, ihr was zu geben, diesem verfrorenen Mädchen, soll sie was essen, aber nein.

Ich koche dir einen heißen Tee.

Sie wolle sich mir hingeben, nicht Tee trinken.

Da habe ich schon geschrien, sie solle mir nicht diesen ganzen Unsinn erzählen.

Sie wolle es, sie wolle mir ihre Unschuld schenken, sie sei noch vollkommen Jungfrau, das hat sie gesagt, vollkommen Jungfrau, aber sie habe schon genug davon.

Das habe sie beschlossen, als sie aus Bogdány aufgebrochen sei.

Sie sehe, dort sei mein Bett, sie will sich zuerst mit mir in meinem Bett aufwärmen.

Aber ich weiß noch nicht mal deinen Namen, Mädchen.

Und dann hast du auf einmal irgend so ein durchgefrorenes Mädchen in seinem schäbigen Jäckchen in deiner Küche, dreizehn Jahre, wenn überhaupt, sie sieht sich um, sieht sich dein ungemachtes Bett an, das ich schon seit

Wochen hätte neu überziehen müssen, wenn irgendwer hereinschneit, oder was weiß ich, was hier noch passiert, dann werde ich mich nicht mehr davon reinwaschen können, dass ich fuderweise junge Mädchen in meine Lehrerwohnung schleppe.

Ich habe sie auch freundlich gefragt, wer sie geschickt hat.

Jemand hat sie angeworben oder was, so soll ich im ganzen Landkreis, im Komitat zugrunde gerichtet werden.

Was sonst würde dir einfallen.

Darauf antwortete sie ganz unschuldig, dass sie jetzt dringend pinkeln müsse.

Woher hast du gewusst, wer ich bin, Kind, und warum hast du zu mir kommen sollen, sag mir das.

Ich soll die Fresse halten, so hat sie das gesagt, halt doch mal deine Fresse, so habe ich in dem Alter noch kein Mädchen reden hören, siehst du denn nicht, dass ich mir gleich in die Hose pisse, so, pisse, und tatsächlich drückte sie ihren Schoß, zeterte mir was vor, zischte, ich soll doch endlich sagen, wie sie gehen muss.

Ich habe sie hinausbegleitet, es ihr gezeigt, bitte, mein Kind, dorthin gehst du.

Gleich mache ich auch ein Feuer im Küchenofen, solange sie draußen ist, gut, dann koche ich dir inzwischen einen guten, heißen Tee. Auch in meinem Zimmer war es kalt.

Wie du merkst.

Ich werde ihr eine Decke überlegen, während sie den Tee trinkt.

Aber sie kam nicht zurück, ich goss den Tee auf, wartete, dass sie kommt.

Sie kam noch immer nicht.

In seiner Aufregung brüllte der Pfarrer auf, genauer gesagt röhrte er, er röhrte auf in seiner Pein, mich interessieren deine ganzen Umschweife nicht, sag, was du getan hast, was geschehen ist, was hast du gemacht, du Unglückseliger.

So sehr brüllte er Hamza in seiner ohnmächtigen Wut an, dass Frau Zielinszky in ihrem Wohnzimmer aufmerksam wurde.

Mich interessiert deine Geschichte nicht, was du getan hast, will ich hören, spuck es endlich aus.

Mit den Karten in der Hand horchte Frau Zielinszky lange in die Stille und sah aus dem wohlig warmen Zimmer in die schöne, trübe Winterdämmerung hinaus.

Als Hamza das fast hasserfüllte Gebrüll hörte, das von Tölösy eine schöne, warme Freundesgeste war, er sah, dass er eine Schandtat von ihm befürchtete, da wurde er ein wenig aus seinem Unglück herausgerissen, er musste sogar lachen.

Seine Trauer über sich selbst wurde quasi vom Lachen eingerissen.

Du bist gerade nicht bei Dostojewski, mein Freund, antwortete er, ich bin Hamza, eine durch und durch sündige Seele, das stimmt schon, aber ich bin nicht Stawrogin, ich habe Gott in mir noch nicht umgebracht.

Du musst dich nicht vor mir fürchten, ich möchte dir nur alles erzählen, damit du verstehst.

So viel kannst du wirklich tun, hör mich an.

Ich ging hinaus, um nach ihr zu sehen, sie brüllte aus dem Plumpsklo, ich solle sie in Ruhe lassen und die Fresse halten.

Na gut, ich wartete ein bisschen im Schnee.

Aber sie brüllte wieder heraus, ich solle weggehen, weil in Wirklichkeit sei sie nicht pinkeln gegangen, sie habe ihre Regel gekriegt, brüllte sie, und ich solle ihr lieber Watte bringen, wenn ich in meinem Plumpsklo schon kein Klopapier habe.

Währenddessen kreischte sie hysterisch, trat gegen die Tür, in so einem Moment muss ihr das passieren, aber ich solle ihr doch glauben, dass sie verliebt sei.

Und in diesem Moment, während die Winterdämmerung sich langsam herabsenkte, brach der Hamza mitten im Zimmer vor Aufregung in Tränen aus.

Woher in aller Welt soll ich Watte für dich herbekommen, Kind.

Ich sagte ihr, sie solle warten.

Sei's drum, ich opfere das eine weiße Taschentuch, etwas Weicheres finde ich nicht.

Als ich es ihr hineingab, trat sie erneut vor Zorn gegen die Tür und fluchte hässlich, sie stieß sie heftig auf, guck nicht so, steh nicht so da, du Scheißkerl.

Als sie endlich herauskam, sagte ich ihr, jetzt trinkst du die Tasse heißen Tee, ich habe viel Zucker hineingetan, weil ich nichts anderes im Haus habe, dass ich dir zu essen geben könnte, und dann gehst du, damit du die Fähre um vier Uhr dreißig noch erreichst.

Sie gehe nirgends hin, sie müsse sich in mein Bett legen, sie gehe um keinen Preis nach Hause, sie sei so krank und müde und habe nur den Wunsch, sich niederzulegen und dass ich mich neben sie lege, und dann trinke sie auch ihren Tee brav aus.

Nicht packen, nicht stoßen.

Ich solle sie doch trösten.

Ich sagte zu mir, wieder und wieder, auf keinen Fall sie packen, nur nicht sie beim Kragen packen und an die frische Luft befördern.

Sie wollte zu meinem ungemachten Bett gehen, um sich samt den Kleidern hineinzulegen.

Ich habe sie nicht angerührt, irgendwie trat ich ihr mit der Tasse Tee in den Weg.

Sie schlug mir die Tasse aus der Hand.

Und als sich Tölösy daraufhin in der Küche umsah, erblickte er die weißen Scherben in der Pfütze und überall, nicht nur in der Küche, der Griff der Tasse lag in der Tür.

Dann hast du keinen Tee mehr, jetzt aber schnell, wir versäumen noch die Fähre.

Sie habe kein Geld für die Fähre.

Ich zahle für dich.

Ich soll keine Angst haben, sie werden sie gratis mitnehmen, sie kenne die Fährleute.

Da schrie ich sie schon an, ob sie dich kennen oder nicht, wir gehen, sonst setze ich dich eigenhändig vor die Tür.

Aber die Fähre ist doch gerade losgefahren, wenn ich nicht taub bin.

Wenn wir sie versäumt haben, dann haben wir sie versäumt, marsch, los, ich lasse dich mit einer Sonderfahrt hinüberbringen.

Nach diesen Worten verstummte der Hamza.

Und was ist dann geschehen, fragte der Tölösy immer noch zweifelnd und verzweifelt.

Ich musste sie bei der Schulter packen und hinausschubsen, sie bis zur Fährstation stoßen und schieben, sie wollte immer stehen bleiben, wenigstens einmal solle ich sie küssen, einmal nur, natürlich brachten sie sie mit der Sonderfahrt hinüber, für mein Geld, verdammt noch mal.

Was stehst du dann noch da, heiz ein, ich gehe mit dir zum Bäcker, vielleicht gibt er dir noch ein Brot.

Der Hamza rührte sich nicht vom Fleck, nicht dass er nicht wollte, er konnte nicht.

Worauf ihm der Tölösy ganz freundlich zurief, was für ein Problem er hat, er hat doch alles so gut gemacht, wirklich mustergültig.

Der Hamza nickte, dass sei es ja, er wisse nicht, wo es jetzt hingehen soll. Was auch immer Kant sage, er habe keine moralische Richtschnur mehr.

Na, dann tu irgendwas, wer hindert dich, hab nicht so viel Selbstmitleid, sagte Tölösy leise.

Von der Kanzel ist leicht predigen.

Daraufhin lachten sie herzlich übereinander. Darin bestand ihre Freundschaft, sie ließen einander nicht verkommen.

Am nächsten Dienstag fiel noch mehr Schnee, Hamza schaufelte den Pfad zu seinem Haus säuberlich frei, zuerst machte er im Küchenofen Feuer, dann im Kanonenofen im Zimmer. Die Ofenwände glühten, davon begannen die Fenster zu schwitzen, so erwartete er den Tölösy, mit tränenden Scheiben.

Wenngleich sich in der Tat keiner von ihnen erinnern konnte, wo sie im Juli aufgehört hatten.

Klar, bei den Kirchenvätern, bei Simon Magus, dem Vater allen Irrglaubens, bei Kyrillos, Irenäus, was weiß ich, bei wem, man konnte sie auch kaum unterscheiden, in Karien, Lykien, in Alexandria bei Clemens, in Kappadokien, bei ihren Briefwechseln, bei den Nag-Hammadi-Schriften oder bei neu entdeckten archäologischen Funden, bei koptischen Ostraka, womit sie die ganze große Historie neu hätten überdenken müssen.

Was wäre gewesen, wenn es nicht so geschehen wäre, wie es geschehen ist.

Ich erinnere mich dunkel, dass du eine weltbewegende Entdeckung gemacht hast, jetzt verstehst du es, das musst du erläutern.

Ich weiß schon, kicherte Tölösy, ganz bekloppt bin ich noch nicht, bloß kann ich mich nicht erinnern, was der Gegenstand dieser weltbewegenden Erkenntnis war.

Timaios haben wir behandelt, Kerényi haben wir behandelt, schlag doch mal auf, vielleicht fällt es uns dann wieder ein.

Weitere Titel

Aufleuchtende Details

Buch der Erinnerung

Der eigene Tod

Der Lebensläufer

Die Bibel

Ende eines Familienromans

Freiheitsübungen und andere Kleine Prosa

Leni weint

Liebe

Minotauros

Ohne Pause

Parallelgeschichten

Schauergeschichten

Schreiben als Beruf

Von der himmlischen und der irdischen Liebe